新潮世界名著6

十日譚

薄伽邱／著

魏良雄／譯

左上、中：作者薄伽邱與成爲故事開端的聖瑪莉亞・諾凡拉教堂。
右上：悲慘的瘟疫被害者們。
下：離開瘟疫流行的佛羅倫斯，『十日譚』的十個説故事者。

『十日譚』的電影劇照五景。

第一日　故事第四篇　你知我知

第一日　故事第五篇　母鷄大餐

第二日　故事第二篇　禱告

第二日　故事第六篇　白莉杜拉夫人

第二日　故事第八篇　流亡記

第三日　故事第一篇　修道院風光

第三日　故事第二篇　越俎代庖

第三日　故事第十篇　送魔鬼進地獄

第四日　故事第一篇　金杯裏的心

第四日　故事第八篇　情癡

第五日　故事第四篇　陽台姻緣

第五日　故事第十篇　餘桃與出牆紅杏

第六日　故事第五篇　旅途上

第七日　故事第八篇　李代桃僵

第七日　故事第九篇　愛的試煉

第八日　故事第七篇　以眼還眼

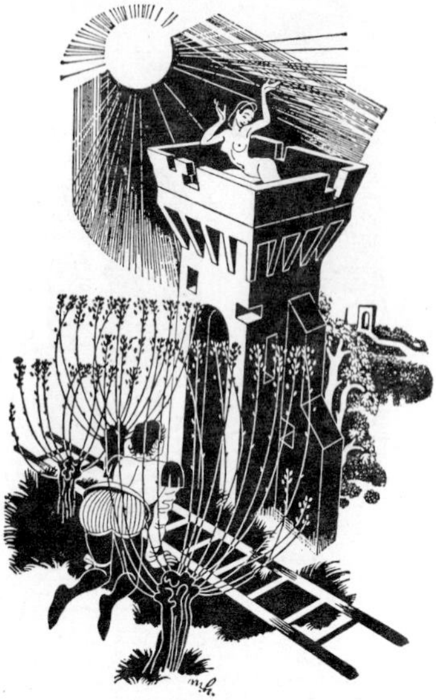

第八日　故事第七篇　金蟬記

第九日　故事第一篇　盜屍

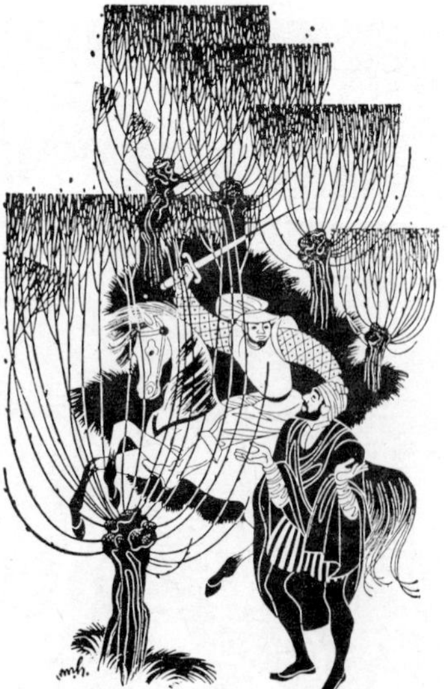

第十日　故事第三篇　以德報怨

第十日　故事第六篇　慧劍斷情

目錄

薄伽邱的生平和『十日譚』／
代譯序……一
女王與國王次序表……一七
原序……一九

第一日
故事第一篇　聖徒的誕生……四二
故事第二篇　改宗……五五
故事第三篇　三隻戒指……六〇
故事第四篇　你知我知……六三
故事第五篇　母雞大餐……六七
故事第六篇　以百報一……七〇
故事第七篇　聲東擊西……七三
故事第八篇　慷慨的畫……七八
故事第九篇　受辱的涵養……八一
故事第十篇　吃韭菜的方法……八三

第二日
故事第一篇　顯靈……九四
故事第二篇　禱告……九九
故事第三篇　駙馬……一〇六
故事第四篇　箱子的奇蹟……一一五
故事第五篇　三刼三難……一二〇
故事第六篇　白莉杜拉夫人……一三二
故事第七篇　處女……一四五
故事第八篇　流亡記……一六四
故事第九篇　易釵行……一七八
故事第十篇　本事……一九〇

第三日
故事第一篇　修道院風光……二〇八

故事第二篇　越俎代庖……二一五
故事第三篇　拉皮條的神父……二二〇
故事第四篇　通向天堂的路……二二九
故事第五篇　讓馬騎馬……二三五
故事第六篇　嫉　妒……二四一
故事第七篇　香　客……二四九
故事第八篇　地心煉獄……二六六
故事第九篇　愛情掉包……二七七
故事第十篇　送魔鬼進地獄……二八七

第四日

故事第一篇　金杯裏的心……三〇八
故事第二篇　天使之愛……三一八
故事第三篇　三姊妹……三二八
故事第四篇　西西里王子……三三五
故事第五篇　花盆裏的愛人……三四一
故事第六篇　噩　夢……三四五
故事第七篇　山艾樹……三五二
故事第八篇　情　癡……三五六
故事第九篇　人　心……三六二
故事第十篇　麻醉藥風波……三六六

第五日

故事第一篇　愛情的魔力……三八二
故事第二篇　馬爾杜伍丘……三九二
故事第三篇　森林驚魂……三九八
故事第四篇　陽臺姻緣……四〇五
故事第五篇　戰爭後的喜劇……四一一
故事第六篇　侯門一夕……四一六
故事第七篇　雨過天晴……四二二
故事第八篇　夢幻人間……四二九
故事第九篇　鷹的傳奇……四三五
故事第十篇　餘桃與出牆紅杏……四四一

第六日

故事第一篇　拙口騎士……四五八
故事第二篇　大瓶小瓶……四六〇
故事第三篇　五百個金幣……四六五
故事第四篇　鶴有幾條腿……四六七
故事第五篇　旅途上……四七〇
故事第六篇　最高貴的家族……四七三
故事第七篇　清官可斷牀闈事……四七六
故事第八篇　照鏡子……四七九
故事第九篇　墳地上的哲學家……四八一
故事第十篇　變色的聖物……四八四

第七日

故事第一篇　祈禱文……五〇四
故事第二篇　酒桶……五一〇
故事第三篇　教父……五一五
故事第四篇　「落井下石」……五二一
故事第五篇　神父……五二五
故事第六篇　兩個情人……五三三
故事第七篇　金蟬記……五三七
故事第八篇　李代桃僵……五四三
故事第九篇　愛的試煉……五五一
故事第十篇　還魂記……五六二

第八日

故事第一篇　夜渡資……五七四
故事第二篇　石臼……五七七
故事第三篇　隱身寶石……五八四
故事第四篇　醜女良宵……五九三
故事第五篇　脫褲計劃……五九九
故事第六篇　薑丸妙計……六〇三
故事第七篇　以眼還眼……六一〇
故事第八篇　皆大歡喜……六三一

故事第九篇　傻子……六三六
故事第十篇　以牙還牙……六五一

第九日

故事第一篇　盜屍……六六八
故事第二篇　院長的頭巾……六七四
故事第三篇　公雞下蛋……六七八
故事第四篇　做賊罵賊……六八三
故事第五篇　美人計……六八八
故事第六篇　蓬門巧婦……六九七
故事第七篇　夢兆……七〇二
故事第八篇　鰻魚和美酒……七〇五
故事第九篇　所羅門王的智慧……七〇九
故事第十篇　變形記……七一五

第十日

故事第一篇　兩口箱子……七二六
故事第二篇　以德報德……七三〇
故事第三篇　以德報怨……七三五
故事第四篇　復活之後……七四二
故事第五篇　讓妻……七四九
故事第六篇　慧劍斷情……七五四
故事第七篇　流水落花兩相歡……七六〇
故事第八篇　兩個朋友……七六九
故事第九篇　杜雷勒先生……七八六
故事第十篇　愚蠢的試煉……八〇二
後記……八一九
薄伽邱年譜……八二五

薄伽邱的生平和『十日譚』／代譯序

薄伽邱的一生

薄伽邱（Giovanni Boccaccio, 1313～1375），義大利人。青年時代以前的事蹟，沒有詳細的資料可考，但大致上可以綜合成以下幾個重點。他於一三一三年底出生於巴黎。父親是薄伽邱．狄．基里諾，爲佛羅倫斯的富商，在察塔都出生，因業務上與財力浩大的巴爾狄銀行有密切的關係，所以住在佛羅倫斯。薄伽邱的母親是巴黎人，名叫珍妮德．杜．拉．羅修。從名字看來，她應該是個貴族，但實際上，却很有可能是裁縫的女兒。但有些書上說：「薄伽邱是察塔都出生的義大利商人，和巴黎女人所生的私生子。他母親在他小時候亡故，所以他不知道自己的母親。他憎恨父親，無法愛他的父親，也看不起他。」當他還是嬰孩的時候，父親就把他帶同佛羅倫斯，在喬凡妮．達．斯楚達處學習拉丁文。此後，父親續弦，並再舉一子。薄伽邱認爲這個弟弟可以繼承父親的事業，自己就專心學習寫詩或到處聽人「說書」，過着閑蕩的青少年時代。他和父母的感情並不融洽。他於一三二三年（一說二五年，一說二七年），奉父親之命到那不勒斯去學習做生意。他在那裏勉强挨過六年的時間。父親認爲他不是做生意的料子，只好叫他去學文。但他所學的不是做詩，而是教會法。對他而言，接近書籍的生活，應該比做生意好得多，但他並不眞心喜歡它。（有人說，他曾唸了六年的法律。）他在以後所寫的『異鄉人的諸神宗譜』中，曾經慨嘆由於父親的不理解，使他的詩才無法充分發揮，但由於繆斯的愛，他還是克服了父親的反對，拋棄法律的課程，循着自己的本性，獨力研究詩的創作。幸好，他能在那不勒斯王羅勃特・丹喬的宮廷裏進出，並能在宮廷裏接觸文學的氣息。他在那裏勤讀魏吉爾、史達底斯，尤其是奧維德等拉丁詩人的作品，認識但丁、佩脫拉克、清新體派詩人以及具有庶民敎養的詩人，並能輕易接觸法國的騎士或具有庶民敎養的人物。他受學者安達洛尼、德爾・芮古洛敎授天文學，受王室圖書舘長、神學者、珍本收集家保羅・比爾吉諾指導研究古典書籍，受卡拉布里亞人的修道士巴爾拉姆敎授希臘文入門。他在宮廷裏，不但能研究文學，同時也有各種社交活動。在他年輕時的作品裏，以及在富有自傳色彩的片段中，曾經描寫了自己的美貌、優雅和容易博取好感的態度。（維拉尼也這樣寫道：『他的笑臉很俊美，整天與高采烈。』）他英俊、聰明而且善於言詞，很受宮廷貴婦的歡迎，而他也樂於接受她們的熱情。他說自己愛過的貴婦當中，依照當時的習慣把眞名隱匿起來，就有嘉芭、邦比芮雅、阿布托妮雅等人。但是眞正使他燃起愛情之火的，却是菲亞美達（Fiammetta）。菲亞美達原意是小火焰，是他給國王的私生女瑪麗雅（Mavia dei Couti d'Aq-uino）的暱稱。他愛上了瑪麗雅，但不久她就和其他的貴族結婚，結束他對她的戀情。但瑪麗雅的倩影，終生無法消失，所以他就給她菲亞美達這個名字。薄伽邱愛上瑪麗雅，可能是在一三三三年（或者是三一年）的聖禮拜六，在聖勞倫玆敎堂。據說但丁愛上貝德麗絲，佩脫拉克愛上拉烏娜，都是以敎會爲媒介，可以說是很有趣的巧合。菲亞美達曾在薄伽邱的許多作品中留下不可磨滅的影子。他不但在『愛的苦勞』『特塞斯的一族』『愛的幻影』（Amorsa Visione, 1342）等作品中讓她登場，在『十日譚』中還爲她建立紀念碑，並爲她寫了一首「菲亞美達」的八脚韻詩。他在『十日譚』的第四日故事第十篇中，形容她說「菲亞美達有一頭金黃的鬈髮，一直披到潔白細膩的肩膀上；她那鵝蛋臉眞像百合花般潔白，雙頰泛着玫瑰色；一對眼睛像鷹眼一樣明亮，兩瓣嘴唇好像兩顆紅寶石。」對薄伽邱而言，菲亞美達是一位「高不可攀的高貴淑女，相形之下，自己就顯得卑賤而不相稱。」（序言）但當他獲得她的青睞和愛情時，他眞是喜出望外。他在『愛的幻影』中描述愛的喜悅說：「這受傷的胸膛，勝過先前，燃燒着愛的情焰。我喃喃自語，灼燒着此身的熱，將永無消失之日……」他的感情是灼熱的，但一旦她背叛他而去，他不但不記恨，而仍然在他作品中不斷地頌歌着她。

羅勃特王之所以歡迎薄伽邱到宮廷裏，主要是因爲薄伽邱的父親和羅勃特王的銀行家巴爾狄家有密切的關係。當時，羅勃特王因爲政策上的關係，需要這些銀行家在財政上的支持。那不勒斯的這一段生活，是薄伽邱一生中最重要的時期。他在宮廷裏，除了讀書之外，就是和那些貴婦接觸。他曾受過庶民的教育，進入宮廷以後，又加上貴族的教養，使他的筆路更爲寬闊。

他在那不勒斯時代所發表的作品有『戴安娜的狩獵』，描寫女神戴安娜聚集女伴的山地風景，已有『十日譚』的雛形（這時，薄伽邱沒有愛上菲亞美達）。在這時期，他也寫了許多詩。他的十四行詩『在水泉之旁』，多少也受佩脫拉克或清新體派的影響，但實際上却不屬於兩者，而是更接近庶民的作風，更重視人文精神的因素和愛的主題。在他的許多詩裏，也富於自傳的色彩，對了解薄伽邱風格的內在歷史，提供了許多可貴的暗示。

自一三三六年至一三四〇年，他在那不勒斯期間，除了詩之外，還寫了小說『愛的苦勞』和長詩『費洛斯特拉多』和『特塞斯的一族』。『愛的苦勞』取材於菲亞美達所喜愛的傳說，這傳說描述西班牙王子弗洛里奧，因所愛的女子身世不明，即將影響到王位的繼承問題，就出去打聽，才知道這位名叫比安非奧麗的女子是羅馬貴族的後代，終於有情人成眷屬。『費洛斯特拉多』（或名『失戀的男子』），是描述普里亞磨之子托洛伊德，因克麗賽達的不忠貞而失戀的長詩。史詩『特塞斯的一族』，也是謳歌戀愛的長詩，描述阿爾基達和巴列摩芮爲爭奪愛美麗亞的故事。

在『愛的苦勞』中，追尋比安非奧麗的一行人，因颱風，在那不勒斯避難時，弗洛里奧受歡迎而被邀請到宮廷。在宮廷的貴婦中，公主菲亞美達指揮宮廷中的貴婦和紳士，爲弗洛里奧奏樂唱歌。大家都圍繞在噴泉旁邊，談論戀愛的十三個問題，以忘却悶熱的夏天。在此，已可以看到『十日譚』的雛形。『愛的苦勞』的文字，雖然善辯、活潑而富有色彩，但也已有『十日譚』的具體美點和要素。薄伽邱之所以取材於當時膾炙人口的傳說，主要是想把現實的新鮮味和古雅的氣質互相配合，想使自然的感情和清澄的風格融於一體。這種理想，終於在他藝術的圓熟期實現。

『愛的苦勞』有一個重要的主題——人的力量，人的本性的力量，可以克服一切反對的力量。在這個主題中，我們可以看到薄伽邱的倫理和藝術的本源。這是幾個世紀以來，在歐洲成熟的創造文明新形式的眞實，而詩人薄伽邱便是這文明的精華。『愛的苦勞』是他藝術生涯內面理論的第一步，是他各種主題的苗床。正如在『愛的苦勞』中可以看到但丁的『神曲』，或佩脫拉克的影子，並進一步可以看到對亞里奧斯特（Ariosto）的接近點之一斑，他的『費洛斯特拉多』中，也可以看到齊諾·達·比士特亞（Cino da Pistoia）、基德·卡瓦爾坎第（Guido Cavalcanti）、但丁、佩脫拉克以及其他古典作家的文學痕跡。在這部作品裏，也有理想化的意志（指史詩的世界、古雅的回憶等特質），以及寫實化的意志（指個人的經驗、心理及寫實的趣味與庶民寫敎養的經驗等特質）兩種力量的强烈對比。在根據最精煉的詩的傳統所寫下的裝飾詩篇之外，我們應可以發現庶民的精神。他的音樂性，並不在詩的構造中實現，而是實現於人物的創造中。在『愛的苦勞』中，他想以典雅的古語來表現庶民的題材，但在『費洛斯特拉多』中却正好相反。他想用庶民的詩法，去表現起源於史詩的話題。有些人認爲，這種作法，難免有風格的不統一，以及韻律的通俗性等缺點。但實際上，這兩部作品，一詩一散文，都是不很均衡的習作。

『費洛斯特拉多』比起『愛的苦勞』，有更多薄伽邱的影子。他雖然取材於荷馬時代，但女主角克麗賽達，無疑是非亞美達的化身，被她遺棄的托洛伊德，也大都分是薄伽邱本人的現身說法。

『特塞斯的一族』，是他回佛羅倫斯的那一年，也就是在一三三九年到一三四〇年之間所寫成，是所謂那不勒斯時代的最後一部作品。他寫這部作品時，抱有很大的野心，想替義大利語留下一部史詩。但它和『費洛斯特拉多』一樣，帶有不安定和缺乏音樂性的苦惱。它不但缺乏形式上的均衡，同時也無法達到韻律和語言的融合。這一部作品的優點是在它的題材。他在戀愛的題材中，充分掌握了人類靈魂生動的動向。照理，他是應該在優柔氣質的新精神上求得詩的均衡和統一。這種精神代表了女性美，也就是和自然完全統一的女性美。但是薄伽邱在這種美的信仰之外，却忘不了寫實的情趣。

在他逗留那不勒斯期間，一直存有和非亞美達恢復戀愛的希望。他雖然爲失戀所苦，但她的光輝還是能照耀他，使他依然可以感到青春的喜悅，依然可以吸取生命的氣息。這正是他的世界。但是巴爾狄銀行的破產，却使他父親的生活陷入絕境。薄伽邱已不能再過以前那種生活了。他不但要結束那不勒斯的愉快生活，而且要永遠失掉非亞美達。他的心境可以從他當時的信，以及『特塞斯的一族』中窺見出來。他在憂鬱中，訣別了青春。

一三四〇年底，他不得不離開那不勒斯，回佛羅倫斯去。他在孩提時代告別的佛羅倫斯，對他已是一個陌生的新城市。他的世界只有那不勒斯一個地方。在那時候，佛羅倫斯正充滿了民主的熱情，人民大多有懷疑的態度，多能尊重新的庶民階級的經驗。在那裏，教會和帝國的普遍主義已有式微的徵象，銀行等代表產業上的新合理主義已在形成，也正是造成新歐洲意識資本主義前期的近代經濟社會，逐漸具體化的時代。對他來說，跟那不勒斯那種優雅、悠閒的情趣相比，佛羅倫斯只能算是一個粗野、唐突和吝嗇的都市。他在『非亞美達』和『亞美德』裏，都提到過這一點。一三四一年八月廿八日，他致尼哥洛、阿查窩里的信件中，也曾表示他想回那不勒斯去。

一三四〇年到四六年之間，他的作品有『亞美德』、『愛的幻影』、『非亞美達』、『非索雷的妖精』等。『亞美德』是敍述凡人亞美德和妖精麗雅的戀愛故事。『愛的幻影』是一篇詩人由美德之路走向快樂之園的寓言式長詩。『非亞美達』却是義大利文學的第一篇心理小說，在描述被邦非洛遺棄的非亞美達的故事中，穿插了薄伽邱自己和瑪麗雅·達·阿圭諾的事件。『非索雷的妖精』是一首小詩，是把非索雷的起源和戀愛事件結合而成。『亞美德』由散文和詩配合而成，是薄伽邱個人和創造的形成過程中，一篇很重要的過渡時期作品。『亞美德』多少帶有佛羅倫斯時代『愛的苦勞』的味道。佛羅倫斯曾產生了嚴肅的教育文學。一般認為『亞美德』是寓言性、道德性的作品，但實際上，那些所謂寓言性、道德性也只是表面的說法。這部作品，應該是屬於人和眞實的再發現的詩才對。薄伽邱的意圖是在捕捉人的原本姿態。有人認爲它是「小十日譚」，是一部自傳意味很濃的作品。

『愛的幻影』是一部缺點最多的作品。它所用的比喩非常拙劣，而且有一般敎育詩所特有的說敎味道，構造也極不統一，是薄伽邱最壞的作品。

在『非亞美達』中，又表現出他傾向故事性、心理性和寫實的天性。在這部作品中，已看不出寓言的形式和技巧性的倫理，這是從前的作品所沒有的。在這裏，薄伽邱所重視的是畫，而不是畫框。他所重視的，是人的本質。從摒棄多餘的裝飾這一點看來，這部作品是值得注目的。「本書的自傳意味並不少於以前諸作品，但他已變成一個自由而平明的故事敍述者了。」因爲詠嘆失戀的非亞美達，正是薄伽邱本人。

『非索雷的妖精』是以阿非利克和門索拉的眞實故事爲題材，作者不加任何裝飾，也沒有任何野心的意圖和岔路，寫得很平實，但却很自由，是一篇傑作。

再下去，便是『十日譚』，而後是『科巴邱』（Corbaccio）。關於『十日譚』，下面另有專文討論。至於散文『科巴邱』，這是一部對一般女性的辛辣抨擊。這是他對過去思想的破壞，也是對明日新生活的建立，是一部富於苦行的嚴苛作品。

薄伽邱一三四〇年同佛羅倫斯以後的公私生活，我們並不甚明瞭。一三四六年秋天，他在拉維納的奧斯達番．達．波連達那裏，次年在波洛尼附近，弗里的法郎查士科．得利．奧得爾達菲家裏，而一三四八年，在『十日譚』初期出現的可怕瘟疫蔓延期間，却不在佛羅倫斯（他可能在同樣受瘟疫危害的那不勒斯）。一三四九年，他的父親也因瘟疫去世，他就成爲弟弟法郎查士科的保護人。一三五〇年，他在前往佛羅倫斯途中，遇到老師佩脫拉克，並且有機會與他暢談。同時，他獲派前往羅馬尼亞當使節，受奧爾．聖．米開爾的宗敎團體所託，把十個金幣交給在拉維納的但丁的女兒貝德麗絲修女。一三五一年，他在佛羅倫斯的卡美林基家裏擔任代辦，爲了購買拉布特一事，前往那不勒斯和女王商談。同年，他也爲執政官波里奧里．得爾．亞弟和長官康法洛尼爾．第．邱吉查等人，送信給在巴托瓦的佩脫拉克。這封信的內容是，答應償還一三〇二年從佩脫拉克的父親那裏沒收的財產，並請他來佛羅倫斯大學講學。同年十二月，他又出使到魯德維可．第．巴維埃拉，去勸維斯康堤家和佛羅倫斯結盟。一三五一年，他開始寫『牧歌』，於一三六六年完成。

一三五四年，因卡洛四世要南下到義大利，他就奉命到阿比隆的敎宗因諾千卓六世那裏商議。其後，可能是在察塔都，組織對抗弗拉．莫里亞列暴力集團的防護團。一三五五年五至八月，他在傭兵事務局服勤務，他的任務是登記傭兵的缺勤。在這一年，他執筆寫『名人傳』（一三六〇年完成），而後又寫『名女人傳』，這一部著作，一直寫到去世之前。一三五七年至六二年間，他完成了『但丁讚美論』。

一三五九年春天，他到米蘭訪問佩脫拉克。在這次訪問前，一三五三年七月，他獲知佩脫拉克受祖國之敵維斯康提家的禮遇，非常憤慨，寫信給佩脫拉克，表示他的憤怒。他這次訪問佩脫拉克，主要是談論宗教的問題，這時，薄伽邱的宗教心已逐漸動搖。他回佛羅倫斯之後，就寄了一部『神曲』給佩脫拉克，勸這位隻字不提但丁名字的詩人研究『神曲』。一三六〇年，他完成『異鄉人的諸神宗譜』初稿，而後可能執筆撰寫『山、林、泉、湖、河、沼澤及海的名稱』。一三六〇年冬天，他在佛羅倫斯家裏接待卡拉布里亞的希臘語學者雷恩兹奥·比拉圖，申請公費，請他把荷馬的史詩譯成拉丁文。但另外一個說法是，一三五九年，他邀請比拉圖到佛羅倫斯大學教希臘語，是第一個致力於希臘語再普及化的人。

一三六二年春天，喬雅基諾·察尼修道士來訪問他，告訴他說，擁有聖賢名聲的西埃那人聖布爾諾涅派司祭彼得羅·佩德洛尼，在臨終前曾經預言過，薄伽邱如果不放棄詩和非信仰的研究，就會下地獄受罰。薄伽邱一聽，就遵循這個消息，把原稿燒毀，打算過虔誠的生活，並詢問佩脫拉克是否願意購買他的藏書。亦師亦友的佩脫拉克給薄伽邱打氣，勸他不要懷有恐懼心，要能坦然面對死。為了老境的慰藉，也為了不能放棄研究，佩脫拉克要兩個人住在一起，把財產和藏書都做為共有。

但薄伽邱還是拒絕了佩脫拉克的勸告和邀請，反而應了在那不勒斯宮廷內擔任管家的佛羅倫斯人尼哥洛·阿查威里，以及阿查威里的付款員法郎西斯克·涅里之請，前往那不勒斯。他並不很尊敬阿查威里，因為對方稱薄伽邱為平靜的喬凡尼。但青春時代的土地誘惑，已超過了一切。但那不勒斯的生活，傷害到他的自尊心。他於威尼斯暫在佩脫拉克處做客時，曾寫信給涅洛，慨嘆這一件事（同年他因涉嫌陰謀顛覆政府，於一三六〇年逃亡）。那時，他嫌惡險詐、好事、歛財的佛羅倫斯，而愛單純的鄉村生活。

一三六五年，他再度出使，往訪在阿比隆的教宗烏爾巴諾五世，一三六七年，再度前往羅馬晉謁他。同年春天，他前往威尼斯旅行，想拜訪佩脫拉克，但佩脫拉克却已動身前往巴維亞，於是他就做了佩脫拉克的女兒法朗西絲卡和女婿法郎西斯柯羅的客人。由於這兩人的慇懃招待，尤其是看到佩脫拉克的孫女愛麗達，使他想起夭折的女兒維奧蘭娣，忍不住寫了一封信給佩脫拉克說：「嗳呀！每次我抱起你那可愛的孫女，聽她那天眞的話語，我就想起我已故的女兒，不敢讓人看到滿眶的熱淚，而把眼淚化成了嘆息。」

一三七〇年秋天到一三七一年春天，他再度前往那不勒斯。而後回到托斯卡拿，再在察塔都住到一三七三年十月，同年應召到佛羅倫斯，在聖史蒂法諾教堂講解但丁的『神曲』。但幾個月後，因健康不佳而中止。他退隱到察塔都，於一三七四年十月聽到佩脫拉克的死訊。他已於八月間寫好自己的遺言，記明要把藏書贈給聖靈教會的馬丁諾・達・夏尼修士。他利用餘生爲『名女人傳』潤筆，於一三七五年十二月二十一日溘然長逝。葬在察塔都的聖雅各教堂墓場裏，他的墓碑上，刻着很可能是出自他親筆的墓誌銘。

「在這墓碑下，躺着喬凡尼的骨灰。他的靈魂裝飾着世上以勞苦換來的功蹟，現在已經在神前。他的父親是薄伽邱，他的祖國是察塔都，他學了好詩。」

關於『十日譚』

『十日譚』於一三四八年執筆，一三五三年完成，是薄伽邱的名著。『十日譚』以前的作品，因形式和內容都不均衡，而有欠完善，只有這部作品，詩意和表現的語言之間沒有任何對立，已到了完全融合的地步。

這部作品的題名 Decameron，是「十日」之意，形式是十個人在十天裏所講的一百個故事。

在許多作品中描寫女人的薄伽邱，把這部作品獻給女人。他在本部的序裏，就說想安慰爲愛情而苦惱的人。他說要使男人解愁的方法很多，但女人却由於本身的嬌弱，使苦惱也更爲深刻，所以他想把本書獻給女人。他對閱讀這一本書的女人說，讀這些動人的故事，說不定會得到一些樂趣，同時還可以得到一些有益的啓發，因爲從這些故事，可以知道什麼事情應該避免，什麼事情可以追求。

在這段僞善而刻毒的序言之後，他繼續描寫發生於一三四八年的那場令人怵目驚心的瘟疫。也許他感到這些描寫苦辣味太濃而對不起讀者，就加了一句話：「書的開端雖然淒涼，但却好像一座險峻的高山，擋住一片美麗的平原，翻過前面的高山，就來到那賞心悅目的境界；」而後，他在描述於佛羅倫斯、義大利和整個歐洲猖獗的瘟疫之後，開始敍述一百個有趣的故事。

瘟疫在佛羅倫斯肆虐的時期，有一個早晨，三個年輕男士（潘費羅、費洛斯特拉多、狄奥紐）及七位年輕的貴婦（潘比妮亞、菲亞美達、菲羅美娜、愛蜜莉亞、拉蕾達、妮菲爾、愛莉莎），在聖瑪莉亞、諾凡拉教堂邂逅。那時，潘比妮亞提議逃離瘟疫猖獗的城市，找個地方度過幾個愉快的日子。大家都贊成這個提議，翌日一行十人，就愉快地到城外的一座別墅去了。

潘比妮亞提議，每日輪流選出國王或女王，以決定當日的活動。這個提案立即通過，並選出潘比妮亞爲第一天的女王。

在聚會、舞蹈、唱歌、遊戲和宴會之外，在中世紀（現在已失傳）還有一種談話的娛樂。現在大家都識字可以讀書，不會在客廳裏聚談，但在當時，說話却是很重要的技術。潘比妮亞就下命令說，每天每個人必須講一個故事，主題由當天的國王或女王決定。大家立即表示贊同。

十日之間講一百個故事，第一日的話題由各人自定。第二日講起初飽經憂患，後來又逢凶化吉，喜出望外的故事。第三日講憑着個人的機智，終於如願以償，或是物歸原主的故事。第四日講結局不幸的戀愛故事。第五日講歷盡艱難折磨，有情人終成眷屬的故事。第六日講富於機智的故事，或是針鋒相對，駁倒別人的非難，或是急中生智，逃避了當前的危險和恥辱的故事。第七日講妻子爲了偷情或是爲了救急，而對丈夫使用種種詭計，有的被丈夫發覺了，有的把丈夫瞞過了的故事。第八日講男人作弄女人，或女人作弄男人，或男人之間相互作弄的故事。第九日，題目不拘。第十日講戀愛方面或是其他方面所表現的可歌可泣、慷慨豪爽行爲的故事。

像『十日譚』這樣在總括性的敍述當中，挿入許多故事的方式，並不算新奇，早在『天方夜譚』及『七賢傳』中就已出現過。同時，『十日譚』裏的故事，大抵也不是作者的創作。

『十日譚』的故事來源繁多。薄伽邱從古典、東洋、法國及義大利的故事或傳說，任意取材，按照自己的意思予以改變，用細膩的心理分析方法，刻劃人物的性格，自由自在地表現出來。

故事來源既然繁多，人物的性格、故事的題意當然也變化多端。有些故事的對話非常富於機智，有些故事構想非常奇特，從小的方面來說，像是一些有趣的軼事；但從大的方面來說，又像是一篇架構龐大的長篇小說。這些故事，有的充滿了歡樂，也有的充滿了哀傷，有的情節詭異、變化莫測，有的說得很眞誠，有的却充滿了反諷的味道。

退一步說，『十日譚』即使不能算是一部偉大藝術作品，至少也把中世紀的，尤其是義大利的，或是佛羅倫斯的社會百態，描述得栩栩如生，可以成爲一部寶貴的歷史文獻。在這部書裏，有教會和宮廷裏的人物、有騎士和軍人、有工匠和農夫、有藝術家和商人等形形色色的男女人物，一一登場，各人有各人的身分和特徵，各人有各人不同的風貌。這些人物的差異，並不只在身分上的不同，而且各人有各人的倫理和道德標準。裏面有軟弱的女人，但也有堅貞的女人，有騙子、食客，但也有慷慨高雅的貴族。

由於事件和人物的多采多姿，構成了一個森羅萬家的大千世界。但分析整理它的內容，也可以歸納成下列幾類，或許可以幫助讀者了解。

(1) 命運的戲弄：二2（指第二日第二篇，以下類推。）二3、二4、二5、二7、四10。
(2) 夢和壞人：四6、四7、五8、七10、九7。
(3) 與美德有關的冒險：二6、二8、二9、四4、五2、五3、五6、五7。
(4) 青春的本能和法則：四序、二10、五4。
(5) 自私和詭計：三2、三3、七2、七4、七5、七6、七7、七8、八2、八10。
(6) 女人的詭計和欺瞞：八7、九9。
(7) 滑稽、欺騙傻瓜或頭腦簡單的人：七1、七3、七9。
(8) 假信仰者的欺騙：一2、三8、六2、六10、九10。
(9) 欺騙：一1、八3、八4、八5、八6、八9、九3、九4、九5、九8。
(10) 警句：一3、一5、一6、一7、一8、一10、五5、六1、六2、六4、六8。
(11) 聰明伶俐：三5、三6、三9。
(12) 愛情的力量、親切和俠義：三7、五9、九1、十7。
(13) 動物變人、愛與死：四8、五1。
(14) 愛與死的悲壯動機：四1、四5、四9。
(15) 人的勇氣和命運：十1、十2。
(16) 熱情的勝利、寬宏大量：十2、十3、十4、十5、十6、十8、十9、十10。

由於薄伽邱喜歡旅行，並且博聞强記，能從各種角度觀察人生百態，洞悉人的長處和缺點，所以擅長描寫形形色色的人物。他尤其喜歡描寫女人。與騎士或貴婦比較，他更精於描繪一般庶民。

他能以想像創造出這十個男女，可能是根據他青春時代在羅勃特國王宮廷裏的回憶。這十個說故事的人，每人性格不同，並且都反應在他們的言辭上。賢明而有禮的潘費羅，絕不會和說話不守秩序的狄奧紐混淆在一起。年長而認眞的潘比妮亞、內向而優柔的拉蕾達、略具虛榮心的愛蜜莉亞和喧鬧的菲亞美達，都有截然不同的性格。

他們這一行，因星期五和星期六不喜歡說話，而星期日又必須去做彌撒，所以在星期三出發，經過十五天，包括兩個星期五和星期六以及一個星期天，同樣在星期三回到佛羅倫斯。他們何以一方面取笑神父和修士，而一方面又去做彌撒呢？這是個矛盾的問題，也是作者的心靈問題。他接受了察尼修道士的訪問之後，心靈上已有顯著的變化，尤其是在『亞美德』或『愛的幻影』中，我們已可以看到異端形式和基督教感情，混淆在他的心靈中。這種感情的混淆，並不僅是作者個人或作品人物的，而是寓於當時的社會全體。爲了那可怕的瘟疫，有些人就向神求助，有些人就沉迷於酒色，也有些人清濁不分、雙管齊下。

在一般的小說中，對神父或修士的諷刺，並不算稀奇。但有個文學家說過：「『十日譚』的淫猥性，不完全是由於世紀的墮落，而是作者個人的嗜好。薄伽邱喜歡描述女人，是因爲他喜歡女人，他喜歡寫不貞的熱情，是因爲這種事吸引他。他是一個私生子，而且自幼就沒有母親的吻和愛撫，自己旣無姐妹，也無妻子，一旦走入充滿遊逸和惡德的宮廷，接觸那些女人之後，自然會去描述那些放蕩和肉感的女人。」

在薄伽邱晚年，有個年輕朋友說想把『十日譚』推薦給家裏的女人時，他就一本正經地寫信給那位年輕朋友說「不行，絕不能做那種事。讀過那本書的人，一定會認爲我是好色之徒或糟老頭呢！」

在寫作的過程中，他一再想輟筆。他在序言中說他寫這本書「是爲了消除愛情的煩惱，是想敎人有益的處世方法。」最後，在後記中還說，有人指責他這本書違反道德，所以他就附了詳細的綱目，叫讀者自己分辨可讀和不可讀的文章。由以上幾點也可以推測，這本書的大部分（約百分之七十吧），是帶有色情內容的。

有人說『十日譚』是義大利散文藝術的重要起點之一。在這以前，義大利的散文文學是以拉丁文寫成的，也可以說是拉丁文學的一支。有個頗有權威的『十日譚』研究者還說，薄伽邱是義大利散文之父。也許這個說法有點誇張。在他之前，已有『古譚百話』（十三世紀末至十四世紀初杜斯卡納人所編），或法郎哥·沙基第（一三三二～一四〇〇年？）以佛羅倫斯地區的方言所寫的三百篇短篇小說，但丁的『新生』及『宴會』，以及底諾·貢巴尼的『年代記』等，都留下了優美的散文。但薄伽邱模仿拉丁文作家，寫出精嚴文章的精神和成就，是值得給予高評價的。薄伽邱的文章，給以後的義大利散文作家廣大而長遠的影響。在十五世紀裏，義大利並沒有產生很有價值的散文，所以自薄伽邱以後的兩百年間，義大利文的文法學者，都以『十日譚』做爲文法的敎材，而義大利文散文作家也都以該書做爲寫作的藍本。在當時，義大利文的寫作可說剛起步，經過但丁和佩脫拉克等人的努力，奠定了以義大利文寫詩的基礎，但在散文方面，語言和形式都還在幼稚而不確定的階段。佩脫拉克有意留傳後世的傑作，甚至於連書信都是以拉丁文寫成。在這樣的時期，據說拉丁文的造詣比佩脫拉克毫不遜色的薄伽邱，由於比但丁和佩脫拉克更有機會接近佛羅倫斯語，就仿傚拉丁文語法，把佛羅倫斯語的優點充分發揮出來。他的文章雖然莊重，却不單調。他曾經謙虛地說，他是以佛羅倫斯的俗語寫下來的。實際上，他自己一點也沒有想到『十日譚』會流傳後世。但丁、佩脫拉克和薄伽邱，分別在詩和散文的領域，在文藝復興的初期，創造出義大利文學，並和這些文學一起永垂青史。義大利文文法和語言權威阿卡狄米卡．庫斯洛卡說，『十日譚』的文章幾乎包括所有的文體，光是在這部作品，便可以找出所有種類的作文法。由這種評斷，也可以看出薄伽邱本人，比詩更看重散文，比拉丁文更看重佛羅倫斯的方言，必然對自己有所期許。他的謙虛也許只是純粹的謙虛而已。在『十日譚』中，依照階級和社會的不同而創造出來的形形色色人物，其對話都逼眞而合乎身分。薄伽邱對雙關語的使用，並挿入警句、俗語和隱語的技巧，只要仔細品讀，就會領悟到個中的妙處。薄伽邱以拉丁文爲軌範，把佛羅倫斯語美化和醇化。所以他所使用的語言，已不再是屬於佛羅倫斯，或屬於某一個時代。它也不屬於薄伽邱個人，它是屬於『十日譚』，也是屬於所有喜愛它的讀者。在他的文章中，他把但丁的『神曲』以散文的方式移入，也把彼得羅尼斯的幾行小說巧妙地挿入，使硏究『十日譚』的人大傷腦筋。

他雖然以拉丁文爲師，但他的文章中，却沒有當時拉丁文作品義大利譯文所常見的枯燥和無味。他文章的巧妙，上面已一再提過，他對風物的描寫，據說也凌駕於『神曲』之上。他能把握一地一物的特徵，使它們生香出色。薄伽邱曾經立志做個詩人，也寫了不少詩，但他深知寫詩不如佩脫拉克，所以改寫散文。這也是一個說法。他也許沒有自覺，讀者却感覺得出來，在他的文章裏，雖然沒有詩句，却詩情橫溢。他那充滿音樂性的文章，也是提升『十日譚』藝術價値的重大要素之一。薄伽邱雖然還不能稱爲散文之父，但是他的文章却和他同時代的幾位大師大異其趣。他的文章充滿了血肉，不但多彩，而且含蘊甚豐，是一位很難得的散文創始者和發明家。除了散文以外，他的八行解節的故事詩，也是他對義大利文學的重要貢獻。他對但丁的推崇和解釋，也是慧眼獨具的。此外，他也呼籲希臘文教育的重要，並促成回復希臘文的教育。

時間不斷地流逝，當浪漫主義在義大利抬頭時，新時代的先驅者，詩人兼小說家烏果．佛斯可洛

（Ugo Foscolo, 1778～1827）逃到英國時，就在泰晤士河畔同時研究『十日譚』和『神曲』，並發表重要論文。到了一八七五年，在察塔都豎立薄伽邱的銅像時，是由詩人兼評論家喬治埃・卡爾都基（Giosué Carducci, 1835～1907）主持揭幕的，並舉行熱烈的演講，對薄伽邱備加稱讚，認爲薄伽邱和但丁及佩脫拉克同爲一三〇〇年代的三巨星。薄伽邱和這兩位大詩人並立，他說：「薄伽邱的人曲，在普遍性方面，是唯一可以和但丁的神曲媲美的作品。」同時，十九世紀義大利文藝批評家法郎西斯哥・德・桑克蒂斯（Francesco de Sanctis）也說：「這才是新曲，不是神曲，而是地曲（曲 Commedia 有喜劇之意）。但丁把自己藏在斗篷裏，從視界消失了。中世紀和它的幻影、傳統、神秘、恐怖、陰影、恍惚都一起被逐出藝術的神殿之外。而後，聲勢俱厲地闖進來的，却是薄伽邱。他將在背後拖着全義大利，拖一段很長的時間。」

一四一四年，『十日譚』從拉丁文譯成法文，到了一五四五年才出現更完善的法文譯本，對法國作家影響很大。其中，有一位叫瑪格麗特・杜・那巴爾（一四九二～一五四九年），寫了一部『十日譚』，便是受『十日譚』的影響。在英國方面，十四世紀末，出現喬叟的『坎特伯利故事集』，可說是『十日譚』的模仿本。喬叟不但模仿薄伽邱的散文作品，並由他的散文作品『費洛斯特拉多』改寫成『托洛伊拉斯和克里賽蒂』一詩，後由莎士比亞改寫成同名的劇本。莎士比亞不但間接受影響，他的劇本『森比琳』，便是直接取材於『十日譚』第二日第九個故事。

『十日譚』在文藝復興時期，根據各種譯本，介紹到歐洲各地，受各國的學者和作家的研究和模仿，而成爲文學的一大源流。本書在譯成中文時，爲使讀者閱讀方便，乃根據故事內容，擬出各故事的小標題，讀者可以從頭到尾篇篇細讀，也可隨自己所好，擇題品嚐，均能獲得極大樂趣。

新潮文庫編輯室

女王與國王次序表

第一日　潘比妮亞
第二日　菲羅美娜
第三日　妮菲爾
第四日　費洛斯特拉多
第五日　菲亞美達
第六日　愛莉莎
第七日　狄奧紐
第八日　拉蕾達
第九日　愛蜜莉亞
第十日　潘費羅

『十日譚』的故事從這裏開始，共收故事一百篇，由七位妙齡女郎與三位青年男子分十天講完。

原序

對不幸的人寄予同情❶，是一種美德。誰都應該具有這種美德——尤其是那些曾經渴求同情，並且體味過同情的可貴的人。如果說承受過他人的同情，得到了慰藉，因而體味到這份情意的可貴，那麼我確實算得上是一個。從少年時代直到現在，我始終熱烈地愛着一個人；她是那樣的高貴，我寒微的出身還眞有些配不上。明達的先生聽到我這段戀愛，倒是很看重我、誇獎我❷，但却不知道我爲這段戀愛受了多少折磨啊！不是因爲我的情人心腸太硬，使我難過；而是因爲我癡心妄想，現在胸中燃燒着一股難以抑制的慾火。這分明是一件不可能得到美滿結果的事，因此，我只有徒然苦惱抱恨終生而已。

在我爲愛情而受苦受難的時候，幸虧有一個朋友常好言善語勸慰我，要是沒有他，恐怕我已經不在這個世界上了。不過上帝是萬能的，他以亙古不變的法則，使人間萬事萬物到最後都有一個歸宿。我愛我的意中人，雖然愛得比任何人都熱烈，不論自己怎樣抑制、旁人怎樣規勸，或是將來會蒙恥受辱、身敗名裂，也都不能挫折或動搖我這份愛情；可是這份愛情却終於給流水般的時光沖淡了，到現

❶ 友情和愛情，在文藝復興時代的文學作品裏，常是同一個字，這裏的「同情」也是專指男女之間的憐惜和愛意。

❷ 請參閱第一天故事第五：「有見地的男人總是追求身份比自己高的女人……」（第六七頁）

在我的靈魂裏只剩下歡樂的追念——這是愛情賜給那些沒有在愛河裏滅頂的人的禮物。這場戀愛，當初使我遭受這許多痛苦，現在痛苦解脫了，留下的是那歡樂的回憶。

儘管我不再感到痛苦，可是我並沒有忘記那些愛我、爲我難過、給我安慰幫助的人。我將終生感激他們的盛情，至死不忘。在許多美德中，我認爲「感激」是最値得稱道的；反過來說，忘恩負義便是最卑鄙的行爲。爲了表明自己不是那種忘恩負義的人，我決定趁眼前可說是擺脫束縛、一無牽掛的時候，憑自己淺薄的才學，寫下一些東西，給幫助過我的人消遣，聊作報答。如果因爲他們的知情達理，或是情場得意，這本書竟成爲多餘的，那麼至少對另外一些人還有一點用處。

雖然像這樣一本書不見得會帶給不幸的人多大的鼓舞，或者不如說，多大的安慰；不過我覺得還是應該把這本書貢獻給最需要的人，因爲這書對他們會更有幫助、更彌足珍貴。那麼有誰能够否認，把這本書——這份微薄的安慰，獻給一位相思纏綿的女子比獻給一個男子來得更爲合適？

女人因爲膽怯、害羞，只好把愛情的火焰藏在自己柔弱的心房裏，這一股力量（過來人都知道）比公開的愛情還要强烈。再說，她們必須服從父母、兄長、丈夫的意志，聽他們的話、受他們管敎。她們整天守在閨房的小天地內，鬱悶無聊，彷彿有所想望又無可奈何，情思撩亂，總是鬱鬱寡歡。

如果她們因爲相思而愁眉不展，那麼除非有新鮮的排遣，否則，這愁悶是消解不了的。何況，女人的忍耐力遠不及男人吧！男人一旦戀愛，絕不會有這樣的事，這是大家有目共睹的，即使他果眞發愁、心裏鬱悶，也自有許多消遣解脫的方法。只要他高興，可以讓他看、聽、玩的東西多的是；他可以去打鳥、打獵、騎馬，也可以去賭博或是去經商。有了這種種消遣，男人至少可以暫時擺脫或減輕他心裏的愁苦。最後，他不是在這裏就是在那裏得到安慰，逐漸忘却了痛苦。

像柔弱的女人那樣迫切需要安慰的人，命運偏偏顯得特別吝嗇。爲了彌補這缺憾，於是我寫了這部書，給相思的少女少婦一點安慰和幫助——理由是，針黹、撚線桿和紡車並不能够滿足天下的婦女❸。本書裏講了一百篇故事——或是講了一百篇「寓言」，一百篇「醒世小說」，一百段「野史」，隨你們怎麼說。這些故事都是在最近瘟疫盛行的時期，由七位妙齡女郎、三位青年男子在十天之內講述的。故事之外還有幾位少女唱出許多消遣的曲子。

從這些故事，我們可以看到情人悲歡離合的遭遇，以及古往今來一些離奇曲折的事蹟。淑女讀這些動人的故事，說不定會得到一些樂趣，同時還可以得到一些有益的啓發，因爲從這些故事，她們可以知道什麼事情應該避免，什麼事情可以追求。這樣說來，這本書對於憂愁苦悶的女子，就不能說沒有一點慰藉的作用了。

要是眞能做到這一步（願上帝允許！），那麼就讓她們感謝戀愛之神吧，是祂把我從愛的束縛中釋放出來，賜給我力量，爲她們的歡樂而寫作。

❸ 這句話照英譯本直譯，應是：「對於其他的婦女，有了針黹、撚線桿和紡車也就够了。」其他的婦女，指不會相思的婦女而言。

第一日

第一回

『十日譚』的第一天從這裏開始。作者首先說明了十個男女集合的緣由。以下便是他們在潘比妮亞的主持下，每人所說的拿手的故事。

各位溫文爾雅的女士，我深知妳們都是天生善感而富有同情心的，閱讀這本書時，免不了會認爲故事的開端太過悲慘愁苦了，使人不禁慘然地想起不久前發生的那一場可怕的瘟疫，這對於身歷其境，或是耳聞其事的人，都是非常難受的事。不過請不要以爲讀了這本書，又要使妳們歎息、流淚，就嚇得不敢再讀下去了。這書的開端雖然淒涼，但却好像一座險峻的高山，擋住一片美麗的平原，翻過前面的高山，就會來到賞心悅目的境界；攀援的艱苦，換來了加倍的歡樂，樂極固然生悲，但悲苦到了盡頭，也會湧現意想不到的快樂。

所以這只不過是暫時的淒涼——我說暫時的，是因爲它不過佔了寥寥幾頁的篇幅罷了；接着而來的就是一片歡樂，就像剛才預告的那樣——要不是聲明在先，只怕妳們就猜想不到後面還有這一着。說眞的，我眞不願勞累妳們走這條崎嶇的小徑，可是除了這條小徑之外，又沒有旁路可通，因爲如果不回顧一下悲慘的過去，我就無法交代清楚妳們將要讀到的那許多故事，是在怎樣的情境下產生的；所以只好寫下這麼一個開頭。

在我主誕生後第一千三百四十八年，義大利最美麗的城市——那麼繁華的佛羅倫斯，發生了一場恐怖的瘟疫。這場瘟疫不知道是受了天體的影響，還是威嚴的天主降給作惡多端的人類的懲罰，最初發生在東方，不到幾年，死去的人已不計其數；眼看這瘟疫不斷地蔓延開來，後來竟不幸地傳播到西方。大家都束手無策，一點辦法也拿不出來。城裏汚穢的地方都派人掃除過了，禁止病人進城的命令也已經發布了，保護健康的種種措施也執行了；此外，虔誠的人有時成羣結隊、有時個別地向天主一再作祈禱；可是到了那年初春，奇特而可怖的病症終於出現了，災難的情況立刻變得嚴重起來。

這裏的瘟疫，不像東方的瘟疫那樣，病人鼻孔一出血，就必死無疑，而是另有徵兆。染病的人，最初在鼠蹊間或是在胳肢窩下腫起一個瘤來，後來愈長愈大，就有一個小蘋果，或是一個鷄蛋那樣大小。一般人管這個瘤叫「疫瘤」，不用多少時候，這死兆般的「疫瘤」就由那兩個部分蔓延到人體各部分。這以後，病徵又變了，病人的臂部、腿部，以至身體的其他各部分都出現了黑斑或是紫斑，有時候是稀稀疏疏的幾大塊，有時候又細又密；不過反正這都跟初期的毒瘤一樣，是死亡的預兆。

任憑你怎樣請醫服藥，這病總是沒有救的。也許這根本是不治之症，也許是由於醫師學識淺薄，找不出眞正的病源，也就拿不出適當的治療方法來——當時許許多多對於醫道一無所知的人，居然也像受過訓練的醫師一樣執行醫業。總而言之，凡是得了這種病，僥倖治癒的人，眞是少之又少，大多數病人都在出現「疫瘤」後的三天內就送了命，而且多半都沒有什麼發燒或是其他的症狀。

這瘟疫太可怕了，健康的人只要一跟病人接觸，就會受到感染。那情形就像乾柴靠近烈火那麼容易就燃燒起來。不，情況還要嚴重些，不要說靠近病人，跟病人說話，會招來致死的病症，甚至只要接觸到病人穿過的衣服、摸過的東西，就會立卽染上疾病。

駭人聽聞的事還多着呢，要不是我，還有許多人親眼目睹，那麼這種種事情卽使是我從最可靠的人那兒聽來的，我也不敢信以爲眞，更別說是把它記錄下來了。這場瘟疫的傳染力已厲害到不僅是人與人之間會傳染，就連人類以外的牲畜，只要一接觸到病人，或者是死者的東西，就會染上病，過不了多少時候就死了，這種情形也是屢見不鮮的。有一天，我親眼看到這麼一回事：大路上有一堆破爛的衣服，是一個染病而死的窮人的遺物；這時來了兩頭豬，大家都知道，豬總是喜歡用鼻子去拱東西的，也是合該牠們倒楣，牠們用鼻子把那衣服翻了過來，咬在嘴裏，亂嚼亂揮一陣；隔不了一會兒，這兩頭猪就不停地打起滾來，再過一會兒，就像吃了毒藥似的，倒在那堆衣服上死了。

活着的人，每天看到這一類或大或小的慘事，心裏就充滿恐怖和種種古怪的念頭；到後來，幾乎無論哪一個人都採取冷酷無情的手段：凡是病人和病人用過的東西，一概避不接觸，他們以爲這樣一來，自己的命就可以保住了。

有些人以爲只要清心寡欲，過着有節制的生活，就能逃過這場瘟疫。於是他們各自找了幾個伴，揀些沒有病人的潔淨屋子住下，完全和外界隔絕。他們吃最精緻的食物，喝最甜美的酒，但總是盡力節制，絕不肯有一點兒過量。對外界的疾病和死亡情形他們完全不聞不問，只是藉音樂和其他的玩意來消磨時光。

也有些人的想法恰巧相反，以爲唯有縱情歡樂、豪飲狂歌，滿足一切慾望，什麼都一笑置之，才是對付瘟疫最有效的辦法。他們眞的照着他們所說的話實行起來，他們往往日以繼夜地盡情縱飲，從這家酒店逛到那家酒店，甚至一時興來，任意闖進人家屋裏，爲所欲爲，也沒有人阻攔他們，因爲大家都是活了今天保不住明天，哪兒還顧得到什麼財產不財產呢？所以大多數的住宅竟成了公共財產，隨便那個路人都可以大模大樣地闖進去，只當是自己的家一般佔用。可是儘管他們橫衝直撞，對於病人還是避之唯恐不及的。

浩劫當前，這城裏的法紀和聖規幾乎全都蕩然無存了；因爲神父和執法的官員也不能例外，都死的死，病的病，要不就是連一個手下也沒有，無從執行他們的職務；因此，簡直每個人都可以爲所欲爲。

也有許多人又採取折衷的態度。他們既不像第一種人那樣嚴格節制自己的飲食，也不像第二種人那樣大吃大喝、放蕩不羈。他們雖然也滿足了自己的慾望，但都適可而止；他們並沒有閉戶不出，也到外面去走走，只不過手裏總要拿些什麼鮮花香草，或是香料之類的東西，不時放到鼻子去嗅一下，清一清神，認爲這樣才能消除那充滿在空氣裏的病人、藥物和屍體的氣味。

有些人爲了自身的安全，竟抱着更殘忍的見解。他們說，要對抗瘟疫，只有一個辦法——唯一的好辦法，那就是躲開瘟疫。有這種想法的人，只關心他們自己，其餘的一概不管。他們離開自己的城市，丢下自己的家、自己的親人和財產，逃到別的地方去——至少也逃到佛羅倫斯的郊外，彷彿是人類爲非作歹，天主一怒之下，降下懲罰，這懲罰只落在那些留居城裏的人的頭上，只要一走出城，就可以逃出這場災難似的。或者說，他們以爲留住在城裏的人們末日已到，不久就要全家滅亡了。

這些人的見解各有不同，但並沒有個個都死，也沒有全都逃出這場浩刧。各地都有好些人在自己健康時，首先立下榜樣，教人不要去理會病人，後來自己病倒了，也遭到別人的遺棄，沒有人看顧，就這樣斷了氣。

眞的，到後來大家你廻避我，我廻避你；街坊鄰舍，誰都不管誰的事；親戚朋友幾乎斷絕往來，卽使難得說句話，也離得遠遠的。這還不算，這場瘟疫使得人心惶惶，甚至哥哥棄弟弟，叔伯拋棄侄兒，姐妹拋棄兄弟，妻子拋棄丈夫都是常有的事。最傷心也最令人難以置信的，是連父母都不肯看顧自己的子女，好像子女不是他們生的。

因此許多病倒的人都沒人看顧，偶然也有幾個朋友，出於慈悲心懷，給他們一些安慰，不過這是極少數的；偶然也有些僕人貪圖高額的工資，肯來服侍病人，但也是少之又少，而且多半是些粗魯無知的男女，並不懂得看護，只會替病人傳遞茶水等，此外就只會眼睜睜地看着病人死亡了。這些侍候病人的僕人，多半因此喪失了生命，枉自賺了那麼些錢！

就因爲一旦染了病，就再也得不到鄰舍親友的看顧，僕人又這樣難雇，於是就產生了前所未聞的風氣。不管她本來怎麼如花似玉，怎麼尊貴，一旦病倒了，就再也不計較雇用男子做僕人，也再不問他年老年少，都毫不在乎地解衣卸裙，什麼地方都在他面前裸露出來，只當他是一個女僕。她們這樣做，也是由於病情，無可奈何；後來有些女人保全了性命，品性就變得不那麼端莊，這也許是一個原因吧！

有許多病人，假如能得到好好的調理，本來可以得救的，也都因而死了。瘟疫的來勢既然這樣凶猛，病人又那樣缺乏看護，所以城裏日日夜夜都要死去大批大批的人，那情景聽着都叫人目瞪口呆，別說是當場看到了。至於那些幸而活下來的人，迫於這樣的情勢，也把許多古老的習俗都給改變過來了。

依照向來的風俗來說（現在也還可以看到），有人死了，親友鄰居的女眷都必須聚集在喪事人家，向死者的家屬弔唁；而男子就和鄰居以及別處來的市民齊集在門口。隨後神父來到，人數或多或少，要看那家的排場而定。棺材由死者的朋友抬着，大家點了一支蠟燭，拿在手裏，還唱着輓歌，非常熱鬧，一直抬到死者生前指定的教堂。但由於瘟疫越來越猖獗，這習俗就是沒有完全廢除，也差不多近於廢除了；代之而起的是新的風氣。病人死了，不但沒有女人圍繞着啜泣，往往就連斷氣的一剎那，也都沒有一個人在場。眞是難得有幾個死者能賺到他親屬的哀傷和熱淚；親友才不來哀悼呢——他們正在及時行樂、在歡宴、在互相戲謔呢！女人本是富有同情心的，可是現在爲了要保全自己的生命，竟不惜違背她們的本性，也跟着這風氣走。

再說，人死了很少會有幾個鄰居來送葬；而來送葬的絕不是什麼有名望有地位的市民，都是些下三濫——他們自稱是掘墓者；其實他們幹這種勾當，完全是爲了金錢，所以總是一抬起屍架，匆匆忙忙就走，並不是送到死者生前指定的教堂，而是送到最近的教堂就算完事。在他們前面走着五、六個僧侶，手裏有時還拿着幾根蠟燭，有時一根都不拿，只要看到空的墓穴，他們就叫掘墓人把屍體扔進去，再也不自找麻煩，鄭重其事地替死者舉行什麼下葬的儀式了。

下層階級，以至大部分的中層階級，情形就更慘了。他們因爲沒有錢，也許是因爲存着僥倖的心理，多半留在家裏，結果每天病倒的數以千計。又因爲他們缺乏適當的調理，病倒的幾乎全都死了。白天也好，黑夜也好，總是有許多人倒斃在路上。許多人死在家裏，直到屍體腐爛，發出臭味，鄰居們才知道他已經死了。城裏到處屍體縱橫，活人要是找得到脚夫，就叫脚夫幫着把屍體抬出去，放在大門口；找不到脚夫，就自己動手；他們這樣做不是出於惻隱之心，而是唯恐腐爛的屍體威脅到他們的生存。每天一到天亮，只見家家戶戶的門口都堆滿了屍體。這些屍體又被放上屍架，抬了出去，要是弄不到屍架，就用木板來抬。

一個屍架上往往載着兩三具屍體。夫妻倆，或父子倆，或兩三個兄弟合放在一個屍架下，是很普通的事。大家常常可以看到兩個神父，拿着一個十字架走在前頭，脚夫抬着三四個屍架跟在後面。常常有這樣的事情發生：神父只說要替一個人舉行葬禮，却忽然來了六七具屍體要同時下葬，有時候甚至還不止這個數字呢！再也沒有人爲死者掉淚，或點一根蠟燭給他送葬了；那時候死一個人，就像現在死了一隻山羊一樣，不算一回事。本來嘛，一個有智慧的人，在人生的道路上偶爾遭遇到幾件不如意的事，也很難學到忍耐的工夫；而現在，經過這場空前浩刼後，顯然連最沒有教養的人，對一切事情也都能處之泰然了。

每天，甚至每小時，都有一大批一大批的屍體運來，教堂的墳地已經容納不下了，尤其是有些人家，按照習俗，要求葬在祖塋裏，情形更是嚴重。墳地全葬滿了，只好在周圍挖掘一些又長又闊的深坑，把後來的屍體幾百個幾百個葬下去。就像堆積在船艙裏的貨物一樣，這些屍體，層層疊疊地放在坑裏，只蓋上一層薄薄的泥土，直到整個坑都裝滿了，才用土封起來。

當時城裏的種種淒慘景象也不必在這邊細談了，我只想補充一下，當城裏瘟疫橫行時，郊外的市鎮和鄉村並沒有逃過這一場浩刼；只不過災情不像城裏那樣聲勢浩大罷了。可憐的農民，住在冷落的村子裏，荒僻的田野中，一旦病了，旣沒有醫生，也沒有誰來看顧，隨時倒斃在路上、在田裏，或死在屋裏。他們死了，不像是死了一個人，倒像是死了一頭牲畜。

城裏的人因大難當前，丢下一切，只顧尋歡作樂；鄉下的農民，自知死期已到，也不願意從事勞動，拿到什麼就吃什麼；從前他們在田園上、牛羊上注下了多少心血，寄過多少期望，現在再也顧不得了。這樣，牛、驢子、綿羊、山羊、猪、家禽，還有人類的忠實的伴侶——狗，被迫離開圈欄，在田裏到處亂跑。田裏的麥早就該收割了，該舂好收起來了，但却沒有一個人來過問一下。這些牲口，有許多好像具有理性似的，白天在田野裏吃飽了草料，到了晚上，雖然沒有牧人來趕，也會自動走回農莊。

讓我們再從鄉村回到城裏來吧！其實除了說天主對人類眞是殘酷到極點之外，還能說什麼呢（當然有些地方也得怪人類太狠心）？由於這場猛烈的瘟疫，由於人對病人抱着恐怖的心理，不肯出力照顧，或根本不管，從三月到七月，佛羅倫斯城裏。死亡人數在十萬人以上。在瘟疫發生之前，誰也沒想過城裏竟住着這麼多人。

唉，宏偉的宮室、華麗的大厦、高大的宅第、從前達官貴婦雲集的地方，現在却十室九空，連一個最低微的僕從都找不到了！有多少顯赫的家族、巨大的家產、富裕的產業遺下來沒有人繼承！有多少英俊的男子、美麗的少女、活潑的青年（就連格倫、希波克拉底、伊斯克拉庇斯❶都得承認他們的身體很健康），在早晨還同親友一起吃點心，十分高興，到了夜裏，已到另一個世界去陪他們的祖先吃晚飯了。

講述這些悲慘的事情，我自己也覺得十分心酸；所以不如就此打住，現在我只想在下面提到一件事：

佛羅倫斯的居民相繼死亡，幾乎變成了空城，不過我後來聽到一個可靠的人說，在一個禮拜二早晨，做過彌撒後，莊嚴的聖瑪莉亞．諾凡拉教堂裏冷冷清清，只留下七個年輕的婦人，都穿着跟這個年頭相配合的黑色喪服。她們中間不是有親戚關係，就是有朋友或是鄰居的情誼。最大的一位不過二十八歲，年紀最輕的也有十八歲；都長得非常美麗，儀態優雅，具有良好的教養，顯然都是些出身高貴的婦人。

要是沒有什麼不便的話，她們的名字我本來也該告訴妳們，可是底下將記錄下她們所講述的，以及聽到的種種談話，我不願意有一天，使得她們覺得不好意思。現在的社會風氣又嚴格起來了，不像當時那樣放蕩——當時，不但像她們那樣年輕的姑娘，就連歲數較長的婦女，也免不了沾染這種風氣（至於產生這種風氣的原因，我們已在前面講過了）。我也不願意讓那些專愛中傷別人、一味挑剔純潔無瑕的生活的人，抓住這個機會用惡俗的話來破壞這幾位小姐的名聲。所以我只好依她們各人的性格，另取一個合適的名字——或多少還算合適的名字，好讓讀者明白她們中究竟是誰在說話，才不致弄不清楚。

❶這三個醫師和醫神。格倫（Galen, 130～200?）和希波克拉底（Hippocrates, 460～359? B. C.）是古代希臘名醫，伊斯克拉庇斯（Esculapius）是希臘神話中主醫藥的神。

那年紀最大的，我叫她「潘比妮亞」；第二個叫「菲亞美達」；第三個「菲羅美娜」；第四個「愛蜜莉亞」；第五個「拉蕾達」；第六個「妮菲爾」；最後一個，名字取得很適當，叫「愛莉莎」❷。

她們這天的見面，也是巧合，事先並沒有約定。大家在敎堂的一角圍成一圈，坐了下來；長吁短嘆了一陣，不再禱告，只是談論當時的種種情況。大家沉默了一會兒後，只聽見潘比妮亞開口說道：「各位好姐姐，妳們想必早就聽說過了，一個人做本份的事是不會惹人見怪的。盡力保護自己的生命原是每個人的天賦權利。只要是爲了保護自己的生命，風俗人情甚至容許殺害一與自己毫不相干的人。如果維護公共利益的法律尙且能够容忍這種行爲，那麽我們爲了保全自己的生命，採取與人無損的手段，當然是合情合理的了。我一想到今天早晨和以前那一串日子是怎樣挨過來的，再想到我們這幾天來全是談些什麽話，我就感覺到——妳們也一定同樣會感到，我們是在爲自己的生命擔憂呀！這點我並不覺得奇怪；我奇怪的是，我們女人都有女人的判斷力，爲什麽不替自己想個辦法，來擺脫這憂愁呢？

「我們留在這兒——照我看來——最多也不過是看看又運來了多少要下葬的屍體，或聽聽那剩下來的幾個修士是不是還按時唱着聖歌；或拿我們這身喪服向每一個來到這裏的人顯示我們遭遇到多麽重大的不幸。走出這兒的敎堂，我們就會看到到處都抬着死屍和病人；或者看見從前被當局放逐的罪人，如今再不把法律看在眼裏，任意在大街小巷大搖大擺，因爲他們知道那班執行法令的人不是死了

❷ 阿爾亭頓譯本在「愛莉莎」後面加括弧說明：（或者「處女」）。不過潘譯本根據希臘字源，試着解釋前面六個名字的意義後（如潘比妮亞意謂「指導」，菲羅美娜意謂「愛好歌唱的」，愛蜜莉亞意謂「嫵媚」，拉蕾達意謂「戴桂冠的」，妮菲爾意謂「好奇的」等），却說最後一個名字的意義不明。

就是病倒了。再看到我們城裏那羣下三濫，他們自稱『掘墓者』，喝飽了我們的血，騎在馬上到處馳騁，嘴裏還唱着下流的小調，來嘲笑我們的苦難。到四處轉一轉，我們只聽到『某人死了』，或『某人只剩一口氣了』。要是人死了還有人哭，那麼我們在這城裏就只能聽見一片哀聲了。我不知道妳們是不是跟我一樣，我家裏的人全都死了，一座大宅邸裏只剩下我和女僕兩個人；我一想到這裏，就毛骨悚然；在家裏無論坐也好，立也好，總覺得有許多陰魂出現在我眼前，他們的臉都不是我熟悉的，而是變成可怕的樣子，眞把我嚇壞了。

「這樣，我不管在這裏、在外面，或者在家裏，總是心神不寧；尤其是凡像我們這樣有體力、有辦法的人全都跑了，留在這兒沒走的只剩我們這幾個。就算還有一些人留在這兒，我常聽說——也親眼看到過——他們不管是一個人或是一羣人，總是夜以繼日地盡情吃喝玩樂，不再存什麼是非了。不僅是世俗的人，就連幽居在修道院裏的修士，也認爲別人可以做的事，他們也同樣可以做，因此竟違背了誓言，去追求肉體的歡樂。爲了逃過這場災禍，大家都變得荒淫無度了。

「如果眞的是那麼一回事，那我們還留在這兒幹什麼？我們還指望什麼？我們還夢想什麼？我們爲什麼不像別人那樣及早替自己的安全設想？生命對我們難道就不及對別人那樣可貴？或者難道我們竟認爲我們的生命力比別人强，所以用不到害怕災禍會落到自己身上？我們錯了，我們上當了。要是我們眞的這樣想，那是多麼糊塗呀！我們只要想想，有多少年輕男女在這場可怕的瘟疫中送了命，那就可以獲得很明確的答案了。

「不知道妳們是不是也有這樣的想法，照我看來，要是我們不願意把自己的生命當作兒戲，坐以待斃，那麼許許多多的人都走的走、溜的溜，我們不如也趁早離開這個城市。不過，就像逃避死神那樣，大家那種墮落的生活，我們也要避免；我們在鄉下都有好幾座別墅，讓我們就住到鄉下去，過着貞潔的生活吧；在那兒，我們可以隨着自己高興尋求快樂，但是絕不越出理性的規範。

「在鄉下，我們可以聽鳥兒歌唱，可以眺望青山綠野，欣賞田疇連綿、起伏麥浪，以及各種各樣的樹木。我們還可以看到遼闊的蒼穹，儘管上天對我們這樣嚴酷，但她還是在我們眼前展露了她那永恒的美麗——這比我們這座空城好看多了。那兒的空氣也新鮮得多，在這個季節，我們在鄉下將可以拋棄許多苦惱，憑添不少生命的樂趣。雖說鄉村裏的農民也像城裏的市民，一個個的死去，但究竟屋少人稀，不致於這樣觸目驚心。

「再從另一方面來說，我們並沒有拋棄這兒的什麼人。說眞的，倒是我們被人拋棄了，因爲我們的親戚不是死了，就是逃了，拋下我們單身隻影去擔當那沉重的苦難，好像我們不再是他們的親人似的。

「要是照我的話去做，我們不會受到什麼非難的，否則我們可能反而會遭到痛苦、麻煩，甚至死亡。所以我想，我們不妨帶着女僕，她們攜帶一切必需品，逃出城去，從這家別墅走到那家別墅，趁這大好的時光，好好地享受一番。讓我們這樣地生活下去。只要死神不來召喚我們，我們總有一天可以看到天主怎樣來收拾這場瘟疫。請各位記着，我們正大光明地出走，不見得比許多女人放蕩不羈地住在城裏更要不得。」

大家聽了潘比妮亞這番話，都很佩服她的見地，而且竟迫不及待地開始討論起詳細的辦法來，彷彿這些話一說完，她們一站起身，就要出發了似地。非羅美娜是個最謹愼的姑娘，她說：

「各位姐妹，潘比妮亞所說的當然很好，可是我們也不能照自己的意思，說走就走。別忘了我們都是女人；我們年紀也不小了，不會不明白幾個女人聚在一起會有什麼好結果；女人要是沒有男人領導，勢必弄得一團糟。我們的心坎兒太活了、太任性了、太多心了、太懦弱無能了。我只怕一切任憑我們，沒有人來領導，那麼我們這些人很快地就會不歡而散，叫大家臉上都沒光彩。讓我們先解決這個問題，然後再動身吧！」

愛莉莎也說：「眞的，男人是女人的首領，沒有男人的幫助，我們什麼事也做不成。不過我們要怎麼找到男人呢？大家都知道，我們的親戚大多都已經死了，沒死的也早已各自結伴，各奔東西，也不知道他們跑到哪兒去了。無緣無故請幾個陌生男人來參加，那又不太妥當；因爲我們要躲避生命的危險，也要預防蜚言流語落到我們頭上來，免得我們爲了尋求歡樂和安寧，却反而招來煩惱。」

這幾位女子正在談論時，恰巧有三個青年男子走進教堂——說是年輕，最小的也有二十五歲了。他們都富有熱烈的感情。這年頭是多麼可怕，親友們多半死了，自己也是朝不保夕，可是這一切都不能叫他們的愛情有一絲兒冷却——更不用說叫這股愛情的火焰完全熄滅了。他們三個，一個叫「潘費羅」，還有一個叫「費洛斯特拉多」，第三個叫「狄奧紐」。他們的談吐擧止都非常可愛，在這災難的歲月裏，他們只希望有機會能和自己的情人見一面，這在他們就是無上的安慰。事有湊巧，他們三個的情人就在這七位女子裏面，而其餘幾位女子中也有幾位跟他們有親戚關係。

他們才走進敎堂，這幾位女子就已經看到他們；潘比妮亞就笑着說：

「瞧，我們的運氣有多好！這兒不是來了三個英俊又懂事的青年來成全我們的願望嗎？只要我們肯收容他們，他們一定樂意做我們的嚮導和跟班的。」

妮菲爾的愛人正是這三個男子中的一個，她聽了這話，不禁羞得滿臉通紅，說道：「潘比妮亞，看在老天爺面上，妳說話也該多想一想呀！我很清楚，他們三個怎麼說也得承認是優秀的青年，而且無疑的可以擔當比這更重大的任務。我也認爲，別說請他們陪伴我們，就是請他們陪伴比我們漂亮高貴的小姐，他們也還是非常合適而令人愉快的良友。可是誰都知道，他們現在正和我們中間的幾個人戀愛，我只擔心，要是讓他們加入我們的隊伍，儘管我們都是清白的，但毀謗和流言還是不會饒過我們的啊！」

非羅美娜接着說：「這有什麼關係呢？只要我問心無愧，隨別人愛怎麼說，我絕不會爲這感到不安。天主和眞理會保護我們的名譽的。要是他們肯加入我們，那麼正像潘比妮亞所說的，我們的運氣眞是太好了，這是天意派他們來成全我們願望的！」

接下來的靜默說明這些女子們聽了這番話，沒有一個反對的，一致贊成上前去招呼那三個青年，把這個計劃告訴他們，問他們是不是願意跟她們一起住到鄉下去。潘比妮亞不再多說什麼，就站起身來，向他們那兒走去，原來她和其中的一個人有親戚關係。

那三個青年正站在那兒望着她們；潘比妮亞笑容可掬地跟他們行了個禮，向他們說明她們有怎麼樣的一個計劃，並且以她和全體姊妹的名義，請求他們本着兄弟般純潔的友愛，加入她們的隊伍裏。

最初，那三個青年還以爲這是在跟他們鬧着玩呢；不過看到她說得這樣鄭重，也就打消了疑慮，非常愉快地答應下來。爲了及早出發，他們就立刻着手做必要的準備。

第二天是禮拜三，一切都準備就緒，他們要去的地方也已經派人預先去通知了。那七位小姐就帶着女僕，三個青年各帶着一個男僕，在晨光熹微中，離城出發了；走了不到兩哩路，就來到預定停留的地方。

這座別墅建築在一座小山上，和縱橫的公路保持着相當的距離，周圍草木扶疏一片青葱，景色怡人。宅邸築在山頂，住宅內有一座很大的庭院，有露天的走廊，客廳和臥室布置得非常雅致，牆上還掛着鮮艷的圖畫，更覺動人。宅邸周圍，有草地、可愛的花園，還有清涼的泉水。住宅有地窖，藏着各種美酒，不過這只好讓善飲的人去品嘗了，對於貞靜端莊的女子是沒用的。整座屋子事先已打掃乾淨，臥房裏的被褥都安放得整整齊齊；每個屋角都插滿着各種鮮花，地板上舖了一層燈蕊草。他們抵達後，看到一切都布置得這麼整齊，就覺得很高興。

大家坐定後，就討論消遣的辦法。狄奥紐可以說是世界上最樂觀、最風趣的青年了，他首先開口說道：

「各位小姐，多虧妳們的巧思，而不是因爲我們的遠見，我們來到這兒。我不知道妳們打算怎樣排除憂思，至於我呢，我在剛才跟妳們一起動身時，就已把那份愁思丢在城裏了；所以，我請求妳們跟我一起來縱情歡笑歌唱，只要不失妳們的端莊就行了；否則請妳們還是放我回到那苦難的城裏去，重新在悲傷中討生活吧！」

潘比妮亞似乎也已經把她的愁苦抛掉了，便高高興興地回答道：「狄奥紐，你說得對，讓我們盡情歡樂吧——因爲我們從苦難中逃出來，就是爲了這個目的呀！不過凡事要是沒有制度，就不會長久持續。我首先發起讓這許多好朋友結合在一塊，我也希望我們能長久快樂，所以我想我們最好推個領袖，大家尊敬他、服從他，他則專心籌劃如何使我們過得更歡樂些。爲了使每個人都有機會體會到統治者的責任和光榮，也爲了免除彼此之間的妒嫉，我想最好把這份操勞和光榮每天輪流授給一個人。第一個由大家公推。到了晚禱的時分❸，就由他或她指定第二天的繼任人，以後就都這樣做去。在各人的統治時期，都由他或她規定我們取樂的場所，以及取樂的方法等一切問題。」

潘比妮亞的話使大家聽了非常高興，他們一致推選她做第一天的女王。非羅美娜奔到一株月桂樹下，摘下幾條纖細的葉枝，編成一頂又美麗又光榮的桂冠——因爲她常聽人說，桂冠會給人帶來光榮

❸ 指下午六時。

和尊敬。現在，這頂桂冠成爲統治權的象徵，誰戴它，誰就可以管理其他的人。

潘比妮亞接受公意，做了女王，就命令大家靜下來。她又吩咐把他們帶來的三個男僕和四個女僕喚來，說道：

「我先樹立一個榜樣，以後你們在自己的任期內一定能做得更好，這樣，大家就可以逍遙自在，一切都井井有條，不失規範，這種生活我們要維持多久就可以維持多久。我委任狄奧紐的僕人巴梅諾做總管，住宅裏的日常起居事宜都由他負責，尤其是餐廳裏的一切事務。潘費羅的僕人西利斯科擔任財務和採辦工作，總管有什麼支配，也由他去辦。兩個人都有事務了；坦達羅就在費洛斯特拉多、狄奧紐和潘費羅的房裏侍候。菲羅美娜的僕人莉西絲卡、我的僕人蜜西亞專門擔任廚房裏的工作；總管配好菜料，就由她們悉心烹調。拉蕾達的喜美拉，和菲亞美達的絲特拉蒂莉亞在小姐的房裏侍候，還要把全屋子打掃乾淨。我還要叮囑大家一句，你們如果想要討我們的歡心，那麼不論你們到哪兒去、從哪兒來，看到、聽到什麼，只許把愉快的消息帶回來。」

她這些命令大家都一致贊成。吩咐完畢，她就輕快地站了起來，說：「這裏有的是花園、草地和賞心悅目的地方，大家不妨信步漫遊一會吧；不過到了打晨禱鐘的時候❹，可要回到原處來，趁天氣還涼快的時候吃早飯。」

這些快樂的青年男女，獲得了女王的許可，就在花園中緩步而行，有說有笑，還編着各種花冠，唱着情歌。到了女王所指定的時刻，大家就回到住宅裏來；這時巴梅諾已盡心盡力地把各事都安排好了。一走進樓下的餐廳，他們就看到桌子上已蓋着雪白的枱布，玻璃酒杯像銀子般閃射光芒，到處陳

❹ 指上午九時。當時教堂每天禱告七次，按時鳴鐘，民間就以教堂的鐘聲來定時間。——根據潘譯本原注

設着金雀枝花。大家聽女王的話，先洗好手，然後依着總管排定的席次坐下。精緻的菜肴端上來，美酒送到手邊，又有三個僕人安靜地侍候。一切調排得這樣周到、布置得這樣美好，大家都非常滿意，席間只聽見他們談笑風生。

這些青年男女都會跳舞，有幾位還善於彈琴、唱歌；吃好早飯，桌子撤去之後❺，女王就吩咐會奏樂的把樂器拿來。狄奧紐抱了一個琵琶，菲亞美達拿起一架六弦琴，兩人合奏一支美妙的舞曲。女王吩咐僕人自去吃飯，她自己跟兩個青年和六個姑娘一起跳着慢步舞。舞罷，他們又開始唱着輕快活潑的歌曲。

他們玩得興高采烈，直到女王認爲應該是午睡的時候，才宣佈停止活動。三個青年和小姐各自回到自己的房內——他們的臥室分隔在兩處，床舖全都收拾得整整齊齊，而且也像餐室那樣，陳設着許多鮮花。三個青年男子回房後就解衣入睡，小姐也是一樣。

午後鐘❻敲過不久，女王首先起身，把其餘的女子喚醒，又吩咐僕人去叫三個青年起來，說是白晝睡眠過久，有礙健康。於是他們一起到一塊草地上，那兒綠草如茵，叢林像篷帳般遮蓋了陽光，微風陣陣吹過。女王叫大家席地而坐，圍成一圈，說道：

「你們瞧，太陽還掛在高空，暑氣逼人，除了橄欖枝上的蟬聲外，幾乎萬籟俱寂。如果選這個時候出外去玩，那眞是太傻了。只有這裏還涼快舒適些；你們瞧，這兒還有棋子和骰子供大家玩。不過

❺ 在當時，桌子只是一塊枱面，擱在脚架上；不用的時候，爲了節省空間，就把它撤掉，放在牆脚邊。——潘譯本原注

❻ 指下午三時敲的禱告鐘聲。

依我看，我們還是不要下棋擲骰子的好，因爲來這些玩意兒，總是有輸有贏，免不了有一方精神上會感到懊喪，而對方和旁觀的人也並沒因此感到多大的樂趣。還是讓我們講些故事，來度過這一天中最熱的時刻吧！一個人講故事，可以使全體都得到快樂。等大家都講完一個故事，太陽就要下山，暑氣也退了，那時我們愛到哪兒就可以到哪兒去玩。要是這個建議大家贊成，那麼我們就這樣做。要是你們不贊成，那我也不勉强，大家任意活動好了，到晚禱的時候再見。」

少女和青年全都贊成。

「你們既然贊成，」女王說，「在這開頭的第一天，我允許大家各自講述心愛的故事，不限題目。」

她回頭過來看坐在她右邊的潘費羅，微笑地吩咐他帶頭講一個故事。潘費羅聽到吩咐，就立刻開始講述下面這個故事。大家都聚精會神地聆聽着。

故事第一篇 聖徒的誕生

夏培萊特臨終時編造了一篇虛偽的懺悔，把神父騙得深信不疑，雖然他生前無惡不作，死後却給人視做聖徒，被尊爲「聖夏培萊特」。

親愛的小姐，我們無論做什麼事都應該以偉大神聖的造物者的名字作爲起始。既然我第一個講故事，我就準備選一件天主的奇蹟做題材，使得大家聽了，可以對永恆不變的我主信心更爲堅定，而且懷着更大的熱誠永遠讚美祂。

世間萬物原都是匆促短暫、生死無常，而且還要忍受身心的種種困厄、苦惱，遭受無限的災禍；我們人類寄身在天地萬物之中，而且就是這萬物中間的一分子，實在柔弱無能，既無力抵禦外界的侵凌，也忍受不了重重折磨——幸虧大恩大德的天主把力量和智慧賜給了我們。可是我們應該相信，這恩寵並不是因爲我們的功德而得來的；不要那麼想，要知道這是全憑天主的慈悲和諸聖的祈禱！

那些聖徒當初也是凡人，跟我們沒有兩樣；但是他們在世時，一刻也忘不了主的意旨，因此如今在天上受祝福、得永生了。我們在禱告中，不敢直接向這麼崇高的審判者傾訴自己的私願，只得向聖徒傾吐自己切身的要求，請他們代爲上達天聽——因爲他們本着自身的經驗，也洞悉人性的弱點。

我們凡人的俗眼雖然無從窺測神旨的奧妙，但是確知天主的慈悲是深廣無比的。有時候，我們凡人受了欺矇，會錯找那永遠遭受放逐、再不能覲見聖座的人來傳達祈禱，但天主却是不受欺矇的。卽使這樣，天主還是鑒於祈禱者的眞心誠意，而寬容他的愚昧，不計較那被放逐者的深重罪孽，依舊垂聽那錯把罪徒當作天主座前的聖者的禱告。我要講的這個故事中，這一層就表明得很清楚；我說「很清楚」，並不是指天主的判斷而論，而是對我們人類而說的。

從前法國有個大商人，叫做姆夏特・法蘭玆基❶，他因爲有錢有勢，所以成爲爵士。那時候，法國國王❷的弟弟查理受到敎皇波尼法玆奧的召見，正要到杜斯卡納去，他被派做隨從一同前去。就像一般商人一樣，臨到要起程了，他才發覺還有好多事務亟待料理，而行程倉促，來不及在頃刻之間一一辦妥，只得設法把一應大小事務交託給別人；但是有一件極難處置的事沒有託付妥當，那就是說，他放給好多勃根第人的債，還找不到一個可靠的人去催收。他所以躊躇不決，是因爲他知道這些勃根第人都兇狠得要命，不顧信用，又不講道理，一時倒很難想出一個聰明的人，可以對付得了他們的覇道行爲。

他想了好久，才想起有一個身材矮小、衣飾華麗，時常在他巴黎寓所中出入的夏貝萊洛・達・普拉多，那法國人根本不知道「夏貝萊洛」是「木樁」的訛音，只看到他衣飾入時，還道這個字跟「夏

❶ 一個從佛羅倫斯移居法國的商人，頗得法王的寵愛，因而取得了買賣的專利權，成爲鉅富。——潘譯本原注

❷ 卽美男子腓力（Philippe le Bel，1268~1314）。底下所說的查理，歷史上也確有其人。

貝洛」（花冠）是相同的，於是就把它變做了「夏培萊特」（花冠的愛稱），於是就「夏培萊特」、「夏培萊特」地叫開來，他的眞名反而沒人知道了。

說起這位先生，他的爲人可眞够你瞧呢！他幹的是公證人這個行業，可是他的拿手好戲就是編造假文書，如果他眞的寫了一份絕無弊端的契據，反而會使他羞愧得無地自容，好在文契一由他經手，作僞做假的多，純粹完整的少；更妙的是，你並不要出多少錢去求他；他肯白白給你一份假文書，他情願奉送！爲人發假誓，那是他最高興不過的事了，你求他也罷，不求他也罷，他總不肯錯過這個機會。那時候，法國人是十分重視發誓的，不敢胡亂發誓；可是每逢法庭要他出席作證，以他的信仰起誓時，他總是毫不在乎地發一個天大的假誓，所以每次他都靠這種無賴手段獲得勝訴。

他還十分起勁地在親友之間挑撥是非、散布仇恨；亂子鬧得愈大，他愈得意。逢到人家找他謀害人命，或是幹其他的好差使時，他總是一口答應下來，從不推辭；遭他暗算因而送命的人也不知有多少。對於天主和諸聖，他一味褻瀆，哪怕是爲了一點不相干的事情，都可以暴跳如雷。他從沒進過教堂；提到聖禮聖餐，他總是使用最難聽的字眼，好像在講不值一提的東西似的。另一方面，酒店和下流的場所，却無時無刻不會沒有他的踪跡。他離不開女人，就像惡狗少不了一根棒子似的，再沒有哪一個惡徒像他那樣有傷風化或違反人道的了。他做起搶刼的勾當來眞是心安理得，就像修士向天主奉獻犧牲一樣稀鬆平常。他好吃好喝，把自己的身子都糟蹋壞了。他又是個出名的賭棍，專門做手脚、擲鉛骰子，騙別人的錢。

可是我何必多嚕囌呢，自古以來恐怕再也找不出一個像他那樣的壞蛋了。總之，有一個時期，他憑他的奸詐爲姆夏特效勞，而姆夏特也仗着他的財勢百般庇護他，不止一次地把他從受害人的手裏、從法律的掌握裏救了出來。

現在姆夏特就想起他來，夏培萊特的歷史全在他肚子裏，他認爲要對付那些狡黠的勃根第人非他不可。他差人去把他請來，向他說：

「夏培萊特，你知道，我要出國去了，不知哪天才能回來，可是我還有些債務沒有跟勃根第人了結，這些人可眞刁猾，我想如果不勞駕你走一遭，就再也沒有人可以把我的錢收回來。再說，你現在也是閑着，要是你願意去的話，我替你向朝廷討一份護照，你把賬收來，我就從賬款裏提出一筆相當的數目做你的酬勞。」

夏培萊特這時正沒事可做，手頭很緊，如果向來支援他、庇護他的朋友一走，那情景將越發困難了，所以他毫不考慮，一口答應了下來。兩人談妥之後，姆夏特就動身啓程了。

夏培萊特帶着委託書和皇家護照，來到了勃根第。那裏的人誰也不認得他；而他居然一反素來的本性，用溫和公平的態度來催收賬款，行動檢點、盡他的職務，好像他有多少邪惡的手段都要掩藏起來，準備到最後才一下子用出來似的。

他寄居在兩個放高利貸的佛羅倫斯人家中。他們是兄弟倆，看夏培萊特是姆夏特派來的人，於是着實優待他。不想他在他們家裏病倒了。他們隨卽爲他請醫生，打發僕役侍候他，凡是能力所及的地方都盡力做了。

可是一切都不見效。他老了，從前的生活過得又荒唐，眼看病勢一天比一天沉重；到了最後，醫生說沒救了，弄得那兄弟兩個十分焦急。有一天，他們在緊隣病房的房間裏商議。一個就向另一個說道：

「我們怎樣安排這個病人呢？這件事可不好辦，要說把病人攆出屋子吧，情理上講不通，一定會受人指責。大家看見我們留下他，又忙着替他請醫生、派人服侍他，現在人快要死了，絕對不會再做出什麼得罪我們的事情來，却忽然看見我們把他攆了出去：這怎麼成呢？再說，他是一個無惡不做的人，絕不肯懺悔認罪、接受教會的聖禮；一旦死了，教堂一定不肯收容他的屍體，他豈不是要像死狗一般給扔在溝裏嗎？就算他認罪吧，他的罪案這樣多，罪孽又這樣重，不管神父或修士，沒有誰肯赦免他的罪，或是爲他赦免罪愆的。要是他得不到赦免，那還不是給扔到溝裏去？只要出了這樣的事，這裏的人平時就恨我們幹這勾當，罵我們是不義之徒，這時就會抓住這機會，一窩蜂地衝進我們的屋子來搶刼錢財，一邊高喊道：

『這羣隆巴地③狗子，連教堂都不肯收留他們，快給我們滾吧！』

他們這樣衝進來，不但搶刼我們的財貨，說不定還會要我們的命。所以說來說去，一旦他死了，我們可要受累了。」剛才說過，夏培萊特只跟他們隔了一層板壁，病中聽覺又格外敏銳，所以他們所說的話，他都聽見了。他把那對兄弟請到自己的房中來，這樣對他們說：

「請你們不必擔心或顧慮我會連累你們。剛才你們在隔壁房內所說的話，我全都聽到了；要是事情眞是像你們所預測的那樣發展下去，那麼當然會有這樣的結果。可是我有辦法把這局面轉變過來。我一生違背天主行事，不知犯下多少罪孽，要是在臨死之前再犯一次，反正也是那麼一回事。快去請一個最虔誠、最有德行的神父來——假使天下眞有這樣的人。其餘的你們都不用管，我自有辦法把事情弄得面面俱到，使你們感到滿意。」

兄弟倆雖然沒有抱多大的希望，但仍然到修道院去，說家裏有一個隆巴地人快斷氣了，要請一個旣聖潔又有學問的神父來行懺悔禮。修道院便派了一個十分聖潔、極有學問、精通聖經、爲全城所敬

③ 隆巴地（Lombard）：位於義大利北部，那裏的人以善於理財著名。

重的神父跟他們去。

神父走進病房，在床邊坐下，先溫和地說了幾句安慰病人的話，接着就問他最後一次懺悔已有多久。夏培萊特一輩子也沒有懺悔過，却回答道：

「聖父，我向來每星期懺悔一次，有時還不止一次。可是說眞的，自從病了以後，這八天中還沒懺悔過，我就給病魔害得這般痛苦了。」

神父就說：「孩子，你這樣做很好，大家都應該照你這樣做才對❹。既然你經常認罪，也就無須我多聽多問了。」

病人說道：「神父，你不要那麼說，不管我懺悔過多少次，我還是時時渴望把我所記得的一生罪惡，從我落地起一直到此刻我正在懺悔爲止，原原本本地吐露出來。所以，好神父，請你把我當作完全沒有認過罪一般，詳詳細細地問我吧，不要因爲我躺在病床上就寬容我。我寧可犧牲肉體的舒適，也不願我的救主因他用寶貴的鮮血贖回來的靈魂沉淪在罪淵中。」

神父聽了他的話，大爲高興，認爲這就是心地善良的證明，着實稱道了他的虔誠。於是就詢問他可曾跟婦女犯過姦淫罪。夏培萊特嘆口氣回答道：

「神父，這種事我不好向你說眞話，怕我會犯上自負罪。」

神父就說道：「儘管說好了，只要你說的是眞話，那麼不管是在懺悔，還是在別的場合，你絕不會犯罪的。」

「既然這樣，」夏培萊特回答道，「那麼我就照實說了，我還是一個童子身呢，就像我初出娘胎

❹ 據阿爾亭頓譯本。潘譯本作：「你這樣做很好，你以後也應該這樣做。」

時那樣清白！」

「啊，願天主賜福給你！」神父嚷道，「這眞是難得的品德啊，你自動發願，保守清白，功德遠勝過我們和其他受戒律束縛的人。」

神父接着又問，他可曾冒着天主的不悅而犯了貪嘴罪。

夏培萊特連聲歎氣說：「有的，這種罪我也不知犯過多少次。除了像別的信徒那樣年年遵守着四旬齋❺的禁食外，我每星期還至少齋戒三天，只吃些麵包和清水；可是我喝起水來——尤其是當我祈禱累了，或是在朝聖的路程中走累的時候——却放量大喝，而且喝得津津有味，就像酒徒喝酒一樣。我又有好多次眞想嘗嘗婦女上城去時所拌的那種普通的生菜；有時候，吃東西會引起他的快感，那對像我那樣修心齋戒的人實在是不應該的。」

「我的孩子，」神父說道，「這些過失也是人情之常，不算什麼的，你也不必過分責備自己的良心。每個人都會這樣，不管多麼虔誠，在長期齋戒之後進食，在疲乏的時候喝水，精神也會爲之一振的。」

「啊，神父，」夏培萊特說，「別拿這些話來安慰我了，你知道我並不是不知道，凡是跟侍奉天主有關的事，都要眞心誠意、毫無怨尤地去做，否則就是犯了罪。」

神父聽了大爲高興，就回答道：「你有這一片心，我非常高興，我也不禁要讚美你那純潔善良的心地。可是告訴我，你有沒有犯過貪婪罪呢？譬如追求不義之財，或是佔有你名分以外的財物。」

「神父，」夏培萊特說，「請不要因爲我住在高利貸者的家裏而懷疑我，我和他們是沒有任何瓜

❺ 四旬齋（Lent）：復活節前四十日內齋戒，紀念當初基督在荒野裏禁食的事蹟。

蔑的。不，我來這裏只是爲了想勸告他們，要他們洗心改過，從此不幹那重利盤剝的勾當；我相信我可能做到的，要不是天主來把我召去的話。你要知道，我父親是很有錢的，他老人家辭世的時候，遺留給我一大筆財產；這筆財產，我一大半拿來施捨別人。我爲了維持自己的生計，也爲了可以周濟貧苦，便做了一點小本生意，想賺取一點利潤，可是我總是把賺來的錢均分爲二，一半留給自己需用，一半送給窮苦無告、信奉天主的人。蒙天主的恩典，我幹得很順利，業務逐漸地興旺起來。」

「你這樣做眞是好極了，」神父說道，「不過你是不是常常容易動怒呢？」

「噢，」夏培萊特說，「我只能告訴你，那是常有的事！誰能看着人整天爲非作歹，全不把天主的戒律和最後的審判放在心裏，而耐得住一腔怒火呢？我一天有好幾次寧可離開這個世界，也不願活着眼看青年人追逐虛榮、詛天咒地、發假誓、在酒店裏進進出出，却從不跨進教堂一步，他們只知道向世俗的路走去，不知道追隨天主的光明大道。」

「我的孩子，」神父說，「這是正義的憤怒，我不能要你把這事當作罪惡懺悔。不過你有沒有逞一時之忿，殺人、傷人、汚蔑人或是委屈了人呢？」

「唉，神父，」病人回答道，「看你是個天主的弟子，怎麼也會講出這種話來呢？像你所說的種種罪惡，別說眞的做出來，就是存着些微的念頭，難道天主還能一直容忍嗎？這些都是盜賊惡漢的行徑呀，我一見了這些人，沒有一次不是對他們說：『去吧，願天主感化你們！』」

「願天主降福給你！」神父說，「可是告訴我，你有沒有做過假見證去陷害人，有沒有誣毀過他人？別人的東西你有沒有侵佔過？」

「唉，神父，說眞的，」夏培萊特說，「我眞的毀謗過人；從前我有一個鄰居，往往無緣無故毆打他的妻子，我實在看不過了，有一次就去告訴她的娘家，說他怎樣怎樣不好——我眞是替那個不幸的婦人難過，他喝醉酒打起女人，天知道有多狠毒。」

神父又問道：「你說你是個商人，那麼你有沒有像一般商人一樣用過欺騙的手段？」

「啊，神父，有過這麼一次，」夏培萊特說，「可是我無法知道那個吃虧的人是誰。他賒我的布去，還錢的時候我當場沒數，就放入錢箱，隔了一個月，我拿出來一數，發覺多了四文錢。我就把這錢另外放開，以便歸還原主，可是等了他一年還不見他來，我才把這四文錢施捨給窮人。」

「這是一件小事，」神父說，「你處理得也很妥當。」

於是他再提出了一些其他的問題，夏培萊特又像剛才那樣一一回答。最後，神父正想替他行赦罪禮的時候，他大聲嚷道：

「神父，我還有一件罪惡沒有向你懺悔呢！」

神父忙問他是什麼事，他說：「我記得有一個禮拜六做過午禱後，我叫女僕打掃屋子，我應該尊重我主的『聖安息日』❻，而我却沒有做到！」

「噢，我的孩子，」神父說道，「那也是一件小事。」

「不，」夏培萊特說，「你別那麼講：這是一件小事，聖安息日是我主復活的節日，應該受到多大的崇敬啊！」

神父又問道：「那麼還有別的罪過沒有？」

「唉，神父，」夏培萊特回答道，「有一次，我自己也不知道在幹些什麼，竟在天主的教堂裏隨口吐了口水。」

❻ 從阿爾亭頓譯本。聖安息日（Holy Sabbeth）：復活節前的禮拜六。里格譯本作「禮拜日」。

神父微笑說道：「這種事你不必放在心裏，我的孩子；我們做修士的也天天在那裏吐口水呢！」

「那你們就大大地不應該了，」他回答道，「別的一切還在其次，天主的聖殿却是獻祭的場所，理應保持十分潔淨才是呀！」總之，他還說了許多諸如此類的事；後來他開始呻吟起來，最後又索性放聲大哭了——只要他高興，他是能把悲傷絕望的神情描摹得維妙維肖的。神父慌忙問道：「孩子，為什麼這樣傷心呢？」

「唉，神父，」夏培萊特回答說，「我還有一件罪惡始終隱瞞着沒說出來哪，我沒有勇氣說，因為我慚愧極了，我只要一想起這件事，就哭得像你現在所看到的那樣子；照我看來，天主永遠也不會寬恕我這件罪惡了。」

神父說着：「別哭了，我的孩子，話不是這樣說的。哪怕世間一切的罪惡，甚至直到世界末日，人類所要犯的一切罪惡完全集中在一個人身上，只要他真的能够痛改前非，就像我所看到你的這般光景，那麼天主的仁愛和恩德是無邊無涯的，只要罪人供認了，天主便會赦免他。所以你儘管放心地對我說吧！」

夏培萊特還是哭個不停，他一邊哭一邊說：「唉，我的神父，我罪孽深重，除非你幫助我，你的禱告感動了天主，否則我是怎麼也不敢抱着被赦免的希望了。」

神父就說道：「只管說吧，我答應一定為你禱告。」

夏培萊特仍然哭着，什麼也不肯說；那神父勸了半天，他才深深地歎了一口氣說：

「神父，你既然答應為我禱告，我就說出來吧，你要知道，我的小時候，有一次咒駡過自己的母親。」說完，他又號啕大哭了起來。

「我的孩子，」神父說，「你把這看成是這麼重大的罪惡嗎？不知有多少人天天都在詛咒天主；

可是褻瀆天主的人只要一旦懺悔，主就會寬赦他們。你只犯了這麼一點點罪過，就以爲永遠得不到主的赦免了嗎？別哭啦，寬心吧，你能够這樣痛切地悔過就像我現在看到的這般光景，那就是你跟人一起把耶穌釘在十字架上，也一定能够受到主的赦免的。」

「唉，我的神父，你說的這是什麼話呀？」夏培萊特說，「我的母親十月懷胎才把我生下來，千百次撫抱才把我養大，我竟然詛咒她，這眞是罪大惡極呀，要是你不替我在天主面前禱告，我就永遠得不到赦免了。」

神父看見夏培萊特沒有什麼要懺悔了，就給他行了赦罪禮，爲他祝了福，以爲他說的句句都是眞話，把他看成世間最虔敬的人。這些話都出自一個臨終的人的口裏，說得又那麼懇切，誰聽了能不相信呢？儀式擧行後，神父又說：

「夏培萊特先生，憑着天主的幫助，你的病不久就要好了，但如果天主的意旨要把你那聖潔、善良的靈魂召喚到他跟前，你是否願意讓你的遺體安葬在我們的修道院中？」

「當然願意，神父，」夏培萊特回答說，「我不願葬在別的地方，因爲你答應代我禱告，再說，我特別崇敬你們的教派。所以我求你回去之後，就把你們每天早晨供奉在聖壇上的我主的『眞身』⑦送到我這裏來；雖然我不配享有這種光榮，可還是希望能得到你的允許，領受聖餐，此後就行『臨終塗油禮』，這樣我活着的時候雖然是個罪徒，死的時候至少也可以像個基督徒了。」

那善良的神父聽了非常高興，說他那些話講得非常好，並且答應立即爲他把聖餐送來。他去了一會兒，聖餐果然送來了。

⑦ 指聖餐禮中的麵包。

再說那兄弟倆，他們把神父請來，可是總不放心，害怕夏培萊特有意作弄他們，所以就躲在另一間屋子裏，隔着一層牆壁偸聽，夏培萊特向神父所說的話他們都聽到了。有好幾次，他們幾乎忍不住要笑出來。他們私下談道：

「這個人可眞了不起，衰老也罷、疾病也罷，都奈何不了他，他也不管死亡就在眼前，再過一會兒就要站到天主的座前去受審判，却還是施出他那刁猾的伎倆，臨死都不肯改！」可是既然他藉着天大的謊言能够葬在敎堂裏，他們也就顧不得這麼多了。

夏培萊特隨即受了聖禮，病況愈來愈嚴重，又受了臨終塗油禮；就在他深深懺悔的當天，晚禱過後斷氣了。那兄弟倆就拿着夏培萊特的錢鄭重替他鋪排喪事，同時打發人到修道院去請修士，按照習俗爲死者擧行夜禱，又請他們第二天早晨主持殯儀，料理一切事宜。

那聽他懺悔的神父獲得報喪的通知後，便來到院長面前，打鐘召集了全體修士，告訴他們死者是一個多麼聖潔的正人君子——你只要聽聽他的懺悔就可以知道了。他希望天主將通過他而顯示許多奇蹟；所以勸告大家應該懷着最大的尊敬和虔誠去迎接他的遺體。院長和衆修士給他這麼一說，都非常相信，一致同意他的話。

那天晚上，他們全體來到停放夏培萊特遺骸的地方，爲他擧行了莊嚴盛大的夜禱。第二天早晨，個個都穿戴起法帽法袍，手拿聖經，胸前掛着十字架，沿途唱着聖歌，用最隆重的儀式去迎接他的遺體。這件事轟動全城，男男女女差不多全都緊跟在他們後面跑。等靈柩抬進敎堂，那聽死者懺悔的修士便登上法壇，宣揚夏培萊特一生的奇蹟，把他的齋戒、童貞、清白和聖潔等等都講到了，在這種種善行中，他尤其提到那個人怎樣痛哭流涕，向他懺悔他自以爲是最深重的罪孽，他好不容易才叫那聖潔的人相信天主會赦免他的罪過。說到這裏，他斥責壇下的聽衆：

「可是你們這些為主所不容的人，連脚下絆到一根草，都要詛咒天主、聖母和天上的諸聖！」

此外，他還把他的忠誠和聖潔宣揚了一番。總之，聽衆相信他的話，深深地受到了感動，儀式一完，就擁上前來，爭先恐後地親吻死者的手脚，把他的衣服扯得粉碎，連背部都露了出來；只要搶到那麼一小片碎布，就覺得榮幸非凡。結果只好把他的屍體終日停放在那兒，讓大家都可以瞻仰他的遺容。到了晚上，他給莊重地放入小教堂裏一個大理石塚內。次日，大家絡繹不絕地趕來，手持蠟燭，向他祈禱許願，以後要來還願，就在他的神龕前掛了許多蠟像。

他的聖名愈傳愈響，大家對他的景仰眞是與日俱增，甚至到後來，只要一有災難，就向他祈求，再也記不起其他的聖徒了。他們稱他「聖夏培萊特」，直到現在還是使用這個稱呼；他們還說，天主假藉他的手，顯示了好多奇蹟；就在眼前，只要你誠心求他，也是天天可以發生奇蹟的。

夏貝萊洛·達·普拉多就這樣活着、這樣死去、這樣變成了聖徒，這一切我已向諸位講過了；我不打算說他不可能在天主面前蒙受祝福；他一生雖然作惡多端，但是在臨死的那一刻，他可能痛心悔過，而天主也可能對他特別的寬大，把他收容進天國，不過這些都是我們無從窺測的事了。我們只能拿顯而易見的常理來猜測，他現在應該是在地獄裏，在魔鬼的手裏，而不是在天堂跟天使待在一起。如果眞的是這樣的話，我們就可以認識到天主加給我們的恩惠是何等深厚。他不計較我們的愚昧，只鑒察我們的眞誠；不管我們錯把主的仇敵當作主的友人，而向他傾吐我們的心願，天主一樣會垂聽我們的祈禱，就像我們所選的代禱人是眞正的聖徒一樣。我們靠着天主的恩惠，才能像眼前這樣快樂地相處在一起，安然無恙地度過這次災難。那麼讓我們來讚美祂吧——我們也就是以讚美祂的名義來開始講故事；崇拜祂吧，在困難的時候虔誠地向祂祈求吧，祂一定會聽取我們的禱告的。

潘費羅的故事到這裏結束。

故事第二篇　改宗

一個名叫亞伯拉哈姆的猶太人，接受好友賈諾特・德・基維尼的勸告來到羅馬，目睹了教會的腐敗生活，回到巴黎後，却改奉了基督教。

潘費羅所講的故事，那些女子自始至終都聽得津津有味，有時還給逗得笑了起來。等到故事講完，女王就吩咐坐在他旁邊的妮菲爾接下去講一個。妮菲爾不但模樣姣美，就是一舉一動也非常溫柔，她立刻高高興興地把命令接受下來，開始說：

剛才潘費羅所說的故事告訴我們，寬大的天主並不計較我們的過失，只要這過失的造成是出於人類知識有限，無從辨別善惡的緣故。現在我要講天主以祂那無限的寬大，默默地容忍那班人的罪惡；他們照理應該用語言行動來宣揚天主的恩典和眞理，但他們却反其道而行；不但如此，天主還把他們的罪惡作爲祂顚撲不破眞理的證明，使我們愈加堅守我們的信仰。

各位親愛的姐姐，我聽人說，從前巴黎有一個大商人，名叫賈諾特・德・基維尼，爲人善良而正直，經營絲綢呢絨，規模很大。他有一個好友名叫亞伯拉哈姆，是個猶太人，也跟他一樣從事商業，也相當有錢，而且爲人同樣忠信可靠。賈諾特看到他朋友心地這樣善良，又博學多才，只因爲沒有信奉眞敎，將來他那善良的靈魂不免墮入地獄，心中着實爲他焦急，因此就很誠懇地勸他拋棄虛僞的猶太敎，信奉正宗的基督敎。他說，卽使猶太人也可以看到基督敎是多麼善良神聖，所以這個敎正日益發揚光大，而猶太敎却明顯地逐漸沒落，免不了終有滅亡的一天。

猶太敎徒却回答他說，他覺得世上只有猶太敎才是神聖正大的，他生下來就信奉這個宗敎，直到死他還是信奉不渝，無論什麼也改變不了他的信仰。

這話雖然回答得相當決絕，但並不能打消賈諾特的熱誠；過了幾天，他又重提這件事情，還是用那一套話跟他說明爲什麼我們的宗敎勝過猶太敎。雖然他措辭粗淺（當時做生意的人知識程度畢竟有限），而亞伯拉哈姆又是精通自己的法律的❶；可是，也不知道他是受了友情的感動，還是天主假藉那單純善良的人的口說出來的話產生了效驗，猶太人這次對他好友所說的話，竟然聽得很對勁。不過他還是堅持自己的信仰，不容別人來動搖。可是他愈是固執，賈諾特却逼得愈緊；到最後，那猶太人拗不過他，只得這樣說：

「賈諾特，你聽我說，你一心要我改信基督敎，我也同意，不過得先讓我到羅馬一趟，瞻仰一下你所謂天主派遣到世上來的『代表』，看看他和做爲他兄弟的四大紅衣主敎的行爲和氣派。如果看了他們的氣派，就像聽了你的勸告一樣，使我有所感悟，領會到你們的宗敎就像你所再三說明的那樣，那我一定照我所說的話去做；否則我還是信奉我的猶太敎。」

賈諾特聽他這麼說，可急壞了，心想：「儘管我的主意打得不錯，但看來我這一陣子氣力是白費了；要是他眞的跑到羅馬敎皇的宮廷裏，親眼看到敎士荒淫逸樂的腐敗生活，別說他永遠不會改信基

❶ 指舊約聖經首六章所載「摩西十誡」等法規。古時宗敎司法合一，所以也泛指舊約聖經。

督教，就算他已信奉了基督教，也勢必要重做他的猶太教徒啦！」所以他就轉過來向亞伯拉哈姆說：「唉，好朋友，你何必特地趕到羅馬去呢？不但要花很多錢，路上又辛苦；像你這樣一位財主，無論走水道或是陸路，都不是很安全的。你難道以為這裏就沒有給你行洗禮的人嗎？要是我講給你聽的教義，你還有疑惑的地方，難道除了這兒，還能在別的地方找到更精通教義的飽學之士來給你做充分的解答和啓示嗎？所以照我看來，你這次到羅馬去是多餘的。你在那兒看到的主教，跟你在這裏所看到的並沒有什麼不同，不過他們因為接近教皇，更高明一些就是了。依我說，你這長途跋涉不如留到日後『禧年』❷朝聖參拜來得更有意義，那時候，說不定我會跟你相偕同去呢！」

那猶太教徒回答道：「賈諾特，我相信你說得很對，不過總歸一句話，如果你眞的要我聽你的勸告，改信你們的教，那麼我非到羅馬去一趟不可；否則我是怎麼也不會信奉基督教的。」

賈諾特見他主意已定，無從勸說，只得說：「去吧，祝你一路平安！」可是心裏却很不自在，以為他一旦看到羅馬教皇宮廷裏的種種情形，就再也不肯信奉基督教了；但是也沒有別的辦法，只能聽其自然而已。

亞伯拉哈姆準備好一切，便騎馬出發，一路不多耽擱。到羅馬之後，自有那裏的一羣猶太朋友很鄭重地招待他。他在酬酢之間絕不提起自己來這裏的用意；暗中却留神察訪那教皇、紅衣主教、主教以及教廷裏其他主教的生活習氣。他是個精明的人，以他親眼所見以及從別人那兒聽來的種種情形，

❷禧年（Jubilee）：以色列每五十年舉行一次的節日，到那一天，失田產者恢復舊業，投靠人者重得自由。（見舊約利未記第二五章）羅馬教皇波尼法茲奧第八（卽第一個故事中所說起的那個教皇）在一三〇〇年恢復此節日，凡來羅馬朝拜者俱獲赦罪。至一四七〇年，羅馬教會又規定每二十五年舉行一次「禧年」。

他就知道他們從上到下，沒有一個不是寡廉鮮耻，犯了「貪色」的罪惡，甚至違反人道，耽溺男風，一點顧忌、羞耻之心也蕩然無存了；因此竟至於妓女和變童當道，有什麼事要向廷上請求，反而要走他們的門路。此外，他還看透他們全都是些酒囊飯袋，貪圖口腹之慾，狼吞虎嚥，像一頭野獸。沒有比說他們是肚子的奴隸更貼切的了！

他再觀察了一些時日，知道他們個個都愛錢如命、貪得無厭，不僅人可以當牲口來買賣，甚至基督徒的血肉，各種神聖的東西，不論是教堂的職位，或祭壇上的神器，都可以任意出價買賣。貿易之大、手下經紀人之多，絕不是巴黎這許多綢商布賈或是其他行業的商人所能望其項背的。他們借「委任代理」的美名來盜賣聖職，拿「保養身體」做口實，就可以大吃大喝一番；彷彿天主也跟我們人類一樣，可以用動聽的字眼來蒙蔽；因此祂也就跟我們人類一樣，看不透他們墮落的靈魂和卑劣的居心了！這些以及其他不便明言的罪惡使那個嚴肅端正的猶太人大爲憤慨。他認爲他已經把眞情實況看够了，於是就起程回家。

賈諾特聽到他的朋友回來了，就跑去看他，心中却絕不期望亞伯拉哈姆會改信基督教③。二人見了面自有說不出的高興。賈諾特當然沒有多問什麼，過了兩三天，亞伯拉哈姆已休息過了，賈諾特這才去問他對於羅馬教皇，以及紅衣主教和許多廷臣的印象如何。那猶太教徒立刻回答道：

「照我看來，天主應該懲罰這班人。要是我的觀察準確，那麼那兒的修士沒有一個談得上聖潔、虔敬、德行，可以給人們做模範的。那班人只知道姦淫、貪慾、吃喝，甚至可以說無惡不作，壞到了

③ 從阿爾亭頓譯本，與里格譯本意思相同。潘譯本作：「他跑去看他，心中不希望別的，就只希望他會改奉基督教。」似與前文牴觸。

不能再壞的地步。這些罪惡是那樣合他們的口味，我只覺得羅馬不是神聖的京城，而是容納一切罪惡的大洪爐！照我看，你那位高高在上的『牧羊者』❹以至一切其他的『牧羊者』，本來應該做基督教的支柱和基礎的，却用盡一切心力和手段，要叫基督教早些垮臺，直到有一天從這世上消滅爲止。

「可是不管他們怎樣拚命想把基督教推翻，它還是屹然不動，反而日益發揚光大；這使我認爲一定有聖靈在做它的支柱和基石；這麼說，你們的宗教確實是比其他的宗教更爲眞誠神聖。所以雖然前些日子，任你怎樣勸導我，我總是漠不動心，現在——我坦白向你說，再也沒有什麼可以阻擋我做基督徒了。我們一起到禮拜堂去吧，到了那裏，就請按照你們聖教的儀式給我行洗禮。」

賈諾特萬萬想不到他會得出這樣的結論來，聽了這番話，他的快樂簡直無法言喩。他立卽陪亞伯拉哈姆一起到巴黎聖母院，請院裏的神父爲亞伯拉哈姆行洗禮。院裏的神父聽說那猶太人自願入教受洗，就立卽舉行了儀式；由賈諾特把他從洗禮盆裏扶起來❺，給他取了「約翰」的教名。隨後，賈諾特請了最著名的學士來給他講解教義；他進步得非常快，終於成爲一個高尙虔誠的善人。

❹指教皇。底下一句「牧羊者」指教士。

❺那就是說，做他的教父。——潘譯本原注

故事第三篇　三隻戒指

猶太人麥爾啓施迪克憑着機智，講了一個三隻戒指的故事，因而逃出了蘇丹所設下的圈套。

妮菲爾講完故事後，大家都稱賞不已，於是菲羅美娜奉女王的命令，接着講了一個故事：

剛才妮菲爾的故事使我想起另一個猶太人所遭遇的危險。天主以及基督教的眞理，我們已講得很透徹了，那麼現在我們不妨回過頭來談談人世間的事，看一看凡人的遭遇和作爲吧！我現在要講的故事，諸位聽過之後，以後遇到有人問你什麼話，回答起來就會格外謹愼了。親愛的朋友，你們都知道，愚蠢往往會使人從幸福的境界墮入痛苦的深淵中；而聰明人却往往能憑着智慧，安然度過險境，走上康莊大道。有些人本來可以快快樂樂過日子，但只因爲愚蠢，而弄得整天愁眉苦臉，像這樣的例子眞是太多了，每天找一千件都不是難事，所以我不打算再多講了；現在我想借一個小小的故事來向大家表明：人類的智慧就是快樂的泉源。

薩拉帝諾原是一個無足輕重的小人物，但是他憑着萬夫不當之勇，竟一躍而爲巴比倫❶的蘇丹，而且接連打敗了伊斯蘭教和基督教的王國，聲勢十分浩大。可是他連年用兵，耀武揚威，把國庫都用空了；等到有一天他急需一筆巨款時，才發覺已沒有錢可以使用了。他一時也想不出該到哪裏去籌這筆巨款；幸好他想起亞歷山大利亞有個名叫麥爾啓施廸克的猶太富翁。那是個放高利貸的傢伙，要是他肯幫忙，事情就好辦了。只是那個猶太人視錢如命，要他自願拿出錢來，那眞是千難萬難；而薩拉帝諾又不願使用强迫的手段。但是錢却非要不可，他不能不想個辦法。最後，他決定藉一個冠冕堂皇的口實叫麥爾啓施廸克落入圈套，不怕他不拿錢出來。他把麥爾啓施廸克請來，對他非常禮遇，請他坐在自己的身邊，這樣對他說：

「好先生，我聽到很多人誇獎你非常博學，深切瞭解各種教義；所以我想向你請教：猶太教、伊斯蘭教、基督教這三者，到底哪一種宗教才是正宗呢？」

那猶太人可眞不愧是個聰明人，一聽這話，就知道薩拉帝諾是在弄圈套給他鑽，只要讓他捉住一句話，就再也分辯不清了；所以打定主意絕不偏袒哪一方而壓低任何一方；這樣，薩拉帝諾就無法挑他的毛病了。他腦筋一轉，想了一番既得體而又穩當的話回答道：「陛下所提的問題很有意義，可是要回答這個問題，必須讓我先講一個簡短的故事：

「我聽人講過，以前有一個大富翁，家裏藏有許多珍珠寶石，其中他最心愛的是一個很美麗、很名貴的戒指。他希望這隻戒指成爲子孫萬代的傳家之寶，不要落到外人的手裏，所以特地在遺囑上註明，凡是得到這隻戒指的便是他的繼承人，其餘的子女都要尊他爲一家之長。

「那得到這隻戒指的兒子，也照這辦法立遺囑教子女遵守，誰得到戒指便能做一家之長。這樣，那隻戒指傳了好幾代，來到了某一個家長的手裏，他有三個兒子，個個都很有才德，對父親都極爲孝

⑱ 即埃及。在中世紀時，開羅有「埃及的巴比倫」之稱。——潘譯本原注

順，也因此個個為父親所疼愛。三個兒子都知道那隻戒指歷來就是做家長的憑證，大家都想做家長，就都無微不至地服侍那垂老的父親，好讓父親將來把那隻戒指傳給他。

「那位老人家對於三個兒子原是一樣鍾愛，無所厚薄，因此不知道究竟應該把戒指傳給哪一個才好；兒子向他請求，他都答應了。他想，最好讓三個兒子都能滿足，於是私下叫了一個技藝高超的匠人來，照樣仿造了兩隻戒指，仿造得跟原來的一般無二，放在一起，連那個匠人都分不出哪一隻是眞的。那父親臨終時，就私下把那三隻戒指分別給了三個兒子。父親死後，那三個兄弟都要求以家長的名份繼承產業，彼此各不相讓，大家都拿出一隻戒指來作為憑證。但是那三隻戒指十分相像，根本分別不出哪一隻是眞的；究竟誰是眞正的家長，這問題也就始終沒能解決，直到現在還成為懸案。

「所以，陛下，天父所賜給三個民族的三種信仰也跟這情形一樣。你問我哪一種才算正宗；大家都以為自己的信仰才是正宗。他們全都以為自己才是天父的繼承人，各自抬出自己的教義和戒律，以為這才是眞的教義、眞的戒律。這問題之難以解決，就像是那三隻戒指一樣教人無從下判斷呢！」

薩拉帝諾聽他這麼一說，就知道那個猶太人已十分機警地躲避了他設下的圈套。他既然急需錢，就只得把情形坦白地告訴那猶太人，看他能不能幫這個忙。蘇丹還說，要不是他把難題回答得那麼圓滿，那麼他本來是打算怎樣對待他的。

薩拉帝諾所需要的款項，那猶太人慷慨地應承了。後來薩拉帝諾有了錢，依舊如數還他；此外還送了他極貴重的禮物，並且把他看成朋友，時常接他進宮，當作上賓款待。

故事第四篇　你知我知

某修士犯了戒律，應受嚴重的懲罰；但他却使用巧計，證明修道院長犯了同樣的過失，因此逃過了責罰。

菲羅美娜說完故事，靜下來之後，坐在她旁邊的狄奧紐知道接下來輪到他了，不待女王吩咐，就這樣開始說道：

各位多情的小姐，要是我沒有誤解你們的意思，那麼我們聚在這裏爲的是講故事消遣。只要不違反這個宗旨，那麼我認爲大家不妨隨意講述自以爲最有趣的故事——可不是嗎，剛才女王還說我們是可以這樣做的。好吧，我們聽到了那猶太教徒亞伯拉哈姆多虧賈諾特·德·基維尼的熱誠勸告，而把靈魂救了回來；也聽到了麥爾啓施廸克怎樣運用智謀，而因此沒有墜入薩拉帝諾的圈套，保全自己的財產；所以我不怕諸位見怪，準備講一個簡短的故事：一個小修士怎樣計上心來，逃脫一頓責打，保全了自己的皮肉。

距離這裏不遠，在魯尼嘉納地方，有一座修道院，那時候，教規比現在還嚴，院裏的修士也比現在多，其中有一個血氣方剛的小修士，齋戒和夜禱都克制不了他的情慾。有一天中午，衆兄弟都睡着了，他一個人跑出院去，在附近蹓躂。修道院的所在原很僻靜，可是那天恰好有一個漂亮的少女——大概是哪家佃戶的女兒吧——正在田裏採擷花草；他一眼看到了她，就感到一陣強烈的誘惑。他跑上去跟她招呼、搭訕，終於兩相情悅，他就把她帶回自己的房中，沒有一個人知道這件事。

他的熱情未免奔放了些，跟她玩得未免太不謹慎了些，恰巧院長午睡起來，從屋外走過，聽見裏頭有什麼聲響，覺得很奇怪，就躡脚走近門邊，聽聽到底是怎麼一回事。等他聽清楚房裏藏了一個女人，就想把門立刻打開；可是再想一想，却改變了主意，就一聲不響地走回自己房中，等候小修士出來再說。

雖然那個小伙子玩得正起勁，一心都在少女身上，但他還是隱約聽到外面有脚步移動的聲音，就從壁縫裏望了一下，果然清清楚楚地看見院長正在那裏側耳傾聽。他這一嚇眞是非同小可，院長已經知道他房裏藏着女人，這下，無情的刑罰可够他受了。

儘管害怕，但他却仍然不動聲色，只是在暗中盤算一條脫身之計。一會兒，果然想出了一個好主意，他裝做已經和那個少女玩得很暢快的樣子，向她說：「我現在得出去想個辦法，好讓妳走的時候不叫人看見。妳且別作聲，待在這裏，我一會兒就來。」

他走了出去，把房門反鎖，逕自來到院長跟前，把他的鑰匙交出來（這是每個修士要出院時的規矩），若無其事地說：「師父，今天我沒有來得及把早晨所砍的柴薪全都搬回來，要是你允許的話，我想立刻就到樹林裏去把剩下的柴把都搬回來。」

院長以爲他剛才在門外偷聽，小修士還蒙在鼓裏，所以便很樂意地收下鑰匙，准許他出去，好把案情仔細查究一下。小修士一走，院長就考慮該怎樣查辦此事。是當着全體修士打開房門，讓大家都看個明白，免得將來執行刑罰時，有人爲小修士叫屈？還是先去向那個女人盤問明白，她怎麼會跑到這兒來的？接着他想，假如那個女人是一位體面人家的太太或是小姐，那他可不能使她太難堪，當着衆人出醜啊！就這樣，他決定先去看她以後再作主張。於是他悄悄地走向那間小屋，打開房門，跨了進去，隨手上了門。

那小姑娘看見走進來的是個大師父，便慌作一團，抽抽搭搭地哭了起來，以爲她要受到無情的責罵了。院長把眼光在她身上打量一番，只見她長得嬌滴滴的，雖然他已是上了年紀，可是忽然覺得渾身熱辣辣的，眞是難熬，竟跟他徒弟剛才所經歷的情景一個模樣。他喃喃自語道：「天哪，我爲什麼不趁機樂一下子呢？我每天操心費神也够受了。你看這個姑娘長得多討人喜歡啊，況且又沒有誰知道她在這裏。要是我能够說動她的心，那我何樂而不爲呢？有誰會知道？沒有哪個會知道的呀！罪惡只要瞞住人的耳目，也就減輕了一半罪名。這是千載難逢的機會呀；我想，聰明人就該懂得怎樣享受送上門來的機會，才不辜負天主的好意。」

這樣一想，那院長就完全改變了剛才進來時的本意，走上前去，和顏悅色地安慰那個少女，勸她不要哭泣，勸了半天，終於把求歡的話吐露出來。

那少女並非鐵石心腸，難爲院長這樣勸說，便身不由主了，就讓他緊緊摟住，連連親吻；摟過吻過之後，院長又同她登上小修士的床。或許他老人家想起自己長着一身肥肉，小姑娘又是那樣嬌嫩，唯恐壓壞了她，所以就不肯躺在她的胸脯上，反而把她按在自己的福體上；這樣，兩人也玩了好一陣子。

再說那小修士，他裝作是到樹林裏去搬柴，其實却是躲在宿舍裏。他看着院長獨自走進他房中；心中想，他這妙計十拿九穩了；等他聽到院長在裏面把房門鎖住時，他更沒有疑問了。於是便輕輕悄悄地從躲藏着的地方跑出來，貼近那壁縫邊。院長所說的話、所做的事，全都給他看得一清二楚。

又過了一刻，院長已經玩個暢快，就把那少女鎖在房內，也回到自己的房裏。不一會，小修士來了，院長還以為他是從樹林裏搬了柴把回來呢，便準備先把他痛斥一頓，然後打入牢房，關禁起來，那個小寶貝豈不就歸自己一個人享受了嗎？所以他老人家一聲命令，把那小伙子傳來，當場就大發雷霆，把他痛罵了一頓，接着吩咐把他關到牢房裏去。

不料那小伙子從容回答道：「師父，我信奉黑衣教派的日子不多，大小規矩還沒有完全摸熟；你教了我齋戒和做夜禱，可是你還沒有教我在女人身子底下苦修的功夫。現在承蒙師父指點了我，如果能饒赦我這一遭，那我以後絕不敢再擅自妄為，一定遵照你的示範行事了。」

院長是個聰明人，一聽這話，就知道小修士比他更厲害，他暗地裏幹的事，這小伙子全看到了；不覺臉紅耳赤起來。他自己也犯了同樣的罪，還有什麼臉來責罰別人呢？只好寬恕了小修士，還叮囑他千萬不能把他看見的事情講出去。他們兩人把少女放了出去，不過聽說後來，他們又把那少女弄進院裏好幾回哩！

故事第五篇　母雞大餐

蒙費拉特侯爵夫人用母鷄做酒菜，再憑着機智講了幾句俏皮話，就打消了法國國王對她所起的邪念。

這些女子聽着狄奧紐的故事，起初很有些難爲情，臉都紅了起來；她們彼此張望，終於忍不住了，就一邊聽，一邊在暗地裏發笑。等故事講完，她們少不得輕輕責備了狄奧紐幾句，說他不該在小姐面前講這種故事；於是就轉過去對狄奧紐身旁的菲亞美達說，要她接着講一個。聽得這吩咐，菲亞美達就很愉快、很有風韻地在草地上講了這個故事：

我很高興，在我們剛才所講的幾個故事中，我們看到了那機敏得體、針鋒相對的回答具有多大的說服力量。如果說，一個有見地的男人總是在追求身份比自己高的女人，那麼，凡是一個審愼懂事的女人就應該懂得怎樣保全自己，不讓門第高過自己的男人來贏得她的愛情。現在，各位美麗的小姐，我就要在輪到我講的故事中，說一位高貴的夫人，怎樣的見機行事，善於辭令，阻止了一個有權有勢的男子對她的進攻，還教他斷絕了那份癡心妄想。

蒙費拉特侯爵向來以英勇聞名；十字軍起，他以旗官的名銜加入教會的軍隊，渡海東征。那時信奉基督敎的王公大臣差不多全都響應了十字軍的號召；法國國王獨眼龍腓力❶也準備加入軍隊，出國遠征。在動身的前一天，宮裏談起侯爵的英勇。有一個武士就說，像侯爵和他的夫人眞是天生一對，人間再也找不出第二雙來，因爲，侯爵固然英勇非凡，勝過其他的武士；就是他的夫人，論姿色、品德，也同樣壓倒其他的貴婦人。不料這幾句讚美侯爵夫人的話，給法王聽到了，法王就牢記在心裏，儘管他沒有跟侯爵夫人見過面，愛情的火焰却在他的心裏熊熊地燃燒了起來。

因此他決定先由陸路出發到熱那亞，然後乘船。這樣，他就可以藉順道探望的名義，堂而皇之去找她了。他想，旣然她丈夫不在，他一定能够如願以償的。

他照預定辦法派遣大小三軍先行出發，自己只帶着少數隨從直奔熱那亞。來到距離侯爵的采地約有一天的路程時，他就派使者通知侯爵夫人，說國王準備明天在她家裏用飯。夫人原很懂事，熟悉禮節，便立刻欣然表示歡迎，說國王駕臨，眞是給了她莫大的光榮。

使者走了之後，侯爵夫人細細尋思起來，爲什麼堂堂一國之尊，竟在她丈夫外出的時候，到她家裏來呢？一會兒她就猜出來了，國王一定是慕她的艷名，特地趕來看她的。

幸而她心細膽大，仍然決定盡臣子的禮節來接待國王，於是就召集留在城堡裏的紳士，請他們幫忙布置一切，準備接駕，宴席上的菜肴則由她獨自料理。她立即吩咐僕從，把村裏的母鷄全都買來；又關照廚子用母鷄做出各色各樣的菜來款待國王。

第二天，法王果然準時駕到，侯爵夫人十分熱烈隆重地接待他。法王把夫人打量一番，只覺得她本人比他聽武士的描摹時，在心目中浮起的那個形象更美、更優雅。他眞是喜出望外，讚不絕口，也

❶ 指腓力二世（Philip Augustus, 1180～1223）。

因此對她更加傾倒了。夫人已特地布置了幾間富麗堂皇的房間，讓國王進去稍事休息。到了午膳的時候，法王和侯爵夫人同在一桌用飯；此外還另備幾席豐盛的酒菜，請隨從按照職位，分別入座。

在國王那一桌上，菜肴一道接着一道地端上來，杯裏斟滿着最名貴的美酒，又有如花似玉的侯爵夫人陪侍跟前，讓他看個飽，眞叫他樂極了。可是到後來，他終於注意到那一道道端上來的菜，不管烹調方式怎樣不同，也總是母鷄而已。他不免奇怪了起來，他知道這個地區野味多的是，而他來時又預先通知了她，她應該不會沒有時間派人去射獵的。不過儘管奇怪，他也只輕描淡寫地提一提母鷄，就笑嘻嘻地問夫人道：

「夫人，難道這裏全是雌鷄，雄鷄一隻也沒有嗎？」

聽到這話，侯爵夫人完全領會了他的意思，覺得這分明是天主成全了她，就趁這大好機會，表白自己的操守，說道：

「可不是，陛下；不過這兒的女人，就算在服裝或身份上有什麼不同，其實跟別的地方的女人還是一樣的。」

國王一聽，恍然明白了侯爵夫人用母鷄來款待他的道理，感到她這話是在暗示自己的冰清玉潔。他知道要用言語挑逗這樣一個女人，那是徒費唇舌而已；若說施用强暴，那更不必提了。他總算也顧及到自己的榮譽，就及早把這一團荒唐的慾火壓制下去。他見夫人口齒伶俐，就不敢再和她說笑，只是一心吃飯；飯後，又只想早些告辭，以便遮掩來時的曖昧企圖。他謝了她的殷勤招待，又爲她祝了福，就匆匆動身向熱那亞去了。

故事第六篇　以百報一

一個才子用一句尖刻得體的話，把修士的虛僞嘲笑得體無完膚。

大家對於侯爵夫人的貞潔，以及她用一句話就把國王說得啞口無言的那種機智，都十分讚美。坐在菲亞美達旁邊的是愛蜜莉亞，她依着女王的吩咐，爽快地說道：

我也準備講這樣一個故事，說到一位正直的平民怎樣憑着鋒利的話，駁倒貪財的修士，叫人聽了，不但發笑，而且肅然起敬。

各位親愛的小姐，不久以前，我們城裏住着一個在異教裁判所裏供職的聖方濟派的神父。跟所有的神父一樣，他外表看來道貌岸然，一心敬主，其實他不只管別人信不信主，就連別人有沒有錢，他都要管到，絲毫不肯放鬆，他這樣熱心地過問這些事，最後終於碰到了一個家產豐厚、頭腦簡單的好人；也是那人多喝了幾盅酒，隨口向衆人說了一句：他正在喝的這種美酒，就連耶穌也喝得。他說這話，原是一時酒興，並沒有褻瀆宗教的意思；可是這話傳到了那個裁判官的耳朵裏，就壞事了。他打聽到那人又有田地，又有金錢，就下了一道緊急命令，以嚴重的罪名把他逮捕了。他這樣做，並不是為了要加强那人的宗教信仰，而是要照他一貫的辦法，把那人的錢從他的錢袋裏倒進自己的腰包。他把那人叫到面前，問他承認不承認有這麼一回事。那好人回說有，並且把那時的情形解釋了一遍。那裁判官是個何等聖潔的神父，又多麼崇拜金胡髭聖約翰❶，一聽他的話就駁斥道：

「照你說，那麼基督就是一個酒徒，跟你們這羣酒鬼混在酒店裏，品評酒的好壞嘍？虧你還能這樣輕描淡寫，不當一回事似的！你不要再糊塗了，如果這件事依法辦起來，那就該把你活活燒死在刑柱上。」

那裁判官還聲色俱厲地講了一套話，似乎要把這個可憐蟲當作否認靈魂不滅的伊比鳩魯似的。那個好人着實給他嚇壞了，只希望從寬發落，所以甘願請旁人出來從中調停，獻上一大塊「脂膏」，讓神父搽在眼上，好醫治修士見錢眼紅的毛病——這種藥膏據說對那些不許跟金錢發生關係的聖方濟派修士，尤其靈驗有效。

雖然格倫在他的醫藥書裏從來沒有提到過這種藥膏，但它却是極其靈驗的。那裁判官原是口口聲聲要把他綁到火刑柱上去，現在居然法外開恩，替他換了一個十字架，佩在身上，還特地規定要黃文黑底，好像是授予他一面漂亮的軍旗，讓他當十字軍人，渡海去打土耳其人似的。錢到手之後，他把那個好人在裁判所裏拘留了幾天，吩咐他每天早晨到聖克羅契教堂去望彌撒，算是懺悔的表示；在裁判官用飯的時候，他還得站在旁邊侍候；一天裏做過這兩件事，他就可以隨意行動了。那好人小心翼翼地遵照着裁判官的話去做。

有一天早晨，在望彌撒的時候，那個好人聽到一段「福音」的歌曲，裏面有這樣一段話：「你，

❶ 義大利金幣上刻着聖約翰的像。說神父崇拜金幣上的雕像，就隱然諷刺他貪財無厭。——據里格譯本注

奉獻一個，必將得到百倍回報，並且承受永生❷。」那好人把這話牢牢記住了；到了吃飯的時候，就遵照吩咐，在裁判官的餐桌邊侍候。神父問他這天早晨望過彌撒沒有；他趕緊回答道：「望過了，老爺。」

「是否有什麼疑難的地方你聽了不懂，想問問我的嗎？」

「有的，」那好人回答道，「我當然不懷疑我聽到的一切，而且堅決相信這些話都是正確的。不過我聽到了一件事，眞叫我爲你、爲你們這些神父擔心死了；我不禁想到你們的來世是多麼可怕啊！」

「你聽到些什麼叫你替我們擔心的話？」裁判官問道。

「老爺，」那好人回答說，「那是『福音』裏的一句話：『你奉獻一個，收進百個。』」

「這話說得不錯啊，」裁判官回答道，「你聽了爲什麼要擔心呢？」

「老爺，」那好人回答道，「請聽我說吧：我每天到這兒來，看到你們把修道院裏吃剩的菜湯，有時一大鍋，有時兩大鍋，倒給聚在門外的窮人；那麼如果你施捨一鍋菜湯，在來世時人們就要回報你一百鍋，那你們一定都要給菜湯淹死了。」

一桌子吃飯的人，聽見這話都笑了起來；那裁判官却覺得好像受了當頭一棒，因爲這句話眞是一針見血，把他和他們這一班神父的貪吃和假慈悲都揭露無遺了。他這樣膽敢譏嘲他和他們這一班一無是處的神父，本來又是一個該死的罪名，幸虧他剛剛受罰，那裁判官只得訓斥了他一頓，把他攆走了事，從此以後，再也不許他在他這個裁判老爺跟前露臉了。

❷「新約馬太福音」第十九章第二九節：「凡爲我的名拋下房屋，或是弟兄、姐妹、父親、母親、兒子、田地的，必要得着百倍，並且承受永生。」薄伽邱爲了行文方便，把這段話重新改寫了。——據潘譯本原注

故事第七篇　聲東擊西

貝爾加密諾講述「普里馬索和克里尼院長」的故事，借題諷刺了卡內・第拉・斯卡拉貴族的吝嗇作風。

蜜莉亞所講的那個故事，再加上她說話時那種可愛的表情，使大家，甚至女王都聽得笑了出來，並且一再稱賞那位前所未見的「十字軍」所說的挖苦話。笑聲停下來之後，就輪到費洛斯特拉多繼續講故事了。他這樣開始說道：

愛各位高貴的小姐，一名箭手射中了一個固定的目標，當然值得讚賞；可是如果一樣突然出現的東西，也能給他射個正着，那才了不起呢！教會的修士過着腐敗墮落的生活，那就是衆矢之的，只要你高興，你儘可以拿冷譏熱諷的話向教會射去，萬無一失。我很讚美那個好人，他叫裁判官下不了台，當場揭露了那班神父的假仁假義——他們拿本來應該倒掉的，或是餵猪的殘渣去給窮人吃，美其名曰「救濟」！不過聽了這個故事，我就想起一個更值得誇讚的人來；我現在要談的就是這個人的事，他表面上是講一個有趣的故事，骨子裏却在借題發揮，拿故事裏人物的話來諷刺一個叫做卡內・第拉・斯卡拉的大貴族，笑他不該無緣無故變得吝嗇起來。

自從腓特烈二世❶登位以來，在義大利有權有勢的貴族中，那卡內·第拉·斯卡拉也算得上是首屈一指的人物了。他在各方面都是命運的寵兒，名聲早已傳遍四海。有一次，他本來打算在維洛那舉行一場龐大的盛會。四面八方的人，尤其是一些獻藝說唱的人，都趕了來；但是不知爲什麼，他又臨時變卦，拿出一點錢來，把這些人全都打發回去。只有一個人留下來，那人名叫貝爾加密諾，能說善道。沒有和他當面談過話的人簡直想像不出他這舌頭有多靈巧。他既沒有得到一點資助，也沒奉到打發他走的命令，就留在維洛那，指望日後可以得到一點補償的機會。誰知卡內却自有他的想法，認爲不管拿什麼東西給貝爾加密諾，還不如扔進火裏好些，所以既不當面和他說明，也不託人轉告，就這樣一句話都沒有對他說。

一連幾天過去，貝爾加密諾始終不見有人來找他、請敎他；而他帶着僕人和馬匹宿在客棧裏，每天的開銷却又少不了，因此心中十分焦慮。不過他還是存着一點希望，留在那兒不走。他的衣箱裏有三件華貴的衣裳，那是貴族老爺們送給他，讓他在他們的宴會上可以穿着得漂亮些。店主來向他催討房錢，他就拿出一件袍子來抵賬。他又住了一些日子，只得又拿出第二件袍子來做償付。最後，他只有靠第三件袍子過日子了，這時候他打定主意，能住多久就住多久，把希望寄托於萬一，等到實在沒有辦法的時候，再動身不遲。

他就這樣靠着第三件衣裳過日子。有一天，他面有憂色地碰到了卡內。這位老爺正在用飯，看到他時，並不是要講些什麼開心的話給自己聽，而是存心要取笑他，說道：

「貝爾加密諾，你這樣垂頭喪氣，有什麼心事嗎？快告訴我們是怎麼一回事吧！」

聽到這話，貝爾加密諾好像早已胸有成竹似的，就不加思索地講了這樣一個故事來說明自己的境

❶ 腓特烈二世（Frederick, II 1215~50）：兩西西里島的國王。

況：

「大人，你一定知道普里馬索是一位精通拉丁文的學者，寫起詩來又快又好，沒有第二個人能比得上他。他的才氣文名因此傳揚開來，儘管有許多人沒見到他本人，却沒有一個人不知道他的名聲。

「有一次他逗留在巴黎。他很窮——他的一生總是很窮的，因爲你有了學問，就得不到有錢人的看重。他常聽到人家在談論克里尼修道院院長，據說，在教會裏除了教皇以外，就算他的收入最豐厚了。人家還說他的氣派十分宏大，總是門庭大開，在用飯的時候有誰向他求食，他總是供應酒飯。普里馬索原來就喜歡跟富而好禮的人相交，聽到這樣，就決定去見見這位院長，看他是怎樣寬洪大量。他於是打聽院長的住宅離巴黎多遠；人家告訴他院長現在住在離巴黎六哩遠的一座宅邸裏。普里馬索心想，如果他一大清早就動身，那麼應該是可以趕得上吃飯的時候的。

「他向人問了路，可是却不見有誰朝這個方向走，他唯恐走錯了路，去到一個什麼地方，怕連食物都找不到；所以就準備了三個麵包，以防萬一，好在清水到處都有，只要你不嫌它淡而無味的話。他把麵包藏在懷裏，就出發了，一路走去，十分帶勁，不到午飯時分，就趕到院長家裏。

「他走進去，不東張西望，只看到許多食桌已經放在那兒了，廚房裏和別的地方都在忙着準備午飯，他暗自想道：『這位院長眞是名不虛傳，慷慨得很！』

「他這樣待了一會兒，一心都在那些酒菜上，吃飯的時候已經到了，宅邸裏的總管就吩咐盛水上來，讓衆人洗手；洗過手之後，大家就在餐桌前坐了下來。普里馬索的座位恰巧靠近房門口，院長就從這門裏出來用飯。

「大宅邸裏有一個規矩，不等院長在餐桌前坐下來就不開飯，不論麵包和酒、吃的喝的都不端上來。所以一切都已準備就緒，總管就去請院長出來用飯。門已經替院長打開，他就要出來，可是也是碰巧，他出來的時候，往外一望，就看到了普里馬索；院長不認識他，只覺得那人穿得非常襤褸；忽然之間，竟起了一個前所未有過的吝嗇念頭來，他跟自己說：『瞧，我倒款待起這種人來了！』，於是他轉過身來，叫人把門關上，問左右的人，那個坐在門口餐桌上的窮鬼是誰；可是大家都回說不認識這個人。

「普里馬索趕了半天路，肚子早就餓了，他又是向來不齋戒的，所以等了一會兒，看到院長還不出來，就從懷裏掏出一個麵包來吃。那院長呢，在內室待了一會兒，叫人去看看普里馬索走了沒有。那侍從回來報告道：

『沒有走，老爺，他正在吃麵包呢——大概他自己帶來一些麵包。』

院長就說道：『好吧，只要他自己帶東西來，就讓他吃吧，可是今天他別想吃我的東西。』

院長不想把普里馬索趕跑，希望他會自動離開；誰知他吃完了一個麵包，看看院長還不出來，就接着又吃第二個麵包了，前去察看普里馬索動靜的人把這件事也報告了院長。

後來，普里馬索吃完第二個麵包，還是不見院長出來，他就又吃第三個麵包。這件事也報告了院長；他就想道：

『唉，今天我怎麼會有這種怪念頭呢？我何苦這樣鄙吝，這樣瞧不起人呢？這是對誰呢？這許多年來，只要有人向我求食，我不論他是有身份還是沒身份，有錢還是沒錢，是商人還是騙子，總是一視同仁地招待他們的。我親眼看見過形形色色的流氓在我的餐桌上狼吞虎嚥，可是從沒起過像今天對那個人所起的念頭啊。能叫我有吝嗇念頭的人，絕不是個尋常的人；我把這個人當做流氓，其實一定是個大人物，因此我才會不肯款待他吧！』

『於是他就問這人是誰，探問之下，才知道是普里馬索，而且是因爲久仰院長好客，特地親自來看看院長的氣度到底怎樣宏偉。這一下可眞教院長發窘，就連忙向他謝罪，盡力款待他；宴罷之後，還送了一套華服給他，表示敬意，又送了他一筆錢和一匹馬，他要回去或是留在這裏住幾天，都聽他自便。普里馬索大爲高興，再三地道謝了院長之後，就回巴黎去了——來的時候是走來的，現在他可是騎着馬回去了。』」

卡內原是個聰明人，一下子就聽懂貝爾加密諾話裏的意思，笑着說道：

「貝爾加密諾，你眞是會說話，用一個故事就把你所受的委屈、你的才藝、我的鄙吝，以及對我所懷的希望都表明了。說眞的，我向來不是個吝嗇的人，但這一回對待你却刻薄了起來，不過我是準備拿你所給我的棍子，把我心裏頭的這個小氣鬼趕跑的。」

卡內果然替貝爾加密諾付清了房錢，把自己的一套華服送給貝爾加密諾，還送他錢、送他馬，而且聽他高興，願意留下來還是回去。

故事第八篇　慷慨的畫

行吟詩人葛里摩·波西厄爾用一句鋒利的話，譏刺了一個貪婪的貴族艾密諾·德·葛利馬第，促使他悔悟過來。

坐在費洛斯特拉多下方的是拉蕾達，她聽到大家都讚美了貝爾加密諾的機智之後，知道接下來就該她講一個故事了，不等吩咐，她就帶着愉快的口氣，這樣開始說道：

親愛的朋友，剛才的故事叫我想起一位聰明的行吟詩人，他也同樣地譏刺了一個貪婪的大財主，並且收到相當的效果。雖說這故事跟剛才的有些近似，不過好在結局美滿，一樣會使你們聽了喜歡的。

從前熱那亞地方住着一位紳士，名叫艾密諾·德·葛利馬第，當時盛傳他所擁有的金銀、田地能壓倒義大利最有錢的富豪。可是，正如他的錢比那一個義大利人都多，他那貪婪和吝嗇的性格，天底下也是沒有第二個守財奴能比得上的。他不僅是視錢如命，而且誰也別想沾他的光，他就是對自己也十分刻薄。熱那亞人很講究衣着，但他却捨不得花錢，連一身像樣的衣服都沒有；他的飲食也同樣節儉。所以難怪後來他竟喪失了姓氏，沒有人稱他「葛利馬第」先生，只叫他「守財奴艾密諾」了。

他一方面一毛不拔，另一方面又拚命積聚財富；這時候熱那亞來了一位談吐不俗、出身很好的行吟詩人❶，名叫葛里摩·波西厄爾。說到時下一般行吟詩人，儘管他們專幹卑鄙骯髒的勾當，却好歹死活要裝作體面的紳士、貴族，其實跟宮廷裏的行吟詩人比起來，他們只配稱做騙子，但他却絕不是這樣。從前，貴族與貴族有衝突的時候，行吟詩人總是把調解紛爭、消弭戰禍看作是自己的責任；他們撮合婚姻、鞏固聯盟、促進友誼、勸慰煩惱的人、用又機智又伶俐的話來娛樂朝廷，而對於犯了錯誤、剛愎自用的，却像嚴父般正色斥責。——這些事情雖然報酬微薄，但他們也樂意去做。可是如今這班人專愛撥弄是非、散佈怨隙，盡談些傷風敗俗的話；更糟的是，他們毫無顧忌地在這個人面前說那個人無恥，在那個人面前又說這個人可惡；他們用不正當的手段引誘良家子弟去幹那荒唐墮落的勾當。可是那些最卑鄙、最齷齪的人，却最受淺薄無聊的貴族歡迎和尊敬，獲得最優厚的待遇。這正是我們這個時代的奇恥大辱，也正好表明道德的淪亡，我們這些不幸的人正輾轉在罪惡的泥淖中。

現在還是讓我們回過頭來說這個故事吧——正義的憤慨已經使我的話說得有些離題了。我說，葛里摩在熱那亞很受當地紳士們的歡迎和尊敬，他逗留了幾天之後，聽到不少有關艾密諾貪婪和吝嗇的故事，便決定要去見一見他。

艾密諾也聽到葛里摩的聲譽，雖然他貪婪成性，但畢竟還有些教養，還懂得些禮貌，所以便和顏悅色地接待了他，跟他有說有笑，談了很多話。他又領着他和幾個當地的陪客，去參觀一幢新造的華

❶ 中世紀的行吟詩人，通常是集打諢人、彈唱人、說故事人——三者於一身。憑這種種身份，他們說話具有最大的自由。通常他們總是依附在朝廷上。有時找不到這種永久性的位置，便遊歷各處，拜見達官貴人，求得賞識他們的才能和取得酬報的機會。——潘譯本原注

麗公館。他引他們把房屋的每個部分一一看過之後，就說道：

「葛里摩先生，你見多識廣，能不能告訴我一樣大家從未見過的事物，我好把它畫在客廳裏。」

葛里摩聽到他這可笑的請求，便回答道：「先生，我怕我一時也說不上來有什麼事物是大家從未見過的，除非是像人打噴嚏之類。但要是你高興，我可以說出一種東西，我相信你還沒見識過。」

艾密諾萬想不到會自討沒趣，便隨口說道：「這是什麼東西呀，請快告訴我吧！」

葛里摩馬上回答道：「把『慷慨』畫在府上吧！」

艾密諾一聽這語，慚愧得無地自容，連向來的習性都因而改變過來，說道：「葛里摩先生，我一定要把這『慷慨』細心描畫出來，好叫你和旁人，以後再也不能說我沒有見識過它，或是沒有認識它了。」

只因為受了葛里摩這一句話的感動，他從此一反以前的作為，殷勤款待本地和遠方的人士，變成熱那亞最慷慨有禮的紳士。

故事第九篇 受辱的涵養

塞浦路斯島的國王昏庸無能，受了格斯可尼亞一位婦人的諷刺後，從此變得英明有為。

最後，只剩下愛莉莎還沒受到女王的命令，所以不待女王吩咐，她就這樣愉快地說道：

各位好姐姐，人犯了錯，有時候任憑我們怎樣譴責，他還是執迷不悟；而在無意之間，我們偶然說了一句話，不料却反而生了效。我們可以在拉蕾達所講的故事裏很清楚地看到這個事實；我也打算再講一個短短的故事來證明這個說法。一個好的故事總是會產生良好的作用，所以不管講故事的人是誰，總是值得用心聽一聽的。

且說，在塞浦路斯島第一個國王的統治下，聖地已由高德弗萊·德·蒲里歐內光復，這時格斯可尼亞地方有一個婦人朝拜聖地回來，在塞浦路斯遇見一羣歹徒，受到了姦汚，她雖然向官方申訴，却毫然動靜；她想要出這口怨氣，只有去求國王作主；不過她又聽人說，求國王也是白費力氣；國王是個沒出息的人，不但別人受了寃屈，他不能替人主持公道，就連自己遭受數不盡的侮辱，也因秉性懦弱，而情願丟臉；所以有誰對這位國王不滿，就可以破口大罵，而國王也毫不介意。

那個婦人聽到國王是這樣的一個人物，幾乎死了這條報仇雪恥的心，可是她想，去把這種不成材的人奚落一番，出口氣也是好的；於是她就哭哭啼啼地來到國王面前說：

「陛下，我不是來求你替我報仇，只是因爲聽說你也受到別人的侮辱，所以特地來求你教我，你是怎樣把那許多侮辱忍受下來的？那麼我或許可以效法一下；受到別人的糟蹋，也能心平氣和地忍受下來。天主明鑒，我是多麼樂於把我受的侮辱讓給你呀，因爲你的涵養功夫實在太好了。」

這個向來昏庸軟弱的國王，聽了她這番話，就像大夢初醒，頓時振作起來，他首先嚴辦了那一羣歹徒，替這位婦人報了仇，從此凡是敢褻瀆國王尊嚴的，都遭到了他嚴厲的懲罰。

故事第十篇　吃韮菜的方法

波隆涅亞地方的亞爾培爾都先生單戀一個美麗的寡婦，寡婦想取笑他，結果反被他羞辱了一番。

愛莉莎講完後，只剩下女王還沒講。女王帶着女性的優美風度，開始講道：

各位高貴的小姐，繁星裝飾着清明的夜空，春花點綴着碧綠的草地，在社交的場合也是這樣，俏皮的話給文雅的擧止、愉快的談話憑添無限光彩。俏皮話因爲短小精悍，所以出於女人的口中，顯得特別合適。女人是不能像男人那樣一開口就滔滔不絕的，尤其在可以把話說得簡短一點的時候。說來也是我們女人的羞辱，現在很少有女人懂得俏皮話的味道了，卽使懂得，但在跟人對話的時候也不知道該怎樣運用。從前的女人注重修養，現在的女人却只着重衣飾。她們以爲只要穿上鮮艷奪目的衣裳，戴滿首飾，就比別的女人高貴，應該比別的女人受到更大的尊敬；其實她們忘了，要是把一頭驢子打扮起來，牠的身上可以堆疊更多的東西呢，可是人家還是只把牠看作一頭驢子罷了。

我這樣說，心裏倒是很慚愧，因爲我批評別的女人就等於批評我自己。這些盛裝艷服、抹粉塗胭脂的女人，不是像一尊大理石雕像那樣站在那兒，默無一言，無知無覺，就是答非所問，說了還不如不說。她們還要你相信，她們所以不善於在正式的交際場合中應酬，是由於天性老實、心地純樸的緣故。實際上她們是把遲鈍稱做文靜；彷彿只有跟那些女僕、洗衣婦、麵包師的老婆談天的，才配稱做『文靜』的文人。如果自然也聽信她們的話，那一定不允許她們扯談起來這樣有勁的。

眞的，我們說一句話，就像幹一件事一樣，必須考慮到時間、地點和談話的對象。往往有些男女想說些話來挖苦別人，就因爲沒有認清對方的知識程度，結果弄得面紅耳赤的不是別人而是自己。所以我們說話應該隨時注意這些地方，免得印證了「女人向來做不出好事」這句俗話，這就是今天我講這最後一個故事的用意，也是爲了要讓大家明白，既然我們的心靈比別的女人高貴，我們的舉止談吐就應該比別的女人更端莊才對。

從前，波隆涅亞地方有一位著名的高醫，說不定到現在還活着。他名叫亞爾培爾都，年紀已將近七十，但却依然精神矍鑠；他雖然體力衰弱，心頭上那一點愛情的火焰却還沒熄滅。有一次，他在一處晚會上遇見一位漂亮的寡婦，據說名叫瑪格麗特・德・基索莉愛麗。他一見就鍾情了，爲她燃燒起愛情的火焰，竟跟風流多情的小伙子一樣，如果白天沒有看到他那美人兒的嬌容，晚上就睡不安穩。

爲了想看他的美人兒，他老是借機會，在她的屋前來回走過，有時步行，有時騎馬。到後來，那寡婦和她的女伴得知他這樣在她屋前來回走動的眞情，覺得像他這樣上了年紀、明白事理的人竟然也會墮入情網，眞是好笑，所以私下常拿他來取笑，彷彿在她們看來，那柔情蜜意只容許存在於年輕人輕浮的頭腦裏似的。

他就這樣繼續在那寡婦的屋前來回走動。有一天，那是個節日，寡婦和她的女伴坐在門前，望見亞爾培爾都先生正遠遠走來，她們商量好，要請他進去，還要鄭重其事地款待他一番，然後取笑他的癡情。等他走近的時候，她們眞的站起來迎接他，請他進去坐坐，把他領到了陰凉的院子裏，拿出上等的美酒和糖果來款待他，最後，她們帶着一半恭敬一半開玩笑的口吻問他，既然他明知有這麼多英俊活潑的青年包圍着她，怎麼還會愛上她呢？

那醫生沒有提防會遭到這樣「善意的」譏刺，就笑容滿面地回答：

「夫人，明白事理的人絕不會對我的戀愛有什麼驚異——尤其因爲我愛的是妳——這樣一位值得愛慕的人兒。我年紀雖然大了，受到自然的限制，戀愛起來總是心有餘而力不足，不過一個老人還是知道應該愛誰，知道怎樣專心愛一個人。實際上，老頭子比小伙子有經驗、有見識得多呢！許多年輕小伙子都來追求妳，而我，一個老頭子，也癡心妄想地愛上妳，那是因爲這個緣故：我時常看到女人吃扁豆和韮菜；韮菜並不是什麼好吃的東西，不過它的根沒有辛辣味，倒還不難吃。現在妳們這幾位太太小姐，却另有嗜好，手裏緊抓着韮菜根，把韮菜葉嚼得津津有味，其實那葉子又辣又有氣味，有什麼好吃的？夫人，我怎麼能够說，我一定知道妳挑選愛人不是用這個辦法呢？如果這樣❶，那麼中選的必定是我，而其餘的追求者全都要碰壁了。」

那位寡婦（以及她的女伴）聽了他這番話，覺得很羞慚，說道：「大夫，我們太狂妄了，竟冒犯了你，理應受到你的責備；但是你手下留情，只是輕輕地說了我們幾句。我很珍重你的愛情，一位才德兼備的君子的愛情總是值得珍重的。從今以後，我的心就向着你，只除了跟我名譽有關的事以外，其餘的一切，我都唯命是聽。」

❶ 這就是說，如果她挑選情人也像吃東西那樣不辨好壞，棄其精華，取其糟粕，那麼條件差的情人反而有希望了。

那醫師離席而起（其他的賓客也跟着站了起來），謝了那位夫人的盛情，就笑盈盈、喜洋洋地告辭而去。

那位夫人只因爲沒有認清對象，想要取笑別人，反而給別人奚落了。所以如果是聰明的女人，就應該千萬小心，不要做出這種事才好。

七位女人和三個青年講完了故事，已經夕陽西下，暑氣全消了。女王很愉快地說道：

「親愛的朋友，現在，我一天的使命已經完畢，只剩下爲你們推舉一位女王，好由她來規劃我們明天的生活和玩樂的程序。本來，我的統治權要到今天晚上才算告終，不過繼任的人如果事先沒有什麼準備，就會措手不及，所以我想明天的新王，應該在這時候接任才對，好讓她把明天的事安排好。現在我就推舉一位最審愼的少女菲羅美娜來做我們這個王國明天的女王，請她來領導我們尋求歡樂，以及崇拜那把生命賜給萬物的天主❷。」

她說到這裏，就站起來，把自己的花冠脫下，恭恭敬敬地加在菲羅美娜頭上，首先向她行了一個敬禮，於是那許多青年男女也跟着向她行禮，表示熱烈擁護她的統治。

菲羅美娜沒想到那頂王冠會加在自己頭上，雙頰不由得泛起嬌羞的紅暈，不過她想起剛才潘比妮亞所說的那一番話❸，就克制了慌張，鼓起勇氣來執掌國政。她首先追認了潘比妮亞所頒發的一切命令，然後宣佈大家明天仍然留在這裏，又佈置好明天的日程和當天的晚餐，於是說道：

❷「請她來領導我們……」以下兩句從阿爾亭頓譯本，取其語意比其他兩個英譯本簡明。
❸指三八頁的那一段話。

「各位最親愛的伴侶，承蒙潘比妮亞推舉我做你們的女王，這並不是我有什麼可取的地方，實在是她的厚愛。所以，在安排我們的共同生活方面，我不打算獨斷獨行，還得徵求大家的意見。我現在把我的計劃簡單地說一說，不妥當的地方，大家可以提出意見來補充或是修改。

「照我看來，潘比妮亞今天所安排的程序十分出色，使我們這一天過得相當快樂。假使大家不以爲再過一天這樣的生活有什麼討厭，或者另有反對的理由，那麼我認爲這程序並沒有變更的必要。

「等我們把這件事辦好後，大家就可以離開這裏，各自去找消遣。等到太陽下山了，我們就在凉快的晚風中吃飯；飯後，大家就唱幾首歌，玩一陣子，然後睡覺。明天，我們清早起來，各人可以隨意散一會兒步，到時候，就像今天一樣，大家回來一起吃飯，飯後，我們跳一會舞，然後午睡，等睡醒後，也像今天這樣，我們回到這兒來講故事，我覺得講故事是挺有趣，也是挺有益處的玩意兒了。

「潘比妮亞在匆促中給推選爲女王，來不及給大家指定一個講故事的範圍；我想，好在我們現在有充分的時間，我不妨出一個題目，讓大家可以預先在這範圍內，想出一篇出色的故事。我說，從開天闢地以來，人類始終受到命運的支配，將來一定還是這樣，直到世界的末日爲止，所以這故事的題目，要是各位沒有意見，我想這樣規定：每人都講一個**起初飽經憂患，後來又逢凶化吉、喜出望外的**故事。」

在場的青年男女一致擁護這個規定，表示願意遵守，但是等大家都靜下來以後，忽然聽到狄奧紐說：

「女王，大家所說的話也就是我想說的話，我覺得妳定下的辦法很值得讚美，可以提高我們的興趣，只是我想請求妳一個特殊的恩典（而且我希望，在我們一起歡聚的這段時間內，一直享受着這恩典），那就是說，我可以不受妳的法令的束縛，不用在指定的題目範圍內講一個故事；如果我高興，我就可以隨意講一個我所喜歡講的故事。爲了不使大家以爲我提出這樣的請求，是因爲肚子裏故事不多的緣故，以後我願意都在最後一個講故事。」

女王知道他是一個風趣的人，也了解他提出這個請求也有他的用心，那就是如果遇到大家聽同一個題目的故事聽得有些厭倦了，他就可以另外講一個有趣的故事來作爲調劑；所以在徵求大家的同意之後，女王就准許了他這個特權。

於是，各人離席而起，緩步來到一道清泉邊，泉水從一座小山上流下來，經過巉岩亂石、青苔綠蔭，又流入樹木障天的山谷裏。他們都光着手臂、赤着足，踏進水裏，鬧着玩着，直到快要吃晚飯的時候，才一起回去，然後高高興興地一起用飯。

晚飯後，女王吩咐取出樂器，又叫拉蕾達領導大家跳舞，愛蜜莉亞唱歌兒，由狄奧紐彈着琵琶伴奏。在拉蕾達婆娑起舞的時候，愛蜜莉亞果然在旁邊大展歌喉，聲音有如黃鶯出谷，歌詞如下：

我愛上了我自己的美貌，
我的熱情只爲着自己燃燒。
我不懂得除此以外的愛情——
愛情，除此以外，我也不想要。
我從鏡子裏注視自己的嬌顏，
我的嬌顏引起我無限的愛憐，

眼前的光景，往昔的思緒──
這一切都不能奪去我的樂趣；
天下還有什麼可愛的東西，
能在我的心裏喚起，
從未有過的柔情蜜意？

每當我記掛我那倩影，
她總是立卽出現在我眼前；
她從沒有使我失望傷心，
她總是笑盈盈，脈脈含情，
累得我無法把我的歡喜說清，
除非你跟我懷着一樣的愛憐，
否則你永遠不會知道這片情意的深淺。

我愈注視這可愛的嬌容，
愛情的火焰就愈燃燒我的心胸。
我把我自己整個獻給她，

換來的將是無窮快樂的代價，
未來的歡樂將比現在更強烈，
可是誰又曾懷過這樣強烈的愛！

拉蕾達在唱這首歌的時候，大家都起勁地跟着她唱，有幾個人還把歌詞細細玩味了一番。大家又跳了一會兒舞，時間已經不早，夏天的夜晚原很短促，所以女王下令這第一天的程序到此告終；僕人點起火炬，女王吩咐大家好好休息，於是大伙兒各自回臥室去了。

第一日終

第二日

『十日譚』的第一天結束，第二日由此開始，非羅美娜主持之下，講了起初飽經憂患，不料後來又逢凶化吉，喜出望外的故事。

朝陽的光芒帶來嶄新的一天，小鳥在碧綠的枝頭上唱着動聽的歌曲，彷彿報曉般地聲聲入人耳。別墅裏的女士和三位先生，這時都已起身，不約而同地來到花園裏。他們在綴滿露珠的草地上，信步漫遊，採擷花草，編成一頂頂美麗的花冠；玩了好一會兒，就跟前一天一樣地快樂逍遙。他們在綠蔭下吃了早飯，跳了一會兒舞，就睡到中午；午後起身，大家遵照女王的命令，一齊來到涼爽的草地上，圍着女王坐下來。

女王戴上花冠，眞是艷麗動人，她先一一地看了衆人一下，隨後命令妮非爾帶頭講一個故事，妮非爾也不推托，就高高興興地開始講述。

故事第一篇 顯靈

瑪爾特利諾先假裝成跛子，然後假裝接觸了聖亞爾里哥的遺體，病就好了。他的詭計給人識破，遭到毒打，被捕送上絞刑架，但最後終於逃了命。

最親愛的姐姐，人嘲弄別人，往往會自取其辱，尤其是應該尊敬的事物，你也拿來跟別人開玩笑，那難免要自討苦吃了。我現在遵照女王的意旨，開一個頭，用一個故事來說明她指定的題目——我想講一個本地人的遭遇，他起初是怎樣吃盡苦頭，後來却又怎樣逢凶化吉，連他自己都沒有想到。

不久以前，特里維索地方有一個德國人，叫聖亞爾里哥。十分清貧，以當脚夫爲生；因他爲人正直，潔身自好，深得當地人的敬重，把他看成聖潔的人。也不知道這話是眞是假，據當地人說，在他臨終的時候，特里維索大教堂的大鐘小鐘，沒有人敲打，竟然一齊響了起來。

大家都認爲這是個奇蹟，因此認定這個聖亞爾里哥就是天主派來的聖徒。在一刹那間，全城的人都湧到他家裏，把他的屍體抬出來，按照對待聖徒應有的隆重儀式，一直抬到大教堂。隨後大家又忙着去把那跛脚的、瘋癲癱瘓的、瞎眼的，以及各種畸形殘廢、患有痼疾的人都拉了來，希望這些人只要碰一碰聖體，什麼病都可以不藥而癒了。

正當這樣鬧嚷嚷的時候，恰巧有三個我們同鄉，來到了特里維索，他們的名字是：史第奇、瑪爾特利諾和馬可賽。他們是三個小丑，善於模仿別人的動作和表情，常在宮廷府邸裏獻技，博取王公大臣的一笑。他們初次來到特里維索，看見這裏的人全都是這樣紛紜擾攘，不覺奇怪起來；後來打聽到原來是這麼一回事，就想去見識一下。他們把行李寄放在一家旅店裏後，馬可賽就說：

「我們可以去瞻仰這位聖徒，可是照我看來，只怕這願望很難實現了。聽說廣場上擠滿德國人，城裏的長官唯恐發生事故，又派遣了許多兵士在那兒站崗。他們又說，教堂裏更是水泄不通，你簡直休想擠得進去。」

「別爲這點事發愁吧，」瑪爾特利諾說，他自己也急於想去看看熱鬧，「我保證我會想出一個法子來，讓大家可以跑到聖體跟前。」

「什麼法子呢？」馬可賽問。瑪爾特利諾回他說：

「我對你說吧！我可以假裝成一個跛子，你和史第奇就當我不會走路似的，在左右扶着我，只說要把我帶到聖者那兒去求醫；人家看到我們這種光景，誰會不讓出一條路來呢？」

馬可賽和史第奇非常贊成他這個主意。他們三個人就立刻離開旅店，來到一個偏僻的地方。於是瑪爾特利諾施展本領，把自已的手臂和手指都扭轉過來，把腿也變跛了，嘴也歪了，眼睛也斜了，一張臉變得奇形怪狀，看上去十分可怕。無論誰看到他這個模樣兒，也一定要說他是個全身殘廢的人。馬可賽和史第奇就扶着這個假病人，一直向大教堂走去，一路上滿臉虔敬，低聲下氣地請求別人看在天主的面上，讓出一條路來。大家果然連忙讓出路來。

總之，大家都把眼光投向他們，幾乎沒有一個不高聲嚷道：「讓開些！讓開些！」就這樣，他們一直來到聖亞爾里哥的遺體跟前。站在那兒的幾個紳士，立即把他抬了起來，安放在聖體上，好讓他重享健康。

每個人都凝視着瑪爾特利諾，看他究竟會獲得什麼效果。瑪爾特利諾很懂得在這樣的場合中應該怎樣表演；他在聖體上躺了一會兒，先伸直了一個指頭，接着手也抬了起來，胳臂也張開了，直到最後，全身都挺直了。衆人看到這種奇蹟，不禁歡呼了起來；讚美聖亞爾里哥的呼聲響徹雲霄，那時就是天上打着響雷，也會給這一片歡呼聲淹沒的。

恰巧那時候，有一個佛羅倫斯人也在教堂裏，他原來跟瑪爾特利諾很熟，不過剛才瑪爾特利諾給扶進來的時候，裝成那副怪相，所以認不出他來了；可是等到瑪爾特利諾一挺直身子，他立刻認出了他，不禁失聲笑起來，嚷道：

「願天主懲罰他！看他進來的那種模樣，誰不當眞把他看作是殘廢者呢！」

他這話給幾個本地人聽見了，不禁問道：「什麼！難道他不是個殘廢者嗎？」

「天知道！」那個佛羅倫斯商人嚷道，「他的身體跟我們一樣挺得筆直，不過他的本領特別大，可以隨心所欲，把身體變得奇形怪狀。」

衆人一聽到這話，不再多問，就一擁而上，嚷道：

「他是個壞蛋，敢跟天主和聖徒開玩笑！他並不是眞殘廢，他是假裝殘廢來嘲弄我們和我們的聖徒！抓住他！」

這樣嚷着，他們就一把揪住了他的頭髮，把他拖出來，把他的衣服扯得粉碎，又是打、又是踢，拳脚交加。整個教堂的人幾乎全都擧着拳頭哄了上來。瑪爾特利諾急得大聲哀呼，請求衆人看在天主的面上，饒了他；他一面還想閃躲，還想招架，可是哪裏有用？他激起了公憤，人愈圍愈多了。

史第奇和馬可賽看到這種光景，知道事情弄糟了，又害怕自己挨打，就不敢前去救他，反而跟着衆人一起喊道：「打死他！」他們一邊喊一邊竭力想法子，要把他從憤怒的羣衆中救出來。幸虧馬可賽想出一個辦法，要不然，只怕他眞的會給衆人打死了。城裏的警衛全都在教堂外面站崗，馬可賽就趕緊擠出教堂，奔到一個警官面前，說道：

「看在老天爺面上，快幫助我吧！賊骨頭把我的錢袋偷去了，裏面裝着一百個金幣呢。快去抓住他，幫我把錢追回來吧！」

那警官聽到他這樣說，就立刻帶着十來個警衛，照着馬可賽的話，直向教堂奔去。那可憐的瑪爾特利諾這時就像一個石臼似地給衆人搗個不停。那些警衛好不容易才衝進人堆中間，把瑪爾特利諾從衆人手裏搶救出來，押到官府裏去。瑪爾特利諾已給打得頭破血流、渾身青腫了；可是衆人認爲受了他的侮辱，還不肯甘休，都跟了去；後來聽說他是給抓去當小偷辦的，心想這倒也好，可以讓他多吃些苦頭，就七嘴八舌的叫嚷起來，咬定他偷了他們的錢袋。

官老爺本是一個性子暴躁的傢伙，一聽捉住了一個小偷，就立刻把罪犯提來審問。哪知道瑪爾特利諾若無其事，回答的話近於戲謔。這可把官老爺氣壞了，下令把他綁上刑床，三收三放，要逼取他的口供，好再拿繩索套上他的脖子，吊到絞刑架上。

鬆綁之後，那官老爺又問他要招不招；瑪爾特利諾知道有理難辯，只得說道：「我願意招認了；請您把原告傳來，問他們究竟在什麼時候、什麼場所失竊了錢袋，那我就可以招供那些是我偷的，那些不是我偷的。」

官老爺說：「這倒好，」就下令叫了幾個原告上來，問了一遍。一個說，瑪爾特利諾在八天前扒去了他的錢袋，另一個是六天前，還有一個說是四天前，另外又有些人說是當天失竊的。

瑪爾特利諾聽完了他們的話，就說：

「大人，他們全是一派胡言。我可以證明我這話不是瞎說的。我來到此地才幾個鐘頭，以前從未來過；也是註定我倒楣，一到這兒，就到教堂去瞻仰聖徒的遺體，卻不想給人打成這個模樣。以上這些話，句句屬實，大人可以向檢查外人入境的官員調查，翻閱他們的登記簿；還可以詢問旅店主人。如果調查屬實，那麼請求大人不要再聽信那些壞蛋的話來爲難我，而把我判處死刑。」

再說馬可賽和史弟奇兩個在官府外面，聽說審判官對於瑪爾特利諾毫不容情，已動了大刑，急得不知如何是好，說道：「壞事了，我們把他從油鍋裏救出來，不想又把他送進了火坑。」就趕忙回到旅店裏，找到了店主人，把他們闖的禍告訴了他。店主人聽了十分好笑，就把他們帶去見本地的一個紳士，叫做桑德羅．阿戈蘭弟，跟總督頗有交情；把事情經過詳詳細細地告訴了他；還跟他們一起懇求他援救瑪爾特利諾。桑德羅聽了他們的故事，哈哈大笑了一陣，就到總督那兒，請求他開釋瑪爾特利諾，總督立刻就答應了。

差官奉了總督的命令，來向審判官提人，只見瑪爾特利諾穿着一件襯衣還在那裏受審，他神色慌亂，不知如何是好；原來不管他怎樣申辯，那官老爺總是不聽。也不知道這位官老爺是不是特別懷恨佛羅倫斯人，總之打定主意要把瑪爾特利諾送到絞刑架上去，甚至不肯把他交給總督的人；直到最後沒法想了，才交出人來。瑪爾特利諾來到總督面前，把事由本末，據實說出來，還請求總督准他離開這裏，說除非他平安回到佛羅倫斯，否則他總覺得脖子上還套着一根繩索似的。

總督聽了他不幸的遭遇，哈哈大笑，答應了他的要求，還賞給每人一套衣裳。這樣，他們絕處逢生，一路平安，回到了家鄉。

故事第二篇　禱告

林那多在旅途中被刼，冒着風雪來到古伊利埃摩城堡，幸虧有一位寡婦收留了他；第二天他追回了失物，安然回到家裏。

小姐們聽了瑪爾特利諾大吃苦頭的故事，都笑得前俯後仰，就是那幾個青年也都覺得十分好笑，尤其是費洛斯特拉多；他就坐在講故事的妮菲爾下方，女王吩咐他接着講一個故事，他毫不遲疑地開口說道：

各位美麗的小姐，我要講的是一個跟宗教有關的故事，其中有驚險，也有愛情。大家聽了這個故事，也許可以得到一些益處也未可知，尤其誰要是踏上了愛情的崎嶇道路，就會知道，要是不念聖朱利安的主禱文，那麼，縱然他有一張舒適的臥床，也還是不能安眠的。

在阿索·德·法埃拉拉侯爵時期，有一個叫林那多·德·阿斯第的商人，來到波隆那料理私務，事情辦妥後就起程回家。當他走出法埃拉拉境地，趕往維洛那的途中，遇見幾個旅人，看樣子像是一羣商人——其實哪裏是商人，原來都是些攔路搶劫、無惡不作的强盜。林那多沒有提防，竟和他們結成伴，一起趕路了。

他們打量他是個商人，身邊一定有些錢財，便商量妥當，決定看準時機，就下手劫掠。爲了不讓他生疑，他們盡力裝作正人君子的模樣，一路上跟他談的都是一派正經話，聽他們的言語，看他們的舉動，眞是又謙遜又親熱。林那多原是只帶着一個僕人，騎馬隨行，現在結識了這班人，大家做個旅伴，覺得眞是幸運。

他們一路談天說地，後來談到人類向天主祈禱這個題目上去。三個強盜之一就問林那多說：「先生，請問你在旅途中常念的是哪一種禱告？」

林那多回答道：「說眞的，我只是個俗人，對於這類事情不十分在行，所懂得的禱告也很有限。我過的是老派的生活，一毛錢我就只當它是十個子兒❶。不過我出門在外，每天早晨離開旅店之前，却照例要爲聖朱利安父母的在天之靈念一遍『我父在天』和『聖母頌』，接着我就向天主和聖朱利安祈禱。求他們保佑我在晚間找到一個舒舒服服的下榻場所。我在路上常常遇到很大的危險，但每次都逢凶化吉，而且到了晚上，還居然給我找到了一個安全的地方和一張舒適的鋪位。我深信這種恩典是全靠聖朱利安替我向天主求來的。要是我早晨忘了向他禱告，那麼我日間旅行，一定不順利，晚上歇脚，也一定找不到一個好地方休息。」

「那麼你今天早晨念過了禱告沒有？」那個人又問道。

「念過了，」林那多回答道。

❶ 概念地認識事物，而不去分析內容；如果用英國的俗話來說，那就是「我並不假裝我的本事比旁人大，能夠看到石牆的裏面去。」——潘譯本原注這一句，里格的譯文是「兩個 Soldi 我只是當它是二十四個 deniers。」

那問話的强盜很明白今天要出什麼事，心裏想：「你的確該給自己多禱告禱告呢，要是我們沒有差失，那麼今晚一定要教你睡個好地方了。」

「我東奔西跑，出門也不止一次了，雖然時常聽人說起這套禱告的好處，可是我却從沒唸過，但是我晚上哪一次不是睡得好好的呢？——或許今晚你就可以看到了，我們兩個究竟誰的鋪位舒服——是做過這禱告的你呢，還是向來不做的我？說眞的，我不念你那禱告，而是念着『擾亂』（Dirupsti）或是『純全』（Intemerata）或是『耶和華啊，我從深處向你求告❷』，聽我祖母說，這種禱告才有用呢！」

他們就這樣一邊趕路，一邊閑談，只等適當的時機和場所，就要動手刼掠。天色將晚，走到離古伊利埃摩城堡不遠的渡口附近，地點旣偏僻，時間又將近傍晚，三個惡徒沒有別的顧忌，便一起撲上前來，把他剝得只剩下一件襯衫，他的錢、衣服以及馬匹，全都給他們搶走了；臨走時，他們還向他說：「去吧，看你的聖朱利安今晚是否像我們的聖徒一樣出力，給你找一個跟我們一樣好的鋪位！」說着，便渡河揚長而去了。

林那多的僕從可眞是個沒種的奴才，一看見主人落到强盜手裏，不但不敢上前援助，反而掉轉馬頭就逃，直到看清古伊利埃摩城堡，進了城才勒住馬繮，找了客店安歇下來，其他的事再也不管了。

天氣又冷，又下着大雪，林那多光着兩隻脚，身上只有一件單衣，凍得渾身發抖，牙齒打戰；天色又暗下來，他毫無辦法可想，向周圍張望了一下，想找個什麼地方投宿一夜，免得凍死在雪地裏，不料這個地方才經過兵燹，滿目荒凉，哪裏來的住所！他冷得受不了了，只能拚命地向古伊利埃摩城

❷ 出自聖經詩篇一三〇篇。

堡奔跑，也不知道他的僕人是否跑到那裏，還是逃到旁的地方，一心想着只要能進得城去，就能靠着天主的慈悲，找到一線生機了。

可是在他走到離城還有一哩路的光景，天就全黑了，等他踉踉蹌蹌來到城脚邊，時間已晚，城門都關上了，吊橋都收了起來，哪裏還能進得去呢？他傷心絕望之餘，不由得哭了起來；只得就近隨便找個地方避避風雪；總算給他發現城牆那邊，有一幢房屋，造得稍微突出，他就打算到那屋簷下去躲一夜，等待天亮再作打算。來到那屋簷下，他看見還有一扇門，可是早已下了鎖，他只得在附近拾了些乾草，鋪在脚下，席地而坐，好不淒慘；心中抱怨聖朱利安，不該叫他的信徒落到這種地步。可是聖朱利安到底沒有把他拋棄不顧，沒有叫他委屈多少時候，就替他安排了一張舒服的床鋪。

在這城裏有一位寡婦，姿色出衆，阿索侯爵深深地愛着她，就像自己的心肝一般，把她供養在一座華屋裏——林那多避雪的地方就是這座屋子的門外。那天，侯爵到城裏，跟他的情婦約好，晚上要到她家來歇宿；她準備好一盆洗澡的熱水和一席豐盛的酒菜，一切都安排妥當，只等侯爵來享用。誰知侯爵那邊，城堡門口忽然有人送來一份緊急公事，侯爵匆忙之中，只得差人到他情婦家裏去捎個訊兒，請她不必等他了，自己立刻備馬就走。那婦人一團高興化作雲煙，眞是無可奈何，就趁着現成的熱水，決定自己洗個澡，獨自吃晚飯，然後上床睡覺。她於是進了浴室。

浴室靠近一扇通到城牆外的門，門外恰巧就是那個倒楣的林那多蜷臥的地方，因此，她在洗澡的時候，聽到了一聲聲的哀叫，還聽到有人牙齒在打戰，就像一隻鸛鳥在那兒磨喙一樣。她就把女僕喊來，說道：「上樓去瞧瞧，是誰在牆外邊，在那兒幹什麼？」

女僕登上樓去。她藉着清明的夜色望見一個男子光着兩條腿，只穿一件單衣，坐在那裏瑟瑟地發抖。她就問他是誰，可憐的林那多連話都說不連貫了，斷斷續續地勉强把自己的遭遇說了出來，還哀哀苦求她做做好事，不要讓一個遭難的人凍死在露天裏。

那女僕看他這麼一副狼狽的情景，好生同情，便返身入內，告訴了她的女主人，那主婦聽了，也很可憐他，就吩咐道：「妳去把門輕輕開了，讓他進來吧，反正這裏放着一桌飯菜也沒有人吃，再說這裏又不少他宿一夜的地方。」

那女僕極力讚美女主人心地好，於是去開了門，把他領了進來。那主婦看到他差不多凍僵了，就向他說：「好人，快洗個澡吧——水還熱着呢！」

林那多豈有不樂意的道理。也不用三請四邀，他就把凍僵的身子浸到熱水裏去。洗過了澡，全身回暖，他這時眞彷彿重生一般。那主婦又找出她故世不久的丈夫的衣服給他穿，他穿在身上居然十分合適。彷彿那衣服是照着他的身材量做的。他一邊等待女主人的吩咐，心裏却已經在向天主和聖朱利安感謝了——他們到底是大慈大悲，把他從一夜風雪裏救了出來，送到這樣一家大公館裏來歇宿了。

那主婦休息了片刻③，就關照把大廳裏的爐火生旺；她自己隨即來到那兒，問女僕，那個男子是何等模樣的人。那女僕回答說：「夫人，他已經把衣裳穿上了，人品很端正，舉動也文雅，看樣子，是一個有教養的人呢！」

主婦說：「那麼妳去叫他到這裏來烤火吃飯吧——我想他還沒吃過飯呢！」

林那多就給領進了大廳，他看見這家的主婦分明是位貴婦人，便不敢怠慢，趕忙上前向她問安，再三感謝她的救命之恩。那主婦看了對方的人品，又聽了他的說話，覺得女僕所說的果然不錯，就很和悅地招待他，請他隨便跟她一起坐下來烤火，又問他怎麼會到這兒來的。林那多就把當天的遭遇一

③指沐浴過後休息一會。——潘譯本原注

五一十都講了出來。

他所說的這些事；那天傍晚林那多的僕人逃進城裏來的時候，已經傳揚開來，她也聽到了一些，所以很信得過他的話；還把他僕人的消息轉告他，說明天不難把他找到。這時，晚餐已經擺好，林那多就聽從女主人的話，洗了手，跟她一起坐下來吃飯。

他正當壯齡，體格又魁偉，氣度軒昂，儀容舉止都不惡；所以在席間，那主婦的眼光不時在他身上溜着，覺得這個男子很討她的歡心。那天，本是侯爵約好和她歡會，已經勾起了她的春情，所以不禁心想，這個空檔正好叫他來塡補。

等吃完飯，離了席，那主婦就跟女僕私下商量，旣然侯爵失約，害她空歡喜一場，那麼她何不好好享受這送上門來的好機會呢！女僕已經明白女主人的心事，就極力慫恿她。於是主婦又回到大廳，只見他仍然像她方才離開時那樣，獨自對着爐火。她來到他跟前，脈脈含情地注視着他，說道：

「噯，林那多，你爲什麼這樣悶悶不樂呀？是不是因爲丟了一匹馬和幾件衣服？你且放開心事，打起精神來吧，你來到這裏就像在你自己家裏一樣。你聽我說，你穿了先夫的這身衣服，我眞把你當做他哪！今晚我眞有幾百次想摟住你親吻呢，要不是怕得罪你，我早就這樣做了。」

林那多並不是不解風情的人，聽了她這番話，又看見她眼裏閃射着異樣的光彩，就張開雙臂，迎向她說道：

「太太，我這條命原是妳救下來的，沒有妳我只能凍死在雪地裏，這不用說了，我應當盡心侍候夫人，討妳的歡喜，才是道理，否則我眞是個不識好歹的傢伙了。那麼來吧，妳只管把我摟個稱心，親個適意吧，我一定甘心樂意地奉陪妳、回敬妳。」

事情到了這步田地，還需要多說什麼呢？那主婦早已按捺不住，投進了他的懷裏。她緊摟着他、吻他，吻了一千遍，也讓那男子親了她那麼多遍。兩人這才站起身來進了臥房，也不多躭擱，就寬衣上床，快活了一夜，直到天明。

等東方既白，兩人立卽下床——那女人唯恐這事讓別人知道。她又找出一身舊衣裳叫他穿了，替他把荷包裝得滿滿的，請求他昨天晚上的事千萬不能向別人說起，又指點他怎樣進城去找他僕人的路徑，然後讓他仍舊從昨夜進來的偏門走出去。

等到天色大亮，城門打開了，他就裝成是遠道來的旅客，進了城，找到自己的僕人，從馬鞍袋裏取出自己的衣裳換上了身。也是合該有這樣的巧事，他正準備跨上他僕人的牲口時，昨天搶刼他的那三個匪徒，在另一宗買賣上失了風，被官府捉住，解進城來。他們對所犯的案件供認不諱，因此林那多的馬匹、金錢以及衣裳，一起物歸原主；結果，只有一雙襪帶，因爲查問無着，不知下落，其餘一無損失。

林那多感謝了天主和聖朱利安，就跳上馬背，平安地回到家鄉；至於那三個不法之徒，到了第二天，就到半空中去跳舞了❹。

❹就是說，把他們送上絞刑架。

故事第三篇　駙馬

三個年輕的兄弟，把財產任意揮霍，弄得傾家蕩產。他們的侄兒失意回來，在途中遇到一位年輕的修道院院長。這位院長原來是英國公主，她招他做駙馬，還幫助他幾個叔父恢復舊業。

小姐們聽完了林那多的一番遭遇，嘖嘖稱奇，很讚美他的一片虔誠，同時也感謝天主和聖朱利安在他苦難的時候救了他。對於那位不負老天爺美意，懂得享受送上門來的機會的寡婦，她們也不願加以責備——雖然她們並沒有明白表示出這個意見來。她們正在談論那個晚上她應該是多麼受用，而且掩口發笑的時候，坐在費洛斯特拉多旁邊的潘比妮亞知道這回該輪到她講故事了，就在心裏盤算該講個什麼樣的故事，一聽到女王的吩咐，她就高高興興、不慌不忙地開言說道：

各位高貴的小姐，要是我們注意觀察世間的事物，就會覺得，如果談到命運作弄人們這個題目上來，那是越談越沒有完結的。世人只以爲自己的錢財總是由自己掌握，却不知道實際上是掌握在命運之神的手裏。我們只要明白這一點，那麼對我這個故事就不會感到驚奇了。命運之神憑着她那不可捉摸的判斷，用捉摸不透的手段，不停地把錢財從這個人手裏轉到那個人手裏。這個事理是隨時隨地都可以找到充分證明的，而且也已在剛才的幾個故事裏闡述過了，不過旣然女王指定我們講這個題目，那麽我就準備再補充一個，各位聽了這個故事，不但可以解悶，也許還可以得到些益處呢！

從前我們城裏住着一位紳士，叫做狄巴多。有人說他是蘭培第家的後裔，也有人見他的後代始終守着一個行業❶，直到現在還是這個樣子，便認爲他是阿戈蘭第家的後裔。我們且不去查他的宗譜，只要知道他是當時一位大財主就是了。他有三個兒子，大兒子叫做拉貝爾特，第二個叫做狄巴多，第三個叫做阿戈蘭特；個個都長得年輕英俊，一表人材。那位紳士去世的時候，大兒子還不滿十八歲。弟兄三人就依法承繼了這偌大的一份家產。

這三個青年一旦發現金銀珠寶、田地房屋、動產不動產都歸他們掌握，就漫無節制、隨心所欲地浪費起來。他們畜養許許多多的駿馬、獵狗、獵鷹等。至於侍候他們的僕役更是不計其數。他們又大開門庭，廣延賓客，眞是來者不拒，有求必應；還不時召集一班武士，擧行競技和比武會，總之，凡是有錢的爺兒們所能享受的樂趣，他們全都享受了；更因爲青春年少，一味放縱，只知道隨心所欲地揮霍縱樂。

這樣豪華的生活沒有維持多久，父親遺下的那許多金銀就花光了；雖然仍有些許收入，也無濟於事。他們要錢用，只得把房產賣的賣、押的押；今天變賣這個，明天變賣那個；沒有多久，就幾乎到了山窮水盡的地步；他們一向給金錢蒙蔽着的眼睛，直到現在才算睜開來。

有一天，拉貝爾特把兩個兄弟叫來，指出父親在世的時候家道是何等興隆，他們的日子又過得怎樣舒服，父親一死他們怎樣揮霍無度，把那一份偌大的家產花完，快要變成窮光蛋了。於是他替大家

❶ 應該是指後文所說的「放債的行業」。

出了一個妥善的主意，趁空場面還沒拆穿以前，把殘剩的東西全都變賣，跟他一起出走。

兄弟三人照這辦法去做，既不聲張，也不向親友告別，就悄悄地離開佛羅倫斯，來到倫敦，在那兒租了一間小屋住下。他們刻苦度日，幹起放債的行業來，十分巴結❷。也是他們的運氣來了，不出幾年工夫，就掙了許許多多的錢。

他們回到佛羅倫斯，把舊時產業大部分贖了回來，另外還又添置了一些；而且每人都娶妻安居了下來。不過他們在英國的貸款業務還在經營，就派他們一個年輕的侄兒阿萊桑德洛前去掌管，那弟兄三人在佛羅倫斯，雖然都有了家眷，都已生男育女，但刼故態復萌，忘了先前所吃的苦頭，錢還是胡亂揮霍，再加上全城的商店，沒有一家不是憑他們一句話，要掛多少帳就掛多少帳，所以他們甚至比以前揮霍得更厲害。多虧阿萊桑德洛在英國貸款給貴族，都是拿城堡或是其他產業做抵押，收入的利息着實可觀，因此每年都有大筆錢寄回家，彌補了他們的虧空。

有幾年光景，這兄弟三個任意揮霍，錢不够用了，就向人借債，唯一的指望是英國方面的接濟。可是誰知道忽然之間，英國國王和王子失和，兵刄相見，全國分裂爲二，有的效忠老王，有的依附王子，那些押給阿萊桑德洛的貴族城堡采地全被佔領，阿萊桑德洛的財源因此完全斷絕了。他總是希望有一天國王和王子能够議和，那麼他就可以收回本金和利息，不受損失，所以還是留在英國不走。那在佛羅倫斯的三個兄弟刼還是揮霍如故，債臺愈築愈高。

幾年過去，兄弟三人空等英國方面的接濟；他們不但已經信用掃地，而且還因爲拖欠不還，終於給債主逮捕了起來。他們的家產全被充公，也不够償還債務；債主還要追索餘款，因此給關在獄裏。

❷ 阿爾亭頓和里格譯本，這句爲：「他們以放債爲業，索取高額利息。」

他們的妻子兒女，分崩離析，十分悽慘，看來這一輩子再也沒有出頭的日子了。

再說阿萊桑德洛在英國觀望了幾年，一心巴望時局太平，後來看看沒有希望，覺得再就擱下去，可能連性命都不保，就決定回義大利。他獨自踏上歸途；路過布魯日時，看到有一位穿白衣的年輕院長，這時也領着眾人出城。一大隊修士、無數僕從，以及一輛大貨車，走在他前頭；在他後面，有兩個上了年紀的爵士騎馬隨行。阿萊桑德洛認出這兩個爵士是國王的親戚，就過去向他們打了招呼；他們立即歡迎他一路同行。

在一起趕路的時候，他輕聲問他們，帶着這許多隨從、騎着馬走在前面的那些教士是誰，他們正要到哪裏去。其中有一個爵士回答道：

「那騎馬前行的青年，是我們的一個親戚，新近被任命爲英國最大的修道院院長；只是他年紀太輕，按照規章，還不能擔任這樣重要的職位；所以我們陪他到羅馬去，請求教皇特予通融，批准他的任命——不過這件事千萬不能跟別人提起。」

那位新院長騎在馬上，有時領先，有時押隊，忽前忽後，就像我們經常可以看到貴族出門的那種樣子；她因而注意到離她不遠的阿萊桑德洛。那阿萊桑德洛正當青春年少，又長得眉清目秀，再加上舉止大方，彬彬有禮，天下有哪個美男子他比不上?那院長一看到他，就滿心歡喜，覺得他比誰都可愛。她就把阿萊桑德洛叫到身邊來，跟他談話，和悅地問他是什麼人，從哪兒來，又要到哪兒去。阿萊桑德洛把自己的身世照實說了，還聲言願意爲院長效勞，不論什麼微賤的職役都樂意從命。

那院長聽他這番話說得有條有理，看他的舉止又十分端莊，就暗中斷定，儘管他操的是賤業，卻必定是一個大戶人家的子弟；因此看他越發可愛了；對他的遭遇不禁深表同情，就用好言好語安慰了他一番，勸他只管寬心，只要爲人正直，儘管命運使他落到這般地步，天主自會把他扶植起來，讓他恢復舊觀，甚至達到比以前更高的地位，也未可知呢！他們這時都向杜斯卡納前進，所以院長又請求他一路做伴。阿萊桑德洛謝了院長的勸慰，並且說無論院長有什麼吩咐，他都樂於效勞遵命。

那院長自從見了阿萊桑德洛，不知怎樣，就湧起一種無名的感觸。這樣趕了幾天路，來到一個村子，連一家像樣的客棧都找不到；院長却偏要在這裏過夜，好在阿萊桑德洛跟一家旅店的老板相熟，就關照他收拾一間算是最講究的房間讓院長住下。這樣一來，阿萊桑德洛憑着他的幹練，就儼然成了院長的管事。他還替其他的隨從設法，幫他們在村子裏各自找一個過夜的地方。

院長用過晚飯，時候已經不早，大家都上床睡了，阿萊桑德洛就問那店主自己下榻的地方，誰知道那店主回答他說：

「說句眞話，我也不知道你可以睡到哪兒。你看，滿屋子裏都住了人，連我和我的家眷也只好睡在長櫈上。不過院長的房裏放着幾麻袋的糧食，我可以替你在麻袋上臨時加一個舖位，你就在那裏將就過一個晚上吧！」

「這怎麼成呢？」阿萊桑德洛說，「你知道院長的房間已够狹小了，連修士都沒有睡在他那兒，我怎麼能去打擾他呢？早知道這樣，那我趁帳子還沒有放下，就叫個修士睡在麻袋上，讓一張床舖給我睡吧！」

「怎麼辦呢，」店主人說，「事情已到這個地步，你還是將就些吧，睡在那裏也一樣舒服。院長已經睡熟，帳子也已經放下；我就給你悄悄地攤一個舖位，讓你在那兒安睡。」

阿萊桑德洛覺得這樣做，倒也不致於驚吵院長，於是就答應了下來，悄悄爬上麻袋，躺了下來。

哪裏知道院長因爲情思蕩漾，這時還沒有入睡，阿萊桑德洛和店主說的話，她都聽見了，她還留心聽到阿萊桑德洛將在什麼地方睡下來，不覺心花怒放，暗自想道：「這分明是天主給我一個如願以償的機會，要是今晚錯過了，以後就不知道哪一天才能再遇到這樣的機緣呢！」

院長打定主意，只等旅店裏的一切響聲都靜寂下來，就低聲叫阿萊桑德洛的名字，請他睡到自己的床上來，阿萊桑德洛再三推辭，只得答應了。

他就脫衣上床，在院長身邊睡了下來。那院長一隻手放在他的胸口，不停地撫摩他，就像熱情的少女撫摩愛人一樣。這舉動叫阿萊桑德洛大吃一驚，以爲是院長要拿他來滿足不正常的慾念呢。也不知道是憑着直覺，還是憑着阿萊桑德洛的姿態，院長馬上猜透了他的心意，暗自好笑，就解開內衣，拿起他的手放在自己的胸口，說道：

「阿萊桑德洛，別瞎想吧，你摸摸我這兒看——看我藏着些什麼東西。」

阿萊桑德洛用手在院長胸前一摸，摸到了兩個又小又圓、結實滑膩好比象牙雕刻出來的東西——少女的乳房。阿萊桑德洛一明白院長是個女人，也不問一聲，就把她摟在懷裏，要和她親嘴。但是她攔住了他，說道：

「你且慢，先聽我把話說清楚。現在你知道我是個女人，不是什麼男人。我離家的時候還是個處女，這一次覲見羅馬教皇，是要請求他替我作主配親。也不知道是你的幸運降臨，還是我遭了惡運，那天我一看到你，就愛上你了——哪一個女人也不像我愛得那樣熱烈。我一心一意只要你，不要別人做我的丈夫；如果你不願意娶我做妻子，那麼請你立刻下床，回到你自己的床舖上去吧！」

阿萊桑德洛雖然還不知道她的身世，但是看她一路帶着那麼多隨從，就斷定她絕不是平常人家的千金小姐，又看她長得十分美貌；就不再遲疑，立刻答應說只要她不嫌棄，他哪有不樂意和她結爲夫妻的道理。

她一聽這話，就從床上坐起來，把一個戒指交在他的手裏，又叫他對着一幅耶穌的小畫像發誓娶她；儀式完畢之後，他們才互相擁抱接吻，這一夜，眞是有說不盡的恩愛和快樂。

東方發亮了，阿萊桑德洛就照着他們商量好的辦法，悄悄地離房，就像昨晚進來時一樣，這樣誰也不知道他是在哪兒過夜的。他跟着院長的隊伍一路行來，好不得意；經過多天的跋涉，他們來到羅馬。

休息了幾天之後，院長只帶着兩個爵士和阿萊桑德洛覲見教皇，她照例向教皇行了敬禮，就說：

「教皇，一個人要是想過純潔正直的生活，首先就得避免一切引誘他背道而馳的事物，這一層道理，您該比誰都了解。也正因爲這緣故，我要做一個規矩的女人，就得喬裝改扮——就像您看見的樣子——從我的父親，英國國王的宮裏偷跑出來。我的父王不管我年紀還這樣輕，就要把我嫁給年老的蘇格蘭國王；我不一定嫌惡這位蘇格蘭國王是個老頭子，而是怕我自己年紀太輕，意志薄弱，一旦嫁了他，受到了誘惑，也許會做出什麼違背天主的戒律，以及有損我們王室名譽的事。所以我帶着父王的大部分財產跑到這裏來，請求您替我解決婚姻問題。

「天主給人安排的一切是不會錯的。我一路來時，我相信是那慈悲的天主使我遇到了祂替我選中的丈夫。那就是這位青年。」（說着，她指阿萊桑德洛）「您看到他和我並排站在一起，憑他的品德和儀表，不論是怎樣尊貴的小姐，他也配得上——儘管他沒有高貴的身價。他是我所愛的人，他是我所接受的人，除了他，再也沒有第二個男人能佔有我的心——不管我的父王和他左右的人會有怎樣的想法。我長途跋涉，原是爲了我的婚事，如今這動機已經不存在了，但我還是趕來，一則要好好瞻仰羅馬的許多聖蹟、覲見教皇陛下；再則是當着您的面，也就是當着衆人的面，重申我和阿萊桑德洛倆私下訂定、只有天主作證的婚約。我乞求您承認爲天主和我所接受的他；並且爲我們倆祝福吧；您是天主在世間的代表，蒙受了您的祝福、就是加倍地得到天主的讚許，那麼我們倆就可以生而同衾，死而同穴，永遠宣揚天主和您的榮耀。」

阿萊桑德洛萬萬想不到他的妻子竟是英國公主，聽了她這一番話，眞是又驚又喜；可是那兩個爵士聽到她說出這些話來，不禁大爲震驚，幸虧有敎皇在場，否則只怕他們憑着一時的氣憤，會做出對阿萊桑德洛不利的事來，甚至連公主也會遭到他們的毒手呢！

敎皇也一樣，他看到公主女扮男孩，又聽她說已經爲自己選擇了一個丈夫，眞是驚奇極了；可是事情落到這個地步，也是木已成舟，無法挽回了，終於答應她的請求。他首先勸解兩個爵士，叫他們不必生氣（他知道他們在生氣），使他們消除對公主和阿萊桑德洛的歧見；隨後着手安排婚禮。

到了預定的日子，敎皇布置好盛大的宴會，把敎廷裏的紅衣主敎、城裏的貴族和顯要全都邀請了來；然後請出公主來和滿堂貴賓相見。她穿上一身皇室華服，容光煥發，嬌艷可愛，看得衆人一齊叫好。新郎阿萊桑德洛也盛服而出，他的儀容舉止，儼然是一位王孫公子，當初那個拆帳放款、博取利息的小伙子，連半點影子都找不到了；就連那兩個爵士，也都肅然起敬。在敎皇親自主持的結婚典禮上，那一對新婚夫婦重申盟誓，當衆受到敎皇的祝福，眞是莊嚴隆重，熱鬧非常。

離開羅馬，公主順着阿萊桑德洛的意思，兩人一起趕到佛羅倫斯。他們結婚的消息早已在佛羅倫斯傳開，所以一到那兒，卽備受大衆的尊敬。公主替那三兄弟償清債務，恢復了他們的自由，這還不算，又替他們贖回家產，把這三家的妻子兒女都接了過來。他們對於公主眞是感激涕零。阿萊桑德洛夫婦離開佛羅倫斯時，邀請阿戈蘭特同行；他們來到巴黎，受到法王隆重的款待。

那兩位爵士，已先回到英國，極力在國王面前替公主說情，英王果然寬恕了公主，高高興興地歡迎他的女兒和女婿回去。不久，英王授阿萊桑德洛伯爵頭銜，賜給他康華爾采地，還舉行了莊重的儀式。新伯爵以他幹練的手腕，調停了英王和太子間的衝突，全國又恢復和平，民生復蘇，因此他深得全體人民的愛戴和尊敬。

再說阿戈蘭特，他把債款全都收齊，又在阿萊桑德洛伯爵前受封爲爵士，滿載而歸，回到佛羅倫斯。伯爵和他的夫人終生享受人間的榮華富貴，據說，他憑着才能和勇敢，又靠着父王的提攜，後來征服了蘇格蘭，成爲蘇格蘭王。

故事第四篇 箱子的奇蹟

朗多爾霍·魯浮羅經商失敗，流爲海盜，後來被熱那亞人捉去，押在商船上；忽然遭到暴風雨的襲擊，商船沉沒，他抓住一個箱子，飄流到科福，被一婦人救起，發現箱裏全是珍寶，回家後成爲鉅富。

拉蕾達坐在潘比妮亞的旁邊，等到她的故事已經有了美滿的結局，就緊接着說下去：

各位心地仁慈的姐姐，依我說，命運的力量眞是偉大，而它最偉大的地方莫過於讓一個低賤的人，平地一聲雷，變成了王親國戚，剛才潘比妮亞所講的故事中的阿萊桑德洛就是那樣。現在既然各人所講的故事，規定不能超出這個範圍，那麼我也不辭鄙陋，想講一個故事——這故事的結局雖然沒有那樣榮耀，不過中間所經歷的艱苦危難，却勝過剛才那個故事。只怕這樣的故事在相形之下，諸位會聽得不够勁，不過我也講不出更好的來了，只能請大家原諒。

人人都說，從萊喬到卡愛達沿海地帶，稱得上是義大利風景最幽美的地方——尤其是薩萊爾諾附近那一片小山坡，當地人稱做「阿瑪爾斐」的那一片山坡。那地方背山臨海，有一些小市鎭、花園和噴泉，住在那兒的全是些富商大賈。在那兒有一個叫做「拉維洛」的小市鎭，當時住有不少富翁（直到今天還是這樣），其中有一位名叫朗多爾霍·魯浮羅，擁有上萬家私却還不滿足，富了還想更富，結果險些弄得傾家蕩產，連自己的生命都幾乎不保。

凡是商人都善於精打細算，經過一番考慮之後，他決定航海經商；於是就買了一艘大船，把他的錢換了一船貨物，啓程向塞浦路斯島駛去；但是運氣不好，到那裏才知道早已經有人把同樣的貨物滿船滿船地運來了。他不得不忍痛貶値，簡直是把貨物白白送給人。這樣一來使他幾乎面臨破產的地步。

他終日憂心，不知如何是好，眼看自己馬上要從大富翁變成窮光蛋了，因此他決定鋌而走險，如果沒有把命送掉，那麼搶來的財物就可以彌補自己的損失；免得帶這麼多錢出來，却變成一無所有的窮人回去。他設法賣掉自己的大船，又湊上賣掉貨物的錢，另外買了一艘快船；快船體積小，動作敏捷，適合海盜使用。他立卽把這艘船武裝配備起來，存心當海盜去截劫海上的商船，尤其是土耳其人的船隻。也是上天照應，他幹海盜比他做商人順利得多。

從此土耳其商船遭他劫掠的不計其數；不出一年，他搶來的錢財，抵過他經商的損失不算，還比原來又多出一倍。他是栽過跟斗的人，心中不免存有戒心，就不肯再多冒風險，認爲有了這些錢財已經足够了；也不敢再拿錢去做生意，便決定回家，乘着那艘讓他發財的小船，向家鄉進發。

船隻駛到多島海的時候，一天晚上，刮起了猛烈的東南風，海濤洶湧，小船支撐不住，他只得駛進一個小島的港灣裏躲避，等待風浪平息。他的船駛進港灣不久，另外又有兩艘船也因爲躲避風暴，很困難地駛了進來。

這是從君士坦丁堡駛來的兩艘熱那亞人的大商船，船上的人望見港裏有一艘小船，又聽到這條船的主人就是他們久聞大名的富翁朗多爾霍，這班人本來就見錢眼紅、貪得無厭❶，就立卽用大船攔住

❶ 據潘譯本注，當時熱那亞人在義大利有天生作盜賊的聲名。

去路，不讓小船有逃走的機會，以便好動手搶劫。他們又派一隊人登上岸去，彎着弓弩，箭頭對準小船，不讓船裏的人能逃上岸來。其他的人都紛紛跳下小艇，藉着潮水的力量，一會兒就靠在朗多爾霍的小船邊，也不須費多大力氣，就佔領了小船，船上的人一個也沒能逃脫。船上的財貨全部給他們搶走，他們又把朗多爾霍押到大船上——可憐他上身剝得只剩下一件背心。那艘快船隨即給他們鑿沉了。

第二天早上風向轉了，那兩艘大船揚帆西行，行駛了一整天都十分順利，可是到了傍晚，天邊起了暴風，驚濤駭浪像一座座高峰似地猛撲過來，那兩艘大商船經不起幾下衝激，早就各自分散了。朗多爾霍也是倒楣透了，載着他的那艘船被風浪捲去，猛撞在奇法隆尼亞島上，就像脆薄的玻璃一般撞得粉碎。霎時，只見海面上全是貨物、箱子、木板在浪濤裏顛簸着。天色已黑，大海茫茫，風浪又險惡，那些落水的人，懂水性的，就拚命游泳，抓到什麼就緊抓住不放。

倒楣的朗多爾霍就是這些人之中的一個。那天他好幾次想，不如趁早一死了事，免得日後一無所有，回家去挨苦受窮。可是逢到生命交關的時候，他又害怕了，也像別人一樣伸手去抓住飄浮過來的木板——好像天主存心要搭救他，故意叫他慢些兒沉下去似的。

他伏在木板上，任風吹浪打，就這樣飄流到天明。他舉目四望，只見烏雲駭浪，此外就只有一隻箱子在浪濤裏顛簸。每當這隻箱子向他這邊飄過來時，他就十分害怕，唯恐會把他的木板撞翻；所以也顧不得身體虛軟，箱子飄過來時，他就拚命把它推開。忽然間，一陣暴風挾着一個巨浪，眞的把箱子吹撞到他的木板上，木板立刻給撞翻了，他也跟着掉進海裏。在一陣絕望的掙扎中，也不知哪兒來的力量，他居然又浮到水面上來。他看見木板已經飄遠，只怕再也抓不到了，又看到箱子在面前，就游了過去，抓住箱子，俯伏在上面，用雙手在水裏划着。

他又這樣在海面上飄流了一日一夜，肚子裏灌飽了海水，食物却一點也沒有；他不知自己身在何方，向四面張望，只看到一片汪洋大海而已。

到了第二天，他已經像海棉一般浸透了水，但兩手還是緊抓着箱柄不放——快要沉溺的人總是這樣緊抓着身邊任何東西不放的。也不知是天主的意旨，還是藉着風勢，他給潮水沖到科福的海灘邊。恰巧那時候有一個窮苦的女人來到海邊，正用海水和沙泥洗刷鍋釜；她一眼望見海上有一樣不知什麼東西向她飄來，嚇得往後退，叫了起來。朗多爾霍這時候已經連話都不會說了，眼睛也看不清楚了，當然沒法解釋；幸虧等他再向岸邊飄近一些的時候，那女人認出是一隻箱子，再仔細看時，她又看清擱在箱上的手臂，接着就看清了朗多爾霍的臉，這時候她已經明白是怎麼一回事了。

這時海浪已經平靜，她動了惻隱之心，就跨入水裏，一把抓住朗多爾霍的頭髮，連人帶箱一起拖上岸來。朗多爾霍把箱子抓得好緊，那女人着實費了一陣氣力才鬆開了他的手。她把箱子放在與她同來的女兒的頭上頂着，自己就像抱小孩子似的把朗多爾霍抱回家中，替他洗了一個熱水澡，摩擦他的全身，他的身體終於漸漸回暖，也漸漸有了生機。那女人看見洗澡已有了效驗，就把他扶出浴盆，給他喝了一點好酒，還拿糖食餵他。這樣盡心看顧了他幾天，他居然恢復了體力和神志，明白自己身在何處。那女人一直替他把那隻箱子保存着，覺得現在可以還他，同時可以叫他另想辦法了。

朗多爾霍已經記不起這隻箱子來了，不過既然那善良的女人說這是他的，他就收了下來，心想這裏面總該有些值錢的東西，可以維持他幾天生活，可是他把箱子抬了一下，一點也不重，不免失望了起來。不過等那女人走開之後，他還是用力打開箱子，看看裏面究竟有些什麼東西。箱子一打開，只見裏面全是寶石，也有鑲嵌的，也有未鑲嵌的。他對於這一門原有些鑑別力，一看就知道這些寶石價值不小，不覺滿心歡喜，感謝天主並沒有拋棄他。他在短短的時間內遭到命運的兩次打擊，只怕第三次又遭殃，所以決定這次把寶石帶回去，必須十分小心。於是他用破布把這些珍寶包藏起來；對那善良的婦人說，他不要那箱子了，願意送給她，只求她給他一個袋子。

那女人很高興地給了他一個袋子。他再三謝了她的救命之恩，就把袋子搭在肩頭，辭別了她，乘着小船，來到布拉地玆歐，又沿着海岸航行到特蘭尼；在那裏他遇見幾個布商，談起來却是同鄉。他把自己怎樣遭劫、怎樣掉在海裏、怎樣得救等等，全都告訴他們；只有箱子的事一字不提。他們聽了很表同情，就給他一套衣服，還讓他騎他們的馬，把他送到他的目的地拉維洛。

他平平安安地回到了家裏，又感謝了天主的保佑；然後解開袋子，再仔細把這些寶石檢視一番，覺得這許多寶石都十分珍貴，卽使不照市價，便宜一點賣出去，他也已經比出門時多上一倍財產了。他設法把寶石出售之後，就寄了一大筆錢給科福那個善良的女人，報答她的救命之恩；又寄了一些錢到特蘭尼，送給那些給他衣服的人；其他的錢就留着自己享用。從此，他終生過着榮華富貴的生活，再也不到外面去經商了。

故事第五篇　三刼三難

貝魯加的馬販安德雷烏丘到那不勒斯買馬，一夜之間遭遇了三次災難，幸好都能一一逃出險境，最後還帶了一枚紅寶石戒指回家。

這次輪到菲亞美達講故事了，她說道：聽了朗多爾霍獲得珍寶的故事，使我想起另外一個故事來，也是十分驚險，不亞於拉蕾達所講的；只是她的故事前後經歷了好幾年，而我要講的只是一夜之間發生的事情。

聽人說，從前在貝魯加地方有個年輕的馬販子，名叫安德雷烏丘·狄·彼得。他聽說那不勒斯的馬很便宜，就用錢袋裝了五百個金幣，跟其他的商人一起出發到那邊去。說起來，他還是第一次離開家鄉呢！到達的時候恰巧是星期日傍晚，快要打晚禱鐘的時分；那一晚他向店主人請教一番，第二天早晨就到市場上去買馬，他看中的好馬確實不少，可是他跟這個跟那個討價還價，結果一匹也沒有買成。他眞可以說是一個鄉巴佬，爲了表明自己是誠心來買馬的，竟然不時地拿着錢袋，在來往的行人面前擺弄。恰巧這時候有個長得十分俏麗的西西里姑娘從他身邊悄悄走過，這些情形都落在她眼裏。她原是賣笑的女人，就立刻浮起了一個念頭：「要是我弄到這筆錢，還有誰比我闊呢？」

在這姑娘身邊，還有一個老太婆，也是西西里人；她一看到安德雷烏丘，就離開了姑娘，趕上去親熱地抱住了他。那姑娘就在旁邊看着、等着，不說一句話。再說那安德雷烏丘回過頭來一看，認得這個老太婆，也熱烈地向她致意問候，約她到他住宿的旅店裏去看他，於是兩人分了手。安德雷烏丘繼續在市場上跟人掂斤估兩地論價，結果那天早晨他一匹馬也沒買到，最後空手而回。

那姑娘起初把眼光落在安德雷烏丘的錢袋上，後來又注意到老太婆和他的交情，原來她已起了歹念，想把他的錢弄來——全部弄來或是弄一部分來；於是就詳詳細細地問那個老太婆他是誰，從哪兒來，來幹什麼，她怎麼會認識他的。那老太婆就把安德雷烏丘的家世源源本本地告訴她，就是讓安德雷烏丘本人來說也不過說得如此詳細；她曾經在他父親家裏住過好一陣子——最初是在西西里，後來在貝魯加。她還把他住在哪兒，來這裏幹什麼等等都對那姑娘說了。

那姑娘聽了老太婆的話，就把他的名字和他親戚的名字都記住了，想利用這些材料來施行騙術。回家後，她就故意找一些事讓老太婆忙了一天，讓她抽不出工夫去探望安德雷烏丘。傍晚時分，她就遣一個專辦這一類事的女僕到安德雷烏丘的旅店裏去。事有湊巧，當她到了那兒，他正獨自站在店門口，因此她一問就問到了他本人。他回說他就是安德雷烏丘，她就把他拉到一旁，說道：

「先生，城裏有一位小姐想請你方便的話去聊聊吧！」

聽到有小姐請他，安德雷烏丘不禁把自己從頭到脚打量了一遍，自以爲眞不愧爲美男子，因此認定那位邀請他的小姐是愛上他了——好像那不勒斯再也找不出第二個漂亮的小伙子了。所以他便一口答應下來，又問那小姐打算在什麼地方、什麼時候跟他會談。那女僕回答道：

「先生，你什麼時候方便就什麼時候來好了，她在家裏等你。」

安德雷烏丘一句話也不向旅店裏的人提起，就向女僕說道：「那麼請帶路吧，我跟妳走。」

那女僕把他領到了小姐家裏，那住宅在惡穴區——光聽這名字，就可以知道這是一個什麼樣的地方了，可是他什麼也不知道，什麼也猜想不到，只認爲他是到一個體面的地方，去會見一位高貴的婦女。這樣，他就毫不遲疑地跟着女僕走進屋子。他登上樓梯的時候，女僕向她的小姐喊道：「安德雷烏丘來了，」於是他看見那位小姐來到樓梯頭等候他。

她正當青春妙齡，身材修長，姿容嬌艷，穿戴十分華麗。看到安德雷烏丘快上樓來，就走下三級階梯來迎接他。她張開雙臂，抱住他的脖子，好像一時悲喜交集，激動得話都說不出來。她吻他的前額，連聲音都變了，哭泣着說：「啊，我的安德雷烏丘，歡迎，歡迎！」安德雷烏丘可眞是受寵若驚，不知該怎樣答話才好，只得說道：「小姐，能見到妳眞是最大的榮幸。」

她不再說別的話，只是牽着他的手，和他一起進入客廳，又從客廳把他引進了臥房。但見房內佈滿玫瑰和橘花，再加上各種香料，芬芳撲鼻；他又看到有一張錦帳低垂的綉榻，壁上掛着一套又一套的衣裳。一切陳設都非常富麗，都是他從未見識過的；因此他就認定她一定是位大富人家的小姐。她請他一起在床邊的一隻箱子上坐下來，對他說：

「安德雷烏丘，我知道你一定會給我的眼淚和擁抱弄得莫名其妙，因爲你並不認識我——或許你根本沒有聽過我的名字，可是我講件事給你聽聽，你一定會大吃一驚，我是你的姊姊——也是天主的恩典，使我在這一生中能會見一個親兄弟，眞使我死而無怨了——但要是我能跟我這許多兄弟一一見面，那我該多高興啊。你恐怕還沒有聽說過你有一個姊姊吧，那麼讓我告訴你吧！

「彼得羅是你的也是我的父親；你不會不知道，他一向住在帕勒摩。只因爲他爲人和藹可親而又風趣，凡是認識他的人沒有不對他抱着好感的——就是到現在還記得他。有一個人愛慕他最深，那就是我的母親；她是一位有身份的女人，那時正在守寡。她不顧父兄的監視，不惜自己的名譽，跟他認識，這樣就生下了我——我長大後，就是你現在所看到的人。

「後來，彼得羅就丢下這母女兩人，從帕勒摩回到貝魯加——那時候我還只是個小女孩。就我所知，從此他就把我母親和我忘得一乾二淨了。如果他不是我的父親，那我一定要指責他對我母親的無情無義——且不提他還欠我這個女兒一段情，何況我又不是什麼低三下四的女人生的——你想，我母親只因一心一意愛他，却不知道他是怎樣的一個人，就把自己所有的一切，連同自己的身體全交給了他。可是結果怎麼樣呢？當初做下的錯事，儘管你搖頭歎息，也無法挽救了。事情就落到這個地步。

「他把我丢在帕勒摩的時候，我還是一個小孩子，但我終於長大到差不多像我現在這個樣子。我的母親原是一位闊太太，把我嫁給基根第地方一位可敬的紳士。他因爲愛我和我的母親，所以搬到帕勒摩來和我們母女同居。他是個「敎皇黨」❶的中堅分子，跟國王查理密謀在西西里有所行動；可惜計謀還未實現就已經爲腓特烈皇帝發覺了；我們只得從西西里倉惶逃出——要不然，我就可以做這島上的第一號貴婦人了。我們只攜帶些許東西——我說『些許』，是因爲我們原是有那麼多東西——拋棄了田園，來到這兒避難；多蒙查理王還記得我們過去對他的矢志效忠，以及因此而遭受的損失，賞賜了我們不少田地房屋作爲彌補。他還對我的丈夫——就是你的姐夫——特別優待禮遇，這以後你自己也可以看到。這樣，我就住到這座城裏來了，而想不到就在這裏，憑着天主的恩惠（可不是叨你的光），我終於見到了我的好兄弟。」

說完，她又摟住了他，吻他的前額，低聲哭泣起來。安德雷烏丘聽了這篇娓娓動人的故事，又聽

❶敎皇黨：十二、三世紀時的義大利黨派。

她說得那麼有條不紊，不打一個疙瘩，又想起他父親確實是在帕勒摩住過一段時期；他還拿自己做榜樣，想到小伙子是多麼貪戀女色；再加上她那滾滾的淚珠，親切的擁抱，純潔的額吻，因此他就相信了她所說的一切。所以等她把話說完之後，他就囘答道：

「夫人，妳也可以想像，這件事眞叫我吃驚。我父親竟從來也沒提起過妳們母女倆——或者他提起了，而我却沒有聽到；所以我根本不知道有妳這樣一個人，就像妳並不存在似的。我來到這裏原是人地生疏，却想不到竟會跟妳認了姐弟，眞使我有說不盡的歡喜。眞的，照我想，天下的男人，不管他地位有多高，也是樂於結識妳的——別說像我這樣的小行販了。不過有件事情妳告訴我一下，妳是怎麼知道我在這兒的？」

她囘答道：「今天早晨，我從一個常在我家來住的老太婆那兒聽來的。據她說，當年父親在帕勒摩和貝魯加住的時候，她一直在他家裏做事。我早就該去看你了，但因爲想到女人家跑到陌生男子的屋裏未免有失體統，還是把你請來好一些。」

隨後，她又提到他家裏許多人的名字，詢問他們的近況，安德雷烏丘也逐一答覆了，這就使他愈相信他不該相信的事了。

他們這樣談了好一會兒，天氣又熱，她叫人端上希臘酒和蜜餞來，他吃過一些之後，看看已是晚餐時間，便起身告辭。她却無論如何也不答應，假裝生氣的樣子，抱住了他說：

「天哪！我現在才知道你原不曾把我放在心上！你剛遇到一個生平未曾見過的姐姐，你是在她家裏，那就該留下來才是；誰知道你才到不久，就鬧着要囘旅店去吃晚飯了，今晚上你得在這裏吃飯。可惜我丈夫不在家，但我還是要盡我主婦的本份來款待你的。」

安德雷烏丘想不出別的話來，只得這樣答道：「我把妳完全看作自己的親姐姐，但要是我留着不走，就要累人家整個晚上都等我回去吃晚飯，那就未免太不懂禮貌了。」

「我的老天哪！」她嚷道，「難道我家裏沒有人了嗎？我派個人去關照他們別等你就是啦！不過要是你眞懂得禮貌，那你就應該把你那些朋友全請來，等用過晚飯，你一定要走的話，就可以和他們一同回去。」

安德雷烏丘說他今晚不想把同伴請來，不過自己願意遵命留下。於是她假裝派人到旅店裏去關照他們別等他回來吃飯了；又跟他閑談了一番，然後請他同進晚餐。她預備好幾道菜，總是存心消磨時光，等吃完一頓晚飯，已經是黑夜了。安德雷烏丘站起身來想要告辭，她可無論如何不答應，說在那不勒斯，晚上不是隨便好走路的，尤其是一個陌生人，夜行更不安全；還說她剛才派人到旅店裏去通知他不回來吃晚飯的時候，同時也關照過今晚他要在外面過夜了。

這些話他也深信不疑，而且樂於在她身邊多待一會兒，所以果眞又給哄得住留了下來。他們倆又繼續談了好一陣，直到深夜——這當然有她的道理，她讓安德雷烏丘睡在她的臥室內，留下一個小廝侍候他，自己帶着女僕到別的房裏去了。

那晚天氣很熱，女主人走後，他就脫得只剩下緊身衣，把衣服放在床頭；這時候他覺得肚子脹脹的，要解手了，就問那小廝便桶在哪兒，那小廝指着一扇門說道：「進去吧！」

安德雷烏丘開了邊門，毫不遲疑地跨了出去，不料一脚踏在一塊架空的木板上，連人帶板一起跌了下去。多虧天主照應，雖然從高處跌下來，却沒有受傷，只是渾身沾滿了汚穢。爲了使各位明白這到底是怎麽一回事，以及後來的情形，讓我把這地方交代一下。這是兩座房屋中間的一條狹衖，通常兩邊面壁上裝有一對椽子，上面釘了幾塊擱板，就算是坐人的地方。現在他就隨着其中的一塊擱板，一起跌了下去。

安德雷烏丘沒想到會跌到這樣的地方來，急得不得了，沒命的喊着那個小廝。那小廝聽到他跌下去的聲響，就奔去報告女主人；她就急忙趕來，首先找到他的衣服，一搜，錢果然就在袋子裏——那個傢伙怕錢被人偷了，總是帶在身邊。這位所謂帕勒摩來的太太，某人的姐姐，一旦設下陷阱，把錢騙到手之後，就再不管那個貝魯加男子的死活了；她隨手把那扇使他掉下去的門關上了。

安德雷烏丘沒命地喊着，却聽不到小廝的回音，於是就喊得愈發響了，但還是沒有人來應他；終於他起了疑心——可是到這時候才明白，未免太晚了一點啦。他翻過狹巷裏的一道矮牆，來到外面街上，就跑到那家他記得十分清楚的屋子，又是敲門，又是叫喊，這樣鬧了半天，可是屋子裏依舊毫無動靜。這時候，他完全清醒了，知道自己受騙了，就痛哭起來，嚷道：

「唉，倒楣哪，怎麼一眨眼，我就丢了五百個金幣和一個姐姐！」

他哭喊一陣，又拚命敲門，大呼大叫起來。他這樣大聲呼鬧，把附近的人都從床上吵了起來。那位好太太的女僕也跑到窗口來，裝出睡眼惺忪的樣子，向他怒喝道：

「誰在那裏敲門？」

「什麼？」安德雷烏丘叫嚷道，「妳不認識我了嗎？我是安德雷烏丘，斐奥利索太太的兄弟呀！」

那女僕回他道：「可憐的傢伙，如果你喝醉了，那就快回家去睡，有事明天再來談吧！我不認識安德雷烏丘這樣一個人，也聽不懂你說些什麼混話。我看你還是安靜些，讓我們睡覺——好不好？」

「什麼！」安德雷烏丘說，「妳聽不懂我說些什麼話嗎？妳懂的；如果你們西西里人眞的對親戚這樣反臉無情，至少也該把我的衣服還我，那麼我絕沒有第二句話說就走。」

「可憐的傢伙，」她回答道，好像要笑出來似的，「我看你是在做夢呢！」話一說完，她已經縮回身去，把窗子砰地關上了。

安德雷烏丘這時已經絕望，知道他的錢已經落到別人手裏，再也要不回來了，這下子可把他氣瘋了。他想，跟他們講理既然沒用，就要用强力來挽回損失：於是他拿起一塊大石頭，朝着大門砸去，聲勢比前更凶了。

附近給他吵醒的人只以爲他是一個搗蛋鬼，故意編一個故事來跟屋裏的女人胡鬧。又恨他這樣拚命打門，鬧得人家不得安寧，都湧到窗口來，就像當地的一羣狗向一隻陌生狗狂吠似地向他喝叱道：

「人家是規規矩矩的女人，你這樣半夜三更在她門前講些牛頭不對馬嘴的話，也實在太下流了。看在天主的面上，可憐的傢伙，你省事些，走吧，我們要睡覺呀！假使你眞的要跟她算什麼賬，明天再來吧，不要整夜吵得人家不得安寧。」

在這規規矩矩的女人家裏，誰知道還有一個彪形大漢──安德雷烏丘剛才可沒見過──這時候也許聽到鄰人這樣說，膽子壯了，就來到窗口，用粗暴的聲音喝叱道：

「是誰在街上鬧？」

安德雷烏丘聽到這聲音，抬頭望去，也看不眞切，只看到好像是一個凶狠的傢伙，滿臉黑鬍髭，一邊還在欠伸揉眼，像是剛從床上爬起來似的。安德雷烏丘有些慌了，連忙回答道：

「我是這屋子裏太太的兄弟……。」

那漢子不等他說完，就打斷了他的話，用比剛才更粗暴的聲音喝道：

「我倒奇怪，爲什麼不下來給你一頓好打，打得你吭都不敢吭一聲。你這樣鬧得人家不得安睡，分明是一個可惡的醉鬼！」

說完，他就轉身進去，把窗子關上。有幾個鄰居深知這人的性子，就低聲勸安德雷烏丘道：

「看在天主的面上，可憐的傢伙，不要在這裏討死；替你自己設想，快走吧！」

安德雷烏丘給這漢子凶惡的神氣和厲聲的喝叱嚇慌了，又經鄰居這樣一勸，想想他們多半也是一片好意，就只得走了——他丟了錢，垂頭喪氣，沿着女僕領他來時的路徑，尋回旅店去。他身上沾了汚穢，氣味非常難受，因此想到海邊去洗一洗；於是他向左轉，沿着一條叫做卡達拉納的街道走去。當他來到城市盡頭時，看見有兩個人，拿着一盞燈籠走來。他還以爲來的是警察或是什麼强盜，可能要加害於他，就躱在附近的茅屋裏。可是他們好像早就有了打算似的，也向那裏走去，進入了那間茅屋。他們原是扛着幾樣鐵器，現在就把鐵器從肩頭卸了下來，開始檢視，一邊就談起話來，忽然其中一個說道：

「怎麼了？我從沒聞過這樣的臭味！」

這樣說着，他就舉起燈籠，照見不幸的安德雷烏丘，便吃驚地問道：「誰在那裏？」

安德雷烏丘却不作一聲，他們提着燈籠，到他身旁，問他到這兒來幹什麼，爲什麼落得這麼一副模樣。安德雷烏丘把他的遭遇原原本本地告訴了他們。他們琢磨了一下那出事的地點，都說：「這一定出在史卡拉朋內．布達富柯家裏。」於是其中一個回頭對安德雷烏丘說：

「可憐的傢伙，雖然你丟了錢，但你還是該感謝天主，因爲你跌了下來，就不能再走進這屋子。要是你不跌這一跤，那麼無疑的，等你熟睡以後，一定會遭他們的毒手，結果是連你的性命和你的錢都要一起送給他們。現在你再悲痛又有什麼用？你要拿回一文錢，只怕比摘下天上的一顆星還難呢！不僅是這樣，要是那個傢伙聽到你把話講出去，只怕你的性命都難保呢！」

他們又商量了一會，於是向他說：「聽着，我們很同情你。現在我們正要去幹一件事，如果你肯參加，跟我們一起去的話，那我們敢保證，你將來到手的好處，除了可以抵過你的損失外，還綽綽有餘呢！」

安德雷烏丘身處絕境，就說願意去。

原來那一天是那不勒斯大主教非利浦·米奴特洛下葬的日子，他被打扮得富麗堂皇，尤其是手指上戴着一個紅寶石戒指，價值在五百個金幣以上。他們倆打算盜取這些東西，把計劃告訴了安德雷烏丘。他這時候只想到有好處到手，再不問這事做得做不得，就跟着他們一起去了。在前往大教堂的路上，有一個人受不了安德雷烏丘這股氣味，就說：

「我們能不能想個辦法，讓他洗一下身體，免得這樣臭氣熏人？」

「可以的，」另一個回答道，「這附近有一口井，通常都有一個桶子吊在轆轤上。我們就到那裏去把他冲洗一下吧！」

他們來到井旁，却看見轆轤上只有一條繩子，沒有吊桶；他們就決定把安德雷烏丘用繩子縛住，放下井去，等他在井裏洗乾淨了，就搖動繩子，然後他們再把他拉上來。

安德雷烏丘才下了井，就有幾個巡捕，因爲天氣熱，又追捕了一個什麼壞傢伙，口渴了，來到井邊喝水。那兩個竊賊一看到巡捕，趁他們還沒注意，就立刻溜跑了。

安德雷烏丘在井裏洗乾淨了，就搖動繩子。那來喝水的巡捕這時已放下小盾，兵器和披風，拉着繩子以爲是在拉起一大桶水。安德雷烏丘來到井口，就雙手放開繩子，緊握住井欄。那些巡捕一看上來一個人，嚇得魂都沒有了，抛下繩子，也不說一句話，拔脚就逃。安德雷烏丘也吃了一驚，幸虧他雙手緊握住井欄，要不然，早就跌下去了，說不定要受傷或者送了命。他設法爬出來，看見地上有幾件武器，就愈加惶惑了，因爲他那兩個同伴並沒帶什麼武器呀，他想不通這是怎麼一回事，又害怕這其中有什麼鬼把戲；他決定什麼都不碰，悄悄地離開這兒——却又不知到哪兒去好，眞是可憐。

走了不遠，就遇到先前的兩個伙伴——原來他們想回去把他拉上井來。他們看到他，十分驚異，問是誰把他拉出井來的。安德雷烏丘自己也答不上來，只能把經過的情形告訴了他們，還說他在井邊看見了些什麼東西。他們沒想到會鬧出這樣的事來，所以都笑了，就告訴他剛才他們為什麼要跑開。把他從井裏拉起來的那些人又是誰。這時候已是半夜，他們不再多說什麼，就直接來到大教堂，很順利地走了進去，來到大主教的墳墓前，這墳墓很大，是用大理石建的；他們用隨身帶來的鐵棍，把蓋在上面的沉甸甸的石板撬起來，又用東西把它撐住，正好可以讓一個人出入；一切布置停當，其中一個就說道：「誰進去？」

「我不去，」另一個說道。

「我也不去，」第一個人說道，「你進去吧，安德雷烏丘。」

「我不願意進去，」安德雷烏丘說。不料那兩個傢伙一齊轉過身來，對他說：

「什麼！你不願意進去？要是你眞不願意進去，那麼老天在上，我們只要舉起大鐵棍，給你當頭一擊，就馬上結果了你的性命。」

安德雷烏丘害怕了，只好爬進墳墓裏去，不過心裏却在想：「這兩個傢伙强迫我爬到這裏來，無非是要騙我。等我把墳墓裏的東西都交給他們，自己再拚命爬出墳去的時候，他們早已跑得無影無踪了，只苦了我一無所得。」

所以他決定首先要保住自己的一份利益。一到墳底，他就想起了他們所說的那一枚珍貴的戒指，就趕忙從大主教手上脫下那隻戒指，套在自己的手指上。他這才把牧杖、帽子、手套等東西，一件一件交上去，說是能拿走的全都在這裏了；事實上死人身上也的確只剩得剩下一件襯衫。上面那兩個人問他有沒有一枚戒指，逼着他要把戒指找出來。他在墳墓裏回說找不到，却假裝在找尋的樣子，叫他們乾等。可是那兩個人比他還精明，一邊假意叫他再仔細找，一邊却抽掉了撐柱；那石板就突然落下來，蓋住了墳墓。他們倆却揚長而去，不管他的死活了。

安德雷烏丘在墳裏聽到石板轟然一聲落下來，當時的心情是怎麼樣，也可想而知。他幾次想用頭和肩膀把石板頂起來，可是用盡力氣，那石板還是一動也不動。他一陣絕望，就昏倒在大主教的屍體上。這時候要是有人在旁邊看到，一定很難分辨得出哪個是死人、哪個是活人。等他醒來，他開始嚎啕大哭，眼看他面前只有兩條路：假使沒人來挪開石板，他就要在爬着蛆蟲的屍體邊餓死，給惡濁的空氣窒息而死；要是有人挪開石板，發現了他，那他就會因爲盜墓的罪名而被人吊死。

他正悲痛到極點的時候，忽然聽到教堂裏來了幾個人，還有說話的聲音。他立刻猜想這些人就是來幹他們剛才幹過的勾當的；這使他感到格外恐怖。但是當他們撬開石板，並且撐好以後，就發生了派誰進去的問題。結果誰都不肯進去，爭執了半天，其中有一個神父出來說話了：

「你們怕什麼？難道怕死人會吃掉你們不成？死人是不會吃人的——讓我進去吧！」

這樣說着，他就把胸口貼在墳墓邊上，頭朝外，把兩隻脚伸進墓裏，想讓自己落下去。安德雷烏丘看到他眞的要下來了，就馬上站起來，拉住神父的一條腿，裝做要把他拖進墳裏來的樣子。那神父覺察到了，不由得尖聲大叫起來，沒命地爬出墳外。其他的人一看到這樣子，都嚇得拔脚就逃，好像背後有千萬個魔鬼在追來似的。那墓穴就這樣打開着，沒人管了。

安德雷烏丘知道機會已到，就立卽爬出墓穴，眞是喜出望外，從進來的地方逃出大教堂。

天快亮了，他手上戴着戒指，只要有路就走，一直來到了海灘，然後尋到路，回到旅店裏，重又跟他的同伴和店主人相會，他們都爲他的失踪，一夜放心不下。他就把他所經歷的事都講給他們聽。店主人勸他立刻離開那不勒斯。他不敢再躭擱，立卽動身回貝魯加；他原是來買馬的，結果馬沒有買成，却把所有的錢換來一枚戒指帶回去。

故事第六篇　白莉杜拉夫人

法國人進佔西西里島時，白莉杜拉夫人帶着孩子倉惶逃出，又遭到刼掠，獨自流落荒島，和一對羔羊同住，後來遇救，就隱居在魯尼基那。她的孩子長大成人，也來到那裏充當僕役，因和主人的女兒私通，被關在監獄中。後來西西里政變，母子相認，兩個孩子都娶了媳婦，全家團圓。

不分男女，聽到菲亞美達所講的安德雷烏丘所遭遇的事，都大笑了起來，隨後愛蜜莉亞遵照女王的吩咐，開始講道：

悲慘和痛苦的遭遇，是那循環不已的命運所顯示給人生的面貌，但是我們往往會受到好運的諂媚而忘記那黑暗的一面，所以當我們聽到一個悲慘的故事，就有夢中驚醒過來似的感覺。我認爲，不論是幸運的人或是苦難的人，都不妨聽一個悲慘的故事，因爲對於受苦的人，這也不失爲是一種安慰；而幸福的人，正可以把它當作一個警告，因而有所戒備。雖然悲慘的故事我們已經講過好幾個，但我還是想講一段眞有其事的人間慘史。儘管結局是美滿的，但是當初所忍受的痛苦是這麼深，經歷的時間又這樣長，我不相信那後來的一點歡樂可以抵償得了這重重的悲苦辛酸。

親愛的姐姐，你們知道，腓特烈二世死了以後，曼夫萊❶就登上西西里的王座。在他的大臣中，最受器重的是一位爵爺，他就是那不勒斯貴族阿列凱特·卡貝奇，掌握總督全島的職權，他的夫人名叫白莉杜拉，也是那不勒斯人。查理一世❷在貝尼文士擊潰西西里的軍隊，斬殺曼夫萊王，全島紛紛投降，這消息傳來時，卡貝奇既不敢信任西西里人民的忠貞，又不甘心向前王的仇敵稱臣，於是準備出亡。但不幸事機不密，爲人察覺，他們就把他連同他許多朋友和僕役一起捉住，交給查理王——那時候，他已佔領整個島嶼了。

晴天霹靂，白莉杜拉失去了親夫，不知道他的生死如何，只是心驚肉跳，覺得大禍臨頭，難免遭受敵人的侮辱；她撇下了所有的家產，也不顧自己已經有了身孕，匆促之中只帶着一個八歲的孩子吉爾夫萊第，張惶失措地登上一艘小船，逃往利巴利去了。在那裏她生下了一個男孩子，取名「史卡夏特❸」，雇了一個乳娘，大小四人，登上了船，打算到那不勒斯去投奔親戚。可是老天爺偏偏跟苦難的人作對，那艘船在中途遇到風暴，給吹到朋玆島的一個小港裏。船隻就停泊在港裏，等到風浪平靜之後，再解纜啓程。白莉杜拉看見別人都登上海岸，也跟了上去，找到一個荒涼隱蔽的地方，獨自一人，想起了她丈夫的厄運，不禁放聲痛哭起來。

她每天都要上岸走一會，說是去散心，其實是給自己找一個場所痛哭一場。有一天，她正在島上

❶ 曼夫萊（Manfred, 1231～66）：羅馬皇帝腓特烈二世的庶子，腓特烈死後，攝政八年，而一二五八年正式登位，稱「兩西西里王」（西西里與那不勒斯）治理國家，頗有政績。

❷ 查理一世（Charles Ⅰ, 1226～85）：法王路易八世的兒子。曼夫萊不容於教皇烏本四世（Urban Ⅳ），兩次與教皇宣布破門；教皇並以「兩西西里王」轉封給法王路易八世的兒子查理一世，而查理必須每年向他納貢行賄，作爲交換條件。一二六六年，查理在義大利中南部地方斬殺曼夫萊，結束了兩年來的王位爭奪戰，正式統治西西里島。

❸ 意即「流亡者」。——潘譯本原注

獨自悲傷，有一艘海盜船，趁船上沒人防備，一下子就把那艘民船擄了去，水手和乘客，沒有一個人來得及脫逃。等白莉杜拉盡情暢哭之後，照例回到海灘去看看她的孩子，不料來到海邊泊船的地方，連一個人影都看不到，她不覺嚇了一跳，簡直不相信自己的眼睛，後來睁眼望向大海，果然看到有一艘大船，後面拖了一艘小船，還沒有駛遠。她這才明白她不但丟了丈夫，連愛子都失去了；只剩她孤零零一個人，一無所有流落在杳無人煙的荒島上，也不知道今生能不能再和丈夫兒子見面了，只是痛呼他們的名字，最後竟昏倒在海灘上。

在荒島上，哪裏有人拿冷水或是藥品來救她呢，因此她的靈魂出了竅，儘自飄浮着，也不知隔了多久，她的神志才回到她那苦難的軀體。她一邊哭，一邊一聲聲地哀叫她兒子的名字，滿島亂跑，癡心地把所有的岩穴都找遍了，也找不出兩個孩子來。天色暗了下來，她才想起了自己，不知道還有什麼好希望的，也不知該到哪兒去歇息，只得離開沙灘，回到她經常在那兒痛哭的岩洞裏。

黑夜終於在恐懼和無限悲痛中過去了，另一個新的日子又誕生了。她稍稍寬舒了一些，開始覺得肚子餓了——從昨天起她還沒有吃過東西呢。她只能找些野生的植物來充飢；胡亂吃了一頓之後，她又哭了起來，對渺茫的未來充滿了愁思。就在這時，她瞥見一頭母羊奔進近旁邊的一個岩穴裏，隔不多久，又從岩穴裏出來，進入林子裏去了。她站起身來，輕步走進那個山洞，看見裏面有兩隻小羊，說不定就是這一天剛買下的。她覺得，世間再也沒有像這一對小生命那樣美麗可愛的東西了。她剛分娩沒有多久，還有奶汁，就輕柔地把兩隻小羊抱了起來，拿自己的奶頭餵牠們，牠們一點也不猶豫，就把她當作母羊似的吃起奶來。此後牠們也不再分辨是在吃母羊的奶，還是在吃她的奶。在一座人跡不到的荒島上，她算是給自己找到了伴侶，她跟小羊以及老羊都混熟了。她自己也死心塌地在這島上住了下來，吃的是野菜、喝的是山泉，有時想起她的丈夫孩子和過去種種的情景，就痛哭一場。一位養尊處優的貴夫人從此變成了一個野人。

她這樣過了幾個月的野人生活。有一天，有一艘從比薩來的船，也因爲遭到狂風的襲擊，駛到這荒島的港灣裏來，停泊了好幾天。

在那船上有一位貴族，名叫古拉度，是馬里斯比紐地方的侯爵，還有他賢淑的夫人，他們倆朝拜過阿布利亞❹全境的聖地，現在正打算取海道回家。有一天，因爲無聊，古拉度和他的太太，以及一些僕人上岸閒逛，把狗也帶在身邊。他們來到離白莉杜拉棲身的山洞不遠的地方，那狗看見有兩隻小羊在那兒吃草，便氣勢洶洶地奔過去——這兩隻小羊現在已經長大，可以自己出來覓食了，牠們看到獵狗，害怕極了，就逃進了白莉杜拉的岩穴裏。白莉杜拉一看有狗追來，就趕忙跳起來，拿起一根木棍把狗打退了。古拉度夫婦一路跟着狗的踪跡走去，這時恰好來到，看見這樣一個又瘦又黑、毛髮蓬鬆的婦人，不覺嚇了一跳，她驟然看見生人來到，心裏更是驚慌。他們依着她的話，把狗叫了回來，就用好言好語問她是什麼人，在這裏做什麼的。她就把自己的身世和苦難的遭遇細細地說了一遍。最後還說，荒島生活雖苦，可是失去了丈夫和兒子，她也不願再回到人間去了。

古拉度和阿列凱特原是十分熟識的，聽了她的話，不禁滴下同情的眼淚，勸她不要那麼絕望，不如離開了荒島，讓他把她送回老家，或是把她接到家裏去住，像姐妹般看待她，等有一天否極泰來，再作打算。可是白莉杜拉怎麼也不肯接受他的好意，他沒有辦法，就留下妻子伴她，自己回船去叫人送些食物來，又把妻子的衣服挑了幾件來給她穿——因爲她身上的衣服已經破爛不堪了；並且要他的妻子盡力勸她跟他們到船上來。那位太太和白莉杜拉留在一起，先是爲她所遭受的折磨哭泣了好一會

❹ 阿布利亞（Apulia）：義大利東南部的海濱。

兒，等衣服食物送來之後，費盡了唇舌，才勸她吃了些東西，換了衣服，可是她說她怎麼也不能再回到那有人認識她的地方；直到最後好不容易才說服了她，跟他們一同到魯尼基那去住，而且把一直跟她相處在一起的兩頭小羊、一頭母羊都帶了去。這時母羊已經回來了，對白莉杜拉表示十分親熱的態度，眞使旁邊的夫人看了非常詫異。

天氣轉好之後，白莉杜拉就跟古拉度夫婦上了船，老羊小羊跟在她後面也上了船。船上的人不知道她的姓名（她不肯把自己的身份說出來），就叫她做「母羊」。他們一帆順風，不須多少日子，就進入馬加拉河口，他們在那兒上了岸，來到他們的城堡。她在那裏穿着寡婦的衣服，擧止謙遜柔順，像是古拉度夫人身邊的一個女僕；她仍然很愛護她的小羊，照料牠們。

再說那一幫海盜在朋玆島把白莉杜拉所搭的船刼去之後，便把船上的人（除了白莉杜拉外）一起押到了熱那亞，在那裏分了贓，那奶媽和兩個孩子，連同其他的東西落進一個名叫卡斯巴林·杜·歐利亞的人手裏。他把他們三人領回家作爲奴僕。那奶媽想起主母一個人流落在海島上，她和兩個孩子被擄到他鄉淪爲奴隸，悲傷無比，痛哭了好一陣子。她雖然是小戶人家出身，可是也很有見識，明白事理，知道哭也沒用，幸好她是和孩子在一起做人家的奴隸，她只能拿這個來安慰自己；她又從當前的處境着想，假使把孩子的眞實姓名講出來，或許會對他們不利。也許有一天，命運有了轉機，那麼他們就可以恢復自己的身份和財產。所以她決定不到適當的時候，絕不向誰說起他們的來歷，每當有人問起，總說他們是她自己的兒子。她把大孩子吉斯夫萊第改名爲賈諾特，又改姓她自己的姓；那小的一個，她認爲名字可以不必改。她懇切地講給吉斯夫萊第聽，爲什麼她要把他的名字改了，要是他給人認出他是誰的兒子來，那將有多危險；這些話她不止跟他講了一遍，而且跟他講了好幾遍。那孩子天生聰明伶俐，所以就牢記着奶媽的話，絕不提起他們過去的事來。

那兄弟兩個跟奶媽一起，在古斯巴林家艱辛地度過了好幾個年頭。他們終年穿着破衣破鞋，朝晚做着笨重的賤役。哥哥賈諾特已經十六歲了，志氣很高，不甘長久做人家的奴隸，便離開古斯巴林，搭了一艘去亞歷山大利亞的船，漂泊了許多地方，却沒有發展的機會。

在離開熱那亞的三、四年裏，他已長成一個英俊高大的青年。在東西飄泊中，他唯一可以告慰的是，以前只當爸爸已經死了，如今却打聽出父親還在，只是給查理王關在牢中。最後，他流落到魯尼基那，也是機緣湊巧，竟投身到古拉度那兒，從此高高興興、勤勤懇懇地在他家裏做一名當差。他母親就在這裏安身，經常在主婦身邊，所以偶然也能見到，只是彼此並不認識——他們倆隔絕了那麼多年時光，相貌已經完全改變了。

古拉度有個女兒叫做史賓娜，已經出嫁，不幸丈夫早死，做了寡婦，回到娘家來住。那時史賓娜才十六歲，正是青春妙齡，人又長得漂亮，所以不多時就把賈諾特看在眼裏，而賈諾特也看上了她，兩人不覺墜入了情網，不久就發生了關係。好幾個月來，都沒給人識破，可是愈到後來，他們就愈膽大，忘了這原是偷偷摸摸的勾當，而不像以前那麼小心提防了。

有一天，一家人到郊外去遊樂，小姐和賈諾特兩個故意落在後面，走進一座蒼鬱茂盛的林子裏，等到走到林蔭深處，他們以為已經離開衆人很遠了，便揀一處隱蔽的地方躺下來，拿層層密密的花草當做褥子，拿周圍的樹木當做屏風，尋歡作樂起來。他們這樣流連了許多時光，還認為只是一會兒工夫；不料突然間，先是那女孩的母親，接着就是她的父親闖了進來。那父親看到他們做出這種事來，不禁勃然大怒，一句話都沒有說，就吩咐手下三個僕從把這對情人抓起來，緊緊地綁住，押回城堡裏去。在盛怒之下，他決定把他們雙雙處死。

那做母親的雖然也恨女兒做出這種醜事，認為應該重重地責罰她一頓，但總不忍走極端，把女兒處死。當她從丈夫的話裏得悉他要怎樣處置這一對囚犯時，不禁趕到他面前來求情了。他現在已經上了年紀，她求他斷不可因一時的憤怒，就把親生的女兒殺害；也千萬不能叫一個僕人的血玷污了他的手。他大可用另外的方法來懲戒他們──就是把他們囚禁在獄中，叫他們在那兒流淚，懺悔自己的罪過。古拉度多虧有他那賢德的夫人再三勸諫，便打消了當初的主意，吩咐把兩人分別監禁起來，嚴密看守，每天只供給一些薄粥清湯，讓他們吃不飽餓不死，多受些折磨，以後再想法處置他們。他一聲吩咐，那對情人就立即被丟入獄中。他們終日以淚洗面，半飢不飽，這種種苦楚也是不難想像的了。

賈諾特和史賓娜兩人在那淒涼的囚室裏挨了整整一年的時光，那一家之主幾乎把他們忘了。這時候，恰巧阿拉貢的彼得羅王借江恩．狄．帕羅西達之力，鼓動西西里島人民起來反叛，從暴君手裏把西西里島奪了回來❺。古拉度原是「帝皇黨」❻，聽到這個消息，十分高興。賈諾特在獄裏也從獄卒那兒聽到這個消息，却不禁放聲長歎道：

「唉，我在外邊飄泊了十四年，沒有別的指望，就只希望有這麼一天，如今這一天來到了，我的希望却成了泡影！我給關在牢獄裏，除了死，今生別想再出去了。」

❺查理一世征服西西里後，殘酷壓迫島上人民。一二八二年三月三十日晚禱時分，全島人民暴動起來，島上的法國人盡遭屠殺，造成了歷史上有名的「西西里晚禱起義」事件。曼夫萊的女婿──阿拉貢的國王彼得羅，聽到這個政變消息後，率軍佔領了西西里島。
帕羅西達：西西里貴族，參閱本書四二一頁注❶。

❻帝皇黨（Ghibellines）：十二、三世紀，義大利的黨派主張德國君主統治義大利，擁護的是腓特烈二世（德國 Hohenstaufen 王族的後裔），其後擁護腓特烈的庶子曼夫萊登基。它的敵黨「教皇黨」（Guelf）則支持查理一世。查理統治了西西里島十六年，但是帝皇黨的活動並沒有停止過。

「你這話是怎麼說？」那獄卒問道，「大皇帝跟大皇帝的事怎麼會弄到你頭上來呢？你跟西西里又有什麼關係呢？」

賈諾特回答他說：「我一想起我父親和從前他在西西里的地位，便覺得心痛，我逃出西西里時還是個孩子，可是我還記得當初曼夫萊王活着的時候，我父親是西西里的總督。」

「那麼你老子是誰？」獄卒又問。

「我現在可以把我父親的名字講出來了，」賈諾特回答道，「我以前一直不敢隨意吐露，唯恐會招來危險。我父親名叫阿列凱特·卡貝奇，假使他老人家還活着，那麼這就是他的名字。我呢，我的名字並不是叫賈諾特，我的眞名是吉爾夫萊第。假使有一天我能恢復自由，回到西西里去，那當然不用說，我一定可以得到一個重要職位的。」

那個忠於主人的獄卒不再追問，一有機會，就把這些話全都向古拉度報告了。古拉度聽到之後，只裝作這回事無足輕重似的，把獄卒打發了，却回頭去找白莉杜拉，彬彬有禮地問她阿列凱特是不是有一個兒子叫做吉爾夫萊第。白莉杜拉流着淚回說是的，這就是她長子的名字，要是他還活着，現在應該是二十二歲了[7]。古拉度一聽，就斷定賈諾特就是她的兒子了，於是他當即想到做一件可以一舉兩得的事，一方面是行善，一方面又可以洗刷他女兒和他家的羞辱——就是說，把阿列凱特的兒子從牢裏放出來，把女兒嫁給他。於是他私下把賈諾特召來，詳細查問他的身世，從他回答的話裏，顯然賈諾特就是阿列凱特的兒子吉爾夫萊第。古拉度於是跟他說：

「賈諾特，我待你不薄，你當一個僕人，應該處處都替東家的名譽、利益着想，才是道理，却沒

[7] 照史實推算起來，賈諾特這時候應該是二十四歲光景。

有想到你反而跟我的女兒做出了那種勾當，使我蒙受恥辱；如果換了別人，他們早就把你處死了，只是我却始終硬不起心腸來。現在你既然自稱並不是什麼低賤的人，父親母親都是有身份的貴族，那我就不念舊惡，把你釋放出來——只要你願意——就可以解脫你的痛苦，恢復你的名譽，同時也保全了我的家聲。你跟我的女兒史賓娜發生了不正當的關係（這事雙方都有錯）；你知道，她是個寡婦，有一筆很大的嫁妝，她的人品、她的門第，你都已明白，對於你眼前的境況，我沒有什麼可說的；所以只要你願意，那麼我也同意叫她不用再偷偷摸摸做你的情婦，而是名正言順地做你的妻子。你呢，做了我的女婿，就和她住在我家裏，任你愛住多久就住多久。」

一年的監禁，雖然使賈諾特的肉體受盡了折磨；但是他那高貴的出身陶冶成的高尚本性以及他對於情人的一片眞心，却絲毫沒有受到摧殘；雖然古拉度此刻對他所說的話，正是他求之不得的事，也明白自己的生死大權完全操縱在他手中，可是他還是毫無顧慮，憑着他那光明磊落的胸懷，侃侃而談道：

「大人，我絕不是爲了看中你的權勢，貪圖你的錢財，或是爲了其他的動機，用陰險的手段來陷害你或是欺騙你。我愛的是你的女兒，我會永遠地愛她，因爲她眞的值得我愛慕。要是在世俗的眼光中，我對不起她，那麼我的罪是跟『青春』手挽着手、聯結在一起的；你要消滅這罪惡，首先就得消滅人類的青春。要是老人囘想一下，自己也曾做過青年，犯過錯誤，再拿他從前的錯誤跟眼前的錯誤比較一下，那麼，他就不會像你和一般世人那樣，把這件事看成是罪大惡極了。再說，我雖然冒犯了你，但並不是出於惡意，而是善意的。你剛才的提議，正是我時時刻刻所盼望的，要是我早就知道你肯答應，那麼我早就向你提出請求了。現在我已經不敢再存什麼指望，幸福却降臨了，這眞是喜出望外！但是，如果你講的不是眞心話，那也不必來哄我，倒不如把我送囘牢裏，隨你怎樣嚴厲地處置我你好，我既然愛史賓娜，爲了她的緣故，不問你怎樣對待我，我還是愛你、敬你。」

古拉度聽了他這番話，十分驚奇，知道他是氣質高貴、用情專一的人，就愈發看重他，竟因此站起身來，擁住他跟他接吻，並且立即吩咐下人，把女兒悄悄帶到他跟前來。

他女兒給幽禁了一年，已經面黃肌瘦，憔悴不堪，失去了以前那一份嬌艷——就像賈諾特一樣，完全換了一個樣子了。這一對愛人當着古拉度的面，表示同意按照儀式結爲夫婦。

一切新婚夫婦所需用的物品，古拉度在幾天之內都私下佈置妥當，於是他認爲時機已經成熟，應該叫兩位母親也樂一下，因此把自己的夫人和「母羊」一齊請來，他先跟「母羊」說：

「要是我讓妳跟妳的大兒子重聚，而且看到他娶了我的女兒，夫人，那麼妳覺得怎樣？」

「母羊」回答道：「這事如果能辦到，那我能說我今後所仰受你的恩德就更大了，因爲你把比我生命更寶貴的人交給了我，你把他帶回來就像你所說的那樣，那也就是你帶回我所失去的希望了。」

說到這裏，她掉下淚來，再也說不出話來了。古拉度又問自己的夫人道：

「我的夫人；要是我給你這樣一個女婿，妳又怎麼想法呢？」

那夫人回答道：「別說是世家子弟，就算他是一個種田人，只要你喜歡，我就高興。」

「很好，」古拉度說，「我希望再過幾天，使妳們兩個都成爲幸福的夫人。」

等這一對小夫婦又養得豐滿起來，恢復了從前的容顏，他讓他們穿上美麗的衣服，然後問吉爾夫萊第道：

「要是你能看到你的母親也在這裏，那麼你是否覺得喜上添喜、福上加福呢？」

吉爾夫萊第回答道：「我不敢想像她遭受了這麼大的折磨和苦難後，到今天還能活在人世。但如眞是這樣，那麼她是我最親的人了，我相信靠了她的指點，就可以把我在西西里島的產業收回一大部分。」

於是古拉度就把兩位夫人都請來，她們看到這一對新夫婦，十分高興，向他們致意，心裏却不免奇怪，古拉度到底受到了什麼感動，忽然心平氣和，把她嫁給賈諾特。不過白莉杜拉記起古拉度先前跟她說過的話，她就仔細端詳賈諾特。由於母子之間那種奇妙的力量，她忽然從他的容貌中隱約喚起對自己孩子的回憶。也等不及別的證明，她就張開雙臂撲過去，摟住他的脖子不放。她那激動的情緒和洋溢的母愛，累得她一句話都說不出來——眞的，她昏倒在她兒子的懷裏了。

這下可把小伙子驚住了，他記得以前在堡中見過這位夫人許多次，却不知道她是誰。可是他隨即聞出了母親身上的氣息，不禁怪自己以前太疏忽，一邊溫柔地抱住母親，一邊流着淚，吻她。古拉度夫人和史賓娜看到這種情形，早已用冷水和藥物來急救了。白莉杜拉漸漸恢復了知覺，她把兒子抱得更緊了，她流了許多的眼淚，說出了許多柔愛的話，把親愛的兒子吻了一百遍、一千遍，他也只顧端詳自己的母親，溫柔地應和她。

他們這樣再三擁抱之後，便訴說各自的遭遇。旁邊看的人沒有一個不受到感動的。古拉度宣佈要把他女兒的婚姻遍告親友，並且決定大擺喜筵來慶賀這對小夫婦，這使大家愈發歡喜。可是吉爾夫萊第却向他說：

「大人，你賜給我重重的幸福，我母親這十多年來又蒙你照顧；我現在却還要向你討一個恩典，那麼你就對我仁至義盡了。我從前向你說過，我跟我的弟弟一起給海盜擄去，在熱那亞的卡斯巴林家裏做奴僕，我跑了出來，他則還留在那裏，我求你派人去把我的弟弟接來，讓他也來參加這個婚宴，那麼這個婚宴就更美滿，我跟母親就更快樂、更感激你了。我還求你派一個人到西西里島去打聽那兒的情形，探問我父親阿列凱特的生死，要是他活着，他的情況又怎樣，好回來詳細告知我們。」

古拉度聽了吉爾夫萊第的話，十分贊成，立卽打發兩個得力的人，一個去熱那亞，另一個去西西里。那去熱那亞的找到了卡斯巴林家，以古拉度的名義，要求他把史卡夏特和奶媽交他帶去，並且把古拉度爲吉爾夫萊第和他母親所做的事講了一遍，卡斯巴林聽了非常奇怪，說道：

「當然，我是樂於爲古拉度效勞的，你要那個孩子和他的母親，他們倆的確在我家住了十四年，我也樂於把他們交給你。可是你囘去之後，拜托你代爲轉達，請他不要輕信賈諾特的話，他現在忽然自稱爲吉爾夫萊第，誰知道這個小子究竟是什麼人呢！」

他十分周到地安頓了古拉度的使者，一邊暗中把乳娘叫了來，不動聲色地向她問起這件事。奶媽已聽到西西里起義和阿列凱特還活在世上的消息，已經不再有顧慮了，就把實情全盤托出，並且說明她從前爲什麼要把眞相隱瞞的原因。

聽到奶媽說的話跟古拉度使者所說的完全相符，那主人開始有幾分相信了。但他是個精明的人，又設法把這事深入調查了一番，結果另外又得到了一些確切的證據，他不免覺得十分羞慚，後悔不該虧待了這孩子。爲了補救自己的過失，又知道孩子的父親是何等的人物，他就把自己的女兒嫁給他做妻子。他的女兒長得很美，才只十一歲，他還給了她一大筆財產作爲陪嫁。舉行過熱鬧的婚禮之後，他就帶着女兒、女婿、奶媽和古拉度的使者登上一艘武裝的大船，駛往勒里奇。到達的時候，古拉度已在那兒迎候，這一羣人就騎着馬來到離此不遠的古拉度的城堡，盛大的婚宴已在那兒預備好了。骨肉團聚，手足重逢，以及忠心的奶媽見到了主人，有着無比的歡欣，大家又都對卡斯巴林和他的女兒表示歡迎，這父女倆在衆人面前也感到十分興奮。這一家老老少少，男男女女，連同古拉度和他的夫人、孩子、朋友一起在內，所感到的歡樂是筆墨所難形容，只能請各位姐姐自己去體會了。

天主眞是一位慷慨的大施主，要就不施恩，一施恩總是施個十足，阿列凱特依然健在的消息，不先不後，恰在這時傳來。正當盛宴大開、男女貴族剛上第一道菜的時候，那派往西西里的使者恰好及時趕回來。他報告了有關阿列凱特本人、以及其他有關的事情。當人民起義的時候，阿列凱特還是給查理王幽禁在牢裏，人民像怒潮般衝進牢獄，殺掉守衞的獄卒，把他拯救了出來，由於他是查理王的死敵，人民就推擧他爲起義的領袖，在他的領導之下，把法國人殺的殺，趕的趕了。因此深得彼得羅王的器重，恢復了他的榮銜職權，並且發還他以前的產業，所以情況很好。使者又說他自己怎樣承蒙阿列凱特的優待，當他聽到妻兒的消息時，眞不知有多麼快樂——自從他下獄之後，一直就沒聽到他們的半點消息；現在他已派了一艘快艇和幾位紳士前來迎接他們回去。

這位使者受到熱烈的歡迎，大家都興奮地聽他講話，等他講完，古拉度立卽離席，率領幾位親友出去歡迎派來迎接白莉杜拉和吉爾夫萊第的紳士。相見的時候，情緒十分熱烈。古拉度請他們一起回去吃酒，筵席還沒吃到一半，正當酒酣耳熱之際。吉爾夫萊第和他的母親以及衆親友，都起來歡迎，好不熱鬧，這種盛況眞是前所未有。那幾位紳士在就座之前，先代表阿列凱特向古拉度夫婦熱烈表示感謝他們照顧他妻兒的恩德，他願意盡力來報答他們夫婦倆；以後又轉身向卡斯巴林說，他的厚情當初並沒有想到，他們敢斷定，如果阿列凱特知道他怎樣厚待史卡夏特，那麼他一定會表示同樣甚至更大的感激的。

致過謝詞之後，他們再和兩對新婚夫婦一起開懷暢飮。古拉度不但在這一天款待了他的女婿和親友，而且接連幾天大擺筵席，一直到白莉杜拉和吉爾夫萊第以及其他人覺得應該告辭的時候才停止。臨別分手，彼此都戀戀不捨，洒了不少眼淚，末了，白莉杜拉帶着兩對新人和他們的隨從，上船啓程，一路都是順風，沒有幾天就到了西西里。阿列凱特在帕勒摩接到了夫人和兒子媳婦，這一家人的歡樂眞是一言難盡。此後他們便在那兒過着幸福的日子，深深地感謝天主所賜給他們的厚恩大德。

故事第七篇　處女

巴比倫的蘇丹遣嫁公主，她乘船到加波國完婚，中途遇到風暴，船隻失事，公主在異鄉飄泊了四年，前後落在九個男人的手裏，後來回到本國，父親竟當她還是處女，依然把她嫁給加波國王。

白莉杜拉夫人所遭受的苦難，這些女子聽了很是心酸，要是愛蜜莉亞把故事說得再長些，只怕這些女子一個個都要掉下淚來呢！故事講完以後，女王命令潘費羅接着講一個，他不敢怠慢，立刻說道：

各位美麗的小姐，有時我們自己也不明白，究竟什麼東西對我們才有益。譬如說，我們時常可以看到，有些人以爲只要有了錢，日子就可以過得無憂無慮、逍遙自在；所以爲了錢，他們不但向天主苦苦禱告，而且費盡心力、不避危險地去追求人世間的財富。本來在貧賤的時候，彼此都是朋友，可是一旦有了錢，別人不由得會眼紅，結果性命反而送在朋友手裏。又有些草莽英雄，經歷了千百次惡戰，流盡了兄弟朋友的鮮血，登上了國王的寶座，以爲從此就享盡人間的安樂尊榮；哪裏知道登上王位，反而日夜憂慮恐懼，直到犧牲了生命，才明白放在盛宴前的金樽原來藏有毒藥。也有許多人一心希望自己體力過人，或是美貌風流，或是具有其他的長處，卻不知道就是這些長處才會給他們招來苦難，甚至是殺身之禍。

我也不想把人類的慾望一一提到，但我敢說，我們所追求的慾望，沒有一個能够確實使我們得到快樂，而不受命運的撥弄。所以我們最妥善的辦法應該是聽天由命、誠心接受天主的賜與——因爲只有天主才了解我們需要的是什麼，只有他才能把我們所需要的賜給我們。那些男人爲了多重的慾念，犯罪造孽；可是妳們這些溫雅的小姐，主要是犯了一種罪孽，那就是渴求美貌，妳們不滿足自己天賦的姿容，還想盡巧妙的辦法來增添自己的魅力。因此我現在要講一個美麗的伊斯蘭教少女的故事，可憐她就是因爲長得太美，在四年間讓九個男人佔有了她的身體。

很久以前，巴比倫有個蘇丹，名叫貝密納達，在他一生中，眞可說是稱心如意；生下好多兒女，其中有個女兒叫做阿拉蒂艾，凡是見過她的豐姿的，都驚爲絕代佳人。這時阿拉伯人舉兵入侵，來勢凶猛，那蘇丹幸虧得到加波國王的大力援助，才把敵人打得狼狽而逃；所以後來加波國王向他要求娶阿拉蒂艾爲妻，他就一口答應下來，表示特殊的恩寵。爲了準備公主遠嫁，蘇丹特地備好一艘華麗的大船，船上堆滿珍貴的陪嫁物，由大隊將士護送，還有一羣專門侍候公主的官員和宮女；啓程的日子蘇丹親自送公主上船，並且爲她祝福。

當他們從亞歷山大利亞港口啓程的時候，天氣很好，船上張起滿帆，一連幾天，都是順風，不覺已過了薩丁尼亞島，眼看就快到目的地了。不料有一天突然暴風襲來，十分猛烈，船哪裏抵擋得住，船上的人幾次三番都認定已是無法挽救了。但這些水手非常勇敢，還是拚命跟風浪搏鬥，支持了兩天兩夜，到了第三天晚上，風勢還是有增無減。這時候慘雲愁霧籠罩天空，放眼望去，但見一片昏暗，那船隻已失去航行方向；只是在風浪中顚簸飄流，來到距離馬利歐里卡不遠的地方時，船底突然出現一條裂縫，眼看船就要沉下去了。

在這緊急關頭，大家只想着自己，再也顧不到別人了。水手把小船放進水裏，紛紛跳了下去，認爲小船雖小，但總比漏了的船隻多幾分希望。他們一跳進小船，便拔出刀子，阻止後面的人跟着跳下來；可是後面的人還是爭着往小船裏跳。可憐他們原想逃命，哪兒知道反而馬上送了命。一艘小船能容納多少人？風浪又這樣大，所以一下子就傾覆了，船裏的人不到一會兒功夫，全都葬身魚腹。

在那大船上只剩下公主和幾個宮女。她們在驚濤駭浪中，已失去了知覺，暈倒在甲板上。船艙雖然破裂，艙裏灌滿了水，但由於風勢猛烈，還是在海裏急速地飄流着，終於被吹到馬利歐里卡島的海岸邊，擅在離岸不遠的沙灘上。這一撞非同小可，竟然牢牢地埋在沙泥裏，這一夜再也沒有被風浪捲去。

黎明時分，風勢稍微平靜了些，公主醒了過來，虛弱無力，勉强抬起頭來呼喚她的侍女，但是把她們的名字都叫遍了，也沒有一個人答應，原來她們都離她太遠了。身邊既看不到一個人影，也沒有人來應她，公主心中十分驚奇，也格外害怕。她掙扎着站了起來，發現她的侍女和另一些婦女橫七豎八地躺在船上，她一個個地叫喚她們，但是只有幾個人還剩下一口氣兒，其他的人經不起風浪的顚簸和極度的驚恐，都已斷氣了，這使得她害怕極了。她不知道自己身在何處，也沒有人可以商量，沒有辦法，她只得盡力搖撼那還剩一口氣息的侍女，直到把她們搖醒過來。她們找不到船上的男人，不知他們都到哪裏去了，又看到船已擱淺，滿船是水，大家不覺痛哭了起來。

她們時時望着岸上，希望有人會來搭救；直到中午過後，她們才看到岸上有人經過。這時候有一個貴族，名叫貝利康·達·維薩戈，騎着駿馬，帶着僕從，回家路過這裏。他看見這隻擱淺的大船，知道出了事，就吩咐僕人快到船上去看看情況。那僕人好不容易才爬上大船，看到一位年輕的少女和幾個侍女瑟瑟縮縮地躲在船頭的斜桅下。她們看到一個男人上來，眼淚不禁潸潸流下，再三求他做做好事。可是她們的話他聽不懂，而她們也聽不懂他的話，就只好盡做手勢，表示她們所遭受的不幸。

那僕人回到貝利康那兒，把看到的情形詳細報告給他；貝利康立即派人把那幾個婦女救上岸來，連同船上可以搬動的貴重物品一併運送到他的城堡裏。他先請她們吃些東西，然後讓她們休息。貝利康注意到阿拉蒂艾衣飾華麗，就想，她應該是一個高貴的女子；又看到那些婦女對她這樣恭敬，更足以證明自己的想法不錯。雖然她由於歷盡海上的磨折，面無血色，頭髮蓬鬆，但神采風韻之間仍不難看出她是個絕代佳人。貝利康暗想，要是她還沒嫁人，就娶她爲妻，要不然，也可以把她當做自己的情侶。

貝利康是個身材結實、神態威嚴的漢子；自從把公主帶到家中以後，就盡心盡意地調養她，沒過幾天，公主就完全復原了，果然長得非常艷麗，儀態萬千，他眞是越看越愛，却苦於言語不通，他聽不懂公主所說的話，而公主也不懂他的話，因此無從知道她究竟是誰。可是他對公主迷戀萬分，只得嬉皮笑臉地做出各種手勢向她求歡，希望一拍卽合，那裏知道公主一點意思都沒有，斷然拒絕。他白費心力，可是熱情反而更加高漲。這情形公主也覺察得出來。她在他家裏已經住了好幾天，從周圍的人的飲食起居看來，她知道自己是跟基督徒生活在一起，又想到在這樣的國家裏，卽使她能夠把自己的身份說出來，對她也不會有什麼好處，同時她也害怕不管她出於自願，還是出於無奈，她遲早會讓貝利康滿足了慾望。但是她並不是普通的女人，她心地高尙，不肯向苦難的命運低頭，所以叮囑她身邊的三個侍女——除了公主，死裏逃生的就只有她們三人——除非在有利的場合，可以獲得援助和恢復自由的機會之外，千萬不能讓別人知道她是什麼人。她還極力勸勉她們要保持貞操，並且說自己已立下誓願，永守淸白，除了她的丈夫，絕不容許別的男子染指。三個侍女都讚美公主，都表示絕對願意服從公主的命令。

眼看美人就在面前，却無從下手，這眞叫貝利康一天比一天難熬。旣然奉承和引誘都打不動她的心，他決定施展一下手段來達到目的，如果還不能成功，那麼最後只有用暴力强迫她了。他有幾次注意到，公主喜歡喝一兩口酒——原來她的國家禁酒，所以難得喝酒——他就想，酒能亂性，或者可以代替愛神幫他一下忙。

有一天晚上，他備好盛宴款待公主，裝作與公主之間並沒有什麼不快的事情。酒席上山珍海味羅列，他又吩咐侍候公主的侍從替她斟酒，這酒是他叫人用幾種美酒特別調製的。公主不知是計，只覺得酒味芬芳，喝了一口又一口，不覺失去了節制，也完全忘記了自己的不幸，變得愉快而活潑；她看到有幾個女人正在跳馬利歐里卡舞，她也離席跳了一段亞歷山大利亞的土風舞。

貝利康看見這情景，暗想事情已經有了眉目，就格外地殷勤，不停地呈上佳肴美酒，把宴會拖延到深夜。最後，賓客都散了，他親自把公主送進臥房。這時她酒性發作，早已失去平時冷若冰霜的操守，竟當着貝利康脫下衣裳上床睡覺，彷彿把貝利康當作是她的女伴。貝利康不敢怠慢，立卽熄滅房內的燭火，一骨碌爬上她的床，把她摟在懷裏，她竟然沒有任何抗拒，由他擺佈，成了好事。她想不到男人原來是這樣討人歡喜，一旦領略了個中滋味之後，就深悔從前不該一再拒絕貝利康，從此不等貝利康去求她，時常自動招他來共度良宵——不是用言語，因爲他不懂她的話，而是憑她的手勢。

貝利康和她過着甜蜜的生活，但命運之神並不因爲把皇后變成了鄉紳的情婦後就此罷休，還準備叫一個更卑賤的人來佔有她的身體。

貝利康有一個二十五歲的兄弟馬拉多，是一個像玫瑰花般可愛的少年。他一見到阿拉蒂艾，就覺得再也沒有這樣使人喜歡的女人了，又從她的神情擧動，認爲她對自己很有情意；他們倆現在無從親近，那是因爲貝利康把她監視得太緊了。因此他頓時起了不良的念頭，而且想到做到，毫不猶豫。

這時港內恰好停泊了一艘貨船，準備航向羅馬尼亞的卡雷玆，只要風向一變，馬上就要開船了。船主是兩個熱那亞青年。馬拉多和他們商量好，讓他帶一個女人搭乘他們的船。就在那天晚上，他糾合了一批親信朋友，把他們領進堡內，藏了起來。貝利康一點也沒有防備；到了半夜，他領着這一夥人，闖進貝利康和公主睡覺的房內，一刀結果了那正在好夢中的貝利康，公主哭哭啼啼，給他們厲聲喝住，不許作聲，否則立刻要她的命。他們就這樣抱起了美人，席捲了貝利康的貴重物品，趁沒有人看見，一直逃到海邊。馬拉多挾着公主上了船，他的一夥兄弟就各自分散回家。船上的水手趁着勁疾的順風，立卽解纜起程。

公主接連遭遇不幸，思前想後，好不傷心；幸而馬拉多靠着天主賜給我們男人的那個得力傢伙，很快地給了她安慰，博得了她的歡心，使她安心地和他同居在一起，把貝利康忘得一乾二淨。但是當她對自己的境遇剛剛有些滿意的時候，命運之神却並不因爲把她磨難了兩次而就此罷休，正準備叫她再經歷一次人生的坎難。

上文一再說過，阿拉蒂艾原是天下少見的絕色美女，一舉一動，婀娜多姿，因此那兩名船主——也就是那一對熱那亞青年也愛上了她。他們雖然忌憚馬拉多，怕被他察覺，却無時無刻不在想怎樣去接近她，討她的歡喜。兩人的心事，彼此都知道，無從隱瞞，因此他們暗地商量，決定先一起出力，把公主搶到手，然後大家平分秋色，輪流享受——彷彿愛情也像貨品一樣，可以平分似的。但是他們發現馬拉多把她看管得這樣緊，實在難於下手。有一天，船行駛得很快，馬拉多正站在船梢閑眺，沒有注意到他們，這兩個青年立卽從後面潛行上去，把他緊緊抱住，說時遲，那時快，早已把他丟進海裏，等大家知道馬拉多掉在海裏的時候，船早已駛過一個海哩了。公主聽到這個消息，看看營救無方，又痛哭了起來。那兩個情人立卽來到她面前，用甜言蜜語去安慰她，還應允她日後種種的好處，只是公主一點也聽不懂他們的話；事實上她的悲哀多半是爲了自己的薄命，而不是爲了那倒楣的情人。他們這樣你一句我一句，在她身邊嘮叨了半天，認爲已經把她勸醒了，於是彼此開始爭論起來——究竟誰先跟她睡覺。

兩人都要搶先，誰也不肯退讓，爭得面紅耳赤，繼而聲色俱厲，終於怒火直冒，拔出刀來拚個你死我活。船上的人正想上前勸解，雙方已經中了幾刀，一個當場倒地殞命，另一個也受了重創，幾乎奄奄一息了。公主見了這情景，眼看沒有人能够搭救自己，或是替她出個主意，便更加悲傷起來，又恐怕那兩個熱那亞青年的親友會把她當作禍水，要她抵命。幸虧那個受傷的青年替她求情，並且不久就到了卡雷玆，她總算逃出一場大難。

她跟那受傷的青年一起上岸，住在一家旅店裏。沒有多久，她的艷名就已傳遍全城，連這時正逗留在卡雷玆的莫利亞親王也聽到了，而且很想見見她。見到後，親王只覺得她本人的豐姿，比傳說中所描摹的更勝過幾分，竟因此晝思夜想，除了她，什麼事也不放在心上了。他打聽到她流落到這兒來的情形，肯定他不難把那美人弄到手。

正當他這樣盤算，要想辦法把她弄到手的時候，那受傷的青年的家屬已風聞消息，連忙替他把人送來。親王的高興是不必說了，就是公主也暗自稱幸，以爲從此可以過安寧的日子了。那親王看她不但長得如花似玉，而且儀態大方，自有一種高貴的風度，雖然無法探問她的底細，但料想她絕不是一個普通的女兒，因此，就格外愛憐她，絕不把她當作情婦，而把她看成自己的妻子，凡是妃子所應享受的尊榮全都給了她。

公主回想過去種種悲慘的遭遇，就把眼前的境況看得十分美滿，因之心情開朗，精神煥發，格外顯得嬌艷無比，使得羅馬尼亞全國人民，對她的嫵媚風流讚不絕口，這樣，公主的艷名傳到了雅典公爵的耳裏。公爵原是個身材魁梧的美男子，跟親王又有親戚關係，彼此都有來往，現在他只想見美人一面，就推說要來拜會親王——帶着一批精選的隨從，來到卡雷兹，受到親王的隆重招待。

過了幾天，這兩個親族談起公主的容貌，公爵就問親王，她是否眞的像盛傳的那樣美麗。親王回答道：「比傳聞還要美艷幾分；不過這樣說也是白說，還是請你用自己的眼睛判斷一下吧！」

公爵巴不得有這樣的機會，就讓親王領着他去見公主，公主已預先得到了通知，滿面春風，出來迎接，又招待他們在她兩邊坐下來。只可惜語言不通，沒有福氣跟她談心，只好用瞻仰奇蹟似的眼光望着她，尤其是公爵，簡直把她當作一尊天神。公爵只顧飽享眼福，却不知道他這樣睜大眼睛發怔的時候，他就是在呑一口口愛情的濃酒，不由得爲她神魂顚倒了。

等他和親王一起從公主房裏出來之後，他就獨自思量起來，覺得親王得到這樣一個美人，眞是世上第一個飽享艷福的男人了。他的心裏七上八下，動盪得非常厲害，最後，邪念終於壓倒了正義，他決心不顧一切，要從親王手裏把這稀世珍寶搶奪過來。

他好色心切，急於下手，因而把公理、正義一概拋到九霄雲外，專心一志的在奸詐上用功夫，不達到目的絕不干休。他先買通親王一個名叫裘里亞奇的親信侍從，暗中備好馬匹，備好行李，一旦要走，立刻就可以動身。有一天晚上，他和一個刺客都拿着武器，由那個被買通的侍從偷偷地引進了親王的臥室。這天晚上天氣很熱，公主已經睡熟，親王貪圖涼快，正全身赤裸，站在臨海的窗口，享受海面拂來的微風。那刺客事先已得了指示，便躡着脚步走近窗邊，抽出匕首，從親王背後用力猛刺，刀子從腰部直刺過去，又順勢抱起他的身體拋出窗外。

親王的宮室建築在臨海的高地上，憑窗望去，下面原來還有幾間矮小的民房，但是受到海潮的沖擊，都已經毀壞了，變成無人來往的地區；所以親王的屍體拋下去，竟沒有人聽到，這一切正合公爵的願望。

公爵帶來的刺客看見事情已經辦妥，就假裝要擁抱裘里亞奇的樣子，却把一條預先備好的繩子迅速地套在他的脖子上，用力一收，使他一聲都來不及喊出來。公爵這時候走進，兩個人一起把他勒死了，他的屍體，也像親王的屍體一樣，從窗口拋了出去。

事情辦完，幸而沒有驚動公主，也沒有引起別人的注意。公爵拿着一座燭臺，悄悄來到公主的床邊，輕輕揭起羅衾，只見赤裸的公主正睡得香甜呢。他把她從頭看到脚，不由得暗中喝采；本來，她穿着衣裳的時候，他已經對她這樣迷戀了，現在美人一絲不掛地呈現在眼前，眞叫他心花怒放。他受到慾火的驅迫，也不管自己已經犯了多大的罪孽，手上還有殺人的血腥，竟然爬上床去，跟她交歡；她在睡意朦朧中竟把他當作了親王。

公爵享受了天堂般的幸福；完事之後，立卽起床，把他的侍從叫進來，吩咐他們把公主刼走，不讓她喊出聲音來。他們從公爵剛才進來的暗門出去，把她放上馬背；於是公爵領着衆人，一溜煙似的奔回雅典去了。公爵已經娶了夫人，所以不敢把公主帶回雅典城裏，而是把她另藏在離城不遠的一座精緻的海濱別墅裏，盡心供養她、侍候她，儘管這樣，但這時候公主已成了最痛苦的女人。

第二天，親王的侍從等到中午不見親王起身，也沒聽到裏邊有什麼聲響，就輕輕地推開房門（門沒有上鎖），走了進去，却沒有看到一個人。他們以爲親王帶着他的美女私自出門去玩幾天，所以並不在意。

到了第三天，有一個瘋子，到海邊沖毀的屋子邊來漫遊，看見親王和裘里亞奇的屍體，回去時，便拖着裘里亞奇頸上的繩子，竟把這屍體拖了出來。大家認出了這是誰的屍體，十分吃驚，就用好話騙哄他，叫他把他們領到他發現這具屍體的地方。在那兒，他們又發現了親王的屍體。這消息傳揚出去，全城的人都十分哀痛，隆重地把親王埋葬了。他們研究這件罪大惡極的血案，覺得雅典公爵不辭而行，行蹤可疑，一定是他謀殺了親王，同時把美人刼了去。他們立卽推舉擁立親王的弟弟做他們的新親王，務必要他爲前王報仇。新王卽位後，經過一番調查，又從其他方面證明了公爵的罪行，斷定衆人的猜測並非無稽；就召集親友侍從，組成一支強大的軍隊，討伐雅典公爵。

公爵得到消息，連忙調集兵力，準備迎戰。許多貴族都趕來助戰，君士坦丁堡的皇帝也派了太子康士坦丁和皇侄曼諾維羅率領大軍前來聲援。這兩位貴客受到公爵，尤其是公爵夫人的熱誠款待——原來他們倆就是公爵夫人的兄弟。

形勢日益嚴重，戰事已經逼近。公爵夫人把兩個弟弟請到房裏來，一邊流着眼淚，一邊把戰事的起因和公爵私藏情婦、欺瞞妻子的種種情形，源源本本告訴了他們，又十分悲切地求他們給她出個主意，怎樣可以讓公爵保持榮譽，同時又能消除她心頭的氣惱。

這兩個青年對於公爵的事早有所聞，所以不再多問，只是用好話來安慰她，叫她放心；他們向她問明了那女人現在藏在哪裏之後就告辭了。他們時常聽到人家誇獎她絕代的美貌，很想見見她，就請求公爵讓他們瞻仰一下她的豐采。公爵忘了親王只因爲讓人看了她一眼，就遭到怎樣的結果，竟答應了。第二天，她在公主住的別墅的花園裏設下盛宴，便帶了兩個內親和幾個陪客，到那裏去和公主歡宴。

康士坦丁坐在她旁邊，眼光只是在她身上打轉，竟看得出了神；心中想道，自己那裏看過這樣標緻的女人！又覺得不管是公爵或別人，爲了佔有這個美人，因此幹下喪盡天良的罪惡行爲，這是情有可原的。他把她看了又看，愈看愈覺得她好看，就跟當初的公爵一模一樣。告辭之後，他念念不忘地戀慕她，戰爭和一切都已拋到九霄雲外，只是計畫怎樣才能把她從公爵手裏奪過來；一方面，他不動聲色，免得讓別人識破他的私心。

正當他情慾高張時，親王的軍隊已經日益逼近公爵的疆土，戰爭一觸卽發。公爵和康士坦丁以及衆人都離開雅典，按照預定的計畫，往邊境出發，不讓敵人攻打進來。他們雖然在前方，但是康士坦丁仍然不能把美人放下。他想，趁現在公爵不在，正是完成他心願的良機，就假裝抱病，要回雅典休息，得了公爵的許可，他把兵權交託給曼諾維羅，回雅典城他姊姊那兒去了。過了幾天，他引他的姊姊又講起公爵欺瞞她，在外邊另養情婦的事來，於是他就接口說，他倒有個辦法，就是趁現在這機會把那個女人打發到別的地方去住，從此斷絕禍患；假如姊姊贊成的話，他就給她去辦。

公爵夫人只以爲他這是一番好心，爲了愛他的姊姊，哪裏會想到其實是爲了愛那個女人呢，就說她十分贊成這個主意，只要將來公爵不疑心這件事是她指使的就好了。康士坦丁請她儘管放心，於是她把這事托付給康士坦丁，由他見機而行。

康士坦丁暗中備好一艘快船，一天黃昏，叫人把船停泊在公主別墅的花園邊，事先囑咐他們應該怎樣行事，於是帶着幾個朋友來到別墅求見。公主親自帶領侍女出來相迎，並且陪他們到花園散心。康士坦丁說公爵有話托他轉達，把公主引到靠海的門旁邊。那門上的鎖早已由他的同黨打開了，這時就向停泊在門外的快艇發出一個信號，康士坦丁立卽叫人搶了公主就跳下船去，他自己回過身來對公主的侍女說：

「誰要是喊一聲，動一動，就別想活命！我不是來奪取公爵的這個女人，我是來爲姊姊洗雪恥辱。」

誰也不敢出來答話；康士坦丁就帶了衆人跳下船去，坐在哭哭啼啼的公主身邊，吩咐船夫用力搖槳，離開雅典。船在水中像飛一般駛去，到了第二天清早，已經來到愛琴納。他們在這裏上岸，稍作休息。康士坦丁則趁這機會享受了一番艷福，公主則爲自己的紅顏薄命而哀哭不已。於是大家又上了船，繼續行駛，不到幾天，已經來到齊歐斯。康士坦丁唯恐受到父王的譴責，他好不容易才刼來的美女又要落空了，因此，爲了安全起見，他決定在這裏住下來。公主爲了自己悲慘的遭遇哭了幾天，幸得康士坦丁運用許多男人用過的方法來安慰，使她像以前幾次一樣，又漸漸滿足天主爲她安排的命運了。

我們暫且不提這一對男女怎樣打發日子，再說土耳其王渥斯貝克這時候正和君士坦丁堡皇帝進行長期的戰爭，有一次因事來到士麥那，聽說君士坦丁堡皇帝的兒子拐了人家的美女。窩藏在齊歐斯，過着荒唐的生活，而且全無戒備。渥斯貝克就召集了一支隊伍，分乘幾艘戰船，趁着黑夜，偷襲齊歐斯，那些希臘人還好夢未醒，一個城市已經叫土耳其軍佔領了。也有幾個比較警覺的，還想掙扎，却都給殺了。渥斯貝克下令焚毀全島，把俘虜和戰利品都裝在船上，就同士麥那去了。

渥斯貝克也是一個年輕漢子，當他檢查俘虜時，來到阿拉蒂艾的身邊，知道這個女人是從康士坦丁的床上找來的，就是他的情婦。一看到她，渥斯貝克不覺大喜，立刻娶她爲妻，擧行婚禮，這樣就和她很快樂地同住了好幾個月。

在這件事發生之前，君士坦丁堡皇帝原來想和卡巴多查國王巴薩諾訂立軍事聯盟，雙方同時夾攻土耳其，但因爲巴薩諾所提的要求過高，因此沒有達成協議。現在他聽到兒子遭到敵人的暗算，十分悲憤，就不再計較，立卽答應了卡巴多查國王的要求，催促他趕緊發兵，全力進攻土耳其，皇帝也調將遣兵，準備從另一面向土耳其進攻。

渥斯貝克聽到這消息，爲了打破腹背受敵的局勢，就不得不統率大軍，先行迎擊卡巴多查國王，把士麥那的美人託付一個心腹照管。不久，兩軍相遇，一仗打下來，渥斯貝克的軍隊竟然一敗塗地，全軍覆沒，渥斯貝克自己也在沙場上喪生。巴薩諾長驅直入，如入無人之境，進佔了士麥那，全國人民都紛紛棄械投降。

再說那個受渥斯貝克的囑托看顧阿拉蒂艾的心腹，名叫安提歐戈，年事已高，可是一看到她長得這樣美艷，居然也動了心，愛上了她，完全忘了主人的信託。他會說她的國家的語言，這一點特別使她高興。幾年以來，她被迫住在異族中間，如同啞子聾子，既不懂別人的話，別人也不懂她的話，所以沒有幾天，安提歐戈已經和她混得十分親密；不久，這兩人已由友誼往返進展到勾勾搭搭的私情，貪婪地享受枕席上的樂趣，把在外作戰的主人完全忘記了，後來消息傳來，渥斯貝克已經戰死，巴薩諾的軍隊正一路開拔而來，所過之處，搶刼一空；他們決定乘敵人還沒來到就一起逃跑，於是收拾了渥斯貝克大宗細軟財貨，逃到羅德島。可是他們在島上還沒住多久，安提歐戈忽然得了重病，十分危險。他有一個知己朋友，是塞浦路斯的商人，這時也住在羅德島，安提歐戈自知命在旦夕，決定把自己的財產和心愛的女人交付給他，臨終時，他把這兩人叫到床前，說道：

「我知道我是沒有希望了，我眞難過，因爲我這一生從未有過像最近這樣快樂的日子。但是有一件事使我死而無憾，那就是我死在世上最親愛的兩個人的懷抱裏——一個是你，我生平的知己；一個是她，自從我認識了她，我就愛她甚過愛自己的生命，使我放不下心的是，我死了以後，丟下她一個人在這裏，人地生疏，無依無靠。要是我不知道你在這裏，或者不相信你能盡力愛護她，就像愛護你的老友那樣，那我在這臨死的時刻就更難受了。所以我無論如何要懇求你，我死了以後，把她和我所有的東西都接受下來，一切請你照顧，一切全由你支配，只要使我的靈魂得到安慰就是了。

「妳呢，最親愛的姑娘，我求妳，我死了以後，別把我忘記。那麼我到了另一個世界，就可以這樣自豪：我在人世的時候，獲得了天下最美麗的女人的愛情。假使你們能答應我這兩個要求，那麼我也就死而瞑目了。」

商人和公主聽他說了這些話，都失聲哭泣；一面安慰他，一面鄭重地答應他說，萬一他死了，一定照他的話去做。不久，他果然死去。他們就好好地把他厚葬了。

過了幾天，那商人已在羅德島上辦完了商業上的事務，打算搭便船同去。他問公主肯不肯和他一起到塞浦路斯島去。公主說她很願意跟他一起去，不過希望他念及安提歐戈的情誼，把她當作姊妹看待。商人同她說，她所說的話他沒有不依的；但是爲了避免有人來調戲，在到達塞浦路斯島之前，不妨對人說是夫妻關係。於是他們上了船，船上的人給了他們船梢的一間小艙房，他們既然假稱夫妻，也只得同睡在一張小床上，在這種情形下，發生了當初從羅德島動身時誰也想不到的事。受到了黑夜的引誘，又包圍在共枕同衾的溫暖裏，兩個都動了心，忘了對安提歐戈的友誼和愛情，竟動手動脚了起來，船還沒到巴伐（商人的老家在那兒），他們已經打得火熱。到了巴伐以後，她就和這商人同居了一段時間。

再說，有個年事已高、閱歷很深、家產却很微薄的老先生，名叫安提戈諾，因事來到巴伐。這位先生算是在塞浦路斯國王的宮廷裏供職，但老天從不曾給他一個得志的機會。有一天，商人到亞美尼亞經商去了，這位老先生從公主的住屋面前經過，看到有一個明眸皓齒的美人倚在窗口，不覺出神地望了一會；他忽然想起曾經在什麼地方看過這位美人，只是究竟在什麼地方看過，却記不起來了。

那美麗的公主受盡命運的捉弄，現在已有了轉機，快要否極泰來了。她一眼看到那老先生，就記得從前在亞歷山大利亞的時候看到過他，是在她父王的宮廷裏供職的，地位不小。她突然湧起了一個希望，也許靠他的幫助，得以恢復自己金枝玉葉的身份也未可知，於是趁商人不在的機會，趕緊把他請來；進來之後，就羞怯怯地請問他是否就是法馬哥斯達地方的安提戈諾先生。那老先生說他就是安提戈諾，並且說：

「小姐，我覺得妳很面熟，可是記不起在什麼地方見過妳，恕我冒昧，想請敎尊姓大名。」

公主聽到他果然就是故鄉來的人，不覺痛哭起來，抱住他的脖子，問他是否從來沒有在亞歷山大利亞見過她。經她這一說，那老先生立卽認出她就是阿拉蒂艾，蘇丹的女兒——大家都以爲她已經溺死了。他要向她行臣子的禮，她堅決不受，還叫他坐在自己身旁。安提戈諾坐下之後，恭恭敬敬地問她怎麼會到這兒來的，什麼時候來，從哪兒來的，因爲在埃及，每一個人都知道她早已葬身魚腹了。

「我要是眞的溺死了，」公主回答道，「那就好了，也免得遭受那許多折磨，我想，假使我父親知道我現在落在怎樣的情況裏，他也一定但願我早死的好。」

說到這裏，她不禁失聲痛哭起來；於是安提戈諾對她說道：

「公主，何必這樣悲傷呢，要是妳不見怪的話，我想請妳講一講妳過去的遭遇，和妳現在的生活情況。也許托天主的福祉，我們能够想出挽救的辦法來也未可知。」

「安提戈諾，」那美麗的公主說，「我看到你，就像看到父親一樣，所以基於做女兒的敬愛，我把自己本來可以隱藏的身份，向你說出來。在這世上，簡直沒有幾個人使我見了面能像看到你那樣快樂的，所以我把一直埋藏在自己心頭的種種悲痛，就像對自己的父親似的向你吐露出來。你聽了我的話之後，能爲我想一個辦法，好讓我回到宮廷裏去，那麼就請幫助我；要是你也無法可想，那麼我求你，永遠不要對人提起在這裏看到過，或者聽到過關於我的消息。」

這樣說了之後，她流着眼淚，把在馬利歐里卡船破之後直到現在爲止，所遭遇的一切苦難全告訴了他。安提戈諾一邊聽，一邊也不禁掉下同情的眼淚。他考慮了一會兒之後，說道：「公主，旣然你遭遇了重重苦難，而沒有給人認出妳的眞面目，那我絕對可以把妳送回給妳父親，敎他比從前更加疼妳，再送妳去和加波國王完婚。」

她問他有些什麼辦法，他就把自己的計畫詳細跟她說了。爲了免得夜長夢多，他沒有再多耽擱，立卽動身回到法馬哥斯達去見國王，向國王稟告道：

「陛下，現在有一件好事想來求您，這事會給您帶來十分的尊榮，同時也可以讓我得到一個好差使，而又不破費你什麼。自從我跟隨您之後就一直落魄到現在，您看在這點上，想來也會樂於答應我的。」

國王問他是什麼事，安提戈諾回答道：

「蘇丹有個美麗的公主，從前大家都傳說她已經溺死了，原來這消息是不實的，現在她就寄居在巴伐。她爲了保持自己的清白，不知歷盡多少苦難，而現在的境遇是更爲清苦了，所以很想能夠設法回到她父王那兒去，要是您肯派我護送她回到她的本國去，那麼這在您是一件非常體面的事，而對我也不無好處。我相信蘇丹將永遠不會忘記您的大德的。」

國王原是個寬宏大量的人，立刻就答應了。他派人把阿拉蒂艾十分隆重地接到法馬哥斯達來。公主進到宮裏之後，備受國王和皇后的優禮款待，當他們問起她所遭遇的苦難時，她就把安提戈諾所敎給她的話從頭到尾背了一遍。幾天之後，國王再留她不住，就派了一批紳士和貴婦做她的侍從，由安提戈諾負責，護送她回到本國去。至於蘇丹怎樣歡天喜地把生還的女兒和護送她的安提戈諾、侍從等人接進宮去，也不必細表了。

公主才休息了片刻，她的父親就急於想知道她怎麼會僥倖生存，一向又在哪兒，怎麼這許多年來也不寄一個消息給他。公主已把安提戈諾所敎給她的話背熟了，便這樣回答道：

「爸爸，和你離別以後，大概有二十天光景，我們的船遇到了暴風雨，船破了，在黑夜裏飄蕩，擡到西方阿克摩達附近的海岸上。船上那些男人結果怎樣，我一點也不知道，以後也從沒聽說過；我只記得在第二天早晨，我好像死裏重生。當地的居民看到破船，全都趕來搶刼東西。我和兩個未死的女伴只得棄船上岸，才到岸上，那兩個女伴就被幾個小伙子搶去，分頭逃走，她們結果怎樣，我也永遠沒有聽說過。

「我自己也落在兩個年輕男子的手裏，不管我怎樣掙扎、怎樣哭喊，他們一把揪住我的頭髮，想把我拖進林子裏去，幸虧正當他們要衝過一條大路時，恰好有四個騎馬的人從這裏經過，那兩個暴徒一看到他們，就立刻丟下我，各自逃走了。

「那四個騎馬的人，我猜想一定是幾位大官，他們看到這種情景，立刻奔來，問了我許多話；我也極力想把自己的遭遇告訴他們，却只恨語言不通，誰也不懂得誰在說些什麼。他們商量了半天，讓我騎在一匹馬上，把我送到一所女修道院裏，院裏的女子都是遵照他們法律的規定，獻身於宗教的。那幾個男人去院裏說了些什麼我不知道，不過我在她們中間住下來，很受優待，而我也跟着她們一起崇拜『幽谷新月』——當地的婦女最信仰的就是這位聖徒。

「我跟她們一起住了不久，稍微可以瞭解她們的語言，她們就問我是什麼人，從哪兒來的，我怕一旦說了實話，她們就會因爲我是一個異教徒，把我驅逐出去；只得說我是塞浦路斯島一個貴族的女兒，我父親送我到克里特島去完婚，不幸中途遇到大風，船被風浪打破，因此流落到這兒來。

「我唯恐露出破綻，因此處處留意她們的風俗習慣，跟着她們學習。後來，院裏的主持叫做院長的，問我要不要回塞浦路斯，我就說這正是我求之不得的事。但是這位院長十分關心我的貞操，不肯隨便把我託付給到塞浦路斯去的人；直到兩個月前，有幾個法國紳士，帶了家眷，路過那裏，要到耶路撒冷去參謁聖地——那兒就是他們所奉爲天主的耶穌，被猶太人釘死後埋葬的地方。其中有一位太太是院長的親戚，所以她就把我託付給他們，請他們順路把我送到塞浦路斯，交給我的父親。

「這些紳士和他們的太太怎樣的歡迎我、款待我，是不必多說了。我跟他們上了船，行駛了好多天，才到達巴伐。可憐我來到那兒，人地生疏，又不知道該怎樣向那些紳士說明才好——那院長原是囑托他們要把我交在我父親手裏的。幸虧老天爺照應我，我們在那兒上岸的時候，就在海邊遇到了安提戈諾，我立即叫住他，用我們本國的語言，懇求他（這樣，那些紳士和太太就不懂得我們是在說些什麼了），請他把我認做他的女兒。他立卽明白了我們意思，裝出十分歡樂的樣子，和我相認。儘管他的境況很差，還是盡他的力量張羅着來款待這些紳士和太太。隨後他把我送到塞浦路斯王那兒；國王的盛情，眞是難以用言語表達，現在又承他的熱心，派人把我護送回家。要是還有什麼我沒有說清楚的，那麼讓安提戈諾來補充吧，我的種種遭遇他已聽過好多遍了。」

安提戈諾趕緊轉身對蘇丹說：

「陛下，她剛才所說的話，已經對我說了好多次，送她回來的紳士和太太也都是這樣說的。只有一個地方她說漏了，或者因爲她覺得自己不便說出來。那就是送她到塞浦路斯島來的紳士和太太都稱道她端莊穩重，在修道院裏過着純潔無疵的生活，當他們把她交給我，臨到要分手的時候，不分男女都依依不捨，掉下淚來。假如要把他們所稱道她的話全講出來，只怕講一天一夜都還講不完呢。總而言之，從他們所說的話，和根據我自己的觀察，公主不但才貌出衆，而且還具有最純潔的品德，陛下有這樣一個女兒，在君王中間，也可以自豪了。」

蘇丹聽了這些話，眞有說不出的高興，不停地禱告眞主，讓他能有機會好好報答那些照顧過他女兒的人——尤其是這樣鄭重地把他女兒送回來的塞浦路斯國王。過了幾天，蘇丹送給安提戈諾一份厚禮，准許他回塞浦路斯；又派遣特使，携帶國書，深深感謝塞浦路斯國王搭救公主的大恩。於是他準備履行前約，把阿拉蒂艾嫁給加波國王，因此把經過的曲折情形寫信告知加波國王，還說，他如果想娶阿拉蒂艾，那麼請他快派人來迎接。加波國王接到這封信，眞是高興得不得了，果眞派了專使，用隆重的儀式把她接回來，歡天喜地，跟她結了婚。只是難爲她，先後和八個男人不知睡了幾千次覺，在新婚的床上，居然能使她的丈夫相信她是一個處女。從此她就是加波國的皇后，和國王一起過着快樂的日子。俗話說得好：「被吻過的朱唇，並不減少風韻；好比彎彎的新月，有虧也有盈。」

故事第八篇　流亡記

安克維薩伯爵無辜蒙冤，亡命海外，把兩個孩子留在英國，分散兩地。十多年後，他扮作乞丐回來，看見孩子都已發跡，就跟隨英軍回到法國，在軍中充當馬夫，後來冤情大白，被認爲無罪，重新又恢復了爵位。

這些女子聽完美麗的回教少女所經歷的遭遇，不禁連聲歎息。但是誰知道她們歎息是爲了什麼呢？也許有幾位女子一方面在同情她的遭遇，一方面也是在可惜自己不能像她那樣嫁人嫁得多吧。但是這一層可不便多問了。潘費羅最後引了一句俗語，引得大家都笑了起來；女王知道他已把故事講完，就回頭叫愛莉莎講下去。她遵照命令，愉快地說道：

我們今天涉獵的故事範圍，可眞廣闊，使我們不但可以在裏面打一個圈子，就是打十個大圈子也綽綽有餘。那捉摸不定的命運的題材是多麼豐富，既然人生有數不盡的悲歡離合，那麼我就來講一個故事吧！

當羅馬帝國從法蘭西人移歸到日耳曼人以後，兩國間的仇隙日益加深，戰事時起。法國的國王和王子，藉口保衞國土，率領了許多親友，集合國內的兵力，向敵人大擧進攻。國王出征，國內就沒人治理，幸而國王深知安克維薩伯爵戈第埃爾是個正直謹愼的君子，忠心耿耿，可以信任，所以雖然伯爵深諳戰略，國王却叫他擔當更複雜的任務，任命他做攝政，代理全國政務，自己率領大隊人馬，出發遠征。

伯爵擔任攝政之後，治理國家，有條不紊，凡事都先跟皇后和太子的妃子商量才施行。雖然從職權上來說，皇后和妃子同樣應受攝政的管束，但伯爵還是把她們當作自己的女主人一般尊敬。

這位伯爵年近四旬，伯爵夫人早逝，留下兩個孩子，一男一女。他本人相貌堂堂，舉止優雅，眞是一位和藹可親的君子；更難得的是，他又是當時最英俊、最善修飾的武士。國王和太子在外作戰，伯爵常常進宮來和皇后妃子商量國家大事。不料見面機會多了，妃子竟看上了伯爵的才貌人品，不由自主地愛上了他。她想，一個是鮮花似的少婦，一個是獨居的鰥夫，要滿足慾望，應該不是難事，只苦於她的心事怎好意思出口。但是她不久就打定主意，不顧羞恥，要向他吐露心意。有一天，宮裏只有她一個人，她覺得時機到了，就把伯爵請進宮來，只說有要事跟他商議。

伯爵的心思和妃子截然不同，聽到召喚，立卽進宮去見她。她躺在一張榻上，叫伯爵在她身旁坐下，這時屋內只有他們兩個人。伯爵請問她有什麼事，連問了兩次她都是沉吟不語。最後，她的情慾壓倒一切，兩頰緋紅，也顧不得羞恥，像顫泣似的把自己的心事斷斷續續地吐露出來：

「可愛的伯爵，我最親愛的朋友，像你這樣聰明的人，應該明白男人和女人都有弱點，也應該明白由於不同的原因，各人脆弱的程度也不同；所以眞正公平的審判官，對於同一件罪案，會因爲犯罪人情況的不同，而判以不同的刑罰。譬如說，有這樣一個憑力氣換飯吃的窮男人或者窮女人，居然也想效法那富貴逸樂的夫人，追求那風流的韻事，那麼，誰不責備這個人的輕浮狂妄呢？——我想沒有一個人會否認的。

「所以我說，如果是一個富貴人家的夫人，由於機緣，不由自主的墜入情網，我們就不能怎麼怪她，如果她所看中的情人又是一個英俊的人才，那就完全可以原諒了。這兩個假定對於我可說完全適合，再加上我正當青春妙齡，丈夫又不在家，那我就更可以在你面前替我自己的熱情辯護了。你是個聰明人，聽到我這樣說，不會不了解我內心的痛苦，請你給我出個主意，幫助幫助我吧！

「眞的，我守在丈夫不在的空床上，無法抵擋肉慾的衝動和愛情的引誘，這力量這樣强大，別說壓倒了一個柔弱的女子，就連那雄赳赳的偉丈夫也隨時隨地都會給它打垮。我又是飽食終日，無所事事，更感到愛情的需要，使我不得不墜入情網。我知道這種事要是讓人知道了，是很羞恥的，可是如果別人不知道你在幹這種事，那就無所謂羞恥不羞恥了。愛神對我眞是太好了，它不但沒有蒙蔽我選擇情人的眼光，使我不知所從，反而使我的眼睛格外明亮，讓我看得清清楚楚，你正是值得我這樣一個女人愛慕的對象。要是我沒看錯，你就是全法國最漂亮、最可愛、最富於生命力、最有修養的一個男子了。我的丈夫既不在家，你也沒有妻子；所以我求你，看我對你的這一片癡心，也可憐可憐我的青春，跟我相愛吧——我這顆年輕的心就像冰遇到了火一樣，都爲你溶化了。」

說到這裏，淚珠從她的兩頰滾滾落下，沸騰的熱情使得她話也說不出來了，她垂下了頭，只是哭泣，彷彿再也不知道該怎樣求情似的，把身體倒在伯爵的懷裏。

伯爵本是一個正人君子，看到她要慫恿他去做那不可告人的事，就疾言厲色地拒絕她、斥責她。那妃子張開雙臂，還想摟住他的脖子，却給他一下就摔掉了，他發誓說，哪怕是粉身碎骨，他也絕對不肯做出那對不起主公的事來。

妃子一聽他說出這種話來，竟惱羞成怒，頓時把方才的愛情忘得乾乾淨淨，狂叫道：

「不識抬舉的東西！我這一片好意難道就容得你這樣糟蹋嗎？天主都不會容忍你！既然你不讓我活，我就少不得要你的命，不讓你在這個世界上立足！」

她一面說，一面果眞動手扯亂自己的頭髮，撕毀胸口的衣裳，高聲喊叫起來：

「救命啊！救命啊！安克維薩伯爵要强姦我呀！」

給她這樣一喊，伯爵反而慌了，他並不是因爲自己做下了什麼虧心事而害怕，他是怕朝廷上的臣子平時對他就心存妒嫉，現在只相信妃子誣賴他的話，哪兒再容他辯白。所以他立刻逃出王宮，趕回自己家裏。一到家門，不敢多躭擱一會，立刻把兩個孩子放在馬上，自己也跳上馬背，拚命向卡萊賽奔去。

宮廷裏的侍從聽見妃子大聲呼喊，就急忙趕來，他們看到妃子這副狼狽模樣，又聽了她那番話，都信以爲眞，覺得伯爵平時的謙恭勤謹，都是虛僞的手段，好藉此達到他私人的目的，因此聲勢洶洶地衝進屋裏去逮捕他。不料撲了個空，這羣人就動手把屋裏値錢的東西都搶得精光，剩下一座空屋，立即拆爲平地。

消息傳到軍中，更是把伯爵形容得惡毒不堪，國王和太子聽到之後，大發雷霆，立即判決伯爵和他的子孫永遠放逐，並且通告全國，如能捕獲伯爵歸案者，不論生死都有重賞。

再說，伯爵和兩個孩子逃到卡萊賽，他想起不管自己怎樣清白，這樣一逃，等於證實了自己的罪行，不由得十分難過。幸而一路上沒有給人認出，就立即乘船渡海，來到英國，換了窮人穿的衣服，前往倫敦。在進入倫敦城以前，他叮囑了兩個孩子許多話，最重要的有兩件事：第一、命運降給了他們苦難，儘管他們沒有做過壞事，但還是應該安心忍耐。其次，他們如果想要活命，就千萬不能對別人說出他們是誰的孩子，或是從哪兒來的。

男孩名叫路易，九歲左右，女孩名叫維奧蘭蒂，七歲左右，他們雖然尙在稚齡，却完全能領會父親的告誡，並且此後果然處處留心。伯爵覺得孩子有改名的必要，就把男孩取名培洛特，女取名珍妮達。三個人進入倫敦，衣衫襤褸，到外行乞，就像是法國的乞丐。

一天早晨，他們正在教堂門口行乞，有一位英國將軍的夫人從教堂裏出來，看見伯爵和兩個孩子在那裏求乞，她問他是從哪兒來的，那兩個孩子是不是他的子女，他回說他是從畢卡地亞來的，只因爲他不長進的大兒子行爲不端，使他不得不帶着他這兩個孩子流落在外邊。那貴婦人十分慈善，看見他的女孩長得眉清目秀，舉動文雅，十分逗人喜愛，就說：

「好人，如果你肯把你的女兒給我，那麼我願意好好地照顧她，因爲她看來是一個好孩子，將來長大成人，不會辜負我的期望，我還會好好地替她許一個人家。」

伯爵聽到這話，十分高興，立即答應，揮淚把女兒交給那位太太，臨別的時候，再三懇托她多多照應這孩子。

女兒已有了安身的地方，他也知道那收留她的人是怎樣的人家，於是放了心，決定不在那裏再躭擱下去，就領着培洛特，沿路求乞，來到威爾斯。他們本來不慣於這樣的長途步行，所以弄得十分狼狽。這裏住有英王的另一位將軍，門庭廣大，僕從如雲，伯爵常帶着孩子，在他家門前乞求食物。

將軍的兒子和其他大人家的孩子，常在庭院裏玩樂。培洛特去熟了，就混在孩子中間一起玩兒。不論哪一項遊戲競技，他都玩得很靈巧，有時甚至比他們玩得還好；有幾次，將軍偶然看到這孩子，覺得他的舉動神態都很可愛，問了左右，才知道是常到這兒來求乞的一個窮人的孩子，就叫人去跟他商量，說是將軍想收養這個孩子。伯爵聽到這話，覺得再好不過了，一口答應下來，只是骨肉分離，不免十分悲痛。

這樣，伯爵的兩個孩子都有了着落，他決定不再在英國久留，就費盡力氣，渡海來到愛爾蘭的斯坦福達，在一個伯爵屬下的爵士家裏充當僕役，照料馬匹，什麼事都幹——他就這樣沒沒無聞、忍苦耐勞地過了幾年。

再說他的女兒維奧蘭蒂，已經改名珍妮達，留在倫敦將軍夫人的家裏，幾年後，已經長大成人，出落得十分標緻，不但將軍夫婦喜歡她，就是那一家大小，以及看見過她的，也無不嘖嘖讚美；加上她的一舉一動，都十分優雅，因此誰都認爲她就是跟身份最高貴的小姐比起來也毫不遜色。收養她的夫人，雖然從她的父親手裏領來，只聽到伯爵所編造的那番話，根本不知道她父親的底細，一心想照她的身份替她找一門適當的親事。但是主司人間善惡的天主，知道她出身高貴，她的淪於微賤是由於人爲的惡行，所以對她另有妥善的安排。我們不由得不相信，仁慈的天主不忍讓一位千金小姐落在下賤的人家，所以會鬧出以下這一件事。

收留珍妮達的夫人有個獨子，夫婦倆眞是百般鍾愛，做父母的總是疼愛自己的孩子，這個孩子也實在懂得道理，品德高雅，難怪他的父母要這樣鍾愛他。他比珍妮達大六歲，看見她長得這樣美，又這樣溫雅，不禁深深地愛上她，除了她，心中再也沒有第二個人了。只是他以爲珍妮達出身卑賤，不敢在父母面前請求和她結婚；恐怕會受到父母的責備，說他不顧身份，濫用愛情，所以只得把這情意深深地壓抑在心中，苦惱萬分。

他受不了這種痛苦，終於得了重病。不知請了多少醫生來診斷，但却都找不出他得的到底是什麼病，因此束手無策，不知怎樣對症下藥。這可把他父母急壞了，他們哀求他把生病的原因告訴他們。他只是歎了一口氣作爲回答，或者說，他只覺得自己愈來愈虛弱了。

有一天，有一位精通醫道的年輕醫師，坐在他床邊，替他診脈。這時候珍妮達恰好走進房來——她因爲敬愛老夫人，有時候代替她來侍候病人。病人一看見她走進來，雖然沒有說一句話，也沒有什麼表示，但是他愛火高燃，心旌搖曳，脈搏頓時快了起來，醫師立刻發覺了這變化，十分驚奇，密切注意這急促的脈搏可以維持多久。

過了一會兒，珍妮達走出病房，病人的脈搏也跟着慢了，醫師覺得他對病情已有了幾分把握。他稍微等了一會兒，又把珍妮達叫回來，好像有什麼話要問她，一面仍舊按住病人的脈搏。果然，她一轉回來，那脈搏又跳得跟以前一樣了；她一走，脈搏又慢了下來。這下子，醫師就斷定了病源所在，於是走出病房，把青年的父母請了來，說：

「令郎的病，不是醫家所能爲力，要恢復他的健康，只有藉珍妮達才有辦法了。根據一些確切的徵象看來，我發現令郎害的是相思病，另一方面，她似乎還不知道令郎日夜都在想她呢。你們要是愛惜他的生命，那麼就快拿出辦法來吧！」

老夫婦聽到這話，心中的大石頭終於落地，因爲醫生已指點了一條救兒子的路；但是也很憂愁，唯恐將來眞的認珍妮達做他們的兒媳。醫生走後，夫婦倆來到病人床邊，夫人說道：

「我的孩子，我想不到你有了心事却瞞着不對我講，寧可積鬱成疾，憔悴成這個樣子。你放心好了，一件事，只要能使你高興，那麼，不管它體面也好，不體面也好，我沒有不當作自己的事來替你辦到的。偏偏你這個孩子，咬緊了牙關，怎麼也不肯把心事對媽說，幸虧天主不跟你一樣，他還是愛惜你，不願看你憔悴而死，把你得病的原因向我指點出來。你原來不爲別的，却是在害着刻骨銘心的相思，日夜在想着一個少女，在你這樣的年齡，本該就是談情說愛的時候，沒有什麼好害羞的，也用不着瞞人；要是你不懂得愛情，那我倒要把你看作沒出息的孩子呢。所以，我的孩子啊，不要再瞞我了，把你的心事全都對我說吧，丟開那使你得病的煩悶和苦惱吧，你儘管寬心，相信媽好了，只要你跟我說，你要什麼，媽沒有不盡力來滿足你的，因爲她愛你甚於愛她自己的生命，快丟開那羞怯和害怕的心理，坦白告訴媽，她是不是能够爲你的愛情盡點力。要是你發現媽不替你盡力，或者不把事情辦妥當，那麼你就把她當作世界上最殘忍的母親吧！」

那青年聽了母親的話，起初還是很忸怩，但是後來他想，除了母親再也沒有人能幫助他達到自己的願望了，就說：

「母親，我害了相思，一直不敢說出來，那是因爲我看到許多人，他們一上了年紀，就忘記他們的青年時代。現在妳這樣諒解我，那我不但承認妳猜得一點兒也不錯，而且還要告訴妳，我心裏想的是誰，只希望妳照妳所答應我的話，救我這一條命。」

夫人以爲她自有辦法可以讓兒子的慾望得到滿足，却不一定要照着他的本意去做，就滿口答應下來：說只要他肯把心事講出來，她馬上爲他去辦，讓他如願以償。

「母親啊，」這個青年說道，「我們家裏的珍妮達長得眞標緻、眞溫柔，我愛上了她，但却無法得到她的同情——她連我在想她都不知道，我又不敢把自己的私情告訴別人，結果就弄成現在這個樣子。妳答應要幫助我，要是妳沒有辦法替我做到，那麼我是活不久了。」

夫人知道眼前只能安慰他，不便責備他，就微笑着說道：

「唉，我的孩子，你就因爲這點事讓自己病成這樣子嗎？安心吧，快點好起來吧，等你病好了，一切都由我來負責好了。」

那青年一旦有了希望，病勢頓時減輕了不少；他母親看了眞是高興，就考慮該怎樣來實踐她的諾言。有一天，她把珍妮達叫來，在閑談中，裝作開玩笑似的，用親切的口吻問她有沒有情人。珍妮達的雙頰紅了，回答道：

「夫人，像我這樣一個孤苦伶仃的女孩，連家都沒有了，只能在別人家裏吃口飯，怎麼還配談戀愛呢！」

夫人就說：「要是妳眞的沒有情人，那我們很想給妳介紹一個，兩人守在一起，這才不辜負妳的青春美貌。像妳這樣漂亮的少女，連個情人都沒有，那眞說不過去呢！」

珍妮達回答說：「夫人，妳在我父親窮苦無告的時候把我領來，跟親生女兒一樣把我養育成人，爲了這分恩情，我應該事事都遵從妳的意旨；但是關於這件事，我却只能請夫人原諒，我無法遵命，我覺得這樣做是應該的。如果承蒙妳給我一個丈夫，那麼我就一心一意愛他，可是我無法去愛別人；因爲我現在除了祖先留給我的清白外，已經一無所有了，而這份清白，我立志要終生守住它。」

她這樣一說，夫人覺得要實行對兒子的諾言，那可就難了；但是她究竟是個賢慧的夫人，不由得暗暗地佩服她，就說：

「怎麼，珍妮達？要是當今的皇上——他是一個年輕的武士，就像妳是漂亮的少女一樣——要是他來向妳求婚，妳也要拒絕嗎？」

她不假思索的回答道：「國王可以用强力逼迫我，但是他除了用正當的手段外，永遠也不會得到我的同意的。」

夫人見她意志堅決，不便多說，却想試驗她一下，就去對兒子說，等他病好了以後，她會把他們倆安排在一間幽室裏，那時他就可以自己去向珍妮達求歡了；還說，如果由她出面，像個老鴇似的，替他的兒子做牽線，那是有失體面的。

這個主意不但不能使青年高興，反而使他的病狀突然惡化；夫人到此地步，只得把心事對珍妮達明白說出；但她的意志却愈加堅定，無可動搖，於是夫人把情況告訴丈夫，二人商量了一陣，難過了一陣，決定答應兒子娶珍妮達爲妻，雖然這事大大違反他們的願望，但是娶一個貧賤的女子，救了兒子的命，總比眼看他娶不到妻子，就這樣病死來得好些。二人商定以後，就立刻進行。珍妮達非常快樂，眞心誠意地感謝天主沒有忘記她，但是她仍然自認是平民的女兒，不敢吐露眞情。至於那青年眞是樂得心花怒放，很快就復原了，跟他的愛人擧行了婚禮，兩人從此過着幸福的生活。

再說伯爵的兒子培洛特，留在威爾斯一個英國將軍的家裏，這時也已長大成人，長得一表人材，深得將軍的歡心，又練成一身武藝，每當全島擧行各種競技時，沒有一個人是他的對手，因此遠近聞名，誰都知道他就是培洛特·畢卡德。

天主祝福了他的妹妹，對他也是另眼看待的。有一年，當地發生了一場可怕的瘟疫，全島人口被捲去了一半，僥倖未死的，也大都倉皇逃奔他鄉，一座城鎭頓時荒涼不堪。將軍一家人，從他本人到他的夫人、獨子、兄弟以及許多小輩親戚，都染病死了，偌大一戶人家，只留下一個正當標緻之年的女兒、培洛特以及幾個僕人。瘟疫過後，將軍的女兒因爲愛慕培洛特是一個英俊有爲的青年，和幾個留存下來的長者商量之後，就選培洛特做她的丈夫，認他爲一家之主，掌管她所繼承的全部產業。不久，英國的國王聽到將軍的死訊，又知道培洛特異常勇武，就命令他接替死者的職位，封他做將軍。這就是安克維薩伯爵和他的骨肉分離，斷絕關係之後，這一對無辜子女的大概經歷。

再說那伯爵，自從逃出巴黎，來到愛爾蘭，含辛茹苦，已過了十八年；因爲他朝夕思念自己的親生骨肉，所以準備去尋訪他們，好看看他們的日子過得好不好。他已經完全改變了舊時的容貌，顯得十分蒼老，只是他的身體因爲終年勞役，倒鍛鍊得比從前富貴安樂的時候結實多了。他辭了老東家，一無所有，來到了英格蘭。他先找到了當初丟下培洛特的地方，知道他已經做了將軍，承受了偌大一份家私，又看到他長得身材魁梧、相貌堂堂，伯爵心中不覺大喜；但在還沒知道珍妮達的遭遇以前，他還不想讓人家認出自己。

他又曉行夜宿來到倫敦，婉轉向人打聽收留他女兒的將軍夫人，以及珍妮達的情形，才知道珍妮達已經嫁了夫人的兒子，心中十分高興。伯爵眼看子女都長大成人，過着幸福的日子，覺得他以前所受的種種折磨，已經不算一回事了。

他很想見見他的女兒，就常到她門前來求乞。有一天，他女兒的丈夫傑克特・拉朵埃斯在門口看到他，覺得這個窮苦老頭子十分可憐，就叫一個僕人帶他到屋裏去，給他一些東西吃，也算是行一個方便。那僕人按照吩咐把他領了進去。

再說珍妮達已爲傑克特生了幾個孩子，最大的才八歲，却個個都長得秀麗活潑，眞是世上少見。他們看見伯爵吃東西，一個個都跑到他的身邊，繞着他、親近他，好像有一種神秘的力量，使他們本能地知道他就是他們的外祖父似的。伯爵看到他們，認出這是自己的外孫，眞有說不出的高興，格外地愛撫他們。孩子更離不開他了，不管他們的敎師怎樣呼喚也沒有用。珍妮達聽見了，立即從房裏走出來，來到伯爵吃東西的地方，威嚇他們說，誰不聽敎師的話就得挨打。孩子哭了，說他們要跟這位老人家一起玩，因爲他比敎師更疼愛他們。這話使珍妮達和伯爵都笑了起來。伯爵看到孩子的母親出來，慌忙站起來，完全像窮人對貴婦人表示敬意的樣子，而不像父親遇見自己的女兒，不過他心中却十分欣慰。珍妮達一點兒都認不出她的父親；他變得太多了，面貌蒼老，頭髮花白了，鬍鬚長了，又瘦又黑，簡直和從前判若兩人。她看到孩子只是不肯離開那老人，一拉開來就啼哭，只得叫敎師讓他們再玩一會兒。

孩子正簇擁在老人的身邊笑着、嚷着的時候，恰巧傑克特的父親回來了，敎師把事情告訴了他。他本來就看不起自己的媳婦，聽了這件事，就說：

「隨他們去，天主叫他們倒楣吧！眞是有種出種，他們的母親本是叫花子的後代，那麼他們喜歡跟乞丐混在一起，又有什麼好奇怪的呢？」

伯爵聽到這話，心中萬分難受，但只是聳一聳肩，把恥辱忍受下來，就像他忍受許多別的恥辱一樣。

傑克特聽說孩子和老人很親熱，雖然他並不高興，不過因爲愛自己的孩子，捨不得看他們啼哭，就叫人問他，是不是肯留在這裏當一個僕人。伯爵說這是他求之不得的事，不過他別無所長，只會看馬，因爲他一生都是幹馬夫這件差事。將軍家裏的人就把一匹馬交給他看管，此後，他伺候好馬匹之後，就和孩子一起玩樂。

命運這樣安排公爵和他的子女時，法國國王已跟日耳曼人訂下周密的和約，不久就死了，由太子繼承王位，當年陷害伯爵的那個妃子做了皇后。後來和約滿期，新王又在邊境上展開了一場猛烈的戰爭。英國國王這時跟法王做了新親，就發兵援助，由大將軍培洛特和另一個將軍的兒子傑克特統率；傑克特家的那個老人——也就是伯爵——也隨軍來到法國，充當馬夫，始終沒有人認出他來。伯爵本是一個良將，所以在軍隊中立了好些功績，也獻了不少計謀，眞是別人所料想不到的。

正當兩國交戰的時候，皇后在宮裏得了重病；自知不久人世了，她向全國公認爲最聖潔的盧昂大主敎作了臨終懺悔，把生平的罪孽都交代出來，其中有一件就是自己怎樣誣害了安克維薩伯爵。她向大主敎認罪還不算，又當着宮廷裏的大臣把這回事宣佈出來，懇託他們替她請求國王，如果伯爵還在人世，就立卽恢復他的爵位，否則就由他的孩子繼承。她懺悔不久就死了。葬禮十分隆重，她的臨終懺悔由使者趕到軍中去報告了國王。

國王聽到皇后的懺悔，想起寃枉了好人，不覺連聲歎息，立卽下令通告全軍、全國各地：凡知道安克維薩伯爵或其後裔的下落而前往報告的人，可以得到重賞；當初伯爵因罪流放，實係寃枉，幸得皇后懺悔，眞相大白，現在國王準備恢復伯爵的榮銜，甚或加封，以資補報。

伯爵在軍隊裏隱名埋姓，充當一名馬夫，聽到這個消息，又打聽確實❶，便去見傑克特，請他一同到培洛特那兒去，說國王懸賞尋訪的人，他能夠提供給他們線索。三人見過面之後，伯爵就向培洛特說道：

「培洛特，傑克特娶了你妹妹，並沒有什麼陪嫁，爲了免得你妹妹只是嫁了一個人過去，我想，國王的這筆重賞應該由他領取；讓他——不是讓別人——到國王面前去報告。因爲你就是安克維薩的兒子，他的妻子就是你的妹妹維奧蘭蒂，我就是你的父親安克維薩伯爵。」

培洛特本想宣佈自己的身份，聽到這話，定睛看了他一會兒，認出果然是自己的父親，就投在伯爵的膝下，哭着說道：

「父親，我見到你多麼高興呀！」

傑克特聽到伯爵說的話，又看見培洛特這個樣子，眞是又驚又喜，簡直怔住了。過了一會兒，他想到自己一向把伯爵當作馬夫，呼來喝去，眞是羞慚，就也投在伯爵脚下，哭着求他饒恕他從前的各種冒犯。伯爵急忙把他扶起來，用好言勸他不必把過去的事放在心上。

他們三人談着過去的遭遇，有時掉淚，有時歡笑。培洛特和傑克特請伯爵換衣服，只是伯爵怎麼也不肯答應，他叫傑克特先去報告，領取國王的獎金，然後他就穿着這身馬夫的破衣服，跟他去見國王，也好把國王羞一下。

傑克特帶了伯爵和培洛特去見國王，說他已經找到伯爵和他的子女，特地前來領賞。國王立卽叫人端出一份厚禮，放在傑克特跟前，說只要他眞的能把伯爵和他的子女帶來，這筆謝禮就是他的了。

❶因爲他害怕這又是陷害他的圈套。——潘譯本原注

傑克特就回過身來，把自己的馬夫和培洛特領上前去，說道：

「陛下，這就是伯爵和他的兒子，他還有一個女兒，就是我的妻子，現在不在這裏，憑着天主的仁愛，你不久也可以看到她的。」

國王聽他這麼說，就打量起伯爵來，雖然伯爵變得這樣蒼老，但是仔細一看，也認出來了，他含着眼淚，把跪在他面前的伯爵扶了起來，吻他抱他；對待培洛特也十分親切。於是他叫人替伯爵換過衣服，一邊替他預備侍從、馬匹以及適合他身份的一切應用物品。他這命令一下，沒有多久，就全都辦妥了。國王對於傑克特也十分禮遇，然後他就詢問伯爵流落的經過。

傑克特因爲報告伯爵和他子女的下落，得了重賞；在領賞的時候伯爵對他說：

「這是皇上的恩賜，你收下吧，希望你別忘了對你父親說，你的孩子——也就是他的孫子、我的外孫——並不是叫花子的女兒養下來的。」

傑克特領了這份賞賜，派人把他的妻子和母親接到巴黎。培洛特也把他的妻子接過來，大家和伯爵住在一起，好不歡樂。國王不但把伯爵的產業全都發還，還使他們勝過舊日的光景。後來子女等輩辭別伯爵，各自回去，伯爵安居巴黎，終生富貴。

故事第九篇　易釵行

貝納波受了安普洛朱羅的騙，失去了全部的財產，叫僕人殺害他無辜的妻子。她幸而逃脫，女扮男裝，在蘇丹手下做了官。後來她遇見那個惡徒，派人把丈夫從熱那亞帶來，三面對質。結果真相大白，惡徒受到懲罰，她和丈夫則載着一船財貨，回到家鄉。

愛莉莎講完她那哀感動人的故事，就由女王菲羅美娜來接替。女王長得嬌豔苗條，而且笑臉迎人；只聽她不慌不忙地說道：

我們應該對狄奧紐守信，現在既然只剩他和我還沒講故事，那麼就讓我先講吧，讓他照着他的心願，最後一個來講。

我們有一句「害人就是害自己」的俗話，如果不是有事實證明，這句話不大會使人相信；各位好姊姊，我現在打算講一個故事，也好向你們證明這句話是眞確的，一方面又不超出我們預定的範圍；想來你們不會不愛聽吧，這樣的故事可以敎我們對於壞人有所戒備的。

在巴黎的一家旅店內，有一次來了幾個義大利商人；他們到巴黎來各有各的事務。一天晚上，他們一塊兒吃晚飯，吃得十分歡樂，大家就你一句我一句的把話談開了，終於談到各人留在自己家裏的妻子身上去；其中有一個開玩笑地說：

「我不知道我的妻子一個人的時候在幹些什麼，可是我敢說，要是我碰到一個可人兒，不去跟她樂一下子，倒還把自己的妻子記掛在心上，那才怪呢！」

「我也是這樣，」另一個說，「因爲我放心也罷，不放心也罷，我太太可以快樂總是要快樂的。所以這叫做半斤對八兩，以其人之道還治其人。」

接着又有一個人表示同樣的看法，總而言之，大家差不多都認爲，家裏的老婆只要有機會，絕不會獨守空房的。

其中只有一個熱那亞人，名叫貝納波·隆美林，極力否認他們這種說法，說感謝天主的恩寵，他娶了一個全義大利少有的賢慧妻子，不但女性的美德集中在她一身，就連那騎士和紳士大爺的品德，也多半可以在她身上找得到。她又年輕、又漂亮、又强壯，論起綉龍描鳳的本領，女人中要數她第一了。此外，她料理酒席的本領，哪怕貴族家裏的總管都比不上她——這一切都因爲她系出名門、天資聰明、做人穩重的緣故。接着，他又誇她會騎馬放鷹，能寫會念，精通賬目，不比哪個商人差。這樣讚美了一遍之後，他才歸結到剛才他們談論的題目上來，發誓說走遍天下，再也找不到比他的妻子更賢慧、更貞潔的女人了。他深信，卽使他十年不歸，或是終生在外，她也不會對別的男人有半點兒輕佻的行爲。

在這些商人中有一個青年，叫做安普洛朱羅·達·皮亞千妶的，聽到貝納波誇讚他的妻子是天下最貞潔的女人，不禁失聲笑了出來，就帶着嘲弄的口吻問他，他這麼大的福氣敢情是皇上賜給他的。

貝納波有些惱了，回說這福氣不是皇上賜給他的，而是比皇上更有權力的全能天主賜給他的。

安普洛朱羅說：「貝納波，你說的當然是眞心話，這我一點也不懷疑，不過我覺得你對於事物的本性似乎沒有研究透徹；要是你眞的在這方面多留意一下，我想你也不是一個糊塗人，一定會明白許多事理，那麼你談到這個題目時，也不致於信口開河了。我不妨跟你談一下，免得你還以為我們這樣亂說亂講自己的女人，大概她們跟你的妻子是截然不同的吧！其實我們是摸透女人的心理，才這樣說的。

「我總覺得，男人是天主所創造的萬物之靈；女人是仿照男人造出來的；我們通常都認為男人要比女人完美得多，從男人頂天立地的事業上看來，也確是如此；正因為這樣，男人勢必要比女人有毅力、有恒心，而天下的女人總是反覆無常的多。這一層道理可以用許多自然的原因來說明，不過我暫且不談這個。假定說，性格堅定的男人尚且不能自持，會屈服在女人面前——尤其是當一個可愛的女人向他有所表示的時候，他更是拚着命也要去跟她親近了。像這種事不是一個月裏有一次，而是每天都有一千次哩——那麼你想，本來是意志薄弱的女人，怎麼能夠經得起一個男子的花言巧語、巴結奉承、送禮諂媚，還有千方百計的追求呢？你以為她能夠抵擋得住嗎？不管你口頭上說得多麼好，我總不相信你會把自己的話當眞的。你自己說過，你的太太也是女人，就像別的女人一樣，女人也是血肉之軀；既然這樣，她也會跟別的女人一樣，有同樣的慾望；別的女人對於生理上的要求能夠節制到什麼程度，她也只能做到這一點；所以儘管她怎樣規矩，她還是會做出別的女人所做過的事來。既然有這可能，那你就不該斬釘截鐵地否認這回事，或者堅持相反的論調。」

貝納波回答他說：「我是一個商人，不是哲學家，只能拿商人的見解來答覆你。我承認，一個不知羞恥的蠢女人是會做出你所說的那種事來的，但是一個聰明的女人却十分看重自己的名譽，她們保護自己的名譽比男人更有決心——男人在這方面隨便得很。我的妻子正是這樣一個女人。」

「說眞的，」安普洛朱羅回答道，「要是女人跟別的男人來往一次，頭上就要長出一隻角來，表明她們幹的好事，那麼我相信女人就很少會去嘗試這種事了。但是事實上不但不會長出角來，而且如果是個聰明的女人，還會做得乾乾淨淨，不落一點痕跡。恥辱和喪失名譽只是私情敗露以後的遭遇。所以，她們只要能够偷偷摸摸地去做，就絕不肯錯過任何機會，如果她們不敢做，那倒是愚蠢了。這一點你可以相信，要是眞有這樣一個貞潔的女人，那是因爲沒有人來追求她，或是她追求別人而遭到了拒絕。這不但是常情也是眞理，但如果不是我跟不少的女人有過不少經驗，也不敢把話說得這樣肯定。我跟你說，如果我能接近你那位最聖潔的好太太，那我要不了多少時間，就一定能够勾搭上她，就像我勾搭上旁的女人一樣。」

貝納波生了氣，回答他道：「口頭辯論是永遠得不到解決的，你說你有理，我說我有理，結果都是空話。你既然說，一切女人都是容易擺佈的，而你又是風月場中的老手，我爲了表明自己的太太是一個貞潔的女人起見，如果你能够叫她依從了你，那麼我甘願把自己的頭割下來。如果你失敗了，那麼你只要輸給我一千塊金洋錢就算數。」

「貝納波，」安普洛朱羅答道，他也動了肝火，「我跟你打賭，如果我贏了，我不知道拿了你的性命有什麼好處。你要是眞想把我所說的話試驗一下，那麼請你拿出五千塊金洋錢來——這總比你的頭顱便宜得多了吧——來跟我的一千塊金洋錢賭個輸贏；你並沒有限定時間，現在我自己提出，從我離開此地，到熱那亞去的那天算起，要在三個月之內降服你太太，並且要把她最珍愛的東西，以及其他的物證帶回來，好使你相信眞的有這回事。不過你也要答應我一個條件，就是在這一段時期內，你不能回熱那亞，也不能寫信告訴她有這一回事。」

貝納波一口答應下來，在場的許多商人覺得這不是兒戲，唯恐將來會鬧出亂子來，就極力勸阻，只是那兩個人正在氣頭上，哪裏肯聽，當場各自親筆簽訂了契約，把條件寫得明明白白。

訂好契約之後，貝納波仍舊留在原來的地方；安普洛朱羅則立刻動身前往熱那亞，在那兒住了幾天，小心謹慎地把那位太太的住址品行打聽清楚，才知道貝納波說她是個規矩的女人，其實單說「規矩」還不够讚美她呢；這時候他心虛了，覺得自己眞不該冒冒失失的趕到這兒來。不過，他不久就認識了一個窮苦的女人，她經常在那位太太家裏走動，很得她的信任。只是安普洛朱羅無論如何也無法叫那個女人替他出點力，他就用金錢賄賂了她，求她把他裝在一隻大箱子裏，運到那位太太家裏，並且要直接抬進她的臥房。那婦人受了賄賂，就依着他的話，對貝納波的太太說，她要出門去一次，有一隻箱子想在她家寄存幾天。

那箱子就這樣放進了閨房。到了夜裏，安普洛朱羅料想這位太太應該入睡了，就運用暗鎖移開箱蓋，悄悄地走了出來。房裏正點着一盞燈火，他借着燈光，觀察房裏的陳設、牆上的繪畫，把每樣東西都牢記在腦裏。他又靠近床前，看見貝納波的太太和一個小女孩子睡得正熟，他輕輕把羅被揭開，只見她全身赤裸，就跟她穿衣打扮的時候一樣美麗，再細看她的身上，並沒有特殊的記號可以回去報告，只有左邊乳頭底下有一顆黑痣，四周有幾根金黃色的茸毛。他看個清楚之後，又輕輕地把羅被蓋上。她的美麗强烈地引誘着他，使他恨不得連命都不要，爬上床去和她睡在一起，可是他早就聽說她冷若冰霜，對這類事情絕不苟且，所以不敢輕易嘗試。那個晚上，他在閨房裏逗留了大半夜，從她的衣橱裏偷了一個錢袋、一件睡衣、幾隻戒指，以及幾條腰帶等等。他把這些東西放進箱裏，自己又重新躲進箱裏，關好箱蓋，一切都跟原來一樣。他這樣活動了兩夜，貝納波的太太在睡夢裏一點也不知情。

第三天，那個窮苦的女人來了，把箱子要了回去，運到原來的地方——一切都照着預囑她的話去做。安普洛朱羅從箱裏爬了出來，一文不少地酬謝了她一筆金錢，然後帶着贓物，趕回巴黎。到了那裏，果然還沒有誤了契約規定的期間。

他把當初爭辯、訂約時在場的商人都請了來，當着這許多人的面向貝納波宣佈，他已經贏了他們打的賭，因爲他先前怎樣許諾下，現在就怎樣做到了。爲了證實這話，他先把閨房裏的陳設和牆壁上的圖畫形容了一番，接着拿出帶同來的東西，說這些都是貝納波的太太送給他做紀念的。

貝納波承認他所說的確是閨房裏的情景，也承認這些東西確實是他太太的，不過他又說，安普洛朱羅所說的閨房裏的情景，可能是從他的僕人那兒打聽來的，他這些東西也可能是從他僕人那兒弄來的。所以，如果安普洛朱羅拿不出別的證據來，那麼單憑眼前這點兒材料是不能作數的，不能就算贏了。

於是安普洛朱羅說道：「老實說，這些證據已經相當充足，不過你要我再說一點，我說就是了。告訴你吧，你太太玆娜維拉夫人，左邊的乳頭底下有一顆很大的黑痣，黑痣周圍長了六、七根金黃色的茸毛。」

貝納波聽到這話，就像有一把刀子直刺進心窩，痛不可言。儘管他一句話沒說，但看他那臉色驟變的樣子，也顯然可以看出，他已經相信安普洛朱羅所說的都是眞話了。停了一會兒，貝納波才說：「各位先生，安普洛朱羅說的一點不假，他贏了，請他隨便什麼時候到我那兒去，我就把錢付給他。」

第二天，貝納波把五千塊金洋錢如數交給安普洛朱羅，自己懷着一肚子怒火，離開巴黎，趕回熱那亞去懲罰他太太。他快到熱那亞的時候，就不再前進，在離城還有二十哩路，自己的一座別墅裏停留下來，又派了一個心腹僕人帶着兩匹馬，一封信到熱那亞去通知他夫人，說他回來了，請她到別墅裏來相見。但是他暗地裏囑咐那僕人，在半路上找一個下手的機會，把她殺了，再來回話。

僕人奉命來到熱那亞，交了家信，貝納波太太滿心歡喜，第二天早晨就和僕人各騎一匹馬，趕到別墅去。他們一路行來，談了不少話，不覺來到一個幽深的山谷，四面望去都是削壁和樹林，僕人覺得這樣隱蔽的所在正好下手，回去好回覆主人的命，就抽出匕首，一手抓住女主人的胳膊說道：

「夫人，快向天主禱告吧，因爲妳不必再往前走，就要死在這裏了。」

貝納波的太太看到他揚起匕首，又說出這種話，萬分驚恐，嚷道：

「天哪，做做好事吧！你要殺死我，也總得告訴我，我什麼地方冒犯了你，使你要下這毒手。」

「夫人，」那人回答道，「妳並沒有得罪我，但不知道妳爲什麼得罪了妳丈夫。是他命令我在半路上殺死妳，不許對妳存一絲憐憫，如果我不照他的話做，他就要吊死我。你知道我是他手下的人，不管他有什麼命令，我怎麼能不服從呢？天主知道，我是同情妳的，可是我也沒有辦法呀！」

貝納波太太哭着哀求道：「看在天主的面上，千萬不要爲了服從別人的命令，殺死從沒得罪過你的女人吧！那洞悉一切的天主，知道我從來沒有做錯什麼，應該受到我丈夫的處分。但是現在說也沒用了。只要你聽我，你就可以在天主面前，在你的主人面前，都交代得過去。我看你還是這樣吧——你把我這一身衣裳拿去，把你的緊身衣和外套給我，你憑我這身衣裳，回去見你的主人，說你已經把我殺死了。我全靠你保全了性命，願意對你起誓，立卽離開這兒，逃亡他鄉，從此無論是他是你，或是這一帶地方的任何人，再也不會聽到我的消息了。」

那僕人要殺她，本是出於無奈，所以果然動了惻隱之心。他拿了她的衣裳，又把自己破舊的緊身衣和外套脫給她，她隨身帶着的一點零錢，也仍讓她留着，只是求她快離開這裏；於是就讓她在山谷裏徒步走去，自己回去向主人覆命，說已經把她殺死，而且把她的屍體拋給一羣野狼吃了。

貝納波這才回到熱那亞。他殺害自己妻子的事，傳揚開來，當地的人都譴責他的不是。

再說貝納波太太，可憐她獨自一人，十分淒楚，直到天色黑了，才敢走近村子，喬裝改扮成男人模樣，在一個老太婆那兒討到了一些針線，把那件緊身衣照着自己的身材裁短，用自己的襯衣改做成一條短褲，又剪短了頭髮，把自己打扮成水手模樣，向海岸走去。也是湊巧，她在那裏遇見一位卡達魯尼亞的紳士名叫安卡拉爾，因爲阿爾巴地方有清泉，所以他把船停泊在附近，自己上了岸，想去休息一會兒。她改名西古拉諾，和他交談起來，終於爲他所收容，就跟着他上了船，換了一套整齊的號服，從此在船上做一個侍從，悉心侍候紳士，頗得他的歡心。

不久，那位紳士航行到亞歷山大利亞，他帶了幾頭外國的獵鷹上岸獻給蘇丹。蘇丹幾次設宴款待他，他都帶了西古拉諾前去；蘇丹看到他❶侍候主人十分伶俐殷勤，很是歡喜，就向紳士要求把西古拉諾留下來。他的主人無法推辭，只得把他留下。西古拉諾進宮之後，一舉一動都非常得體，所以不久，就得到蘇丹的寵愛，正像從前在紳士面前的情形一樣。

時光不斷過去，又是阿克里地方舉行一年一度盛大市集的日子，許多基督教和回教的商人都要到那裏貿易；這地方也隸屬蘇丹管轄，蘇丹爲了保護商人和貨物的安全，一向派遣大臣，率領官員和軍隊，維持治安。這一次，蘇丹決定派西古拉諾前去。

西古拉諾這時已學會當地的語言，奉命到阿克里赴任，負責地方上商民的治安事宜。上任之後，他勤謹地辦理公事，十分稱職。他經常來回巡視，接觸了許多從西西里、比薩、熱那亞、威尼斯以及義大利各地來的商人。因爲他們都是從祖國來的，所以他樂於跟他們結識。有一天，他走進一家威尼斯人開的衣服鋪子，在許多小玩意兒中間，看見一個錢袋和一條腰帶，分明是自己的東西，不覺大爲驚奇。但是他並不說什麽，只問這些東西是從哪兒來的，是不是賣的，口氣十分平常。正在這時候，

❶從這裏起，我們用「他」來稱呼故事中喬裝改扮的女主角。

剛好安普洛朱羅從威尼斯裝了一船貨。來到這兒，他聽到長官問起這些東西，就走上一步，笑着說：

「先生，這是我的東西，不是要賣的，但如果你喜歡的話，可以奉送給你。」

西古拉諾看見他笑起來，倒怔了一下，心想：莫非他已經看出我的底細？但表面上却依然十分鎮靜，說道：

「你是因爲看到像我這樣一個當軍人的，忽然問起女人的東西，覺得好笑吧？」

「先生，」安普洛朱羅說，「我不是笑你，我是笑自己當初把這些東西弄到手的情景。」

「呃，想必運氣很不錯吧，」西古拉諾說，「如果這不是什麼不可告人的事，那麼講出來大家聽聽吧！」

「先生，」安普洛朱羅說，「熱那亞有一位太太，叫做玆娜維拉，是貝納波·隆美林的妻子，有一天晚上，她跟我睡覺，把這些東西和另外一些東西都送給了我，要我永遠留着作爲愛情的紀念品。我現在發笑，是想起天下竟有像貝納波這樣的傻瓜，說我怎麼也無法把他的老婆勾搭上，跟我打賭，拿五千塊金洋錢來對我一千塊金洋錢，結果是我玩了他的老婆，又贏了他的錢，把他氣個半死。實際上，那只能怪他自己爲什麼這樣愚蠢；不能責備那個太太——她只不過犯了女人的通病罷了；可是聽說他就從巴黎趕回熱那亞，把自己的太太殺了。」

西古拉諾聽了這話，才恍然大悟，爲什麼貝納波要把自己的愛妻置於死地，是誰害她受了這麼多折磨，就決定不能便宜了這個壞人。於是他裝作聽得津津有味，此後又常去和他親近，那安普洛朱羅信以爲眞，把他看成知己，所以市集結束之後，就順從他的話，帶了所有的貨物來到亞歷山大利亞。西古拉諾替他造了一座貨棧，又拿出一筆錢來給他當資金，安普洛朱羅覺得交了這樣一個好朋友，眞是大有前途，還有什麼不樂意住下來的道理！

西古拉諾一心要在丈夫面前表白自己的貞節，便無時無刻不在留意這樣的機會，後來終於通過城內幾個熱那亞的大商人，設法使貝納波來到亞歷山大利亞。不料他這時已窮困潦倒，西古拉諾託一個朋友照顧他一切，但並不聲張，等到時機成熟時再說。這時，西古拉諾已經把安普洛朱羅帶進宮裏去過，叫他在蘇丹面前講述自己的故事給蘇丹解悶。貝納波來到之後，他覺得無須多等了，就趁機請求國王把安普洛朱羅和貝納波兩個都召來，命令安普洛朱羅在貝納波面前交代清楚，到底跟貝納波的妻子有沒有關係，如果他不肯實說，就用刑罰强迫他說出來。

於是兩人都來到宮中，蘇丹當着衆人，厲聲命令安普洛朱羅把他當初怎樣跟貝納波打賭，怎樣贏得這五千塊金洋錢的經過老實講出來。在這許多人中間，安普洛朱羅最信賴的就是西古拉諾，不料只見他滿面怒容，比旁人還要無情，只是叫他趕快招認，否則就用嚴刑來對付他。安普洛朱羅經不起一再威逼，只得在貝納波和衆人面前把實情說出來，還希望除了償還五千塊金洋錢，交出偸來的一些物件以外，可以逃過其他的刑罰。安普洛朱羅說完之後，這件案子的主審官就回頭問貝納波道：

「你聽信了他的謊話，怎樣對付你的妻子呢？」

貝納波回答說：「我輸了錢，又出了醜，我認爲都是由於妻子不貞，一時氣憤，回到家裏，就命令一個僕人把妻子殺了，根據僕人的回報，她的屍體當時就給狼吃掉了。」

雙方的供詞蘇丹都已聽得清清楚楚，只是他還不明白西古拉諾查究這件案子的用意何在。西古拉諾就向他說道：

「陛下，你現在不難看出，那個可憐的女人有這樣一位『相好』，和這樣一位丈夫，是多麼值得自負。她的『相好』只說了幾句謊話，就一下子把她的名譽和清白毀了，把她丈夫的金錢騙走了；而她那位丈夫呢，跟她做了幾年夫妻，却不相信她的忠貞，寧可輕信別人的謊話，把她殺了去餵狼。更叫人佩服的是，這『相好』和丈夫兩個人這樣愛她、敬她、經常親近她，却竟然認不得她了。現在爲了使陛下徹底地明白案情，以便判決起見，只求陛下給我一個恩典，懲罰那個騙子，赦免那個受騙的人——我就把那個女人帶上來當庭對質。」

蘇丹對這件案子，完全聽從西古拉諾的主意，就答應他的請求，要他把那個女人帶上來。貝納波一心以爲自己的妻子早已死了，聽了不免十分驚奇，安普洛朱羅聽了這番話，覺得事情不妙，恐怕不只是賠了五千塊金洋錢就能了事，也不知道那女人一出庭，對他是凶是吉，只是惴惴不安地等待着。

蘇丹答應了西古拉諾的請求之後，只見他立卽跪在他跟前哭泣起來，那男性的聲氣和氣派一下子都消失了，只聽見他哭着說道：

「陛下，我就是那個苦命的妶娜維拉，這六年來一直女扮男裝，流落他鄉！這個奸徒安普洛朱羅用下流無恥的手段誣害了我，毀謗了我；而那個狠心的、不明是非的漢子，却叫他手下的人殺我，想把我的身體投給豺狼吞噬。」

說到這兒，她撕開胸前的衣服，露出乳房，讓蘇丹和滿廷的人都看到她是個女人。於是她氣憤憤地回過頭，對準安普洛朱羅質問道：他幾時像他所說的跟她睡過覺。安普洛朱羅現在認得是她，嚇得低下了頭，再也不敢作聲，竟像一個啞巴似的。

蘇丹一向把她當成男人，現在聽她這麼說，又看到她這等光景，眞有些不敢相信，還以爲自己是在做夢呢；後來心神稍定，知道這是眞人眞事，西古拉諾就是妶娜維拉，就把她稱道了一番，讚美她的忠貞和德行，吩咐侍從替她換上最華麗的女服，派了許多宮女侍候她，同時順從她的願望，赦免貝納波的死罪。貝納波認出是自己的妻子，連忙跪在她面前，痛哭流涕，向她請罪。這樣狠心的男人本來是不值得饒恕的，但她還是不念前惡，饒恕了他，把他扶了起來，溫柔地摟着他，認他做自己的丈夫。

於是蘇丹下令，安普洛朱羅立卽押到城內高處，縛在木樁之上，全身塗上蜜糖，任太陽晒着，不準鬆綁，直到他倒下爲止。這命令立刻就執行了。他又下令把安普洛朱羅所有的財富，足足有一萬金洋以上，應全數歸給玆娜維拉；又大擺筵席，款待女中的豪傑玆娜維拉和她的丈夫貝納波；此外還賞了她不少金銀器皿、珍寶、現金，價值又在一萬金洋以上。

宴罷之後，他吩咐給他們預備一艘回熱那亞的大船，他們喜歡多留幾天也好，急於回去也好，都聽他們的方便。夫婦倆帶了大筆財富，高高興興地回到故鄉。故鄉的人熱烈地歡迎他們，特別是歡迎他們一向以爲死於非命的玆娜維拉，往後她的一生，那兒的人都很敬重她，盛讚她的才智和貞潔。

安普洛朱羅當天就被綁上刑柱，塗上蜜糖，任蒼蠅來舐，牛虻來叮，黃蜂來刺——這些蟲子在這個國家裏本來就最多，所以霎時就爬滿全身，這痛苦眞是比死還難受。他死的時候，血肉都給蟲吃光了，只剩下一副骷髏。他的白骨串在幾根筋架上，高掛起來，使來往的行人都知道這是惡人的下場。這眞是所謂「害人就是害自己」。

故事第十篇 本事

海盜帕卡尼諾把法官理查德的妻子刼去，丈夫打聽到她的下落，便去找帕卡尼諾，懇求他放她回家。如果她希望回到她丈夫的身邊，他答應不加留難，可是她偏不跟丈夫回去；後來理查德一死，她就成爲海盜帕卡尼諾的妻子。

這一羣正派的青年男女聽了女王所說的故事，都十分稱賞，尤其是狄奧紐。這一天只剩他還沒有講故事，所以他向女王嘖嘖稱好之後，就開始說道：

美麗的小姐，我本來打算說的是另外一個故事，可是聽到女王的故事，其中有一節使我改變了主意。我指的是貝納波那種愚蠢的行徑——雖然他的愚蠢反而使他走了運。像他這一類人所抱持的和表現出來的信仰，就是：他們自己在這世上東遊西蕩，有時跟這個女人相好，有時又跟那個女人勾搭，但是在他們的幻想中，自己的太太總是兩手勒住腰帶，規規矩矩地守在家中。我們是她們生下的，在她們手中養大的，可是日常的經驗好像不足以使我們相信還有跟這相反的情形。我現在講這一個故事，就是爲了讓你們可以看到，這些人是多麼愚蠢——尤其是有些人以爲自己的力量比人類的七情六慾還大，只要他們搬出一套荒唐的謬論來，就可以强迫別人違反自己的本性，按照他所定的爲人之道來做人。

從前，在比薩地方有個法官名叫理查德・第・金玆卡先生，天生聰明，又十分富有，只可惜體力差些。他腦海裏存着一個念頭，以爲只要拿出他那套研究學問的功夫來應付他太太，就可以使她稱心滿意，所以他千方百計要物色一個年輕貌美的女人做太太。要是他給自己辦事，就像替別人出主意一樣，那就好了，那麼他既不會要他的太太「年輕」，也不想她什麼「美貌」了。結果，天從人願，羅特・葛蘭地先生把他的女兒芭特羅蜜雅——比薩城裏數一數二的漂亮少女，許配給了他。

比薩城裏的少女，個個面黃肌膚，活像那吃蟲子的守宮，現在理查德得到這樣一位美女，心裏如何不高興？所以結婚那天，他用隆重的排場把她迎娶來，又大擺喜宴，好不熱鬧。這天晚上，新婚燕爾，少不得交歡一番；誰知道第一次，就差一點兒變成陷在坑裏的一枚死棋❶。你看他筋疲力盡，氣喘吁吁，面無人色；第二天早晨，只得吃些白葡萄、蜜餞和其他强精劑來提神了。

現在，這位法官先生對自己究竟有多大能耐，可比從前明白多了，他只得拿出一本教孩子認字倒挺適合的曆本來教他太太。這個曆本大概是在拉文納地方編印的吧，根據這上面的記載，一年到頭，就沒有一天不是供奉着一位聖徒，甚至是好幾個聖徒❷，他又旁徵博引，向他的太太證明，在這些聖徒的節日裏，夫妻應該虔敬神明，禁止房事，這還不算，他又添加許多齋戒日，諸如四季齋戒日❸，

❶ 死棋：潘譯本原文是Stalemate，指「王」棋被困，移動一步，就要受將，而此外又別無閑棋可走。象棋是公元八世紀阿拉伯人征服西班牙時傳到歐洲去的，到十字軍東征時，象棋已是很普遍的消遣，到十六世紀末義大利下棋的風氣更盛極一時。

❷ 據說拉文納地方教堂林立，數目可與一年中的天數相比，所以每天不是供奉這個聖徒，就是供奉那個聖徒。——潘譯本原注

拉文納（Ravenna）：義大利北部拉文納省省會，以古教堂、寺院遺蹟著名，但丁的墓穴卽葬在當地法蘭西斯寺院內。

十二門徒徹夜祈禱日，以及其他千來位聖徒的節日，還有聖禮拜五日，聖禮拜六日，聖安息日，那長長的復活節四旬齋❹；還有那月圓月缺等等一大堆禁忌……說是在這些日子裏，夫妻都要虔誠節慾。他還以爲對付他枕畔的女人，就像辦理法院的案子一樣，壓一壓、擱一擱是沒有什麼要緊的呢！這樣，眞是苦壞了那位太太，一個月，他最多只不過敷衍她一次罷了，却又把她監視得嚴嚴密密的，唯恐有人像他教給她那麼多安息日似的，來把工作日教給她。

有一年夏天，天氣特別燠熱，理查德在蒙特·尼羅地方有一座華麗的別墅，他就帶太太到那兒去避幾天暑。爲了替太太解悶，有一天，他帶大家到海面去打漁。他自己和幾個漁夫坐在一艘船上，他的太太和女伴坐上另一艘船，跟在後面觀看，大家玩得十分高興，不覺已離開海岸幾哩，搖到海上去了。

大家正在一心打漁和觀賞的時候，海面上突然來了一艘大船，是當時大海盜帕卡尼諾·達·馬雪的一艘海盜船。海盜望見那邊有兩條船，立即趕去刼掠，小船儘管沒命地逃，帕卡尼諾還是捉住了那艘載着婦女的小船，他看見船裏有一位太太長得如花似玉，就放過別的女人，單把她擄上船來。那丈夫已逃到岸上，眼睜睜地看着海盜搶走自己的嬌妻，揚長而去。

我們這位法官，連空氣都要嫉妒，眼看嬌妻落進强盜的手裏該有多麼痛心，自然不用說。他在比薩控告海盜的不法行動，又到處去投案，可是一切都沒結果，因爲他既說不出是誰刼走了他的妻子，

❸ 四季齋戒日（Emberdays）：每季三日：(一) 在四旬齋期第一星期日之後；(二) 在降靈節後；(三) 在九月十四日聖十字節後；(四) 在十二月十三日聖羅奇亞節後的星期三、五、六日。

❹ 四旬齋請參閱第四八頁注。

也不知道是給強盜刼到哪裏去了。

再說帕卡尼諾，他本是光棍一個，眼看這樣一個美女落在自己的手中，覺得運氣眞好，就決定把她留在身邊當作太太。只是那位貴婦人一直哭個不停，任憑他怎樣勸慰都沒有用，他說盡了好話，也還是白說。直到天晚了，那個曆本從她的裙帶裏掉下來，什麼聖徒的節日、安息的假日，在她的腦海裏已經忘個一乾二淨❺──他開始用行動來安慰她，這一下，可不比日間那些空話那樣不管用，它馬上見效了；他們還沒到達摩納哥，她早就把她的親丈夫和他那一套規矩忘個乾乾淨淨，只覺得跟帕卡尼諾同住在一起，如魚得水，好不快樂。他把她帶到摩納哥之後，不但日日夜夜討她歡心，而且還把她當作自己的妻子一樣尊重。

後來，她的下落居然給理查德打聽到了，他恨不得馬上把自己的妻子找來，但又覺得事情重大，誰也託付不得，就決定親自去找她，而且立下決心，不管要付出多大的代價，也要把嬌妻贖同來。他搭乘海船。來到摩納哥，果然看到她；她也一樣看到他。她那晚就告訴帕卡尼諾她的丈夫已經在這裏了，同時還表明了自己的心跡。

第二天早晨，理查德碰到了帕卡尼諾，就跟他打了招呼，攀談起來，不到半天，兩人竟像一對老朋友似的。其實他的來意，帕卡尼諾哪兒會不知道，只是不去道破，且看他怎樣行動。理查德以爲開口的時機已到，就向他婉轉說明此來的緣由，他要多少贖金，悉聽吩咐，只是千萬把他的妻子放還給

❺從阿爾亭頓譯本。潘譯本在這裏用了男性的代名詞：「直到天晚了，曆本從他的腰帶裏掉了下來，什麼聖徒的節日、安息的假日在他的腦海裏忘個一乾二淨。」這樣，要費點周折，才能解釋這幾句話。其他兩個英譯本：奧爾松譯本用「她」，里格譯本用「他」。

他。帕卡尼諾和和氣氣地回答道：

「先生，我很歡迎你，我願意簡單說幾句話來答覆你。我家裏眞的有一個小女人，可是究竟是你的太太，還是別人的太太，我可不清楚，因爲我旣不認識你，也不認識她——我只是跟她同居了一段時期而已；看來你也是個高尚的紳士，我不妨帶你去見她；如果你所說的話不假，眞的是她的丈夫，那麼我認爲她應該認識你。只要她承認你所講的一切都是實話，而且願意跟你同去，那麼，難得你這樣講禮，任你給我多少贖金就是了。但是，如果她不是你的妻子，那你就是存心想到我這裏來奪取她了。我告訴你，我也是一個年輕漢子，也一樣懂得愛護自己的女人——尤其是像她這樣可愛透頂的女人。」

於是理查德說道：「一點兒都不假，她是我太太，只要你把我帶到她那裏去，你立刻可以知道我說的是眞話了。她一定會當場張開雙臂，勾住我的脖子。所以你這提議是再稱我的心意也沒有了。」

「那很好，」帕卡尼諾說，「我們走吧！」

理查德跟着帕卡尼諾一同來到他家裏，坐定之後，帕卡尼諾叫人請她出來，她已經打扮妥當，就來到客廳，可是她只是略爲招呼理查德一下而已，好像把他當作帕卡尼諾帶同家的一位生客。理查德滿心以爲她一看到他，不知會高興成什麼樣子，沒有想到會受到這樣的冷漠，不免吃了一驚，他想：「莫非我失去了她之後，由於憂傷過度，形容憔悴，連她都認不得了？」便道：

「太太，那天帶妳去看打漁，叫我付出多大的代價呀！自從失去了妳，我心裏這份悲苦的滋味可眞够受了。可是現在妳看到我，却那樣疏遠，好像不認識我的樣子；難道妳沒有看出，我就是妳的親人理查德，特地來贖妳回去的嗎？不管出多大的代價，我也要把妳贖回來；難得這位先生慷慨好義，願意把妳交還給我，不跟我計較贖金的多少。」

那少婦轉過臉來，微帶笑容，說道：「先生，你是在跟我說話嗎？請你仔細，可別認錯人了，因爲我記不起來曾經在哪兒見過你這位先生。」

理查德說：「你想想自己說的是什麼話吧！請把我好好地看一看，再回想一下，那你就看得出，我是你的親人理查德·第·金兹卡了。」

「先生，」那少婦回答道，「請你原諒，叫我盡對着你瞧，也許並不像你所想的那樣雅觀吧！不過說實話，我已經看清楚了，我知道以前確實沒有看過你這位先生。」

理查德猜想她是因爲害怕，才這樣推托的，不敢在帕卡尼諾面前跟他相認，所以就請求帕卡尼諾讓他們倆單獨在一間房裏談話，帕卡尼諾答應了，但聲明他可不能用强暴的手段跟她接吻，於是吩咐少婦和他一起到內室去，聽他有什麼話要說，而她儘可以依她自己的心意回答。於是他們進了內室，坐定之後，理查德劈頭就叫嚷道：

「唉，我的心肝，我甜蜜的靈魂，我的希望呀！難道妳不認得妳的理查德了嗎？他愛妳勝過愛他自己！這怎麼會呢？難道我變得這麼厲害，叫妳認不出了嗎？唉，我眼睛裏的珍寶呀，妳再看一看我吧！」

她笑起來了，不讓他說完，便說道：「請放心吧，你總信得過我不致於那樣健忘，連你這位法官老爺理查德·第·金兹卡，我的丈夫，都記不得了。可是當我跟你在一起的時候，你似乎不見得就認識我呢，要是你真的像你自己所說的那樣急切、那樣懂事，那麼你應該看得出，我正像一朵正在綻放的鮮花，是一個精力旺盛的少婦，除了吃、除了穿之外，還有別的更迫切的需要呢——雖然女人因爲怕羞，不好意思把心事說出來，但是請想想看，你在這方面下了多少功夫？

「如果你覺得研究法律比了解女人的心理更對你的勁，你就不該娶什麼太太。不過在我看來，你其實也算不得什麼法官，你只是聖徒的節日、齋戒日、徹夜祈禱日的街頭宣傳者罷了——虧你對這一套是那麼在行。告訴你吧，要是你讓那些替你種田的農夫，也像你墾殖我那塊可憐的小小田地那樣，守着這許多休假日，那麼你也就別指望會有一粒穀子的收成。總算天主可憐我的青春，叫我碰到了那個男人——他跟我同睡在這一間屋子裏。這裏從來不知道什麼叫休假日的——我說的是專門爲了奉承天主（絕不是爲了奉承女人）而一心一意奉行的休假日；從那扇房門裏，也從來沒有闖進過那麼多的禮拜六、禮拜五、徹夜祈禱日、四季齋戒日，或者是四旬齋——這個齋期可眞長哪！——我們只是日日夜夜地工作，我們的毯子破得特別快。就在今天清早，夜禱鐘響過之後，我還跟他上了一次工呢！所以我很滿意他，準備跟他同居下去，趁着我青春年少，努力幹一陣子，那些聖徒的節日、赦免、齋戒，等我到了老年時再來遵守吧。所以你也不必再多躭擱時光，趕快回去幹你的正經事吧。但願你稱心如意，隨你愛守多少節期就多少節期——只是把我免了吧！」

理查德聽她這麼說，心裏眞是難受極了；等她說完，就說道：「唉，我可愛的靈魂呀，妳說的是什麼話呀？難道妳就不想想妳家裏的名聲、妳自己的名譽了嗎？難道妳不怕罪孽深重，反而寧願留在這裏做這個人的姘婦，却不願在比薩做我的太太嗎？等他一旦厭倦了，他就會把妳趕出來，叫妳再也抬不起頭來做人；如果在我這兒，妳始終是我的寶貝，哪怕我不願意，妳也永遠是我的當家人。難道妳能因爲這荒淫無恥的肉慾，連名節都不要了，把我都拋棄了？——我愛妳是勝過愛自己的生命哪！啊，我心頭的希望呀，看在天主面上，不要這麼說吧，快跟我回去吧。現在我了解妳的痛苦了，我以後盡力補報就是了。那麼，我可愛的寶貝呀，妳改變主意，跟我回家去吧，可憐我自從失去妳以後，從沒有一天舒眉展眼過。」

她回答道：「我的名譽，除了我自己之外，我不希望誰來顧惜——再說，現在才顧惜也未免太晚了——要是當初我的父母把我許配給你的時候，替我的名譽設想一下，那該多好呀！旣然當初他們並沒有爲我打算，那我現在又何必要爲我的名譽着想呢？要是我在這裏犯了『不可救贖的』罪惡，那麼我和一根不中用的『杵』守在一起也好不了多少⑥。請你不必愛惜我的名譽吧！我還要奉告你，我覺得在這裏倒是做了帕卡尼諾的妻子，在比薩，只不過是做你的姘婦罷了。我還記得那時候我要遵守着月盈月虧以及天宮裏的種種星象，才能把你的星宿跟我的星宿交在一起；可是這裏全不理會這些，帕卡尼諾日夜把我摟在懷裏，咬我揉我，要是你問他怎樣打發我，那麼讓天主來回答你吧！你說以後要盡力補報我，我想請敎是怎麼個補報法子呢？你能幹了三次，還是像根棍子一樣挺在那裏嗎？想不到這一陣子不見，你已變做不可一世的英雄了！走吧，盡力做得像一個人吧，看你這樣形容枯槁，氣急敗壞，好像活在人間反而是受罪的樣子。

「我再對你說吧，就算那人把我丟了（我看他是不會的，只要我願意跟他同住下去），我也不會回到你那兒，因爲你已經榨不出一滴『甘露』來了。從前我陪你活受罪，現在還不該另投生路嗎？話已經說完了，這裏旣沒有聖徒的節日，也沒有那徹夜祈禱，所以我高興住在這裏。現在，看天主的面上，快走吧，你再不走，那休怪我高聲喊起來，說你要强姦我了。」

理查德看到情形不妙，只得忍着悲痛，走出房去。他現在明白了。自己已經老朽，却偏要娶一個年輕的姑娘來做太太，這是多麼愚蠢的事啊！他又跟帕卡尼諾談判了一陣子，但全不中用，最後，他

⑥ 從阿爾亭頓譯本。潘譯本作「要是我犯了『臼』罪，那又有什麼呢？卽使叫我承擔著『杵』罪，我也情願。」下注：「『臼』（Mortaio）諧『不可救贖的』（Mortale）；『杵』（Pestello）諧『毒疫的』（Pestilente）。」里格譯本注道：「這是不足道的文字遊戲。」

只得空着[illegible]手，回比薩去了。

他受了這刺激，神經漸漸錯亂，終日走在街上，別人招呼他、問他，他也答不上，除了自言自語地咕噥一句：「那强盜窩裏是不守什麼安息日的！」之後不久他就死了，帕卡尼諾聽到這個消息，又深知那少婦熱愛他，就和她正式結爲夫妻❼。直到他們還能行動的時候，他們都是只知工作，從不理會什麼聖徒的節日、徹夜禱告或者是四旬齋等等。各位親愛的小姐，所以當貝納波跟安普洛朱羅爭論的時候，在我看來，他是把車子套在馬兒前❽——徹頭徹尾的錯了呢！

這個故事可眞把大家笑壞了，笑得牙床都痛了，這些女子全都同意狄奧紐的意見，認爲貝納波是個傻子。等故事結束，笑聲靜下來之後，女王看天色已經不早，各人也都已把故事講完，覺得自己的統治權到此已結束；就依照先前的約定，把花冠脫下，放在妮非爾的頭上，欣然說道：

親愛的朋友，現在這一個小小邦國的統治權，是屬於妳了。說完，她又坐了下來。

妮非爾受到這份光榮，兩頰微紅，就像四月的清晨，一朶剛開放的玫瑰花一般，她雖然微微低垂着眼皮，但她那美麗的眸子，依然像兩顆閃爍的星辰，發出動人的光彩。每個人都前來向新王祝賀，她就不像剛才那樣忸怩了，而且坐得比平時格外挺直，她說道：

❼ 天主教會不准許離婚，所以必須等理查德死了，他們才能結婚。參閱第三天故事第八篇：「我終究是有夫之婦了，他一天不死，我就一天不能另外嫁人。」（第二六八頁）又參閱第十天故事第十篇，離婚須得到教皇恩准。（第八〇八頁）

❽ 從阿爾亭頓譯本。里格譯本作「他是騎著山羊下山呢！」下注：「隨便騎什麼牲口，也沒有像騎著山羊下山那樣叫人受罪的了。」

「現在我是你們的女王了，我並沒有新的措施，一切都按照舊規，因爲這是一直爲大家所遵守、擁護的。我只想把自己的意見簡單地說一說就是了。如果你們同意的話，我們就這樣實行。

「大家知道，明天是禮拜五，後天是禮拜六，這兩天，是齋戒的日子，很叫一些人感到頭痛。不過禮拜五是救主殉難的日子，這一天是我們應該奉作神聖的，這一天我們虔敬地向天主祈禱，比講故事恰當。禮拜六呢，女人通常要在這天洗洗頭——她們操勞了一個禮拜，頭髮上不免蒙上一層塵垢，就要在這天洗濯乾淨；又有好多人爲了崇敬聖母，在那天齋戒的，也不工作，來迎接禮拜天。雖說我們沒有辦法一切都照着從前的規矩行事，但是我想至少也要在那一天暫時停止講故事才好。

「到禮拜六，我們就在這裏一連住了四天，爲了免得外人打擾，我想也該換個地方。我已經想好一個場所，也已經布置好了。在禮拜日午睡以後，我們就在那兒集合。今天我們已隨意談了不少話，爲了使大家能够有充分準備，也是爲了使每個人所講的故事有個範圍，我想我們不妨在那命運無常的總題下，專講它的一面，我已經想好題目，就是：憑着個人的機智，終於如願以償，或是物歸原主。大家就在這個題目範圍內，想一些有教育意味的，或至少是有趣的故事吧；唯獨狄奧紐不在此例，他總是有他的特權的。」

大家都贊同女王的計畫，決定照她的意旨做去。於是女王把總管傳來，吩咐今晚筵席應該放在哪兒，還有在她統治期內，他應該去辦的事。然後她和大家站起來，允許大家這會兒不妨自由行動。

這一羣年輕的男女就來到一個小花園中，玩了一會兒，時間已是晚飯時分，大家又聚在一處歡樂進餐，餐罷，大家紛紛離席，愛蜜莉亞奉女王之命，引領衆人起舞，由潘比妮亞在旁領唱，衆姐妹和唱，歌詞如下：

一個少女所能夢想的幸福，我都已享盡，
假如我再不歌唱，那還等待何人？

啊，愛神，來吧！
你帶給我一切的快樂和希望，
爲我開闢出幸福的泉源，
讓我們一起來唱歌吧，
別再提起過去的哀怨和苦惱，
——苦惱的過去只是爲了襯托出歡樂的今朝。
讓我們只歌頌那燦爛的火焰，
我在火裏燃燒，我在火裏逍遙，
愛情呀，我永遠奉你作神道！

啊，愛神，回想那一天，
我第一次投進你的火焰，
那時，我眼前出現了一個青年，
啊，誰家的少年能像他

這樣風流瀟洒，這樣惹人愛憐，
叫我怎麼能不一見傾心，油然生愛，
愛神啊，我從此對你把情歌唱上千萬遍。

他給了我最大的幸福，因爲
我深深地愛他，他也十分愛我，
愛神啊，我怎麼能不感謝你，
人間的至福都已由我享盡，
憑着我對他的耿耿忠貞，
在未來的世界，我將
得到安寧。明鑒一切的天主啊，
他會把我帶進幸福的仙境。

唱完這首歌，她們又唱了許多首別的歌，大家盡興地跳着舞，奏着各種樂器。後來，女王覺得時間已經不早，該休息就寢了，於是燃起火炬，由侍從引領，各自回房去了。此後兩天，每個人自有一番忙碌，一如女王所說的，但是同時也在熱心地盼望禮拜日早早來到。

第二日終

第　三　日

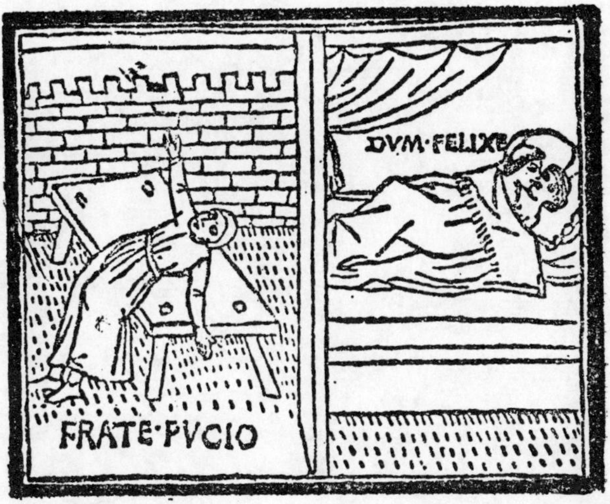

『十日譚』的第三日由此開始。妮菲爾擔任女王，故事的總題是：藉着個人的機智，終於如願以償，或是物歸原主。

禮拜天早晨，太陽剛從東方升起來，把鮮紅的朝霞映成一片金黃，這時，女王已經起身，並且叫醒大家。總管早已把一切必需的東西，送到他們今天要去的地方，還叫幾個僕人去照料一切。女王帶領衆人出門之後，總管和其他僕人像搬家似的，立即把東西收拾妥當，押着行李，跟在主人後面一起出發。

一羣女子和三個青年陪着女王，向西邊緩步走去，他們選擇的是一條人跡罕至的小徑，兩旁長滿綠草野花，當朝陽初臨，花朵就逐漸綻放開來。一路上，有幾十隻夜鶯和其他的小鳥，唱着動聽的歌曲，好像在歡迎他們似的。他們也不斷地發出輕快的笑聲和喧鬧聲，到了曉鐘和晨禱鐘中間的一段時間❶，不覺已走了將近兩哩路，來到一座別墅；這座別墅座落在一座小山的平緩地面上，建築得十分華麗宏偉。大家走進去瀏覽一番，看見宏偉的大廳和許多雅致的內室，都陳設得很齊全，不免連聲讚美，覺得這座屋子的主人一定是位了不起的貴人。他們接着就去參觀那美麗的大庭院，又看見醇酒滿窖，泉水清涼，這使他們對這地方更加讚歎了。

於是他們在那可以俯瞰庭園景色的陽臺上坐下來休息一會兒。時值夏季，周圍繁花似錦、枝葉扶疏。殷勤的總管這時把精美的甜食和上好的美酒端來，讓這些小姐先生止飢。然後他們又到別墅旁那

❶ 也就是在早晨七點半左右。當時的寺院，早晨六時打曉鐘（Prime），做一天中的第二次禱告，早晨九時又打晨鐘（Tierce），做第三次禱告。——據潘譯本注

圍着一道短牆的花園裏去玩。一走進園裏，大家覺得這兒的布置實在美極了，因此東看西望，更想細細觀賞。園中走道縱橫，平坦寬廣，筆直如箭。每條道路上都搭有葡萄棚，爬滿碧綠的蔓藤，預示這一年的葡萄豐收。這時正是葡萄開花的季節，清香縷縷，和園裏那許多花朵的芬芳溶成一片，使他們恍如進入東方的香料房裏。道路兩旁長滿着紅玫瑰、白玫瑰和素馨花，遊園的人，不論在清晨或在烈日當空的正午，都可以走在清香撲鼻的綠蔭下，不會受到酷陽的照射。

庭園內有多少花木，有多少品種，又是怎樣精心布置，交代起來可眞麻煩，我們只要這樣說就够了：凡是在這一帶的氣候下所能栽植的花木，這座花園幾乎全都有了。在花園中央，他們發現了一個地方尤其叫他們欣喜，原來那是一片草坪，遠遠望去，呈現一片墨綠，點綴了上千朵艷麗的鮮花。草坪四周圍繞着一叢叢樹林，都是些蓊鬱茂盛的香橼樹或橘樹，有的正在開花，有的已經結果，有的果子已成熟；正是綠蔭沉沉、清香撲鼻，眞是叫人心曠神怡。

草坪中央有一座噴泉，用白色大理石築成，上面鏤刻着精緻的雕刻。一尊人像由圓座托着，矗立在池中央，把水花噴射到半空，水花從高處落下，就像雨點般打着水晶似的池子，只聽得琤琤琮琮一片悅耳的聲音。這噴泉也不知是天然的力量還是人爲的力量，這一股壓力已經够一座磨坊用了。池裏的水快要滿溢的時候，就由暗道流出草地，流進一條條環繞草地、設計巧妙的水溝；水就這樣流遍全園，最後，滙聚在一起，成爲一條清溪，流出園外，奔向平原。流水挾着沖擊的力量，從高處落下，推動了兩個設在那裏的水磨，確實替主人帶來不少利益。

大家看到這樣一座花園，有繁盛的花木、有噴泉、有從噴水池裏流出來的蜿蜒清溪，全園的布局又這樣精巧，都十分讚歎，說如果天堂的樂園就築在人間的話，那麼一定會布置得跟這個花園一模一樣，斷難再錦上添花，增加一分美麗了。他們快樂地在園裏遊蕩，隨手攀折青枝綠葉，編成一頂頂漂亮的花冠；傾聽二十來種鳥兒的鳴唱，牠們就像在比賽歌喉似的，從樹梢發出一片清脆的啁啾聲。隨後又有新的發現，使他們歡喜得不得了，原來這園裏還養有百來種可愛的小動物。這邊有家兎出現，那邊又有野兎突然跑過，山羊悠閑地躺臥着，麋鹿正在那兒吃草，又有許多善良的野獸，逍遙地東奔西走，看樣子都十分馴服。這一來更是叫他們歡天喜地了。

他們盡興地暢遊了一番，看遍了全園的景色，女王吩咐把酒席設在噴水池畔。大家遵照女王的意旨，先唱了六首歌、跳了幾次舞，才坐下來吃飯。酒菜十分精美，侍候得又細心又周到，大家享受了一頓豐盛的酒宴；餐罷，興致還很高，於是大家又彈琴、唱歌、舞蹈了一番，直到中午的暑氣愈來愈逼人，女王覺得該是午睡的時候才停止。有幾個回房午睡，有的貪戀花園的景色，捨不得離去，就留在那兒，或是看小說，或是下棋擲骰子，打發午睡的時光。到了下午，睡覺的人都已經起來，用冷水洗了臉，恢復了精神；然後大家來到噴泉旁的草地上，遵從女王的命令，照平時的次序坐了下來。於是他們開始按照女王所指定的題目，講述故事。女王吩咐費洛斯特拉多第一個講，下面就是他講的故事。

故事第一篇　修道院風光

蘭普列基的馬塞多假裝成啞巴，在女修道院裏當園丁，院裏的修女爭着要跟他睡覺。

各位美麗的小姐，在這世界上有多少男女，頭腦都是那樣的簡單，以爲女人只要前額罩着一重白紗，後腦披着一塊黑頭巾，就再也不是一個女人、再也不會思春了，彷彿她一做了修女，就變成一塊石頭似的。凡是具有這種想法的人，一旦聽到什麼出乎他們意料的事情，那他們就怒氣沖天，像是發生了什麼大逆不道的罪惡似的。這些人絕沒有想到自己隨心所欲，要怎樣就怎樣，尚且不能滿足；也不想一個人整天閑來無事，情思撩亂，精神上會有多大的影響。又有許多人，認爲白天辛辛苦苦幹活兒的人，他們的肉慾早給那鐵鍬鋤頭、粗衣淡飯、艱苦的生活趕得一乾二淨了，他們的頭腦早已昏昏沉沉，再不知好歹了。這些想法眞是自欺欺人！現在女王吩咐我講一個故事，我就打算在她所限定的範圍內講一個短短的故事來證明我的意見。

在我們那兒有一座以聖潔著稱的女修道院，這座修道院至今還在，所以我不想說出它的名字，以免損害它的名譽。那時，院裏只有八個修女和一個女院長，都是些年輕的女人。她們雇了一個笨頭笨腦的園丁來收拾她們美麗的花園。這園丁因為嫌工資菲薄，便和院裏的管事算清工資，回鄉去了。他回家之後，難免有一班親友前來探望探望，其中有一個是身强力壯的小伙子，以一個莊稼漢來說，長得還算秀氣，名字叫做馬塞多，他問努多（就是那個園丁）這些日子在哪裏做事。那人告訴了他；他又問努多在修道院裏做些什麼，努多就說：

「我替她們收拾一座漂亮的大花園，有空的時候，也到林子裏去揀揀薪柴、挑挑水，打些雜差。可是這些修女給我的那一點錢，幾乎連買雙鞋子都不够。再說，這班小娘兒們好像都有促狹鬼鑽在心頭似的，不論你怎樣做，都不能稱她們的意。有一次，我在花圃裏翻土，這一個吩咐我：『把這個拿到這裏來！』那一個又嚷道：『把那個放到那裏去！』還有一個把我手裏的鐵鍬奪了去，說：『這不對！』我給她們糾纏得沒辦法了，就丢下工作，往花圃外跑。就為了這些緣故，我才不高興繼續做下去，回家了。那管事的要我回去後看到有合適的人就介紹他到院裏去，我答應替他留意；可是，但願天主保佑這個人的腎臟吧，然後讓我找到他，把這份好差使交給他去做！」

馬塞多聽他這麼說，可真高興透了，恨不得馬上就混進那女修道院裏去。根據努多所說的情景，他覺得要是能進到裏面去工作的話，就不愁達不到目的。但他又想，這事還是不要讓努多知道的好，所以他就故意批評道：「嗳！你走得對，一個男人混在娘兒們中間能幹些什麼事呢？倒不如去跟魔鬼打交道！那些女人七次倒有六次不知道自己究竟要怎麼樣哩！」

馬塞多告辭離開之後，就思索要怎樣才能進到修道院裏去，他覺得努多所做的工作他能够勝任愉快，這方面沒有問題，他最擔心的就是自己年紀輕，相貌又漂亮，人家會因此不要他；再三考慮後，他跟自己說：「那地方離這裏有好遠一段路，不會有人認識我，如果我扮成一個啞巴，她們就一定會收留我了。」主意打定，他就裝扮成窮人模樣，掮了一柄斧頭，也不告訴誰，就出發了。

來到修道院，也是事有湊巧，恰好在院子裏遇到了那管事。他假裝是個啞巴，用手勢求他看在仁慈的天主面上，給他一點吃的東西；如果用得到他的話，他願意替他們劈柴，拿力氣來換一頓飯。那管事就給了他一些東西吃，隨後又搬出一堆柴來叫他劈，這些原是努多那老頭子劈不動的，他可是年輕力壯，不要多少時候，就全都劈好了；那管事恰好有事要到林子裏去，便帶了他一同去，叫他在那裏砍柴；又把驢子牽過來，叫他把柴裝在驢子背上，再對他做手勢，要他把牲口趕回家去。

這些事情他都做得很叫人滿意，那管事就把他留了下來，叫他幫着打幾天雜差。有一天，女院長出來，看見了他，就問管事這人是誰。那管事回答道：

「院長，他是個又聾又啞的可憐蟲，那一天他來這裏乞求施捨，我看他可憐，就留下他，叫他做些雜差，倒也做得不錯。如果他懂得種花種菜，照料園圃，也願意在這裏住下的話，我想他一定會很得力的，我們正缺少這樣一個身强力壯的園丁，什麼都可以打發他去做；同時妳可以不用擔心他會跟那些年輕的姑娘打情罵俏。」

「讚美天主，」那女院長說道，「你這話可不錯，讓他試試看會不會種菜，然後想法子把他留下來。送他一雙鞋子，再揀幾件舊衣裳給他，誇獎誇獎他，待他好些，讓他的肚子吃得飽飽的。」

那管事一一答應了。馬塞多正在打掃庭院，離他們沒有多遠，他假裝專心做事，一邊却把他們的話全聽了進去。他心裏可得意哪，就跟自己說：「要是你把我弄進去，我在你們的園圃裏種起花來，這股勁兒，保管還沒有第二個人能比呢！」

那管事把他領進去，叫他在園裏工作，看他做得很順手❶，就打手勢問他肯不肯留在這裏；那啞

❶ 從里格譯本。阿爾亭頓譯本作：「那管事本來已看到他很會做事。」

巴也用手勢回答，表示他什麼事都願意幹。於是管事就收留了他，叫他照料園圃，又指點他每天應做的事；交代完畢，他就出去料理院裏別的事務去了。

那小伙子在園裏工作沒有幾天，那些修女就開始來跟他淘氣，以他做嘲笑的對象；就像一般人對待啞子聾子那樣，在他面前說了許多胡鬧的話，以爲他一句也聽不懂。那女院長對這種情形也不怎麼理會，或者根本不管這事——也許她以爲沒有舌頭的人連前面的「尾巴」也沒有了。

有一天，他幹了一早上的活兒，有些疲倦了，就躺在樹蔭下休息；恰巧這時有兩個年輕的修女到花園裏來散步，走近他躺着的地方，以爲他在那裏熟睡了（其實他是假裝熟睡的）。她們對他看了一會兒，其中一個膽子較大的開口說道：

「我有一件心事，要是妳肯答應保守秘密，我就說給妳聽，也許對妳也有好處。」

「放心說好了，」另一個回答道，「我絕不告訴別人。」

於是那個膽子較大的姑娘說道：「我不知道妳可曾感覺到，我們住在這裏，就像給關在籠子裏一樣，除了那個管事的老頭子和這個啞巴外，再也沒有哪一個男人敢闖進來了。我時常聽來這裏探望我們的那些奶奶說，天底下無論哪種樂趣，要是跟男女之間的那種樂趣比起來，簡直算不了什麼。所以我老是想跟這個啞巴嘗試一下——不然又叫我們到哪兒去找男人呢？再說，他也確是最合適的對象，因爲他就是想講我們的壞話，也辦不到呀。你看，他眞是個傻瓜，雖然頭腦還是懵懵懂懂的，身子却挺健壯的，你說怎麼樣？我很想聽聽妳的意見。」

「哎唷！」另一個回答說：「妳說的是什麼話呀？難道妳忘記了我們已經立誓要把童貞奉獻給天主了嗎？」

「呃，人每天要在天主前許下多少心願，有幾個是眞正能夠爲他老人家做到的呢？況且許下心願的不只是我們兩個呀，讓他老人家去找別人還願吧！」

「萬一我們懷了孕，那可怎麼辦呢？」另一個接着問道。

於是那一個就說：「事情還沒有到，妳已經擔心起來啦！等到眞的有這麼一天，我們再來想法也不遲。要瞞過人家，法子有的是，只要我們自己不講出來就是了。」

經她這麼一說，那第二個姑娘心頭也早已癢癢的，甚至比她的同伴更急於想知道男人到底是怎樣的一種動物了，就說：「好是好，不過我們該怎樣下手呢？」

第一個說：「妳看，現在正是午睡的時候，除了我們兩個，姊妹們大概全都在睡覺。我們先到園圃裏去走一遭，看看還有別的人沒有，要是沒有人，那只要挽着他，把他牽到他擋風避雨的那個小屋子裏就得了。我們一個跟他進去，一個在外邊把風。他的頭腦簡單，我們要他怎麼做，他難道會不依嗎？」

她們這些話，全給馬塞多聽去了，他可眞是樂於從命，只等哪一個姑娘上前來把他一拉就成了。那兩個修女果眞先去巡行了一遍，看見四無人聲，這才安了心，於是那出主意的姑娘就去把馬塞多弄醒，他居然應聲而起。那姑娘牽着他的手，做出一副媚態；他笑得咧開了嘴，活像一個白癡，由她牽着進了小屋；也不用三邀四請，他就依着她的心願幹起來了。等她盡興歡暢之後，果眞像一個事事遵守規約的出家人，把她的地位讓給了她的同伴。馬塞多依舊假裝成白癡，聽任她們擺佈。可是偏偏那兩個姑娘還不想走，還要再領敎一下這個啞巴的騎馬功夫，不免又來了一次。事後，她們私下談起，一致認爲這事眞有意思，比她們所聽說的還要有趣呢！所以一有機會她們就去找那個啞巴廝纏。

有一天，她們正在幹這件好事的當兒，不料給另外一個修女從小窗子裏窺見了，就叫另外兩個來看。起初，她們主張到院長那兒去告發，後來再三商量，却改變了主意，反而跟那犯了清規的兩個修女取得了諒解，要她們把人交出來，大家一同取樂。後來，又有三個姑娘先後在不同的場合加進來，享受馬塞多的效勞。

最後，修道院裏只剩下院長一個人還蒙在鼓裏。有一天，她獨自在花園裏散步，看見那園丁正在杏樹底下睡覺。他因爲夜夜騎馬趕路十分辛苦，弄得白天只要稍爲勞動一下，就感到很疲乏，天氣又熱，所以這會兒他正大字擺開睡在樹蔭底下。恰巧一陣和風吹來，把他的襯衣吹起，連那話兒都露了出來。那女院長獨自一人，不覺看得出神，就像以前她那兩個小徒弟一樣動了凡心，立即把馬塞多叫醒，帶到自己的房裏，接連幾天不放出來，害得那些修女個個怨聲載道，說是花園沒有園丁來照顧，這怎麼成呢？

從前給女院長看成罪想、痛加譴責的那種歡樂，現在她自己嘗到了甜頭——嘗了還要嘗，不肯罷休；最後才把那個園丁放了回去；可是還不時把他召去，也不問一問是否已經超過了她應得的份了，弄得馬塞多疲於奔命。他想，要是他再把啞巴的角色扮演下去，那可眞招架不住了。所以有一個晚上和女院長在一起的時候，這個啞巴忽然開口說起話來了：

「院長，我聽人家說，一隻雄鷄可以滿足十隻雌鷄，可是十個男人却不能滿足一個女人。而我一個人却要對付九個女人，我再也支持不下去了。我已經筋疲力盡，什麼事都做不動了。求妳看在老天爺份上，放我回去吧，否則也得給我另想辦法才好！」

那院長聽到啞子開口，眞把她怔住了，她嚷道：「這是怎麼一回事，我以爲你是個啞巴！」

「院長，」馬塞多回答道，「我是個啞巴，不過並不是天生就啞的，那是因爲有一次害了一場重病，才忽然不會發聲了；今天晚上我第一次覺得自己又能開口講話了，我是多麼感謝天主呀！」

院長相信了他的話，就問他剛才他說要應付九個女人是什麼意思。馬塞多把實情全告訴了她。她這才知道她手下的八個修女個個比她高强。不過院長做事到底穩健，她決定跟大家商量出個辦法來，把這件事安排一下，不放馬塞多出去，免得醜聞外揚。

本來是你瞞着我，我瞞着你，偷偷摸摸幹的事，現在大家都公開講出來了；經過一番討論，大家一致贊成（還徵求了馬塞多的同意）對外只說修道院裏的園丁馬塞多啞了多年，現在靠了她們虔誠的禱告和院裏所供奉的聖徒的恩典，已經恢復說話的功能。果然使附近一帶的人深信不疑，讚爲奇蹟。

沒有多久，那管事病故，馬塞多頂替了他的位置。他的工作也安排好一個程序，使他不致疲於奔命。就這樣，他替院裏生了一大批小修士、修女，不過一切都做得十分機密，外間始終一無所知。直到後來院長死了，馬塞多年紀已老，又攢積了一些錢，急於想回鄉了，事情才傳開；這正好成全了他的心意，使他趁機離開了修道院。

他憑着靈活的心計，沒有虛度青春，等他老大回鄉的時候，不但有了錢，而且兒女成羣，既不用他花錢，也不要他操心——回想當初他離家的時候，兩手空空，除了肩上一把斧頭，還有些什麼呢？所以他常說，他侍奉主耶穌的唯一辦法，就是叫他老人家頭上生出了許許多多的角❷。

❷ 頭上生角，指妻子有外遇，猶如我們所說的：「戴綠頭巾。」

故事第二篇　越俎代庖

有一個馬夫冒充亞吉魯夫國王，和皇后睡了覺，國王發現了這件事，不動聲色，當夜把那馬夫偵查出來，剪去了他一把頭髮，但是那馬夫也把別人的頭髮都剪了，因此逃過了懲罰的危機。

這些女子聽了費洛斯特拉多的故事，有的臉上浮起紅暈，有的吃吃地笑了起來。故事講完以後，女王就吩咐潘比妮亞接下去講一個，只見她面帶笑容說道：

有些輕浮的人，知道了一點什麼事，也不問這事他管得着還是管不着，總是逢人就說，當作誇耀炫弄的材料；這些人往往喜歡揭發別人的隱私，他們以爲這樣做，就可以把自己的醜事隱瞞住了，其實這叫做欲蓋彌彰。各位姐姐，我現在要從反面來證明這句話的眞實性；有這麼一個人——在偉大的國王眼裏，他的地位比馬塞多還卑賤，可是他那狡猾的功夫才叫到家。我拿這樣一個人做故事裏的主人公。

隆克巴爾地的國王亞吉魯夫和歷代王朝一樣，定都于巴維亞，娶了隆克巴爾地前王渥達利的寡婦爲皇后。這位皇后眞是花容玉貌，知書達禮，無奈命中注定要受一個愛人的糟蹋。隆克巴爾地在國王亞吉魯夫賢明的統治下，國泰民安，十分繁榮，誰知就在這時候，發生了一件事。

在皇后御用的馬夫當中有一個馬夫，出身微賤，可是以他的才能而論，居此下位，實在是委屈了他。他的身材高大，面貌端正，和國王頗相像。而且他竟然瘋狂地愛上了皇后。

他雖然地位卑賤，可是頭腦却非常清楚，自己知道這樣癡心妄想，實在是荒唐之至。他是個機靈人，不但不敢跟別人提起這件心事，更不敢私下用眉目向她傳情。可是，儘管他明知沒有得到皇后垂青的希望，但一想到自己熱愛的對象是那樣高貴，却也自鳴得意起來。他既然懷着火熱的愛情，就一心只想討好皇后，比宮裏哪一個僕役都顯得殷勤，也因爲這樣，皇后出門騎馬，難得要別的馬夫來侍候，總是叫他侍候，騎上他所看管的馬。每逢這種機會，他就認爲這是莫大的恩寵，寸步不離馬鐙，心想只要能够觸到她的裙角一下，就是無比的幸福了。

希望越渺茫，熱情反而越高漲，天下事往往如此；那個馬夫也逃不過這種折磨，可憐他胸中蘊藏了多少的熱情和慾念，却一些也沒有償願的希望，這種痛苦眞使他忍受不住，有好幾次，他眞想以自殺來擺脫這折磨人的愛情；可是再想，他覺得要死也得讓人明白他是爲了熱愛皇后而死的。因此，他決定哪怕冒着生命的危險，也要想辦法多少滿足一些自己的慾望。他不敢當面向皇后表示，也不敢暗中寫信去求愛——這都不是辦法；他只想運用什麼巧計，能够睡在她的身旁。他想來想去，覺得只有一個辦法，就是冒充國王，闖進她的臥房去。據他所知，國王並不是每晚都到她的臥房裏去的。

一連好幾個晚上，他藏在王宮的大廳裏，從國王的臥房到皇后的臥房，必須通過這個大廳，因此他可以窺見國王是怎樣進皇后的臥房的，又是怎樣裝束的。有一晚，他果然看見國王從自己的房裏出來，身上披一件大斗篷，一隻手拿着一個火把，另一隻手握着一根短棒，來到皇后的臥房門前，也不叫喊，只是舉起小棒，叩了一兩下裏邊立即有人來開門，替他把火炬接過去；後來國王走出房來的時候，也是這個樣子。他看清楚了一切，決定照這個樣子試它一下。

可以他設法弄了一件斗篷，樣子跟國王所穿的還有些相像，又弄了一個火把、一根短棒；費了半天工夫，洗了個澡，把身上的馬糞臭味都洗乾淨，免得皇后聞到那氣味，心生猜疑。各物備齊之後，他隨身帶着，仍舊藏在這個大廳裏。

等到夜深人靜，他覺得時機已到，或是達成心願，或是爲愛情而犧牲，完全在此一舉。他取出燧石鐵片，把火炬點燃，披上斗篷，走到皇后臥房門口，用短棒叩了一兩下，門立刻開了，應門的是一個睡態惺忪的宮女，她接過了火炬，就把火光隱住。他脫下斗篷，一言不發，揭開皇后的床帳，看到皇后好端端睡在床上，就爬了上去。

他知道國王生氣的時候，沒有人敢跟他說話；所以他上床之後，假裝生氣的樣子，不說一句話，她也不敢問他；他只是把她緊摟在懷裏，連跟她耍了幾次。他雖然捨不得離開皇后，但是唯恐留戀得太久，片刻的歡樂會招來殺身大禍，就從床上起來，拿了火把斗篷，一言不發，走出臥房，急忙回到自己的鋪位上。

馬夫剛剛躺下，那邊國王就已經起身，來到了皇后房中，皇后不免感到十分驚奇。他上床以後，跟她有說有笑，十分親暱，她看到他怒氣消失了，就壯着膽子說：

「啊，陛下，今晚又是什麼新鮮玩意兒啊，你剛走──也從來沒看見你這樣沒命地跟我樂了一陣子，現在倒又來了，我請陛下保重些吧！」

國王聽了皇后這幾句話，立刻知道她已經被一個舉止外表跟他有些相像的人騙了。不過他究竟是一個聰明人，心想，這事既然連皇后都不知道，別人當然更不會知道，自己也不必去向皇后點穿，因此竟然沒有聲張。如果換了一個頭腦簡單的人，一定立刻就會發作，會一連串追問：「不，我沒有來過，是誰到你房裏來的？這是怎麼一回事？是怎樣讓他進來的？」這樣一鬧，問題就會變得複雜，徒然叫皇后感到難受罷了，或者反而叫她增添縱慾的願望，希望再來一次。可是他明白，只要他能保持緘默，就可以把羞辱遮掩過去，如果聲張開來，反而沒有好處；所以他沉住氣，不動聲色地說道：

「皇后，妳認為我沒有能力再接再厲嗎？」

「不是這樣說，國王，」皇后回答道，「我是請你保重自己的身子。」

國王就說：「我聽從妳的勸告，那麼我走了，不來打擾妳了。」

他披上斗篷，離開皇后的臥室，懷着一肚子氣，不知究竟是誰這樣侮辱他，心中決定一定要暗中把那個壞人找出來。他知道，這事一定是宮裏的人幹的，而且不管他是什麼人，他這時候一定還不能走出宮去。於是他點了一盞小小的燈籠，借着些微幽光，走到御廐上邊的一個長長的統房裏，房裏排着許多床鋪，宮裏的侍從僕役全都睡在這兒。他想，那個像皇后所說的那樣沒命地幹了一陣子的人，現在心一定還跳得很厲害，脈搏一定還很急；於是國王一言不發地從統房的一邊一個接一個的探摸各人的心，看看有沒有人心跳得很厲害的。

這時，房裏的人都熟睡了，只有闖到皇后房裏去的那個馬夫還沒睡着；他看見國王跑來，心想這事一定已經給發覺了，他這一嚇，心就跳得更厲害了。他很明白，如果國王知道這是他幹的好事，毫無疑問的，他一定立刻性命難保。在這生死關頭，他的腦海裏閃現各種主意；不過他再一留心，看到國王身邊沒有帶武器，就決定假裝熟睡，看看國王要怎樣行動。

國王摸了好幾個人，覺得都不是他所要找尋的人；後來摸到那個馬夫，覺得他心跳得很厲害，暗想：「就是這個人了。」不過國王不願讓人知道他的用意，所以並不想驚動這個人，只拿出一把隨身攜帶着的剪刀，把這人半邊的頭髮剪了一大把下來；那時大家都留着長髮，這人是誰，第二天一看就可以知道了。剪過之後，國王就回到自己的臥房裏。

這個馬夫可眞是個機警的傢伙，國王一剪下他的頭髮，他就立刻知道他的用意。國王走了以後，他連忙起來，在房裏找到一把剪馬鬃的剪刀。就輕手輕脚，把房裏睡着的人，每一個都剪下一把頭髮來，而且都像他一樣，剪去耳邊的部份。完事之後，他就上床睡覺，誰也沒有發覺什麼。

第二天早晨，國王起身，趁宮門還沒有打開，就下令召集宮裏的全體僕役侍從。他叫大家光着頭站着，開始用心察看，要找出那個被他蹓下頭髮的人。誰知道在他面前的僕役幾乎每一個人都剪去一把頭髮，而且又都剪得一模一樣，這下眞把他呆住了，他暗想：「這個傢伙，儘管他出身微賤，頭腦可不是一個卑賤人的頭腦呢！」

現在，要找出那個人來，非得驚天動地不可，國王却不願意爲了出一口小小的氣，招來莫大的恥辱；因此沒有作聲，只是這樣警告那個人一下，也好叫他知道國王是不好惹的：

「誰幹了這件事，下次不可再犯。現在沒事了，你們去吧！」

如果不是那個國王，換了別人的話，一定不肯就此罷休，一定會把他們捉起來，吊打拷問，這麼一來，本來是所謂家醜不可外揚，現在勢必鬧得盡人皆知。就算給他弄個水落石出，收拾了那罪犯，出了胸中的一口惡氣吧，他還是無法洗刷掉自己的恥辱，不但這樣，他的恥辱反而愈發加重，而且還會毁了皇后的名譽。

那些僕役侍從聽了國王所說的話，都摸不着頭腦，不免你一句我一句背地裏討論起來，討論了半天也沒有討論出個名堂；其中只有一個人知道國王的用意，那就是做錯事的馬夫。這馬夫也很聰明，從此再也不敢自尋死路，也不敢在國王生前洩漏這個秘密。

故事第三篇　拉皮條的神父

一位少婦愛上了一個青年男子，却裝作玉潔冰清，在神父前懺悔，那神父不知就裏，竟給她做了牽線，她因而如願以償地享受十分的樂趣。

潘比妮亞講完故事之後，有幾個人讚美那個馬夫的膽大心細，也有人稱道那國王把這件事處置得審愼得體；於是女王轉身，吩咐菲羅美娜接着講一個故事。她高興地說道：

我今天要講的故事，也許我們這種俗人❶會特別感興趣——這是一個俏麗的少婦讓一位端莊的神父上當的故事。說起這些教士，他們多半是些飯桶，不懂世故人情，行動背時，却自以爲道德學問高人一等，彷彿什麼事都是他們懂得多；其實只有天曉得。別人都是憑着自己的本事掙飯吃，自謀生活，他們可不，他們只想找個可以依賴的地方，像豬一般地讓別人來供養。各位親愛的姊妹，我現在就要講這麼一個故事，不但是爲了遵守女王所規定的程序，也是爲了我們女人太過於輕信，把這些教士看得多麼崇高聖明——其實，他們不但會受男人的欺騙，而且也會被我們女人家玩弄於股掌

❶ 俗人，指一般人，即不屬於教會裏的人。

之上呢！

沒有多久以前，在我們那個詭詐多於忠信和愛情的城裏，有一位高貴的小姐，很少有哪個女人能像她那樣美麗溫雅、才情並茂。她的名字我雖然知道，只因爲在故事裏無關緊要，所以不表明了；這本是個付諸一笑的故事，所以就是其他幾個人的名字，我也想略過不提，因爲有些人還活着，免得得罪了人家。

她原是大家閨秀，却下嫁給一個羊毛商人。她怎麼也不能把她的丈夫看在眼裏，因爲她想，一個出身微賤、孜孜爲利的生意人，儘管他有錢，也不配做一個有身分的女子的丈夫。再加上他枉有這麼多錢，却一天到晚，只知道織布打樣，跟紡毛女工爭論線粗線細，庸俗不堪，因此她決定除非萬不得已，絕不讓她丈夫摟她親她，爲了滿足自己的心靈，她又一心要給自己找一個比羊毛商人更稱意的情人。後來她果然暗中愛上了一個年輕力强、風流溫雅的紳士，眞使她神魂顚倒，白天看不到他，晚上就睡不着覺。

可惜她害的是單相思，她這片情意，對方一點也不知道，所以沒有注意到她。她又十分謹愼，唯恐事機不密，所以不敢貿然寫信給他，或是叫貼身侍女去傳達心思。她左思右想，靈機一動，居然有了一個主意。她發現這位紳士跟一個神父來往十分密切，這神父雖然生得粗大肥胖、一副蠢相，確是虔敬誠信，最受當地人的敬仰，她覺得如果利用這位神父來爲她牽線，那眞是再妙不過了。經過一番考慮，她決定了進行的步驟，找了一個適當的時間，來到神父所住的教堂，請人通知神父，說是她有心事，要向神父懺悔。神父出來，一看是位有身分的夫人，馬上答應了。懺悔完畢，她又對神父說：

「神父，我現在應該告訴你一件事，請求你指點和幫助我。我剛才已經向你說過，我父母和丈夫都很愛我，我那丈夫愛我勝過愛他自己的生命，他又有錢，我要什麼他就給什麼，從來沒有吝嗇過，所以我愛他也勝過愛自己。如果在我內心中竟敢存有違背他的意旨，或者有損他名譽的思想，那麼別的不管，單這點，我就是女人中最壞的女人，再也沒有哪一個像我這樣應該活活燒死了。

「現在有一個男人，他的名字我不知道，看樣子是個有身份的人，如果我沒弄錯的話，也許還是你的一個好朋友呢——他身材高大，長得眉清目秀，穿一身整整齊齊的棕色衣裳。也許他以為我是那種水性楊花的女人，所以才這樣追求我。只要我一走到門口、一靠近窗畔，或者一走出屋子，他就立刻出現在我眼前——我奇怪他今天倒沒有跟着我到這裏來。他這種行爲，眞使我感到痛苦，因爲一個清白無辜的女人，往往會因此給人說成壞女人。

「我幾次想把這件事情告訴我的兄弟；但是再想一想，男人說話總是很鹵莽，你一句去，我一句來，說話不留轉彎的餘地，往往因此就弄僵了，言語一弄僵了，就會舉出拳頭來毆打，那時，就要鬧事闖禍了。爲了防止這一點和別人的造謠中傷，我只得一直隱忍着。我想，與其把這件事對旁人說，不如對你說要來得妥當。因爲一則他是你的朋友，一則你的職責本來就是糾正這類輕薄的行爲，就算他不是你的朋友，而是一個不相識的人，你也可以譴責他的。所以我求你，看在天主面上，敎訓他一頓吧，請他以後不要再這樣了。世界上自有許多女人家喜歡打情罵俏，她們會歡迎他的追求，感激他的用情，但我可不是這類的女人，他眞把我糾纏得好苦呀！」

說到這裏她低下頭，假裝要哭出來的樣子。神父立刻明白她所指的男人是誰，也完全相信她所說的都是眞話，便把她的德行讚美了一番，而且答應替她盡力，以後那男人絕不敢再來糾纏她了；他知道她是有錢人的太太，少不得又把樂善好施的功德講了一遍，講到後來，只是他自己需要一筆款子而已。那少婦說道：

「我本着天主的慈愛，來向你懇求；如果他不肯承認這件事，那請你就不必顧慮，告訴他這是我親口對你說的，還要對他說，他害得我好苦！」

她懺悔完畢，獲得了赦免，想起神父說到爲人應該慷慨施捨的那一套話，就抓了一大把錢，悄悄放進神父手裏，請他爲她那些亡故的親屬做彌撒，於是從他的座下站起來，告辭回家。

隔了不久，那位紳士照例來拜訪神父。談了一會兒之後，神父就把他拉到僻靜處，很委婉地勸誡他，不該追求有夫之婦。這眞叫紳士摸不着頭腦了，因爲他從沒有向她多看一眼，也難得在她家門前經過，他正想給自己辯白，可是神父偏不要聽他，說道：

「你不要假裝癡呆，也不必多費口舌替自己辯護，這都幫不了你什麼忙。這件事我不是從鄰居那兒聽來的，這是她本人實在受不了你的糾纏親口告訴我的。你這把年紀，也不該幹這種荒唐事了。再告訴你吧，如果說，我看到有哪一個女人嫌惡輕薄調笑的，那就是她了。所以，爲了你自己的名譽，也爲了她的幸福，你聽我說，住手吧，不要再去糾纏她了。」

這位紳士究竟比神父聰明些，略爲一想，就明白那少婦的用意，他便假裝自知羞慚，答應以後絕不再找她麻煩了。誰知他一走出教堂，就直接向少婦的家奔去。

再說那少婦回家之後，就守在小窗旁，看他會不會在她門前經過。不一會，果然望見他走來了。她的眼光含着無限的柔情，她的嘴角掛着動人的微笑，叫他心裏明白，他聽了神父的話一點兒也沒猜錯。從此以後，他就經常裝作有什麼事似的，十分留意地在她那條街上來回經過。他自己固然喜氣洋洋，那少婦更是得意非常，有着說不出的高興。

他們倆這樣眉目傳情，已非一日，她看出那紳士傾心愛她，不輸於自己的熱情，就想送些什麼東西給他，作爲愛情的紀念使他的熱情高漲。有一天，她看準時機，又跑到教堂去見那神父，跪在他的座前，話還沒說，就先哭泣起來了。神父十分愛憐她，問她這一次又遭到了什麼事。

「唉，我的神父，」她回答說，「害得我好苦的不是別人，還是那個天主所不容的人——前次我對你說起的那個朋友。他眞是我天生的寃家，一直在折磨我，要我做出傷風敗俗的勾當來，使我沒有臉來伏在你的脚下了。」

「什麼！」神父嚷道，「難道他仍然在糾纏妳嗎？」

「是啊，」她回答說，「自從我到你這兒來哭訴以後，他似乎惱羞成怒，認爲我不該揭發他，從前他在我屋前走一次，現在就要走七次。但願老天爺可憐我，他若是肯死心塌地地在我門口徘徊、張望，倒也罷了；不料他竟這樣狂妄無禮，就在昨天，他打發了一個女人上我門來，把他那些荒唐的話傳給我聽，還送了兩樣東西給我——一隻錢袋和一根腰帶，好像我需要什麼錢袋腰帶似的！我這一氣眞是非同小可（直到現在還沒有平復哪），要不是顧念到這事罪孽深重。以及你老人家的情面，我眞要當場鬧起來了。總算我極力忍耐下來，在沒有得到你的指點以前，絕不聲張出來，或有任何輕舉妄動。

「我隨卽把那錢袋和腰帶退還給那個女人，叫她快滾；再一想，我怕那女人把兩樣東西吞沒了，却對他說已經給我了，我按住滿腔氣憤，把那兩樣東西從她手裏拿下。現在我把這些東西帶來給你，請你送還他，告訴他我不稀罕這些東西，感謝天主和我的丈夫，我自己所有的錢袋和腰帶足够淹沒他這個人。神父，如果他以後還是不肯停手，那麼只好請你原諒我，不管鬧出什麼事來，我非告訴我的丈夫和兄弟不可了。如果他因此吃了虧、遭了殃，那我也顧不得了，免得我這樣替他受罪。叫他給自個兒留些神吧！」

她這樣哭訴時，眞是聲淚俱下，話說完了，淚珠還沒有停止。她從裙子下拿出一個華麗考究的錢袋和一條貴重雅致的腰帶來，扔在神父的膝上。神父給她說得句句相信，因此十分生氣，拿起這兩樣東西，對她說道：

「女兒，我不能怪妳發怒，這是可以想像得到的事；妳能這樣聽從我的話，已經很值得讚美了。那天我已經把他訓誡了一頓，他答應我決心改過，却不想他還是依然故我，單憑這點，以及他新近又得罪妳這件事，我就要好好訓斥他一頓，叫他臉紅耳赤，下次再不敢去找妳麻煩了。可是，天主保佑妳，妳也切不可因爲一時氣惱，把這件事告訴妳的親屬，否則事情鬧大了，他可吃罪不起。妳也不必害怕妳的名譽會遭受玷汚，我將在天主和凡人面前，挺身爲妳作證。」

那少婦聽了神父的話之後，假裝稍微寬心一點。她知道他十分貪心，吃教堂飯的人總是貪婪無厭的，就換了個題目，說道：「神父，這幾晚我夢見了我那些死去了親族，他們都是愁眉苦臉地求我施捨，尤其是我的母親，她那種悲切痛苦的神情，看了眞叫人心酸。我想那是她知道我正在受這惡魔的折磨，因而在替我難受吧！所以我想請你替我的母親和其他親屬的靈魂做四十次聖格利高萊彌撒禮，再念一些你自己的禱告，好讓他們蒙受天主的恩典，從地獄的煉火裏超度出來。」

說着，她就拿出一個金幣，放在神父手裏，神父高高興興地收下了，當然還爲她說了幾句好話，並且舉了幾個例子來證明。虔敬的人必有善果，於是替她祝了福，讓她走了。

少婦走後，那神父絕沒想到自己又受一次騙，以爲眞有這麼一回事，立刻差人把他的朋友叫來。那個紳士看到神父怒容滿面，料想他的情人又煩他帶了什麼口信來了，就站在那裏，看他有什麼話要說。神父先拿他以前怎樣答應改過的話來提醒他，然後嚴厲地責問他，說他不該送東西給那位太太。紳士這時候還沒有明白神父的用意，所以只是支吾其辭地否認有送錢袋和腰帶的事情，免得把話弄僵了，叫對方生疑。那神父看到他還否認，不禁大怒，說道：

「啊，邪惡的人，你怎麼還能抵賴呢？看，這是什麼？這是她眼淚汪汪、親手交給我的；你再看看，認不認得這兩樣東西！」

紳士假裝萬分慚愧，回答道：「是的，我的確認得這兩樣東西，現在情願認錯了。既然她意志這樣堅定，我可以對你發誓，從今以後，再也不會使你爲這事麻煩了。」

那兩人還說了一大堆話。神父好比一隻呆頭鵝，後來當眞把錢袋、腰帶交給他的朋友，接着又訓斥了他一頓、勸誡了他一番，直到他答應決心改過之後，才放他走。

紳士這下可樂壞了，一來因爲那位少婦果然是眞心愛他，二來得了這樣珍貴的禮物。他一走出教堂，就立刻趕到她家附近，設法讓他的情人看到，他已領受了她的兩樣厚禮。那少婦眼看計劃成功，這一番高興也不用多說。現在只等她丈夫出門，就大功告成了。沒有多久，恰好她丈夫有事要到熱那亞去一趟；他早晨上馬出發，那少婦就趕到神父那兒哭訴去了，她先是啼哭了一陣，然後再抽抽噎噎地說道：

「我的神父，我坦白告訴你，現在我忍無可忍了。只因爲前次答應你，沒有向你稟明以前，我絕不輕舉妄動，所以我今天特地來表明一下心跡。讓我把你那個朋友——那個魔鬼的化身在今天早晨天還沒亮以前，又來幹些什麼，告訴給你知道以後，你就可以明白難怪我要這樣哭哭啼啼地來向你訴苦了。

「我的丈夫昨天早晨動身到熱那亞去了，也不知道是遭了什麼魔刼，這事竟讓他知道了，今天早上——我剛才說過，天還沒亮，他就跳進了我的花園，爬上一株大樹，再從樹上爬到我臥室的窗口，他正在弄開窗子，想要跳進我的房裏來，幸虧這時候我驚醒了，從床上跳起來，正要大聲喊叫，他還沒來得及跳進屋裏，就在窗口求我，看在天主面上，看在你老人家面上，別聲張出去；又告訴我他是誰。我聽到他這麼說，又念着你的情分，就勉强忍耐了下來，也不跟他多說，也不顧自己赤身裸體就像剛出娘胎一樣，奔過去，猛力把窗子關上了，後來再沒聽見他的動靜，大概是走了。（但願惡運跟着他一起走！）請你替我想想，這種事情能忍受下去嗎？我眞是受够了，我爲了看在你的分上，才這樣一次又一次的受他欺侮！」

神父聽了她的話，這一氣眞是非同小可，也不知要說些什麼話安慰她才好，只是連連問她，是否看清楚，會不會認錯人。少婦回答道：

「感謝天主！難道我會認錯這個人嗎？我告訴你，的確是他！如果他想狡賴，別相信他。」

那神父就說：「女兒，我沒有什麼話可以說了，我只能說這是最狂妄無恥的行爲。妳把他趕跑是非常得體的。但是既然妳兩次都聽從我的話，而兩次都蒙天主的恩惠，使妳免受恥辱，那麼妳再聽我這一次吧，這件事妳暫時不要對妳的親屬說起，仍舊交給我辦理，我要看看到底能不能把這個掙脫出來的魔魂收伏。從前我還以爲他是個聖徒呢！要是我能勸他洗心革面，從此不再做出那無恥的勾當，那最好；要是他仍然執迷不悟，那麼我再也不管了，由妳本着良心，覺得應該怎麼辦就怎麼辦吧，我爲妳祝福。」

「好吧，」那少婦回答說，「那麼這一次我不違背你的意旨，使你生氣，但是你一定要跟他說明白，以後再也不許有半點無禮的行動了，我向你聲明，我以後再也不會爲這件事來看你了。」

說完，她轉身就走，一副惱怒的樣子，她才離開教堂，那紳士已經來到。神父把他叫到靜處，於是義正詞嚴，把他罵得體無完膚——罵他是言而無信、喪失人格的君子。對方挨過神父兩次斥責，早已有了經驗，知道裏面必有文章，就注意聆聽着，含糊地回答，想從神父嘴裏套出話來。他說：「幹嘛生這麼大的氣？是不是我把基督釘上了十字架？」

給他這麼一說，神父這下可發火了：「你看這傢伙的臉皮有多厚！你聽他說些什麼話！聽他的口氣倒像時間已過了一兩年，他已經把自己下流無恥的行爲忘得一乾二淨呢！難道你眞的忘記了嗎——今天清早你想强姦人家，這不過是隔了一個上午的事呀！今天早晨天還沒亮之前，你在哪兒？」

「我自己也弄不清楚在哪兒，」紳士回答道，「不過這件事怎麼會這樣快就傳到你耳朶裏呢？」

「一點不錯，」神父說，「這件事傳到我耳朶裏來了。不用說，你聽到她丈夫出門去了，就以爲她一定會把你摟在懷裏。虧你想得出！好一個人物！好一位正人君子！你變成了一個夜遊神，既能跳牆，又會爬樹！你想趁人不備，破壞那太太的貞操，所以在夜裏從樹上爬到人家的窗口去？她在這世上最討厭的人莫過於你了，偏偏你不肯死心。且不說她處處都明白表示對你的厭惡，就是我這樣諄諄告誡你，也應該使你知所悔改了。我跟你說吧，她直到現在，對於你的所作所爲始終隱忍下來，這並不是她對你有好感，而是我在替你向她求情；可是她以後再也不會容忍你了。我已經答應她，假使你再去冒犯她，那麼隨她怎樣，我決定放手不管了。如果她把這件事告訴她的兄弟，看你怎麼得了？」

現在，紳士已經從神父的嘴裏，弄清楚他應該知道的事情，當下趕忙謝罪，左一個承諾、右一個發誓，盡力消除神父的怒氣，好不容易才告辭而去。到了夜深人靜、夜禱時分，他就跳進那少婦的花園，爬上窗前的大樹，看到窗子早已打開，一眨眼，他已跳進房中，投在少婦的懷抱裏了。他那漂亮的情婦早已等他等得不耐煩了，此刻可眞歡天喜地，摟住他說：

「多謝神父的幫忙，他老人家給你指示到這裏來的路！」

他們倆縱情歡樂了一陣，就拿神父的愚蠢當作笑柄談着，又拿那些梳羊毛的、打洋毛的、織羊毛的人譏笑了一番，愈談愈高興。分別之前，他們又訂下密約，此後，再也不用神父他老人家來煩神，這一對情人又度過了好幾個春宵。但願慈悲的天主，允許我和普天下有情的基督徒，及早進入那幸福的國土吧！

故事第四篇　通向天堂的路

費利奇修士教給布喬修成聖徒的秘法。布喬在苦修的時候，費利奇就乘機去和他友人的妻子尋歡作樂。

菲羅美娜講完之後，狄奧紐讚美那少婦的聰明機巧，還說菲羅美娜最後所做的禱告眞有意思。女王笑了，回頭對潘費羅說：「好吧，潘費羅，你來講一個有趣的故事，讓大家再高興一下吧！」潘費羅立即答應，說道：

女王，世上有許多人一心一意想上天堂，不料自己沒有進入前反而先把別人送上天堂了，我現在講的就是這樣一個故事。這事發生在不久以前，我們的鄰居身上。

且說在聖布朗卡茲歐教堂附近，住着一個善良殷實的人，名叫做布喬·狄·林尼埃里，晚年篤信宗教，列入聖法蘭西斯的第三級修士❶，叫做「布喬兄弟」。他家裏只有妻子和一個女僕，他又不須經營什麼生意買賣，所以一心修行，經常逗留在教會裏。他生性愚蠢，腦筋遲鈍，每天勤誦祈禱文，

❶ 即不出家的修士。

赴講道會，參加彌撒禮，甚至俗人唱讚美詩，他也從沒缺席過。他還要齋戒，使自己的皮肉受苦——據外界傳說，他還加入了「自笞僧團」❷呢！

他的太太名叫伊莎蓓達，是個二十八、九歲的少婦，看來還很嬌艷豐滿，就像一顆熟透的蘋果似的。無奈她的丈夫年事已高，又一心修行，總叫她過著齋戒的聖潔生活，她覺得眞是膩煩透了；有時候，她想跟他睡覺，或者想跟他逗趣調笑一下，他就會一本正經地把我主基督的生平、奈斯達喬神父的傳道、曼達麗娜的悲悼等等搬出來——拿這些話來滿足她的要求。

這時有一個名叫費利奇的修士從巴黎回來，他也是聖布朗卡玆歐教團的弟兄，長得很俊俏，年紀雖輕，智慧學問却高人一等，布喬兄弟極爲欽佩他，跟他成了至交；遇有什麼疑難總是先向他請教，又因爲這位兄弟在他面前總是顯得一本正經，所以有時也請這位兄弟到他家來吃中飯或是吃晚飯。他太太因爲丈夫這樣敬愛他，所以對他也倍覺親切，招待得十分周到。

這位兄弟來過三五次之後，覺得他妻子這樣嬌嫩豐滿，料想她心中一定有什麼不如意的地方，就決定盡他所能來彌補她的缺憾，也好替布喬兄弟盡一分力。因此不時用眉目向她傳情，她果然有所感應，起了跟他同樣的慾望。兩人心心相印，他一有機會，就向她吐露自己的心事，對方聽了倒也十分中意，只是這位太太不肯到外面去和他幽會，而家裏呢，丈夫又寸步不離——他從來也不出門的，所以難於下手。這位兄弟眞是焦急，幸虧他最後終於想出了一個主意，儘管布喬兄弟不出門，自己還是

❷自笞僧團（the flagellant）：十三世紀的時候，盛行於義大利的一種反動教派，他們常排成遊行隊伍，在街上用皮鞭痛擊自己而流血，認爲這樣鞭撻自己的肉體，才能贖身自救。這個教派流傳了很久，在歐洲的勢力範圍也很廣。

能夠到他家裏去跟他妻子睡覺，却可以使他一點也不起疑心。所以有一天他趁布喬兄弟來看他，就向他說道：

「布喬兄弟，我知道你最大的願望是要修鍊成一位聖徒，不過在我看來，你走的却是一條彎路，現在教皇和那些大主教等，他們都是另有捷徑的，只是他們不肯把這訣竅公開出來，唯恐這樣一來，一般俗人再也沒有誰肯捐獻給教會，那麼那些全賴捐助維持的教士就要通通完蛋了。可是你是我的朋友，你對我又這樣好，我願意把這訣竅教給你，因爲我確信你會照我的話實行，而且絕不會把這事講給別人聽的。」

布喬兄弟一聽，熱心得不得了，再三懇求他的指教，發誓如果沒有費利奇兄弟的許可，絕不把這個秘密說給誰聽，而且，只要他能力所及，他一定立卽實行。

那修士就說：「旣然你向我作了保證，那我就可以告訴你了。你要知道，教會裏的神學博士都認爲，凡是要修成正果的人，必須要實行我所教你的苦行。不過有一點你必須知道清楚，我並不是說一旦苦行修完之後，你本來是一個罪徒，從此就不是了；不是這樣的意思，我是說，所有你在苦修以前所犯的罪孽，可以因此而洗淨，獲得赦免，你以後再有罪過，上天也不會把你列入應遭天譴的條例之內，自然會用聖水替你把輕罪洗淨，就像這時候替你消除那人間的罪孽一樣。

「想要苦修的人，首先必須徹底供認一切罪過，此後就必須十分嚴格地齋戒四十天，在這期間，不但必須避開跟一切女人的接觸，就連自己的太太也不可以親近。你還要在家裏留出一塊可以看見天空的地方，在那兒放一張大桌子，每天第二遍晚禱鐘的時候③，你就去那兒，把背貼在桌子上，雙脚

③ 卽晚上九點鐘的時候。——潘譯本原注

着地，兩手攤開，就像釘在十字架上的樣子。你不妨在桌子上釘幾枚木針，做手臂的支撑，不過你必須仰望上天，不許動彈，一整夜都這樣，直到天亮爲止。如果你精通神學，那最好反覆念某幾篇祈禱文，我可以把這些祈禱文的名字告訴你；因爲你並不是學者，所以每夜必須念『我的天父』三百遍，再念『聖母頌』三百遍，來敬禮神聖的三位一體。當你仰望蒼天時，應該時時把天主創造天地的榮耀牢記在心頭；你既然做出釘在十字架上的姿勢，尤其應該思念基督受難的苦痛。

「曉禱鐘聲響後，你可以上床睡覺，不過衣裳不能脫去，等到打曉鐘的時候，你必須起床，趕往教堂，至少要望三壇彌撒，念五十遍『我的天父』和『聖母頌』。此後，你可以斟酌情況，略爲料理一下簡單的事務，但不可過於分心，然後稍進飲食，到了打第二遍晚禱鐘時，你必須再去教堂，背誦某種祈禱文，這個我可以抄給你，假使不念這種祈禱文，苦修就等於沒用。到了夜禱時，你就得照這個樣子再來一遍。假使你能這樣堅持苦修，就像我從前所做的那樣，而且的確是眞心誠意，那麼毫無疑問的，不必等你苦修滿期，你就已經會感受到奇妙的永久的幸福了。」

布喬兄弟回答說：「這不是什麼難事，也不需要一年半載的工夫，我一定能够做到的。憑着天主的名義，我決定在禮拜日就開始實行。」

於是他告辭回家，並且得到費利奇兄弟的許可，把這件事對太太說了。那少婦猜到了修士叫他整夜站在一個地方的用意何在，覺得這眞是一條妙計；就說這件事，以及凡是一切對他靈魂有益的事，她沒有不贊同的，還說爲了祈求天主使他的功德圓滿，她願意跟他同時齋戒——至於其他那些花樣，她可不敢嘗試。

夫妻商量妥當，到了禮拜日，布喬兄弟就開始苦修。那位道行高深的修士早已和那少婦約好，一等天黑，不愁被人看見，就跑到她家來和她過夜；還帶來許多好吃的東西。他們倆一塊兒吃、一塊兒喝，又一塊兒睡到天明。等修士起身去後，才輪到布喬兄弟上床睡覺。

布喬兄弟苦修的地方，正好緊貼他太太的臥房，中間只隔着薄薄的一層板壁，有一晚，那修士和少婦兩個都樂而忘形，布喬兄弟覺得地板似乎有些震動。等他念完「我的天父」一百遍的時候，就暫時停頓一下，呼喊起太太來，問她在幹什麼，可是他自己的身體，還是貼在桌面上，不敢動彈。這位太太倒也風趣，也不知這時候她正騎在聖班納第多還是聖約翰的驢子上，竟大聲回答道：

「眞的，我的丈夫啊，我正一股勁兒地在翻來覆去呢！」

「翻來覆去？」布喬兄弟又問，「幹嗎呀？妳說的『翻來覆去』是什麼意思？」

這位太太生性活潑，這時就笑出來了——不用說，她自有她發笑的理由，回答道：

「幹嗎呀？你不明白這話是什麼意思？噯，我已經聽你講過這句話千百遍了：『夜飯停一餐，翻身翻一夜。』」

布喬兄弟本是頭腦簡單的人，相信她是因為齋戒節食，所以餓得在床上打滾，不能入睡，就說：

「太太，我早就叫妳不要齋戒，現在旣然齋戒了，就別去想它，只管睡吧。妳把這張床搖盪得太厲害了，連整個屋子都震動起來了呢！」

「你不必顧慮，」那少婦說，「我自己的事自己會當心的；你還是用功修鍊吧！」

布喬兄弟就不再多說，繼續念他的「我的天父」。第二天晚上，那少婦在另一間屋子裏安放了一張床鋪，跟那位道行高深的修士夜夜幽會，眞有說不盡的歡樂，直到布喬兄弟功德圓滿，這才罷休。

每天清晨，修士去後，少婦就回到自己的床上，不一會兒，布喬兄弟也回房來睡覺了。布喬兄弟就這樣夜夜苦修，堅持不懈，他的太太却正在跟修士尋歡作樂，因此她常常笑着對修士說：

「你叫布喬兄弟勤修苦鍊，他却超度我們做了活神仙。」

眞的，她在丈夫手裏生活，一向半飢不飽，現在遇到了那修士，就好比吃到了一桌豐盛的酒菜，叫她如何割捨得下?所以布喬兄弟苦修期滿後，她仍舊和修士在別的地方繼續來往，暗地裏享受她的樂趣。這樣，我在結束這個故事的時候，又要回到開頭所說的那句話來。布喬兄弟苦苦修行，一心想上天堂，沒想到反而把別人送上了天堂:那個修士和他太太——那個修士，把通向天堂的捷徑指點給他；他太太跟他生活在一起，就像生活在旱荒裏，幸虧費利奇兄弟本着慈悲心腸，使她獲得了甘霖。

故事第五篇　讓馬騎馬

竑馬把駿馬讓給弗朗奇斯哥，交換的條件是跟他太太談話。但她不發一言，竑馬代她回答了；後來，果真照竑馬所回答的話實現。

費羅所講的布喬兄弟的故事，引得這些女子都笑了起來；女王又吩咐愛莉莎接下去講一個，愛莉莎立卽遵命。她的聲調神情有點兒生硬，這是她向來的習慣，而不是在使什麼性子。她開始說道：

潘世上有些聰明人，仗着自己精明能幹，就以爲別人一無所知，因此存心要愚弄別人，結果往往落得自己上了當。所以我以爲無緣無故地跟人家勾心鬪角、耍手段，實在是一件愚不可及的事。當然，別人未必都同意我的說法，那麼趁現在輪到我說話，我就講一個皮斯多亞地方騎士的故事吧！

在皮斯多亞地方，維琪萊西族裏有個騎士名叫弗朗奇斯哥，爲人精明能幹，家道富裕，只是十分貪婪，他奉命前往米蘭擔任地方官職，族途所需的東西都已準備就緒，只是還少一匹合意的坐騎，否則就可以體面地動身赴任了。他一時不知到哪兒去找才好，心中很是焦急。

皮斯多亞有一個青年名叫理查德，出身低微，但却非常有錢，常穿着十分闊綽，招搖過市，因此大家把他叫做「玆馬」。意思就是「花花公子」❶。他一直在愛慕、追求弗朗奇斯哥的妻子，無奈那位太太不但模樣漂亮，品行也十分端正，所以玆馬只是枉費心機而已。他買到了一匹杜斯卡納最出色的駿馬，骨格均勻，皮毛優美；他把這匹馬看成自己的寶貝一般。

大家都知道玆馬熱戀着弗朗奇斯哥的太太，所以就有人慫恿弗朗奇斯哥去向玆馬情商，玆馬看他太太的情面，也許會把駿馬慨然相贈也未可知。弗朗奇斯哥貪婪成性，果然派人去把玆馬請來，口頭上要求玆馬把駿馬轉讓給他，心裏却是希望這位哥兒送給他。對方聽了他的話，滿心歡喜，就說道：

「先生，如果你要買我這匹馬，那麼不管你出多少錢，我也不會答應；但如果你跟我商量，要我送給你，那倒可以，不過有一個條件：你先要讓我當着你的面，跟尊夫人說幾句話，而且要請你站遠些，只能讓她一個人聽到我的話。」

弗朗奇斯哥只想貪便宜，又以爲玆馬年少可欺，就一口答應，說他有什麼話，儘管跟他太太談好了；說罷，他就離開客廳，來到太太房中，告訴她：他輕而易舉地就可以把玆馬的駿馬拿來，只要她出去跟他敷衍一下就行，不過不管玆馬說什麼話，千萬不要跟他搭腔。他太太對這件事很起反感，不過丈夫的話她不得不聽，就勉强答應，跟着他來到客廳，聽玆馬有什麼話要跟她說。玆馬把交換條件和主人講定以後，就和那夫人在大廳的一角，離衆人遠遠的地方坐下來。他說道：

「尊貴的夫人，以妳這樣絕頂聰明的人，想必早已洞悉我對妳的這一片愛情有多深。天下有哪一個女人能比得上妳的美麗嬌艷呢？不用說，妳儀態萬千，心靈高潔，足以使最高尚的男子傾心拜倒；

❶ 「意思就是『花花公子』」，一句從阿爾亭頓譯本增入，潘譯本裏有個注，說「玆馬」（Il Zima）就是俗語所說「頂尖兒」的意思。

所以我用不到向妳多說，從來沒有哪個男人愛他的情人，能像我對妳那樣忠貞熱烈了。只要我一息尚存，我一定始終如一地愛妳，這還不算，等到有一天我離開了人世，只要天上跟下界一樣，也有男女的愛情，那麼我將永遠地愛着妳，直到千萬年。那些身外之物，不管是貴是賤，妳絕不能算是完全在妳的掌握之中，只有我，只有我的東西才眞正完全屬於妳。有確切的事實證明，妳一定可以信得過，只要妳吩咐我做一件事，讓我在妳的面前聊表寸心，就是我最大的幸福；哪怕叫我做全世界的主人，我也不會感到更大的光榮呢！

「妳已經聽到了我的表白，既然我是屬於妳的，那就不能怪我竟敢日夜爲妳禱告，因爲只有妳才能使我得到寧靜、安康和幸福；沒有妳，我在這世上就沒有快樂可言。我是妳最恭順的奴隸；我的靈魂正在愛情的烈焰裏燃燒，它只有一個希望，那就是妳——妳是我的救星、我的福星；妳過去對我是那樣冷面無情，我現在祈求妳發點慈悲，憐憫我的一片愚誠吧，那樣，我也可以安慰我自己說，從前我爲妳的美貌而害了相思，現在由於妳的慈悲，我也總算沒有白白地做一輩子人。萬一我的祈求打動不了妳那高超聖潔的心靈，那麼我就必死無疑，而別人一定會說我的命是葬送在妳手裏。且不說我的死亡不會替妳增添光彩，就是妳自己的良心也覺得過意不去，等到妳心平氣和時，妳少不得會對自己說：『唉，可憐的兹馬，我後悔當初不該對他這樣無情啊！』可是到那時候，妳再懊悔也來不及了，結果只有使妳的良心感到痛苦而已。

「爲了避免這種不幸，趁妳還來得及救我的時候，發點兒慈悲，可憐可憐我，別眼睜睜地看着我死去吧！我將成爲世上最幸福的人，還是變成最痛苦的人，全憑着妳一句話。我知道妳有一顆仁愛的心；我這樣熱烈地愛妳，妳總不會狠心到見死不救的地步吧？我在妳面前，實在非常惶恐，心裏忐忑不安，只希望妳可憐我，給我一個圓滿的答覆，使我高興。」

說到這裏，他停住了，長歎了一聲，又掉了幾滴熱淚，等候那位太太的回答。當初玆馬追求她的時候，曾經向她百般諂媚，在她的窗下唱過小夜曲，她都無動於衷——現在聽了他這番熱烈無比的情話，居然因憐生愛，湧起了她以前從沒有體味過的感覺。儘管她遵照丈夫的吩咐，默默無語，可是却禁不住輕輕歎了一口氣，這一聲溫柔的歎息表示她是多麼樂於給玆馬一個回答。玆馬等了一會兒，見她一言不發，不免奇怪起來，再仔細一想，就猜出騎士的詭計；他望着她，看她不時脈脈含情地瞅他一眼，又聽到她斷斷續續地發出細微的歎息，使他頓時萌生了希望，心裏一樂，就有了主意，他用那位夫人的口氣代替她作了回答，在她耳邊說道：

「我的玆馬啊，我當然知道你對我的愛情是最眞摯偉大的，現在聽了你這番話，我比從前更加了解你了，我覺得很高興——我怎麼能不高興呢？從前我對你似乎冷酷了些，但是請你不要看我外表冷淡，就以爲我內心也是這樣絕情絕義；不，我一向愛着你，把你看得比誰都可愛。只是外表我不能不又是一個樣子；一來因爲人言可畏，二來是我珍惜自己的名譽。現在機會來了，使我能够向你坦白表示我的情意，並且能報答你對我的深情。你放心吧，你儘管樂觀好了，承你的情，因爲要見我一面，就把自己的駿馬送給弗朗奇斯哥，再過幾天，他就要到米蘭上任去了，這你也是知道的。我以一片眞心和熱愛答應你，等他出門之後，不出幾天，你就可以和我在一起，共同享受我們愛情至高無上的幸福。

「我只怕以後再也沒有機會跟你講話了，那麼不如現在就跟你約好：如果你看到我那面對花園的臥房窗口，掛起兩塊手巾，那就是我的暗號，你當天晚上就可以從花園的小門進來和我相會，不過你要小心，不要讓別人看到了。我在房裏等你，那時我們就可以整夜廝守在一起，盡情歡暢了。」

他這樣代他的情人說過之後，又恢復了自己的身分回答道：「最親愛的夫人啊，聽了妳這千金一諾，我眞是樂得靈魂兒出竅，也不知道該怎樣回答妳才好，更不知道該怎樣感謝妳才好。就算我能用言語來表達，哪怕說了千言萬語，也不足以傳達我心頭的感激。我只好讓聰明的妳自己去想像我這無從表白的情意吧！我只能對妳說，妳叮囑我這樣做，我絕不會辜負妳，那時，我一定要竭盡心力來報答妳無比的恩寵。現在我不再多談了。我最親愛的夫人，願天主給妳快樂，使妳稱心如意！願天主祝福妳！」

那夫人始終不曾開口，於是玆馬站起身來，向騎士那兒走去；騎士趕緊上前，笑着說道：

「怎麼樣？我已經履行我的諾言了吧？」

「不，先生，」玆馬回答他說，「你答應我跟尊夫人說話，誰知她却像一座大理石像那樣不開口！」

那丈夫聽他這麼說，可高興透了，對自己的妻子越發信任，就說：「現在你的馬可屬於我啦！」

「不錯，先生，」玆馬回答說，「早知道我向你討這個情，只能落得有名無實，那我還不如乾脆把這匹馬送給你的好；我眞懊悔沒有這樣做；現在這麼一來，你倒是付出了代價，買進一匹馬，而我還不是等於白白地送了你？」

騎士聽到他這話，哈哈大笑起來。他既然弄到了駿馬，過了幾天，就動身出發到米蘭上任去了。

那位夫人留在家裏，時常想起玆馬的那一番話來，想起他是這樣眞心愛她，爲她而犧牲了自己的駿馬，又看到他經常在家門口走來走去，就對自己說：

「我在想什麼呢？我何必辜負自己的青春？丈夫到米蘭去了，這一去就是半年，他幾時能够補償我這虛度的春光呢？難道要我等到人老珠黃不成？再說，你哪兒去找到像玆馬這樣一個情種？我獨自留在家裏，又用不着顧忌誰。那我爲什麼不趁這大好機會，及時行樂一番呢？錯過了機會是不可復得的呀！況且這件事誰也不會曉得；就算有一天被人發覺，那時再來懺悔也不遲，總比這樣守着空閨、成天懊悔來得好些呀！」

她這樣左思右想之後，一天，果眞照着玆馬所說的話，把兩條手巾掛在面臨花園的窗口。玆馬望見手巾，高興自然是不用說；天色一黑，就悄悄來到她家的花園，發覺花園的門只是虛掩着，就走了進去，來到屋門前，看見她早已等候在那兒。她一見情人來了，心花怒放，就趕緊迎上前去，他摟住她就吻，直吻了千遍萬遍，才跟她上了樓，進入臥室，也不再延遲，兩人一起上了床，享受無比的愛情幸福。這一次幽會只是一個開場白。騎士在米蘭逗留的時期，玆馬常去找她；甚至騎士回家之後，還是經常和她來往，兩人眞是享盡了旖旎春光。

故事第六篇　嫉妒

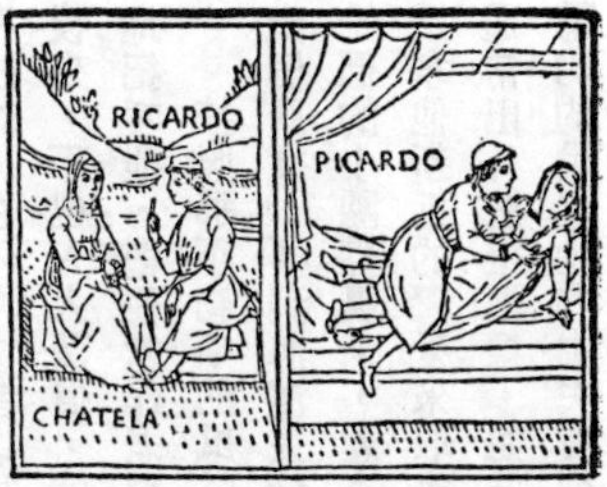

理查德愛上了費列貝洛的妻子，理查德知道她本性善妒，就跟她說，費列貝洛要和他的妻子在溫泉的浴室幽會。她冒充理查德的妻子來到浴室，去和丈夫睡覺，結果發覺她是跟理查德睡在同一張床上。

愛莉莎把故事講完之後，女王十分讚賞玆馬的聰明，於是吩咐菲亞美達接下去講一個。她微笑答應，遵照女王的意旨，開始說道：

我們這座城市，雖然形形色色，應有盡有，各種話題講都講不完，但是我覺得，有時談談別處的傳聞，也很有趣，所以我打算像愛莉莎那樣，講一段外鄉的事蹟。這故事發生在那不勒斯，講一個女人如何正經，如何冷若冰霜，可是她的情人比她更聰明，用巧妙的手段，叫她還沒有開出愛情的花朵，就先嘗到愛情的果實。大家聽了，一方面可以拿這件過去的事來解悶；同時，萬一自己遇到這類事，也可以特別謹慎些。

那不勒斯這座古城也許是義大利最討人喜歡的一座城市。從前城裏住着一個青年，名叫理查德·密努特羅，他出身高貴，家道富有，這是衆所周知的。他的太太雖然秀麗可愛，但他却另有所愛，看上了卡蒂拉。大家都認爲卡蒂拉壓倒那不勒斯城裏的所有美女。她已經出嫁，丈夫名叫費列貝洛·希區諾斐，是個跟理查德身分差不多的年輕紳士。卡蒂拉本是一個規矩的女人，所以一心一意深愛她的丈夫。

理查德熱戀着卡蒂拉，凡是情場中追求女人的手段，他都試過了，可是都派不上用場；他灰心到了極點，却又斬不斷、擺不脫那情絲的束縛，眞叫他求死不能，活在世上却又覺得乏味。他的親戚中有幾位夫人，看見他這樣悲傷，就勸他快死了這條心，免得徒勞無功，自尋苦惱。她們說，哪一個男人都不在卡蒂拉心上，她就只關心自己的丈夫，她的醋心又重，幾乎連天上飛過一隻鳥兒，她都怕會把她的丈夫搶走。

理查德聽說卡蒂拉這麼會嫉妒，反而頓時有了一個主意，覺得正好利用她這個弱點來達到自己的目的。於是他裝作對卡蒂拉已經死了心，把自己的愛情轉移到另一個女人身上，本來他是爲卡蒂拉而唱小夜曲，比武獻技的，現在他照樣把這些殷勤獻給了別人。沒有多久，全那不勒斯的市民——連卡蒂拉本人在內——都以爲理查德已經不愛卡蒂拉，而另有對象了。他這樣不斷地向別人獻媚求愛，到後來，不但人人深信，就連卡蒂拉對他也改變了從前那種冷淡廻避的態度，見面的時候，總是很親切地招呼他，把他當作老鄰居看待。

按照那不勒斯的風俗，每年到了夏天，紳士淑女常常一起到海濱野餐。理查德聽到卡蒂拉也約好幾個朋友，要到海濱去玩；他就和幾個朋友跟到那兒。卡蒂拉的女伴看到理查德來了，就請他加入到她們的小團體裏來，理查德假裝很不願意的樣子，直到三邀四請，才勉强答應。卡蒂拉和那些姐妹開始拿他新近的戀愛來取笑他，他假裝對他的新歡熱情得不得了，這使她們愈發談個不停，到後來就像通常出外遊樂那樣，姐妹們分頭玩耍去了，只剩下卡蒂拉、理查德和兩三個女伴還留在原處。理查德隱約的說起她的丈夫費列貝洛也許在外面另有所歡呢，這話果然挑起了她的妒意，恨不得馬上把他這句話盤問個明白。最後，她實在忍不住了，只得請求理查德，看在他所愛的情人面上，把費列貝洛的事跟她說個明白。理查德說：

「妳以我情人的名義來向我求情，叫我怎麼能拒絕妳呢？這樣好了，我把這件事告訴妳，可是妳必須答應我，在妳沒有親眼目睹、證實我的話以前，妳不能對妳的丈夫講，也不能告訴別人。要是妳高興的話，我有辦法讓妳親眼看到這件事的。」

那位美人給他這麼一說，就愈發相信了，立卽答應，還發誓絕對不向旁人說起這件事。理查德就帶着她從人羣裏走開，揀一個不會被人聽到他們談話的地方，說：

「夫人，假使我現在還像從前那樣愛着妳，那我絕不敢把這件事告訴妳，使妳難受。現在，我這片癡心妄想已成過去的事，那我不妨把全部眞相對妳說了吧！我不知道，費列貝洛是不是因爲恨我向妳求愛，或者認爲妳已經愛上了我，要出一口氣——不管怎樣，他當面從來沒有對我有所表示；却在暗中等待時機，乘我不防備的時候，就要下手幹那唯恐我已經對他幹過的事，這就是說，想要勾搭我的太太。我發覺他這陣子私下跟她聯繫了好幾次，凡是妳丈夫所說過的話，她都告訴我；而且照着我教她的話來回答妳的丈夫。

「就在今天早晨，我剛要出門到這兒來的時候，看到一個女人正在跟我太太交頭接耳，我立卽猜到她是怎樣的人物，就把太太叫來，問她那個女人來幹什麼。我太太說：『她就是給費列貝洛牽線的人，前幾天你叫我故意給他一點希望，那回音就是由她帶去的；現在他又派這個女人來詢問我，到底準備怎樣回覆他。還說，如果我答應的話，他可以設法在本城的一家浴室裏和我見面。不，他簡直是在跟我糾纏；我不知道你爲什麼一定要叫我跟那個男人周旋，不然的話，我早就回絕他，叫他以後再也不敢對我望一眼了。』我覺得這事情鬧大了，不能再容忍下去；所以我想把這件事對妳說，讓妳知道，妳這樣一片忠心對待妳丈夫，幾乎要了我的命，可是他却是怎樣囘報妳的。

「請別以爲我這話是憑空揑造的，妳如果不相信，我可以讓妳親眼看見，親身接觸到。我叫我太太這樣答覆那等候囘音的女人，說她準備在明天午後，等大家午睡的時候，跟他在浴室裏相會，那女人得到了這個答覆，就歡歡喜喜地去了。我想，總不會以爲我眞的會把自己的妻子送到那兒去吧，不過如果我是妳，那我就會想辦法叫他在那裏找到的不是別的女人而是我；等我跟他上床之後，我就好好叫他知道他是跟誰睡在一起的，少不得還要叫他受用一番，把他羞得無地自容，這樣，他對妳的侮辱，對我的侮辱，就一下子都得到了報復。」

卡蒂拉聽完他的話，也不想想說話的是誰，也不考慮到這裏面有沒有機巧，却只憑着一股妒勁，立刻相信了他的話，而且追憶起從前的種種情景，居然愈想愈對，愈想愈氣惱；她在盛怒之下，就決定照他的話去做——這事做來並沒有什麼困難——假使費列貝洛眞的來了，她可要羞得他無地自容，叫他以後看到女人的時候，永遠忘不了那一番教訓。

理查德聽她這麼說，可眞高興極了，覺得自己這條計策眞妙，看來大有成功的希望，便極力慫恿她這樣做，又揑造了一些別的話，使她深信不疑；同時，又請求她千萬不要告訴別人這件事是從他那兒聽來的；這一點她鄭重地答應了。

第二天早晨，理查德趕到他跟卡蒂拉說起的那家浴室，去找女主人，把自己的意圖說明了，懇求她盡力幫助。那個女人一向受到他的照顧，哪有不答應的道理。在她的浴室裏有一間暗室，四壁沒有窗，不透一絲光線。她把這間暗室布置起來，放了一張床鋪，弄得十分舒適。理查德吃完中飯之後，就跑到這張床上躺着，等待卡蒂拉的光臨。

再說卡蒂拉聽了理查德的話，晚上囘到家裏，滿腹怨憤。恰巧費列貝洛那天囘來，因爲有心事，沒有像平日那樣對她親熱。她看到這情景，愈加懷疑了，暗中跟自己說：「那還用說嗎，他一定是在想明天跟那個女人偸情的樂趣呢。這簡直是在做夢！」她幾乎整夜都在想這件事，考慮明天在浴室裏遇到他之後，該怎樣好好教訓他一頓。

有話卽長，無話卽短，到了第二天午睡時，卡蒂拉按照預定的計畫，帶着女僕，來到理查德跟她說起的那個浴室裏。那女主人已經受過理查德的囑托，就問：

「原來你就是來找他說話的太太？」

「是的，」卡蒂拉回答道。

「那麼，」女主人說，「請進來吧！」

自尋煩惱的卡蒂拉就由她們領着，來到理查德躺臥的房中，她的臉上披着一條面紗，隨手把門扣上。理查德看到她進來，高興得跳了起來，把她緊抱在懷中，輕聲對她說：「歡迎，我的靈魂！」卡蒂拉爲了要裝得像樣些，也摟着他、吻他，跟他百般親熱，只是不說一句話，唯恐說出話來會給他聽出口音，幸虧房裏十分黑暗，這使雙方都很滿意；他們在房裏待了一會兒，還是看不清什麼東西。理查德把她抱上床，也不敢多說話，恐怕被她聽出口音。他們倆玩了好長一段時間，其中一個人比另一個人快樂得多。後來，卡蒂拉覺得該是發作的時候了，頓時怒火直冒地說：

「唉，女人的命是多麼苦呀，她們拿一片忠貞對待丈夫有什麼用呢？唉，我這苦命的人哪，這八年來，我始終愛你，把你看得比自己的生命更可貴，可是你呢——我剛才已經體驗到了——你火一般地熱愛另一個女人。你眞是個沒有心肝的男人！你以爲你現在是跟誰睡在一起？睡在你身邊的，就是一直被你的假情假義欺騙着的女人呀！

「你這個沒有良心的壞人啊，我就是卡蒂拉，不是什麼理查德的妻子！你聽——難道你聽不出來這是我的聲音嗎？的確是我呀！好長的時間啊，我恨不得馬上走出黑暗，來到亮光中，好把你狠狠地羞辱一番——你這隻無情無義的惡狗呀！唉，我眞是苦命呀！我這麼多年來一直愛的是哪一個人？我愛的就是這一隻忘恩負義的狗呀，他還以爲他摟在臂彎裏的是另一個女人呢，所以對我百般恩愛，我跟你做了這許多年夫妻，竟還抵不上這麼一會兒功夫的溫存呢！

「你這背信棄義的壞蛋呀，你今天是够賣力的了；平日在家的時候，却只見你軟弱無力、一點勁兒都沒有；多謝天主，你依舊在耕種你自己的田，並不是像你所想像的，在耕別人的田。怪不得你昨天晚上不肯來親近我了，原來你要養精蓄銳，去跟別人交鋒呀！多虧天主以及我的聰明，甘露沒有落到別人的田裏去。

「你爲什麼不開口說話呀？你這個壞蛋！難道你聽到我的話就變成啞巴了嗎？老天在上，我居然忍着氣，沒有動手把你的眼珠挖出來！你以爲你幹這好事是非常機密嗎？老天在上，你聰明，別人可不比你笨。你並沒有如願以償。不告訴你你還不知道，你的一舉一動，全都逃不過我的眼睛呢！」

理查德聽她這些話，好不快樂，却不敢回答她，只是緊摟着她，更熱烈地吻她、愛撫她。她看他不答話，又說道：

「哼，你這隻討人嫌的狗，你打算這樣裝腔作勢，獻一番殷勤，就可以消我這一口氣，跟你和好了嗎？告訴你吧，你錯了。我不當着你的親戚、朋友和鄰居面前，把你羞辱一頓，我這口氣是不會消的。你這個壞蛋，難道我比不上理查德的老婆嗎？難道我不也是大家閨秀嗎？你爲什麼不回答我，你這隻惡狗？她什麼地方勝過我？滾遠些，別來碰我，今天一天你已經够賣力的了。現在你已經知道是我了，那還用說，你這種親熱的樣子都是硬着頭皮裝出來的。老天幫我的忙吧，我以後可要叫你餓得發慌：我不明白，我以前爲什麼不叫理查德來替我解解悶，他愛我勝過愛他自己，我却連正眼都不看他一下！假使我跟他相好，又有什麼了不得？你原以為你是跟他的老婆睡在一起，那就等於你已經幹了這回事，至於你結果沒有把她弄到手，那並不是你的功夫不到家；今後我要是去找她的男人，你可不能怪我！」

卡蒂拉這樣怨天怨地，哭訴了好一會兒。後來，理查德覺得不能再繼續騙她了，要是讓她氣呼呼地回家去，說不定會鬧出什麼亂子來，就決定把這件事向她道破，讓她知道她是跟誰睡在一起；於是他緊摟着她，使她要想脫身也脫不掉，然後說道：

「我親愛的心肝，別生氣吧；因為我一心愛妳，却沒有辦法親近妳，所以愛神替我想出了這一條巧計，好讓我如願以償。我就是妳的理查德。」

卡蒂拉聽到他這麼說，又聽出是他的口音，於是就沒命掙扎，想脫出他的懷抱——可是哪兒能掙出身來？於是她竟要喊起來了，却又給理查德用一隻手掩住了她的嘴。

理查德跟她說：「夫人，現在木已成舟，卽使妳大鬧大喊一輩子也無濟於事，假使妳眞的喊鬧開來，或者把這事說出去，那麼擺在面前的只有兩個結果。一個是跟妳切身有關的，那就是妳美好的名譽要給毀壞了。妳當然可以說是給我用陰謀騙到這裏來的，可是我也會否認呀，我可以說，我是答應了給妳金錢和禮物，妳才來的，後來妳又嫌我給的太少，這才翻過臉來，大吵大鬧，說出這些話來。妳知道，人是寧可相信壞事，不願意相信好事的，所以這事如果傳開，大家都會相信我的話，而不會相信妳。另外一個結果是，妳丈夫跟我從此結了不解的仇恨，很可能不是我殺了他，就是他殺了我，如果事情果眞鬧到這個地步，妳絕不會得到什麼幸福和安慰的。

「所以，我的心肝，我勸妳還是三思而行，不要做出損害妳自己名譽的事來，也不要叫妳丈夫和我結下寃仇，蒙上殺身之禍。從古以來，世上的女人受人欺騙的，不止妳一個呢；我也絕不是要存心毀壞妳的名節所以對妳玩弄手段，我實在是愛妳愛到無法可想了，才出此下策的；我一心只想做妳最忠誠的奴隸。我和我的心、我的身體，以及我整個所有的一切，早就屬於妳了，從今以後，就更屬於妳了，妳在別的方面是一個很有見識的女人，我相信今天的事，妳也不會糊塗的。」

理查德這樣說的時候，可憐的卡蒂拉只是哭個不停，她一肚子的氣怎麼也平不下來，可是她的理性告訴她，理查德並沒有瞎說，他所說的後果是很有可能發生的，因此她終於說道：

「理查德，我上了你這樣大的當，受了你這樣大的欺侮，除非天主幫助我，否則叫我怎麼承受得了？只怪我自己思想簡單，太會妒嫉，才被你騙到這裏來，我也不打算叫喊。可是我告訴你，我如果不能想出一個報復的辦法來，那我是絕不甘心的。你放手吧，別再拖住我了——你已經滿足了慾望，把我糟蹋够了，時間不早了，你放我走吧。我求求你，讓我去吧！」

理查德看她怒氣未消，就決心要跟她言歸於好之後，才放她走。他低聲下氣地說盡了好話，用盡了功夫，哄她、求她、安慰她，終於打動了她的心，使她跟他和好了。於是兩人你恩我愛，又一起玩了好一會兒，十分歡樂。卡蒂拉到這時候，才明白情人的親吻，比丈夫的親吻更有味呢；她從前對他冷酷無情，現在一變而為無限的柔情蜜意。從此以後，她始終熱愛着他，他們又經常約期幽會，事情做得十分乾淨，不露一點痕跡，却在私下裏享盡愛情的幸福。但願天主允許咱們享受咱們的幸福吧！

故事第七篇　香客

第達爾多在情場失意，離開故鄉，隔了七年，他喬裝成香客，回來和過去的情婦相見，指責她的薄情，情婦的丈夫因爲蒙了不白之冤，很可能被處極刑，他把她的丈夫搭救出來，同時跟情婦重修舊好。

大家聽完了菲亞美達的故事，都讚美她講得眞好，女王不多耽擱時光，隨即就叫愛蜜莉亞接着講下去。她說道：

剛才兩位講的都是別地方的故事，現在我又要把話題收回到我們這個城市裏來。我要講的是，一個本地人怎樣跟她的情婦分手，後來又怎樣跟她重修舊好的事。

從前在我們佛羅倫斯城住着一位公子哥兒，名叫第達爾多·埃里賽。他愛上了阿多布蘭第·帕萊米尼的妻子愛蜜莉娜夫人。論他的人品風采，沒有一樣不好，合該消受這分艷福。可是命運作弄人，偏要使他遭受相思的痛苦；愛蜜莉娜跟他相好了一陣以後，却變了卦，跟他斷絕往來，不但他託人去傳話，她一概不理，就連他本人想見她一面都辦不到；他因此十分痛苦；幸虧他跟那位夫人的關係一向十分機密，所以人家只看見他鬱鬱寡歡，却不知道他的心病在哪裏。

他覺得自己實在沒有做出對不起他情人的事，所以想盡方法，要和她言歸於好；那裏知道一切都是白費心機，最後，他絕望了，決定離開故鄉，免得讓那個害他受苦的女人看見他這副憔悴的光景，暗中稱快。他收拾好了所有的現款，秘密地動了身；除了只對他一個密友說起這事外，在其他親友面前，都未提隻字。

他來到安卡納，改名為菲利浦·第·桑·洛狄喬，在那裏結識了一個有錢的商人，幫他辦一點事情，就上了他的船，跟他一起到塞浦路斯島經商去了。他做事勤勉穩重，商人對他很賞識，不但給他優厚的薪水，還叫他做自己的合夥人，把大部分的事務都交給他管理。他這樣盡心盡力勤勤懇懇，做了幾年買賣，居然積了不少錢，也成為一個著名的富商了。

當他忙着籌劃經營的時候，難免也時常想起他那狠心的情人來，他那失戀的創傷始終沒有平復，還是渴望和他的情人再見一面。但是他那堅强的意志，使他這七年來一直在唱他從前為他情人所編寫的一首歌曲，那歌詞就是形容當初他和他情人兩人你恩我愛、如魚得水的情景。他聽了這首歌，覺得他忘不了舊情，因此他死灰復燃，再也按捺不住，一心只想和她再見一面，於是決定到佛羅倫斯。

他把商務料理清楚以後，就帶了一個僕人，來到安卡納，把全部財產收拾在一起，托他的一個合夥人寄運到佛羅倫斯，存放在合夥人的朋友那兒。他自己扮做一個朝拜聖地回來的香客，帶着僕人，悄悄動身，來到佛羅倫斯，投宿在一家小旅店裏。這旅店是一對兄弟開設的，就在他情人家的附近。

有了棲身的地方，他第一件事就是走到他情人的住宅前，希望能見到她一面。不料他一到那裏，只見窗門全都關得緊緊的，他吃了一驚，以為她已經死了，或者搬家了。他這樣猜疑不定，走到自己兄弟的家附近，不料又看到他的四個親兄弟全都穿着喪服，站在門前。這更叫他驚奇了；他知道自己七年來飄泊在外，相貌習慣都換了個樣子，不容易被人認出，就走到一個鞋匠面前，向他打聽這幾個人為什麼都穿上喪服，鞋匠回答他說：

「那幾個人穿着喪服，是因爲他們有一個兄弟名叫第達爾多，一向在外流浪，大約兩星期之前，給人謀殺了。聽說他們已向法庭控訴阿多布蘭第．帕萊米尼，說他就是殺人的兇手，因此官府已經把他押禁在獄中。原來這個兄弟從前跟他的女人有過一段情，這次喬裝回來，要跟她相會，竟給那個男人給殺了。」

第達爾多聽了這話，更詫異了，他想，一定有誰跟他的面貌十分相像，給人誤認了；阿多布蘭第無辜受屈，他也很替他難過。他又從鞋匠那兒知道他的情人依然健在。這時已近薄暮，他滿腹疑慮，回到旅店，跟僕人兩個吃過晚飯，就回房睡覺——他那一間客房，幾乎在整幢房子的頂端。也不知道他是因爲心事重重，還是因爲床鋪不舒服，還是他這一頓晚飯沒有吃飽，竟然到了半夜還沒有入睡。正在這樣輾轉難眠的時候，他似乎聽到有人從屋頂上爬下來，接着就從門縫裏看到一線燈光。他下了床，悄悄地走到門邊，從門縫裏向外張望，只見一個漂亮的姑娘，擧着燈光，接着有三個男人從屋頂上陸續下來，來到她身邊，彼此打了個招呼，只聽得其中一個男人向她說：

「謝天謝地，我們從此太平無事了，第達爾多的幾個兄弟已經跟阿多布蘭第當庭對質，證明是他謀殺了第達爾多，他已經認了罪，連判決書都下來了。不過，我們還得小心，不能把風聲走漏出去，萬一讓人家知道了眞情，那我們的生命就跟阿多布蘭第一樣危險了。」

那姑娘聽到他們這麼說，似乎很高興；接着，那幾個男人就各自下樓睡覺去了。

第達爾多在房裏聽到這些話，可眞吃驚不小。他想，事情糟透了，眞是一筆糊塗賬——他自己的兄弟拿別人的屍體來哭泣埋葬；無辜的好人蒙了不白之寃，被判死刑；再說，那法律又是多麼目盲、殘酷；那些統治人民的官吏，哪裏是在審究案情，只是黑白不分，作威作福，居然還自以爲是大公無私的執法者，天主的使臣；其實只是罪惡和魔鬼的代理人罷了。繼而他又想，該想個什麼辦法來營救阿多布蘭第才好；他決定了進行的步驟。

第二天早晨，起身之後，他叫僕人守在旅店裏，自己來到他情人家的門前，大門剛打開，他覺得正是時候，就逕自走了進去，只見他的情人正獨自坐在樓下的一間小屋裏哭泣，這副凄楚的光景，幾乎使他也流下淚來。於是他走上前去，向她說：

「夫人，別難過，妳的大難就要過去了。」

那女人聽見有人說話，就抬起頭，淚眼汪汪地說：「好人，你大概是一位外路來的香客吧；你知道我的遭遇是凶是吉？」

「夫人，」第達爾多回答她說，「我剛從君士坦丁堡來，是奉了天主的派遣，要把妳的眼淚變成歡樂，要把妳的丈夫從死亡裏救出來。」

她說：「如果你剛從君士坦丁堡來，你怎麼會知道我是誰，我的丈夫又是誰呢？」

於是那位香客就把阿多布蘭第遭難的經過源源本本地說出來，還說出她的名字，她結婚了幾年，以及他所知道的種種有關她的事情。那女人聽他說得句句確實，驚奇極了，把他當做一位先知，跪倒在他的脚下，用天主的名義懇求他趕快搭救她的丈夫，否則就要來不及了。第達爾多裝作是個聖潔的人，說道：

「夫人，請妳起來，別再哭了，聽好我對妳說的話，這些話妳可千萬不能對別人講。天主向我啓示過，妳這次遭遇大難，是因爲妳過去有了罪孽，所以天主降下這場災禍，叫妳洗滌一部分罪孽，而且要妳悔過自新，盡力補救過去的錯誤，否則，只怕妳還要遭遇到更大的不幸呢！」

「先生，」那女人說，「我過去犯了不少罪孽，天主要我贖罪補過，但不知我首先應該從哪一件着手才好。」

「夫人，」那香客回答道，「說到那一件罪惡，我知道得很清楚；用不着再問妳什麼，可是我要妳自己說出來，這樣可以使妳更覺得悔恨。閑話少說，請妳告訴我，妳可記得妳有過一個情人嗎？」

那女人給他這樣一問，不禁怔住了，她原以爲這件事十分秘密，沒有一個人知道，在第達爾多被人謀害，下葬的時候，一兩個知道她那一段隱私的朋友，說話中間，偶然漏了些消息，外界才有一點風聲罷了。她深深地歎了一口氣說道：

「我看天主既然已經把人類的秘密全部對你揭露了，那麼對你也不必再隱瞞什麼了。我年輕的時候，的確火熱地愛過一個不幸的青年，不想他會遭到慘死，我的丈夫又給捉去抵償他的性命。我聽到他的死訊，心裏眞是難過，曾經痛哭了好幾場。在當初他離開故鄉以前，我曾經冷酷無情地對待他，可是，不管我跟他分離這麼多年，不管他已經死於非命，但我心坎裏還是擺脫不掉他這個人。」

香客說：「妳愛的不是那個死去的不幸青年，妳愛的是第達爾多，不過暫且不談這個，我問妳，妳爲什麼要跟他斷絕往來，他是不是有對不起妳的地方？」

「不，」她回答道，「他沒有什麼地方對不起我，我後來不理睬他，是因爲聽信了一個倒楣神父的胡說八道。我向他做懺悔，供出了我跟第達爾多的私情；他就咆哮如雷，大聲叱罵，我現在回想起來，還覺得心驚膽怕。他對我說，如果我不趕緊回頭，我就會給打入最深的地獄深處，永遠給魔鬼咬嚙，給烈火焚燒，把我嚇得再也不敢跟我那位情人見面了；爲了跟他從此斷絕往來，他寫信來也好，託人來也好，我一概不許他進我的門。他想他受到這打擊，絕望了，因此離開了故鄉；如果他再堅持一段時間，那麼，我看到他的生命就像白雪在陽光下那樣慢慢消融，再也硬不起心腸來，最後一定會向他屈服的；因爲我再也沒有其他比對他的愛情更强烈的慾念了。」

「夫人，」那個香客說道，「使妳現在感到那樣痛苦的，不是別的，就是這一個罪孽了。我知道第達爾多一定從沒有强迫過妳，妳愛他原是出於妳的自願，因爲妳打從心坎裏喜歡他。後來他跟妳幽會，兩個人結下了私情，這不是他一個人的事情，也有妳的一分在內。妳對他所說的話，妳爲他所做的事，都流露出一片柔情蜜意，他從前愛妳十分，到了這時候，就已經愛妳一萬分了。我知道你們的情形就是這樣——假如眞是這樣的話，妳怎麼可以翻臉無情，就此不理睬他了呢？像這一類事總得愼重地想一想呀，要是妳害怕做這件事，將來會後悔莫及，那麼不如乾脆不做的好。等他屬於妳，變成妳的人兒的時候，妳也屬於他、成爲他的人，在他還沒有屬於妳的時候，妳儘可以愛怎樣就怎樣做，因爲這只是個人的事；可是等妳跟他成了情人，却忽然又要跟他一刀兩斷，這就是妳的不對了，因爲妳違反了他本人的意志，就無異搶走了他最心愛的寶貝。

「現在，妳知道，我也是一名修士，所以把教會裏的人都看穿了。如果在別人面前，我也許不能隨便說教會裏的事，不過對妳，我不妨跟妳徹底談一談那班修士的底細，因爲這對妳有好處，免得妳上一回當，以後還要上他們的當。

「從前，當神父的確都是一些聖潔善良的人；但是現在，那些大模大樣、自稱爲神父的人，除了穿着一件長袍外，還有什麼修士的氣息呢；就連那件當作外表的長袍吧，也已經有失體統了。從前神父所穿的長袍，都遵照教規，只用極粗劣的布料，尺寸都有限制，只求蔽體，根本不講究式樣，表示他們輕視世俗的浮華。現在的神父可不同了，非觸目耀眼的綾羅綢緞不穿，而且仿照大主教的氣派，把袍子做得又長又大；他們穿着這種長袍，在教堂裏、在廣場上，好比一隻孔雀似的洋洋自得，根本沒有一點羞恥心，這跟世俗的紈袴子弟又有什麼兩樣？他們的行徑又很像漁夫；漁夫一心只想把河裏的魚一網打盡，他們披着層層疊疊的外衣，佈置下無數陷阱和圈套，也是一心只想迷惑那班天眞的少女、寡婦以及愚夫愚婦，再也不顧別的責任了。說得明白些，他們並沒眞正穿着神父的長袍，他們只是借這件黑袍子的光罷了。

「再說，從前的神父爲的是要拯救衆生，現在這班神父只知道金錢和女人，他們把地獄裏陰森森的光景講得有聲有色，眞是用盡心機去恫嚇那些無知的人，使他們相信人生的罪孽只有捐獻和望彌撒才可以洗滌。他們對人宣揚這一套話，因爲他們做神父原不是爲了敬奉天主，只是出於卑鄙的動機罷了；他們好吃懶做，要是不當神父就沒有什麼可維生了；大家相信他們的胡言亂語，害怕自己亡故的親人在地獄裏受苦，就甘心拿麵包、美酒、金錢等來孝敬他們。

「本來，施捨和禱告的確可以洗滌人的罪孽；可是，如果讓那些出錢的人知道這些捐款是由誰在享用的，那麼只怕他們再也不會這樣慷慨了，或者寧可把錢扔到豬欄裏去吧！只是這些神父看得很清楚，一塊肥肉，分享的人愈少，就吃得愈稱心。所以他們沒有一個不是只想用叫囂、威脅排斥別人，好獨吞他們心目中的一塊肥肉的。他們譴責人心中的淫念，就是爲了把這些罪徒從女人身邊嚇跑，那女人就可以歸他們自己受用；他們譴責重利盤剝和妄圖不義之財，爲的是等別人聽信了這些話，害怕將來被打進地獄、永劫不復，而趕緊把那些不義之財交出來之後，他們就可以拿去做更奢侈的衣裳，去賄賂主教的職位，去添置各種財產。

「每逢他們的所作所爲遭到別人指摘的時候，他們就乾脆回答說：『照我所說的話去做，別學我的榜樣！』以爲這麼一來，哪怕天大的責任也可以推得一乾二淨了——倒像是羊羣應該比牧羊人更堅强、更經得起誘惑似的❶！許多神父都知道，一般人聽到他們這樣回答，不一定會懂得話裏的意義。我們現在這些神父是希望大家照他的話去做，就是說，叫大家去塡滿他的錢袋，把你們的秘密都告訴

❶「牧羊人」暗喻神父，「羊羣」暗喻人民。

他，要你們禁慾、安心忍耐、逆來順受、絕沒有一句怨言——這些都很好，很冠冕堂皇的；可是他們這樣勸人爲善的動機何在呢？簡單得很，有些事如果聽任人們去做，他們自己就做不成了。

「誰都知道，要過那種只吃飯不做事的舒服日子，沒有錢是不行的；但如果你把所有的錢都花在你自己的享受上，那麼叫那些修士又怎麼過他們舒服的日子呢？要是大家都在跟女人談情說愛，那麼女人還輪得到他們去追求嗎？如果你不講仁愛，受了侮辱不肯忍氣吞聲，那麼他還敢上你家的門來腐化你的家庭嗎？——不過我何必這樣不厭其煩地對妳講這許多事呢？這些神父總是這樣替自己辯護：『照我所說的話去做吧，別學我的榜樣！』總是在明智的人面前檢討自己。如果他們沒有信心避免一切邪惡，以過着聖潔的生活，那他們幹嘛不守在自己的老家呢？如果他們眞是一心要做一個出家人，那麼爲什麼不遵照福音的聖訓：『基督以身作則，誨人不倦』❷去做呢？但願他們先管好自己，再來管別人吧。我親眼看見過有上千個神父都是些色中餓鬼，他們調戲、勾引民間的婦女，這還不算，竟然還要誘姦修女；而就是這些人，在教會的講壇上聲色俱厲地譴責這種行爲。難道我們應向這種人認罪懺悔嗎❸？誰喜歡這樣做，那是他們自己的事，不過他們做得對不對，自有天主知道。

「我們姑且退一步說吧，就算那神父指責妳濫用愛情、破壞婚姻的盟誓，說妳犯了滔天大罪，不是沒有理由的；那麼奪去一個男人的生命，那罪惡是不是更嚴重呢？妳活活地把他逼死了，或者是把他放逐出去，叫他從此流落他鄉，那麼妳是不是更加罪大惡極呢？誰都不能說不對。一個女人和一個

❷ 這句話並非出自『新約』四福音書，而是出自『新約使徒行傳』開頭第一節。作者爲了配合故事內容，對引文的解釋，也跟原義有所出入。——據潘譯本原注

❸ 「向這種人認罪懺悔」從阿爾亭頓譯本；潘譯本作「向這種人看齊」。

男人發生關係，就有不對的地方，這還是人情之常。可是用搶劫的手段對付一個人，把他謀害、把他放逐，這卻是蓄意犯罪的行爲呀！

「我對妳說過，妳既然已經把妳的心許給了第達爾多，却又忽然跟他斷絕關係，這就無異搶走他的心上人；我現在更進一步地說，對妳來說，妳實在等於殺害了他。妳待他愈來愈冷酷，到後來逼得他非自殺不可❹。根據法律：敎唆罪行，跟一手造成罪行都是犯罪的。妳怎麼能矢口否認，他這七年來流浪在外，不是妳一手造成。這麼看來，在這三條款項中，不論妳觸犯了哪一項，妳都犯了比跟他私下往來更重大的罪名。

「讓我們再來看看，第達爾多遭受妳的遺棄，是不是他罪有應得呢？說眞的，他是無辜的。妳自己也供認過，他愛妳甚於愛他自己。他尊敬妳、崇拜妳、讚美妳，只要一有親近的機會，就向妳吐露他的癡情，天下還有哪個女人受到她情人這樣崇拜的呢？他把他的名譽、自由以及所有的一切全奉獻給妳了。難道他不是一個高貴的青年？難道在全城的年輕人之中，他不能算英俊漂亮的？還是他修養欠缺、才華不够，不能算是一個優秀的青年？他不是博得大家的愛戴和好感嗎？他不是到處受人歡迎嗎？妳大概不會否認我這些話吧？

「那麼妳怎麼可以聽信那愚蠢、小心眼神父的話，對他翻臉無情呢？一個女人，怎麼可以瞧不起男人，對他們冷若冰霜？這是多大的錯誤啊！女人必須記得自己的地位，認識天主是拿最高貴的德性賦與男人，使他超越世上的一切生命；那麼一個女人受到男人的愛慕時，她應該感到驕傲，熱烈地愛他，體貼入微地討他喜歡，這樣，女人才會永遠被愛。可是妳受了那個神父的敎唆，是怎樣對待妳的

❹「我現在更進一步地說」以下幾句譯文從里格譯本。

情人的呢？那妳自己也很明白了。那個喝酒吃肉的神父教妳這樣做，一定是別有用心，他想把別人趕走，然後自己取而代之。

「公正的天主，他賞罰分明，絲毫不爽，絕不能容忍妳的罪過而不懲罰妳。妳從前毫無理由地跟第達爾多斷絕往來，現在妳丈夫就同樣地毫無罪過，給捉去抵償第達爾多的性命，妳自己也陷在痛苦裏。所以如果妳得救，妳就必須答應——而且非做到不可——假使有一天第達爾多流浪回來，妳願意跟他重修舊好，依舊愛他、珍重他，和他來往，當初妳還沒有糊里糊塗，聽信那個神父的胡言亂語之前是怎樣待他的，將來還是願意這樣待他。」

香客的話到這裏結束。愛蜜莉娜一直在用心聽着，覺得句句有理，認爲自己的確犯了這件罪孽，今天才會遭到這樣的苦難，於是就說道：

「天主的使者啊，我很明白你所說的都是眞情實話；我從前一向把神父認作是聖人，現在聽了你的善譬精解，才恍然大悟，看穿了這神父的原形。我也坦白承認，我這樣對待第達爾多，眞是大錯特錯。假如我還能夠照着你的指示，設法補救，那我才高興呢；可是這怎麼辦得到呢？第達爾多再也不會回到我這兒來了——他已經死了！旣然是根本辦不到的事，我又何必空許下什麼心願呢！」

「夫人，」那香客回答道，「天主已經給了我啓示，第達爾多並沒有死，他還活着，安然無恙，缺少的只是妳的愛憐而已。」

愛蜜莉娜說：「你想想你說的是什麼話！我親眼看到他的屍首橫在我門口，身上給人戳了幾個窟窿。我把他抱在懷裏，滾滾的淚珠全掉在死人的臉上，也許就因爲這件事竟惹得人家說閑話的吧！」

「夫人，」香客回答道，「不管妳怎麼說，我向你保證第達爾多還活着，只要妳答應我的要求，我相信妳很快就會跟他相見的。」

她說：「我答應你，但願我能夠做到。假如我能看到我的丈夫無罪釋放，第達爾多安然無恙，那我眞是再快樂也沒有了。」

第達爾多覺得這時候應該表明自己的身分了，也好安慰他的情人，使她相信她的丈夫的確會逢凶化吉，就說：「夫人，爲了讓妳放心妳丈夫，我有個秘密要告訴妳，妳可千萬不能洩露出去啊！」

愛蜜莉娜相信那位香客是個聖人，就把他帶進一間密室，房裏只有他們兩人。於是第達爾多從身邊拿出一個戒指來給她看——這就是從前他們最後一晚聚會的時候，她送給他的紀念品——現在他就把這一直珍藏的戒指給她看，問道：「夫人，妳認不認識這樣東西？」

愛蜜莉娜一看到戒指，就認出來了，說道：「是的，先生，這是我從前送給第達爾多的。」

於是那香客站起身來，摘下香客的帽子，脫下香客的粗布長袍，用佛羅倫斯的口音說：「那麼妳認不認得我呢？」

愛蜜莉娜這時才認出在她面前的這個人原來就是第達爾多，她這一嚇非同小可，就像人看到鬼出現那樣；所以她哪兒會想到歡迎這位從塞浦路斯島來的遠客，簡直就把他當作從墳墓裏出現的鬼，嚇得連逃都來不及呢！這時候，只聽到第達爾多說道：

「夫人，不要害怕，我是妳的第達爾多啊，我好好地活着，並沒有死，也沒有遭到誰的殺害。妳和我的兄弟都認錯人了。」

愛蜜莉娜聽到他的話，半驚半疑，再把他仔細端詳了一會兒，認出他果然就是第達爾多；就身不由主地撲在他的肩頭，哭泣起來，吻着他說道：「我的好第達爾多，歡迎你回家！」

第達爾多也擁着她，接着說：「夫人，現在還不是我們歡敘暢談的時候，我必須設法使他們把阿多布蘭第還給妳，我希望在明天晚上以前，會有好消息給妳——眞的，我但願今天就有好消息，如果是這樣，我今晚再來看妳，那時我就可以把經過的情形，詳詳細細地告訴妳了。」他穿上香客的袍子，戴上香客的帽子，又跟他情人親了一個吻，叫她不要難過，就告辭去了；不到一刻，他已來到獄中。

※這時候，阿多布蘭第正在牢裏愁思，覺得此生蒙了不白之寃，眼看就要受刑，要想洗雪是不可能了。第達爾多獲得獄卒的許可，走進牢房，來到阿多布蘭第身邊，假裝成安慰囚犯的修士，在他身邊坐下說：「阿多布蘭第，我是你的朋友，天主可憐你蒙受了不白之寃，特地派我來救你。如果你尊敬天主，能容許我向你討一個小小的情，那麼，你本來以爲挨不過明晚，就要被判死刑的；我保證，到那時候，你就會聽到無罪開釋的宣告。」

「善良的人，」那囚犯說，「你既然熱心救我，想必就像你所說的，是我的朋友，儘管我不認識你，也記不起在什麼地方見過你。眞的，我是蒙了不白之寃，眼看就要被判死刑；也許我從前犯了什麼罪孽，因此今天才會有這報應也不一定。不過如果天主眞的對我發了慈悲，那麼爲了尊敬天主，我可以這樣向你說：別說你向我討一個小小的情，就是要我忍受多大的犧牲，我也會答應。你有什麼地方要向我求情，請你說出好了，只要我能逃出這場大難，我一定願意做的。」

香客說：「我只要求你寬恕第達爾多的四個兄弟，他們誤把你當作殺害他們兄弟的兇手，所以誣告你了；如果他們來向你賠罪，你一定要把他們當作兄弟朋友那樣看待啊！」

阿多布蘭第就說：「只有受過迫害的人，才渴望着復仇，知道復仇是件多麼痛快的事。不過呢，爲了祈求天主搭救我的苦難，我願意原諒他們——現在就原諒他們。如果我眞能保全生命，逃出這一場災禍，我一定遵照你的意旨去做，使你滿意。」

香客聽了很高興，便不再多說，只叫他放心好了，不必等到明天傍晚，就會讓他聽到宣告釋放的好消息。於是他離開監獄，直奔官府，私下求見主審的官員，說道：

「大人，我們對於事情總是喜歡追究清楚，你們身居高位，聽訟斷獄，當然更要把案情弄個水落石出，使罪徒伏法，好人不會受到寃枉。我現在趕到這兒來，一則是爲了使大人的威名更加顯揚，二則就是爲了不讓那不法之徒逍遙法外。大人早已知道，第達爾多遭人謀殺，你認爲兇手就是阿多布蘭第，所以把他抓來，準備處以極刑，這實在是寃枉極了；今晚午夜以前，我可以把眞兇交到你手裏，證明我這話並不是胡說。」

那位審判官認爲這關係着阿多布蘭第的生死，所以仔細聆聽香客的話，又跟他討論了一番，就聽從他的意見，在午夜時分把那開設旅店的兩個主人和一個僕從，從床上抓起來，這三人正呼呼大睡，連掙扎都來不及掙扎一下，等來到公堂，經不起嚴刑威逼，這三人就各自招供了，後來又一致承認他們是殺害第達爾多的兇犯，不過當時並不知道他的姓名。審判官問他們殺人的動機，他們說當他們不在店裏的時候，死者調戲他們其中的一個妻子，而且還想强姦她。

香客也在旁邊聽着，這時候就向審判官告退，悄悄來到他情人家中，這時她家裏的人都入睡了，只有她一人還在等待，一半是爲了盼望她丈夫平安無事的好消息，一半也是要跟她的第達爾多重修舊好。他來到房中喜氣洋洋地招呼她道：

「我最親愛的夫人，告訴妳吧，也好叫妳歡喜歡喜，妳丈夫明天就可以平安回家了。」

爲了使愛蜜莉娜更加放心，他又把自己一整天的活動一五一十地告訴了她。

對她說來，這眞是雙重喜事從天而降——她以爲已經死了的，爲他放聲悲悼過的第達爾多，現在還好端端地活着，依然是她的情人；而她原以爲她那無辜被誣的丈夫，幾天之內就要被處死刑——到那時少不得又要痛哭一場，現在已經化險爲夷，可以安然出獄了——這時候，她樂得心花怒放，天下還有哪個女人能比得上她呢?她親熱地擁着、吻着第達爾多，和他攜手上床，盡釋前嫌，重溫舊夢，眞有說不盡的恩愛和歡喜。等到天快亮時，第達爾多從床上起來，把他的計畫告訴了情人，又一次叮囑她要嚴守秘密，於是穿起香客的服裝，離開情人的家，去料理阿多布蘭第的案子。

天亮以後，官府經過一番研究，認爲這件案子的眞情實況已經徹底查明，立刻下令開釋阿多布蘭第；沒有幾天，就把幾個兇犯押到原來肇禍的地點，一起斬決了⑤。

阿多布蘭第被釋放後，跟他的妻子和親友重逢，自有一番歡樂的情景；他感激那位香客的救命之恩，把他請到家中，悉心侍候，總求他多住幾天，尤其他的妻子，心裏明白，因此更加殷勤。過了幾天，第達爾多覺得應該出面替他的兄弟和阿多布蘭第調解一番了，因爲他聽說他的兄弟由於阿多布蘭第的無罪釋放，很受到大家的譏諷，同時他們害怕報復，身邊經常帶着武器。他請求阿多布蘭第履行以前許下的諾言。阿多布蘭第毫無難色地答應了;準備依香客的話，在第二天設下一席豐盛的酒菜，把男親女眷都請來，招待那兄弟四人和他們的妻子。香客又表示願意立即去邀請那四個兄弟出席這次和好的宴會。

香客的建議，阿多布蘭第無不聽從，他隨即就去見他的四個兄弟，向他們講解了一番道理——無非是用金玉良言勸他們放寬胸懷，向阿多布蘭第賠罪，請他不要再念舊惡。他們隨即答應了。第達爾多又邀請他們明天帶着妻子到阿多布蘭第家去吃飯，他們知道這是出於誠意，也就答應了。

到了第二天中午時分，第達爾多的四個兄弟，穿着黑色喪服，帶了幾個朋友，來到阿多布蘭第家

⑤ 阿爾亭頓譯本作「絞決」，絞決似乎較合情理，但其他幾種英譯本都是斬首的意思。斬決或絞決，是當時對貴族和平民兩種不同階級的不同執刑方式。

裏——主人早已在那兒等待了——就當着滿堂賓客，放下武器，徒手向前，聽候主人發落，只求他能寬恕他們冒犯他的地方。阿多布蘭第掛着眼淚，親切地接待他們，一一吻他們，只用輕輕幾句話就把事情帶過去，完全寬恕了他們。跟在他們後面的是他們的妻子和妹妹，全都穿着素色喪服，也由女主人愛蜜莉娜和她的女伴親切地迎進去了。於是賓主入座，大開宴席，一切安排得盡善盡美，美中不足的就是衆人在席上很少談話，顯得太過冷清——原來第達爾多的親屬全都穿着喪服，懷着哀思，所以提不起歡樂的情緒來。這時不免有人抱怨那位香客，不該出主意辦這樣一個宴會；第達爾多心裏也十分明白，等到大家吃水果的時候，他覺得打破這冷清局面的時機已到，就站起來說道：

「盛會難逢，大家應當歡樂一番，只可惜第達爾多不來，未免減了些興致；其實他一直在你們身邊，只是大家認不得他罷了。我現在就把他介紹給你們。」

他說完之後，就脫去香客的長袍和帽子，露出一身綠色綢衣，大家都瞪眼對他直望，驚訝極了，一下子都不敢相信他就是第達爾多。他看見大家滿腹疑團，只得對他們敍說許多家事，以及他過去跟他們每個人的交往，又把他自己這幾年來的經歷大體講了一遍。他的兄弟和衆人這時才相信，都一齊湧上去抱住他，高興得眼淚都掉下來。在座的女客，不管是他的親屬還是陌生人，也都上前去跟他擁抱，惟獨愛蜜莉娜坐着不動。阿多布蘭第看到這情景，就問：

「怎麼，愛蜜莉娜？別的女客都去向第達爾多歡迎問好，為什麼妳不去向他問好？」

愛蜜莉娜爲了使大家都聽見，就故意提高聲音說道：「說到歡迎，這兒再也沒有第二個人比我更歡迎他的了，因爲在這許多人中間，我是欠他的情最多的——全靠他救了我丈夫的命。可是想到上一次，我誤把別人當作第達爾多，痛哭了一場，竟惹來不少蜚言流語，那麼這一次我怎麼能不再避些嫌疑呢？」

她丈夫說：「別說廢話啦，妳以爲我會理睬這些人的造謠生事嗎？單看第達爾多這樣出力救我的性命，就知道這些人是在亂嚼舌根，我怎麼也不會相信的。快去擁抱他吧！」

愛蜜莉娜巴不得有這個機會，就立卽聽從丈夫的命令，站起來，和別的女人一樣，上前去跟他擁抱，熱烈地表示歡迎。阿多布蘭第的寬宏大量，使得第達爾多的兄弟和在座的男女都很滿意，過去大家聽了各種流言，心裏不免疑神疑鬼，現在心情就開朗了。每個人都慰問過第達爾多之後，他就親手替他的兄弟撕下黑色喪衣，又替他們的嫂子和妹妹扯破素色喪衣，派人另外去拿衣服來。他們換過衣服後，就唱歌的唱歌，跳舞的跳舞，各自玩了起來。這次宴會，開始時是冷冷清清的，沒想到收場却是這樣熱鬧非凡，這樣興高采烈。宴罷，大家興猶未盡，又一起把第達爾多送回家，那天晚上，就在他家裏用飯，十分歡樂，他們就這樣一連在他家裏吃喝了幾天。

在最初幾天，佛羅倫斯的人都把第達爾多當作死人復活，看到他都很害怕；還有許多人，包括他的兄弟在內，心裏總有點兒信不過來，懷疑他究竟是不是第達爾多。要不是在一個偶然的場合，弄清楚了受害人究竟是誰的話，只怕這個疑問一直要繼續下去呢！

事情是這樣的：有一天，幾個隆尼賈納來的步兵，從他們家門前經過，看見第達爾多，立刻跑上去招呼道：

「你好啊，法玆烏羅！」

第達爾多正跟他幾個兄弟在一起，他回答道：「你們認錯人了吧？」

對方聽到他的聲音，很是狼狽，連連請他原諒，說道：「眞的，兩個人的面貌這麼相似，眞是少見。你眞是太像我們隊裏的一個兄弟啦——他叫做法玆烏羅，大約在半個月前來到這兒，從此消息全無。本來我們看到你的衣服也有些奇怪，因爲他也跟我們一樣是當兵的，怎麼會穿起像你這樣的衣裳來呢？」

第達爾多的哥哥聽到這話，就過來問他們，那個法兹烏羅穿什麼衣服；他們所說的衣服正和死人身上所穿的相同，再湊上一些別的事實，眞相就大白了，給人殺害的是法兹烏羅，不是第達爾多，大家對第達爾多的懷疑也就冰消瓦解了。

第達爾多發了財，回到家鄉，對他的情人忠誠不渝；他的情人也不再跟他鬧翻。他們始終謹愼從事，享受着戀愛的幸福。但願天主允許咱們享受咱們的幸福吧！

故事第八篇　地心煉獄

一個修道院院長愛上了農民的妻子，用藥酒使農民不省人事，當做死者埋葬。後來又把他從墓中抬出來禁錮在地窖裏，農民醒來之後，還以爲自己是在煉獄裏受罪。院長就跟他的老婆私通。後來農民的老婆懷了孕，院長才把農民放回人世，做孩子的爸爸。

大家聽完愛蜜莉亞的長篇故事，一點都不感到沉悶，只覺得像這樣一個情節曲折的故事，講得眞是緊湊；接下來就輪到拉蕾達，她得到女王的示意，就說道：

親愛的姐姐，我現在要講的故事，雖然好像比我們剛才聽到的那個故事更近於虛構，但却是眞人眞事。我因爲聽到一個人死了却被錯認做另外一個人而哀悼埋葬，才想起這個故事的。現在我要講一個活人怎樣給人當做死人埋葬，後來他本人和他的左鄰右舍又怎樣相信他是死而復活，因此本來應該受到譴責的罪徒，竟然受到大衆的崇拜，變成了聖人。

在杜斯卡納城裏有一所修道院（它現在還在），就像我們通常看到的修道院一樣，建立在比較清靜的地方。院長是從修士中選出來的，這個人確實是一個虔誠的出家人，言語舉止都十分聖潔，只是有一個毛病，就是好色，幸虧他行事十分機密，因此人家做夢也想不到他還有這一手，始終把他看作一位清心寡欲的大聖人。

院長跟一個叫做費隆多的富農很有交情，說起這個人，頭腦簡單得出奇，院長喜歡他的也就正是這點，覺得跟他開些玩笑，確實有趣；交往的日子久了，院長發現費隆多家裏供養着一個如花似玉的嬌妻，竟墜入了情網，爲她日思夜想，廢寢忘食。偏偏那個費隆多儘管百事懵懂，一竅不通，惟獨對於看守自己的老婆却一點也不糊塗，這眞是難住了院長，幾乎使得他心灰意懶。

不過院長畢竟是一個聰明人，他費了不少唇舌，終於勸動了費隆多帶他的嬌妻到修道院的花園裏來玩；他就趁機在花園裏跟他們大談永生的幸福，以及從前許多善男信女的嘉言懿行，一番話說得那位嬌娃心悅誠服，立刻要求向院長懺悔，費隆多只得答應了。院長大喜，就把她帶進密室；她在院長的脚邊坐定後說道：

「神父，如果天主給了我另外一個丈夫，或者乾脆不給我丈夫，那麼我也許還比較容易接受你的教誨，踏上永生的道路。我一想到費隆多是那樣的愚魯無知，覺得自己就像是一個寡婦，可是我畢竟還是有夫之婦，他一天不死我就一天不能另外嫁人，他儘管一竅不通，却偏偏妒嫉得要命，叫我一輩子守着他，一輩子活受罪。所以在我還沒懺悔別的罪孽之前，無論如何也要求求你，千萬請你在這方面給我出個主意，要是這個問題得不到解決，那麼懺悔也罷，行善也罷，對我都沒有什麼用處了。」

那院長聽到她這些話，眞是快樂極了，這分明是老天給他打開了方便之門，好讓他如願以償，就說道：「我的女兒，我完全相信妳的話。像妳這樣一個溫柔多情的女人，嫁給一個傻里傻氣的粗魯丈夫，已經够受了；再加上他的妒嫉心又那麼重，這雙重的痛苦叫妳怎麼承受得了？妳說妳在活受罪，我覺得妳這話一點兒也不過分。不過要醫他這個妒嫉的毛病，談何容易，幸虧我有一張藥方在這裏，可以說十分靈驗；而且我還曾按照這個醫治妒嫉的藥方來調配，只是有個條件，我對妳說的話，妳要絕對保守秘密。」

「神父，」那女人說，「你別擔心，你叫我不要聲張，我寧死也不會說出去的。不過請問，我們應該怎樣下手呢？」

院長說：「我們要醫好他，必須把他送到陰間的煉獄❶去。」

「但是活人怎麼能到煉獄裏去呢？」

「叫他死去就行啦，」院長回答道，「那他就可以到煉獄裏去了。等他在那兒苦苦懺悔，受盡折磨，把他妒嫉的本性洗滌得一乾二淨，那時我們就會禱告天主，讓他回到人世來，天主會答應的。」

女的說：「那麼我得做寡婦啦？」

「不錯，」院長回答，「不過這也只是暫時罷了，妳千萬不能另嫁他人，不然的話，天主會生氣的；等費隆多復活之後，妳還是要回到他那兒去，那時，他對妳就不會妒嫉了。」

她就說：「只要能治好他這個重病，免得我過着像囚犯般的生活，我就滿意了。請照你的意思去做吧！」

「我一定辦到，」院長說，「但是我爲妳出了大力，妳拿什麼來謝我呢？」

「神父，」女的回答道，「只要我辦得到，你說什麼我都可以答應你——不過，像我這樣一個女人，能夠替你這樣一位大聖人做些什麼呢？」

「夫人，」院長說，「我幫妳的忙，妳也一樣可以幫我的忙呀——這就是說，我幫助妳得到人生的幸福和安慰，希望妳也要做點好事，使我的生命得救。」

她說：「要是能夠的話，我是很高興去做的。」

❶ 煉獄：照天主教的說法，人類的靈魂在上天國之前，要先在煉獄裏洗淨罪孽。

「那好極了，」院長接着說，「那麼快把妳那顆心、把妳那個身體交給我，成全我吧，唉，我心裏像火一樣的燃燒，妳眞叫我想得好苦呀！」

女的聽他說出這種話來，不禁怔住了，回答道：「唉，神父，你說的是什麼話呀？我是把你當作聖人看待的啊！女人跑到聖人跟前來請求教誨，他也可以提出這種要求嗎？」

「我的心肝呀，」院長說，「妳別害怕，我聖人還是聖人，並不因爲剛才說了什麼話，就打了折扣。因爲總歸來說，聖潔不聖潔完全看你的靈魂而言，而我求妳的事不過是肉體上的罪過罷了。不過別去管這一套吧，總而言之，誰敎妳生得這樣嫵媚風流，叫我一見銷魂；我不來求妳，又去求誰呢？妳聽我說，妳應該引以爲榮，妳可以在別的女人面前誇耀自己百不挑一的美貌，竟使看慣了天仙玉女的聖人也爲妳動了情。再說，我雖然是院長，可是我也像別的男人一樣，是一個人呀！我的年紀又不老。我求妳的這件事又沒有叫妳爲難什麼，妳應該求之不得才是呢！等費隆多進入煉獄洗滌罪孽後，我夜裏就來陪妳，代替他來給妳安慰。誰也不會知道這件事的，因爲大家都像妳剛才一樣，把我看作聖人——或者還不止把我看作是個聖人呢！不要拒絕天主賜給妳的恩惠吧，妳如果是個聰明的女人，就答應我的要求，將來會得到不少好處的，這樣好的機會許多女人都求之不得呢！此外，我還有許多珍貴美麗的首飾，我誰都捨不得送人，只想送給妳。救苦救難的好夫人啊，我這樣爲妳出力，妳也幫幫我的忙吧！」

女的只是低着頭，心慌意亂，不知道該推辭還是接受。那院長看她聽了他的話，只是沉吟不語，覺得這女人對他已經有五分情意，便又說了許多話來開導她，直到她終於紅着臉答應了他的要求，這才停止；但是她說，一定要等費隆多下了煉獄之後，她才能從命。院長聽了這話十分高興，就說：

「這不是難事，不出幾天我一定把他送到那兒去受罪，妳明天或是後天想辦法叫他到我這兒來，我自有主意。」

說到這兒，他從身邊掏出一隻十分精美的戒指，悄悄地替她套上了手指，然後讓她回去。那女的得了這件禮物，滿心歡喜，有了一樣竟還想第二樣。她找到了她丈夫，一同回家，一路上，對院長的聖德讚不絕口。

過了幾天，費隆多果然來到修道院，院長一看到他，就決定把他送到煉獄去贖罪。這位院長曾經從萊望❷的王公那兒得到一種珍奇的藥粉，據說這是當年「山中老人」用來叫人們靈魂出竅、跟天國來往的靈藥❸。依照用量的多少，可以叫服藥的人睡得時間長些或者短些，絕無弊端；人服了這藥，就睡得跟死去一般。現在院長就拿出那藥粉，秤好足夠使人熟睡三天的份量，滲在葡萄酒裏，請費隆多到他房裏來喝酒。費隆多毫無疑心，一大杯酒全喝了下去。過後，院長又把他帶到外面走廊裏，那些修士以及院長，照例逗他說些傻話取笑。一會兒藥性發作，費隆多突然瞌睡起來，十分難熬，人還站在那兒，却已支撐不住，睡熟了；再過一會兒，人就倒下去了。

院長故意裝得十分驚慌，連忙叫人解開他的衣裳，拿冷水來潑在他臉上，還施行了各種急救的方法，好像他以為費隆多得了什麼絞腸痧，或者什麼急病暈了過去，要把他救醒來似的。那些修士想盡辦法，看他總不醒來，摸摸他的脈搏，誰知早已停止了，因此認定他已經斷氣，就急忙派人去向他的妻子和親戚報訊。他們立即都趕來了，免不得傷心痛哭一陣。院長讓他穿着原來的衣裳，把他葬在修

❷ 萊望（Levant）：指小亞細亞、敍利亞沿地中海一帶地區。

❸ 顯然是指從印度大麻葉提煉出來的麻醉藥。「山中老人」是指十二、十三世紀盤踞在波斯的暗殺團（對歐洲十字軍施行暗殺的伊斯蘭教徒），這一幫人都吸食這種麻醉藥。他們的事蹟記載在十四世紀初葉出版的馬哥·波羅遊記裏。——據潘譯本和里格譯本注

道院內。女的送葬回來，說她不能拋下幼兒，願意守寡，在家裏教管孩子，這樣，費隆多的家產也就歸她掌管。

當天晚上，院長從床上悄悄爬起來，和他的心腹——一個剛從波隆那來的修士，兩人把費隆多從墓穴裏抬出來，移到一個不見天日的地窖裏去——這裏一向是當作土牢用的，修士犯了規誡，就關在這裏。現在他們把費隆多搬來，剝去他的衣服，給他換上一身僧衣，把他放在稻草堆上，讓他在那兒慢慢醒來。那個波隆那來的修士得了院長的指示，就守在墳穴裏。這事沒有一個外人知道。

第二天，院長帶着幾名修士去慰問那位太太，走進屋子，只見女主人穿着一身黑色喪衣，正在那兒哭泣呢，院長照例安慰了她一番，趁機又提醒她從前所答應的話，那女人自從丈夫一死，就自由自在，再也不受誰的拘束，現在又注意到院長手指上套着一隻金光燦爛的戒指，就一口答應，約他晚上到她家裏來。到了晚上，院長特地穿上費隆多的衣服，由他的心腹修士陪着，到那位太太家裏和她行樂，直到破曉才回院中。此後那院長就經常晚出早歸，幹他的正經事兒。這樣黑夜裏來來往往，日子一久，難免會被鄰居遇見，大家還以爲這是費隆多的陰魂不散，在外邊飄泊，懺悔他生前的罪孽呢！新鬼出現，這事就在鄉間傳開，那些愚夫愚婦談得有聲有色，故事竟然愈來愈離奇了。費隆多的女人自然也聽到這些傳聞，只有她心裏明白這究竟是怎麼一回事。

再說費隆多，他在地窖裏蘇醒過來以後，不知身在何處，正在驚異時，那波隆那修士就大聲咆哮起來了，一把抓住他，舉起棍子沒頭沒腦就打下來。費隆多哭叫道：

「我是在哪兒呀？我是在哪兒呀？」

「你是在煉獄裏！」那修士回答道。

「什麼！」費隆多叫嚷道，「我已經死了嗎？」

「當然死了，」修士回答道。

費隆多想到自己，想到嬌妻幼兒，一陣心痛，竟胡言亂語起來。過後，那修士給他一些吃喝的東西來。他叫嚷道：

「什麼！死人也吃東西嗎？」

「不錯，死人也吃東西，」那修士回答，「昨天有個女人，就是你的妻子，到教堂來給你的靈魂做彌撒，這些吃的東西都是她帶來的，天主允許這些東西讓你享用。」

「願上帝保佑她活得稱心如意吧，」費隆多說，「我生前待她很好，一夜到天亮就把她摟在懷裏吻着，有時候我興頭來了，也會跟她來一下什麼的。」

那時候他肚子實在餓了，就不管一切地吃喝起來。他嘗一嘗酒，覺得不是味道，就叫嚷道：

「媽的，眞該死！她爲什麼不拿靠牆的那一桶酒給神父呢？」

他剛吃完，那修士又一把抓住他，舉起剛才那一根棍子給他一頓好打。費隆多急得直喊起來：

「哎呀，爲什麼要這樣打我呀？」

修士回答說：「天主命令，每天要打你兩次。」

「我作了什麼孽呀？」費隆多問。

「因爲你太會妒嫉了，」修士說，「你娶了這地區最賢慧的女人，竟然還要妒嫉！」

「唉！」費隆多說，「你說得對，她還是天底下最可愛的女人呢，就是蜜糖也沒有像她那樣甜蜜哪！只恨我不知道天主是不喜歡男人妒嫉的，如果我知道的話，就絕不會妒嫉了。」

「你在陽間的時候早就應該知道了，不過還來得及補救。將來有一天你回到陽間，切切記住現在從我手裏所受的這幾下棍子，再也別妒嫉了。」

「什麼?」費隆多嚷道，「人死了還能回到陽間去嗎?」

「是的，」修士回答，「只要上帝開恩的話。」

「哎呀，」費隆多叫嚷道，「如果我有一天能回陽間去，我一定要做天下最好的丈夫。我永遠不打她，永遠不會得罪她——除非爲了她今天早晨送給我這樣壞的酒，還有爲了她蠟燭也不送一支來，害得我在黑暗中吃飯。」

「不，」修士說，「她是送來許多蠟燭的，只是在做彌撒時全給點完了。」

「我想你說得很對，」費隆多說道，「如果我回到陽間去，我一定隨她愛怎樣就怎麼樣。不過，請問這位大爺，你是什麼人?」

那修士說：「我也是死人，我是從薩丁尼亞島來的，因爲我生前總是助長我主人的妒嫉心，所以天主罰給我這個差使，給你吃、給你喝，還要打你，直到天主把你另行發落爲止。」

費隆多問：「這裏除了你我兩個人以外，就沒有別人了嗎?」

「嘿，」修士回答，「這兒的鬼魂有成千上萬個呢，只是你看不見、聽不到他們，他們也同樣無法看見你。」

「我們跟自己的家鄉離開多遠呢?」費隆多問。

「嘿，」對方回答道，「嘿，遠得一場糊塗，十萬八千里，算都算不清呢!」

「這樣說來，」那農民接着說，「那眞是太遠啦，我們一定不在這個世界上了。」

費隆多在那地窖裏有吃、有喝，還有挨打、閒扯，不覺已過了十個月;在這段時期，院長一有機會就去探望他那個漂亮的太太，兩人尋歡作樂，就像是一對活神仙。這事一直瞞過外人的耳目，但後來畢竟出了毛病——女的不幸懷孕了。她一發覺，就慌忙告訴院長，跟他商量，覺得只有趕緊把費隆多從煉獄裏放回到陽間來，那麼她就可以推說肚子裏的孩子是他的了。第二天晚上，院長走進禁錮費隆多的地窖裏，故意壓低嗓子對他說：

「費隆多，恭喜你！奉天主的命令，我們就要放你回陽間了，將來你的妻子還要在陽間替生一你個兒子呢，這個孩子你應該給他取一個名字，叫做『班尼廸克』❹，因爲全靠那聖潔的院長，以及你那賢妻的禱告，又看在聖班尼廸克的面上，天主才賜給你這個恩典的。」

費隆多聽到這話，高興得眞是難以形容，說道：「我眞高興，但願天主保佑我的老天爺、保佑聖班尼廸克，保佑我那像蜜一樣甜、像乳酪一樣可口的老婆吧！」

在下一次給費隆多酒喝的時候，院長又在酒裏放進一劑藥粉，讓他沉睡了大約四小時光景，院長和那修士趁他不省人事的時候，替他換上了自己的衣服，把他偷偷地抬到本來埋葬他的墳墓裏。

第二天清晨，費隆多醒過來了，從石棺的裂縫裏看見一絲光線——這還是他十個月以來第一次看到光明呢。他相信自己已經復活了，就大叫大嚷道：「讓我出來！讓我出來！」一邊嚷一邊就拚命用頭去撞那棺蓋，棺蓋本來就沒有蓋牢，經不住他幾次撞擊，就撞開了。這時候，修士們剛做好晨禱，聽得聲響，趕來一看，只見費隆多正從棺裏爬出來，又聽出確是他的口音，他們給這樣離奇的事嚇壞了，拔脚就逃，直奔到院長面前，報告他這件怪事，院長假裝剛做好禱告，站起身來，說道：

「孩子們，別大驚小怪，拿着十字架和聖水跟我走，讓我們看看萬能的天主所顯示的奇蹟吧！」說完，他往外就走。

這時，費隆多已經從石棺裏爬出來，只因爲十個月不見天日，面如土色，他一見到院長，就跑去

❹班尼廸克（Benedick）：在拉丁文中意謂「受祝福的人」。

跪在他脚邊，嚷道：

「神父，我得到天主的啓示，知道多虧你的禱告、聖班尼廸克的禱告，以及我那老婆的禱告，我才能從痛苦的煉獄裏解放出來，轉回人世。但願天主永遠保佑你！」

院長說：「讓我們讚美萬能的天主吧！我的兒子，旣然天主放你回到陽間來，就快回家去安慰安慰你妻子吧，可憐她，自從你死後，終日以淚洗面呢！從此，你必須眞心眞意做天主的朋友和奴僕啊！」

「神父，」費隆多回答說，「我知道了，等我一看到我那老婆，你瞧吧，我如果不摟住她親嘴才怪呢——我可眞是愛她啊！」

他走了之後，院長在那許多修士面前，假裝驚奇得不得了，認爲是奇蹟出現了，叫大家一齊高唱讚美詩第五十一篇。再說那費隆多，他一路奔回自己的村子，把村上的人都嚇得逃跑了，他把他們叫回來，說自己不是死人，已經復活。連他的老婆一看到他，也彷彿嚇得什麼似的。後來，鄉里的人稍微定下神來，看他果然是個活人，就你一句我一語，詢問起他來。他到陰間去了一次，人就變得聰明了，居然有問必答，還給他們每人帶來亡故的親友的消息呢！他愈講愈得意，憑着一時的靈感，又把煉獄裏的情形，講得天花亂墜；最後，當着團聚的聽衆，宣佈他在回到陽間來之前，以及加勃里爾天使親口對他說的神諭。

他就這樣回到家門，又跟老婆團聚，掌管自己的財產，好不快樂；後來，老婆的肚子慢慢大了起來，他還以爲是他的功勞呢！事有湊巧，不先不後，到了第九個月——那些沒有知識的人以爲女人懷孕只有九個月——那位好太太生下了一個男孩子，取名「班尼廸克·費隆多」。

村裏的人看到費隆多行動如常，說話又靈驗，都深深相信他是死而復活的，因此大大地替院長宣揚了聖譽，抬高了他的威信。而費隆多本人呢，因爲從前太會妒嫉，不知挨了多少頓打，現在毛病已經醫好，果眞像院長早先對那位好太太所作的保證那樣，不再吃醋了。他的妻子好不快樂，像以前一樣，跟他安分守己地過日子；只是一有機會就瞞着丈夫跟院長幽會，而院長也的確盡心盡力，滿足了她迫切的要求。

故事第九篇　愛情掉包

姬蕾達治好了法國國王的痼疾，請求國王把貝特莫拉伯爵賜給她做丈夫。伯爵娶她，並非出於自願，婚後就不告而別，在他鄉另外愛上了一個少女，姬蕾達趕到那兒，冒名頂替，和丈夫同睡，生下一對雙胞胎。伯爵從此非常敬愛她，認她爲妻。

拉蕾達已經把故事講完，狄奧紐的特權又必須尊重，女王知道接下來該由她自己講一個故事了，不待臣下要求，她就和顏悅色地說道：

我們聽過拉蕾達的故事，覺得誰還能像她那樣講得有聲有色呢，幸虧她不是第一個講，否則別人的故事都要暗然失色了；今天我們還有兩個人沒有講故事，恐怕誰也不會津津有味地聽他們講了。不過話雖然這樣說，我還是準備按照原來指定的範圍，講一個故事給大家聽。

以前法國有一位貴族名叫伊斯納爾多，是羅西里奧內地方的伯爵，因爲他體弱多病，家裏常年聘請一名醫師，名叫傑拉德·德·尼爾波納。伯爵的獨子名叫貝特莫拉，長得十分英俊。小時候，有一個女孩子常跟他一起玩，名叫莫拉姬蕾達，就是那醫師的女兒。這女孩年紀雖小，卻是情竇早開，竟愛上了貝特莫拉。伯爵死後，貝特莫拉承襲父蔭，前往巴黎侍候國王。

當他一走，姬蕾達在家裏就鬱鬱寡歡了。她眞希望能有一個巧合的機會，可以到巴黎去找貝特莫拉，可是她別無親人，又繼承了一大筆財產，所以受到嚴格的監護。她實在想不出有什麼藉口可以讓她到巴黎去。她已經到了可以出嫁的年齡，却仍舊鍾情於貝特莫拉，她的親戚來為她作媒，提了好多人家，都被她一一謝絕，却又不說出她不肯嫁人的理由。

姬蕾達聽說貝特莫拉到了巴黎之後，出落得愈發風流瀟灑了，害得她朝夕思念，舊情難忘。這時候，法國國王胸部患了膿瘡，治療不很得法，變成瘻管，眞是疼痛難當，後來，連國王也灰心絕望，拒絕了一切醫生，再也不願意求治於藥石了。

姬蕾達聽到這個消息，十分高興，認為不但可以藉這個機會，名正言順地到巴黎去，而且，如果國王的疾病正是她所想像的那一種，那麼說不定她還有希望跟貝特莫拉結為夫妻呢！原來她父親生前傳了不少秘方給她，她現在就照着國王的症狀，採集了幾種藥草，配製成藥粉，騎馬向巴黎進發了。

一到巴黎，她首先打聽貝特莫拉的下落，探望了他之後，才去求見國王，請求國王准許她看看他的病症。國王看她是一個又年輕又漂亮的少女，不忍拒絕，只得讓她診視患處；她看了之後，愈發有了把握，就說：

「陛下，如果你准許我替你看病的話，那麼憑着天主的幫助，不出八天，我可以把病完全醫好，一點也不會使你感到痛苦，或者覺得麻煩。」

國王聽了她的話，覺得好笑，對自己說：「連最高明的醫生都束手無策，一個少女懂得什麼呢？」所以他謝了她的好意，告訴她：他已決定不聽任何醫生的話了。那少女就說：

「陛下，你大概看我是一個少女，不相信我會有什麼本領吧；不過我要告訴你，我所以能對症下藥，並不是仗着自己精通醫道，而是憑着天主的幫助，和家父的傳授——家父名叫傑拉德·德·尼爾波納，生前是一位名醫。」

國王聽她這麼說，心想：「這少女難道眞的是天主派遣來的？她既然自稱在短期內可以把我的病醫好，又不會叫我受什麼苦，那麼何不讓她試一下呢？」這樣決定之後，他就向姬蕾達說：「姑娘，聽妳這麼一說，我倒想打破原來的主張，讓妳來醫病，不過，假如妳不能把我病醫好，那時候又怎麼說？」

「陛下，」她回答道，「請你派人監視我，如果八天之內，我不能醫好你的病，那麼你把我活活燒死好了。但假使我醫好你的病，那時候你又賞些什麼給我呢？」

「我看妳好像還沒有嫁人，」國王說，「如果妳能把我的病醫好，我就替妳體面地配一門好親事。」

「陛下，」那少女回答道，「你肯替我作主配親，我眞是十分高興，不過我希望丈夫要由我自己選擇——但絕不選擇你的王子，或者王室的後裔。」

國王答應了她的要求；於是姬蕾達立卽替他看病，還不到規定的期限，就把他的宿疾醫好了。國王覺得自己已經恢復了健康，就說：

「姑娘，我應該替妳的親事出力了。」

她就說：「那麼，陛下，請你把貝特莫拉·德·羅西里奥內賜給我吧，我從小就鍾情於他，直到現在，我還是深深地愛着他。」

國王覺得把貝特莫拉給她做丈夫，這可得鄭重地考慮一下，不過他早已有話在先，不能背信，就召那年輕的伯爵進宮來，對他說：

「貝特莫拉，你現在年紀也不小了，又有本事，也應該成家了；我現在替你選擇一位小姐給你做妻子，你將來帶她回到故鄉去治理那個地區吧！」

「陛下，那位小姐是誰？」貝特莫拉問。

「就是替我醫好惡疾的小姐，」國王說。

貝特莫拉當然認識她，最近還跟她見過一面，覺得她長得很美，但是嫌她出身低微，不能高攀，所以帶着不屑的口氣說：

「陛下，你要我跟一個女郎中結婚嗎？老天在上，我絕不要這種女人來做我的太太！」

「那麼，」國王說：「你要我對人失信嗎？我答應過那少女了，她醫好我的病，我就讓她挑選一個丈夫作爲對她的酬報，她現在就要你娶她做妻子。」

「陛下，」貝特莫拉回答道，「我是你的臣子，我所有的一切都由你支配，你也可以把我賜給你所喜歡的人；不過我可以明白的對你說，我對這樣一門親事，永遠也不會滿意的。」

「不，」國王對他說，「將來你會滿意的，那位小姐長得又美又聰明，又是那樣愛你；我保證你娶了她，比娶一個名門小姐還要美滿幸福呢！」

貝特莫拉不敢再多說什麼，國王就下令布置盛大的結婚典禮。到了結婚那天，一對新人在國王面前結了婚，但是新郎實在出於無奈——他愛自己勝過愛他的新娘，婚禮剛結束，他就向國王告辭，說等回到家裏再和新娘圓房，說完就上馬走了；其實他心裏另有打算，他並沒有回到家鄉，而是趕到杜斯卡納去了。到了那兒，聽說佛羅倫斯人正在跟埃納人交戰，他就決定加入佛羅倫斯人的軍隊。那兒的人很禮遇他，派他做一名軍官，帶領一隊人馬，還支付給他一筆很高的餉銀；這樣，他就在軍隊裏安頓下來。

新娘看到丈夫不告而別，心裏很難過，但還是希望這只是暫時的，將來有一天他會回心轉意，重返家鄉。她獨自回到羅西里奧內，地方上的人士都很尊敬她，把她當做伯爵夫人。她來到宅邸之後，就着手整頓家園——這裏長期缺少主持家務的人，一切都雜亂無章，把好好一份產業都荒廢了。由於她的勤勉和苦心規劃，家事又重新給安排得井井有條，眞是一個少有的賢良主婦。家人看到伯爵夫人這樣能幹，都心悅誠服，說伯爵對她不滿，實在太沒有道理了。

夫人把采地經營得有條不紊，就派兩個騎士去向他報告，並且迎接他回來；如果他是由於她的緣故而不願回來，那麼也不妨讓她知道，爲了成全他的心願，她可以另找一個安身的地方❶，沒有想到貝特莫拉冷冷地說：

「家裏的事情，隨她怎樣去做吧！可是我絕不回去找她，除非我這個戒指會套在她的手指上，她的臂彎裏也會抱着我生的兒子。」

他那隻戒指據說有避邪的功能，所以他非常珍愛，戴在手上，片刻不離。兩個騎士覺得這兩個條件分明是無法辦到的，可是怎麼也沒法向他討情，只得回去見夫人，把話實說了。

夫人聽到伯爵對她這樣無情，心裏難過極了，可是千思萬想，覺得如果眞的能够依他，把這兩點辦到，或許還可以叫她的丈夫回心轉意。她決定了進行的步驟之後，就把當地重要的士紳和一些忠厚的長者都邀請來，用悲戚委婉的語調告訴大家，她怎樣眞心愛伯爵，爲他怎樣任勞任怨，結果伯爵又是怎樣對待她。最後又說，她不願伯爵永遠流放在外，而自己却佔有他的產業；她可把這一生奉獻給天主，去朝拜聖地，濟貧扶弱，好挽救自己的靈魂；請求他們接管采地，並且派人去通知伯爵，說她爲了讓他回來，已經出走，再也不回到羅西里奧內來了。

講到這裏，大家聽得一陣心酸，不禁掉下眼淚來，都再三挽留她，却始終無法叫她打消原來的主

❶這一段話阿爾亭頓譯本作：「如果他不願回家，請讓她知道，她可以前去找他，由他指定會見的地方。」

意。她向天主禱告，爲他們祝福，隨後收拾了錢財飾物，只帶一個女僕和一個表妹，全部穿着香客的衣服，也不讓人知道她們往哪兒去，就這樣出發，曉行夜宿，逕自來到佛羅倫斯。

到了那裏，她們就在一個善良的寡婦所開設的旅店裏住了下來，生活十分安靜簡單，像是三個窮苦的香客似的。

伯爵夫人一心要打聽丈夫的消息，事有湊巧，在她到達的第二天，貝特莫拉騎着馬，帶着一隊兵士從旅店門前經過，給她看到了，雖然她一眼就認出了他，却故意問女店主，那位軍爺是什麼人。那個善良的女主人告訴她說：

「他是外國來的伯爵，名叫貝特莫拉，人挺風趣，而且彬彬有禮，城裏的人都很喜歡他，他正在熱愛我們鄰居的一位小姐呢！這位小姐也是名門出身，可惜現在沒落了；她眞可以算得上是一位最貞潔的小姐，但因爲缺少陪嫁，所以到現在還沒有嫁人，跟她的老母親住在一起，母女兩人相依爲命。那位老太太也是十分慈愛賢良，要是沒有這位母親的話，她也許已經叫伯爵勾引上了。」

伯爵夫人把她所說的話記在心裏，又把其中的詳細情形都一一打聽清楚，然後決定如何去進行這件事。她問明白了那位老太太的姓名住址，過了幾天，就穿着香客的服裝，私下去拜訪她們，看到那母女二人，果然十分清苦。她先問候她們，然後說有話想跟老太太商量，不知是否方便。那老婦人聽說有事，就站了起來，把她請進內室，一同坐下。伯爵夫人首先說道：

「老太太，我想妳的運氣不怎麼好，我呢，我也是個苦命人，不過要是妳肯出一下力的話，妳就可以同時幫助了妳自己又幫助了我。」

那老太太回答說，只要是正當的辦法，她豈有不樂意替自己着想的道理。於是伯爵夫人接下去說道：

「我必須先請妳發誓，要不然，我信任妳而妳却欺騙我，結果只有把妳我的希望都斷送了。」

「妳儘管放心，有什麼話對我說好了，」那老太太說，「我絕不會對妳言而無信的。」

於是伯爵夫人把自己的身分告訴她，又把自己從小就熱愛伯爵，以及後來的經過，源源本本都講了出來。老婦人聽她說得十分懇切，加上這事她也略有所聞，所以深信不疑，對她深表同情。伯爵夫人把自己的遭遇訴說之後，又接着說：

「妳看，我是多麼不幸，要使我的丈夫回心轉意，先要做到那兩件事，那是多麼困難啊！我覺得除了妳之外，再也沒有誰可以助我一臂之力，因為我聽說伯爵——我那丈夫——愛上妳家小姐，不知道是不是眞有這麼一回事？」

「夫人，」那老太太回答說，「我不能確定伯爵是否愛上了我的女兒，不過看樣子，他倒是眞的對她挺熱情的。但就算是眞有這麼一回事，那我要怎樣才能幫助妳達到目的呢？」

「老太太，」伯爵夫人說，「這妳倒不用費心；現在且先讓我告訴妳，假使妳幫了我這個忙，妳會得到什麼好處。我看妳女兒長得這樣美麗，論年齡也該找一個夫家了，她現在所以還留在妳身邊，聽人家說——也想必是家境清寒、缺少嫁妝的緣故吧？將來妳幫助了我，我也要報答妳，準備送妳一筆錢，讓妳可以把你的小姐體體面面地嫁出去。」

那位老太太本來手頭很緊，聽說有人願意資助她，哪有不高興的道理，不過她究竟是大戶人家出身，於是說道：

「夫人，請告訴我，我應該怎樣替妳出力，只要能够正大光明地辦到，我一定樂於效勞，至於說到報酬，辦成後你隨意斟酌好了，我絕不計較。」

伯爵夫人說：「妳不妨託一個可靠的人去向伯爵傳話，說妳的女兒願意和他相好，只怕他虛情假意；現在聽說他有一隻戒指，時常戴在手上，是他最心愛的飾物，如果他的確是眞心相愛，那麼請他把那隻戒指送給她，否則她怎麼也不會相信他的。如果他聽了這話，眞把戒指送來，那麼妳就把戒指交給我，隨後妳再託人去傳話，說是妳女兒約他晚上到她家去歡聚；就這樣暗中把他領到這兒來，讓我冒充妳女兒跟他睡覺。但願憑着天主的恩寵，我會因此懷了孕，我手上戴着他的戒指，臂彎裏抱着他的孩子，就可以叫他回到我身邊來，從此不再做掛名夫妻了。假使眞的有這麼一天，這一切都要歸功於妳。」

老太太起初覺得這事有關她女兒的名譽，不好輕易答應；不過再想一想，幫助一個賢德的女人，使她的丈夫回心轉意，夫妻和睦，也是一件好事。她相信伯爵夫人的動機是純潔的，所以就答應了。過了幾天，她照着伯爵夫人的指示，和伯爵取得了聯繫，把他的戒指拿到手（伯爵有些捨不得把它送人），讓伯爵夫人冒充她的女兒和他睡覺，一切安排得周密妥貼，也許是伯爵平素的渴望終於如願以償，並且由於天主有意要成全她，在初歡的夜裏她就受了孕，後來足月臨盆，居然是一對男雙胞胎。

那位老太太設法使伯爵夫人和她丈夫幽會，非止一次，每次都布置得十分謹愼，沒有漏出一點風聲，所以伯爵始終以爲他是和他所愛的人睡在一起，絕沒想到是自己的妻子；到了第二天清晨分別的時候，他常常拿些珍貴美麗的首飾送給她，伯爵夫人都謹愼地保存起來。

後來伯爵夫人發覺自己已經懷了身孕，就不願繼續麻煩那老太太，於是向她說道：「老太太，感謝天主和妳的幫助，我的目的已經達到了；現在我應該怎樣報答妳才好？等了却了這一件心事，我就要離開這兒了。」

那老婦人聽說她已經達到目的，表示十分高興，又說她做這件事是爲了成人之美，並不是希望得到報酬。

「老太太，」伯爵夫人說，「妳眞是太好了。妳要什麼儘管說好了，這也談不到是什麼報酬，我只是盡我的一分心意罷了，何況別人有困難我也應該助一臂之力。」

那老婦人確實是境況困難，只得勉强開口請求伯爵夫人給她一百金鎊，好替她的女兒添置一些嫁妝。伯爵夫人看到她這樣不好意思，要求的數目又這樣小，就給了她五百金鎊，還送她許多貴重的首飾，也值這麼多錢。那老婦人眞是喜出望外，再三道謝，於是伯爵夫人向她告辭，回到旅店去了。

那老婦人恐怕伯爵以後再到她家來（或者派人帶信來），因此帶着女兒到鄉下一個親戚家裏去暫住。不久，伯爵聽到家臣的報告，說伯爵夫人已經出走，又經過他們一番勸說，就回到自己的家鄉去了。

伯爵夫人聽說伯爵已返回家鄉，非常高興，但她仍然留在佛羅倫斯等待分娩，後來一胎二男，都酷肖父親。伯爵夫人小心撫養兩個孩子，又過了一陣，覺得是動身的時候了，就離開佛羅倫斯，悄悄來到蒙貝耶❷，在那裏住了幾天，沒有被人識破。於是她向人打聽伯爵的近況，知道萬聖節❸那天，伯爵將要在宅邸內舉行盛大的酒會，宴請當地騎士和貴婦人。到了那天，她依然是香客裝束，回到家中，登上大廳，正是賓主入席的時候。她也顧不得自己穿着一身粗衣陋服，就抱着兩個孩子，從人堆裏擠了過去，終於找到了伯爵，這時她百感交集，撲倒在伯爵脚下，哭着說：

「我的夫君，我就是你那苦命的妻子，爲了讓你回家來安居樂業，我情願天涯海角，到處飄零。我現在懇求你，看在天主的面上，遵守你上次叫兩個騎士帶給我的諾言吧，因爲你所提出的條件我都

❷蒙貝耶（Montpelliier）：法國南部的一個城市。

❸萬聖節在十一月一日。

[illegible]爵夫人把經過的[illegible]從頭至尾都說了出來，滿堂的人聽了她的敍述，無不驚[illegible][illegible]是真情實話，更是感動，覺得她的堅忍和智慧真可欽佩；又看到她給他生了一對[illegible]中[illegible]，自己當初[illegible]答應過她，[illegible]在那許多男女賓客，又都一齊來相勸[illegible]自己固執的成見，把她扶起來，擁她、吻她，承認她是合法的妻子，也承認她懷裏的嬰兒是他親生的孩子；於是請她換過裝束，重新相見，在座的人都盡情歡樂，酬酢的宴會變成合歡的盛宴，鬧了幾天才停止。地方上的臣民聽見了這段事蹟，也無不歡喜，傳作美談，從此伯爵不但尊她為正式配偶，而且始終非常愛她。

故事第十篇　送魔鬼進地獄

阿莉貝克想出家修行，遇到修士魯斯第科，教她把魔鬼送進地獄的方法。後來阿莉貝克被人找回來，嫁給奈巴爾做妻子。

狄奧紐靜聽女王的故事，等她講完，還沒輪到講故事的就只差他一人了；於是不待吩咐，他就含笑說道：

各位可愛的小姐，也許妳們還沒聽過魔鬼怎樣給送進地獄裏的故事吧；現在我就來講這個故事，好在[illegible]各位[illegible]所講的故事主題離得並不太遠。也許妳們聽過之後，體會到故事的精髓，就能明白愛情雖然常常逗留在那富麗堂皇的宮廷樓閣中，而難得光顧窮人的茅屋小舍；可是有時[illegible]也把它[illegible]同[illegible]在那參天的森林裏、那嶙峋的山巒間以及那荒涼的岩穴中；因此我們就[illegible]的支配的。

告訴她，侍奉天主最好的辦法莫過於棄絕塵世的一切羈絆，就像那些逃避到底巴伊達沙漠裏去的隱士那樣。

那女孩才十四歲，頭腦又簡單，其實也不是受了什麼教義的感動，而只是憑着一時幼稚的熱情；她聽到這話，就瞞着家人，第二天清晨獨自一個人偷偷地向底巴伊達沙漠出發了。她憑着這股熱情，一路上經歷了幾天的辛苦，終於來到那荒涼的沙漠地區。她遠遠望見一間小茅屋，就往那兒走去，看到一位聖潔的修士站在門口。

在這人跡罕至的荒漠裏，出現了一個小女孩，不免使這位修士十分奇怪，就問她來幹什麼。她回答說，因爲受了天主的感動，一心皈依眞教，要尋求一位修士指點她怎樣侍奉天主。那修士看到她又年輕又漂亮，生怕收留了她，會遭受魔鬼的誘惑；所以就讚美她虔誠的志願，拿出一些野菜根、野蘋果、棗子給她吃，又倒些清水給她喝，說道：

「女孩，離這兒不遠，住着一位聖潔的修士，對於侍奉天主之道，他懂得比我多，你還是去找他吧！」

他就這樣把她打發了。等她找到那位修士，得到的回答跟第一次一樣。她只得再往前走，遇到一個很年輕、很虔誠，名叫魯斯第科的修士，她又把自己的來意說了一遍。那個年輕的修士有心要試一試自己的道行，所以不像那兩個老者一樣打發她走，竟把她引進了自己的小屋裏。到了晚上，他用棕櫚葉替她鋪了一張床，就叫她睡在這上面。

這樣安排之後，還沒有多久，肉慾的引誘已經開始向他的性靈逞威了，這位修士這才發覺太過高估了自己的克制功夫；經不起魔鬼的幾番猛攻，他只得屈服了。聖潔的思想、祈禱、苦修等等，全都給他丟在腦後，他一心只是想着那少女的青春美貌；又盤算着該用怎樣的手段才能滿足自己的慾望，並且不讓那女孩看出自己是個淫蕩無恥的人。

他先問了她幾句話，發覺她還從沒有跟男人打過交道，眞的是天眞無知得像她那副模樣兒。他看出他正可以藉着奉天主的名來引誘她滿足自己的慾望。於是就滔滔不絕地向她講解魔鬼是天主多大的死對頭，接着又讓她知道，侍奉天主最能討得他老人家喜歡的，便是把魔鬼再送進天主禁錮它的地獄裏去。那女孩就問該怎樣送法呢；魯斯第科回答道：「妳等一會兒就明白了，妳看着我，我怎樣做，妳也就跟着怎樣做。」

說罷，他把身上的幾件薄衣裳全都脫了下來，露出赤精大條裸露的身體，那女孩就跟着他也把衣裳剝個精光。於是他跪下來，像是要禱告的樣子，同時教她跪下來，正朝着他。

他們就這樣面對面跪着，魯斯第科看到一個豐腴的肉體呈露在他眼前，他那一直被壓制着的肉慾衝動起來了。阿莉貝克看得好生奇怪，就問：「魯斯第科，你下體那個直挺挺的是什麼玩意兒——我怎麼沒有呢？」

「女兒呀，」魯斯第科回答道，「這就是我剛才說過的魔鬼呀，妳看，它把我害得好苦，我簡直沒有辦法對付它！」

那女孩說：「讚美天主！那麼我比你幸運多了，因爲我沒有這促狹的魔鬼來纏繞我呢！」

「妳說得不錯，」魯斯第科說，「可是妳雖然沒有魔鬼，却另有一樣我所沒有的東西。」

「那是什麼東西呢？」阿莉貝克問道。

「妳身上有一個地獄，」魯斯第科回答，「我深信天主派妳到這裏來，爲的是要拯救我的靈魂，好讓它得到安寧；因爲這個魔鬼把我折磨得好苦哪！要是妳同情我的話，讓我把這魔鬼送進地獄裏去吧，那妳就給了我最大的安慰，同時妳也替天主做了一件功德，會叫他老人家大爲高興的，而且妳這樣做，妳長途跋涉來到這裏的願望也就實現了。」

那個虔誠的女孩聽了這話，連忙說：「很好，我的神父，我原是爲侍奉天主而來的，旣然地獄就長在我身上，那麼你高興什麼時候把它關進來，就什麼時候把它關進來吧！」

修士說：「我的女兒，願天主祝福妳！讓我們現在就動手把它關進去吧，免得它以後再來跟我搗蛋。」

說完，他就把那個女孩放上小床，叫她怎樣躺，好把那遭受天主譴責的魔鬼關進去。這女孩的地獄原本沒有關過魔鬼，所以不免感覺到有些痛苦，禁不住嚷起來了：

「喔，神父呀！這個魔鬼可當眞邪惡哪，它眞是天主的死對頭，無怪要受到天主的懲罰，就連到把它打回地獄的時候，它還是不改本性，在裏面傷人！」

「女兒，」魯斯第科說，「以後諒它不敢再這樣放肆了。」爲了煞住那個魔鬼的凶性，魯斯第科接連把魔鬼打入地獄六次，制服了魔鬼，他這才下了床，急於休息一下。

可是這以後魔鬼還是來跟他糾纏不休，幸虧那個柔順的女孩一片好心，樂於收容它；久而久之，這種服役使她感到有趣極了，她對魯斯第科說：

「我想城裏的人說得眞對——他們說，侍奉天主是人生最快樂的一件事。我平生所做過的事情，再也沒有一件能像這樣把魔鬼關進地獄裏去更叫我渾身暢快，通體舒服的了。所以我覺得那些不去侍奉天主，反去幹別的事的人，眞是再蠢也沒有啦！」

難怪她從此以後，老是要埋怨魯斯第科道：「我到這兒來，爲的是要侍奉天主，而不是來閑混的呀，我們怎麼可以坐着貪懶呢？快讓我們把魔鬼關到地獄裏去吧！」

那修士只好陪她侍奉天主。可是她又問道：「魯斯第科，我想不通爲什麼魔鬼進了地獄還要溜出來呢？要是它留在那兒，就像地獄那樣樂於收容它，那麼它就永遠也不肯出來了。」

經不起那女孩三番五次的請求，魯斯第科在他們倆一起侍奉天主的歡樂中，身子給淘空了，他那件緊身衣服像是掛在衣架子上一樣；在別人汗流浹背的時候，他還要喊冷呢！他只能胡謅一些話向那女孩搪塞，說是魔鬼如果從此不敢氣焰囂張，那就不必懲罰它，把它扔進地獄去了。「而我們托天主的福，已經制服了它，它這時候正在低頭禱告，向天主求饒呢！」

他這樣總算叫那個女孩安靜了一些時候。可是過了一陣子她看魯斯第科再也不來求她把魔鬼送進地獄裏去，她發急了，說道：

「魯斯第科，也許你的魔鬼受到了懲罰，不敢再來糾纏你了，可是我那地獄卻不肯放過我哪！我從前叫我那地獄來幫你制服你那凶惡的魔鬼，所以你也應當叫你的魔鬼來救救我地獄裏的急。」

魯斯第科吃的不過是野菜，喝的只是清水，實在難以滿足她的要求，只得向她說，要解除地獄裏的煎熬，一個魔鬼是不够的，他只能盡他的一分力來幫助她而已。這樣，他就偶爾跟她敷衍一下，可是次數那樣少，就像撒一顆豆子到獅子的嘴裏，簡直無濟於事。那女孩因爲不能盡心盡意地爲天主服役，難免常常口出怨言。

正當阿莉貝克的地獄跟魯斯第科的魔鬼，一個要求過高、一個已經無能爲力，而時時在那兒發生齟齬的當兒，卡普沙城裏遭了一場大火，阿莉貝克的父親以及她那許多兄弟姊妹、親親眷眷，全都葬身在火窟中。這麼一來，她就成了她父親唯一的財產繼承人。城裏有個名叫奈巴爾的無賴青年，終日游手好閑，把家產都花光了，聽說阿莉貝克仍然活着，就到處打聽她的下落，居然在官府還沒有以無人繼承的條例下把財產沒收之前，找到她了，硬是把她帶走了——阿莉貝克心裏老大不願意，魯斯第科可大大的鬆了一口氣。那青年把她帶到城裏，娶她做妻子，以她的名義，把她父親的偌大遺產繼承了去。

她回到城裏之後，就有一些婦人問她在沙漠裏是怎樣侍奉天主的，她就說她侍奉天主的方法是把那個魔鬼打進地獄裏去，而奈巴爾（他還沒有跟她同過房）硬是要把她帶回家，害得她再也不能給天主出力，可眞是缺德哪！

她們又請敎她：「妳是怎樣把魔鬼打進地獄的呢？」她就指手劃脚地比劃給她們聽，她們聽了，一個個都笑得前仰後翻，她們一邊笑一邊向她說：「孩子，別愁啦，這兒的人都很懂得幹這件事，奈巴爾他會一模一樣地跟妳一塊兒侍奉天主的！」

隔不了多久，這個笑話就傳遍全城，竟成了一句時髦的口頭禪：最討天主歡心的，就是把魔鬼送到地獄裏去。後來這句話遠渡重洋，傳到了我們這兒來，直到現在還在流行呢！

年輕的小姐啊，如果妳們希望獲得天主的恩寵，那麼就快點學會怎樣把魔鬼送進地獄裏去吧，因爲這件事不但頗叫天主喜悅，而且還讓雙方受用，好處可多着哪！

狄奧紐故事講得那樣妙趣橫生，眞把那七個純潔的姑娘笑倒了，她們笑了又笑，直笑了一千次都不止。等他把故事講完，女王知道自己的任期已滿，就摘下頭上的桂冠，給費洛斯特拉多戴上了，還打趣道：

「咱們等着瞧吧，瞧那豺狼領導起一羣羔羊，是不是比羔羊領導起豺狼來得好。」

費洛斯特拉多笑着回答道：「要是大家肯聽我的話，那豺狼早就敎會羔羊怎樣把魔鬼送進地獄裏去，就跟魯斯第科敎會阿莉貝克一樣；所以妳們不要叫我們豺狼，因爲妳們自己根本就不是羔羊。現在既然輪到我來當國王，我一定要盡力做好。」

「聽着，費洛斯特拉多，」妮菲爾接着說，「你要教我們，說不定你自己也會從裏面得到教訓，就像馬塞多在女修道院裏學了個乖一樣。等到你的一副骨頭兒叮噹作響❶，那時候你沒有舌尖也會開口說話啦！」

費洛斯特拉多覺得自己不是小姐的對手，就不敢多說笑話，開始執行王政。他把總管召來，查問膳食等事情，下了一些指示，無非是要使大家在他的任期內過得心滿意足。他又回頭對這些小姐說：「溫柔多情的小姐，我眞是不幸（我這樣說，是因爲我還懂得好歹），愛上了你們中間的一位美人，永遠成了愛情的奴隸。我對她低聲下氣，千依百順，結果還是落得一場空，眼看她給別人奪去。我這不是痛上加痛嗎？只怕我是注定要終身受苦了。所以明天的故事，我要用我的命運做題材——就是：『結局悲慘的戀愛』；因爲我自己就預料到一個悲慘的結局正在等着我。大家叫我『費洛斯特拉多』，這個名字可取得眞有道理啊❷！」

他說完就站了起來，允許大家自由活動，到吃晚飯的時候再集合。

這座花園眞是瑰麗可愛，叫大家捨不得離開，因爲別處再也沒有這樣好玩的地方。這時，夕陽西斜，氣溫不那麼高了，有幾個人就去追趕麋鹿、小羊、野兎和其他的小動物——這些小動物蹦蹦跳跳的，剛才他們圍坐的時候，老是要跳到他們中間來，可眞討厭哪。狄奧紐和菲亞美達唱起格里埃莫和維茱夫人❸的歌曲。菲羅美娜和潘費羅坐下來下棋。各人有各人的消遣，時間過得很快，不覺已經是

❶這就是說一個人形瘦骨銷，剩下了一副骷髏，在風裏搖晃作響。——里格譯本原注

❷「費洛斯特拉多」這名字是由兩個希臘字組成，「費洛」義爲「愛」，「斯特拉多」義爲「掙扎」，故有「百折不回、一往情深」的意思。——根據潘譯本注

吃晚飯的時候了。飯桌就放在噴泉旁邊，大家很快樂地在這裏吃晚飯。

晚飯吃罷，費洛斯特拉多遵照以前幾位女王所立下的制度，吩咐拉蕾達領頭跳舞，再唱一首歌。她回答道：

「陛下，別人的歌我不會唱，自己也想不起有什麼好歌可以配合眼前的良辰美景；我要唱也只能唱我記得的一首歌，要是你答應的話。」

「妳唱的歌一定是悅耳動聽的，」國王說，「儘管唱吧！」

於是拉蕾達開始唱起歌來，別的姑娘齊聲應和；她的聲音甜蜜，帶有一點傷感：

唉，有哪一個女人，
像我這樣苦命，這樣悲傷？
我空自相思，只有獨個兒把淚淌？
那旋乾轉坤、主宰星辰的造化，
對我顯示無比恩寵，
把我造得千嬌百媚，

❸ 這是當時家喻戶曉的一對愛人的故事，記在唐古萊姆（Marguerite d'Angoulême）所作的故事集裏——根據潘譯本注。

婀娜多姿——更是個多情種！
每個熱情的男人
看到我的美貌嬌容，
就像置身在天國中；
唉，那些庸俗的小人，
却這樣把我欺侮嘲弄！

當初我正青春年少，
有一個人真心愛我，把我擁抱，
他爲我神魂顚倒，
他一看到我這雙眼睛，就愛火中燒。
時光像流水般過去，
他每天都在我面前獻殷勤，
我對他也是一往情深，
唉，如今，我再也看不到他的踪影！
隨後又來了一個傲慢的男人，

自以爲再沒有誰能比他高貴英俊，
他佔有了我的身體，他不該
懷着猜忌，把我監視得這樣緊；
唉，想我本是天生尤物，
來到世上是爲了顚倒衆生；
現在却被他一人獨佔，
叫我如何不氣惱傷心！

唉，合該我倒楣、晦氣，那天
竟然答應了一個男人的求婚，
脫下了少女的素服便裝，
換上了新娘艷麗的衣裙。
我穿的是花花綠綠的絲袍，
過的是悲傷屈辱的日子。
唉！要是我不等到訂定這不幸的終身，
就早早死了，那該有多麼好！

給我無上幸福的只有我的初戀，
他如今已魂歸天國，站在天主面前；
啊，愛人，你怎麼能對我沒有半點愛憐？
我怎麼也不會忘懷你，去和別人相愛！
讓我的心裏重燒起舊日的情焰，
我日夕祈禱，但願早早和你相見。

拉蕾達唱歌的時候，大家傾耳靜聽，但是各有不同的體味。有的按照米蘭人的想法，以爲歌裏的意思是說，寧可做一頭肥猪，也不要做一個美女❹，有幾個知道她心事的，又另有合情合理的解釋，不過這裏也不必多談了。

於是國王吩咐燃起火炬，大家圍坐在草地上，唱着歌，直到羣星西沉，國王覺得該是睡覺的時候了，就跟大家道了晚安，打發他們各自回房安睡。

第三日終

❹潘譯本裏有一個注解，說這句話的意義不很明白。

四日

『十日譚』的第三日又終結，第四日由此開始。費洛斯特拉多擔任國王。每個人講的都是結局不幸的戀愛故事。

親愛的女士們，聽了那些博學之士的說法，又根據我自身所看到、聽到的，我一向認為那嫉妒的狂飈疾風，只是襲擊高樓危塔，搖撼大樹的最高枝。可是我發覺我這想法錯了。為逃進那最深邃的幽谷。讀過這幾篇故事的人大約都會有這樣的看法——這些故事我都是用那不登大雅之堂的佛羅倫斯方言寫成的，而且還是散文，又沒有署名，只是平鋪直敍，不敢有絲毫賣弄。可是我依然逃不過遭人嫉妒的厄運，那一陣陣無情的狂風，刮得我天昏地黑，刮得我站不住脚——那尖刻的毒牙把我咬得遍體鱗傷。直到這時候我才徹底明白聰明人常說的一句話，在這個世界上只有「苦難」才不會遭人嫉妒。

各位賢明的女士，有人讀了這些故事，認為妳們太喜歡我了，又說我這樣心甘情願地侍候妳們、安慰妳們，實在是不成體統；有的甚至還怪我不該這樣奉承妳們。另外有些人，極力顯得一派心平氣和，却又說我這樣一把年紀，不應該縱談風月，迎合女人的心思。還有一些人，裝作關懷我的聲譽，勸我還是跟繆司女神住在帕爾納斯山上❶要好些，不要一味在妳們的隊伍裏磨菇廝混，儘說些廢話。還有些人不是出於善意，而是居心歹毒，說我應該深謀遠慮，想辦法怎樣去掙我的麵包——總不能光談這些勞什子，喝西北風。另外又有些人為了要詆毀我的作品，處心積慮地要證明我講給你們聽的故事，都是憑空揑造，完全與事實不符的。

❶帕爾納斯山（Parnassus）：希臘中部的一座山峯，相傳是司掌文藝的繆司女神所住的地方。

各位尊貴的女士，我爲妳們效勞，艱苦奮鬪，受盡這狂飈疾風的摧殘、利齒毒牙的咬噬，弄得頭破血流。天主知道，不管他們怎麽說，我還是冷靜地聆聽着他們，玩味他們的話。這件事完全靠妳們出力來支持我，不過我並不敢就此吝惜自己的力量；即使我不正式和他們論戰，也要申斥他們一番，好讓我的耳根暫時清靜一下，因爲我的作品到現在還沒有寫完三分之一，就有這許多狂妄的敵人，要是現在不趕緊對付他們，那他們的氣焰一定會越發囂張，將來一下子就會把我打垮了；到那時候，任妳們有多大的力量，也無濟於事了。

在駁斥他們之前，我想先講一個故事。做爲自己的辯白，這不是完整的故事，而是一篇有頭無尾的故事，這樣，就不致和我們那一羣可愛的朋友所講的故事混在一起，以便有所區別。我這篇故事是針對那些誹謗我的人講的。

從前，我們城裏有個男子名叫菲利浦·巴杜奇，他出身微賤，但是很有錢，也很懂得處世立身之道。他和他的妻子彼此相親相愛，互相體貼，從無一言半語的齟齬。只是人生難免一死，他那位賢慧的妻子不幸去世，只留給他一個將近兩歲的兒子。喪偶的不幸使他哀痛欲絕，勝過常情。他覺得從此喪失了良伴，孤獨地活在世上，再也沒有什麽意思了；就發誓要抛棄紅塵去侍奉天主；並且決定帶他的幼兒跟他一起修行。他把全部家產都捐給慈善事業，帶着兒子逕往阿濟那伊奧山，在那兒找到一間小茅屋住下來，靠着別人的施捨，齋戒祈禱過日子。他眼看兒子一天天長大，就十分留心，絕不跟他提到那世俗的事，也不讓他看到這一類的事，唯恐擾亂了他侍奉天主的心思；要談只跟他談些永生的榮耀、天主和聖徒的光榮；要教也只限於教他背誦一些祈禱文。父子兩人就這樣在山上住了幾年，那孩子從來沒有走出茅屋一步，除了他的父親，也從沒見過別人。

這位好心的人偶爾也要下山到佛羅倫斯，向一些善男信女討些施捨，然後再回到茅屋裏來。光陰荏苒，菲利浦變成一個老頭子，那孩子也有十八歲了。有一天，菲利浦正要下山，那孩子問他要到哪兒去。菲利浦告訴他，那孩子就說：

「爸爸，你現在年紀已大，耐不得勞、吃不得苦。何不把我帶到佛羅倫斯，領我去見見你那些朋友和天主的信徒呢？我年輕力壯，以後你需要什麼，就可以派我下山去，你自己就可以在這裏休養休養，不用再奔波了。」

好心的老人覺得如今兒子已經長大成人，又看他平時侍奉天主十分勤謹，認爲卽使讓他到那浮華世界裏去走一遭，大概也不會迷失本性，所以心想道：「這孩子說得也有理。」於是第二次下山的時候，眞的把他帶去了。那小伙子看到佛羅倫斯城裏全是什麼皇宮、邸宅、教堂，而這些都是他生平從來沒有看到過的東西，所以驚奇得不得了，一路上禁不住向父親問長問短，菲利浦一一告訴他——可是哪裏囘答得了這麼許多，這個問題才囘答完，那個問題又跟着提出來。父子倆就這樣一問一答，一路行來，正巧遇見一隊衣服華麗、年輕漂亮的女人——剛剛參加婚禮囘來的女賓。那小伙子一看到她們，就立卽問他父親這些是什麼東西。

「我的孩子，」菲利浦囘答道，「快低下頭，眼睛朝着地面，別去看她們，她們都是禍水。」

「可是她們叫什麼呢？」那兒子追問道。

那老頭子不願意讓他兒子知道她們就是女人，怕會喚起他邪惡的肉慾，所以只說：「她們叫做綠鵝。」

說也奇怪，他生平還沒看過女人，眼前許許多多新鮮事，這時候他却突然對他父親說：「爸爸，讓我帶一隻鵝囘去吧！」

「唉，我的孩子，」父親囘答說，「別胡鬧啦，我對你說過，她們全都是一些邪惡的東西。」

「怎麼！」那小伙子叫嚷道。「邪惡的東西總是這個樣子的嗎？」

「是的，」那老子回答道。

於是那兒子說道：「我不懂你的話，也不知道她們爲什麼是邪惡的東西；我只覺得我還沒看見過像這樣美麗、這樣可愛的東西。她們比你時常給我看的天使畫像還好看呢。唉，要是你疼我的話，我們就帶一頭綠鵝兒同去吧，我要好好地餵她。」

「不，」他父親說，「我不答應，你不知道怎樣餵養她們。」

那老頭子這時候才明白，原來自然的力量比他的教誡要强得多了，他深悔自己不該把兒子帶到佛羅倫斯來……不過我不準備把這故事再講下去了，就此言歸正傳吧！

年輕的女士，有些非難我的人，說我不該一味只想討女人的喜歡，又那樣喜歡女人。我承認：妳們使我滿心歡喜，而且我也極力想討妳們的歡喜。我很想問問這些人，難道這也值得大驚小怪嗎？親愛的女士，不說我們有過多少次甜蜜的接吻、熱情的擁抱以及同床共枕；就是我能經常瞻仰妳們的豐采、嬌容、優美的儀態，尤其是親近妳們那女性的溫柔文靜，這份快樂不就足够使人明白我爲什麼這樣想、這樣做嗎？

剛才我們看到，一個遠離人世，在深山裏長大的小伙子，他沒有踏出那小茅屋一步，除了他父親之外，他就再也沒有第二個伴侶，一旦下山，看到了妳們，就只想要得到妳們，只渴望妳們，把他的愛慕之情全部獻給妳們。如果在一個隱士——一個渾渾噩噩的小孩——一個未開化的野人眼中，妳們比一切東西都可愛，那麼這些人怎麼可以因爲我喜歡妳們，極力想討妳們的喜歡而非難我，誹謗我，把我說得萬惡不赦呢？要知道我天生是個多情種子、護花使者，打從我懂事起，就立誓要把整個心靈獻給妳們——我怎麼禁得住妳們那明亮的眼波、甜蜜的柔語，以及那一聲聲廻腸盪氣的嘆息呢？只有那種喪失人性的傢伙，不懂得也感受不到熱情的力量，才會這樣譴責我；對於這種人，我才不屑一顧哩！

還有一些人拿我的年紀當作話柄，他們大概不懂得那韮菜頭儘管是白的，根梢可是碧綠的呢。不過笑話待會兒再說，讓我先正正經經地回答他們：直到我生命盡頭，我也絕不會認爲侍候女性是一件可恥的事；因爲就是過了中年的葛伊多・卡瓦坎第❷、但丁、晚年的契諾・達・皮斯多伊亞❸，他們也十分推崇女性，以侍奉她們引以爲榮呢！

要不是因爲不便違反辯論的通例，那我眞想從歷史中舉出許多有名人物，那些人物到了老年還一心只想討女人的歡心。那些批評我的人，如果對他們的故事一無所知，那麼趕快去翻閱一下史書吧！

有人勸我還是跟繆司女神一起住在帕爾納斯山來得好些，我承認這的確是一個非常好的建議。不過，我們無法永遠跟繆司女神待在一起，而女神也不可能永遠和凡人做伴；那麼要是有人甘心離開女神，去接近那跟女神相似的人，又有什麼不好呢？繆司女神本來就是女人啊，天上的女性雖然望塵莫及，可是她們的模樣還是跟女神相像的。所以即使不是爲了其他的緣故，單憑這一點，她們也會使我喜歡。再說，我曾爲女性寫下千來首情詩，可見繆司女神從來也沒有促使我寫過一篇詩。我從女神那兒得到的是幫助，她們教我怎樣寫詩。在我寫下目前這些篇章的時候，不管我寫得多麼不像樣，女神可常常降臨到我身邊來——也許是因爲女人的容貌跟女神很相像的緣故吧。所以我覺得我編寫這些故

❷ 葛伊多・卡瓦坎第（Guido Cavalcanti, 1250～1300）：義大利詩人，與但丁友善，作品以十四行情詩著稱。

❸ 契諾・達・皮斯多伊亞（Cino da Pistoia, 1270～1336）：義大利詩人，與但丁、卡瓦坎第相往還，著有悼念他情人的十四行等詩篇。

事的時候，並不像許多人設想的那樣，遠離繆司女神居住的帕爾納斯山。

對於那些擔心我會挨餓，勸我注意自己的麵包的人，我有什麼話要講呢？眞的，我還不知道該講什麼好；不過我在想，要是有朝一日，我不得不向他們求乞麵包的時候，他們會怎樣回答我呢？也許他們會這樣說：「到你的作品裏去找麵包吧！」眞的，過去的詩人在他們的作品裏，要比富人在他們的金庫裏找到更多的麵包。有人努力寫作，替他們的時代增添光彩；有人貪得無厭，只知道麵包，却像蟲子一樣無聲無息地死去。

我還要再說什麼呢？要是我向他們討麵包，就讓他們把我趕出來好了。感謝天主，我現在還不致於斷糧，如果我眞的麵包不够吃了，那我也會像耶穌的使徒保羅那樣，能够飽足，也能够飢餓❹。總之，這原是我自己的事，用不着別人來替我操心啊！

還有某些人說我寫的那些故事是和眞相不相符合的，那麼我希望他們把眞情實況提出來，要是比較之下，我的故事顯然是出於捏造，那麼我願意承認他們的譴責是公平合理的，也願意盡力糾正我的過失。不過在他們只是叫嚷，還提不出什麼事實之前，我只好不理他們，照自己的想法去做。拿他們批評我的話來回敬他們。

用這些話來回答他們，我想已經够了吧；現在，最溫柔的女士，憑着天主和妳們的幫助，我將不辭艱苦，不管那暴風刮得多猛，也要轉身來繼續我的工作。因爲我覺得我的命運不會比那暴風中的微塵更壞——不管微塵停留在地面上，或者被捲到半空中，又落在人們的頭上，落在帝王的冠冕上，有

❹「我知道怎樣處卑賤，也知道怎樣處富裕，或飽足、或饑餓、或有餘、或缺乏，隨事隨在，我都得了秘訣。」——『新約腓立比書』第四章第十二節。

時候也會落在高聳矗立的宮殿塔樓之上。卽使那微塵又從高處落下，也不會落到比原來更低的地方。

要說從前我發誓要把自己的力量全部貢獻給妳們，爲妳們的歡樂而效勞，那麼我現在這分意志就格外堅決了；因爲凡是有理性的人都會說：我愛妳們，就跟別的男人愛妳們一樣，是出之天性。誰要是想阻遏人類的天性，那可得好好地拿點本領出來呢！如果你非要跟它作對不可，那只怕不但枉費心機，到頭來還要弄得頭破血流呢！我自認沒有這種本領，也不願意有。就算我有這種本領，也寧可借給他人，絕不願意自己使用。那些批評我的人可以閉口無言了；要是他們的身體裏缺少熱血，那麼就讓他們冷冰冰地過一輩子吧！他們可以去找他們自己的樂趣——或者不如說他們腐敗的嗜好；讓我也利用這短促的人生，追求我的樂趣吧！

可是，美麗的女士，我已經離題太遠了，讓我就此打住，言歸正傳吧！

晨曦初臨，趕走了天上的星星，揭開了霧氣沉沉的夜幕，這時費洛斯特拉多已經起身，把衆人都喚醒；於是大夥兒依舊到那座可愛的花園裏去遊玩散心。這天的中飯也依舊安排在昨晚吃飯的地點；飯後午睡，醒來時太陽已經西斜，於是照例地來到噴泉旁邊，依次坐下。費洛斯特拉多吩咐菲亞美達首先爲大家講一個故事，她並不推辭，嬌聲軟語地講了底下的一個故事。

故事第一篇　金杯裡的心

薩萊諾親王唐克烈，殺死女兒的情人，取出心臟，盛在金杯裏送給女兒。公主把毒液倒在心臟上，飲下而死。

國王指定我們今天要講悲慘的故事，他認爲我們在這兒尋歡作樂，也應該聽聽別人的痛苦，好叫講的人和聽的人都油然生出同情心。也許這幾天，我們的日子過得眞是快樂逍遙，因此他想用悲劇來調節一下。不過不論他的用意何在，我是不能違背他的意旨的，所以我現在要講的不僅悲苦而且是絕頂淒慘，叫你們不得不掉下幾滴苦淚來。

薩萊諾親王唐克烈本是一位仁慈寬大的王爺，可是在晚年，他的雙手却染滿了一對情侶的鮮血。他只有一個獨生的女兒，親王對她眞是百般疼愛，自古以來，父親鍾愛女兒也不過是這樣罷了；誰知道，要是不生這個女兒，他的晚境或許會快樂些呢！那親王既然這樣疼愛女兒，所以也不管躭誤了女兒的青春，竟一直捨不得讓她出嫁；直到後來，再也藏不住了，這才把她嫁給卡布亞公爵的兒子。不幸婚後不久，丈夫就去世了，她成了一個寡婦，又回到她父親那兒去。

她正當青春年華，天性活潑，身段容貌又是那樣可人，而且才思敏捷，只可惜身爲女人。她住在父親的宮裏，養尊處優，過着豪華的生活；後來看見父親這樣愛她，根本不想讓她再嫁，自己又不好意思開口，就想私下找一個中意的男人做她的情人。

出入她父親宮廷的，三教九流的人都有，她留意觀察了許多男人的舉止行爲，看到父親跟前一個名叫克斯卡多的年輕侍從，雖然出身微賤，但是人品高尚，氣宇軒昂，的確比衆人高出一等，她看了非常中意，竟暗中愛上了他，而且朝夕相見，愈看愈愛。那小伙子並不是傻瓜，不久也就覺察到她的心意，也不由得動了情，整天只是想她，把一切都拋在腦後了。

兩人這樣眉目傳情，已非一日；她只想找個機會和他幽會，可是又不敢把心事托付別人，結果她終於想出一個極好的主意。她寫了一封短簡，叫他第二天怎樣來和她相會。又把這信藏在一根空竹竿裏，交給克斯卡多，還開玩笑地說：「把這個當做吹管吧，你的女僕今晚就可以用這個來生火了。」

克斯卡多接着竹竿，覺得她絕不會無緣無故給他這種東西，而且說出這種話。他回到自己房裏，檢查竹竿，看到中間有一條裂縫；劈開一看，原來裏面藏着一封信。他急忙把信讀了，明白了究竟，這時候他眞成了世界上最快樂的人；於是他就依着信裏的話，準備好，去和公主幽會。

在親王宮室附近有一座山，有一個許多年前開鑿的石室，座落在山腰上，當時又另外鑿了一條隧道，透着微光，直通這個洞府。那石室久經廢棄，所以隧道的出口荆棘雜草叢生，幾乎把洞口都掩蔽了。在那石室裏，有一道秘密的石階直通宮室，石階和宮室之間，隔着一扇重門，打開門，就是她樓下的一間屋子。因爲山洞久已不用，大家早把這道石階忘了。可是什麼也逃不過情人的眼睛，所以居然給多情的她想了起來。

她不願讓別人知道她的秘密，便找了幾樣工具，親自動手打開這道門，經過好幾天的努力，終於把門打開。於是她就登上石階，一直找到那山洞的出口處，她把隧道的情形、洞口離地大約多高等都寫在信上，叫克斯卡多設法從這隧道進到她的宮裏來。克斯卡多立刻預備好一條繩子，中間打了許多結，繞了許多圈，以便攀上爬下。第二天晚上，他穿了一件皮衣，免得給荆棘刺傷，就獨自偷偷來到山脚邊，找到了那個洞口，把繩子的一端在一株堅固的樹樁上繫牢，自己就順着繩索，降落到洞底，在那裏靜候她。

第二天，她假裝說要午睡，把女侍都打發出去，獨自關在房間裏。然後她打開那扇暗門，沿着石階，走下山洞，果然找到了克斯卡多，彼此都喜不自勝。她就把他領進臥室，兩人在房裏逗留了大半天，眞像神仙般快樂。分別時，兩人約定，一切都要謹愼行事，不能讓別人得知他們的私情。於是克斯卡多回到山洞，她鎖上暗門，去找她的侍女。等到天黑克斯卡多才攀着繩子上升，從進來的洞口出去，回到自己的住所。自從發現了這條捷徑以後，這對情人就時常相會。

可是命運之神不甘心讓這對情人長久浸沉在幸福裏，竟以一件意外的事故，把這一對情人滿懷的歡樂化作無盡的悲愁。這厄運是這樣降臨的：

原來唐克烈常常獨自一人來到女兒房中，跟她聊一會兒天，然後才離去。有一天，他吃過午飯，又到他女兒綺絲蒙達的寢宮裏，看到女兒正和她那許多女伴在花園裏玩，他不願打斷她的興致，就悄悄走進她的臥室，沒有讓人看到或是聽見。他來到房中，他看到窗戶緊閉、帳帷低垂，就在床脚邊的一張軟凳上坐下，頭靠在床上，拉過帳子來遮掩自己，好像有意要躲藏起來似的，不知不覺就這樣熟睡了。

也是合該有事，綺絲蒙達偏偏約好克斯卡多在這天幽會，所以她在花園裏玩了一會，就讓那些女伴繼續玩下去，自己却悄悄地溜到房中，把門關上，不知道房裏還有別人，打開那扇暗門，把在隧道裏等着的克斯卡多放進來。他們像平常一樣，一同上了床，尋歡作樂，正在得意忘形的時候，唐克烈醒了。他聽到聲響，驚醒過來，看到女兒和克斯卡多兩個正在幹着好事，氣得他直想咆哮起來，可是再一想，他自有辦法對付他們，還是暫且忍耐，免得家醜外揚。

那一對情人像往常一樣，溫存了半天，直到不得不分手的時候才下床，根本不知道唐克烈就在他們身邊。克斯卡多從洞裏出去，她自己也走出臥房。唐克烈也不顧自己年事已高，就從一個窗口跳到花園裏去，趁着沒有人看見，趕回宮去，幾乎氣得半死。

當天晚上，到了睡覺的時候，克斯卡多從洞裏爬上來，沒有想到早已有兩名大漢，奉了唐克烈的命令等候在那裏，將他一把抓住；他身上還穿着皮衣，就這樣給悄悄地押到唐克烈跟前。親王一看到他，差一點兒就掉下眼淚來，說道：

「克斯卡多，我待你不薄，沒想到今天却讓我親眼看到你色膽包天，竟敢敗壞我女兒的名節！」

克斯卡多一句話都說不出來，只是這樣回答他：「愛情的力量不是你我所管束得了的。」

唐克烈下令把他嚴密地看押起來；他立卽給禁錮在宮中的一間幽室裏。

第二天，唐克烈左思右想，應該怎樣發落他女兒，吃過飯後，他就像平常一樣，來到女兒房中，把她叫來。綺絲蒙達怎麼也沒想到已經出了岔子，唐克烈把自己和女兒關在房中，老淚縱橫，對她說道：

「綺絲蒙達，我一向以爲妳端莊穩重，想不到竟會有這種醜事發生。要不是我親眼看到，而是聽別人告訴我，那麼別說是妳跟丈夫以外的男人發生關係，就是說妳存有這種意念，我也絕不會相信。我已經到了風燭殘年，再沒有幾年可活了，沒有想到會碰到這種事，使我一想起來，就覺得心痛。

「卽使妳要做出這種無恥的事來，天哪，那也得挑一個身份相稱的男人才好！多少王孫公子出入我的宮廷，妳却偏偏看中克斯卡多——那是一個下賤的奴僕，差不多從小就靠我們把他收留在宮中，妳這種行爲眞叫我心煩意亂，不知該怎樣發落妳才好。至於克斯卡多，昨天晚上他一爬出山洞，我就把他捉住關了起來，我自有處置他的辦法。對於妳，天知道，我却一點主意都拿不定。一方面，我對妳狠不起心來，天下做父親的愛女兒，絕對沒有像我疼妳那樣深。另一方面，我想到妳這樣輕薄，又怎能不怒火中燒？如果看在父女的情份上，我只好饒了妳；如果以事論事，我就顧不得骨肉之情，非要重重懲罰妳不可。不過，在我還沒有拿定主意以前，我可以先聽聽妳自己有什麼話要說。」

說到這裏，他低下頭，號咷大哭起來，竟像一個挨了打的孩子一樣。

綺絲蒙達聽了父親的話，知道不但他們的私情已經敗露，而且克斯卡多也已經給關了起來，她感到一陣說不出的悲痛，好幾次都險些兒要像一般女人那樣大哭大叫起來。她知道她的克斯卡多必死無疑，可是崇高的愛情戰勝了脆弱的感情，她以驚人的意志力，强自鎭定，並且打定主意，寧可死也絕不說一句求饒的話。因此，她在父親面前並不像一個因爲犯了錯、受到責備而哭泣的女人，却是勇敢無畏，眼無淚痕，面無愁容，坦蕩地回答她父親說：

「唐克烈，我不準備否認這件事，也不想向你討饒；因爲這對我不會有好處，就是有好處我也不願意幹。我也不想請你看在父女的情份上來開脫我，我只想把事情的眞相講出來，用充分的理由來爲我的名譽辯護，然後就用行動來堅決響應我靈魂偉大的號召。不錯，我確實愛上了克斯卡多，只要我還活着——只怕是活不長久了——我也始終如一地愛他。假使人死後還有愛，那我死了之後還要繼續愛他。我墜入情網，與其說是由於女人的意志薄弱，倒不如說，因爲你不想再給我找個丈夫，同時也因爲他本人可敬可愛。

「唐克烈，你也是血肉之軀，你應該知道你生出來的女兒，她的心也是血肉做成的，並不是鐵石心腸。你現在已經年老力衰，但是應該還記得那青春的規律，以及它對青年人具有多大的支配力量。

雖說你的青春多半是消磨在戰場上，但你也總該知道飽暖安逸的生活對於一個老頭子會有什麼影響，別說是對一個青年人了。

「我是你生的，是個血肉之軀，在這世上又沒度過多少年，還很年輕，那麼怎麼能怪我春情蕩漾呢？況且我已結過婚，嘗過其中的滋味，這種慾念就格外迫切了。我按捺不住這片烈火，我年輕，又是個女人，我情不自禁，暗中愛上了一個男人。我因熱情衝動，做出這件事，但是我也曾費盡心機，免得你我蒙受恥辱。多情的愛神和好心的命運，指點了我一條外人不知道的秘密通路，好讓我如願以償。這事不管是你自己發現的也罷，還是別人報告你的也罷，我絕不否認。

「有些女人只要隨便找到一個男人就滿足了，但我可不是那樣；我是經過了一番觀察和考慮，才在許多男人中間選中了克斯卡多，有心去挑逗他的；而我們倆小心行事，確實享受了不少歡樂。你方才把我痛罵了一頓，聽你的口氣好像我結下一段私情，罪過倒還輕；只是千不該萬不該去跟一個低三下四的男人發生關係，好像我要是找一個王孫公子來做情夫，那你就不會生我的氣了。這完全是毫無道理的世俗成見；這點你不應該責備我，只能去埋怨那命運之神，爲什麼他老是讓那些庸俗無能之輩竊居着顯赫尊榮的高位，把那些人間英傑反而埋沒在草莽裏呢！

「我們暫且不提這些，先來談一談根本的道理。你應該知道，我們人類的骨肉都是用同樣的物質造成的，我們的靈魂都是天主賜給的，具有同等的機能和效用。我們人類是天生平等的，只有品德才是區分人類的標準，能發揮大才大德的人才當得起『貴』；否則就只能算是『賤』。這條最基本的律法雖然被世俗的謬見所掩蔽，可是並不會就此給抹煞掉，它還是在人們的天性和舉止中顯露出來，所以凡是有品德的人就證明了自己的高貴，如果這樣的人被人說是卑賤，那麼這不是他的錯，而是這樣看他的人的錯。

「請你看看滿朝的貴人，打量一下他們的品德、他們的舉止、他們的行爲，然後再看看克斯卡多又是怎樣；只要你不存偏見，下一個判斷，那麼你就會承認，最高貴的是他，而你那些朝貴都只是鄙夫而已。說到他的品德、他的才能，我不信任別人的判斷，只信任你的話和我自己的眼光。誰曾像你那樣時時讚美他，把他當作一個英才？眞的，你這樣讚美他不是沒有理由的。要是我沒有看錯人，我敢說：你讚美他的話，他句句都當之無愧，你以爲把他讚美够了，可是他比你所讚美的還要勝過三分呢！要是我把他看錯了，那麼就是我上了你的當。

「現在你還要說我結識了一個低三下四的人嗎？如果你這樣說，那就是違心之論。你不妨說，他是個窮人，可是這話只能給你帶來羞恥，因爲你有了人才却不知道提拔，把他埋沒在僕人的隊伍裏。貧窮不會磨滅一個人的高貴品質，反而是富貴使人喪失了志氣。許多帝王、公侯將相，都是白手起家的，現在有許多村夫牧人，從前都是豪富巨族呢！

「那麼，你要怎樣處置我，用不着這樣躊躇不決了。如果你決心要下毒手——要在你風燭殘年幹出你年輕時候從來沒幹過的事，那麼你儘管用殘酷的手段來對付我吧，我絕不向你乞憐求饒，因爲如果這算得上是罪惡，那我就是罪魁禍首。我還要告訴你，如果你怎樣處置克斯卡多，或者準備怎樣處置他，却不肯用同樣的方法來處置我，那我自己也會動手來處置我自己的。

「現在，你可以去了，跟那些娘兒們一塊兒去哭吧；哭够後，就狠起心腸一刀把我們倆一起殺了吧——要是你認爲我們非死不可的話。」

親王這才知道他的女兒有一顆偉大的靈魂；不過還是不相信她的意志眞的像她的言詞那樣堅決。他走出了她的寢宮，決定不用暴力對待她，而打算懲罰她的情人來打擊她的熱情，使她冷下心來。當天晚上，他命令看守克斯卡多的那兩個僕人，把他縊死，挖出心臟，拿來給他。那兩個僕人果然照着他的話做了。

第二天，親王叫人拿出一隻精緻的大金杯，把克斯卡多的心盛在裏面，又吩咐自己的心腹僕人把金杯送給他女兒，同時叫他傳言說：「妳的父王因爲妳用他最心愛的東西來安慰他，所以現在他也把妳最心愛的東西送來安慰妳。」

再說綺絲蒙達，等她的父親走了之後，矢志不移，便叫人採了那惡草毒根，煎成毒汁，準備一旦她的疑慮成爲事實，就隨時要用它了結自己的生命。那侍從送來親王的禮物，還把親王的話復述了一遍。她面不改色，接過金杯，揭開一看，裏面盛着一顆心，就懂得了親王爲什麼要說這些話，同時也明白了這必然是克斯卡多的心臟無疑；於是她回頭過來對那僕人說：

「只有用黃金做墳墓，才不會委屈了這顆心，我父親這件事做得眞是得體極了。」

說着，她舉起金杯，湊向唇邊，吻着那顆心，說道：「我父親對我的慈愛一向無微不至，如今在我生命的最後一刻，對我愈發慈愛。爲了這麼尊貴的禮物，我要最後一次向他表示感謝！」

於是她緊緊拿着金杯，低下頭，注視那顆心，說道：「唉，你是我的安樂窩，我一切的幸福全都棲息在你身上。最該詛咒的是那個人的狠心行爲——他叫我現在用這雙肉眼注視你！我只要能够用我那精神上的眼睛時時刻刻注視你，就已經滿足了。你已經走完了你的路程，已經盡了命運派給你的任務，你已經到了每個人遲早都要到達的終點。你已經解脫了塵世的勞役和苦惱，你的仇敵把你葬在跟你身份相稱的金杯裏，你的葬禮，除了還缺少你生前所愛的人的眼淚之外，可以說什麼都齊全了。現在，你連這個也不會欠缺了，天主感化了我那狠毒的父親，命令他把你送還給我。我本來準備面不改色，從容死去，不掉一滴眼淚；可是現在我要爲你痛哭一場，哭過之後，我的靈魂立刻就要飛去跟你那可愛的靈魂結合在一起。你的靈魂使我傾心追隨你，一同到那不可知的冥域裏去。我相信你的靈魂還在這裏徘徊，憑着我們從前的樂園❶；我相信依然愛着我的靈魂，爲我深深地愛着的靈魂，你等一等我吧！」

說完，她就低下頭，湊在金杯上，淚如雨下，但絕不像女人那樣哭哭啼啼，她一面淚流不停，一面只顧跟那顆心親吻，也不知道親了多少遍，彷彿沒有結束的時候，把旁邊的人看得嚇呆了。侍候她的女伴不知道這是誰的心，也不明白她說這些話是什麼意思，但都被她深深感動了，陪她傷心掉淚，再三問她傷心的原因，可是無論怎麼樣問，怎麼樣勸慰，她總是不肯說，她們只得極力安慰她一番。後來她覺得哀悼夠了，就抬起頭，揩乾了眼淚說道：

「最可愛的心呀，我對你已經盡了我的本分，現在只剩下最後一步了，那就是：讓我的靈魂來和你的靈魂做個伴吧！」

說完，她叫人取出那昨日備好的盛滿毒液的瓶子來，只見她拿起瓶子就往金杯裏倒下去，把毒液全都傾注在那顆給淚水洗刷過的心上；她毫無畏懼地擧起金杯，送到嘴邊，把毒汁一飲而盡。飲罷，她手裏依舊拿着金杯，登上綉榻，睡得端正而安詳，把情人的心按在自己的心上，一言不發，靜待死神的降臨。

侍候她的女伴，這時雖然還不知道她已經服毒，但是聽她的說話、看她的行爲有些反常，就急忙派人把情形向唐克烈報告。他恐怕會發生什麼變故，就匆忙地趕到女兒房中，這時她已經在床上睡下來了。他想用好話來安慰她，可是已經太遲了，這時她已命在旦夕，他不覺失聲痛哭起來；誰知他女兒却向他說道：

❶ 指克斯卡多的心。

「唐克烈，何必浪費這許多眼淚呢？等碰到比這更糟的事再哭還不遲呀；我不要你來哭，因爲我不需要你的眼淚。除了你，還有誰達到了目的反而哭泣的呢？如果你從前對我的那一片慈愛，還沒有完全泯滅，那麼就請你給我一個最後的恩典——那就是，雖然你反對我跟克斯卡多做一對不體面的夫妻，但是請你把我和他的遺體公開合葬在一處吧！」

親王聽到她這麼說，心如刀割，一時竟不能作答。年輕的她大限已到，緊握着那顆心，貼在自己的心頭。說道：

「天主保佑你，讓我去吧！」

說罷，她閉上眼，隨卽完全失去了知覺，擺脫了這苦惱的人生。

這就是克斯卡多和綺絲蒙達這一對苦命情人的結局。唐克烈哭也無用，悔也太遲，就把他們倆隆重地合葬在一起，全薩萊諾的人聽到他們的事蹟沒有不感到悲慟的。

故事第二篇　天使之愛

亞貝度神父愚弄一個女人，說是卡布里埃洛天使愛上了她，自己卻扮作天使，和她幽會。女人的親屬前來捉姦，他逃到平民家中；第二天，被當作野人，牽到聖馬可廣場當衆揭發；院裏的修士把他押回送入牢中。

菲亞美達的故事使這些女子不止一次掉下了同情的眼淚，她講完以後，國王卻毫不動情地說道：

「我覺得，克斯卡多和綺絲蒙達所享受的快樂，只要也能讓我享受到一半，那即使要我以生命來作代價，也是太便宜了。妳們不必驚奇，我雖然活着，但却時時忍受着死一般的痛苦，跟歡樂沒有一點緣份。現在且暫時把我的命運撇下不談，我想請潘比妮亞接下去講一個跟我的苦命多少有些相近的故事。假使她能够像菲亞美達那樣把故事講下去，那不用說，我那給情焰燒毀了的心就會覺得接受到幾滴清凉的露水了。」

潘比妮亞聽了國王的吩咐，並沒有把他的話放在心上，反而考慮她女伴的心意；暗想，與其讓國王個人得到滿足，不如讓大家高興吧；不過國王的吩咐也不好違背，所以決定在他指定的範圍內，講一個使大家發笑的故事。於是她說道：

俗語說得好：「只要壞蛋被當作好人，那麼他就是再壞也不打緊。」這句話眞是使我有不少故事好講呢。我現在就講這麼一個故事，既不離題，同時也可以讓大家看到，那些穿着長衣寬袍的修士是多麼會假惺惺；看他們那張臉，白得像一張紙片似的，其實那是化裝出來的；聽他們說話，眞是又謙恭又柔順，但這只是在他們對你有所請求時才是這樣；而當他們忘了自己，反過來要斥責別人的過錯時，那才是面目猙獰、聲色俱厲呢！他們要大家相信，上天堂的路，對他們來說就是把手伸進我們的口袋裏，對我們却是有什麼就拿什麼去孝敬他們。不，這樣說還不恰當，他們不像我們那樣，在追求上天堂的路，他們儼然已經以天堂的主人翁和統治者自居了，所以竟把天堂分割成大大小小的地段，依着死者捐獻給他們金錢的多少，分派給死者。這樣，他們最先欺騙的是自己（如果他們眞的相信自己所說的那套話），其次就是欺騙了那些把他們那套渾話信奉爲眞理的人。要是我能把他們的罪行全都一一揭露出來，那一定會使不少愚夫愚婦睜開眼來，看清他們在那長衣寬袍下究竟藏着些什麼。現在我只能拿威尼斯的一個赫赫有名的法蘭西斯派神父的事蹟來講給大家聽聽——但願天主顯靈，叫天下這羣說謊行騙的修士，全都得到那個威尼斯神父所得到的報應，同時也希望我這個故事能使各位發笑，大家聽了綺絲蒙達殉情的故事，給憐憫的情緒壓得透不過氣來，這樣心裏也好因此輕鬆一下了。

各位尊貴的小姐，在伊莫拉地方，有一個爲非作歹的壞蛋，名叫貝多·第拉·馬沙。他的惡行在當地盡人皆知，不管他撒謊也罷、說眞話也罷，總之再也沒有誰信得過他，他眼看自己走投無路，再也無法立足，只得到威尼斯去投生路了。威尼斯是個藏垢納汚的地方。他覺得自己應該改變從前的作風，才能繼續施展他的鬼蜮伎倆；竟彷彿受了良心責備，懺悔過去的罪惡似的，他謙遜得異乎尋常，哪個天主教徒也沒有像他那樣虔誠的，然後再搖身一變，居然變成了法蘭西斯派的神父，自稱是亞貝度·達·伊莫拉。披上了宗教外衣，他就不得不在表面上過着嚴肅的生活，讚美苦修，提倡齋戒，在弄不到合他胃口的酒菜時，就不吃肉食，戒絕飲酒。

總之，一個竊賊、無賴、騙子或殺人犯，搖身一變，成了一個著名的傳道師，絕不會就此棄邪歸正，只要暗中有作惡的機會，他還是要幹的。亞貝度現在當了神父，每逢他主持彌撒的時候，就在祭壇上當着那滿堂的會衆，爲了救主的受難而痛哭流涕——他有這種本事，無論什麼時候須要哭，那眼淚就會馬上流下來，好在淚珠對他是最不花錢的東西。總之，憑着一張說教的利口和兩行熱淚，他居然騙取了威尼斯人民的信仰，聲譽日增，到後來，全城的人，每逢要立遺囑，幾乎沒有一家不是請他做受托人和監護人的，甚至還有不少人家的財產都托他掌管。除此之外，城裏絕大多數的善男信女，都爭着向他懺悔。在各方面請教他的意見。這樣，本來是只吃羊的狼，現在竟變成了牧羊人。他那聖潔的名譽比當年聖法蘭西斯在阿西濟還要響亮呢！

到亞貝度神父跟前來懺悔的婦女確實不少，有一次，來了一個頭腦簡單、愛慕虛榮的少婦，名叫莉賽達·達·卡·克林諾夫人，丈夫是個大商人，已乘着大船到法蘭德斯經商去了。威尼斯的女人本來都是沒頭腦的，她現在跪在這位神父的脚下，把自己的私事一五一十地吐露出來，說到一半，神父就問她有沒有情人。這話可叫她生氣了，她像受了委屈似地說道：

「你說什麼，神父先生？你不長眼睛嗎？難道你看不出我長得這樣漂亮，在女人中間算得上是頂尖兒的嗎？情人，我要多少有多少；可惜我這張漂亮臉蛋兒不是隨便哪個男人都可以染指的。像我這樣的美人你看過幾個？就是那天仙玉女也不見得比我更漂亮呢！」

總之，她自捧自吹，自以爲有說不盡的美麗，眞叫人肉麻。亞貝度神父一眼就看出了她的弱點，覺得這個女人眞是送上門來的一塊肥肉，頓時燃燒起一股慾火，恨不得馬上把她呑下去。不過時機未到，他故意不用花言巧語來奉承她，反而裝得一派正經，用嚴厲的口氣責備她一來不該這樣虛榮，二來不該什麼等等。這麼一來，那個女人就更生氣了，當面說他是頭驢子，連美人和醜婆娘也分辨不出來。神父不想過分刺激她，而把事情鬧僵，就結束了她的懺悔，讓她跟別的女人同去。過了幾天，他帶着一個心腹來到莉賽達家，說有機密的事，只能跟她一個人說，莉賽達把他領到內室之後，他就雙膝跪在她跟前說道：

「夫人，請妳看在天主面上，饒恕了我這一次吧！禮拜日那天，妳說起自己的美貌，我不該大膽說了幾句狂言，就在那天晚上，我受到了嚴厲的懲罰，到今天才能起床呢！」

「那麼是誰來懲罰你呢？」那位傻大姐就問道。

「我就是要來告訴妳的，」神父回答她。「那天晚上，我正照例在禱告的時候，忽然間，我的房裏亮得跟白晝一樣，我還沒來得及回過頭去望一望，只見一個漂亮的小伙子，拿了一根結實的棍子站在我面前，他一把抓住我的袍子，把我這麼一拉，又這麼一摔，我就撲倒在他的脚下；他舉起棍子就打，打得我渾身上下沒有一塊好肉。我急得大聲問他，爲什麼要這樣打我呀！他說：『好個大膽狂妄的小子，今天竟敢褻瀆國色天香的莉賽達夫人！要知道除了天主之外，我最愛的就是她！』『那麼你是誰呀？』我又問。他說他就是天使卡布里埃洛。我連忙懇求他：『我的天使啊，請你饒了我這一次吧！』他說：『要饒你不難，只要你趕快前去見她，能够求得她的饒恕，那就是你的造化，如果她不肯饒你，那我還要來找你，請你嘗嘗這根棍子的滋味，以後你別想再過太平日子啦！』接着他還對我說了一番話，不過妳要先饒了我，我才敢說出來。」

這位傻大姐本來就是沒有腦子的，一聽到這些話，樂得她心花怒放，把句句謊言都當作是天國的福音；所以停了一會兒她這樣說道：

「亞貝度神父，我早就對你說過，我是個國色天香的美人，現在，天主幫助我吧，我看你着實可憐，我馬上就饒了你，免得你再受懲罰，只是你得把天使後來所說的話照實告訴我。」

「夫人，」亞貝度神父說，「既然妳饒了我，那我自然樂於奉告，不過有一點我要叮囑妳，如果妳不願意拿妳的幸福當兒戲的話，那我對妳說的話，妳可千萬不能對別人講。妳要知道，妳眞是世界上最幸福的女人哪！卡布里埃洛天使吩咐我來向妳傳話，他很愛妳，幾次想來跟妳過夜，可是又怕妳受驚。現在他派我告訴妳說，他打算在哪一晚來跟妳相會，不過他是一位天使，如果以天使的形體下凡，那妳是無法跟他接觸的，他爲了討妳的歡喜，想借凡人的形體到妳這兒來；他想問問妳，妳約他什麼時候來，來的時候要借哪一個凡人的形體，那他就可以來跟妳相會了，那時候，天下的女人要算妳最幸福啦！」

我們這位虛榮成性的姑奶奶馬上回說道，她給卡布里埃洛天使愛上了，眞是叫她不勝榮幸，因爲她也很愛這位天使，每次看到他的畫像，沒有一次不是在他面前點上一枝四辨士的蠟燭的。又說不管他什麼時候降臨，都很歡迎，她總是一個人在屋子裏。不過有一點，請他將來不要拋棄她，另外愛上聖母瑪利亞，據說他對聖母很有情意呢——不是嗎，她不論在什麼地方看到他的畫像，他總是跪在聖母的跟前。說到他要借用凡人的形體，隨便哪個人的形體都可以，只要不讓她受驚就是了。

亞貝度神父說道：「夫人，妳的話很有道理，我一定照着妳所說的話去跟他把事辦妥了。不過我要請妳賞臉——好在這也並不難爲妳什麼——就是，請妳允許他附在我的肉體上來見妳。爲什麼說要這是『賞臉』呢？因爲妳要知道，他要鑽進我的軀殼，非得先把我的靈魂抽出來送到天堂去不可。他跟妳在一起逗留多久，我的靈魂也在天堂裏逗留多久。」

「這有什麼不可以，」那位傻大姐說。「你爲我吃了他的苦頭，自然也應該補報補報你，讓你得到一些安慰才是。」

於是亞貝度神父說：「今天晚上妳要讓門開着，他才能進來；因爲他既然鑽進凡人的肉體，那麼他也許只能從門裏進來。」

那位好太太答應照辦。神父告別之後，她樂得手舞足蹈，神魂顛倒，裙子再也碰不到她的大腿；她一心只是盼望卡布里埃洛天使降臨，越等越心焦，覺得今天這一天就像一千年那樣漫長。

再說亞貝度神父，他覺得做天使不及做騎士有意思，所以先拿滋補食品塡滿了肚子，打起精神，免得幾個回合，就跌下馬來。等到天色已晚，他向院裏請了個假，就和心腹一同到一個相識的女人家裏，原來這個女人是他的馬販子，每當他想找匹牝馬騎騎的時候，總是去找她，這種事已非一遭。現在他就在那個女人家裏，扮成天使模樣，又帶了許多不值錢的東西，看看時間已到，就逕赴莉賽達家中。到了那裏，門果然開着，於是就上了樓，闖進她的臥房。莉賽達忽然看見有個白色的人影闖了進來，就急忙跪在地上迎接。天使祝福了她，扶她起來，用手勢請她到床上去。她立刻欣然從命，天使也跟他的崇拜者一起在床上睡了下來。

亞貝度神父本是個身強力壯的美男子，兩條腿又那樣結實；而莉賽達長得又肥又嫩，發覺天使跟她丈夫的作風截然不同。那一夜，天使雖然沒有翅膀，但却難爲他飛上舞下了好幾次，眞叫莉賽達喜得心花怒放；此外，天使還講了許多天國榮耀的景象給她聽。兩人玩了一個通宵，直到天色將明，那神父才收拾起他那些裝飾品，趕緊回去找他的朋友。再說那位朋友，承蒙那家女主人的美意，怕他獨自睡覺受驚，也陪了他一夜。

莉賽達一吃完早飯，就帶着她的女僕去見亞貝度神父，把卡布里埃洛天使降臨的消息告訴他，還把天使的丰采、天使告訴她的天堂裏的美景，添油加醬地形容了一番。

「夫人，」神父說，「我不知道妳跟他相處得可好；我只知道昨晚他來找我，我把妳的話轉達給他了，不知怎麼搞的，他一下子就把我的靈魂攝到了一個玫瑰盛開、百花齊放的地方——像這樣美麗的地方我在人間還從來沒有看見過呢！我的靈魂就逗留在那最最美麗的花叢中，直到今天早晨。至於我的肉體，在這段時間裏究竟怎麼樣，我可不知道啦！」

「我不是告訴了你嗎？」莉賽達說。「你的肉體跟卡布里埃洛天使整夜睡在我懷裏。如果你不相信，請你看看你左邊乳頭下面，我在那裏深深地給了天使一個吻，那印痕一定要幾天才能消失呢！」

「有這樣一回事嗎？」神父說，「那我今天倒要做一件我好久沒有做過的事，那就是脫下我的衣服來看一看妳說的是不是眞的。」

這樣瞎扯了好一會兒工夫，那夫人才回家去。此後，亞貝度神父又假扮作天使，光臨了她家好幾次，沒有遭遇過一次痲煩。沒有想到有一天，莉賽達跟她一個女朋友談到什麼樣的女人美、什麼樣的女人俏，於是就爭論了起來；她本來是一個草包，只想壓倒別人，做天下第一美人，她竟自負地說：

「如果你知道我的嬌容打動了誰的心，那你就要啞口無言，再也不會誇獎別人的美麗了。」

她的同伴很想聽聽她的情人是誰，因爲彼此相熟，就說：「夫人，可能妳說的是眞話，不過我在還沒有知道妳的情人是誰之前，却不能一下子就把我的觀念扭轉過來。」

這位傻大姐那裏藏得了什麼，於是就說：「朋友，這件事是不好隨便說出來的，不過我所說的心上人是卡布里埃洛天使，他愛我勝過他自己，因爲他對我說過，我是天下最美麗的女人。」、

她的朋友一聽到這話，差一點笑了出來，不過爲了讓莉賽達說下去，就極力壓制自己，說道：

「說眞的，夫人，如果妳的情人是卡布里埃洛，而他又當面對妳說過這些話，那妳一定是比誰都美麗；只是我不相信天使怎麼也會幹出這種事情來呢？」

「朋友，」莉賽達回答她說，「妳錯了。我的天，他的本事比我丈夫高明得多呢，他還告訴我，

他們在天堂也幹這種風流事的；可是他覺得我比天上的仙女還要美麗，所以不由得愛上了我，時常降臨人間來和我過夜。現在妳可以明白了吧！」

那個女人向莉賽達告辭出來，恨不得立刻集合所有的朋友，把這聞所未聞的奇事宣揚出來，好讓大家哄笑一番。她最後眞的當着許多女伴的面把這件事一五一十的說了出來；這些女人回家後，又告訴丈夫，也告訴了別的女人；而這許多人又再去轉告別的許多人。不出兩天，莉賽達的故事竟傳遍了全威尼斯，而且落到莉賽達的幾個大伯小叔的耳裏。他們也不去問她，決定要追究一下事情的眞相，還要看看這位天使能飛不能飛，因此一連幾夜在暗中守候他。

也是合該有事，那亞貝度神父聽到了外邊關於莉賽達的傳說，他當夜就趕到她家，想去責問她。不料他剛踏進房中，脫下衣服，只聽見門外人聲嘈雜，一片喊鬧——原來莉賽達的大伯小叔伺伏在暗中，看準有人走進宅中，跟着要來打開莉賽達的房門。亞貝度神父知道事情不妙，慌忙從床上跳起，可是又沒處逃，他只得打開房裏的一扇窗子，底下却是一條大運河。他縱身一跳，就投入了河裏。

河流很深，幸虧他善於游泳，總算逃脫了，游到對岸，看到岸上有一戶人家，大門敞開着，就急忙奔了進去。屋裏有個窮人，有事正要出去，亞貝度見了他就求告，少不得揑造一套謊話，解釋他爲什麼在這半夜三更赤裸地跑到這裏來，請他看在天主面上，務必救他一命。那人聽了這些話，很是可憐他，就讓他睡在自己的床上，等他回來，於是他走進房來，把神父鎖在裏面，幹自己的事情去了。

再說莉賽達的大伯小叔衝進她的臥房，發見卡布里埃洛天使已經飛走，留下一對翅膀在那兒。他們撲了個空，一肚子氣惱全部發作在莉賽達的頭上，罵得她好不傷心；於是他們挾着天使那對翅膀等飾物，揚長而去。

天亮之後，那個收容亞貝度神父的好人在利亞都橋上聽到卡布里埃洛天使在昨天夜裏，和莉賽達夫人一起睡覺，冷不防她的親屬前來捉姦，天使嚇得沒處可逃，就跳進了運河，到現在還不知道他的下落。他立即斷定那個天使就是躲在他家裏的那個人。他回到家裏，識破了天使面目，就跟他討價還價，計較了半天，結果是，神父必須拿出五十個金幣來，否則就要把他交給他情人的親屬。神父只得依他的條件，把錢給了他❶；於是想要走了，那人又攔住了他說道：

「慢着，光天化日之下，請問你怎麼逃得了？我倒有個主意，今天正好是節日，有許多人扮作山熊、扮作森林裏的野人等等，讓別人牽着，一起上聖馬可廣場去參加狩獵賽會，等賽會過後，節日就結束，於是那些把偽裝的野獸牽來的人就帶着他的同伴各走各的路，再也沒人理會。趁着眼前還沒有人發覺你躲在這兒，要是你肯委屈一下，扮頭什麼野獸讓我把你牽出去，那我自有辦法把你安然送到你的目的地。除此之外，我看你是休想逃得了；你要知道，那女人的家屬料定你還在附近一帶藏着，所以四面八方派了人看守，一定要捉住你。」

亞貝度神父真不願當狗當熊，可是想到莉賽達的家屬這樣厲害，就心慌意亂，終究依了那個人的話，任憑他怎樣發落，只是求他務必把他帶到某某地方。於是那人先在神父身上塗遍一層蜜糖，把鵝毛鴨毛全往他身上粘，再用一根鍊條往他脖子上一套，還給他戴上一個假面具；化裝好之後，又叫他一隻手拿着一根粗大的棍子，另一隻手牽着兩隻從屠場裏買來的大狗。接着那個人又派人到利亞都橋宣佈，凡是要看卡布里埃洛天使的人，請集合到聖馬可廣場來。威尼斯人就是這樣講究信用！

一切準備好之後，那男人就把他牽了出來，叫他在前頭走，自己拉着鍊條在後面走，一路上，大

❶ 神父似不可能身邊帶着這一筆錢。這一節，里格譯本是：「使他答應給他五十個金幣。成交之後，亞貝度神父就想溜了。」

家看見了他們，都紛紛問道：「這是怎麼一回事？這是怎麼一回事呀？」那個人就這樣把神父帶到廣場。那兒早已擠得人山人海，有的是一路上跟着來的，也有的是聽到了通告從利亞都橋趕來的。於是他把那個『野人』繫在台階的一根柱子上，騙他說是要等狩獵賽會開始。那神父因爲遍體塗蜜，引得蒼蠅來叮、牛虻來咬，眞是苦不堪言。那個人看到廣場上已經擠滿了人，就假裝要解開那人的鍊條，不料他突然把亞貝度神父的面罩摘了下來，大聲嚷道：

「各位先生，因爲野猪不來參加狩獵賽會，這個會是開不成啦；我不願叫各位空跑一趟，所以想請大家見識見識卡布里埃洛天使，他昨夜從天堂下降，來安慰咱們威尼斯的女人。」

假面具一揭去，這位天使的眞面目就揭露出來，大家立刻認出他原來就是亞貝度神父。大家不約而同地高聲辱罵，罵得他狗血淋頭，抬不起頭來；又有些人不肯就這樣便宜了他，於是拿各種汚穢的東西，朝他的臉上扔去。這樣又罵又扔，鬧了半天，消息終於傳到修道院裏，立即有六、七個修士急忙趕來，把他鬆了綁，丢給他一件僧衣，然後把他押回修道院去。一路上那些羣衆還是緊追不捨，高聲叱罵。他回到院裏，就被關禁起來；不久就聽說他受盡苦楚，死在牢中。

你們瞧，這個人看他分明是個好人，却在暗中爲非作歹，大家還不知道，因此他變本加厲，竟扮做了卡布里埃洛天使，後來反而淪落爲山林裏的野人；他受盡羞耻，罪有應得，要懊悔已經太遲啦！願天主顯靈，讓這樣的壞蛋都遭到像他這樣的下場！

故事第三篇　三姊妹

三個青年男子愛上了三姊妹，一起私奔到克里特島。大姊由於妒嫉，毒死了她的情人；二妹要救大姊的性命，順從了克里特公爵的求歡，結果被自己的情人殺死；二妹的情人帶着大姊逃亡他鄉。三妹和她的情人受這血案牽連，給逮捕了起來，幸虧他們買通了看守，逃亡到羅得島，終生過着窮困的生活。

潘比妮亞講完故事，費洛斯特拉多沉吟了一下，才對她說：「妳這故事的結局，還不無可取，我聽了也很高興；不過整個故事却充滿了笑料，這可不是我所樂意聽到的。」於是他又回頭過去，對拉蕾達說：

「小姐，請妳講一個好一點的故事，行嗎？」

拉蕾達笑着回答道：「你對情人也眞是太狠心了，一定要他們來這樣一個悲慘的結局，好吧，我現在就依你，講一個有關三對情侶的故事，可憐他們原想享受甜蜜的愛情，却全遭到悲慘的命運。」

她交代了一下之後，就開始講她的故事：

各位年輕的小姐，想必妳們都很清楚，脾氣壞的人不但害苦自己，也會招來莫大的災殃，而且往往會連累別人。我想，在那許多挾着我們像脫羈的野馬般往深淵的絕境裏衝去的壞脾氣中，憤怒也可算是其中之一。其實憤怒就是我們在感覺到不如意的時候，還來不及細想就突然暴發的情緒，它排斥了一切理性，蒙蔽了我們理性的慧眼，使我們的靈魂在昏天黑地中噴射出猛烈的火焰。男人的性情比較暴躁，也就容易發怒，只是各人的程度不同罷了。可是女人一旦發怒，那才眞是危險呢，因爲她們容易受人煽動，一受到煽動，就會噴射出更猛烈的怒火，弄得一發不可收拾，這是因爲她們缺乏自制力量。所以沒有什麼好奇怪的，我們只要看那輕脆單薄的東西，總是比沉重堅實的東西容易着火，而且燃燒得更旺盛就可以明白了。說眞的，我們女人跟男人比起來，性格是比較脆弱的，意志也容易動搖——在這方面希望男人不要見笑才好。

我們天生既然有這樣的弱點，再想想，我們的溫柔和體貼又能够使接近我們的男人感到多大的安慰和愉快；而一時的憤怒又容易招來多大的危險和禍害，所以我勸大家千萬不要感情用事，因此我要講三對情侶的故事給各位聽，因爲其中有一個少女，正如我所說的，因爲一時的氣憤，使得她們的幸福全都化爲灰燼，落得悲慘的下場。

大家都知道，馬賽是波羅維斯省沿海數一數二的古城，從前這城裏的富商巨賈比現在還多，其中有一個人名叫納爾納德・奇魯達，他出身寒微，爲人却誠實可靠，信用卓著，後來因而成爲巨富，土地財貨不計其數。他妻子又爲他生下了好幾個子女；最大的三個都是女兒。大女兒和二女兒是十五年華的雙胞胎；三女兒才十四歲，只等她們的父親從西班牙經商回來，家裏的人就要把她們嫁出去了。

那一對雙胞姊妹，大的叫妮娜達，小的叫瑪達萊娜，第三個妹妹叫貝蒂拉。大姊姊跟一個出身高貴，但是家道已經中落的青年紳士勒斯達紐納彼此相愛，他們的愛情很熱烈，又因爲他們十分謹愼，所以外人一點也不知情。大姊姊有了情人之後，沒有多久兩個妹妹也都有了情人。原來那兩個繼承了巨產，彼此又相識的青年男子普爾歌和烏克多，他們一個愛上了瑪達萊娜，另一個愛上了貝蒂拉。

勒斯達紐納從妮娜達那兒得知了這些事情，心想自己正苦於沒錢花用，何不去找那兩個妹妹的情人幫幫忙呢；主意旣定，他就設法和那兩人結爲朋友，時常陪這個或那個，甚至陪他們兩個一起去探望他們和自己的情人。後來他覺得已經跟他們成了至交，可以無所不談了，有一天，就把他們請來，對他們說：

「親愛的朋友，我們關係的親密說明了我跟你們的交情不淺，凡是我可以替自己做的事，也可以替你們做。我把你們當作自己的兄弟，所以覺得不妨把心事和盤托出，跟你們商量商量，如果這辦法對你們有利，那我們就這樣去做。

「要是你們有許多話並不是說着玩的，那麼據我朝夕觀察，你們已深深地愛上了那兩個妹妹，就像我愛上了她們的姊姊一樣。現在，只要你們肯採納我的意見，那麼我倒有一個可以使你們稱心如願的妙計：

「你們兩位都十分有錢，但我家境却很差；要是你們不計較這點，答應大家把錢湊在一起，共同使用，那麼我們就可以選定一個地點，不管路途遠近，帶她們姊妹三個一起到那裏快樂地過日子。我有把握那三個姊妹會席捲她們家裏的大宗細軟，哪怕是天涯海角，也甘心跟我們一起走。這樣，我們三人就像三兄弟，各自陪自己的情人一起住下來，那時候，世界上還有誰的日子比我們過得更快活？我這個主意你們是否贊成，請你們自己決定吧。」

那兩個青年男子正愛得火熱，聽說可以得到自己的情人，哪有不願之理，所以也不用多加考慮，當卽答應了，願意照他的話去做。勒斯達紐納打通了第一關，過幾天又設法會見了妮娜達——他們倆見一次面並不是容易的事——他陪她談了一會兒情話之後，就趁機把他們商量好的辦法告訴她，又恐怕她不肯答應，便又用了花言巧語，把那個主意說得再好再妥善也沒有。却不知他的情人想跟他常在一起，不怕被別人看到的心，比他更爲急切，所以卽使他沒有費這麼些唇舌，她也是會答應的。她很爽直的對他說，這個辦法很合她的意，還說凡是她說的話，她那兩個妹妹沒有不依的，尤其像這一類的事，更是不成問題；所以囑咐他趕快把一切必要的東西準備起來，免得夜長夢多。

於是勒斯達紐納再去找那兩個青年。這幾天來他們一直在催問他幾時才能實行計劃；勒斯達紐納現在就對他們說，他們的三個情人那邊，他已經打通，沒有問題了。這三個青年於是決定逃到克里特島去。他們假稱出外經商，把所有的產業全都變賣折成現金，買了一艘輕快的雙桅船，暗中把它裝備齊全，只等時機到來就要出發。

再說妮娜達，她深知兩個妹妹的心理，用花言巧語挑動她們，弄得她們情思顚倒、坐立不安，一心只想早日把這大好計劃實行起來。到了約定上船的那個晚上，三個姊妹打開了父親的大銀箱，偷竊了許許多多的金銀首飾，溜出家門，還不到半路，早有情人前來迎接，於是大家直接來到河邊，上了快艇，立卽下令搖槳開船。那快艇一路駛去，沒有靠岸，等來到熱那亞，已經是第二天晚上。三對情人就在這個城裏第一次嘗到戀愛的滋味。

他們略進茶點就繼續揚帆前進，過了一埠又一埠，第八天就安然抵達克里特島。他們在鄰近的坎第亞地方買了一片上好的地產，蓋起華麗的宅邸。這三對新人就此過着王爺一般的生活，家裏養着許多僕人，又豢養着無數獵狗、獵鷹和駿馬，天天像過節一般地大吃大喝、尋歡作樂，儼然是世界上最快樂的人了。

可是，花無百日紅，人無千日好，這是我們幾乎天天都可以看到的事。那勒斯達紐納當初是何等深愛妮娜達，現在因爲和她整天厮守在一起，可以隨心所欲，便漸漸對她感到厭倦，當初的愛慕之情便漸漸冷淡下來。有一天，他在一次宴會上遇到當地一位年輕美貌的小姐，而且迷上了她，竟熱烈地追求她，千方百計地討好她。妮娜達發覺了愛人的薄情，不覺妒意勃發，寸步不離地監視着他，跟他又是吵又是駡，弄得兩人都十分痛苦。

多吃固然飽饜，但是想吃而吃不到，却叫人格外嘴饞，所以妮娜達的責備反而煽動他對於新歡的情焰。也不管那位小姐對勒斯達紐納是否有意，妮娜達一聽到消息，就認為他們倆已經有了關係。起初她痛不欲生，後來愈想愈氣，變成了狂怒，也顧不得從前對勒斯達紐納是怎樣恩愛，現在就恨他入骨，最後心一橫，竟決定要殺死勒斯達紐納來為自己出這口怨氣。

島上有一個希臘老婦人，專門配製各種毒藥，妮娜達去看她，出重價託她配了一劑致命的毒藥。一天晚上，天氣悶熱，勒斯達紐納口渴，妮娜達不假思索，趁機把一杯毒藥遞了過去，他不知內情，貿然喝了下去。這毒藥果然厲害，不到第二天天亮，他已中毒身死。普爾歌和烏克多以及他們的愛人想不到他是被毒死的，都陪着妮娜達一起放聲大哭，把他隆重地下葬了。

不久，那個替妮娜達配製毒藥的老婦人因為別的罪案而被捕，在嚴刑拷問之下，她把這件事和其他的罪行全都一五一十的供了出來。克里特公爵不動聲色，一天晚上，領着一隊衞兵，出其不意地圍住了普爾歌的住宅，很容易地就把妮娜達抓了起來，一點也沒有驚動什麼人。妮娜達不等用刑，就把她毒死勒斯達紐納的經過從實招認了。

普爾歌和烏克多得到公爵的通知，知道妮娜達被捕的原因，回家來告訴了他們的妻子，大家都非常難過，想盡辦法要營救她——毫無疑問的，如果按照法律，妮娜達罪無可恕，應該活活燒死。誰知他們的一切努力都失敗了，公爵決意要秉公辦理。

在三姊妹中，瑪達萊娜算是長得最漂亮的一個，公爵一直在追求她，可是她始終沒有回報他的熱情；她這時暗想，如果她肯讓公爵如願以償，也許可以保全她姊姊的性命而免受極刑；因此就暗中派一個心腹向公爵表示，她願意把一切都獻給他，只是有兩個條件：第一、必須把她的姊姊安然送回家來；第二、這事要嚴守秘密。公爵聽到這話，好不歡喜，經過了一番考慮之後，終於答應了她這兩個要求。一天夜裏，事先得了瑪達萊娜的同意，他把普爾歌和烏克多傳喚了去，說要查問案情，他自己就悄悄地來到他們家裏和瑪達萊娜過夜。他預先把妮娜達裝進一隻袋裏，揚言要在那天夜裏，把她丟進大海，其實就在當夜把她交給了她妹妹，作爲償付他一夜歡樂的代價。臨走的時候，他求瑪達萊娜答應以後跟他繼續來往，同時再三告訴她要把她那犯了罪的大姊送到別處，免得累他受人非難，以致於非要重新嚴厲處置她不可。

第二天早晨，普爾歌和烏克多從官衙裏放了出來，聽說妮娜達已被裝在袋中，扔進海裏，都深信不疑，他們回到家中，就安慰自己的愛人，不必因爲大姊的死而過分悲傷。瑪達萊娜雖然已經把她藏了起來，可是沒有多久，就給普爾歌發現了，他看見妮娜達好端端地在自己的家裏，十分驚奇，接着心裏起了疑團，因爲他早已聽說公爵對瑪達萊娜不懷好意，就去盤問自己的愛人，妮娜達怎麼會回到家裏來的。

瑪達萊娜東拉西扯，編了一大套謊言，想瞞過愛人，但他這樣精明，哪裏信得過她，逼着她非把眞情講出來不可，後來她沒法可想，經不起苦纏深究只得實說了。普爾歌一聽到果然有這麼一回事，不禁怒火直冒，頓時變色，從身邊拔出劍來，不顧他愛人的苦苦哀求，把她殺了。他闖下這個大禍，知道法網難逃，公爵也一定不會饒赦他，就把愛人的屍體棄在房中，奔到妮娜達躲藏着的地方，裝出高興的樣子對她說：

「妳妹妹叫我立刻帶妳到別處去，免得再落在公爵手裏！」

妮娜達驚魂未定，聽了這話，自然相信；這時天色已晚，她也不到妹妹那兒去告辭一聲，就跟着普爾歌急急忙忙地逃出去了。普爾歌來不及收拾細軟，身邊只帶着有限的一點錢，領着妮娜達逃到海岸，跳上一艘小船，從此就再也沒有人知道這一對男女流落到哪裏去了。

第二天，瑪達萊娜的屍體給人發現了，有些平素跟烏克多有嫌隙的人，立即把這件事報告公爵。公爵本來深愛着瑪達萊娜，因此大爲震怒，急忙趕到她家裏，把烏克多和他的愛人逮捕起來——他們倆還不知道普爾歌和妮娜達已經逃亡了呢。可是公爵却强迫他們供認跟普爾歌串通謀殺瑪達萊娜的罪名。

他們知道，這樣一招認，性命就難保了；幸而家中還藏着一筆錢，準備濟急之用，現在他們就拿這筆錢，好不容易買通了看管他們的那些法警。他們也來不及收拾財產、打點細軟，就跟那些法警一起上船，連夜逃到了羅得島。以後他們就在貧窮和困苦中度過了短暫的餘生。

這就是勸斯達紐納的濫用愛情，和妮娜達的狂怒給自己以及別人所帶來的結果。

故事第四篇　西西里王子

西西里王子賈比諾違背祖父的誓約，襲擊突尼斯的船隻，想劫奪突尼斯的公主，公主被同船的船員殺死，賈比諾又殺死那些船員替公主報仇，但是回國後被祖父斬首正法。

拉蕾達講完故事，大家爲這三對不幸的愛人感到傷心，有的歸咎於妮娜達的憤怒，而另外一些人則另有看法，這樣各說各的，直到國王彷彿從深思中驚起，抬起頭來，向愛莉莎示意，叫她接着講一個故事。她就溫文地說道：

各位好姊姊，許多人都以爲男女之間，只有一見鍾情，就是沒有未曾謀面，光憑道聽途說，就已經產生愛情的；假使誰這麼說，那就難免要遭受別人譏笑。可是我現在要講的故事，就是要證明這種譏笑是沒有根據的，因爲你們將會聽到一對沒有見過面的情人，怎樣憑着傳聞，不但互相愛慕，而且因而遭到慘死的悲劇。

根據西西里島人的傳說，西西里王古里涅摩二世生有一子一女，兒子名叫魯奇利，女兒名叫柯絲丹莎。魯奇利比他父親早死，留下一個孤兒，名叫賈比諾，由祖父盡心撫養，成爲一名英俊的青年，誰都知道他勇敢而又彬彬有禮。他的聲譽不僅遍佈西西里，而且遠播到世界各國，尤其是當時西西里的屬地巴巴里❶，更是響徹了他的英名。在那許多久仰賈比諾大名的人當中，有一位是突尼斯王的公主，凡是瞻仰過她的丰采的人都說她是一位絕世美人，而且志高情深。她最喜歡聽英雄豪傑的故事，尤其是人家談起賈比諾種種英武的事蹟時，她更是聽得出神。她揣摩他的品貌，思量他的風度，後來竟深深地愛上了他，恨不得把他掛在嘴上，整天聽人家談起他。

另一方面，她那才貌卓著的聲名也傳揚到西西里島上，並且傳到賈比諾的耳中。他聽到有這麼一位美人，並不是聽過就忘了，而是十分高興——豈止高興，簡直是爲她燃起一片愛情的火焰來，可以說不亞於公主對他的一片癡心。他一心想找一個冠冕堂皇的藉口，得到祖父的允許，到突尼斯去跟公主見一面，可是一時竟找不到機會，因此凡是他的朋友有事要到非洲去的，他都托他們代替他向公主傳達他的衷情和熱愛，再把她的信息帶回來。其中有一個朋友，果然不負所托，假扮成一個珠寶商，進宮見到了公主，就把賈比諾傾心愛慕的眞情告訴了她，說王子願意把他的心靈和所有的一切全都獻給她。公主聽了這個消息，眞是高興極了，便回答使者，說她也深深愛着王子，並且拿出一件她最珍貴的首飾送給王子，作爲愛情的標記。賈比諾看到這件最珍貴的禮物，喜出望外，從此就經常托那個朋友替他傳遞情書，致送最貴重的禮物，並且和公主商量了許多見面的辦法。

要不是命運弄人，他們很可能會見到面、溫存一番的；可是誰知正當這對情人互相熱戀的時候，突尼斯王突然把公主嫁給格拉那達的國王。公主一聽到這件事，想到從此不但兩人路途阻隔，難以見面，只怕永遠天各一方了，心裏十分難過。爲了要避免這不如人意的事，她不斷思索有什麼辦法，可以逃出父王的宮中，跑到賈比諾那裏去。賈比諾聽到公主已經許配給格拉那達的國王，異常悲痛，並

❶巴巴里（Barbary）：指北非洲沿地中海地區。

且在暗中盤算着，如果突尼斯國王從海道遣嫁公主，那他就不難用武力在海面上截住船隻，把公主奪了過來。

突尼斯國王也隱約聽到賈比諾愛他的女兒，以及他那搶親的計畫，再想到王子的勇武，不免有些擔心；等到女兒嫁期將近，他就派使者去見西西里國王，稟明事由，請求保證公主的安全，不讓賈比諾或是別人來半途攔劫。這時，西西里國王已經是個老頭子，對於孫兒的戀愛全不知情，因此想不到突尼斯的請求另有用意，竟一口答應，並且爲了表示守信，還把自己的一隻手套送交突尼斯國王。突尼斯國王得到安全通行的保證，立即在迦太基港內預備了一艘華麗的大船，把長途航行所需的物品準備齊全，又配齊了船員、裝潢了船身，只等順風吹起，就要送公主去完婚。

公主看到這光景，不奈心中叫苦，就暗中派遣一個僕人到巴勒摩❷去見那勇敢的賈比諾，替她致意，並且告訴他不出幾天她就要乘船送到格拉那達去；他是否眞像人們所盛傳的那樣勇敢，他是否眞心愛她，就像他屢次向她表白的那樣，現在就是考驗他的時候了。

公主派去的僕人，不負使命，一字不誤地把公主的話說給賈比諾聽；他完成這件任務之後，就逕自回突尼斯去。王子聽了他情人這番話，急得不知如何是好；因爲一方面他知道祖父已對突尼斯王作了保證；一方面他爲愛情所驅使，又受到情人的激勵，不甘以懦夫自居，便立卽趕到梅西納，配備好兩艘武裝快艇，船上的人個個都是勇士，隨後揚帆出發，駛到撒丁那島海面守候着，因爲他知道公主的船隻必定從這裏經過。

不出他所料，他們守候了幾天，公主的船隻果然出現了，乘着微風，正逐漸行近王子的船隻。賈

❷ 巴勒摩（Palermo）：西西里島北部的港口。

比諾看清楚後，就對他的朋友說：

「弟兄們，要是你們果然個個都是好男兒、大丈夫，那麼照我看來，你們心坎裏一定都印着一個傾心愛慕的女人的影子；要是男人不懂得去愛女人，他還有什麼足以稱道，還有什麼價値可言呢？那麼，如果你們果眞都有戀愛的經驗，或者正在戀愛中，那麼你們就不難了解我的慾望了。我愛着一個女人，這一次勞駕你們，也就是爲了我的戀愛。我的情人就在前面那艘大船上，這艘大船不但載着我的心上人，還載了一大宗金銀財寶。如果你們果眞是英雄好漢，那麼我們同心協力、奮勇進攻，不難把這些財寶刼奪過來。等我們把那艘大船俘擄過來之後，我只要船上的一個女人做我的戰利品——我發動這一次襲擊，目的就是爲了得到她——其餘的全由你們拿去分攤。來吧，讓我們勇敢地向大船進攻吧！你們看，天主正在幫我們，那艘大船因爲沒有風，停在那裏不動了。」

英俊的賈比諾就是不講這麼一大篇話，他手下那班梅西納人聽說有贓可分，也急於要動手攔刼那艘大船了；所以等他把話說完，大家就齊聲高呼、舉起武器，表示擁護，於是號角聲響、槳楫齊動，向突尼斯的大船發動進攻。

大船上的人望見兩艘快艇飛駛前來，知道情形不妙，却又無法逃避❸，就準備應戰。快艇迫近大船的時候，英俊的賈比諾叫大船上負責的官員出來答話，說他們如果想避免一場厮殺，就請他們到快艇裏來。

那些伊斯蘭教徒認出是賈比諾在率衆襲擊他們，就拿出西西里王的手套，責備他不該違反國王的保證，又說他如果要他們屈服、要得到船上的一丁點兒東西，就非先拿出本事來把他們打敗不可。

❸ 因爲沒有風的緣故。——潘譯本原注

賈比諾望見公主站在最高一層的甲板上，嬌艷動人，比他所想像的還要美麗，愛情的火焰更加熾烈了，就回答船上的人說，他現在又不在獵鷹，用不着什麼手套❹；叫他們快快把公主獻出，否則就準備應戰吧！

雙方不再多言，立刻厮殺起來，箭如雨下，石如流星，展開了一場混戰，兩邊各有損傷。後來賈比諾看戰情並無進展，就決定採用火攻。他把一艘從撒丁那帶來的小船，點起火來，燒成一艘火船，夾在兩艘快艇中間，直送到大船旁邊，把大船燒了起來。伊斯蘭教徒看到這種情形，知道已經到了末路，非死卽降，就把躲在船艙裏哭泣的公主帶上甲板，高聲向賈比諾示威，就在他親見目睹之下，把公主殺死了，可憐她臨死的時候還一聲聲慘呼着「開恩哪！救命哪！」隨後他們舉起公主的屍體，拋入海中，喊道：

「拿去吧，我們把她送給你啦！你滿意也好，不滿意也好，這就是你遵守信義的報酬！」

賈比諾看見他們使出這種毒辣的手段，再也不顧自己的死活，把船駛上前去，冒着矢石，跳上大船，就像一頭餓獅衝進牛羊羣中，張牙舞爪，見牛卽咬，遇羊就吞，已經不再是爲了充飢，而是爲了逞威洩怒——現在的賈比諾就是這樣，只見他揮舞寶劍，在伊斯蘭教徒中間橫衝直撞，把他們一個個砍倒，頃刻之間已殺死了許許多多的人。這時，火勢已經愈燒愈旺，他吩咐手下的人盡情奪取財物，也不枉他們流了這一番血汗。於是大家放棄大船，結束了這一場得不償失的勝仗。

過後，賈比諾叫人從海裏撈起公主的屍體，撫屍痛哭了許久，又把她運回西西里島，鄭重地埋葬在一個叫做烏蒂加的小島上，然後回到家中，眞是痛不欲生。

❹ 獵人帶着獵鷹出外打獵，常把獵鷹的脚爪抓在手裏，所以需要戴上手套。

突尼斯國王聽到這個凶訊，立卽派遣大使，穿着黑色喪服，去見西西里國王，把經過的情形報告他，並且提出抗議，說西西里不該這樣背信棄義。國王聽到這種事，赫然大怒。人家要求的是公理，無從推諉，就下令把賈比諾捉來，滿朝大臣沒有一個不替年輕的王子討情的，可是他還是把王子判了死刑，而且親自監斬——他寧可斷絕子孫，也不願給人稱做不守信義的國王。

就這樣，一對有情人在沒有享受到一點戀愛的滋味之前，却在幾天內都遭到慘死的悲運。

故事第五篇　花盆裡的愛人

依莎貝達的情人被她的哥哥殺死；她夢見情人訴說自己被埋的地方。她暗中挖掘出情人的屍體，把他的頭埋在花盆內，終日守着花盆哭泣；她的哥哥又把花盆奪去，結果她哀痛而死。

莉莎講完故事，國王稱讚了幾句，就叫非羅美娜接着講一個。她正替那賈比諾這一對苦命的鴛鴦歎息，聽到國王的吩咐，就說道：

各位好姊姊，我所要講的故事，其中的人物不像愛莉莎所講的那樣是王子公主，但却同樣的可歌可泣。剛才談起梅西納，這才使我想起這個故事來，這故事就發生在那裏。

愛

梅西納城有三個兄弟，都以經商爲業，父親是聖濟米涅諾地方的人，留給他們一筆很大的財產。他們有一個妹妹，名叫依莎貝達，長得很美，也很文靜，年已及笄，但還沒有成婚配。三個兄弟的店舖中有一個年輕的夥計，是比薩人，名叫羅倫玆，照料店中的一切業務。他人品端正，舉止溫雅，依莎貝達和他會過幾次面以後，竟對他有了情意；羅倫玆也覺察到這一點，就再也不在別的女人身上分心，一心一意愛起她來。他們倆這樣彼此愛慕，沒有多久，就暗通聲氣，滿足了最熱烈的慾望。

他們倆這樣暗中來往，無限歡樂，可是疏於防範，一天晚上，依莎貝達走進羅倫玆的臥房時，被她的大哥窺見了，她自己却全不知情。大哥是一個老成持重的青年，看到妹妹做出這種事來，儘管氣憤，但還是强自抑制，不動聲色，經過一夜考慮後，第二天早晨，他就去找兩個兄弟，把依莎貝達和羅倫玆的私情告訴了他們。大家商量了半天，決定暫時不作聲，只裝什麼都不知道、什麼都沒看見，免得張揚開來，使自己的臉上失去了光彩；等時機一到，他們就要動手洗雪這個恥辱，絕不容忍，而且要做得乾乾淨淨，不落一點痕跡。

他們抱着這個打算，因此仍舊跟平時一樣，和羅倫玆有說有笑的。有一天，兄弟三人要到郊外遊玩，把羅倫玆也帶了去。走了半天，來到一個很荒僻的地方，他們一看，認爲正是下手的機會，就趁羅倫玆不備，把他殺了，隨後掘了一個坑，把他埋得好好的，不露一點痕跡。回到梅西納之後，他們對外說已經派羅倫玆到外埠料理商業事務，這原來就是常有的事，所以大家都不以爲意。

誰知羅倫玆却從此一去不回，這下把依莎貝達急壞了，常去向幾個哥哥追問，爲什麼還不見他回來；有一天，他的哥哥給她問急了，就回答她說：「妳是什麼意思？妳這樣熱心打聽他，到底有什麼事呢？如果妳以後再問起他，那麼別怪我們的回答使妳下不了臺呢！」

那少女聽了這話，又是難過、又是害怕，不知道究竟出了什麼事；却不敢再去追問她哥哥，只是每天晚上可憐兮兮地反覆呼喚着羅倫玆的名字，求他早日回來。她淚流滿面，怪他不該在外面逗留這麼久；但還是耐心地期待他有一天會回到她身邊來。有一夜，她比平時更加傷感，想到也許從此再也不能跟愛人見面了，直哭得柔腸寸斷，最後才昏昏沉沉的睡熟了。隨後羅倫玆在她的睡夢中出現了，只見他形容枯槁，身上的衣服被扯得粉碎，好像說了這樣幾句話：

「唉，依莎貝達，妳整天茶飯無心，只是思念我，叫喚我，流着淚，苦苦地埋怨我。但是別再癡心了，我再也不能回來和妳相見了，就在妳最後看到我的那天，妳的三個哥哥把我謀殺了。」

他接着把他被埋的地點告訴了她，叫她以後不必再呼喚他，也不必等待他了。話剛說完，他就隱滅了，依莎貝達驚醒過來，對夢中的幻象深信不疑，因此放聲大哭起來。

第二天早晨起來，她決心要到羅倫玆在夢中所說的地方，去試探這夢兆是否靈驗。她不敢把這件事向哥哥直說，推說到郊外去散散心，就帶着女僕一同出發。她的私情那個女僕全都知道，所以不用隱瞞。來到郊外，她就急忙向夢中所指示的地點趕去。找到那地方之後，她們就掃開枯葉，底下露出一塊鬆軟的地面，依莎貝達就挖掘下去，掘沒有多深，果然發現情人的屍體，可憐他面目依然，還未腐爛，因此證明這夢兆絕非虛妄。她這時候眞是心碎腸裂，却又覺得這裏不是啼哭的地方；她恨不得把屍體搬移到別處好好安葬；但却無法可想，只得拿出一把小刀把情人的頭用力割下來，包在一塊方巾裏，交給女僕拿着，又把無頭的屍體重行埋好，於是一同回家，幸虧沒有人察覺。

回到家裏，她關上自己的房門，取出情人的頭放聲痛哭，用滾滾的珠淚洗淨了那顆泥汚的頭；又把頭吻了又吻，連一處地方都沒有漏過，總共吻了一千來遍，隨後她又拿出一隻雅致的大花盆，這花盆原是用來栽培茉沃剌那，或是羅勒花的，她把情人的頭用精細的麻布包好，放在盆中，上面塡滿泥土，種了幾株美麗的羅勒花，並不用清水澆灑，而是用自己的眼淚，或是玫瑰水、香橙水朝夕灌溉。她終日伴着這盆羅勒花，留戀不捨，因爲花盆裏面藏着她的羅倫玆。她時常對着花癡望半天，然後突然湊在花盆上哭泣起來，那滾滾的淚水把羅勒花全都淋濕了。

這盆羅勒花經過殷勤的灌溉，或許也由於人頭在花盆裏腐化，泥土變得肥沃的緣故，長得枝葉茂盛，香氣四溢。依莎貝達終日對着這盆花呆望癡想、傷感流淚，這情形給她的鄰居看到了，不免奇怪起來，就把情形告訴她哥哥，說道：「我們注意到她每天都是這個樣子。」

那三個哥哥看到妹妹一天比一天地憔悴，那雙哭腫的眼睛幾乎要從眼眶裏掉出來，本來就有些奇怪，現在聽到鄰居的這些話，少不得要責備她幾句，可是責備了她一次兩次，毫不生效；他們就偷偷把花盆移去，她找不到那花盆，逢人就問是誰拿走了她的花盆，苦苦哀求快把花盆還給她。可是任她怎麼哀求、怎麼乞討，那三位哥哥都裝作不知道。她日以繼夜地痛哭，終於懨懨病倒，但她躺在病床上還是不斷追問她那盆羅勒花到哪兒去了。

她哥哥看到這般光景，大為驚奇，就決心查究盆裏究竟藏着什麼東西。他們翻開泥土，赫然發現一個用麻布裹着的人頭尚未完全腐爛，一看那頭鬈髮，就認出是羅倫兹的頭。這使他們大起恐慌，唯恐謀殺的罪行會被人發覺。他們把那顆頭埋葬以後，也不告訴誰，就收拾細軟，離開了梅西納，躲到那不勒斯去了。

依莎貝達在病中只是哭泣，不斷追問她的花盆，她最後就這樣哀痛以終。這就是她的戀愛和悲慘的結局。不久，這事給大家知道了，有一個人替她寫了一首歌曲，直到現在大家還唱着這首歌。歌詞是：

唉，是哪一個壞蛋
偷走了我的花盆？……❶

❶根據潘和里格英譯本上的注解，這是一首西西里民歌，全長八節，每節七行，薄伽邱所引的是這首民歌的第一節的開頭兩句。

故事第六篇 噩 夢

安德蕾薇拉和她的情人各做了一個噩夢。他們剛剛各把噩夢說完，他就忽然死在她懷裏。她因此被公署拘捕。縣官想趁機姦污她，她堅決不從，後來終於被釋放，最後進入修道院做修女。

這些女子聽了非羅美娜的故事都很喜歡，原來那首歌，她們早就耳熟能詳了，却不知道這首歌還有這麼一個典故。國王看到非羅美娜已把故事講完，就吩咐潘費羅接着講一個。

於是他說道：

剛才的故事說到夢，這使我想起另外一個有關夢的故事來。不過，前一篇故事裏的夢是涉及過去的，而我所要說的夢却關係到未來。故事裏的兩個主角各做了一個夢，他們剛把夢兆說出來，就得到了應驗。可愛的小姐，妳們應該知道，我們在做夢的時候，覺得夢境中的事物沒有一樣是眞實，醒來之後，覺得有些是可信的，也有些叫人半信半疑，還有一些是難以置信的——可是有許多夢到後來竟都成了事實。

因此有許多人夢到什麼就信什麼，簡直把夢境當做光天化日之下所看到的事物一樣；因而做到好夢，就喜氣洋洋；做了噩夢，立刻心事重重。另外有些人根本不信夢兆——除非他們眞的遭遇到了夢兆所預示過的危險才會相信。對這兩種人我都不敢贊同，因爲夢幻並不全都眞實，也不完全虛假。夢幻並不全都眞實，這是大家都知道的；夢幻並不完全虛假，剛才非羅美娜的故事已經給我們證明了，我也打算講一個故事來說明這一點。我認爲我們只要做人正直、問心無愧，就不必害怕噩夢，更無需因而改變自己的作風；同時，做了那些慫恿你去幹壞事的好夢，也千萬不能信以爲眞，而心安理得的違背了人生的正道。反之，那些符合我們善良願望的夢幻，我們應該深深相信。現在，我就開始來講這個故事吧！

從前普萊西亞有一位名叫做尼格羅·達·彭第卡拉羅的紳士，育有幾個兒女，有一個女兒名叫做安德蕾薇拉，生得十分秀麗，還沒許配人家。鄰居有一個青年男子，名叫卡普理奧多，雖然是清寒子弟，長得却相貌堂堂，舉止溫雅，安德蕾薇拉就愛上他了。經由她家一個女僕的幫助，他們不但互通款曲，那青年還在她家的大花園裏，和她幽會，陶醉在幸福的愛情裏。

他們這樣相親相愛，期望白頭偕老、永不分離，因此秘密結成夫妻，暗中來往。一天晚上，安德蕾薇拉做了一個夢，夢見自己和卡普理奧多一起在她家的花園裏，卡普理奧多躺在她懷中，兩人正無限柔情蜜意時，她忽然看到一個奇形怪狀、又黑又可怕的東西從他的體內鑽出來，緊緊揪住了他，猛地把他從自己的懷抱裏搶去，就和他一起陷入地下，忽然不見了。她看到情人被妖怪奪去，不由得大哭大喊，就在這時候，她醒了過來，才知道自己做了一場噩夢。

她慶幸這不是事實，可是想到這場噩夢還是有些心驚膽怕。恰巧這時候，卡普理奧多帶信給她，說明天晚上要來跟她相會。她因爲得了夢兆，就極力勸他改日再來，可是卡普理奧多哪裏肯聽，她爲了避免情人生疑，以爲心另有所屬，第二天晚上，只得在花園裏迎候他。那時候正是夏天，她在園裏採了許多紅玫瑰和白玫瑰，就和他一起來到清澈優美的噴水池邊，雙雙坐下。

他們在這裏尋歡作樂了一番之後，卡普理奧多就問她爲什麼不要他今天晚上來看她。她就把昨晚的噩夢告訴他，還說她爲這個夢感到非常不安。卡普理奧多聽到這話，不禁失笑，對她說，相信夢兆眞是愚不可及的事；因爲我們做夢只是由於吃得過飽，或者沒有吃飽罷了，每天的事實可以證明，這些夢幻是不可信的。

「要是我也迷信夢，」他繼續說，「那麼我也不會到這兒來了，因爲我也跟妳一樣，昨天晚上做了一個噩夢。我夢到在一座蓊鬱可愛的樹林裏打獵，捕獲了一頭鹿。這頭鹿全身雪白，秀美可愛，眞是少見。沒有一會兒，牠就跟我非常親熱，一刻都不肯離開我。我也把牠看得十分珍貴，唯恐牠會離開，所以用一個金項圈套在牠的脖子上，用一根金鍊條牽着牠。

「接着，我夢到那頭母鹿正偎依在我身邊安睡着，也不知從哪裏突然出現了一頭烏黑的母獵狗，猙獰可怖，好像餓慌了似的，向我猛撲過來，我來不及躲避，只覺得牠那犀利的牙齒咬住我左邊的胸口，直咬進我的心臟，把我的心臟給銜走了。我頓覺痛苦不堪，就驚醒過來。醒來之後，急忙伸手摸摸胸部，覺得我的胸部完好無恙，沒有受到絲毫損傷，我却急成那個樣子，不由得好笑起來。總之，夢有什麼意思呢？我曾經做過比這更可怕的噩夢呢，但我却並沒有因此而遭到什麼意外。所以我說，別把什麼噩夢放在心上，讓我們盡情享受眼前的幸福吧！」

安德蕾薇拉因爲自己做了一個噩夢，已經惴惴不安了，現在聽說他也做了一個噩夢，心中就更加害怕；不過她不願使卡普理奧多過分憂慮，只得盡力掩飾自己的恐慌。當他們彼此擁抱着、吻了又吻時，她不知怎樣總是提心吊膽，時時要偷偷望他一眼，又回頭望望花園四周，看看有什麼黑色的東西眞的出現沒有。就在這時，只聽見卡普理奧多喘了一口長氣，緊抱着她說：

「哎呀，我的寶貝，救救我吧，我要死啦！」

說了這句話，他就跌倒在草地上。安德蕾薇拉把他扶在自己的膝上，急得幾乎哭了出來，問他：

「哎呀，我的愛人，你什麼地方難過呀？」

卡普理奧多這時已不能回答，氣喘吁吁，遍體滲着冷汗，不一會兒就氣絕身亡了。

那位少女原是把他看得比自己還要貴重，這時有多麼悲痛，各位不難想像得到。她撲在他身上哭着、喊着，可是有什麼用呢？她撫摩他的全身，發覺他的身體已經冰冷，知道他必定已經死了。她心痛如割，淚珠直淌，不知道該怎麼辦才好，連一點主意都沒有，就叫出她的貼身女僕。他們的私情那女僕都知道，安德蕾薇拉把橫禍告訴了她。兩人爲卡普理奧多痛哭了一會兒之後，那小姐就對她的女僕說：

「天主既然把我的愛人召喚了去，我也不想活了。不過我要自殺前先得保持自己清白的名聲，無論如何也不能讓我們的私情洩露出去；我必須把我那高貴戀人的屍體先設法埋葬才行。」

「我的孩子，」那女僕說道，「千萬別提什麼自殺的話，妳在這個世界上已經失掉了他，如果妳自殺了，妳還要在來世失掉他，因爲自殺的人是要進入地獄的；而他又是個規規矩矩的青年，他的靈魂絕不會在地獄裏的。妳還是不要太難過，不如替他的靈魂祈禱，做些功德來得好些，他生前也許免不了會犯下一些罪過，正需要有人替他祈禱贖罪呢。至於說到怎樣埋葬他，那麼最簡便的就是把他埋在這個園子裏，誰也不會知道這件事，因爲誰也不知道他到這園子裏來過。如果妳不肯這麼做，那麼我們只要把屍體移到園子外面去，明天早晨別人發現了，自然會把他抬到他的家裏，他的家屬當然會好好地安葬他的。」

那少女雖然萬分悲痛、哭個不停，却還是留心聽着女僕的勸告；對於她那第一個主意，安德蕾薇拉覺得不好，對於她第二個主意，安德蕾薇拉說：

「像他這樣一個使人喜歡的青年，我又這樣愛他，和他做了恩愛夫妻，現在却把他像一條狗一樣埋了，甚至把他的屍體拋棄在路旁，那眞是天大的罪過哪！我已經盡情哭了他一場，難道他的家屬不應該也來哭哭他嗎？所以，我已經想出一個處置這件事的辦法了。」

她隨卽差遣女僕到她箱子裏拿出一疋緞子，鋪展在地上，再把卡普理奧多的屍體放在緞子上，在他的頭下放了一個枕頭。她又痛哭了一場，才替死者闔上口和眼，給他編了一個玫瑰花冠戴在頭上，又把方才他們倆一起採來的玫瑰全都撒在他身上，於是對女僕說：

「從這裏到他家門口並不很遠，我們就讓他像現在這樣裝扮，把他抬去放在他家門口。再過一會兒天就亮了，他的家屬看到了就會把他抬進自己的家裏。他的家屬也許並不會感到欣慰，可是我總算盡了我的心，因爲他是在我的懷裏死去的。」

說完，她又撲下去，貼在他的臉上，淚下如雨，哭了半天；後來，天都快亮了，她的女僕再三催促，她才站起身來，從自己的手指上捋下一隻戒指，套在卡普理奧多的手指上——這是當初卡普理奧多和她定情時所用的戒指。她哭着說道：

「我的愛人，要是你的靈魂知道我在哀哀地哭你，或者是你的靈魂已經升天，你的軀殼還剩下些微感覺，請接受她最後的禮物吧——她是你生前最親愛的人。」

說完這話，她一慟而絕，暈倒在他的身上，半晌沒有聲息。

她蘇醒之後，立卽强撐起來，和女僕兩人合力提起綢布，把屍體抬出了花園，向他家門口走去。沒有想到在半路上給巡警撞見了，他們立卽把主僕連同屍體一起帶了去。安德蕾薇拉這時視死如歸，坦然向巡警說：

「我知道你們是誰，我也知道我逃也逃不了；我願跟你們一起去見縣官，把經過的實情告訴他。

可是我既然跟着你們走，你們就不許對我動手動脚，或是碰一下屍體，弄亂了他身上的任何東西，誰敢濫用職權，我一定要在縣官面前告他。」

那些巡警聽了這話，果然不敢冒犯她，只把她們主僕以及卡普理奧多的屍體帶到公署。縣官聽到報告，立卽起身，把她傳進內室，盤問她經過情形。他聽了她的陳述，就召了幾個醫生，請他們檢驗屍體，是否有毒死和謀殺等情事。醫生檢驗以後，都說沒有疑竇弊情，顯然這是因死者心臟附近長有一個膿瘍，突然破裂，窒息而死。縣官聽了醫生的報告，知道她最多只是犯了一點輕微的罪過而已，但却宣稱案情重大，必須嚴加追究，她如想得到通融釋放，就非得答應他一個要求不可。這實在是他的癡心夢想，安德蕾薇拉哪兒肯聽，那個知事見她堅決不依，竟然不顧王法，行起强來。就在這危急的當兒，安德蕾薇拉激起莫大的一股勇氣來，堅決自衞，並且厲聲斥責他這種禽獸行爲。

天亮後，她的父親尼格羅先生聽到女兒被捕，可急壞了，連忙帶着許多朋友趕到公署去，向縣官詢問案由，並且要求將女兒交他領回。那縣官唯恐安德蕾薇拉說出他强姦不遂，覺得還是自己說在前面的好。他先把那少女的堅貞讚美了一番，然後承認他對她有過非禮的舉動，知道她立志堅定，不由得對她更加敬愛，如果她父親同意，她自己也願意的話，那麼不管她已經跟一個平民發生了關係，他還是願意娶她爲妻。正當他們這樣談論的時候，安德蕾薇拉走過來，跪在父親面前，哭着說道：

「爸爸，我的所作所爲和我所遭遇的不幸，想必你都已聽到，我也不必再說了。我現在只有請你寬恕我的錯誤——我不該瞞着你，和我的情人私下結婚。不過我這樣向你討饒，並不是爲了想逃脫死罪，我只希望到死還是當你的女兒，不要成了你的寃家。」

說罷，她哭倒在她父親的脚下。尼格羅先生已經是一個年邁的老人，秉性仁慈，聽到女兒的一番話，不由得也哭泣了起來，他含着淚水，溫柔地把女兒攙扶起來，對她說道：

「孩子，假使妳選中的丈夫是我認爲合格的人，那我就滿意了；不過妳既然選了妳所喜愛的人做丈夫，那麼他也同樣會使我歡喜的。使我難過的是妳不信任妳的父親，一切都隱瞞起來，等到我知道時，妳的丈夫却已經死了，這尤其叫我傷心。現在事到如今，我願意把死者當作自己的女婿安葬，好讓妳高興，也讓別人知道，他如果不死，我是會認他做女婿的。」

他於是回頭吩咐他的幾個兒子和親屬，爲卡普理奧多準備盛大的殯禮。這時，死者自己的男女親戚聽到消息，也都趕來了；幾乎全城的男女老少都跟着他們一起來。那青年的屍體依舊躺在安德蕾薇拉的綢緞上，身上撒滿玫瑰花，停放在公署的院子中央。不僅是男女兩家的親族爲他哭泣，差不多全城的女人，以及許多男人都爲他哀悼。出殯時，不像平民百姓，倒像是貴族在下葬似的，屍體由顯貴人物從公署的院子直抬到墳地，儀式隆重，備極哀榮。

過了幾天，那縣官又來說親，尼格羅先生對女兒轉述的時候，女兒却不願聽從這些話，父親也不爲難她。後來她帶着女僕到一個以聖潔著稱的女修道院裏當修女，過着貞潔的生活。

故事第七篇　山艾樹

西蒙娜和巴斯基諾相愛，在園中談情，巴斯基諾用一片山艾葉擦牙，突然倒斃。西蒙娜因謀殺嫌疑而被捕；爲了向法官說明那時候的實情，她也用山艾葉擦牙，結果當場同樣身亡。

潘費羅講完故事，國王對於安德蕾薇拉所遭遇的痛苦毫不動情，只是看着愛蜜莉亞，示意她接下去講一個故事，她不敢怠慢，馬上說道：

各位親愛的朋友，聽了潘費羅的故事使我想起另一個故事來，雖然情節全不相同，但女主角同樣是在花園裏失去愛人，跟安德蕾薇拉一樣給捉去見官，但她並不是以自己的堅貞和家裏的勢力而得到釋放；她是當場突然死去，就這樣擺脫了法庭的審訊。我們前面談到，愛神固然常常造訪亭臺樓閣，不過對於茅屋陋室也並不是完全拒絕降臨。戀愛在富人和窮人面前同樣地顯示出威力，使他們都得向它低頭。我這故事即使不能充分發揮這個見解，至少也部分說明了這一點，要講這個故事，我們就不得不回到自己的城市裏來，因爲我們今天講來講去，講的都是世界各地的故事。

不久以前，佛羅倫斯城內有個少女，名叫西蒙娜，雖然是小戶人家的女兒，卻也長得楚楚動人。她家境貧困，以紡織羊毛餬口度日；不過她的感情並不貧乏，愛情早就在她心中躍躍欲試，準備闖進她的心房。有一個青年巴斯基諾，家境和她相仿，經他的主人——一個羊毛商常常叫他把羊毛送到她家來交給她紡織。這個青年待人接物忠厚誠懇，所以竟打動她的情意。她也不敢存什麼非分的念頭，只是坐在紡車前的時候，却不由得長吁短嘆，吐出像火一般熱的氣息，因爲她紡織的每一束羊毛都是那個可愛的青年送來的。再說那個男子，他忽然變得特別巴結起來，唯恐主人的羊毛給女工織壞了似的，常到她家來看着她紡織，其他的紡工家裏，却又難得去一次，好像主人的羊毛全由她一個人紡織似的。

這樣，一個常來，一個巴不得他來，日久人熟，他的膽子愈來愈大，她也漸漸擺脫了忸怩和畏縮的心理，兩人愈來愈親密，也等不及誰來約誰幽會，大家都急於想先開口。

日子一天天過去，他們倆的情感愈來愈成熟；有一天，巴斯基諾約西蒙娜一同到公園去玩，因爲在那裏可以自由談情，免得被別人猜疑。西蒙娜很高興地答應了；到了禮拜日，吃過早飯，她對父親說要去參加聖卡羅的節日，就帶一個叫做拉姬娜的女伴，一起趕到巴斯基諾所約定的公園裏。他已和一個朋友先在那裏等待着，那位朋友名叫布奇諾，但是大家都叫他「斯特拉巴」❶。斯特拉巴和拉姬娜經過介紹後，彼此都很中意，就談起戀愛來了。原來的一對情人捨下他們，另找一個幽靜的地方談心。

巴斯基諾和西蒙娜走到花園的一角，那裏有一株茂盛可愛的山艾樹，他們就坐在樹下談了好一會情話，又商量要在這園裏野餐。正在這麼說着的時候，巴斯基諾回過身來，從山艾樹上採了一片葉子擦自己的牙齒和牙肉，說飯後用這葉子擦牙，有清潔牙齒的功效。他擦過之後，就繼續談怎樣安排野

❶意即羅圈腿。——潘譯本注解

餐；他還沒說上幾句，就面色驟變，說不出話來，眼前一片天昏地黑，沒有掙扎多少時候，他就倒在地上斷氣了。

西蒙娜看到情人死了，急得放聲痛哭，一邊大聲叫斯特拉巴和拉姬娜快來，斯特拉巴看到巴斯基諾倒斃在地上，周身腫脹，臉上身上全是黑斑，斯特拉巴突然大嚷道：「啊，妳這個惡毒的女人，是妳把他毒死的！」

他這樣大喊大鬧，公園裏的人聽到了聲響，都趕了過來，看到巴斯基諾全身腫脹，已經死了；又聽到斯特拉巴一面在悲悼死者，一面在指控西蒙娜，西蒙娜因爲情人突然死了，又悲傷又心慌意亂，竟一句分辯的話都說不出來，大家因此愈發相信斯特拉巴所說的話，就不顧她哭得傷心，將她一把拖走，送到官府。

法官聽到出了人命，又聽取了斯特拉巴和巴斯基諾另外兩個朋友的控告（他們才剛剛趕到，一個叫阿第夏多，一個叫馬拉紀伏），就立即把西蒙娜提來審問；問來問去，法官覺得這不像是一件謀殺案子，西蒙娜也不像是一個行兇的人；又因爲單聽她的話，對於當時的情況難以了解，就決定帶她親自到出事的地點去調查一番，並檢驗屍體。

到了園中，屍體還躺在那兒，渾身腫脹，像一隻圓桶。法官也不免吃了一驚，就問她事情是怎樣發生的。她走到山艾樹旁邊，把經過的情形全都對法官說了，爲了使他明白，她也像巴斯基諾那樣，從山艾樹上摘下一片葉子，來擦她的牙齒。

斯特拉巴和阿第夏多以及其他一些朋友都在法官面前譏嘲她所說的完全是一派胡言，堅決認爲她就是殺人的凶犯，要求法官判她火刑。可憐那少女，她眼看情人突然死亡，已經痛苦到極點，現在又聽到斯特拉巴他們口口聲聲主張把她活活燒死，更惶恐得不得了，一時竟神志迷惘、說不出話來，只是拿着山艾葉來同擦着自己的牙齒❷。突然間，她也像她的情人一樣，倒地而死，在場目擊的人都嚇得張口結舌。

啊，幸福的人哪，你們的生命，你們熱烈的愛情，都在同一天結束！要是你們的靈魂都到了同一個地方，那就更幸福了！要是在那地方也有戀愛，而你們依然像在人世一樣相親相愛，那就幸福到極點了。可是在我們這些還苟活在世上的人看來，最幸福的是，西蒙娜能夠維護自己的榮譽，不受斯特拉巴、阿第夏多和馬拉紀伏這些羊毛工人，或是這一類手藝匠的詆毀，不用再管他們的誣告，像她的情人一樣突然死去，讓自己的靈魂追隨她所心愛的靈魂而去。

法官以及所有在場的人看到這件慘事，都震動得好久說不出話來。隔了半天，法官才定下神來，說道：「這株山艾樹是有毒的，不是普通的山艾樹，應該把它砍了，連根拔起，扔進火中燒化，免得以後別人再受它的毒害。」

法官吩咐之後，園丁立刻把樹砍倒，連根拔起，這麼一來，那一對薄命情人致死的原因立刻明白了，原來在泥土裏藏着一隻碩大無比的癩蛤蟆；大家料想一定是牠吐出的毒氣沾染上了樹根，使得這株山艾樹變得有毒了，因此大家都不敢走近那隻癩蛤蟆，結果就在那裏用木柴團團打了一個籬笆，把山艾樹和癩蛤蟆圍在裏面，一起焚化了。案件了結之後，斯特拉巴這一班人就抬着巴斯基諾和西蒙娜渾身腫脹的屍體來到聖保羅敎堂，把這一對苦命的戀人合葬在那兒的墳地上，因爲他們都是這個敎區的居民。

❷這一句從阿爾亭頓譯文。潘譯本作：「由於她拿山艾葉擦了自己的牙齒。」

故事第八篇　情癡

濟洛拉摩愛上了窮人的女兒，但迫於母命，前往巴黎；歸來時她已嫁人。他闖進她家裏，死在她身邊。他的屍體停放在教堂裏時，她也一慟而絕，死在他身邊。

蜜莉亞把故事說完，妮非爾遵照國王的吩咐，接下去說道：

愛尊貴的小姐，世界上有些人坐井觀天，自以爲是，不但拒絕接受別人的意見，甚至連自然的規律都要反對；這種人這樣妄自尊大，眞是愚不可及，因爲他們這樣做，一點用處都沒有，只有使自己碰得頭破血流而已。在所有的自然力量中，愛情的力量是最不受約束和阻攔的；它只會自行毀滅，絕不會被別人的意見所扭轉打消。我現在就要講一個故事給大家聽。有一個女人自以爲有見識、有辦法、有計謀，想阻撓一段命中注定的姻緣，結果只是使她兒子的生命和愛情同歸於盡。

根據歷來的傳說，從前我們城裏有一個很有錢的大商人，名叫雷那度．西濟埃利，他有個兒子，叫做濟洛拉摩。孩子出生不久，他就死了，幸好留下的產業都已有適當的安排。孩子的母親和保護人替孩子小心管理着財產。那孩子逐漸長大，時常和鄰居的兒童一起遊玩。在他的玩伴中，有一個裁縫的女兒，年齡和他相仿，他最喜歡跟她一起玩。長大後，兩人情投意合，成爲一對情侶，他如果一天沒有看到那女孩，就坐立不安，而那女孩對他的情意，也有過之而無不及。

孩子的母親注意到這件事，很不高興，時常罵他、責備他，但是偏偏孩子一點也不肯聽從她；她只得把這些情形告訴保護人。也許因爲她有的是錢，就以爲不難把黑莓樹變成橘樹吧！她說道：

「我這個孩子雖然只有十四歲，却已經和裁縫的女兒莎薇絲特拉談起戀愛來了。要是我們不趁早把他們兩人拆開，那麼只怕有一天，他會誰都不問一聲，就跟她結了婚，那可要把我活活氣死呢！但是，如果他看到她嫁給別人，他也要難過死的。所以照我看，爲了免得鬧出這種事來，你們最好藉口敎他學習生意，把他送到遠地，使他離開她，把她忘了，那時候，我們就可以物色一個大戶人家的小姐和他完婚。」

她這意見，保護人一致贊成，都說願意盡力替她辦到；於是就把孩子叫到賬房間來，其中有一個人堆着笑，對他說道：

「我的孩子，你現在已經長大，應該學點正經事了。如果你肯到巴黎去住一段時期，我們覺得這是很不錯的；因爲你的財產，有一大部分是投資在巴黎的。再說，你到了巴黎，可以常常跟許多貴爵縉紳來往，學習他們的談吐舉止，那你就可以變成一個有修養的青年，可以大大地抬高自己的身份，就比你留在這兒，不見世面要强多啦！等你學習得差不多了，就可以回家來。」

那孩子用心聽完他們的話，就直截了當地回答他們說，他不想出門，因爲他覺得住在佛羅倫斯並沒有什麼不好。於是那幾位保護人又苦口婆心地多方面開導他，但却始終無法說服那個孩子。他們只得把這件事報告他母親。

這一次，母親可眞發怒了，就把孩子叫來，嚴厲地訓斥了他一頓，她惱的不是他不肯到巴黎去，而是他竟然這樣迷戀着那個少女，駡過之後，她又用好言撫慰他、哄他、求他，請他聽從保護人的意見。最後終於說服了他，他答應到巴黎去，不過要求以一年為期限。

這樣，他離別了情人，來到巴黎，可是歸期一再拖延，在那裏一住就是兩年。他並沒有因此而忘了莎薇絲特拉，反而對她的相思更深了。回家之後，立刻去找她，不料他的莎薇絲特拉已經和一個做帳目的勤懇小伙子結了婚。他心裏真是難過極了，但也沒有補救的辦法，他覺得，如果能稍微獲得一些安慰也是好的，就打聽出來她住在什麼地方，跟一般年輕的情人一樣，時常在她家門口徘徊不去。還以為她也像他一樣，沒有忘了舊情。

可是出乎他的意料，她已經不認得他，好像他只是一個陌路人；要不就是，即使她還記得他，她也不肯和他相認了。那個青年不久就看出她絕不會再理睬他了，心裏格外難受。他想盡辦法，要使她記起舊情，結果只是白費心機，可是他還是不死心，決定要當面跟她說句話，哪怕因而葬送自己的性命，他都在所不惜。

他從她的鄰居家裏打聽了她房子裏的情況，有一天黃昏，她和丈夫到鄰家去玩了，他就偷偷地走進她家，躲在一捲捲帆布後面，耐心地等待着，等到他們回來，上了床，她的丈夫睡熟之後，就溜了出來；他已看清莎薇絲特拉睡在哪兒，輕輕悄悄地來到她身邊，把手放在她胸脯上，小聲說道：

「我的心肝兒啊，妳睡熟了嗎？」

那少女還沒有入睡，發現有人在房中，想要驚喊起來，他慌忙說道：

「看在仁慈天主的面上，別叫嚷，我是妳的濟洛拉摩啊！」

她聽到這話，連說話的聲音都發抖了，她說：「唉，濟洛拉摩，看在老天的面上，快走吧，我們孩童時代那一段戀愛已經過去了。你知道，我已經是個有夫之婦，假使我再想到別的男人，那就是我的不是了。所以我求求你，做做好事，快走吧。萬一我丈夫醒來聽到了你的聲音，即使不鬧出什麼亂子來，我從此也休想再得到家庭的幸福了，而現在，他這樣愛我，我們正過着和睦幸福的日子呢！」

那青年聽她說出這些話來，不由得感到一陣心痛。他叫她想想當初他們倆是怎樣相親相愛，又說和她分離了兩年，他依然對她一往情深；此外他還說了許多求情的話、許給她各種好處，可是全不中用。到了這個地步，他只想死不想活了，最後就求她，看在他這一片癡情的份上，讓他在她的身邊暫且躺一會兒，因爲他在深夜等待她，現在幾乎快凍僵了；並且保證絕不再和她說一句話，或者是觸碰她，等他身體稍微暖和一些，立刻就走。莎薇絲特拉不禁對他生了憐意，又聽他說只要躺一會兒，就答應了他的要求。

那青年靜悄悄地在她身邊躺了下來，果然沒有碰一碰她的身體。這時候他再無旁的念頭，一心只想他這幾年來對她所懷的愛情，想到她這樣冷酷，他眞是灰心到了極點，竟不想再活了，就緊握住拳頭，屏住了氣息，一言不發，在她的身邊窒息而死。

過了一會兒，那少女看他一動也不動地躺在那裏，不免有些奇怪，又怕她丈夫就要醒來，說道：

「噯，濟洛拉摩，你怎麼還不走呢？」

不料他依然一聲都不響，她還以爲他睡熟了，就伸手去推他，哪知竟像碰到了冰塊似的，冷得要命。她更驚奇了，再用力搖搖他，再摸摸他，他還是一動不動，她這才發覺他已經死了。這時候她又悲傷、又驚惶，不知該怎麼辦才好。

後來，她想暫時不跟她丈夫說穿，先問問他要是這件事發生在別人家裏，他會怎麼辦。於是她就推醒他，把自己方才的遭遇，當作是別人的事情似的講給他聽，而且問他假使她碰上了這種事，那麼她該怎麼辦。

那好人說，他認爲應該把死者偸偸抬到他家門前，就把他放在那兒。至於那個女人，却不應該受到責備；因爲在他看來，她並沒有犯什麼過失。那少女聽到他這麼說，就說道：「那麼我們就這麼辦吧！」

於是她拉着他的手，讓他摸到了那青年的屍體。她丈夫這一驚非同小可，急忙跳起來點亮燈，也不跟他妻子多說什麼話，立刻動手替死人穿上衣服，他因爲問心無愧，揹了屍首就往門外走，眞的把屍首放在濟洛拉摩家門前。

第二天早晨，濟洛拉摩的屍體就給發現了，大家嚷的嚷、鬧的鬧，亂成一團，尤其他的母親更是呼天搶地。醫生趕來仔細檢查了他的屍體，發現皮肉都好好的，沒有一處傷痕或是創傷。因此一致斷定他是憂憤而死的。這倒是句眞話。

接着屍體就給抬到了敎堂，那母親泣不成聲，許多女眷和鄰家的婦女也按照習俗，陪着她哭泣。她們正在那裏哭得好不傷心，莎薇絲特拉的丈夫，就是那個把濟洛拉摩從他家裏揹出去的好人，對妻子說：

「妳在頭上兜一塊頭巾，到停放濟洛拉摩屍首的敎堂裏去。混在婦女中間，聽聽她們說些什麼。我也要到男人那一邊去打聽，那麼我們就可以知道人家究竟會不會提到我們了。」

濟洛拉摩死後，那少女又後悔起來，在他生前，她不讓他親一個嘴，現在却恨不得立刻去見死者一面，所以丈夫的話正中她的心懷。她裝束好之後，就到敎堂裏去了。

戀愛的法則眞是難以捉摸啊！濟洛拉摩生前的富貴所不能打動的那顆心，現在却被他不幸的遭遇所感動了。等到莎薇絲特拉蒙着頭巾，擠在婦女中間，望見了死者的臉兒，她不禁柔腸寸斷，心裏突然燃燒起當初愛情的火焰來。她直奔到死者面前，發出一聲淒厲的呼號，就撲倒在死屍身上，以後就沒有聽到她的哭聲了，原來她一接觸到她情人的屍體，心都碎了，所以也沒有流下多少傷心的淚水，就和他一樣地一慟而絕。

旁邊的許多女人也不知道她是誰，也不明白她爲什麼這樣悲傷，都擁上去安慰她，勸她起來。可是她却始終撲倒在那兒，沒有動靜；大家只得伸手去攙扶她，發覺她竟是一動不動；等到把她攙扶起來，立卽認出原來她是莎薇絲特拉，却已經死了一會兒了。

這一幕慘劇感動了教堂裏的那許多女人，她們更加地難受，因此哭得越發淒慘。消息立卽在教堂外邊的男人中間散布開來。傳到莎薇絲特拉丈夫的耳朵裏，他不禁哭了出來，旁人勸他，他不聽。他哭了好一陣子，才把昨天晚上濟洛拉摩和他妻子的種種情形，告訴了旁人，大家這才明白這對情人致死的原因，都不禁爲他們歎息。

那些女人按照當地的風俗，把那個好少女裝扮起來，和濟洛拉摩停放在一個屍架上，又爲她哀哭了一陣，隨後把他們兩個合葬在一個墳墓裏。他們生前不能結爲夫妻，死後却成了永不分離的伴侶。

故事第九篇　人心

羅西里奧納殺了他妻子的情人，取出心臟，做成菜肴給妻子吃。她知道後，從城堡跳下自殺。後來她和情人合葬在一起。

妮菲爾講完這故事，她的女伴聽了都很傷心。國王不願侵犯狄奧紐的特權，除了他們兩個之外，別人又都已經講過故事了，所以他就這樣說道：

各位溫柔的小姐，妳們對於不幸的戀人都這樣富有同情心，我就打算講一個故事，使妳們聽了也會像方才那樣替故事中的主角感到難過，因為論身份，他們要高貴得多，而他們的遭遇却更加悲慘。

據法國東南一帶的傳說，從前在普羅維斯地方有兩個高貴的騎士，都擁有城堡、僚屬，一個名叫克里埃摩．羅西里奧納爵士，一個名叫克里埃摩．古爾達史塔紐爵士。兩人都武藝高超，所以互相欽慕，結為深交；雖然彼此的城堡相距有十多哩路，過從却十分密切，每逢參加什麼競技比武，兩人總是穿着一色的甲冑，同時出場。

且說羅西里奧納有一個如花似玉的嬌妻，古爾達史塔紐儘管跟他親如手足，竟偷偷地愛上他的妻子，在她面前百般討好。那夫人並不是不解風情的女人，看出他的情意，又素仰他是個勇武的騎士，所以也對他脈脈含情，爲他朝思夜想，只恨兩人的心事沒有說出口來。不久，他果然來向她求歡，從此兩人就勾搭上了。

他們這樣時常偷偷來往，却不知道謹愼從事，不久就被那丈夫發覺了，他這一氣非同小可，半世深交頓時變成不共戴天的仇人，他決心不殺死古爾達史塔紐絕不罷休；一方面他又隱藏自己的妒嫉，比那對男女隱藏私情還要嚴密。

恰巧這時候法國要舉行一場比武大會，羅西里奧納得到這個消息，立卽通知古爾達史塔紐，請他到他家來共同商討是否要去參加，要參加又怎樣去法。古爾達史塔紐很高興地回答說，他第二天一定到他家來吃晚飯。

羅西里奧納得到他的回覆，心想暗殺他的時機到了。第二天，他全副武裝，帶着幾個❶侍從，騎馬來到一座松林，離自己的城堡大概有一哩路的光景，是古爾達史塔紐必經之路，他就埋伏在那裏。過了半晌，他望見古爾達史塔紐只穿着輕裝便服，騎馬而來；後邊跟着兩名侍從，也沒帶武器；眞是大禍臨頭還不知道。等他走到近處，羅西里奧納手執長槍，像凶神惡煞般直衝出來，厲聲喝道：「好賊，你休想活命了！」一話還沒說完，早已一槍刺進了他的胸膛。

古爾達史塔紐毫無防備，連擋也沒來得及擋一下，哎呀也沒來得及喊一聲，就當胸吃了一槍，倒地死了。那兩名侍從，根本沒有看清楚是誰刺死了主人，撥轉馬頭，就沒命地逃回去了。羅西里奧納跳下馬來，用匕首剖開古爾達史塔紐的胸膛，掏出他的心臟，從槍尖上撕下三角旗，把那顆心臟包裹

❶從里格及阿爾亭頓譯本。潘譯本作「一個」，但下文又說「交給侍從中的一個拿着」，顯然有誤。

起來，交給一個侍從拿着。他嚴令他們不許走漏消息，隨後上了馬，趕回城堡，這時天色已經黑了。

夫人聽說古爾達史塔紐這天晚上要到她家來吃飯，忙亂着準備了好一陣子，却是左等他不來，右等他也不來，十分焦急，後來看見丈夫回家了，他却並沒一同來到，大爲驚奇，忍不住問道：

「爵士，這是怎麼囘事，古爾達史塔紐沒有來？」

「夫人，」丈夫囘答道，「他已經派人來通知我了，說是今晚有事，要明天才來呢！」

夫人聽了很是失望。羅西里奧納跳下馬來，把廚子叫來，對他說道：

「這是一顆野猪的心，你要仔細把它燒成一道最精美的菜肴，等我吃晚飯的時候，盛在銀碗裏送來。」

那廚子聽到吩咐，施展出全副本領，把心切碎，加上許多香料，果然燒成了一道最精美的菜肴。

到了晚飯時候，爵士和夫人在餐桌旁坐下來，桌上放着許多菜肴，可是他却吃不下幾口，原來他幹下那慘無人道的事，心裏到底不很安寧，所以吃不下飯。不一會兒，那廚子已把一盆心端上來，放在他面前❷，他推說今晚胃口不好，又吩咐把心遞給夫人，說這是難得的珍饈，極力勸夫人多吃些。夫人並不疑心，嘗了一口，覺得味道還不錯，就把整個心都吃下去了。那爵士看她已經吃完，就說：

「夫人，這道菜怎麼樣？」

「爵士，」她囘答說，「好吃得很呢。」

「多謝天主，」爵士說，「我相信妳的話；妳覺得它好吃，我一點也不奇怪，因爲這顆心在跳動的時候，本來就使妳歡喜得要命呢！」

❷「放在他面前」一句從里格譯本增入。

夫人聽了他這句話，怔了一下，問道：「你說什麼？你叫我吃的是什麼東西？」

「老實告訴妳吧，」爵士說道，「妳吃下去的是克里埃摩·古爾達史塔紐爵士的心，就是妳這個不要臉的女人的情人的心。妳放心，這事錯不了，因爲就在我同家前不久，我親手剖開他的胸膛，把這顆心挖了出來。」

爵士夫人正和她的情人打得火熱，現在突然聽到她吃了自己情人的心，胸中的悲痛可想而知，過了一會兒，她說道：

「你這種行爲說明你是一個卑鄙奸詐的騎士。他並沒有强迫我，是我自願把愛情奉獻給他的，假使這件事對不起你，那麼這也是我的錯，要罰也應該罰我才對，你却去殺了他！他是個既勇敢又溫良的武士，天主在上，我吃下他那顆高貴的心，從此再也不吃別的東西了。」

說完，她主意已定，就站起來，轉身直奔到窗子前，縱身一跳，這窗子距離地面很高，可憐那爵士夫人這樣縱身一跳，不但頓時殞命，而且跌得粉身碎骨。

羅西里奧納看到這一幕慘劇，給嚇昏了，懊悔自己做錯了事。他又怕受到當地居民和普羅維斯伯爵的責難，就下令備馬，騎馬逃走了。第二天，這件事在全區傳開了，兩個城堡附近的居民哀悼這對情人的慘死，把他們的屍體收拾在一起，合葬在爵士夫人的小禮拜堂裏。在他們的墳墓上刻下詩句，記載他們的姓名、他們的戀愛和慘死。

故事第十篇 麻醉藥風波

某醫生的太太誤認情人已經死亡，就把他藏在一隻木箱裏，兩個放高利貸的青年把木箱偷走。那情人半夜蘇醒過來，被當作竊賊，送到官府。幸虧醫生太太的女僕向法官說明被放高利貸的人盜去的箱裏藏的是她的情人，使他免受絞刑。那兩個竊賊被罰款以示薄懲。

國王講完故事，只剩狄奧紐還沒有講，他早有準備，得到國王的吩咐後就說道：

大家今天講了許多悲慘的戀愛故事，聽得幾位小姐眼圈都紅了，心都酸了，連我都覺得受不了，希望不要再這樣悲慘下去了。現在多謝天主，總算大家都已講完了故事，只要我不講什麼薄命的情人尋死覓活（但願天主保佑，別叫我講了！）那麼悲慘的故事就到此爲止了。現在我再也不願意講那叫人心碎腸斷的話，且來講一個好聽些、有趣些的故事。說不定我們明天講起故事來也可以作個參考。

各位最漂亮的好小姐，不久以前，薩雷諾城裏有一個著名的外科醫生，名叫馬玆奧·第拉·蒙達涅，他在風燭暮年，娶了城裏一個如花似玉的小姐做妻子。爲了博得她的歡心，讓她穿好吃好，不論怎樣貴重的首飾也要搜羅來給她佩戴，城裏的女人還有哪個像她那樣享福的？誰知道自從她來到醫生家裏，却時常覺得心頭發冷，原來醫生的床上，缺少一個溫暖的被窩。

大家應該還記得，理查德·第·金妶卡怎樣教他的太太遵守許許多多的聖節日和例假日❶；如今這位醫生同樣也對他嬌妻發表了一套高論，說什麼女色最傷身體，男人親近女人一次，也不知道要幾天才能復原，以及諸如此類的渾話。你想，這豈不是苦壞了那位少奶奶嗎？幸虧她是個有作爲、有見識的女人，看到自家這位老漢連一點一滴都嫌浪費，就決定去找野食吃。她打定了這個主意，就開始留意周圍的許多男人，後來到底給她遇到了一個中意的青年男子，把她的心、她的希望和幸福都寄托在他身上。那青年覺察了她的情意，覺得跟這樣一個美人談談愛情，倒也不壞，就對她大獻殷勤。

那個青年名叫魯濟埃利·達·艾伊埃洛里，也是貴族出身，可是不圖上進，吃喝嫖賭，全都佔全了，等到把錢用完，又學會了偷搶拐騙，因此在薩雷諾城裏，簡直名譽掃地，弄得親戚唾棄、朋友廻避，誰也不要見他，誰也不再期望他學好向上。偏是我們這位太太獨具隻眼，不知看中他那一點，叫自己的貼身女僕在中間牽線，兩個人就此勾搭上了。

那位太太做了他的情婦以後，責備他的生活實在太過荒唐，他如果眞心愛她，一定要棄邪歸正才好。爲了鼓勵他做一個好人，她時常拿錢去接濟他。

他們這樣暗中來去，謹愼行事，許久都沒有出什麼意外。有一天，來了一個爛腿的病人，請求診治，我們那位醫生檢查之後，就對病人的家屬說，腿裏面有一根骨頭已經腐爛，如果不取出來，不但壞腿難保，恐怕連生命都有危險；不把腐骨除去，就沒有治癒的希望；不過也沒有多大把握，只是死馬當活馬醫罷了。病人的家屬聽到情形這樣嚴重，就同意他施行手術。

醫生知道不用痲藥，病人受不了這個痛苦，就絕不肯讓他好好開刀，所以決定到晚上再動手術，

❶見第二日故事第十篇——這也是狄奧紐所說的一個故事。

早晨先提煉了一劑痲醉藥，好讓病人喝了，可以要他睡多少時候就睡多少時候，以便能順利開刀。他把那劑痲醉藥帶同家去，放在自己房裏，却沒有對家人提起。

到了晚上，醫生正想到病人家裏去，忽然來了一個人，說是從馬爾斐他的許多朋友那兒趕來的，馬爾斐地方出了亂子，有許多人給打得頭破血流，他的朋友請他千萬立刻就去急救。那醫生只得把手術延到第二天早晨，立刻乘了小船，到馬爾斐去了。他妻子知道他這天晚上不回來，就像往常一樣，私下把魯濟埃利約來，領進自己的臥房，反鎖了房門，準備等到屋裏的人都睡熟之後，就來陪他。

魯濟埃利躲在房裏等他的情婦，也不知道是這天疲勞乏力呢，還是東西吃得太鹹，還是本來就有些口渴得要命，一直想找水喝，就在這時候他瞧見醫生放在窗檻上的那瓶痲醉藥水，他還以爲是一瓶清水，就擧起瓶子，一飮而盡。過不了多久，他就倒在箱櫃上，昏昏入睡了。

再說那位少奶奶，挨到可以分身的時候，就趕緊回到自己房中，看到魯濟埃利竟然在那兒熟睡，就上前去推他，低聲喚他醒來；不料他動也不動一下，哼也不哼一聲，這一下，她可惱了，又重重推了他一下，說道：

「醒來，瞌睡蟲！你要睡覺，到你家裏去睡，別睡在這裏。」

哪裏知道魯濟埃利給她這麼一推，就從箱子上滾下來，跌在地上，動都不動，竟像死人一般。這時候，她才有些發急了，想去拉他起來，但是哪裏拉得動。慌得她一下子又是搖他、一下子拉他的鼻子，又是扯他的鬍子，可是一切都不中用；他睡得像一塊木頭似的。她只怕他已經死了，就用指甲掐他，用燭火燒他，可是他還是沒有一點兒反應。儘管她是醫生的太太，但她對醫道可一無所知，所以認爲他一定是死了。不用說，她時時刻刻都記掛在心頭的情人，一旦死了，她有多麼悲痛；可是她又不敢放聲痛哭，只是默默地流着眼淚，怨自己命苦。

她獨自哀傷了一會兒之後，想到這事如果被人發覺，不但失去情人，連自己的聲名都要喪盡了，要趕快想個辦法把死人搬出去才好；但是又哪裏想得出什麼辦法呢？她只得悄悄地把女僕叫來，把情形都講給她聽，請她出個主意。那女僕不免嚇了一跳，就去拉他搖他，魯濟埃利依然動都不動，於是她也跟女主人一樣，認為他已經死了，說應該快快把屍首搬掉才好。

那女主人就說：「那麼我們把它抬到什麼地方去好呢？第二天人家發現了屍首，總得不讓人知道是從我們屋裏抬出去的才好哪！」

「太太，」那女僕回答道，「今天天要黑的時候，我看到隔壁木匠店門口放着一隻不怎麼大的木箱，如果他沒有收進去，那我們現在倒正用得到。我們就把屍首放進木箱——不過先得拿把小刀子，在死人身上扎他幾刀，等人家發現了屍首之後，一定想不到這是從我們家裏搬出來的；他本來是個不務正業的小伙子，大家一定說這個小伙子在幹什麼壞事的時候給人暗算了，扔在木箱裏。」

女主人覺得這個主意很不錯，只是她絕對不肯在情人身上扎幾刀。女僕依從她的話，就先去看看那隻木箱還在不在街上。

木箱果然還在街上。那女僕年紀輕，身體結實，女主人幫着她把魯濟埃利扛在肩上，走出家裏。她們主僕倆，一個把風，一個扛着魯濟埃利直到木箱邊，把他扔進去，關好箱蓋，就回家了。

再說在木匠隔壁不遠處，住着兩個放高利貸的小伙子，他們一兩天前才剛搬進來，簡直什麼家具也沒有，因為只想賺錢，哪裏捨得花錢去買家具。他們那天也注意到木匠門前的那一隻大木箱，於是就商量，如果那木箱夜裏沒有收進去，把它偷來，倒也抵得上一件家具。到了半夜，他們走出屋去，看見木箱果然還在，也不問裏面有沒有東西，抬了就走，只覺得這木箱怎麼這樣沉重，等來到自己家裏，把箱子在他們兩個老婆的房中隨便一放，就各自睡覺去了。

裏，再說魯濟埃利昏昏沉沉睡了好長一段時間，到第二天清晨藥性已過，就迷迷糊糊地醒過來了，他睜開眼，只覺得漆黑一團，只得用手摸索，發覺自己關在一個箱子裏，心想：

「這是怎麼回事？我在哪兒？我現在是醒着還是在做夢？——啊，我記起來了，今天晚上我是在我情婦房裏，可是我現在却關在一個箱子裏。這是怎麼搞的？難道是醫生回家了，還是出了別的事，情人趁我睡熟，把我藏在這裏？我看大概是這麼一回事——一定是這樣沒錯。」

於是他靜靜地躲在箱子裏，細聽外面有什麼動靜；箱子本來不大，他又踡縮了好長段時光，覺得腰痠背痛，想翻一個身，誰知他剛轉動身子，屁股就猛地撞在箱子上，這木箱本來沒有放平，給他在裏面這麼一動、一撞，就向一邊倒去，砰然一聲響，跌翻在地上。

這一聲巨響，把房裏兩個睡熟的女人從夢裏驚起，嚇得她們連氣都不敢透一下。魯濟埃利隨着箱子跌翻在地，也嚇得要命，不過看到箱蓋已打開了，心想即使有什麼事要發生，也總比關緊在箱子裏好，竟爬了出來，却苦於不知道自己在什麼地方，只得暗中摸索，但希望能找到一扇門或一座樓梯，就可以逃出去了。

兩個女人提心吊膽，聽到房裏有人走動，問：「是誰呀？」魯濟埃利聽聽不是熟悉的口音，不敢回答。兩個女人又大聲叫那兩個青年，可是他們辛苦了半夜，正好睡，竟然沒有聽到。

這時候，兩個女人更加驚慌，立即跳下床來，奔到窗口，伸長脖子喊道：「捉賊啊！捉賊啊！」

給她們這樣一喊，左鄰右舍全都趕來了，有的從屋頂上跳下來，有的從樓下爬上來，這裏不再細述；經這樣一鬧，就連隔壁房裏那兩個青年，也驚醒了，跑了過來。這時候，魯濟埃利慌得不知如何是好，反而呆在那裏不動了，就給他們一把捉住。恰好這時候幾個巡警又聞聲趕到，就由他們把魯濟埃利押到官衙受審。來到堂上，查出他向來是個作惡多端的壞蛋，法官立刻下令用刑，逼取口供，魯濟埃利受不起嚴刑，只得胡亂供認他深夜潛入想行竊。法官認爲情節嚴重，準備把他判處絞刑。

第二天早晨，魯濟埃利到放高利貸的人家去偷竊因而被捕的消息，傳遍了全薩雷諾城。醫生太太和她身邊的女僕，也聽到了這消息，這可把她們呆住了，難道昨夜只是做了一場惡夢？尤其是那位太太，聽說魯濟埃利案情嚴重，恐怕性命難保，更把她急瘋了。

到了曉鐘和晨禱鐘交接時分，醫生從馬爾斐回來，想替病人施行手術，尋找那瓶事先準備好的痲醉藥水，不料瓶子已經空了，因此大發脾氣，說家裏什麼東西都放不得。那位太太本來心亂如麻，就反唇相譏道：

「醫生，你鬧些什麼？打翻了一瓶水也值得這樣大驚小怪嗎？難道這世上沒有水了嗎？」

「我的女人，」醫生說，「妳以爲這是一瓶清水嗎？不是啊，這是一瓶使人安眠的藥水。」他還告訴她這瓶藥水是因爲要替病人開刀，特地配製。他太太聽到這話，立刻明白魯濟埃利必定是喝了痲醉藥，所以睡得像死人一般，就說：

「醫生，我們沒有看到藥水，你還是再配製一瓶吧！」

醫生沒有法子，只得又配製了一劑藥水。過了一會兒，那女僕依照女主人的吩咐，去打聽魯濟埃利的消息後，回來說道：

「太太，我聽到大家都在說魯濟埃利的不是，也沒有聽說他有哪個親戚朋友肯挺身出來救他，明天，官府就要把他絞死了。此外我還要告訴妳一件新鮮事，我已經弄清楚他怎麼會到放高利貸的人家去的。是這樣的。妳知道，我們把魯濟埃利放在木匠門外的箱子裏；剛才那木匠和一個男人爭吵得面紅耳赤。看樣子那人就是箱子的主人，他口口聲聲要木匠賠他箱子的錢，那木匠堅決不承認他把木箱賣掉，說木箱是在夜裏給人偷去的。『這話就不對了，』對方說，『你分明是把木箱賣給那兩個放高利貸的青年，昨天晚上，在捉住魯濟埃利的時候，我看到木箱就在他們家裏，而他們也親口對我這樣說。』，『他們在胡說八道，』木匠回答道。『我從來沒有把箱子賣給他們，一定是昨晚給他們偷去的。我們找他們說話去。』

「他們一起到放高利貸的人家去，我就回來了。這樣看來，魯濟埃利怎麼會弄到放高利貸的人家去，就很明白了；不過他怎麼又會活過來，我可就猜不透了。」

那太太這時候才明白原來事情是這樣鬧出來的，她把醫生的話告訴了女僕，請她幫忙救救魯濟埃利的性命。因爲這太太既要搭救魯濟埃利，又不願毀了自己的名譽。

「太太，」女僕說，「只要妳給我想個好主意，我一定替妳盡力。」

在這刻不容緩的當兒，虧得那太太急中生智，她仔細一想，就計上心來，如此這般指點了女僕。那女僕聽她的話，來到醫生跟前，哭着說道：

「先生，我來向你請罪，因爲我做了對你不起的事。」

「什麼事？」醫生問。

那女僕哭得好苦，一邊哭一邊說：「先生，想必你也知道魯濟埃利這麼一個小伙子；最近他看上了我，我又怕他，又有些愛他，終於接受了他。昨天晚上，他知道你不在家，就要來和我睡覺，跟我說好說歹，求我把他帶到我的房中去。我只得依了他；他忽然又口渴起來，我一時到哪兒去倒水倒酒來呢？客廳倒是有茶水，但我又不敢去拿，因爲太太正坐在那兒。我忽然想起你房中放着一瓶清水，就去拿來給他喝了，把空瓶放回原處。沒想到這是一瓶藥水，害得你剛才和太太吵了一場架。我承認我做錯了事——不過人哪裏能避免不做一二樁錯事呢？我心裏眞難過呀，倒還不是因爲做錯了事，而是因爲闖下了大禍，魯濟埃利的性命就要不保了。所以我怎麼也得求求你原諒我，同時讓我出去想法子把魯濟埃利救出來。」

那醫生本來一肚子的氣惱，聽了她的話，反而打趣地說道：「這就叫做自作自受。妳還以為昨天晚上請了一個小伙子來擣妳的裙子，却沒有想到請來了一個瞌睡蟲！快去救妳的情人吧，只是請妳記住，以後不許再領他上門了，如果給我撞見這種事，那我絕不會饒妳，一定要兩筆賬併做一次算。」

那女僕看到第一步已經很順利，就直奔監獄，對獄卒說了一番好話，因此得以進去看魯濟埃利，囑咐他以後法官問話的時候應該怎樣回答；於是自己又設法去見法官。

那法官看見來的是這麼一個唇紅齒白的年輕少女，別的不問，却先張開雙臂，非要讓他摟一下不可。那少女只希望法官肯把她的話聽進去，也樂得依他，讓他摟個飽，然後說道：「老爺，你把魯濟埃利捉來，當做竊賊懲辦，其實寃枉極了。」

於是她把編好的一套故事有頭有尾地說出來，說她是他的情婦，怎樣把他領到醫生家裏，怎樣把麻醉藥水當作飲料給他喝了，怎樣錯認他死了，把他藏在木箱裏；接着又把她在街上聽到木箱主人和木匠爭論的那番話告訴了法官，向他說明魯濟埃利是怎麼會到了放高利貸的人家裏去。

法官聽了她這番話，覺得案情的眞相不難查明。他先把醫生傳來，查問麻醉藥的事，果眞跟女僕所說的相吻合；又傳訊木匠、箱主和兩個放高利貸的青年，盤問了半天，證明確實是那兩個青年在半夜裏把木箱偷去的。最後又提魯濟埃利到庭，問他昨晚究竟睡在哪裏。魯濟埃利說他不知道，只記得他本來在馬兹奧醫生家裏，想跟女僕過夜，一時口渴起來，喝了一瓶水，但是後來怎樣，他完全不知道，等到醒來，已經躺在放高利貸人家的一隻木箱裏了。

法官聽了這段曲折複雜的案情，覺得十分好笑，又叫女僕、魯濟埃利、木匠和放高利貸的青年，各人把自己經過的事情，講了一遍又一遍。最後，魯濟埃利無罪釋放，兩個偷箱子的青年科罰十個金幣以示薄懲。魯濟埃利有多高興，這也不必提了，就是他的情人也是歡天喜地。此後醫生太太和魯濟埃利繼續戀愛，情感更加濃厚，每當他們提起那個了不起的女僕，說要在他身上扎幾刀，總是笑個不停。但願我戀愛也能成功——可是別叫我關在箱子裏！

前面幾篇故事，聽得我們那幾位小姐很是傷心，幸虧最後狄奧紐講了這麼一個故事，博得大家哈哈大笑，尤其是在聽到法官張開雙臂，要把女僕摟在懷裏這一段，笑得更是起勁，剛才的一點愁悶全都消散了。

國王看見太陽變成金黃色，就要落下西山了，知道自己的任期將滿。就趁這個時候，向各位小姐道歉，請求她們原諒，因爲他今天指定大家以那些情人悲慘的遭遇做爲故事的總題，未免太煞風景；他的措辭很是懇切動人；說完，就站了起來，摘下桂冠，在衆人眼前，把它輕輕地戴在非亞美達披着金髮的頭上，說道：

「我把王冠放在妳頭上，因爲妳比大家更能想出適當的故事總題，讓大家聽得更津津有味，把今天的愁悶都打消。」

非亞美達有一頭金黃的鬈髮，一直披到潔白細膩的肩膀上。她那鵝蛋臉眞像百合花般潔白，雙頰泛着玫瑰色。一對眼睛像鷹眼一樣明亮，兩瓣嘴唇好像兩顆紅寶石。她聽了費洛斯特拉多的話，微笑着回答道：

「費洛斯特拉多，我樂於戴上這頂桂冠。爲了讓你反省一下，我要大家明天每人講一個：歷盡艱難折磨，有情人終成眷屬的故事。」

這個建議獲得一致的擁護。於是她把總管召來，吩咐一些必要的事情。過後，大家都站了起來，女王允許各人自由活動，到晚餐的時候再集合。

於是有的人到花園裏去遊玩，那園中的美景眞是百看不厭；有的人到花園外去參觀正在轉動的磨坊；也有幾個人隨興之所至，隨意漫遊。到吃晚飯的時候，大家照常聚集在美麗的噴泉邊吃晚飯，十分歡樂。飯後，大家離席，又是唱歌，又是跳舞。女王看到非羅美娜一曲舞罷，就說：

「費洛斯特拉多，我不打算別出心裁，更改向來的制度，現在我也要請一個人唱歌。我想你的歌曲跟你的故事是不會有什麼兩樣的，好在明天我們再也不會聽你那悲切的故事了，所以我現在命令你唱一首歌，由你愛唱什麼就唱什麼。」

費洛斯特拉多欣然從命，立即唱了這一首歌曲：

唉，癡心人遇上了負心人，
叫我如何不痛心？
當初的山盟海誓到何處找，
叫我如何不把淚兒拋？

愛神啊，自從我對她一見傾心，
我爲了她朝思夜想想不盡。
唉，這分明是一片妄想和癡心
我只想她的容顏是多麼姣好，

我忘了自己在受痛苦的煎熬，
我鑄成了大錯，等到悔恨，
已經太晚，叫我黯然魂銷。

自從她不顧我的深情，把我遺棄。
我才知道受了愛神的欺騙。
我自以爲博得了她的歡心，
做了她面前的心腹僕人，
連做夢也沒有想到，
一聲霹靂，痛苦已經來到，
她迎新棄舊，把我拋掉！
舊恨新愁一起湧上心頭，
日以繼夜我把時辰詛咒，
在那時辰裏，我第一次
瞻仰了我那情人的豐姿，
她那華美的光彩照得我兩眼昏眩、

使我的靈魂好像在打轉。

愛神啊，你知道我的心兒已經破碎，
愛神啊，我一聲聲悲歎你應該聽到，
爲了要把生存的痛苦減輕，
我渴望死神的來臨，
死神啊，快來了結我的殘生，
我覺得陰間比人世更光明。

除了死，我再沒有其他慰撫，
除了陰間，我看不見第二條路；
愛神啊，你就開開恩吧，
讓我一死把萬愁拋，
人生的樂趣都喪盡，
我對人世還有什麼留戀？
愛神啊，但願我一死她更歡樂，
她和她的新歡享盡幸福。

我這首歌，如果誰也不來唱給你聽，
那也沒什麼，因為誰也不能
唱得像我這樣悲慘傷心。
我只托付你一件事情，
請你找到愛神跟前，
只對祂一人，訴一訴我的苦衷，
對祂說我厭倦人生，
只望祂超度我一下，讓我
脫離苦海，換一個環境。
唉，癡心人遇上了負心人，
叫我如何不痛心……

這首歌曲很明白地傳達了他的心緒，也很清楚地表明了他為什麼會落到這樣悲苦的地步。如果不是暮色蒼茫，那麼在這些舞蹈的女子中間，一定有一個人會面紅耳赤，那麼內中的情節，就更耐人尋味了。

等他唱完歌，大家又接着唱了好些歌，直到時間晚了，女王才命令各人回到房裏安寢。

第四日終

第五日

『十日譚』的第四日終了，第五日由此開始。菲亞美達擔任女王，講的都是歷經幾個殘酷的不幸事件之後，有情人終成眷屬的故事。

東方已經發白，晨曦照亮了東半球。枝頭的那些鳥兒正在盡情歡唱，迎接這新的一天的來臨；菲亞美達被這片婉轉的歌聲喚醒。她起身，把她的女伴和三位青年紳士一一叫醒。大家有說有笑，脚下踩着露水晶瑩的小草，一塊兒到遼闊的田野裏去漫步。直等太陽高升，大家覺得有些煥熱了，才回到別墅裏，吃了些美酒和糖果提提精神，又到那可愛的花園裏去遊樂。

他們在那兒唱了一些歌曲，又唱了一兩支民謠，不覺已到了吃中飯的時候。小心周到的管家照着女王的吩咐，把一切準備妥當。大家稱心地吃過中飯後，又照着慣例奏樂唱歌，跳起舞來，直跳到午睡時分，女王才吩咐大家散去。於是睡的去睡，不睡的仍然待在美麗的花園裏作樂消遣。

不久，大家依着女王的吩咐，照舊在優美的噴泉邊集合。於是女王登上王座，笑盈盈地望着潘費羅，叫他帶頭講個有情人終成眷屬的故事。潘費羅欣然允諾，開始講下面的故事：

故事第一篇 愛情的魔力

奇蒙納受到愛情的啓發，在海上搶親，被羅得島人捕獲，關入大牢。李西馬柯把他解救出來，兩人協力同心，在伊芙金妮亞和卡珊德蕾雅跟人家結婚的那天，把這兩位新娘劫走，雙雙逃往克里特島，正式結爲夫妻，隨後各同家園，安樂度日。

各位可愛的小姐們，像今天這樣愉快的日子，我本來有多少故事都可以講來作爲開頭；不過其中有一個故事我特別喜歡。不僅因爲這個故事結局圓滿，切合我們今天的題目，同時從這個故事我們可以看出，愛情的力量有多麼神聖、多麼偉大，可以給人帶來多大的益處，並不像信口雌黃的人所指責的那樣猥褻淫邪。他們都是在汚蔑愛情。我保證這個故事將使諸位歡喜到極點，因爲我想諸位都一定正在品嘗愛情的滋味。

凡是讀過塞浦路斯這個島國古代歷史的人，都知道這島上曾經有過一位紳士，名叫阿利斯提帕。說到塵世的榮華富貴，全島要數他第一。如果不是命運有意和他爲難，使他有一件美中不足的事，那麼他就是人間最幸福的人了。這美中不足之處是因爲他有個兒子，名叫卡列索，雖然長得身材魁梧，相貌堂堂，可惜愚頑異常，簡直是個白癡。這孩子實在不成器，儘管良師諄諄訓誨，嚴父好言勸告，甚至予以鞭笞，又有親朋好友費盡心思，想盡辦法，也無法灌輸他一點學問，增進他半點教養。他說起話來聲音粗糙，舉止態度又極端粗野，與其說他像個人，不如說他像一頭畜牲。別人嘲弄地把他取了個綽號，叫他作「奇蒙納」。「奇蒙納」這個名詞，在他們的語言裏，就相當於我們語言裏的「畜牲」。他父親眼看他就這樣白白地浪費光陰，好不難過。對他這個兒子再也不存希望了，只得叫他到莊園上去和那批莊稼漢住在一起，眼不見爲淨，倒也免得煩心。奇蒙納一聽非常中意，因爲他就喜歡和那些村夫樵民混在一起；城裏的闊人他反而討厭。

於是奇蒙納就到了莊園，在那裏心安理得地幹活。有一天，剛吃過午飯不久，他肩上扛着一根棍子，從一個農莊走到另一個農莊，進入一座小樹林。這一帶樹林本來很美，加上又是暮春時節，長滿了密密層層的綠葉。也是他命中注定要有這段艷遇，他一路走去，不覺來到一塊小草地上。草地周圍長滿了大樹，那邊角落有一泓清澈陰涼的山泉，山泉旁的綠草上睡着一位美麗的少女。她身上只穿了一件非常單薄的衣裳，雪白的肌膚看得一清二楚。一條薄薄的白布齊腰蓋在下半身。她的脚跟前還睡着兩個女人和一個男人，看樣子都是她的僕人。

奇蒙納一看到這少女，就停住脚步，用棍子支住身體，不發一聲，凝神望着她，眞有說不出的羨慕，好像這一輩子他都沒見過女人似的。他本來胸無點墨，一竅不通，雖然別人千方百計地開導他，仍然無從使他懂得半點風雅，可是這時候他却茅塞頓開，覺得從來也沒有看到過這樣美麗的少女。他於是細細地欣賞起來，把她那黃金般的髮絲，她的額頭、鼻子、嘴唇、喉嚨、手臂，逐一不漏地都讚美到了，尤其她那一對微微隆起的乳房，更是使他陶醉。他簡直是在一眨眼之間就從一個村夫俗子變成一位審美專家了。他恨不得能看一看她的眼睛，偏偏那少女睡得正酣，一雙眼睛閉得緊緊的；因此他好幾次想要叫醒她。但是他覺得自己什麼時候看見過這樣美貌的少女，莫非她是仙女下凡不成？他眞的一下子聰明起來了，竟然懂得不能把天仙當作俗物一般看待，必須加倍尊敬，不可褻瀆，因此只有耐心等她醒過來。雖然他等了好長一段時間，可是他愈看愈愛，哪裏捨得走開。

這少女名叫伊芙金妮亞，睡了好久才醒來，總算比她的幾個僕人醒得早。她睜開眼睛，看到奇蒙納正倚着一根棍子站在她面前，大爲詫異。原來奇蒙納是個著名的魯男子，加上他父親家財萬貫，門第高貴，所以附近一帶沒有誰不認識他。她隨即對奇蒙納說道：

「奇蒙納，你這時候到樹林裏來幹什麼？」

奇蒙納沒有回話，只是對着她那一雙張開的眼睛一個勁兒地看着，只覺得那雙眼睛把一股柔情直送到他心坎裏，這眞是他生平從未領略過的愉悅。少女看到他那樣盯牢著她看，唯恐他粗鹵的脾氣一旦發作，會對她做出什麼不禮貌的事來，便站起身，一面喊醒兩個女僕人，一面說道：

「看在天主面上，走開些吧，奇蒙納！」

不料奇蒙納說：「我要跟妳一塊兒走！」

儘管少女怕他，不肯讓他一塊兒走，可是怎樣也擺脫不掉他，只得讓他跟到自己的家門口。

接着奇蒙納就回到城裏他父親那裏，說從此再也不回到莊園上去了。他父親和家人雖然不願意，也拿他沒有辦法，只得隨他的便，看他這次忽然改變主意，究竟是什麼原因。

奇蒙納的心本來像是一塊無法點化的頑石，誰知道自從看到伊芙金妮亞的美貌仙姿後，這顆頑石般的心也給愛神的箭射穿了。沒有多久，他就由愚鈍一變而爲聰穎，使得他父親和家人，以及許多親友都大爲驚異。

他第一件事情就是請求他父親給他做一些華麗的衣服，還要給他各種裝飾品，讓他打扮得像他兄弟一樣漂亮，阿利斯提帕欣然答應了他。然後他又結交了一批有身份的朋友，從他們那裏學會了紳士應有的儀表風度，尤其是學會了一套對待情人的禮貌。說來誰都要吃驚，不用多久，他不但精通了文字，卽使在學者中也顯得出類拔萃。到後來（這當然完全是由於他愛上了伊芙金妮亞，受到愛情的感化的緣故），他不但說起話來由粗聲粗氣變爲溫文爾雅、悅耳動人，而且居然精通音樂、熟諳騎術，甚至練得一身武藝，陸戰海鬭，無一不能。他的多才多藝，這裏不多細說。總而言之，自從他那一次受了愛情的啓發之後，不到四年工夫，就出落得俊俏無比、才藝出衆，不愧爲一個年輕紳士。在塞浦路斯島所有的青年當中要數他爲第一，沒有哪一樣不比別人強得多。

各位可愛的小姐，妳們說奇蒙納怎麼會一下子就變成另外一個人呢？那無非是這麼一回事：上天本來賦予奇蒙納穎慧的資質，却遭到命運之神的妒嫉，把他這些資質緊捆牢縛在他心田裏最狹窄的一角，幸虧愛神解除了他的捆綁，又執行了啓蒙點化他的職司，把他天賦的聰慧資質從那蠻荒偏僻的暗處解放出來，使它重見天日，這顯示愛神比命運之神更神通廣大：凡是祂所主宰的生靈，不管怎樣愚頑魯鈍，祂都能用祂那萬丈光芒引導你走向絕頂聰明的境界。

且說奇蒙納因爲愛伊芙金妮亞的緣故，雖然也像一般情場中的青年一樣，有些地方未免太過於放肆，可是他父親看到這個傻兒子在愛情的陶冶下，竟變爲一個很像樣的人，就不但寬容了他的一切所作所爲，而且還極力慫恿他。奇蒙納（他因爲記得伊芙金妮亞曾經叫過他一聲「奇蒙納」，所以他始終不願意讓人家叫他卡列索）爲了要名正言順地達到自己的心願，一再請求伊芙金妮亞的父親奇普賽歐把女兒許配給他，奇普賽歐總是回答他說，他已經把女兒許配給羅得島上一個有身份的青年巴濟穆達，不能輕諾寡信，另許他人。

伊芙金妮亞的婚期終於到了，新郞已派人前來迎娶，這時奇蒙納心想：「伊芙金妮亞，這下子我該向妳表明我是多麼愛妳啦。多虧妳，我才變得像個人，只要獲得妳，比神仙都光彩呢！我若不能把妳娶來，這條命也不要了。」

於是他暗中找來幾個高貴的年輕朋友，又偷偷裝備好一艘戰船，只等男方接伊芙金妮亞到羅得島去的船開過來，就去和他決一死戰。再說那新娘等她父親宴請了男方的賓客之後，便和男方派來的人登上船，朝羅得島駛去。奇蒙納時時刻刻都在注意，第二天便開船來追，站在船頭上對着伊芙金妮亞那艘船上的人大喊道：

「停住，收起帆來！否則就把你們的船沉到海裏去！」

那邊的人聽了，馬上拿起武器，站在甲板上，準備應戰。奇蒙納這麼吆喝之後，隨手抓起一隻鐵鈎，朝羅得島人那艘加速飛駛的船頭上摔過去，用力一拉，竟把那艘船拉到了自己的船頭前。奇蒙納簡直像一頭猛獅一般，把他的同伴拋在後面，單憑一股愛情的力量，奮不顧身，跳上他們那艘船，以萬夫不當之勇向敵人猛撲過去，揮動手裏那把短刀，一刀一個好像殺傷了不少人。羅得島人一見苗頭不對，連忙放下武器，表示屈服。於是奇蒙納對他們說道：

「年輕的朋友們，我這次帶了武裝人馬，離開塞浦路斯島，趕到海上來追擊你們，既不是爲了搶掠錢財，也不是爲了報仇雪恨。我到這兒只是爲了一樣東西，這樣東西如果讓我得到了，乃是無價之寶，而你們把它放棄，好好地讓給我，也不算一回事。我要的就是伊芙金妮亞。我愛她甚於一切，我曾好言求她父親把她許配給我，他偏偏不肯，我只得聽從愛情的驅使，前來搶親，跟你們爲難一下。我的意思就是說，我要代替你們的巴濟穆達做她的丈夫，只要你們趕快把她交出來，保證你們可以平平安安地趕路。」

羅得島人爲武力所迫，只得把伊芙金妮亞交給奇蒙納。奇蒙納見她淚流滿面，就安慰她道：

「高貴的小姐，不要難過。我是妳的奇蒙納，我愛妳愛得這麼久、這麼深，而巴濟穆達只不過和妳訂了個婚約而已，所以只有我才配娶妳。」

說着，他就把伊芙金妮亞扶上自己的船，放走那些護送她的羅得島人，碰也沒有碰一下他們的財物。奇蒙納獲得這樣一個心肝寶貝，眞是歡天喜地。他先安慰這位哭哭啼啼的少女，然後和伙伴們商量了一番，決定暫時不同塞浦路斯島。大家都一致贊成掉轉船頭，開往克里特島，因爲在那邊，大家都有不少的故友新交，奇蒙納的親友甚多。大家都說，帶了伊芙金妮亞投奔那邊，應該萬無一失。

但命運之神最是反覆無常的。她一時高興，讓奇蒙納獲得了那位高貴的小姐，轉眼之間又來作弄這位情場得意的青年，把他滿腔的歡喜頓時化作無限的悲痛。

原來奇蒙納離開那些羅得島人以後，不到四個鐘頭，天就黑了；奇蒙納本來期望消受一個生平最愉快的夜晚，可是哪裏料想得到，天色一黑，天氣就起了驟變。空中烏雲密佈，海上狂風呼嘯，眼看暴風雨就要來了。大家都張皇失措，也不知道該把船開到哪裏去才好，甚至根本管不住那艘船了。

奇蒙納這時的焦急，自然不用說。他覺得上天所以使他稱心如意，只是爲了要他死得更痛苦，否則就是死了也不是什麼了不得的事。他的伙伴也都悲歎不已。尤其是伊芙金妮亞，比誰都傷心。每一個浪頭打過來，她都嚇得痛哭，一邊哭，一邊狠狠地責罵奇蒙納不該愛上她，罵他不應該這樣膽大妄爲，又說，這暴風雨的降臨，原是神明顯靈，不許他違背神明的意志，强娶她爲妻；神明不容奇蒙納癡心妄想，不讓奇蒙納享到這個福分，要叫她自己先死，然後讓奇蒙納也慘遭橫死。

大家連聲悲歎，叫苦連天。狂風愈吹愈猛。水手不知所措，也辨不清航行的方向，更不知如何改變航道，竟把船開到羅得島附近。他們自己並不知道這就是羅得島，只是爲了顧全性命，不得不用盡氣力，把船往岸上靠。幸虧命運之神照顧他們，把他們帶到一個海灣裏。奇蒙納所釋放的那批羅得島人，也是剛剛不久才駛着他們那艘船在這兒登陸的。直等到第二天破曉時分，天色漸漸亮起來，他們才知道自己到了羅得島，看見昨天釋放的那艘船離開他們只有一箭之地。奇蒙納大爲狼狽，唯恐那些羅得島人報復，便立即吩咐伙伴趕快用力把船開走，任憑命運神把他們之帶到哪兒去都行，因爲，不管開到哪兒去都比待在這裏好。於是大家用盡氣力把船開走，可是無濟於事。狂風猛烈地向他們迎面刮來，好像有意跟他們爲難，使得他們不但不能開出海灣，反而愈來愈往岸邊靠近。

他們靠岸不久，那些剛剛上岸的羅得島的水手就認出他們來了。其中有個水手立即奔到鄰近的一個村莊，原來剛剛下船的那些羅得島青年士紳都往那邊去了。水手找到他們，告訴他們說，奇蒙納和伊芙金妮亞所乘的那艘船，也像他們自己所乘的那艘般一樣，被狂風吹到這裏，這也許是出於天意。他們聽到這消息，眞是高興極了，立即帶了一大羣村民，趕到海邊。這時奇蒙納已經帶着伊芙金妮亞一行人等登陸了，商量好要逃到一個樹林子裏去，但不幸一個個都被捉住，給帶到村裏去。消息傳到巴濟穆達耳裏，他馬上到島上的官府裏去告了一狀。這時的民政長官是李西馬柯，他立即答應受理這件事，率領一羣警衞出城，把奇蒙納一行人等押進大牢。

於是奇蒙納這個在愛情上遭到不幸的可憐人，剛把伊芙金妮亞弄到手就又失去了她。他只不過吻了她一兩下而已。再說伊芙金妮亞，自有羅得島的許多高貴仕女接待她、安慰她，爲了她在半路上被刼受驚，又在海上受到風暴之苦，所以她們一直陪着她到結婚典禮的那一天。

再說巴濟穆達極力賄通官府，要把奇蒙納和他的伙伴等全都處死，但是官府念他們前一天在海上釋放了那批年輕的羅得島人，未加殺害，所以從輕發落，赦免了他們的性命，判以終身監禁。獄中的生活可想而知，極端淒苦，哪兒有絲毫樂趣。巴濟穆達得意洋洋，趕緊籌備婚禮。這時候命運之神看到奇蒙納吃了這麼大的虧，彷彿有些後悔之意，便又對他施了一次恩典。

巴濟穆達有個弟弟，名叫奧米斯達。雖然他比他哥哥小幾歲，可是論優點，並不在他哥哥之下。他早就和城裏一位高貴的小姐卡珊德蕾雅訂了婚，偏偏這位民政長官李西馬柯也熱愛這位小姐，種種不遂心的事使得婚期一延再延。如今巴濟穆達婚期將屆，準備大擺喜筵，他心想：最好讓奧米斯達同時舉行婚禮，這樣就可以免得多舉行一次婚禮，節省些費用。於是他就向女方的父母去求情，竟然有令人滿意的結果。他又和弟弟商量好，就在巴濟穆達和伊芙金妮亞結婚那一天，奧米斯達也把卡珊德蕾雅娶過來。

李西馬柯聽了這個消息，眼見自己滿腔的希望從此就要成爲泡影，不由得萬分沮喪。他又想，若不是奧米斯達要娶她，那他一定能把她弄到手的。不過他究竟是一個有頭腦的人，雖然一肚子怨氣，嘴上却不說出來。他再三考慮，一定要使奧米斯達結不成婚，可是想來想去都想不出好辦法，除非是把卡珊德蕾雅刼走。

他覺得這個辦法最爲妥善，因爲他可以利用職務上的便利，爲所欲爲。可是他又想，既然身居民政長官的要職，這樣做未免有失體面。他左思右想，最後還是讓愛情佔了上風，於是也顧不得後果如何，決定無論如何非把卡珊德蕾雅刼走不可。接着他便計劃應該如何進行這件事，需要怎樣的人來幫忙。他一想就想到了關在牢裏的奇蒙納一夥人，認爲要辦成這件事，除了奇蒙納以外，再也找不到更好、更可靠的人選了。他就連夜暗中把他召到自己的房間裏來，對着奇蒙納說道：

「奇蒙納，神明仁慈慷慨，把多少美好的事物賜給人，但祂們也異常精明，總是要試驗試驗蒙恩受賜的人有沒有這個福分消受。誰能夠果敢堅決、百折不撓，神明便認爲他配受祂的賞賜，對他福上加福。我知道你父親家資萬貫，因此神明對你的考驗也就更爲嚴格，以便斷定你是不是配享受更大的福分。祂們先叫愛神竭力來挑逗你，使你一下子從無知無識的野獸變成一個人。接着又讓你獲得一位意中人，你一把她弄到手，就又叫你交上惡運，並進監牢，這無非是要看看你的意志是否堅定，如果堅定，祂們就要賜給你莫大的福氣。我跟你說這些話，只是爲了要讓你振作精神，鼓起勇氣來，千萬不要意氣消沉。

「伊芙金妮亞原本是屬於你的。命運之神先是慷慨地把她賜給你，後來一生氣，突然間又把她從你手裏搶走。巴濟穆達幸災樂禍，竭力想要把你判處死刑。他現在正忙着張羅要和她成親，要享受你的伊芙金妮亞。如果你眞的如我所想像的那樣多情，自然會萬分心痛。我因爲和你有同樣的遭遇，所以能够體會這種痛苦。他的兄弟奧米斯達也準備在同一天結婚，新娘就是我最心愛的卡珊德蕾雅。現在我們沒有別的辦法來逃避這天大的屈辱和不幸，除非憑着我們的膽量和力氣，拿起刀劍，殺出一條路來，把我們的意中人刼走。這在我還是生平第一次，而你已經是第二次了。如果你眞的看重——我的意思並不是說你看重自由。我知道你沒有了意中人，自由對你也是無足輕重的；我意思是說，如果你眞的看重神明賜給你的意中人，你只要依照我的辦法，助我一臂之力，自然唾手可得。」

奇蒙納一聽這話，立刻精神百倍，毫不猶豫地回答道：「李西馬柯，你要做這種事，除我以外，再也找不到一個更得力、更忠心的朋友了。只要事成以後，果眞如今天所說，讓我得到這分收穫，我一定拚着性命來報答你。」

於是李西馬柯說：「再過兩天，那兩位新娘就要走進她們丈夫的家門。在那天，你可以率領你的伙伴，帶着武器，我也帶領我的幾個心腹朋友，趁着天黑時分走進他們家裏，衝開衆賓客，把我們的愛人搶走，誰敢阻擋，就一刀一個。我已暗中吩咐預備好一條船，人搶到手以後，立卽送上船去。」

奇蒙納很贊成這個計畫，回到牢裏，靜待時機來到，照計行事。

轉眼婚期已到，這兩位新郎的家裏少不得大擺喜筵，極盡富麗堂皇之能事。到處都是喜洋洋的氣象。再說李西馬柯這時也都備辦齊全，叫奇蒙納一夥人和他自己那批心腹朋友身上都各自藏了兵器，分成三隊。他先對他們講了一大篇話，鼓動他們爲他賣命效力。然後派了一隊人悄悄駐守港口，等到上船的時候就不怕有人阻擋了。過了一會兒，他認爲下手時候已到，便率領其他兩隊人奔往巴濟穆達家裏；又留下一隊人把住門口，使得誰也不敢爲難他們或是截斷他們的退路。他和奇蒙納帶了其他的一隊人直奔樓上，來到客廳，只見兩位新娘正和許多太太小姐端端正正地坐在桌上宴飲，於是他們一湧而上，推翻桌子，各人抱起自己的愛人，交給手下，命令他們火速逃上船去。

兩個新娘大哭大叫，其他的太太小姐以及僕人，哪一個不也跟着哭嚷起來？整個屋子裏頓時哭喊連天，鬧成一片。奇蒙納和李西馬柯一夥人立時抽刀拔劍，往樓梯口奔去。衆人見了，誰也不敢哼一聲，只得乖乖地讓路給他們。再說，巴濟穆達在裏面聽到叫嚷的聲音，立即拿起一根大棒走出來。湊巧這夥人下樓，雙方碰個正着。奇蒙納對準他的頭顱猛然一刀劈過去，對方竟裂成兩半，當場倒地而死。他的弟弟奧米斯達也是活該倒楣，救哥哥沒有救成，反被奇蒙納一刀送了命。另外還有幾個人敢走近來的，不是受傷就是挨打，都被奇蒙納和李西馬柯的手下人殺退了。

他們帶着劫來的愛人，走出這座遍地血汚、痛哭哀號的屋子，和門口的一夥人會齊了，奔到港口去，一路上沒有一點阻礙。到了港口，跟兩位新娘以及夥伴都上了船。不料這時岸上已站滿人，個個手執兵器，那是前來搭救這兩位少女的。可是他們眼明手快，立即划槳開船，洋洋得意地去了。轉眼來到克里特，多少親友都高興非凡，置酒款待。隨後他們又大擺喜筵，和兩位新娘正式成了親，好不快活。

塞浦路斯島上和羅得島上都爲了這件事鬧得天翻地覆，最後，兩個島上的親友經過再三的協商，總算把這件事做了妥善的安排，說好讓他們在異地待一個時期以後，奇蒙納可以帶着伊芙金妮亞回到塞浦路斯，李西馬柯也可以帶着卡珊德蕾雅回到羅得島。此後各在自己的故鄉和妻子和諧到老。

故事第一篇　馬爾杜伍丘

歌絲妲玆聽說情人馬爾杜伍丘死了，悲痛欲絕，自己一個人駕了一艘小船，飄泊海上，以圖自盡。不料船被風吹到蘇沙城。她在這裏打聽到馬爾杜伍丘仍然活在人間，而且已成爲突尼斯國王的寵臣。她設法與情人見了面，結爲夫婦，衣錦還鄉。

潘費羅講完了這個故事，女王連連稱好，叫愛蜜莉亞接下去講。愛蜜莉亞說道：

大家都喜歡聽圓滿的愛情故事；男女相愛，本就應該團圓收場，而不應抱恨終身，因此我今天服從女王的命令來講這一類的故事，比起昨天服從國王的命令講的另一類故事，要更加高興。

各位美麗的小姐，妳們都知道，在西西里附近有一個小島，名叫里帕里。不久以前，那個島上有位小姐，名叫歌絲妲玆，容貌姣好，出身高貴。也是上天有意安排，那島上有一個青年名叫馬爾杜伍丘·葛米多，儀表堂堂，和藹可親，可以說是才德兼備的人。他愛上了歌絲妲玆，她也十分愛他，只要一天不看到他，就坐立不安。馬爾杜伍丘向女方的父親表明心意，要求娶他女兒。那父親嫌他是個窮小子，就不肯答應。

馬爾杜伍丘心想，自己不過窮一點，就受人家欺負，想攀親也攀不上，一怒之下，和他的親友商量一番以後，就裝備了一條小船，決意離開里帕里。他向親友發誓說，這輩子如果發不了財，就再也不回來了。從此他就成爲了海盜，在巴爾貝里亞沿岸一帶行劫；凡是路過的商人，只要是他能够搶劫的，一個也不漏過。他的運氣還算不錯，可惜就是貪心不足。不久，他那一夥人都攢積了不少錢，却是富了還想再富。有一次，有幾艘伊斯蘭教徒的船開入他的地界，他雖然抵抗了好久，終於被劫掠一空，船給打沉，伙伴都給抛到海裏餵魚。馬爾杜伍丘本人給押到突尼斯，關入大牢，吃了不少苦頭。

這事情立卽傳到里帕里。傳說的人不是一個兩個，而是許許多多、各式各樣的人，都說他們這一夥連人帶船沉到海裏去了。且說那少女自從馬爾杜伍丘一走，就悲傷萬分，如今聽到自己心愛的人死了，哭得死去活來，簡直不想再活下去了。可是雖想自盡，却又下不了毒手，便另想一個辦法，讓自己不死也得死。一天夜裏，她偷偷離開家，來到港口，看到一艘小漁船，和別的幾艘大船相距不遠，帆槳一應俱全，因爲船主人剛剛才上岸。她趕快跳上船，向大海划去。說起來，這個島上的婦女個個都會划船，她也不例外，所以她就張起帆，把舵槳都丢下水，把自己的命運交給風浪支配。她以爲這艘小船既輕，又沒有人掌舵，一定會被海風吹翻，或是在岩石上撞個粉碎，那麼，她卽使想逃也逃不掉，只有葬身魚腹。她縮在船底，頭埋在斗篷裏痛哭。

可是出乎她的意料，這天吹的湊巧是北風，風力很微弱，海上很平靜，小船沒有什麼顚簸，第二天黃昏時分，飄流到了蘇沙城附近的一個沙灘上，離開突尼斯足足有一百哩的光景。

這位少女因爲悲傷過度，根本沒有抬起頭來，所以根本不知道自己是在海上還是在陸上。也是事有湊巧，船擱淺在沙灘上的時候，有一個替漁人幫傭的窮苦女人在那兒收漁網。她看到這艘船張着滿帆停在沙灘上，很是驚奇，還以爲漁人在船上熟睡了。她走上船去一看，什麼人也沒有，只有一位少女睡得正熟。她便喊她，喊了許久，總算把她喊醒了。從少女的服裝看來，可以斷定是一位基督徒。

她便用拉丁話問她，爲什麼孤單單的一個人乘船來到這裏。少女聽到她說的是拉丁話，禁不住起了疑心，以爲一陣逆風又把她吹回里帕里來了。她頓時大吃一驚，一躍而起，向四下看了一看，只見自己身在陸上，又是在一個陌生的地方，便問那女人這是什麼地方。那女人回答道：

「小姐，妳現在是在巴爾貝里亞的蘇沙城。」

少女聽到這話，知道自己求死不成，很是悲痛。她唯恐會遭到什麼丢臉的事，不知如何是好，只得坐在船前，嗚嗚咽咽地哭起來。

那個善良的婦人看了這光景，很同情她，再三勸她到她住的那間小屋裏去坐坐。進了屋子，又再三用好話勸她，使得少女終於跟她講明來到這裏的緣由。婦人聽她這麼說，知道她已經整整一天沒有吃過飯，肚子一定餓了，立刻拿出自己吃的乾麵包，還有一些魚、一些水，一定要請她吃一些。

歌絲妲玆聽她說着拉丁話，便問她的姓名。她回答道，她是特拉帕尼人，名叫卡拉帕瑞莎，在這地方服侍幾位信奉基督教的漁人。少女這時心中雖然依舊十分悲痛，但一聽到卡拉帕瑞莎這個名字，也不知道是什麼道理，總覺得這是一個吉兆❶，而且不知不覺中就減少了幾分求死的心，漸漸露出了幾分希望。她並沒有說出自己是誰，來自何方，只是懇求那個婦人看在天主面上，可憐可憐她年幼落魄，多多給她指點，如何才能免於受辱。卡拉帕瑞莎眞是一個好心腸的婦人，聽了這話，便把少女留在小屋裏，趕快出去收了漁網回來，然後又用自己的斗篷把少女從頭到脚裹住，送她到蘇沙城去。到了那邊，那個婦人跟她說：「歌絲妲玆，我要把妳送到一個伊斯蘭教徒老太婆那裏去。她心地

❶卡拉帕瑞莎（Carapresa）：在拉丁文中有「寶貴的東西」等的意思。——潘譯本原注

善良，我常幫忙她做事，我盡力替妳說情，她一定會樂意收容妳，把妳當做親生女兒看待；妳和她住在一起，也應該盡心竭力地服侍她，討她的喜歡，等到妳運氣好轉了，再作別的打算。」說過以後，歌絲妲玆就照她的話做了。

且說那個老太婆年邁力衰，一面聽她說，一面睜眼望着她，竟感動得哭了起來；聽完之後，她就牽着少女的手，吻了吻她的額頭，把她帶到屋裏。住在這裏的除了這個老太婆以外，還有幾個別的女人，男人却一個也沒有。她們做着各種手藝，有的紡織絲綢，有的做芭蕉扇，有的鞣皮製革。歌絲妲玆不久也學會了一些手藝，跟大家一塊兒勞動，因此老婦人和其他人對她都有好感；她不久也學會了她們的語言。

這少女就這樣在蘇沙住下來，她家人不知道她到哪兒去了，都以爲她死了，痛哭不已。這時突尼斯國王馬理亞第拉，他正遭到格拉那達地方一個很有權勢的世家子弟的侵襲，那人派了大批人馬來和他爭奪王位，要把他攆下王座。馬爾杜伍丘在大牢裏聽到這個消息。他精通巴爾貝里亞一帶的方言，聽說國王竭力防禦，就對獄吏說：

「如果我能見到國王，那我就可以獻上一計，保證他一定會獲勝。」

獄吏把這話報告了上司，上司立卽上奏國王。國王命令把馬爾杜伍丘帶來，問他有什麼計策。他回答道：

「陛下，從前我曾多次來到貴國，看到你多以弓弩手取勝。如果我沒有看錯你的戰術，我想，只要用一條計策，使敵軍缺箭，而我軍的箭却源源不絕，那麼你這一仗一定會打勝的。」

國王說：「如果能辦到，那我也相信必勝無疑。」

馬爾杜伍丘說：「王上，只要你願這樣做，就一定能够辦得到。我現在就把計策說給王上聽：你去定做一些弓，弓弦要比一般細得多，再去定做一些箭，用來配上這些細弦的弓。這事必須做得十分機密，不讓敵軍知道，否則這條計策就施展不成了。如果你問我爲什麼要用這個計策，理由是這樣：我軍與敵軍交鋒，雙方弓箭齊發，然後我軍把敵軍射過來的箭撿起來用，敵軍也是這樣。但是敵軍撿到我軍的箭，因爲箭筈太小，配不上他們粗弦的弓，而我軍所撿來的敵人的箭，配上我軍的細弦弓，眞是再好也沒有了。這樣一來，我軍便有了足够的武器，而敵軍就等於解除了武裝。」

國王是聰明人，聽了馬爾杜伍丘的計策，豈有不依之理。他立卽照計行事，果然打了勝仗。從此馬爾杜伍丘大受他器重，身價百倍，享盡富貴榮華。消息傳遍四處，不久就傳到歌絲妲玆耳裏。她早就以爲馬爾杜伍丘已死了，想不到他還活着，於是她心中冷却了的愛情，突然之間又重新燃燒起來，而且比以前更加熾熱。她的絕望又變成希望。她把這一切情形都告訴了那位收留她的好心的老太婆，又說自己想要親自到突尼斯去一趟，看看這些傳聞是不是事實，然後才放得下心。老太婆極力讚美她這個心願，就像親娘一般，用一艘小船把她送到那兒，卡拉帕瑞莎也跟她們同去，她們住在老太婆的一位女親戚家裏，受到殷勤的款待。到了那裏，她打發卡拉帕瑞莎出去打聽馬爾杜伍丘的下落。結果卡拉帕瑞莎打聽回來，告訴老太婆說，他眞的還活着，而且有錢有勢。老太婆不勝欣喜，要親自向馬爾杜伍丘報喜，告訴他歌絲妲玆到這裏來找他。有一天，她就到他那兒去，對他說：

「馬爾杜伍丘，你有個僕人從里帕里逃到我家裏來，要和你私下說幾句話。他因爲信不過別人，所以我就答應了他的請求，親自到這裏來告訴你一聲。」

馬爾杜伍丘謝了她，就跟着她到她家裏。歌絲妲玆一見到他，眞是高興極了。她再也控制不住自己，便張開兩臂撲倒在他身上，摟住他的脖子，一句話也說不出來。想起往日的悲慘，今日的歡樂，她不由得輕聲地哭泣起來。

馬爾杜伍丘一看到自己的愛人，一時驚異得目瞪口呆，過了半響才歎了一口氣說：「哎喲，我的歌絲妲妶，原來妳還活着。好久以前，我就聽說妳失踪了。家鄉的人也不知道妳的下落。」說着，他就抱住她，把她吻了又吻，也不由得掉下淚來。

於是歌絲妲妶就把自己所經歷的種種風險，以及這個老太婆當初如何收容她、優待她的經過，都一一說給他聽；馬爾杜伍丘和她盡情地傾訴了一番衷曲之後，就向她暫時告辭，到國王那裏去，把這事情的前因後果——他自己受了多少波折，那位少女又歷盡了多少艱險，都一一稟奏了國王，還說，希望國王允許他正式和她舉行結婚儀式。國王聽了之後，非常驚異，立即把那少女找來對證，果然說的與馬爾杜伍丘一般無二。於是國王對她說道：

「這麼說來，妳這個丈夫可眞是挑得不壞啊！」

他又命令手下準備了許多豪華的禮物，分賞給他們兩人，又叫他們愛怎樣就怎樣，然後馬爾杜伍丘禮貌地告辭了那位收容歌絲妲妶的老太婆，感謝她對歌絲妲妶的照顧，送給她許多禮物，並且祈求天主保佑她。臨別時，歌絲妲妶還流了許多眼淚。國王又准許他們帶卡拉帕瑞莎上了一艘小船，一帆風順，到了里帕里，自然有說不盡的歡喜。他們在里帕里舉行隆重的婚禮，從此兩人恩愛彌篤，白頭偕老。

故事第三篇　森林驚魂

彼得與艾妞蕾拉私奔，路遇盜賊，女的在林中迷了路，幸得城堡主人收留她；男的爲盜賊所擒，又僥倖脫逃，受了一夜的驚恐之後，也抵達那個城堡，和情人締結良緣，相偕回到羅馬。

愛蜜莉亞講的這個故事，每一個人都說好。女王見她說完了，便轉身吩咐愛莉莎接着講下去。愛莉莎立刻高興地遵命講了這個故事。

各位美麗的小姐，我要講的這個故事，是說一對青年男女，因爲粗心大意，吃了一夜的苦頭，後來惡運過去，又過了不少快樂的日子，這個故事也還算切題，所以我很樂意講給大家聽。

各位知道，羅馬現在固然是冷落了❶，但當初的確也曾盛極一時過。就在不久以前，城裏住着一個青年，名叫做彼得·波卡馬查，是城內權貴的子弟。他愛上了一位小姐，名叫艾妞蕾拉。那小姐的父親濟利維奧玆·薩威洛是個平民，然而很受羅馬人的尊崇。彼得既然愛她，便用盡心機，使得那位少女同樣傾心於他。彼得墜入情網，神魂顚倒，再也受不了相思的煎熬，便打定主意要向她求婚。

❶羅馬本來是教皇的京城，在十四世紀初，教皇曾由羅馬遷都阿維農，羅馬冷落了好幾十年。——潘譯本注

他的親友一聽到他這個主意，都很嚴厲地責備了他一頓，叫他千萬不可做出這種糊塗事，同時又關照濟利維奥兹，叫他不要把彼得的話當眞，而且他們絕不會認他這門親戚的。

彼得本來打定主意，不論家人如何阻攔這件事，只要濟利維奥兹答應把女兒許配給他，他一定和她結婚；如今眼看這唯一能如願的路也給截斷了，他眞是悲痛欲絕。可是他畢竟想出一個辦法，只要他的情人能夠同心協力，這段良緣依舊可以成功。他就請人去試探她的心意，她果然贊成他的做法，於是他便決定帶她私奔，離開羅馬城。

彼得先把一切事情準備妥當。到了約定那天，他一大早就起床，和那位小姐一同上了馬，向安那尼出發，到那兒去投奔幾位知己朋友。他們行程匆促，也來不及舉行婚禮，唯恐後面有人追來。兩人一路上情話綿綿，頻頻親吻，誰知彼得並不熟悉路途，出城才走了八哩路，本來應該向右邊轉彎，他却拐到左邊去了。

走了兩哩路光景，不覺來到一座小小的城堡附近，被堡中人窺見了。突然之間，出來了十來個彪形大漢，那女的眼看這些人就要來到跟前，立卽喊道：

「彼得，快跑！有人來襲擊我們了。」

說着，她就趕着馬向一座大樹林奔去。她扶牢馬鞍，使勁地踢着馬腹，那馬給踢痛了，飛也似的奔進樹林裏去。

誰知彼得一路上眼睛並不望着道路，倒是在忙着看艾妞蕾拉的臉蛋兒，所以不像他情人那樣一下子就注意到這些來路不明的人。他聽了她的話，正要回頭張望，還沒有發現他們，就被他們抓到了。他們把他拖下馬來，問明了他的姓名，大夥兒商量了一陣，說道：

「這個人是我們敵人的一個朋友，我們一定要剝掉他的衣服，牽走他的馬，把他綁在那邊的橡樹上。否則我們怎麼能向奧森尼洩恨呢？」

大家都同意這麼做，立即叫彼得脫下衣服。彼得眼見大禍臨頭，只得依從他們，誰料這時草叢中突然又鑽出足足有二十五個人，向這一夥人大聲喝道：「殺呀！殺呀！」這夥强盜驚惶失措，只得放下彼得，準備自衞。但一看寡不敵衆，只得落荒而逃，那二十來個人就在後面緊追不捨。

彼得見了這光景，立即趁機撿起衣服，上了馬，催馬加鞭，朝着艾妞蕾拉跑走的方向奔逃，跑了一陣，不但找不到人，在森林裏却連一條像樣的路也找不出，更看不到一個馬蹄印子，這時他成了普天下最傷心的人了。他又跑了一陣，認爲那些抓他的强盜，以及追趕强盜的那批人都去遠了，可以放心了，這才趕着馬在樹林子裏東奔西走，邊喊邊哭。他白白地喊了一陣，却沒有人答應，既不敢回頭走，往前去又不知是什麼地方。他想起森林中時常有野獸出沒，除了替自己擔心外，還一直擔心着他的愛人會被野狼或大熊咬死。

不幸的彼得整天就這樣在樹林裏轉來轉去，邊喊邊哭。他自以爲是往前走，其實却是在朝後退。他就這樣叫着、哭着，又害怕、又飢餓，最後他精疲力盡，一步也走不動了。眼看天色已晚，前不巴村，後不巴店，他只得下了馬，把馬繫在一棵大橡樹上，自己跟着爬上樹，免得晚上被野獸吃掉。轉眼明月上升，夜色清朗，他怎麼也睡不着，只是唉聲歎氣，埋怨自己命苦。他一方面固然是不敢睡，生怕從樹上跌下來，但多半是爲了愛人而心焦如焚，因而闔不上眼睛。

再說那位少女，當時她只顧逃跑，也不知往哪兒走才好，只有聽她的馬把她帶到哪裏就是哪裏，一直往林子深處走，到後來再也找不到原來入口的地方了，只得在那塊人跡不到的地方轉來轉去。她也像彼得一樣，一會兒停下來聽聽，一會兒往前走一陣。一路走一路哭喊，悲歎自己的苦命。最後，天色已晚，依然看不到彼得的踪影。這時前面出現了一條小路，馬兒拐彎走到小路上去。大約走了一兩哩路，只見遠處有一座小屋。她催馬加鞭，急急忙忙趕到那裏，看到屋子裏住的是一對老夫婦。他們見她孤零零的一個人，就招呼她道：

「姑娘，天晚了，妳一個人來這兒做什麼？」

那少女哭哭啼啼地說，她在樹林中走失了伴，又問從這裏到安那尼還有多遠。

那老人回答道：「姑娘，妳要到安那尼去，那可走了岔路啦。還有十多哩路呢！」

那少女又問：「附近有沒有什麼旅店可以住宿一晚的？」

好心的老人說：「天快黑了，隨便那個旅店也趕不到了。」

於是少女說道：「既然找不到借宿的地方，您是否可以做做好事，讓我今晚在府上借宿一宵？」

老人說：「小姐，妳要在我們這裏借宿，非常歡迎；但有一件事，我必須先向妳聲明：這一帶日夜都有成羣結隊的歹徒出沒。他們有的是同黨，有的是寃家對頭。爲非作歹，害得我們好苦。妳寄宿在這裏，萬一碰上這一羣人，他們看見妳這樣年輕貌美，難免會對妳做出無禮的舉動來，到那時候我們救不得妳，妳不要怪我們沒有對妳說一聲哪！」

少女聽了老人的話，雖然有些害怕，可是看看天色已黑，只得說道：「但願天主保佑您和我都安然無恙，萬一不幸，遭到這些歹徒的欺侮，也總比待在樹林裏被野獸吃了好些。」

說着，她就下了馬，走進這個窮苦老人的家裏，將就吃了些素菜淡飯，然後跟這一對老夫婦擠在一張小床上，和衣而睡。她整夜唉聲歎氣，怨自己命苦，又擔心彼得這次凶多吉少，越想越睡不着。

到天快亮的時候，她聽到一陣雜沓的脚步聲。連忙起身，走到屋後一個大院子裏去，看到院角有一大堆草，立刻往草堆裏一鑽，心想，如果眞的有什麼歹徒來了，也可以避一避，不致被人發現。她還沒有躲好，一羣歹徒已經來到門前，用力把門撞開，走進屋來，看到艾妞蕾拉那匹鞍轡俱全的馬，便問誰到這裏來了，好心的老人看到少女不在場，才放心說道：

「除了我們倆口子之外，這裏並無外人。這是一匹無主的馬，昨天逃到這裏，我們把牠牽進來，免得給豺狼吃掉。」

爲首的一人說道：「旣然是無主之馬，給我們也好。」

這夥人一走進屋子，就東奔西闖。有些人走到院子裏去，扔下槍矛箭盾。其中有一人閑得無聊，隨手把一根槍向草堆上摔過去，差一點就戳在那個躱在草堆裏的少女身上，那根槍正好摔在她的左乳附近，把她的衣服戳破一大塊，嚇得她差點兒失聲喊叫起來，幸虧她沒有忘記自己的處境，所以儘管嚇得要命，還是忍住了不做聲。然後這一夥人烹羊煮肉，大吃大喝一頓，吃過以後就牽了少女的馬各奔東西，各幹各的營生去了。等到他們走遠了，老人對他妻子說道：

「昨夜在我們這兒寄宿的那位少女，不知怎麼了？我們起床之後，還沒有看到她呢！」

他的老妻說不知道，一面馬上就去找那個少女。那少女聽到歹徒已經走了，就從草堆裏走出來。老人見她沒有落入歹徒手中，顯得非常高興，又見天已大亮，隨卽對她說：

「姑娘，現在天已亮了，從這裏往前五哩路，有個城堡，我們就陪妳到那兒去，很安全的。不過妳的馬已經給剛才那夥歹徒牽走，妳只有步行了。」

那少女這時全不把什麼馬放在心上，但求老夫婦看在天主面上，趕快把她帶到那個城堡去。於是三人立卽啓程，等到晨禱過了一半，就已經趕到那兒了。

這個城堡的主人原是奧森尼族的一個子弟，名叫列羅·狄·卡波狄福。他的夫人虔誠而善良，這時正好在家，看到這個少女，一眼就認出她，高興地把她讓進屋裏，問她怎麼會來到這裏的。艾娳蕾拉就把前因後果一一告訴了她。夫人也認識彼得，因爲他是她丈夫的朋友。她聽說彼得不幸落在歹徒手裏，很是悲痛，又恐他性命難保，便對艾姻蕾拉說道：

「既然妳不知道彼得的下落，不妨先在這兒住下再說，等方便時把妳護送到羅馬。」

再說彼得傷心失望，一直待在橡樹上，等到通常該睡覺的時候，他就看到出現了一二十頭狼，圍在他的馬四周。馬一聞到狼的氣味，便用力掙斷繮繩，想要逃脫，可是四面都是狼，逃也逃不掉。它用利齒勁蹄，猛踢狠咬了一陣子，終於寡不敵衆，被狼羣撲倒咬死，連五臟六腑都吃個乾乾淨淨，只剩下一堆骨頭。彼得丟掉這匹馬，就等於喪失了一個良伴，一個患難相共的朋友，非常傷心，只怕這一輩子再也逃不出這座林子。

黎明時分，他在橡樹上凍得要死，不停地向四下張望，只見大約一哩左右的地方，有一大堆火。等到天大亮了，他就畏畏縮縮地爬下樹，朝那堆野火走去，看到一羣牧羊人圍着火吃喝作樂，大家看他可憐，就讓他一塊兒吃些東西，取取暖。

他吃飽了，身上也暖和了，便把他不幸的遭遇說給他們聽，說他怎樣孤單單的來到這裏，又問他們，從這裏去是否有什麼鄉鎮城堡。

牧羊人告訴他說，往前大約三、四哩路的光景，就是列羅·狄·卡波狄福的城堡，他們夫婦現在正在那邊。彼得聽了大喜，央求他們派一個人帶他去，立刻有兩個牧羊人表示他們願意效勞。到了那裏，他們找到了幾個熟人，正要請他們想辦法到樹林裏去尋找他的情人，這時候夫人正好召他進去，到了裏邊，他看到艾姻蕾拉也在那裏，眞是喜出望外。他恨不得把她一把抱緊，可是又礙於夫人在跟前，不敢造次。至於那位少女的高興，自然也同他一般無二。夫人熱烈地歡迎款待過他以後，就請他講述這次驚險的經歷。她聽完了，責備他不該違背家人的心意，做出這種事來；隨後見他執意堅持，又見少女和他眞心相愛，心想：「我何必徒勞心力，從中作梗呢？他們彼此相愛，心心相印，而且都是我丈夫的朋友。他們的願望是正大光明的，而且天從人願，一個從絞索中逃了命，另一個在槍矛下九死一生，同時兩人都險些兒被猛獸吃掉，逃不出樹林。那麼，何不成全了他們。」想到這兒，她就轉身向這一對情人說：

「如果你們倆一定要結爲夫妻，我也樂意成全，你們不妨就在這裏成婚，一切都由列羅負責。婚後我再到你們家裏去爲你們說情。」

彼得聽了大喜，艾妞蕾拉更是得意。於是兩人結爲夫婦，夫人爲他們辦了體面的婚宴，凡是山城中備辦得到的東西，莫不樣樣齊全。少男少女享受着初歡的果實，自是有說不盡的快樂。過了幾天，二人啓程回鄉，夫人也陪着他們同去，而且派人一路護送，平安抵達羅馬。彼得家人見彼得擅自做出這種事情，果然大爲震怒，不過後來總算言歸於好。彼得和艾妞蕾拉就此和睦幸福地過了一生。

故事第四篇　陽台姻緣

卡蒂莉娜和她的情人好夢正濃，被她的父親發覺；那情人樂意俯首聽命，當場和她結婚，平息了老頭子的氣惱。

莉莎講完故事，等小姐們讚美過後，女王就吩咐費洛斯特拉多接下去講一個；他笑容可掬地開始說道：

愛

妳們這些小姐老是埋怨我，不該要妳們儘講些悲慘的故事，害得妳們掉了不少眼淚；為了補償這個罪過，這一次我要讓妳們笑逐顏開。我想講一個短短的愛情故事，結局十分美滿，中間雖然也有些風波，但那無非是幾聲歎息，夾雜着短暫的驚恐和羞澀罷了。

各位尊貴的小姐，不久以前，在羅馬納地方有位很有修養的高貴紳士，名叫理妓奧·達·華波，將近晚年的時候，他的妻子瑪東納·賈康蜜娜為他生了一位千金；長大後出落得美麗動人，當地再也沒有哪個少女能比得上她那樣嬌艷了。她的父母只有她這樣一個獨生女兒，所以百般鍾愛她，把她管束得非常緊，一心想給她攀一門好親事。

常到理妓奧家裏走動的，有一個人才出衆的青年，他是布雷第諾洛地方瑪納第家的子弟，名叫理查德，他和這戶人家來往熟了，所以老夫婦倆都不把他當外人看待，而把他視同自己的兒子。誰知道這個青年看到他們家的閨女正當荳蔻年華，模樣又長得標緻，一舉一動活潑優雅，見過幾面後就深深愛上了她。他不敢冒失，只希望有事裝得沒事一般；可是愛情的火焰怎麼壓得住呢？他瞞得過別人，却瞞不過那少女，她不久就覺察到他的情意，非但不躲避他，反而用自己的柔情來回報他；理查德看到這情形，眞是快樂極了，幾次想向她吐露衷情，可是又怕說錯話；有一次他找到機會，就鼓起勇氣向她說道：

「卡蒂莉娜，救救我吧，我害相思病快死了！」

那少女立即回他道：「天哪，你也別叫我想死了吧！」

這句答話使理查德聽得心花怒放，膽量驟然大了起來，就向她說道：「只要能使妳高興，我什麼事都願意去做；只是要救活妳我兩人的性命，全得靠妳想個辦法才好。」

「理查德，」她說，「你看，我父母管得我多緊，我眞不知道你怎麼才能够來親近我；但是，如果你有什麼好辦法，又不會使我蒙羞，那麼就請你告訴我，我一定照辦。」

理查德左思右想，居然產生了一個主意，就跟她說道：「我的好卡蒂莉娜，別的辦法我沒有，妳家不是有個面臨花園的陽臺嗎？如果妳能設法睡到那個陽臺上來，或是到陽臺上來等我，事先跟我約好，那麼不管那陽臺有多高，我一定會想辦法爬上來會妳。」

「只要你有膽量爬上來。」卡蒂莉娜說，「那麼我一定有辦法睡到那邊去的。」

理查德一口答應，兩人匆匆地親了一個嘴，就分別了。

那時候正好是五月將盡，第二天，那少女跑去向她母親撒嬌，說昨晚可眞悶熱，害得她覺都睡不着。她的母親就說：

「我的孩子，妳說熱，是指什麼呀？天氣可一些點也不熱啊！」

「媽，」卡蒂莉娜回答道，「妳應該添上一句，『我覺得，天氣一點也不熱，』那麼這話也許才算對。妳不能忘了少女比上了年紀的女人體質要熱得多呢！」

「我的孩子，」她的母親說，「話是不錯，可是我不能依着妳的心意要天氣熱就熱，要它冷就冷呀！我們年年都得過一個夏天，妳還是忍耐些吧！今晚也許可以涼爽些。那妳就能好好睡一覺了。」

「這就要看老天爺的意思了！」卡蒂莉娜嚷道，「不過季節漸漸入夏了，天氣怎麼會反而一晚比一晚涼快呢？」

「那麼妳要我怎麼辦呢？」她母親問道。

「要是妳和爸爸同意的話，」卡蒂莉娜說，「我想在他臥室外邊面臨花園的陽臺上放一張小床，晚上我就睡在那裏，又可聆聽着夜鶯歌唱，又涼快得多，那一定比睡在妳的房裏來得舒適。」

「孩子，妳放心吧，」那母親說，「我會去跟妳爸爸說的，只要他答應，我們就這樣做。」

可是理玆奧是個老頭子，老頭子總有點老頭子的怪脾氣，所以他聽了他老伴的話，就說：「夜鶯是什麼好東西呀，她要聽牠唱歌才能睡覺？那我倒要叫她聽着蟋蟀叫睡覺呢！」

卡蒂莉娜知道她父親這麼說，那一夜，她不但自己不睡，並且也不讓她母親安心睡覺，口口聲聲只是說天氣太熱，跟她嘮叨個不休——其實哪裏是天氣熱，只是她心裏有氣惱罷了。第二天早晨，她母親就去向理玆奧說：

「老頭子，你眞是太不知道愛憐自己的孩子了；她要到陽臺上去睡，又礙着你什麼呢？昨晚她爲了天熱，整整一夜沒有安睡。再說，你如果想到她還只是個小孩子，那麼她愛聽夜鶯唱歌，也就沒有什麼好奇怪的了。年輕人自有他們年輕人的一套玩意呀！」

理玆奧拗不過他妻子，只得說道：「好吧，就照妳的意思給她在那兒擺一張床吧，再替她掛上一頂帳子，讓她睡在那兒，稱心如意地去聆聽夜鶯唱歌吧！」

那少女一聽到父親答應了，就趕忙在陽臺上把床搭起來，準備晚上就睡在那兒。一切安排妥當，等到理查德一來，照着事先的約定，給他打了一個暗號，他看到她的表示，就知道該怎麼辦了。

到了晚上，理玆奧等女兒上床睡覺之後，就把那扇由臥室通向陽臺的門上了鎖，自己也上床安睡了。

再說理查德，他等到夜深人靜之後，就在理玆奧家的圍牆上擱了一張梯子，爬到牆頂，也顧不得失手跌下來有多危險，只是緊扳着另一垛牆，爬了過去。

就這樣好不容易地給他爬到了陽臺上，跳了進去。那少女早在陽臺上等候他了，這時就熱情地撞進他懷裏，快樂得差點兒叫出聲來。他們兩個人緊緊地擁抱在一起，吻了又吻，親了又親。於是手牽手，一起上床睡覺，差不多玩了一個通宵——也不知叫那夜鶯唱了多少次美妙的歌曲。

夏夜苦短，他們貪圖眼前的無窮歡樂，却不知道東方快要破曉；等到盡興暢歡之後，又熱又累，不多一會兒就雙雙入睡了，身上連一絲遮蓋都沒有。卡蒂莉娜的右手鈎住理查德的脖子，左手却握住了那個——妳們小姐在男人面前怎麼也說不出口的東西。

不多一會，天就亮了，這對青年却正睡得十分香甜。理玆奧起身後，想起女兒睡在陽臺上，就輕輕地開了門，自言自語道：「讓我去看看昨晚，夜鶯使卡蒂莉娜睡得怎樣了。」

於是他走上陽臺，上前去輕輕揭開帳子，一眼看到他女兒正跟一個男子擁抱着睡在一起，兩個都光着身子，沒有一絲遮蓋。他再一看，認出那個男子就是理查德，連忙退了出來，到他妻子房裏去叫醒她，說道：

「妳這位媽媽，快快起來，去看看妳的女兒吧！妳的女兒喜歡夜鶯到這個地步，竟把牠捉了來，現在還握在手裏不放呢！」

「哪兒會有這樣的事？」他的妻子問。

「妳趕快去現在還可以看到哩，」理玆奧回答道。

她聽到這話，趕緊穿好衣服，跟着丈夫悄悄來到女兒床邊，揭開帳子，才明白她女兒怎麼會捉到夜鶯，而且現在還握在手裏不放，原來是這麼一隻夜鶯，難怪她聆聽夜鶯歌唱了。她頓時又怒又恨，覺得理查德欺侮了她女兒，就要喊鬧起來，斥責他一頓，可是她的丈夫攔住了她說道：

「孩子的媽，要是妳願意聽我的話，那就別鬧。說眞的，她既然已經把他捉到手了，就不該把他放掉。理查德是一個世家子弟，家產又殷實，我們認他做女婿也沒有什麼不好啊！他想從我這裏平平安安地走出去，就得先娶了她。那他就會明白他是把夜鶯放進自己的籠子，並不是胡亂放在別人的籠子裏。」

那妻子看到事情已經鬧到這般地步，丈夫却並不生氣，因此鬆了一口氣，再想到女兒享受了一個良宵，正睡得香甜，夜鶯也已經捉住了，她也就沒有話說了。

他們正在這麼說，理查德一覺醒來，看見天已大亮，不由得喊了一聲哎呀，就慌忙把身邊的卡蒂莉娜推醒了說道：

「不好了，我的心肝，我們怎麼辦？天已經亮了，我還溜得了嗎？」

他話剛說完，理玆奧已經走了過來，一手揭開帳子喝道：「你們幹的好事！」

理查德一看到她的父親來了，一顆心彷彿要從胸膛裏跳出來，趕緊坐了起來說道：「先生，求你看在天主面上，饒了我這一次吧！我知道我做了對不起人的事。我完全聽憑你發落；只是請你可憐可憐我，饒了我這條命吧！」

「理查德，」理玆奧說：「我一向器重你，拿你當一個人看待，沒有想到你竟要出這一手來回報我！現在木已成舟，年輕人已經幹下了糊塗事，這裏只有一條路給你走，既可以保全你的性命，也可以遮我的羞，那就是說，你要正式娶卡蒂莉娜；那麼不只這一夜她是屬於你的，而且她從此永遠是你的人了。只有這條路才能使你獲得我的寬恕，並保障你自己的安全。否則的話，快向天主作最後一次禱告吧！」

在情人和父親說話的時候，卡蒂莉娜已經放走夜鶯，把自己遮蓋起來，開始嚶嚶哭泣；她求爸爸饒了理查德，一面又回頭來求理查德依從她爸爸的話，那麼他倆從此就可以夜夜像今晚那樣親密了。

其實哪裏要這許多眼淚和哀求，理查德又羞又怕，一方面想彌補自己犯下的過錯，一方面又想逃命——單憑這兩層，也不提他有多麼愛慕卡蒂莉娜，只想跟她做個終身伴侶，就够叫他毫無困難、心甘情願地把理玆奧的條件答應下來了。理玆奧就從他太太手上捋下一隻戒指給理查德，根本不用再多費周折，理查德在床上，當着兩位老人的面，把卡蒂莉娜認做了妻子。這麼一來，理玆奧和他太太覺得可以出去了，臨行時囑咐小兩口子道：

「再安睡一會兒吧，也許你們還不想起來呢！」

等二老一走，這一對年輕人又擁抱在一起了，昨天一夜工夫他們不過跑了六哩路，現在又繼續趕了兩哩路程，這才完了第一天的事。

他們起身之後，理查德跟理玆奧進一步討論婚禮的種種手續，一切都完滿的解決了。幾天之後，他又在諸位親朋好友之前跟卡蒂莉娜結了婚，用隆重的儀式把她迎回家中。從此以後，他們兩個稱心如意，日夜玩弄着夜鶯，過着和睦快樂的日子。

故事第五篇　戰爭後的喜劇

克伊杜多臨終，將女兒托付給好友賈可明。後來賈諾雷與密克納兩個青年同時愛上了這位少女，引起械鬪。經過一段曲折，終於查明賈諾雷和她原是同胞兄妹，她遂嫁給密克納爲妻。

這些小姐聽了夜鶯的故事，一個個都笑得前俯後仰，等到費洛斯特拉多把故事講完了，她們還是笑個不停。女王等到大家笑完過後才說道：

「你昨天的確使我們姊妹苦够了，今天可也叫我們笑够了，所以我們再也沒有理由來埋怨你。」說着，她就叫妮菲爾接下去講，妮菲爾開始愉快地講下面的故事：

既然費洛斯特拉多講的故事發生在羅馬納，我也來講那個地方的故事。從前在佛諾城中有兩個年老的隆巴地人，一個名叫克伊杜多・達・克來蒙那，另一個名叫賈可明・達・巴維亞。他們年輕時代在戎馬生涯中渡過，在疆場上顯過一番身手。克伊杜多臨終時旣無兒子，也沒有可靠的親友，膝下只有一個十歲左右的女兒，無處可托，只得連同他的財產，一并托給賈可明。他把後事交代清楚以後，就與世長辭了。

賈可明教養這小女孩如同親生女兒一般。他本來住在費恩查城，因那邊連年征戰，民不聊生，所以才搬到佛諾城來暫住。如今那邊情勢已有好轉，凡是願意遷回的都可以遷回，賈可明原是十分喜愛那個地方的，所以便收拾家資雜物，帶着這個小女孩，一同回到那邊去。

這女孩長大後，出落得十分標緻美麗，可與全城的任何少女比美。她不只長得好看，而且德性、敎養兼具，眞是個十全十美的姑娘，因此城裏的許多青年都爭着向她求婚，其中有兩位身價相彷彿的風流少年尤其愛她，彼此爭風吃醋，懷恨不已。這兩個人一個叫做賈諾雷・狄・塞維林諾，另一個叫做密克納・狄・明哥雷。他們見這少女已經到了十五歲，都巴不得娶她爲妻，怎奈他們的家長都不答應。既然不能正大光明地把她娶了來，兩人只有勾心鬪角，另想辦法要把她弄到手。

賈可明家裏有兩個僕人，一個是老太婆，一個是男傭人，名叫克里維洛，爲人謙和，頗爲風趣，賈諾雷和他很要好，後來看到時機已經成熟，就把滿腹心事都說給他聽，求他多多幫忙成其好事，還答應他等到事成，一定要重重謝他。克里維洛立卽對他說道：

「我能够幫你忙的，只有等哪一天賈可明到別人家去吃晚飯了，我就設法把你帶到她那兒去；因爲我要是在她面前替你說幾句好話，那她是怎麼也不會聽進去的。這辦法你如果中意，那我可以答應替你辦到，等見面以後，你自己覺得怎麼好就怎麼做吧！」

賈諾雷說，那是再好也沒有了，雙方就此一言爲定。

再說密克納那邊，也買通了賈可明家裏的女僕，托她捎了好幾次信給小姐，打動了小姐的心，答應等哪一天晚上賈可明出去了，就把密克納帶進來幽會。

過了不久，克里維洛想了一個辦法，讓賈可明到朋友家裏去吃晚飯，一面立卽將這消息告訴賈諾雷，叫他到時候就來，門開在那裏等他，看他的信號進屋。女僕人對這一切都不知情，但知道老爺今天要出去吃晚飯，就立刻通知密克納，叫他晚上在附近等着，看她的信號進屋。

到了晚上，這兩個情敵互不知情，只是彼此存着戒心，各人帶着三、四個隨從，拿了刀槍，準備把這少女弄到手。密克納的一夥人就駐守在少女隔壁的一個朋友家裏，賈諾雷和他朋友駐守的地方，離這座屋子稍微遠一點。

這時在那位少女家裏，賈可明一走，兩個男女僕人立卽想辦法要把對方打發走。男的說：「妳怎麼還不去睡覺？爲什麼要在這屋子四周轉來轉去？」女的說：「你爲什麼不去接老爺？你晚飯也吃過了，還待在這裏幹什麼？」

兩人就這樣你要打發我走，我要打發你走，彼此爭執不下。克里維洛看看跟賈諾雷約定的時間已經到了，就想道：「我何必把這老太婆放在心上？要是她不肯安分，只有自討苦吃而已。」於是他就打了個信號，開了門，賈諾雷連忙帶着兩個朋友走進屋來，在客廳裏遇到那少女，竟把她抱了就走。那少女竭力掙扎，大聲叫喊。再說那個女僕人，也是同樣做法，打了個信號給密克納一夥人；他們馬上一湧而來。走到屋前，只見少女已被拖到門口，他們便一個個抽刀拔劍，大聲吆喝：「混蛋！你們是不是找死？這樣無法無天！你們好大的膽子，竟敢這樣行凶！」說着，他們就向對方猛撲過去。街坊鄰舍聽到這一片囂嚷，都打着火把，帶着武器趕來。大家都責備賈諾雷無理，幫着密克納說話。雙方爭執了好久，密克納終於把那少女從情敵手上搶救出來，送她回家去。正在鬧得難解難分時，巡丁趕來，當場逮捕了好多人，賈諾雷、密克納和克里維洛等都給押進監獄，一場風波到此暫告平息。賈可明回到家，看了這般光景，好不氣惱，便追問究竟，不過看到少女安然無恙，這才又心平氣和下來，決定趕快把她嫁出去，免得再惹禍生事。

第二天早晨，兩位青年的家長聽到這個消息，唯恐賈可明提出控告，使得他們的子弟在監獄裏受苦，便來到賈可明家，說盡好話，求他原諒他們年幼無知，衝撞了他，請他看在大人的情份上，不要計較，隨便他提出什麼賠償，他們都心甘情願。賈可明是個飽經風霜、卓有見識的人，馬上回答道：

「各位先生，即使我現在身在故鄉，我跟各位也要講交情，絕不會做出任何對不起各位的事來。何況我現在正在貴鄉作客，對這件事就尤其要順從諸位的心意。說起這件事來，你們並沒有得罪我，而是得罪了你們自己。要知道，大家都認爲這位少女是克里蒙那人或是巴維亞人，其實她是費恩查本地的人。無論是我還是她自己，甚至連那位臨終把她托付給我的老人，都不知道她究竟是誰的女兒。所以各位不管叫我怎麼樣，我也只有依從你們。」

這些紳士聽了他的話，都十分納悶。他們感謝了他的寬宏大量，又問這少女是怎樣歸他收養的，又問他怎麼知道她是費恩查人。他說：

「我有個朋友，也是個疆場上的袍澤戰友，名叫克伊杜多・達・克來蒙那，臨終時他對我說，當年本城被腓特烈皇帝佔領，士兵在城中到處劫掠，他和他的士兵兄弟們走進一幢屋子，看到裏面堆滿了財物，都是這家人家扔下不要的。人都逃光了，只剩下一個兩歲的女孩，看到克伊杜多走上樓來，便叫他『爸爸』。他動了憐憫之心，就帶了這小女孩和屋裏的財物到了佛諾。他臨終時把這女孩交給我，關照我到時候就把她出嫁，凡是她的財物都給她作嫁奩。她現在已經到了出嫁的年齡，我還沒有替她找到一個可以托付終身的人。我非常樂意把她早些嫁出去，免得再發生昨天晚上那種事情。」

在場的有個名叫克伊理哀密・達・梅地契那的人，當年費恩查城遭劫時，他是和克伊杜多在一起的，知道克伊杜多搶劫的是哪一戶人家，而且那個被劫的人現在也在場，他就走到那人面前說：

「貝納布奇，你聽到賈可明的話沒有？」

貝納布奇回答道：「聽到了，我正在回想這件事情。記得在那個兵荒馬亂的年頭，我確實丟掉了一個小女孩，年紀跟賈可明說的正相符合。」

克伊理哀密說：「那一定就是這個少女了。我曾經和他在一起，聽他說過劫掠的地點，因此知道他那次搶的就是你家。你再想一想看，那女孩兒身上有沒有什麼特徵，可以認出她來。你當然希望找到失踪的女兒的。」於是貝納布奇沉思了一會兒，終於記起那女孩的左耳上方有一個十字形的傷疤，那是因爲在遭劫以前，她長了一個瘡，是開刀開出來的。這時他看到賈可明還沒有走開，便慌忙地到他面前，要求賈可明帶他到房裏去看看那位小姐。賈可明立卽表示同意，把他帶到房裏，叫小姐出來相見。貝納布奇的眼睛一落到她臉上，就好像看到自己那位風韻未減的妻子。不過他還是不大放心，就請求賈可明允許他把她左耳上的頭髮掠開一點，賈可明表示同意。於是他走到那個羞答答的少女跟前，用右手掠開她的頭髮，果然看到一個十字形狀的傷疤。他這才斷定她確實就是自己的親生女兒，不由得一陣心酸，哭了起來，伸手要抱她，少女不肯，他就轉身去對賈可明說：

「老兄，她是我親生的女兒。當年克伊杜多搶劫的就是我的家，事出突然，我們夫婦一時慌忙，忘記把她帶走。我的屋子就在當天被燒毀了，我們一直都以爲她給燒死了呢。」

那少女聽了這一席話，又看看他是個老人，才深信不疑。她受到一陣說不出的天性的感動，讓他緊緊地擁抱，和他一塊兒傷心地痛哭起來。貝納布奇立刻把她的母親兄弟姐妹以及其他親屬等等都找來，向他們講明這一切。於是大家一一跟她擁抱，過了好久，才歡天喜地地把她接回家去，連賈可明都十分滿意。且說本城的市長也是個賢明人士，聽到這件事情，又聽說關在監牢裏的賈諾雷就是貝納布奇的兒子，也就是這位小姐的哥哥，便把他從輕發落，與密克納、克里維洛以及其他與本案有關被捕的人一起釋放。此外，他並且爲這事去和貝納布奇、賈可明接洽，使兩位青年言歸於好，又親自做媒把少女阿妮莎許配給密克納爲妻，密克納一家人都歡天喜地。密克納自然也得意非凡，辦了十分體面的喜筵，把少女接回家成親，與她和睦幸福地生活了一輩子。

故事第六篇 侯門一夕

紀安尼深夜潛入宮中，與情人共度良宵。事被發覺，雙雙被綁在火刑柱上，正待執刑，幸遇海軍大將路濟埃里搭救，化凶為吉，兩人結為夫妻。

菲爾講完了故事，這些小姐都聽得非常高興。女王吩咐潘比妮亞接下去講，潘比妮亞立即和顏悅色地說道：

妮

各位美麗的小姐，今天以及前幾天所講的一些故事，都使我們看出愛情的力量是多麼偉大；人一旦墜入了情網，你就是叫他移山倒海、赴湯蹈火，他也在所不惜。這一類故事雖然已經講得够多了，但我還是願意再來講一個。

在那不勒斯附近，有個伊斯嘉島。島上有位美麗活潑的少女，名叫蕾絲蒂杜達，她是貴族馬林．波爾卡洛的女兒。伊斯嘉島附近的波羅奇達小島上有一個青年，名叫紀安尼，他愛上了這位少女，簡直把她當做自己的性命一般，少女也十分愛他。他不但白天從波羅奇達渡海去看她，有時候在晚上，船隻沒有了，他竟然會從波羅奇達游泳到伊斯嘉，即使看不到她本人，朝她住宅的牆壁瞅上幾眼也就心滿意足了。

這一對青年男女這樣狂戀熱愛着。有一個夏天，少女獨自到海濱去散步，從一塊岩壁走到另一塊岩壁，一路上用小刀把石縫裏的貝殼挖出來玩，不知不覺來到一個偏僻的地方。這裏四面都是峭壁，十分陰涼，而且有一泓清泉，這時正有幾個西西里的青年，乘了一艘小船，從那不勒斯來到這裏。他們看到這樣美貌的少女待在那裏，又沒有發覺他們，竟起了歹念，決定把她劫走。他們說做就做，一齊動手捉住她，也不管她的大哭大嚷，直把她架上了船，飛駛而去。到了卡拉烏里亞，他們爲這少女起了內訌，你搶我奪，各不相讓。後來他們覺得爲了一個女人這樣爭奪下去，把事情弄糟了，可不是兒戲。於是他們商量了一會兒，決定把她獻給西西里國王腓特烈，因爲這位國王，正當青春年少，就愛這一套風流事。到了巴勒摩，他們眞的帶了少女進宮求見。

國王見她這般如花似玉，果然欣喜不已。但國王現在身體虛弱，便命令他的侍從在他自己所住的古巴別苑裏，選一座講究的高閣，將少女暫時安頓下來，悉心侍候，等他身體復原之後再作安排，侍從立卽照辦。

自從這少女被劫走以後，伊斯嘉島上爲此鬧得天翻地覆。最惱人的就是，連什麼人把她劫走了也不知道。紀安尼更是比旁人焦急百倍，他眼看在伊斯嘉島上查不出什麼線索來，便打聽出了那夥人的去向，然後裝備了一艘船，乘着船沿岸飛駛，到處尋找，從密納瓦一直找到卡拉烏里亞境內的斯卡利亞。他每到一個地方，都要打聽姑娘的消息。最後總算在斯卡利亞打聽到她被幾個西西里船夫劫到巴勒摩去。紀安尼立卽趕去。到了那裏，多方面打聽，才知道那少女已經獻進王宮，現在正供養在古巴別苑裏。這一下可眞把他氣壞了，從今以後，不但不能再把她弄到手，恐怕連見她一面的希望也沒有了。

可是他既然愛她如命，便絕不肯就此罷休。他先把小船打發走，心想，這裏誰也不認識他，不如先在這個島上住下來再作計畫。從此他天天從古巴別苑走過，有一天也是事有湊巧，果然看見他心愛的少女正在窗口閑眺，少女也看到他。兩人暗自欣喜不已。紀安尼看到那是個很偏僻的地方，就盡可能走近去和她講了幾句話。少女又敎他今後如果還要和她見面談天，應該如何做。他這才辭別了她，把那裏的方位地形一一看在眼裏。等到下半夜，他又來到這裏，好不容易爬進了花園——要知道，在這個地方，就是連啄木鳥也很難找到攀登的地方呢。他在園裏找到一根竹篙，把它放在他愛人所指給他看的窗前，輕手輕脚地爬到窗口。

再說少女那邊，她覺得自己已經失了身份，如果是以前，她一定會怕羞害臊，怎麼也不願做出這種事來。可是事到如今，她決定樣樣都依從他，覺得除了許身給他之外，再也找不到第二個更稱心如意的人了，何況她一心盼望紀安尼趕快把她搶救出去，所以早就打開了窗戶，讓他一來就可以進房。紀安尼這時看見窗戶敞開着，就輕輕地走進室內，躺在她的身邊。這時她還沒有睡着，首先把自己的心意向他和盤托出，要求他帶她離開這地方。紀安尼說，這是他最樂意不過的事，答應她這次回去之後，立即妥爲安排，下次來時一定帶着她一塊兒走。接着，兩人互相摟抱，歡天喜地，玩了一陣子，嘗盡了愛情的甜蜜滋味。他們也不知玩了多少次，直到筋疲力盡，不知不覺摟在一起睡着了。

且說國王對這少女本是一見鍾情，時時刻刻都記在心裏。這天他覺得精力頗好，雖然已快到天亮時分，還是想去和她玩一陣。他帶了幾個隨身侍從，來到古巴別苑，進入那座高閣，吩咐侍從把她臥房的門輕輕打開。侍從在前面拿着一隻點着蠟燭的大燭台，照着他走進房去。只見少女和紀安尼兩人脫得一絲不掛，擁睡在一起。他不禁勃然大怒，氣得一句話也說不出，恨不得隨手拿起一把短劍，把這兩個男女都宰了。接着他又想到這一對男女手無寸鐵，而且睡着了，如果趁這個時候去殺他們，乃是天下最卑鄙的行爲，這種事情出於一個帝王之手，更是不成體統。因此他抑制怒火，決定把他們當衆燒死。他轉身對一個侍從說道：

「我一片好心對這個女人，誰知她竟這樣無恥，你看應該怎麼辦？」

他又問侍從，這個青年是誰，竟然這樣膽大包天，擅自闖進王宮，做出這樣的醜事來羞辱他。侍從同答說，從來沒有見過這個人。

國王怒氣沖天地走出去，命令將這一對男女就這樣赤裸地綁起來，天一亮就押到巴勒摩的鬧市上去，把他們背對背綁在刑柱上，先讓他們在衆人面前出够了醜，等晨禱鐘一敲，就把他們活活燒死，這叫活該。說着，他就憤怒地回到巴勒摩的宮殿中去。

國王一走，侍從就凶狠狠把這對男女從床上拖下，捆綁起來，毫不容情。這一對男女睜眼一看，嚇得連哭帶喊，請求饒命。侍從遵照國王的命令，把他們押到巴勒摩，背靠背綁在一根火刑柱上，當着他們的面準備了柴堆和火把，只等時間一到，就要把他們燒死。

巴勒摩所有的男男女女，都趕來看這一對情人。男的都擠到女的一邊去，把她周身上下都打量一遍，說她長得眞美；女的都跑到男的那一邊去，爭着看那個年輕小伙子，說他如何俊俏魁梧，讚不絕口。可是這一對遭難的情人，却羞慚得無地自容，只是低頭，悲歎自己不幸的命運，時時刻刻都心驚肉跳，害怕馬上就要遭到火燒的酷刑。

他們被綁在這兒，只等時間一到，就要執行，這時候他們的風流案件已經傳遍了全城的每一個角落。這城裏有位德高望重的貴族，名叫路濟埃里．第洛里亞，是當朝的海軍大將，聽到這消息，也趕到這一對情人被綁的地點來看熱鬧。他先看了看少女，盛讚她長得眞美，再回過頭去看看男的，一下子就認出了原來是個熟人，便走近一步，問他是不是波羅奇達島上的紀安尼。紀安尼抬起頭來一看，認得他是當朝的海軍大將，就說：

「將軍，你問得不錯，我正是紀安尼，可是再過一會，世界上就沒有我這個人了。」

海軍大將問他爲什麼會落到這個地步。他回答道：

「這都是爲了愛情而觸犯了國王。」

海軍大將叫他把詳細的情形說給他聽。他源源本本地從頭講了一遍；海軍大將聽完之後，正要走開，紀安尼又把他叫回來，對他說：

「將軍，請你發個慈悲，無論如何也要救救我；請你爲我在那操着我生死大權的王上面前求情，求他開恩，准許我一個請求。」

路濟埃里問他有何請求，紀安尼說：

「我自知非死不可，而且死亡就在眼前；可是這少女我看得比我自己的性命還重要，她也非常愛我，而我們兩人現在却是背對背被縛着，所以我要請求他開開恩，讓我們面對面綁在一起，只要我能夠再看她一眼，我死也甘心了。」

路濟埃里笑着說：「我非常樂意替你轉達。我一定設法使你看着她，一直看到不要看爲止。」

他離開了紀安尼，回身來關照執刑吏暫緩執行，等待國王再下命令。說着，他立即去見國王。雖然國王這時仍然怒氣冲天，路濟埃里還是跟他說道：

「王上，不知這一對青年男女究竟什麼地方冒犯了你，你竟然要給他們火刑的處分？」

國王說明了情由。路濟埃里又說：

「他們犯了這樣大的罪，的確應該受到這樣的處罰，可是處罰他們的不應該是你。既然犯了罪當受處罰，立過功勞的也應該論功受賞；至於將功折罪，受到破格寬容，那是更不用說的了。你知道你要燒死的這兩個青年是什麼人嗎？」

國王回答說他不知道，於是路濟埃里繼續說下去：

「那麼我就說給你聽，也讓你知道你在一時氣憤之下，這件事做得多麼『得體』。那個青年就是盧道爾福・狄・帕羅奇達的兒子，也就是紀安尼・狄・帕羅奇達❶的親兄弟，你今天能夠做上這島上的國王，都是得力於他的哥哥；那位少女就是馬林・波爾卡洛的女兒，由於她父親的大力相助，你才沒有喪失伊斯嘉的統治權。再說，他們這一對情人相愛已久，如果年輕的情人做出這種事來都算是犯罪的話，那麼，他們犯下這樁罪過，也實在是由於彼此相愛，而不是有意要冒犯陛下。這樣說來，陛下本該好好地款待他們，厚賞他們，怎麼反而要把他們處死呢？」

國王聽了路濟埃里的話，覺得他說的不錯，不但急於收回命令，而且後悔不該把事情弄糟到這般地步。他立即命令把這對情人從火刑柱上放下來，帶來見他。手下接令之後，立即照辦。他當面把這件事的底細一一查問清楚，覺得應該好好地優待他們，補償他們所受的委屈，於是當場賜給他們華麗的錦衣繡袍；又見他們兩人同心合意，便叫紀安尼名正言順地娶了這個少女。後來他又送給他們許多貴重的禮物，派人送他們回家去，讓他們高興地回到家裏，快樂地度過一生。

❶ 係西西里的貴族，曾竭力鼓動該島人民反抗查理一世，因而引起一二八三年的「西西里晚禱起義」（以晚禱鐘聲爲起義信號），將法國僭主驅逐出境，使王位歸於阿拉貢王室。文中所提國王腓特烈（一二九六～一三三七）即該王室第四任君主。請參閱本書一三八頁正文和注❺。

故事第七篇　雨過天晴

第奧多羅和他主人的女兒維奧蘭蒂私通，使她懷孕，事機洩漏，他被判處絞刑，正將執刑之際，幸遇他的親生父親解救，獲得釋放，與維奧蘭蒂結成眷屬。

這些小姐在聽故事的時候，一個個都提心吊膽，不知那一對情人究竟會不會給燒死，後來聽到他們終於死裏逃生，就讚美天主，不勝欣喜；女王看到潘比妮亞的故事講完了，就叫拉蕾達接下去講。拉蕾達高興地說道：

各位美麗的小姐，在好威廉王❶統治西西里島的時候，島上有一位貴族，家財豪富，名叫亞麥利哥・亞伯特・達・杜拉巴尼。他因爲兒女衆多，需要多雇幾個傭人。湊巧熱那亞的海盜在亞美尼亞沿岸捉到許多兒童，裝上幾艘船，從勒凡特運到那裏。他把他們當作土耳其人，買了幾個下來。這些孩童一個個都像是放猪牧羊的，其中只有一個名叫第奧多羅的孩子，舉止比較文雅，儼然大家出身。所

❶好威廉王指威廉二世（一一六六～一一八九）：係西西里王國諾爾曼王朝的最後一個君主。人家稱他好威廉王以示別於他的父親壞威廉王（威廉一世）。——潘譯本原注

以第奧多羅，盡管是奴隸身份，却和亞麥利哥的子女一塊兒長大成人。這孩子天性穎慧，並不因爲環境改變而喪失了志氣。所以日久之後，也變得文質彬彬、多才多藝，主人十分器重他，就恢復了他的自由身份。亞麥利哥這時仍然以爲他是個土耳其人，把他施行洗禮，取了個教名叫做彼得。又叫他掌管家務，對他十分信任。

亞麥利哥的兒女一個個長大，有個女兒名叫維奧蘭蒂，長得美麗可人。他父親遲遲沒有把她許配出去，說來也是緣份，她暗中愛上了彼得；凡是彼得的一擧一動、一言一語，她都無限傾慕，但因怕羞害臊，不敢向他啓齒。總算愛神沒有叫她相思徒勞，原來彼得也熱戀着她，總是暗中偷看她，只要一時一刻沒有看到，心裏就覺得不自在。但彼得又覺得這是非分的期望，唯恐讓人看出破綻。不久，他這樁心事就讓那位時時刻刻都在留神看他的小姐看穿了，於是她便順水推舟，對他特別和悅，其實她心裏也是非常樂意的。這樣，兩個青年明明有滿腹心事，想要傾吐衷曲，却又不敢說出口來；相思的火焰烤炙得他們日漸憔悴，愛神覺得旣然是自己一手造成了這種境況，就應該幫他們一下忙，於是就給他們一個機會，讓他們今後再也不用畏縮顧忌了。

亞麥利哥有一座美麗的花園，座落在杜拉巴尼城外約一哩路光景，他太太常常帶着女兒和別的女眷到那邊去遊樂。有一天，天氣酷熱，她們帶了彼得一塊兒到那邊去乘涼，夏季的氣候變幻無常，空中忽然烏雲密布，太太小姐怕遇到大雨，就趕快動身回到杜拉巴尼去。彼得和維奧蘭蒂這一對年輕男女跑得特別快，超前了一大截路，這與其說是害怕下雨，不如說是出於愛情的驅使。不久他們就超前很遠，幾乎看不到後面的同伴和她的母親了，這時天空中忽然雷聲大作，接着就下起一陣傾盆驟雨，還夾着冰雹俱來。夫人跟她的一夥人都逃到一個農人家裏避雨去了。彼得和維奧蘭蒂兩人就近找不到適當的避雨地方，只得走進一個狹窄古老、幾乎要坍毀的小棚子裏。棚裏並沒有人居住，只剩下一塊小小的屋頂還可以遮蔽雨。地方這麼狹窄，兩人只好靠在一起，難免身子挨着身子。這樣一來，兩人的膽子都壯了起來；煎熬了好久的滿懷相思這時也不由得吐露出來了。彼得開口說道：

「但願這一陣驟雨狂雹再也不要停息，好讓我永遠待在這裏！」

那少女說道：「我也但願如此。」

兩人交談了這幾句話，便緊緊地握起手來，接着由手而擁抱，由擁抱而接吻，這時滂沱大雨還沒有停息。這一切也不必細說，總之，直到他們嘗盡了愛情至高無上的快樂，還安排好了日後的幽會，暴風雨才總算停息，於是他們在附近城門口等着夫人來到，一塊兒回家。

此後他們就三天兩日在這地方幽會，行動十分小心，眞是有說不盡的歡樂。他們對這件事實在太勤快了，因此那少女不久就有喜了，雙方都因此焦急不安。他們不惜違反天理，用盡方法墮胎，可是都沒有用。彼得眼見情勢不妙，深恐殺身之禍就要臨頭，便對維奧蘭蒂說，他打算逃走。她回答道：

「你如果走了，我只有自殺。」

彼得原是愛她愛得要命，聽了這話，哪裏忍心，就說：「親愛的，妳叫我怎麼留在這裏呢？妳懷了孕，我們的私情眼看就要敗露。妳當然很容易得到家人的原諒，但是老天可憐，我可不得了，妳我的罪過都得由我一個人來擔當。」

「彼得，」她回答道：「我犯了罪，想瞞也瞞不過，可是你放心，他們未必知道這就是你幹的，只要你自己不說出來。」

彼得說：「既然妳這樣講，我就不走；不過妳答應我的話必定要做到。」

此後這少女就想盡辦法，不讓別人看出自己已經懷孕，偏偏肚子越來越大，眼看再也瞞不住了，有一天只好來到母親跟前，痛哭流涕，把自己的事說了出來，求她幫着遮掩過去。她母親聽了，眞有說不出的難受，狠狠地罵了她一頓，問她是怎樣幹出來的。維奧蘭蒂不願拖累彼得，就胡扯了一通，設法把眞相瞞了過去。

她母親竟然信以爲眞，就把她送到鄉下的一座別墅裏去住，免得她出醜。等到她分娩那天，她也像一般婦女一樣，尖聲叫喊起來。不料事不湊巧，那亞麥利哥平常不大到別墅去的，這天放鷹回來，偏偏從這裏經過，聽見女兒哭喊，很是驚訝，就走進去看看究竟。夫人萬萬想不到她丈夫來了，一見之下，驚惶失色，只得把女兒的事情對他說了。他可不像他妻子那樣容易矇騙得過，說女兒懷了孕，竟連孩子是誰的都不知道，這是萬萬不可能的事，一定要她招出那個男人的姓名，才能寬恕她，否則就要把她處死，毫不留情。

夫人竭力勸他不必追究，暫且聽信她所說的話，可是丈夫哪裏肯聽。就在老夫婦爭辯的時候，女兒已經生下一個男孩。他拔出劍來，走到女兒面前說：

「妳要是不招出這孩子的父親是誰，我就馬上要妳的命。」

他女兒眼看性命不保，也顧不得當初對彼得的諾言，就把偸情的經過全都招了出來。他聽了怒不可遏，眞恨不得把她殺了，可是他在盛怒之下，也只是隨口罵了他女兒幾句，就上了馬，回到杜拉巴尼，把彼得引誘他女兒失節的事，告訴當地的總督古拉多。總督趁彼得還沒得知風聲，就下令把他逮捕，用刑拷打，逼他把私情一五一十都招供出來。

過了幾天，總督判處將彼得先行遊街示衆，邊遊邊打，然後處以絞刑。這時亞麥利哥並不因爲把彼得送上絞刑架就平息了怒氣；他要在同一個時間內把這一對情人和他們的孩子全部殺死，再也不讓他們留在這世上，便拿了一把沒有鞘的劍和一杯下了毒藥的酒，交給一個僕役，說道：

「把這兩件東西拿到維奧蘭蒂那裏去，替我告訴她，叫她自己選擇一個死法，否則她就會自作自受，我要把她當衆活活燒死。你把這話對她說了之後，就抓起她前幾天剛生的那個孩子，把他的頭朝牆上砸去，砸死之後，再丢給野狗吃。」

這僕人原來就是個幸災樂禍的人，竟甘心爲這個鐵石心腸的人做劊子手，去謀害主人的親生女兒和外孫。

再說彼得受過鞭笞之後，立即由執刑吏帶到絞架上去受刑。他們押着他從一家大旅館門前經過。湊巧這旅館裏住着三位亞美尼亞的貴賓，都是亞美尼亞國王派出的使節，要到羅馬跟教皇討論一些有關一支即將發動的十字軍的重要事情。他們在這裏下榻休息幾天，備受杜拉巳尼當地貴族的款待，亞麥利哥對他們尤其殷勤週到。他們聽到執刑吏押着彼得鬧鬧嚷嚷地走過此地，就走到窗口去看。只見彼得上半身給剝得精光，雙手反綁在背後。三位使節中有位年高德劭的老先生，名叫芬內奧，看到彼得胸口上有一顆娘胎裏帶來的大朱砂痣，當地女人們都管它叫「玫瑰痣」。芬內奧看到這顆痣，就想起十五年前自己的一個兒子在拉伊玆海岸被海盜劫去，至今一無消息。他看看這個被鞭打的囚犯的年紀，心想，如果自己的兒子還活着，也有這般年紀了。再看看他胸口的胎痣，不禁懷疑，那人難道是自己的兒子嗎？繼而又想，如果他眞是他的兒子，那一定還記得他自己的名字和他父親的名字，還懂得亞美尼亞的語言。所以，當彼得走近的時候，他就喊道：

「喂，第奧多羅！」

彼得聽到這一聲喊，連忙抬起頭來。芬內奧又用亞美尼亞話說道：

「你是哪一國人？你是誰家的子弟？」

押解囚犯的差人爲了尊重這位貴賓，立即停下步來。於是彼得同答道：

「我是亞美尼亞人，我的父親名叫芬內奧。我是從小被人家拐賣到這兒來的。」

芬內奧聽了這話，知道他就是自己當年失落的那個兒子，於是就跟同伴一起下樓來，常着差役面前，跑上前去和他的兒子抱頭痛哭一場，接着又把自己身上披的一件最華麗的綢大衣披在他身上，請求監刑官暫且把這個囚犯交給他，等待上面命令下來，再把他帶回，隊長一口答應了。

彼得的案子，本來已鬧得滿城風雨，所以他的罪名芬內奧也已明白，他立即和他的同伴以及隨從等，到總督吉拉多那裏，對他說道：

「先生，那被當作奴隸判處死刑的人，其實是個自由人，而且是我的親生兒子。聽說他破壞了一位閨女的貞操，現在他準備正式娶她爲妻，所以我請求你暫緩將他執行，了解女方是不是肯嫁給他，如果她肯嫁，那麼請你按照法律把他開釋吧！」

吉拉多先生聽說那個被處死的人就是芬內奧的兒子，不禁大驚失色；他承認芬內奧所說的都是事實，又深怪自己不該鑄成這個大錯，眞是過意不去，立即命令把彼得送回家去，一面又把亞麥利哥請來，將這一切情形都告訴了他。亞麥利哥以爲自己的女兒和外孫都已經死了，萬分悲痛，後悔自己不該下此毒手，否則維奧蘭蒂還活在世上，萬事就能够圓滿收場了。他派了個使者趕到他女兒那兒去，萬一他的命令還沒有執行，那就收回成命。使者趕到那裏，只見亞麥利哥先前派去殺害小姐的那個僕人已經把毒藥和利劍放在姑娘面前，但姑娘一挨再挨，不肯選擇，他大聲申斥，迫不得已，正要拿起一樣致命的東西，這時使者恰巧趕來，救了她的命。那個僕人聽到主人的命令，只得住手，趕回去把情形回報亞麥利哥。亞麥利哥一聽大喜，連忙趕到芬內奧那裏，說盡好話，幾乎快要流下淚來了，向芬內奧道歉，請求他原諒。又說，如果第奧多羅願意娶他女兒爲妻，他非常樂意把她許配給他。芬內奧聽完他道歉的話，欣喜不盡，回答他道：

「我認爲我兒子應該娶你的女兒；如果他不願意，就照原來的判決把他處死。」

兩人就此一言爲定，然後一塊去看第奧多羅。第奧多羅這時雖然因爲見到親生父親而頗爲高興，可是還在擔心着自己難免一死。他們便把這事情和他說了，問他同意不同意。他聽說只要自己願意，就可以娶維奧蘭蒂爲妻，高興得簡直像一下子從地獄升到天堂一樣。他立即回答道，只要兩位老人家願意，那就等於賜給他天大的恩惠了。

於是他們又派人去看那位少女，問她心意如何。她正在那裏提心吊膽地等死，成了天下最苦命的女人，乍聽得自己和第奧多羅福從天降，一時竟不敢相信他們說的是眞話，過了許久，才稍微感到快慰，回答道：假使她能稱心如願，她覺得最幸福的事莫過於嫁給第奧多羅，但是這件事她也應該順從她父親的意見。

這樣各方面都已經說好，一對有情人就此成爲眷屬。婚禮喜筵自然極盡豪華之能事，全城人皆大歡喜。那少女高興極了，從此光明正大地哺育着孩子，不久就出落得比以前益發美麗。等到她分娩滿月，能够下床，這時她公公也快要離開羅馬回故鄉去了，她就向他請安，盡她做媳婦的一份禮。公公見了這樣一個美麗的媳婦，心裏好不歡喜，便又大擺喜筵，慶祝他們的婚禮，從此把她當作親生女兒看待。過了幾天，芬內奧就帶了他的兒子媳婦和小孫兒回到故鄉拉伊兹去。一對年輕夫婦就此和睦幸福地度過一生。

故事第八篇　夢幻人間

納斯達喬懷着失戀的痛苦，隱居林中；他在那兒看見一個騎士帶着兩隻惡狗追殺一個少女——原來那少女生前心硬如鐵，死後才遭到這般惡報。於是他請了親友陪着他那個無情的愛人到林子裏吃飯，讓她看到這一幕幽靈現形的慘象，她受了感化，就嫁給了納斯達喬。

蕾達講完故事，菲羅美娜就遵照女王的吩咐，開始說道：

各位親愛的姐姐，大家都讚美我們最富有同情心，那麼反過來說，要是我們懷了一顆冷酷的心，就該受到天主的嚴厲懲罰。爲了使妳們體會這一點，好把殘忍從自己的心坎中鏟除乾淨，我要在這裏講一個先苦後甘的故事給大家聽。

拉維納是羅馬納的一座古城，從前有過許多貴族和縉紳，其中有個有錢人家的子弟，名叫納斯達喬．狄理．奧納斯第，還沒有娶親，父親和叔父相繼逝世，遺下的財產全由他繼承，所以成了豪富。大凡富家子弟即使還沒有妻子，也得有個愛人，所以他愛上了巴奧羅．特拉維沙里家的小姐，希望憑着他那些禮物和當時的一套求愛方式，可以贏得她的好感。可是特拉維沙里家是個大族，比他門第高多了，也許就因爲她這高貴的身份，也許更因爲她那罕有的美貌，所以不管他怎樣追求，用情有多熱烈、多眞誠，不但沒有博得她的好感，却反而使她討厭。她厭惡他，甚至凡是他所愛好的，她都感到厭惡。這位小姐就那麼矜持和冷酷到不近人情的地步。

屢次無情的打擊眞叫納斯達喬受不了；有時候他傷心到極點，眞想自殺；只是他覺得下不了這個毒手。他又幾次想拋開她，她厭惡他，他爲什麼不同樣恨她呢？但這還是做不到。而且希望愈渺茫，他的愛情彷彿就愈熱烈。這個青年就這樣狂熱地求愛，爲了求愛，他毫無顧惜地揮霍自己的財富。

他的親友覺得他這樣下去，無異是在摧殘自己，一份家產也都要耗盡了，所以一再勸他不如暫時離開拉維納，到別的地方去住上一陣，那麼他就可以冷下這片癡心，也不致揮金如土了。誰知他總是一笑置之，把親友的好話當作耳邊風；直到後來，拗不過他們的苦勸，才勉强答應了。他鄭重其事地打點行裝，彷彿要遠遊到法國、西班牙去似的。準備妥當之後，他上了馬，帶了許多朋友，離開拉維納才三哩路，來到契亞西地方，就搭下帳篷，告訴同來的人說，他打算在這裏住下，叫他們回到拉維納去。

他住在那兒，依然像往日那樣過着闊綽的生活，今天請這些朋友來喝酒，明天邀那批朋友聚餐，眞是熱鬧極了。轉眼到了五月初，有一天天氣很好，他又想起他那無情的寃家，就吩咐僕人全都退下去，讓他一個人獨自沉思默想，他昏昏悶悶，一步一步走去，不知不覺地來到一座松林。

這時候早已過了白晝的第五個時辰，他進入林中已有半哩多路，還是信步走去，把吃晚飯等等全都忘了。正在這時候忽然聽得一陣女人尖厲凄慘的呼喊聲，把他從沉思中驚醒過來，他抬起頭來看看究竟發生了什麼事，這時才發覺自己正在松林之中，不覺怔了一下。他向前一看，更吃驚了，只見在荒草亂樹中竄出一個容貌姣好，但却披頭散髮的少女來。她赤身露體，皮肉都給荆棘劃破了，也顧不得痛楚，只是沒命地奔逃，一面逃，一面哭喊着救命。又有兩頭巨大的惡狗，張開血口，在她後面緊追不捨，狠命地撕咬她。在那兩隻惡狗後面，又有一個穿戴黑胄黑甲的騎士，手執長劍，滿臉怒容，騎着一匹烏黑的駿馬，疾馳而來，一面痛罵那少女，口口聲聲要取她性命。

這恐怖的情景頓時使他萬分驚駭，後來他起了惻隱之心，激發起一股勇氣，想要搭救她，可是手無寸鐵，如何是好？一轉念，他就跑向樹邊，猛力折下一根樹枝，握在手裏當作棍棒，然後奔過去準備跟那惡狗和武士厮拚一場。

可是那騎士老遠就向他大聲喊叫：「納斯達喬，你不要管閑事！這個賤女人罪有應得，讓我和我的獵狗來處置她吧！」

他這樣說着時，那兩隻惡狗已從兩邊撲到那少女身上，咬住她的腰，不容她再向前逃一步。騎士隨後趕到，從馬上跳了下來。納斯達喬奔上前去，說道：

「我不認得你，倒是你一眼就認出了我；可是我要對你說，像你這樣全副甲胄的武士追殺一個赤裸的少女，把她當作野獸一般，放獵狗來咬她，這實在是最可恥的行爲。我一定要盡力保護她。」

「納斯達喬，」那騎士回答他道：「我和你是同鄉，我名叫紀德·狄·阿那斯達紀。在你還是小孩子的時候我就愛上了這個女人，比你愛特拉維沙里的女兒還要狂熱，可是這個冷酷無情的女人連理都不理我一下；我一時絕望，就拿着現在握在我手中的長劍自殺了，因此墜入地獄，永世不得超生。那個狠心的女人看到我自殺，竟拍手稱快，可是沒有多久，她也死了；直到臨死她都沒有懺悔，並不認爲她犯了罪，反覺得自己做得對、做得好。她生前既然這樣殘忍，拿折磨我來使自己開心，所以死後也一樣給打入地獄，永世不得超生。

「她一進地獄，就和我一同受到了判決。她要在我面前奔逃；我呢，我生前把她看得比自己的生命都寶貴，就要在後面追她，把我百般追求的情人當作死敵般追逐。等我把她捉住之後，我就要用那刺殺我自己的利劍殺死她，剖開她的胸膛，把她那顆又冷又硬、柔愛和憐惜休想進入的心挖出來，連同她的五臟六腑全部投給兩隻獵狗吃。

「可是，這也是天主的判決和意旨：她剛給剖了肚、挖了心，一會兒又會像一個好好的人似的，從地上跳了起來，重又倉皇奔逃，我和這兩隻狗就重新再追趕她。在每星期的第五天這個時辰，她逃到這裏，就給我捉住了，遭受殺戮的痛苦。這個你等一會兒就可以看到了。不要以為在其他的日子裏我倆就相安無事；不，我是在別的地方追趕她——她生前在什麼地方憎恨過我、折磨我，我就一處處都要追趕到她。這樣，情人變成了寃家，她從前折磨我幾個月，我現在就要追趕她多少年，不到判定的那一天，絕不能和她了結。所以你別來阻攔吧，你阻攔不了的，讓我執行天主的公正意旨吧！」

納斯達喬聽了這番話，嚇得毛髮直豎、渾身發抖，不由得倒退幾步，看那少女究竟要遭受怎樣的報應。那騎士話一說完，面色陡變，舉起長劍，像瘋狗一般向她衝去，她給惡狗兩邊咬住，再也掙脫不了，就跪下來尖聲求饒。他使出全身氣力對準她的胸膛刺去，劍鋒直接從她的胸膛穿透背後。少女吃了這一劍，頓時倒地，却沒有立刻死亡，還在那裏掙扎慘號。那騎士又蹲到地上，抽出一把匕首，剖開她的胸膛，把她的心、肝、肺等內臟一齊挖出來，扔給那兩隻餓鬼般的惡狗吃，那滿地狼藉的血肉，頓時給牠們吞個一乾二淨。

沒有一會兒工夫，那少女又霍地跳起來，好像沒有受過一點兒傷似的，又倉皇地向海邊逃去了。那兩隻惡狗就隨後跟踪追去，一路追，一路咬她撕她。那騎士拿起長劍，又騎上駿馬，像先前一樣地在後追趕❶；沒有一會兒，他們已經消逝得無影無踪了。

納斯達喬在樹林中看到這一幕慘劇，心中又害怕，又是感傷，迷惘了好一陣子；過後他想起那騎

❶「那武士拿起長劍」以下三句，從里格和阿爾亭頓譯本補入。

士說過，他們每星期五都要在樹林裏出現，這事也許對他大有用處；於是在那個地點作了個記號就回去了。第二天，他邀請了許多親友來，向他們說道：

「承蒙諸位關切，常常勸我不要再爲我那個寃家癡心了，別再那樣耗費自己的財產；現在我願意聽從你們的好意；不過你們也得答應我一件事，那就是在下星期五，我安排好宴席，你們務必把特拉維沙里家的老爺、太太和小姐，以及他家的女眷都請來；你們喜歡請哪一位女友一起來吃飯，也隨意邀請好了。我爲什麼要請這一次客，到時候你們就會知道了。」

他們覺得這不是什麼難的事，就回到拉維那。到了那天，果然把他所指定的賓客都邀請來。雖然特拉維沙里家的小姐不很願意，但究竟也把她勉强請來了。納斯達喬已安排好豐盛的筵席，鋪設在松林裏，也就是七天前他看到那狠心的少女遭到殺戮的地點附近。賓客就席的時候，他又故意使他愛人的座位正好面對着出事的地點。

大家開始用宴，等菜肴上到最後一道時，就聽到一陣陣的慘號自遠而近地傳來，原來那少女正在那兒狼狽地逃命。大家不覺一怔，面面相覷，問是怎麼一回事，但是誰都回答不出來，於是都紛紛慌張起立，向樹林裏望去；不一會兒就看見那倉皇奔逃的少女、那兩頭惡狗、那騎馬追趕的騎士相繼從林子裏出現，轉眼間就迫近那設酒席的地方了。許多賓客看到騎士率領着惡狗，這樣迫害一個弱女，就鼓噪起來，表示憤慨，有好些人甚至衝上前去搭救那少女。可是那騎士却喝住他們，把從前對納斯達喬說過的話重新對衆人說了一遍。直嚇得他們毛髮悚然，一個個往後退。一星期前的慘劇就當着大家重演了一遍。席上年紀較大的女客有好多是跟那受罪的少女和那騎士有親戚關係的，還記得他們倆生前那一場愛情的悲劇，不禁爲他們放聲痛哭，如同親身遭受這樁慘事一般。

那少女遭了殺戮，不久又跳起來往前奔逃，騎士和惡狗繼續在後追趕，一會兒人和狗全都去得遠遠的，望不見了，大家這才開始驚呼起來，而且紛紛談論。可是在座的人，面色變得最慘白、心跳得最厲害的，要算納斯達喬所愛慕的那個冷酷無情的小姐了。這一切她都清清楚楚地看在眼中、聽在耳裏，覺得方才的慘劇只有對自己才是最貼切的鑑戒——因爲她怎麼能不把自己跟那個冷酷的少女作個對比，回想起她一向對待納斯達喬的那種冷酷手段來呢？在她的心裏，彷彿此刻就已經看到自己在沒命地奔逃，她狂怒的情人帶着惡狗在後面緊緊追來了。

想到這裏，她害怕極了，生怕將來果眞會遭到這樣的報應。於是她對納斯達喬的態度竟一下子轉變過來，把原來的憎恨都化作了柔愛。當天晚上，就暗中打發一個心腹女僕去請納斯達喬到她家來，他有什麼要求，她無不樂於從命。納斯達喬回答說，他如果能够侍奉小姐，就是生平莫大的榮幸；假使承蒙她不棄，他希望娶她做妻子，此外就不敢存什麼非份的念頭。那少女知道這門親事當初沒有成功，原是自己從中阻撓，這次就欣然答應下來。也不用挽媒撮合，她自己到父母跟前去把心事說了。兩位老人聽到女兒自願嫁給納斯達喬做妻子，非常歡喜。到了下個禮拜日，納斯達喬就同她舉行了婚禮，兩人白頭偕老，一直過着美滿幸福的生活。

那樹林裏的幽靈幻象，豈止成了這一件好事而已。拉維納所有的少女們都引以爲戒；此後逢到有人向她們求愛，就柔順得多，再也不像從前那樣矜持，那樣不可親近了。

故事第九篇　鷹的傳奇

費得里哥爲一位夫人耗盡家財，總無法獲得她的歡心，從此只得貧窮度日，後來那位太太去看他，他把自己最心愛的一隻鷹宰了款待她，她大爲感動，就嫁給了他，並且給他帶來豐厚的陪嫁。

菲羅娜的故事講完了，女王看看只剩下她自己和狄奧紐兩個人沒有講，而狄奧紐又有特權最後一個講，因此她自己便高興地接着講道：

各位好小姐，現在輪到我來講了，我非常樂意。我這次講的故事，其中的情節有一部分和剛才所講的一個相同，因爲我不只是要讓妳們知道，妳們的美貌對於多情的心靈具有多大的操縱力量，而且也要讓妳們認識，在適當的時機下，妳們也可以主動去鍾情於人，不必永遠聽從命運之神的支配，因爲命運之神教妳用情，大都不是恰如其分，而是過分。

你們一定都知道，柯波·第·柏克賽·多明尼奇是我們城裏一個極有威望、極受人尊敬的人，說不定到現在還活着。他是個了不起的人，配享千秋萬代的盛名，這倒不是因爲他出身高貴，而是因爲他處世爲人實在太好了。他到了老年，很喜歡和鄰里親朋談談往事。他談起來頭頭是道，娓娓動聽，誰都沒有他那樣好的記憶力，也沒有他那樣優雅的談吐。

他講過許多好聽的故事，其中有一個故事他時常喜歡提到。他說，從前佛羅倫斯有個青年名叫費得里哥，是非利浦·亞貝里奇的兒子。他武藝高超，風度優雅，杜斯卡納全境內沒有哪一個青年能比得上他。他也像一般貴族一樣要談情說愛，愛上了當代全佛羅倫斯最美麗動人的一位夫人，名叫喬娃娜。他爲了博得她的歡心，常常舉行騎馬和比武競賽，或是宴請高朋貴友，揮金如土，毫無吝嗇。但是這位夫人不只是長得漂亮，而且很有節操，他這些做法一點也不能打動她的芳心。

費得里哥耗費無度，有出無進，不久錢都用光了，只剩下一塊小農場，靠它的收入節儉度日，此外還養着一隻鷹，倒是天下最好的品種。他比以前更沉醉於愛情，依舊想在城裏出出風頭，無奈力不從心，只得住到他農莊所在地的康比地方去，成天放鷹排遣閒愁，安於貧窮，不和外界來往。

正當他窮到極點時，喬娃娜的丈夫一病不起，眼看卽將去世，便訂立遺囑，把萬貫家財都傳給他成了年的兒子，兒子死後如果沒有合法的後嗣，這筆遺產就由他的愛妻繼承。立好了遺囑，他就去世了。

喬娃娜就這樣做了孤孀。那年夏天，她也按照當地婦女的慣例，帶了兒子到鄉下一個莊園裏去避暑。恰巧她的莊園正緊鄰着費得里哥的莊園，因此她的兒子就結識了費得里哥。這孩子非常喜歡打獵放鷹；費得里哥的鷹有好幾次飛到那裏，他看了非常喜歡，巴不得佔爲己有，但是看到費得里哥視它如至寶，所以又不便開口。

孩子就這樣思念成疾，母親看了非常焦急，因爲她只有這一個獨生兒子，愛如掌上明珠。她整天在床前陪着他，不斷地安慰他、哄他。三番兩次地問他是不是想要什麼東西，叫他只管說好了，只要她辦得到，她一定想盡辦法把它弄來。孩子聽到母親這樣說了好多遍，就說：

「母親，如果你能把費得里哥那隻鷹弄給我，我的病馬上就好了。」

他母親聽了這話，思量了一番，考慮這件事應該怎麼辦才好。她知道費得里哥早就愛上了她，而她連一個眼色也沒有回報過他，她心想：

「我聽說他那隻鷹是天下最好的鷹，而且是他唯一安慰，我怎麼能夠叫他割愛呢？人家什麼也沒有了，就只剩下那麼一點兒樂趣，要是我再把它剝奪掉，那豈不是太不近人情了嗎？」

雖然她明知只要向費得里哥要，他一定會給她，但是她總覺得有些爲難，一時竟不知道該如何回答她兒子才好，只得沉默了片刻不做聲。最後，她由於愛子心切，終於打消了一切疑慮，決定無論如何要使兒子滿意，親自去把那隻鷹要來給他。於是她就對他說道：

「孩子，你放心好了，趕快把病養好，明天一早我就去把那隻鷹討來給你。」

孩子聽了十分高興，當天病就輕了幾分。

第二天，夫人帶了一個女伴，閑逛到費得里哥家裏。恰巧這幾天天氣不好，費得里哥不能出去放鷹，正在花園裏監督下人做些零碎事，他聽得喬娃娜登門拜訪，又驚又喜，連忙出來迎接。夫人見他來了，立即站起來，溫文有禮地招呼他。費得里哥恭恭敬敬地問候過她之後，她就說道：

「近來好嗎，費得里哥？以前蒙你錯愛，使得你受累非淺，今天我特地前來向你致歉。爲了聊表我的心意，我打算和我的女伴今天上午在你這裏吃吃便飯。」

費得里哥連忙低聲下氣地回答道：「夫人，妳說的是什麼話！我從沒有因爲妳而受過什麼連累，只覺得得益非淺。我這一生毫不足道，還幸虧愛上了妳，才使我的人生有了些意義，我應該感謝妳才對。如今蒙妳屈尊光臨寒舍，我眞是萬分榮幸。如果我的身價依然一如當年，再爲妳傾家蕩產也在所不惜，無奈我已經一貧如洗了。」

說着，他就十分羞慚地把她讓進屋子，領到花園裏去；看到沒有外人在場，他就說：

「夫人，現在沒有別人在這裏，就讓我這個長工的妻子陪妳一下，我到外面去安排飯菜。」

他現在雖然是一貧如洗，但却從來沒有後悔當日的揮霍無度，今天他總算第一次領略到沒有錢的苦處了。從前他爲了愛這位夫人，曾經宴請過無數的賓客，可是今天他却拿不出一點像樣的東西來款待她。他焦急得好像發了瘋似的，跑來跑去，結果一個錢也找不出來，又拿不出什麼東西去典當些錢來，只有怨天尤命。眼看時間已經不早，他非得對她多少盡些心意不可，而他又不願意求人，連他自己的傭工，他也不願開口向他借錢，於是他的眼光就落到那隻棲息在小客廳裏的鷹身上。他現在已經是一籌莫展，只得捉起那隻鷹，摸摸牠長得很肥，覺得也不失爲孝敬夫人的一碗菜肴。因此他就毫不遲疑，把牠一把勒死，吩咐他的小女僕鉗毛洗淨，捆紮妥當，放到烤叉上去，小心烤好。他又把剩下的幾塊潔白的餐巾擺在桌子上，過不了多久工夫，就笑盈盈地到花園裏去跟夫人說，午飯已經準備好了，只是請夫人不要笑他寒傖。

夫人和她的女伴立即起身，和費得里哥一同吃飯。費得里哥殷勤地把鷹肉敬給她們吃，她們並不知道吃的是什麼肉。飯罷離席，賓主愉快地交談了一陣，夫人覺得現在應該是說明來意的時候了，就轉身去對費得里哥客客氣氣地說道：

「費得里哥，你只要記起你自己以前富裕的時候，爲我一擲千金，而我却堅守節操，那你一定會覺得我這個人是多麼無情無義。今天我來這裏，原定有件要緊的事情，你聽了一定會更加奇怪，我這個人怎麼竟然會冒昧到這個地步。但是不瞞你說，你只要有一子半女，就會領略到做父母的對子女有多麼疼愛，那你也多少可以原諒我一些了。

「可惜你沒有子女，而我却有一個兒子。天下父母心都是一樣，因此，我也不得不違背我自己的意志，顧不得禮貌體統，求你送給我一件東西。我明知這件東西是你的至寶，而且也難怪你這樣看重牠，因爲你時運不好，除了這件東西之外，再也沒有別的東西可以供你消遣、給你安慰了。這東西不是別的，就是你的那一隻鷹。想不到我那孩子看到了你這隻鷹，竟愛牠愛得入迷，以致得了病，如果不讓他弄到手，他的病勢就要加重，說不定我竟會就此失去他。所以我請求你把牠送給我，而且不要爲了愛我而這樣做，而是本着你一貫崇尚禮儀的高貴精神。你如果給了我這件禮物，就好比救了我兒子一條命，我一生一世都會感激你的。」

費得里哥聽了夫人這一番話，眼看那隻鷹鳥已經宰了吃掉，無法應承夫人，一時啞口無言，竟失聲痛哭起來。夫人起初還以爲他是珍惜愛鷹，恨不得向他聲明她不要那隻鷹了。可是她畢竟沒有馬上把這層意思說出來，反而看看他究竟如何回答。費得里哥哭了一會兒，說道：

「夫人，上天有意叫我愛上妳，無奈命運總是一次又一次地和我作對，我眞有說不出的悲痛。可是命運從前對我的多次刁難，若和這一次比起來，實在算不得一回事。只要一想起它這一次的刁難，我一輩子也不會跟它罷休。說來眞是太痛心了，當初我錦衣玉食的時候，妳從來沒有到我家裏來過一次，今日我何其榮幸，蒙你光臨寒舍，向我要這麼一丁點兒東西，但它却偏偏和我過意不去，叫我無法報效妳。我現在就把這原因簡單地說給妳聽。

「承蒙妳看得起，願意在我這裏吃頓飯，我就想：以妳這樣的身份地位，我不能把妳當作一般人看待，應該做幾道像樣的菜肴來款待你，才顯得得體，因此我就想，這隻鷹還算不錯，可以給妳當做一盤菜。妳早上一來，我就把牠宰好烤好，小心奉獻上來，自以爲盡了我一片心意。不料妳却正好有這樣需要，使我無從遵命，眞是要叫我難受一輩子！」

說着，他就把鷹毛、鷹脚和鷹嘴都拿到夫人面前，表明他並沒有說假話。夫人聽了他的話，看了這些物證，起初還怪他不該爲了一個女人而宰掉這樣一隻好鷹。但是她轉而一想，心裏不禁暗暗讚歎他這種貧賤不能移的偉大胸襟。於是，她只得死了心，又擔憂兒子會因此一病不起，回到家去好不沮喪。不幸那孩子沒過幾天就眞的死了，不知是因爲沒有獲得那隻鷹以致憂傷而死，還是因爲得了什麼絕症。夫人當然悲痛欲絕。

雖說她痛哭流涕，然而她畢竟是個年輕富有的孤孀，因此過了不久，她的兄弟都勸她改嫁。她雖然不肯，可是經他們再三相勸，她不由得想起費得里哥高尚的爲人以及他最後一次的豪舉，就對她的兄弟說道：

「我本來不打算再嫁，可是，你們如果一定要我再嫁，我不嫁旁人，一定要嫁給費得里哥・亞貝里奇。」

她兄弟聽了，都譏笑她說：「妳眞是個傻女人，怎麼會說出這種話來？妳怎麼會看中這樣一個一貧如洗的人呢？」

她回答道：「兄弟，我知道你們說的話一點也不假，不過我是要嫁人，不是要嫁錢。」

她兄弟看她主意已定，也知道費得里哥雖然貧窮，品格卻非常高尚，只好答應讓她帶着所有的家財嫁過去。費得里哥娶到這樣一個心愛的女人，又獲得這麼一筆豐厚的粧奩，從此節儉度日，享用不盡，夫婦快樂幸福地過了一輩子。

故事第十篇　餘桃與出牆紅杏

彼得到朋友家去吃飯，他的妻子趁機把情人招來。兩人正在進餐，忽聞彼得敲門，她驚惶失措，將情人藏在鷄籠下面。不久，從馬廐裏來了一頭驢子，踩痛了鷄籠下面那個青年人的手，他大喊一聲，因此事情敗露。彼得却見色心喜，所以並沒有責備他的妻子，反而三個人一同上床睡覺。

女王講完了故事，大家都讚美天主恩德無邊，竟給了費德里哥應得的報償。狄奧紐向來是不用吩咐的，這會兒他立卽接下去說道：

一般人大都喜歡取笑別人家的醜事，而人家的好處我們却不樂意提起，尤其是當這類醜事與我們本身無關的時候，我們取笑得更厲害。這也許因爲我們開頭只是漫不經心，後來日深月久，終於養成了這種惡習，也許因爲人類生來就具有這種劣根性，至於究竟是出於哪種原因，那可就難說了。各位親愛的小姐，我以前講故事是爲了讓妳們消愁解悶，今天講故事也還是爲了這個目的。雖然這個故事有些地方似乎不大妥貼，但畢竟能逗得妳們笑上一陣，所以我還是講下去吧！不過我想，就像妳們走進花園伸出纖手去採摘玫瑰一樣，只採摘花兒不摘刺，妳們聽這個故事，儘管讓那個笨男人去倒楣出醜，只要看他的妻子怎樣使出高明的手段跟人家明來暗去，妳們縱聲笑笑，再對那些不幸的人寄予一些同情就可以了。

話說不久以前，貝魯加地方有個富翁，名叫彼得·第·維查羅。他酷愛男色，在當地名聲狼藉，因此娶了一個妻子，倒不是爲了自己要受用，而是要藉此遮掩人家的耳目，使自己的名聲可以稍微好些。也是天從人願，他娶了個精力充沛、矮矮胖胖、風騷入骨的紅髮年輕少女。她至少要兩個丈夫才能收伏她，而現在她碰上的這個男人却偏偏另有所好，不把她放在心上。日子久了，她看出丈夫的門道，覺得自己長得這麼漂亮，正當青春妙齡、血氣方剛的時期，哪裏受得了這般冷淡？因此不免時常使性子，和丈夫吵吵鬧鬧，什麼粗話都罵出了口；夫婦相駡簡直成了家常便飯，後來她眼看這樣吵鬧也無濟於事，不但自己枉費精力，她的丈夫還是那樣卑鄙下流。她心裏想：

「這個下賤的東西，他撇下了我去幹那種事，這是走歪路；我若另求新歡，天理人情上都說得過去，我又何樂而不爲呢❶？我嫁給他，還給他帶來豐厚的粧奩，我原把他當作一個男子漢，滿以爲男人喜歡幹的事，他也喜歡，能够和我十分融洽；早知道他不能盡男人的本分，無論如何我也不肯嫁他的。他明知我是個女人，如果他不喜歡女人，幹嗎要娶我？這眞是豈有此理。如果我要看破紅塵，何不去當修女？無奈我並不能超凡脫俗，而要等他來給我快樂，我看只有白等他一輩子，那時候青春一去不復還，只落得徒然的悲傷和懊悔。如今他既然給我作出一個榜樣，叫我自尋樂趣，我又何樂不爲呢？我這樣做，都只怪他不是，我有哪一點對不起他？我只不過觸犯了法律，而他不只是犯法，而且違犯了天理。」

這位少奶奶把這件事想了又想，決定暗中進行起來。她認識了一個老太婆，是個有名的老鴇，却

❶ 此處兩句係參考阿爾亭頓本譯出，句法稍有變通。

裝出一副虔誠的模樣，彷彿當年那位捨身餵蛇的聖人梵蒂安娜，手裏老是拿着念珠上教堂去贖罪，開口閉口都是教皇、聖方濟的創傷等等，因此人家幾乎把她當作一個女怪人。來往了一陣子之後，這位少奶奶覺得時機已經成熟，就把自己的心事向她和盤托出。

老太婆說：「我的女兒，天主對於人間的事沒有哪一件不明白的，他知道妳大可做這件事。如果妳只是像其他女人一樣，爲了愛惜青春，而沒有其他目的，那這樣做就是理所當然。凡是稍明事理的人都懂得，人生最大的悲痛莫過於辜負青春。我們女人一旦老了，除了燒飯做菜，還有什麼用處？不瞞妳說，我是一個過來人，對於這一點比誰都清楚。我現在已經是個老太婆，一想起當年青春虛度，雖然懊悔無益，但總是有說不出的悲痛。雖然我並沒有完全辜負青春（當然妳也不要認爲我年輕時竟然會笨到那種地步），可是當年多少的心願都沒有得到滿足。妳瞧，我如今已經老得這個樣子，誰都不屑理睬我了，想起來叫我多麼難受！

「男人的情形可就完全兩樣了。他們生下來不只是爲了這一件事，還有其他多少事可做，而且他們大都是老年比年輕時代更加得志。女人生來就是爲了這件事，她們的長處就在於能夠來這一套，能夠生男育女，別的且不說，妳只要弄明白這一點就行了：女人隨時都可以幹這件事，男人却辦不到。一個女人可以把好幾個男人玩得筋疲力盡，而好幾個男人却未必對付得了一個女人。這是我們得天獨厚的地方，所以我再跟妳說一遍：儘管對妳的丈夫一報還一報好了，只有這樣，妳到了老年，妳的靈魂才不會對妳的肉體有所埋怨。

「人生在世，應該及時行樂。尤其是女人，青春比男人短，更不應該錯過大好時光。妳要知道，女人一旦老了，不管是自己的丈夫也好，別的男人也好，看都不願再看我們一眼。他們把我們趕到廚房裏去洗鍋擦碗，跟貓玩耍，更氣人的是，還要編出這種歌來取笑我們，說什麼『給大姑娘吃珍饈，讓老太婆閉住嘴。』其他不知還有多少難聽的話呢！

「我不必再囉嗦了，我老實告訴妳：妳找我總算沒有找錯人，妳把心事告訴別人，誰也不能幫妳這麼大的忙。隨便哪個男人，不管有多尊貴偉大，我也敢拿飲食男女的道理去說動他的心；隨便哪個男人，不管他擺出怎樣一本正經的冷冰冰臉孔，我包管有辦法叫他俯首聽命。所以，妳只要告訴我，妳看中了誰，以後的事情就包在我身上好了。可是我的女兒呀，有一件事我要提醒妳：老婦很窮，經常要帶着念珠上教堂去祈禱，所以妳也得幫幫我的忙，好讓我也可以在天主面前替妳的亡故親友贖贖罪。」

老太婆講完這一番話，少奶奶就說有個青年常常在這一帶地方經過，又把他的面貌特徵詳細描述了一番，叫老太婆哪一天看到他，一定要設法把他弄到手。二人談妥以後，少奶奶送給她一塊肉，祈求上帝祝福她，就把她送出門外。

不到幾天，老太婆就替她把她心目中的那個青年弄到手。以後少婦一看到中意的男人，都叫老太婆替她一個一個弄來。她雖然對丈夫有些顧忌，却也不肯錯過良機。

有一天晚上，她丈夫到一個名叫艾柯拉諾的朋友家裏吃晚飯去了。她就叫老太婆把貝魯加城裏數一數二的美男子帶來讓她享受，老太婆馬上就辦到了。可是，她剛剛和她的情人在房裏坐下來吃飯，彼得就忽然在外面叫起門來。她聽到敲門聲，慌作一團，沒了主意。把他放走也不是，叫他藏起來也不是，最後實在急不過了，就胡亂叫他躲在隔壁草棚的雞籠下面，又把她那天剛剛撤空的那隻草袋蓋在雞籠上面。安排停當，她就趕快去開門讓丈夫進來。他一進門，妻子就問他：

「你這頓晚飯怎麼吃得這樣快呀？」

「根本沒有吃。」他丈夫回答道。

妻子問：「怎麼回事？」

「我說給妳聽，」丈夫說，「艾柯拉諾夫婦和我剛剛坐下來吃飯，忽然聽到外邊有什麼人在打噴嚏。開頭一兩聲我們還不在意，以後接連地聽到第四聲第五聲，次數太多了，大家都奇怪起來了。艾柯拉諾本來就有些生他妻子的氣，因爲他和我進屋的時候，他妻子讓我們在門外等了好久才開門，這時他聽到打噴嚏的聲音，就大發脾氣說：『這究竟是怎麼回事？是誰在大打噴嚏？』說着，他就站起來走到樓梯口去。原來樓梯就在附近，像一般房屋一樣，樓梯下面有個儲藏雜物的小間。

「他覺得打噴嚏的聲音就是從這個小間裏發出來的。他把門稍微打開了一點，只聞得一股衝鼻的硫磺氣味。我們方才鬧着聞到臭氣，臭氣就在這裏。他的夫人道：『我剛才用硫磺漂面紗。我先把硫磺水灑在一隻鍋子裏，把窗帘鋪在上面熏，熏好以後，就把鍋子放在這個小間裏，所以就有這麼一股臭味。』等到臭氣稍淡，艾柯拉諾朝裏面一看，只見裏面有一個人，還在那裏打噴嚏，那是因爲給硫磺氣味熏得難受的緣故。他每打一次噴嚏，就吸進一口硫磺氣味，弄得他的胸口悶住了氣，快要連噴嚏也打不出來了，幾乎動都不能動了。

「艾柯拉諾一看到這人，就大聲喝道：『妳這個女人，我們剛才進來，妳好久不開門，原來是爲了這個原因！我要是不給妳一點厲害看看，我就不是人，』他妻子聽到他這麼一吆喝，知道自己的私情已經敗露，哪裏還敢還嘴，連忙離開座位溜之大吉，也不知道溜到哪裏去了。艾柯拉諾沒有留意他的妻子已經溜走，只是疊聲地叫那個打噴嚏的人趕快出來。可是那人這時已經嗆得快要咽氣了，不管艾柯拉諾怎麼說，他動也不動一下。

「於是，艾柯拉諾就抓住他的一隻脚，把他拖了出來，然後又要去找刀子來把他宰了。我因爲心虛，害怕巡丁趕來，就站起來竭力勸他不要殺那人，也不要傷害那人。我爲了要保護那人，便大叫大嚷，鄰居聞聲而來，便把那個半死不活的青年抬了出去，我也不知道他被抬到那兒去了。一頓晚飯就因爲這一場風波而泡湯了。並不是我吃得快，而是根本沒有吃到。」

他妻子聽完這個故事，知道天下和她自己一樣聰明的女人還有的是，不過有些女人有時候運氣不好而已。她本打算幫着艾柯拉諾的妻子說幾句話，可是她靈機一動，覺得不如把別人的過錯拿來痛罵一頓，正可以洗刷自己，於是她就說道：

「虧她幹得出這種好事！好一位規矩貞潔的太太！像我這樣一個正派女人，也還得去向她懺悔才是呢！最糟的是，她眼看就快變成一個老太婆了，還給年輕姑娘做出一個好榜樣呢！她出世的時辰不好！她千該死萬該死，居然還有臉活下去！她實在是天下最荒淫無恥、卑鄙下流的女人！我們全城女人的臉都給她丟光了！她把自己的貞操、對丈夫的盟誓都丟到腦後去了，也不顧世人瞧不起她，她丈夫那樣善良正派，待她那麼好，而她竟不惜爲了一個野男人，丟她丈夫的臉，也丟她自己的臉！老天爺，這種女人我怎麼也不會可憐她！應該把她處死，把她活活的燒死！」

她一面罵，一面不放心那位躲在附近鷄籠下面的情人，所以一再催促彼得趕快上床睡覺，因爲時間已經不早，可是彼得只想吃晚飯，不想睡覺，就問妻子有什麼吃的沒有。

他妻子說：「啊！晚飯！是呀，平常你不在家的日子，我們不都是不等你回來就吃了嗎？眞是笑話！你不會把我當做艾柯拉諾的老婆了吧？天啊，你今天晚上幹嗎不睡覺呀？睡覺去有多好啊！」

湊巧這天晚上彼得的傭工從農莊上運來了許多東西，把驢子關在草棚隔壁的一個小馬廐裏，還沒有給牠們水喝。其中有一頭驢子渴得不得了，就掙脫繮繩，走出馬廐，到處嗅來嗅去，想要找水喝，走到了鷄籠前。趴在鷄籠下面的那個青年也不知道是運氣還是晦氣，一隻手伸在外面，那頭驢子踩在他的手指上，他痛得要命，不由得大叫了一聲。彼得聽了很驚奇。他覺得這叫聲就在屋子裏，於是他就去到草棚那裏。只聽到那個人還在叫嚷，原來他的手指仍然被踩在驢子的脚蹄下。彼得問道：「誰呀？」說着，就走到鷄籠前，拿起鷄籠，看到了那個青年。那人本來已經給驢子踩得好痛，現在看到彼得，只怕大禍臨頭，直嚇得發抖，眞是好不可憐。

彼得一眼看出這個青年就是他垂涎已久的美男子，便盤問他在那裏幹什麼，那人無言可答，只是懇求他看在天主的面上不要難爲他。

彼得說：「起來，不要害怕，我不會爲難你的。可是你得跟我說明，你是怎麼到這裏來的，到這裏來幹什麼？」

這個青年只得一五一十地照實說出來，彼得這時的高興正好跟他妻子的窘迫成了對比。他立卽拉着他的手，走進內室，只見妻子正站在那裏惶恐萬狀。他在她對面坐了下來，說道：

「妳剛才還在咒罵艾柯拉諾的老婆，說她應該給活活燒死，她把妳們女人的臉都丢光了；那妳爲什麼不罵罵妳自己呢？妳自己和她是一路的貨色，妳不罵自己，只罵別人，良心上怎麼過得去？天下女人都是生成的下賤胚子，否則會幹出這種事來嗎？妳們都是借着罵別人來掩飾自己的。但願天上掉下火來把妳們這些賤女人統統燒死！」

他妻子看見他發現她的隱私之後，雖是氣憤，却並沒有怎麼叫她難堪，只不過罵罵她而已，又看到他手裏攙着那個漂亮小伙子，臉上喜氣洋洋，這才壯起了膽子回嘴道：

「你希望天上掉下火來，把我們女人統統都燒死，我相信你沒有說假話，因爲你們男人喜歡我們女人，就像狗喜歡棍子一樣。可是我以老天爺發誓，我絕不會那樣便宜你的。我現在倒要跟你說個明白，看看你到底有什麼好埋怨的。你把我和艾柯拉諾的老婆相比，比得眞好呀！她是個假裝正派的賤女人。她沒有哪一樣不稱心，她丈夫待她無微不至，而你待我却完全兩樣。卽使你給我吃得好、穿得好，可是請你問問你自己的良心：你那方面待我怎麼樣？你有多久沒有陪我睡覺了？與其叫我獨守空床，我倒寧願穿得破破爛爛，不要吃好穿好。彼得，你要知道，我既然是個女人，就有女人的慾望。我既然不能從你身上得到滿足，自然要去找別人，你也怪不得我。至少我還算顧全你的面子，沒有去找上馬夫和癩子。」

彼得見她理直氣壯、滔滔不絕，好像她那些話一整晚也說不完似的，就輕描淡寫地說道：

「我的太太，妳也說够了，我承認妳說得不錯。只請妳對我們行行好，給我們弄點什麼吃的來，我看這個小伙子也像我一樣，肚子還是空的呢！」

「他當然沒有吃，」他妻子說，「我們剛剛坐下來吃晚飯，誰料到你偏偏不識相，不遲不早地撞進來了。」

彼得說：「去吧，想辦法去給我們弄點吃的來吧，吃過飯後，我保證把事情安排得使妳滿意。」

他妻子見他這樣心平氣和，就站起身來，把那準備好的晚飯擺出來，和她不成器的丈夫以及那個年輕小伙子一塊兒快快活活地吃起來。至於吃過晚飯以後，彼得想出什麼辦法叫他們三個人都稱心滿意，我可忘了，我只記得第二天早上，那個青年出去的時候，簡直記不清前晚是跟彼得睡在一起的次數多，還是跟他老婆睡在一起的次數多。所以我親愛的小姐，我再跟妳們說一句：「人家怎樣待妳，妳也怎麼樣待人家。如果妳吃了虧，一時不能報復，可千萬要牢記在心，將來有了機會，一定要給他點顏色看看，讓他自作自受。」

狄奧紐的故事講完了，小姐們倒沒有像平常笑得那麼厲害，這倒並不是因為她們覺得這個故事沒有趣，而是她們實在感到太難為情了。女王看到自己的任期已滿，隨即站起身來，摘下桂冠，高興地把它戴在愛莉莎頭上，說道：「小姐，現在該輪到妳來掌管國政了。」

愛莉莎接受了這個大任，照例安排各項事務：先同管家商討了一陣，指示管家在她的任期內應該準備些什麼，使大家過得稱心如意，然後又對大家說道：

「從我們聽過的不少故事來看，我們知道天下有好多人都因爲機智伶俐，口齒鋒利，一旦被人家抓住了把柄，就會情急智生，針鋒相對，天大的事也會逢凶化吉。這一類的故事很有意思，不妨多說一些，所以我想規定明天每人講一個：『富於機智的故事，或是針鋒相對，駁倒了別人的非難，或是急中生智，逃避了當前的危險和恥辱。』」

大家一致贊成。於是女王站起身來，吩咐大家各自去消遣遊樂，等到吃晚飯時再歡聚。大家看女王站起身來，也都跟着站起來，隨意去玩耍，不久蛩聲寂然，女王就召集大家來吃晚飯。衆人愉快地吃罷晚飯，又唱歌奏樂，愛蜜莉亞在女王的吩咐下帶頭跳起舞來，狄奧紐也奉命唱一首歌，馬上就唱起來：「愛羅達好姑娘，收起一臉的可憐相，我來告訴妳一件大喜事，包妳聽了喜洋洋。」小姐們都聽得放聲大笑，女王尤其笑得厲害，不許他再唱下去，重新換一首歌：

狄奧紐說：「女王，如果我帶了小鼓，我就可以唱『牛蒡夫人，請穿好妳的衣裳』或『橄欖樹下的小草』，或是『海上波濤令人愁』。可惜我並沒有帶小鼓，只好另外選唱幾首。妳喜不喜歡聽『破瓜』？」

女王說：「不好，給我們唱首別的。」

狄奧紐說：「那麼就唱『西蒙娜小姐，這不是十月天』如何？」

「去你的吧，」女王笑着說，「誰要聽你這些歌，給我們唱個正派的。」

狄奧紐說：「女王。請妳不要發脾氣。妳究竟愛聽什麼呢？我會唱的歌有千首以上。妳愛不愛聽『刺蚌』或是『好丈夫饒饒我』，或是『我要用一百個金鎊買一只鳥？』」

小姐們都笑得前俯後仰，可是女王已經生氣了，她說：「狄奥紐，不要再開玩笑了，好好地給我們唱一首歌，否則我就要發脾氣了。」

狄奥紐這才没有再鬧下去，規規矩矩地唱了一首歌：

啊，偉大的愛神，
怎當美人臨去秋波那一轉，
叫我蕩魄銷魂，束手就擒。
她那明亮的眸子如水晶瑩，
和我的眼睛脈脈含情一線牽，
給我心裏燃起熊熊的火焰。
啊，愛神，我一見到她的倩影，
就知道你的力量萬能無匹。
我只覺得昏沉沉神魂顛倒，
讓你的千絲萬縷縛得多牢。
我如今已是六神無主，
爲了她連聲歎息叫苦。

啊，大慈大悲的愛神啊，
我甘心拜倒在你脚前聽你使喚，
只求你別讓我相思徒勞空長歎。
可是我要問你，我這刻骨的相思，
她到底知不知？
我對她無限地忠誠，
萬般多情和癡心。
除了美人來救苦救難，
還有誰醫得了我這相思？
所以我求你，愛神，千萬開闊恩，
用你的愛火去烤暖她的心，
告訴她，我爲她忘餐廢寢。
你瞧我衣寬人瘦，
全靠你多加憐惜救我這條命。
只望有朝一日你帶着我去和她相見，
讓我喜悅地娶她做我的如花美眷。

狄奧紐唱完了，女王讚賞了一番，接着又吩咐別人唱了幾首。她看看夜已很深沉，白天的炎熱已給夜涼吹散，就吩咐大家各自去安息，明天繼續玩樂。

第五日終

第六日

第六日

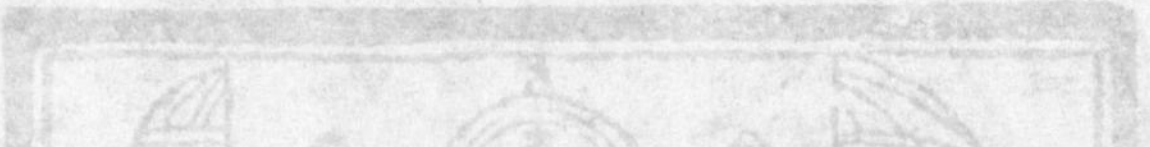

『十日譚』的第六日由此開始，愛莉莎擔任女王。每人講一個富於機智的故事，或是針鋒相對，駁倒別人的非難；或是急中生智，逃避了當前的危險和恥辱。

蒼穹中央的月亮，光彩逐漸黯淡，東方的曙光，照遍了大地，這時女王已經起身，把同伴一一喊了起來；一同在小山脚下一片露珠晶瑩的草地上漫步，大家邊走邊談，討論各種問題，評論每一篇故事的優劣，提起故事中許多可笑的情景，不覺又大笑了一番；直到太陽高升，炎熱逼人，大家這才覺得應該回去了。

回到別墅，席面已經安排妥當，屋子裏綴滿鮮花和芳草。女王趁早晨涼爽，吩咐開飯。飯桌上，大家有說有笑，十分快樂。飯後，他們先唱了幾首輕快的歌，於是午睡的午睡，下棋的下棋，擲骰子的擲骰子，狄奧紐和拉蕾達兩個合唱了一首詠歎特洛伊奧勒斯和克萊西達❶的歌曲。

到了集合的時間，女王就召集衆人，跟前幾天一樣，仍舊在噴泉邊坐下。女王正要指定什麼人帶頭講一個故事，不料却發生一件從來沒有過的事——大家只聽到廚房裏鬧聲震天。女王立即把管事召來，查問是誰在那裏喧鬧。總管回說是莉西絲卡和坦達羅兩個人在爭吵，至於爲了什麼原因，他也不清楚，因爲正要向他們勸解，就給叫了來。女王吩咐把莉西絲卡和坦達羅叫來，等兩人來到面前，女王就查問他們爭吵些什麼。

❶特洛伊奧勒斯（Troilus）是希臘的英雄；克萊西達（Cressida）是他的情人，後來對他變了心。薄伽邱曾寫長詩歌詠他們的戀愛悲劇。

坦達羅剛要回答，但是莉西絲卡自恃比他年長幾歲，不免有些自高自大，又因剛才爭吵了一場，心情激動，所以打斷他的話頭，搶着道：

「看你這個畜生，竟敢搶在我前頭說話！讓我先說吧！」於是她回頭對女王說：

「小姐，這個傢伙要把西科方第的老婆的故事講給我聽，好像我跟她還不熟似的，說什麼她丈夫和她第一夜交鋒的時候，血流遍野，好不容易才攻破了那座城堡，我說這完全是胡扯，他是輕而易舉地長驅直入的。這個男人，頭腦眞够簡單，他還以爲女人果眞會聽父兄的教訓，辜負了自己的青春。其實女人十個裏倒有八九個，在出嫁前的三、四年內對這件事已經十分內行了。要是叫她們乾巴巴地直等到嫁人，那不是要急壞人了嗎？老天在上——老天爺知道我起的誓是一向作準的——我左鄰右舍的那許多女人，沒有一個到結婚的時候還是處女的。就是她們結了婚，我知道還是用各種辦法來欺騙丈夫。不料這頭呆鳥要跟我談什麼女人不女人，好像我是昨天才生出來的！」

莉西絲卡只管這麼說，那些小姐可笑壞了，笑得連牙齒都要掉下來了。女王連嚷了六次，不許她再說下去，可是她哪兒肯聽？她非要把心裏的話都吐了出來，不肯閉嘴。等她說完，女王回過頭來，笑着對狄奥紐說：

「狄奥紐，這問題要請你來解決了。等我們把故事講完之後，你就要對這件事，下個判斷，評個誰是誰非。」

狄奥紐立刻回答道：「小姐，這是當場就可以判斷的，何必費時間呢？我說莉西絲卡講得有理，我認爲她的話句句中肯，坦達羅不過是一頭蠢驢罷了。」

莉西絲卡聽到這話，放聲大笑，對坦達羅說道：「你現在領教了吧？快給我走吧！你這個乳臭未乾的小毛頭，居然以爲比我懂事。謝天謝地，我這幾十年是不算白活的；不，我才不呢！」

幸虧女王這時扳起臉來，叫她住口，快和坦達羅一同回到廚房，不准再吵鬧，除非她想嘗嘗鞭子的味道——要不是這樣壓她一壓，只怕整天都得聽她嘮叨了。等到兩人走後，女王吩咐非羅美娜第一個講故事。她高興地說道：

故事第一篇　拙口騎士

一位紳士陪着奧蕾達夫人旅行，他講了個沒頭沒腦的故事給她聽，說是要使她好像騎在馬上，忘記路程的遙遠；可是她求他還是把她放下馬來的好。

年輕的小姐，星星點綴着黑夜的天空，春天的鮮花爲碧綠的田野生色不少，青葱的樹木把青山裝飾得賞心悅目；同樣地，在優雅的談吐中插入一句富有機智的俏皮話，會顯得更爲動人。俏皮話大都短小精悍，所以特別適合婦女，因爲男人說話可以口若懸河，婦女可不能那樣，說話貴在簡潔。可是也不知道是我們女人的智能特別低呢，還是老天忽然跟我們作對起來，總之，如今我們女人能在適當的時機，說一句俏皮話，或者是人家說了一句俏皮話，能够立刻領會其中意義的確實不多，甚至可以說沒有，這眞是我們女人的羞辱。不過關於這一點，潘比妮亞已經講得很透徹了❶，我也無需多談，現在爲了讓大家看到在適當的時機講一句恰當的話是多麼得力，我準備在這裏講一個女人怎樣用一句有禮貌的回答，使一個正在嚕嗦的紳士再也無法說下去。

❶參閱第一天故事第十篇。

不久以前，我們城裏有一個富有教養、談吐優雅的名媛閨秀，像她這樣高貴的女人，名字是不應該不提的。她是傑利·斯比那的妻子，大家都叫她奧蕾達夫人——可能你們之中有很多人都認識她，或者聽別人說起過她。有一天，她在家裏宴請許多女伴和紳士，飯後大夥兒一起到野外去漫遊，從一處玩到一處，情景跟我們有些一樣。那天預定徒步遊行的一段路程很長，走到半路上，有一位紳士對她說道：

「奧蕾達夫人，要是妳不討厭的話，我想講一個世界上最美的故事給妳聽，使妳聽得津津有味，就像騎了一匹馬一樣，忘了路途的遙遠。」

「啊，那是再好沒有了，先生，」那位夫人說，「請你快講一個故事吧！」

於是紳士開始講故事給她聽。故事本身倒很精彩，可惜他講故事的本領只抵得上他使用他身邊那把佩劍的工夫，實在太不高明，時常把一句話顛三倒四的說了又說，甚至說上六七遍，過了一會兒，忽然又倒過來說道：「哎呀，我說錯啦！」對於故事中的人名地名也常常糾纏不清，張冠李戴，弄得別人莫名其妙。他那說話的聲氣又跟故事裏的人物、情景，一點都配不上，眞是聽得奧蕾達夫人頭暈目眩，一身冷汗，只覺得大禍臨頭，連命都要送掉了。到了最後，她忍無可忍，又看到那位紳士正愈說愈糊塗，已經迷了路，失了方向，只是在那兒團團打轉，再也跑不出來了，就和悅地對他說：

「先生，你那匹馬太野了，請你還是讓我下馬吧！」

這位紳士講故事的本領雖然不行，但是聽了俏皮話，倒還能辨別味道，並且也還有雅量，所以自己都好笑了起來，他就此把那個講得沒頭沒腦的故事打住，另找別的話題。

故事第二篇　大瓶小瓶

麵包師奇斯第用一句話使得斯比那先生明白自己的要求太過分了。

蕾達那句俏皮話博得大家的稱賞，隨後女王吩咐潘比妮亞繼續講一個故事。於是她說道：

奧各位好姐姐，我常常有一個疑問，不知道造化和命運之神究竟是誰幹出最糊塗的事來，因爲我看到，有時候，造化把高貴的靈魂賦于卑賤的肉體；有時候，命運之神却叫那具有高貴靈魂的人從事卑賤的職業，譬如我們城裏的奇斯第，就是這方面的一個例子。奇斯第具有崇高的精神，可是命運之神却叫他成爲一個麵包師。我眞想把造化和命運之神都詛咒一番呢；不過我知道，實際上造化是最謹愼不過的；而命運之神呢，雖然凡夫俗子把她畫成一個盲人❶，其實她具有一千隻慧眼。在我看來，造化和命運之神因爲具有深謀遠慮，所以有時候，就像我們在惡劣的情況下，把最貴重的東西埋藏在家裏最骯髒的角落裏；這種地方最不受人注意，因此保藏珍寶，也就比精雅的內室更安全。同樣，那主宰世界的兩位尊神把他們的寵兒放在下等人中間，叫他們從事最微賤的職業，到了適當的時機，脫穎而出，就更顯其光輝燦爛。剛才的故事講到傑利・斯比那的太太奧蕾達，使我想起了麵包師奇斯第來，他借一件小事，使傑利・斯比那明白過來。我現在就要講這麼一個短短的故事。當敎皇波尼法玆奧在位的時候，十分敬重傑利・斯比那先生；所以有一次，敎皇派遣幾位大使到佛羅倫斯處理要務，他們特地去向傑利先生請敎，就住在他家。不知爲着什麼，傑利先生每天早晨總要陪着幾位大使走過聖瑪利亞街，奇斯第的麵包店就開設在那兒，他不辭辛苦，親自在店裏操勞。

命運之神雖然使他幹着卑賤的行業，不過還是照顧着他，所以店裏的業務着實興隆，沒有幾年，他就因此而致富，過着優裕的生活，竟也不想改行了。他除了豐衣足食之外，還擁有佛羅倫斯和附近一帶最好的紅酒和白酒。他看到傑利先生和敎皇的幾個大使每天早晨都在他店門口走過，天氣又熱，他很想把自己上好的白酒奉獻給他們解渴，表示敬意。不過他再一想，自己和傑利先生的地位，天差地遠，所以又不敢冒失邀請，他決定想一個辦法，使傑利先生自己開口向他要。

他穿了一件白色緊身衣，繫上一條乾淨的圍裙，看上去不像個麵包師，倒像個磨坊主人。每天早晨，他算準傑利先生和大使快要來的時候，就把一鉛桶清水、一小壺上好的白酒（那小壺是波隆納出品的磁器）放在店門口，旁邊還擺着兩隻晶瑩閃亮的杯子。當他們走過麵包店時，他總是坐在那兒，先清了一清嗓子，然後一口口的啜飲美酒，那種津津有味的樣子，眞是連死人都要饞涎欲滴呢！傑利先生有兩天都看到他這樣，到第三天，忍不住問道：

❶ 參閱莎士比亞「亨利五世」第三幕第六場三三以下：「命運女神是給人家畫成眼前蒙布的瞎子，使你明白，她是瞎眼；人家又把她畫在一個輪子上，使你明白……她是在變動中，是不定的、無常的、變幻莫測的……。」

「奇斯第，你喝的是什麼？是好酒嗎？」

奇斯第聽到傑利先生跟他說話，慌忙站了起來回答道：「是的，先生，是好酒，不過究竟好到怎麼個程度，那只能請你自己去嘗，我可沒法說清楚呢！」

不知是由於天熱，還是看到奇斯第喝得這樣津津有味，傑利先生也覺得口渴起來，就回過頭，微笑地對幾位大使說道：

「各位先生，我們嘗一嘗這位好人的酒吧，想必這是好酒，不會使我們喝了之後懊悔的。」

於是他把他們領到店門口，奇斯第立刻叫人從店裏端出一張考究的長椅，請他們坐下。他們的隨從想過來洗杯子，但是給奇斯第擋住了，他說：

「朋友，請你們不必過來了，這工作讓我來擔任吧。我斟酒的工夫跟做麵包的工夫一樣到家。所以你們別指望能沾到一點兒光。」

說罷，他親手洗淨了四隻精緻的新杯子，拿出一小壺美酒，斟滿四杯，殷勤地請傑利先生和他的朋友喝。他們一嘗之下，覺得許多年來第一次喝到這樣的好酒，都稱賞不已。大使逗留在佛羅倫斯的期間，傑利先生幾乎每天都陪他們到那兒去喝酒。

後來大使把公事辦完，要告辭的時候，傑利先生特地準備了盛宴給他們送行，還邀請了城裏著名的紳士作陪，連奇斯第也包括在內，可是他再三謙辭，不肯赴席。傑利先生只得吩咐僕人拿一個細頸的瓶子到奇斯第那兒去要一瓶美酒，準備在上頭道菜的時候，每位貴賓各敬半杯。誰知那個僕從大概因爲跟主人在麵包店門前走許多次，却從來也沒有嘗到過一滴酒，很有些不樂意，竟帶了一個大瓶子去。奇斯第看到那個大瓶子，就說：

「孩子，傑利先生不是派你來找我的。」

那僕人竭力分辯，但是對方一口咬定，他只得回去據實稟告主人。傑利先生說：

「你再去見他，對他說，我的確是派你去找他的；如果他還是回答你那句話，你就說，我要是不派你找他還找誰呢！」

於是僕人再回到麵包師那兒，說道：「奇斯第，我家主人的確是派我來找你的，並不是找別的什麼人。」

「孩子，」奇斯第回他道，「他怎麼也不是派你來找我的。」

「那麼他派我找誰呢？」

「去找阿諾河，」奇斯第回答。

僕人只得回去把他的話回報主人。傑利先生這時才恍然大悟，對僕人說：「你把你帶去的瓶子給我看看。」

等他看到果然是這麼一個大瓶子，就說道：「奇斯第說得一點也不錯，」就把僕人責備了一頓，叫他另換一個小瓶子去。奇斯第看到那個小瓶子，說道：「現在我知道傑利先生的確是派你來找我了。」

說罷，就倒了一小瓶美酒交給僕人。那一天，他另外備了一小桶美酒，鄭重其事地親自送到傑利先生的公館，對他說：

「先生，今天早晨我並不是因為看到那個大瓶子而嚇了一跳，不過我想你也許忘記過去幾天，我一直是拿小壺為你們斟酒的，我是希望你知道這是家藏之酒❷，不過我現在認為這酒不必由自己來儲

❷意即不是隨便請人，或是隨便讓人喝的美酒。

藏了，特地都拿來送給你，你愛怎麼喝就怎麼喝吧！」

傑利先生受到奇斯第的厚禮，感謝不盡，從此十分敬重他，跟他變成了知己。

故事第三篇　五百個金幣

諾娜用譏諷的口吻對付佛羅倫斯主敎的嘲謔，使他啞口無言。

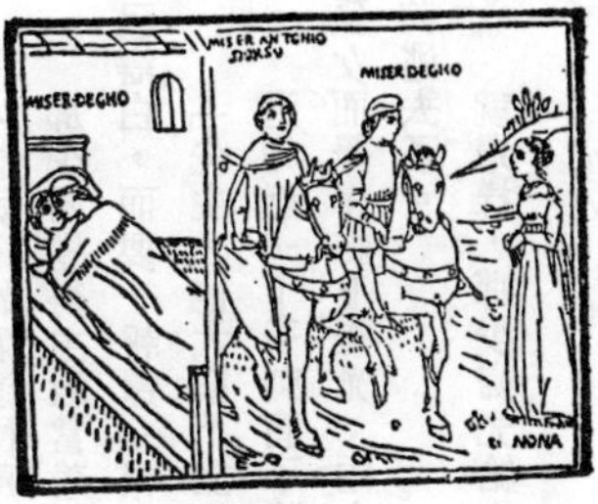

潘比妮亞講完故事，大家都讚美奇斯第善於說話，爲人慷慨。女王於是吩咐拉蕾達接着講一個故事。她笑盈盈地說道：

各位美麗活潑的好姐姐，非羅美娜和潘比妮亞已先後講到我們的一點小聰明，又講到話說得恰到好處是多麼有力量，她們都說得對極了，我也不必再多說什麼，不過我想提醒大家，這種應對之才應該像蚊子那樣叮人一口，不能像狗那樣咬人；因爲如果出言傷人，那就是謾罵，而不是應對了。奧蕾達夫人和奇斯第的答話很恰當地說明了這一點。但是如果一個人被人用不堪入耳的話像狗一般地咬了一口，那麼遇到這種情形，趁機反咬一口也是無可厚非的。所以我們跟人打趣，應該認清對象，留心這句話該怎麼說，還要注意時間和地點才好。我們有一個主敎，就因爲不注意，只想用鋒利的話咬人家一口，結果反而給人家狠狠地回敬了一下，自取其辱。這就是我今天要講的小故事。

從前佛羅倫斯有個主敎，名叫安東尼奧·杜爾索，是個飽學而有道的人物，那時候有一位加達羅尼亞的貴族，叫做第哥·狄拉·拉達來到佛羅倫斯，他是羅貝特國王手下的將軍，長得氣宇軒昂，又富於熱情，不久就愛上了一個漂亮的女人。她是主教兄弟的外孫女，她丈夫雖然也是世家子弟，却是個見錢眼紅的小人。那位將軍打聽到她丈夫的性格後，就答應給他五百個金幣，只要他讓自己的妻子和他睡一晚。那丈夫居然答應了，甚至不管自己的妻子肯不肯幹這件事。而將軍也自有他的計策，他把銀幣鍍了金，和那個女人睡過之後，就把僞幣給了她丈夫。後來這事給人知道了，成了笑柄，那個卑鄙的丈夫撈不到錢，反而壞了名譽。那主教呢，眞不愧是個聰明人，只是假裝不知道這件事。

主教和將軍經常見面，有一次，在聖約翰節，兩人一同騎馬出遊，看到許多婦女穿過大街小巷，向賽馬場跑去。主教望見一個年輕的女人諾娜·德·布爾契夫人，是阿雷喬·莉奴奇先生的表妹，想必你們都認識她，她死在這次瘟疫裏。她是一位明眸皓齒的少婦，口齒伶俐，志趣高尙，那時剛嫁給聖比埃多羅不久。主教指着她叫將軍看；等到走近的時候，他一隻手搭在將軍肩上，對她說：

「諾娜，妳看這位風流少年怎麼樣？妳想妳能收伏他嗎？」

那少婦覺得主教當着許許多多的人說出這樣輕薄的話，跟自己的名譽大有關係，不過她不想爲自己辯白，而要一報還一報，所以立刻反唇相譏道：

「先生，他大概不能收伏我吧，如果他想嘗試一下，那麼我要的是眞正的金幣。」

這句話一下子刺痛了將軍和主教，前者因爲用卑鄙的手段玩弄了主教兄弟的外孫女，後者因爲外孫女而覺得臉上無光；兩人面紅耳赤，不敢和她多搭訕，而且不敢相對而視，只是騎着馬，悻悻地往前逃去了。

就這樣，那少婦先給人咬了一口，她不得不回咬對方一口。

故事第四篇　鶴有幾條腿

廚子契契比奧被他的主人責怪，說了一句妙語，使主人轉怒為喜，饒恕了他。

蕾達講完，大家都稱讚諾娜的口才；於是女王吩咐妮菲爾接下去講一個故事。她就開口說道：

各位親愛的姐姐，有口才的人能隨機應變，對答如流，把話說得恰到好處，十分得體。但是當一個普通人在情急勢迫的時候，天主也會使他急中生智，把他平日萬萬意想不到的話，送到他嘴裏，我現在就要講這樣一個故事給你們聽。

拉古拉度‧賈斐利亞兹是我們城裏一位貴族，想必各位姐姐都見過他，或者聽到過他；他為人慷慨豪爽，過着紳士的生活，平日醉心鷹犬之樂，把那正經事情反而放在一邊。有一天，他以獵鷹獵到了一隻白鶴，他看牠還是隻小鶴，長得又肥，就把牠交給廚子，叫他燒成一道好菜，吃晚飯時端上來。

那廚子烹調的本領確實高明，是威尼斯人，名叫契契比奧，就是有點兒傻里傻氣，他接了小鶴，收拾好之後，就放在爐火上用心烤炙。當鶴肉快熟，烤得香噴噴的時候，恰巧鄰家的一個少女走了過來。這少女叫波納達，契契比奧正熱戀着她。她來到廚房，聞到一股香味兒，又看到正在烤着鶴肉，不覺垂涎欲滴，要契契比奧給她一隻鶴腿嘗嘗味道。他却哼着小調回答她：

「不給妳呀不給妳，波納達小姐呀，我不給妳。」

這一下，她可生氣了，對他說道：「老天在上，要是你眞的不肯把鶴腿給我，你也別指望我會答應你什麼了。」

兩人竟這樣你一句我一語地爭吵起來，契契比奧到底不敢得罪他的情人，只得斬下一隻鶴腿給她吃了。

過了一會兒，一盤鶴肉就端到古拉度和那些賓客的餐桌上。古拉度看到缺了一隻鶴腿，感到很奇怪，就把契契比奧叫來，問他還有一隻鶴腿到哪兒去了。誰知那個會說謊話的威尼斯人毫不遲疑地回答道：

「主人，鶴只有一條腿，一隻脚呀！」

「你說什麼呆話！」古拉度勃然大怒說道，「鶴只有一條腿、一隻脚嗎？你以爲我從沒有看見過鶴嗎？」

「主人，我沒有說錯呀，」契契比奧固執地說道，「活着的鶴多着呢，如果你要看，我隨時可以指給你看。」

古拉度因爲席上還有許多賓客，不願跟他再多說什麼，就對他道：「好吧，既然你說隨時都可以讓我見識到這種聞所未聞的禽類，那麼我希望明天就能看到。可是以基督的聖體起誓，如果沒有這回事，那麼小心你的皮肉挨打吧，我要打得你從此以後，一提起我的名字就寒心。」

當天晚上，就沒有再談下去。第二天一清早，古拉度一覺醒來，還是餘怒未息，就叫馬夫備好坐騎，讓契契比奧也坐了一匹馬，帶着他一同向河邊奔去，早晨常可看到鶴羣憩息在河灘邊。在路上，他對契契比奧說道：

「昨天晚上到底是你還是我撒了謊，現在馬上就可以明白了。」

契契比奧看到主人還在生氣，想到自己的謊言已經撒了，又不知道該怎樣挽救，只是跟在古拉度後面，心裏氣得直跳，恨不得馬上逃走才好；可是他知道逃是逃不了的，因此心亂如麻，東張西望，忽然眼前的景物，竟都變成了兩條腿的鸖鶴。

沒有多久，他們倆已經來到河灘邊，他別的還沒有看到，倒先看見河灘有十來隻鶴，都是用一隻脚站在那兒——原來白鶴假寐的時候，總是把一隻脚蜷起來。他馬上指給古拉度看，說道：

「主人，我昨晚說鶴只有一條腿、一隻脚，你看，我沒有說錯吧！」

古拉度看到白鶴正在河灘上假寐，說道，「且慢，我叫你看看牠們是有兩條腿的。」說着，他就走近河灘，對着牠們「嗬！嗬！」的大喊了幾聲。白鶴受到了驚嚇，立刻放下蜷曲的腿，走了幾步飛去了。古拉度回過頭來對契契比奧說：「你這個渾蛋，現在你又怎樣說？你看牠是不是有兩隻脚的？」

契契比奧已經嚇昏了，也不知道他的答話是怎麽樣想出來的，就說道：

「不錯，主人，不過你昨天並沒有對那隻白鶴喊着『嗬！嗬！』呀；如果你當時也對牠這麼喊幾聲，那麽牠也會像河灘上那許多白鶴那樣，把另外一條腿、一隻脚伸出來了。」

這一句話居然說得古拉度轉怒爲喜，哈哈大笑起來，他說道：「契契比奧，你說得對，只怪我當時沒有對牠喊幾聲。」

契契比奧因爲隨口說了這句妙語，逃過了責罰，主僕兩人就此相安無事。

故事第五篇　旅途上

法律學專家福萊賽和畫家紀奧多從田莊回來，中途遇到滂沱大雨，彼此嘲笑各人的狼狽樣子。

非爾把故事講完，小姐們覺得契契比奧的回答十分有趣，於是潘費羅遵照女王的吩咐，這樣說道：

妮

最親愛的小姐，潘比妮亞剛才說得對，命運之神常把有德有才之士隱藏在下等人中間；同樣的，那造化也使得極其醜陋的人物具有驚人的天才。我現在要講一個短短的故事，借我們城裏的兩個人物來證明這一件事。

這兩個人，一個是福萊賽·達·拉巴達，生得矮小畸形，一張臉孔又扁平又難看，只怕就是巴隆奇家裏出來的人❶，也不能比他更醜了，但是他精通法律，許多有地位的人都推崇他是民法的權威。另一個是紀奧多，他具有驚人的繪畫天才，在那哺育衆生、載負萬物的大地上，以及在那無分晝夜，

❶ 相傳巴隆奇是當時佛羅倫斯最醜陋的一家人，竟因而出了名。請參閱底下一個故事。

運行不息的天體下，沒有一樣東西是他不能用一支鉛筆，或是一支鋼筆，或是一支毛筆，把它畫出來的，而且畫得維妙維肖，栩栩如生。他的藝術好幾次瞞過了人的眼睛，使人乍看之下，竟把圖畫當作了實物。

幾百年來，始終是低級庸俗、不登大雅之堂的繪畫藝術，到他手裏才重又發揚光大起來。他替佛羅倫斯增加了不少光榮；更難能可貴的是，儘管他負有盛名，獨步藝壇，却十分謙遜，對藝術大家的稱號愧不敢當；再看看他的學生以及那班工夫不及他的人，却竊居這個稱號而沾沾自喜；相形之下，使他的聲譽格外光輝燦爛。不過他的藝術雖然已達爐火純青之境，他的身材和相貌却並不比福萊賽漂亮多少。現在我們就言歸正傳吧——

福萊賽和紀奧多兩個在姆傑羅都有田莊。有一年夏天，法庭休假的時候，福萊賽到田莊去小住；回來時騎着一匹拖車的蹇馬，在半路上遇到了紀奧多，原來他也是在田莊上小住回來，他也是只騎着一匹劣馬，沒有帶什麼雨傘之類。兩人就結伴同行，因爲都是上了年紀的人，一路行來，十分安靜。

夏天的氣候本來陰晴不定，變幻莫測，所以忽然之間下起一陣驟雨，幸喜他們熟識的一個農夫就住在附近，兩人就急忙趕到他家去避雨。等了一會兒，那陣大雨還是下個不停；他們原來打算當天趕回佛羅倫斯，所以只得向農夫借了兩件舊呢外套，和兩頂破舊不堪的帽子（因爲他拿不出更好的帽子來），就冒着雨動身趕路。

這時路上泥濘不堪，他們趕了一程，被馬蹄濺滿了一身泥漿，弄得狼狽極了。後來雨漸漸小下來了，這兩個旅伴本來只管趕路，沒有顧到說一句話，現在重又攀談起來。紀奧多本來是個健談的人，便把話談開了。福萊賽騎在馬上，留心聽他說，忽然他把紀奧多從頭到脚打量了一遍，看到他那種狼狽的樣子，不覺失聲笑了出來，也不想想自已這時候是什麼樣子，竟叫嚷道：

「紀奧多，假使這時來了一個陌生人，而他從來沒有看見過你的話，看了你現在這副光景，他能够想得到你是世上獨一無二的畫家嗎？」

「先生，」紀奧多隨口回答道，「假使他看到了你這副模樣，而以爲你也識得三兩個字的話，那麼我想他一定也會認出我來的。」

福萊賽聽到這話，立刻知道自己錯了，他想取笑人，却反而被別人取笑了去。

故事第六篇　最高貴的家族

史卡玆向許多青年證明：巴隆奇是世上最高貴的望族，因此贏了東道，讓對方請了他一頓晚飯。

那幾位小姐聽到紀奧多隨口而出的俏皮話，都笑了起來，女王不等她們笑罷，就吩咐菲亞美達接下去講一個故事。於是她說道：

各位年輕小姐，方才潘費羅說起了巴隆奇——也許妳們對這個家族不像他那樣熟悉吧？這使我想起了一個故事來，這故事證明這個家族有多麼高貴，同時也沒有脫離我們今天的總題。底下就是我要講的故事：

不久以前，我們城裏有一個青年，名叫米克雷·史卡玆，他為人風趣，善於說笑，肚子裏稀奇古怪的故事又多，所以佛羅倫斯的青年每舉行什麼聯歡會，總要把他請來。有一天，他和幾個青年在蒙多街談天說地，後來討論到佛羅倫斯究竟哪一個家族是最古老、最高貴，有的說是烏培爾第家，也有的說是朗培爾第家，大家各說各的，不知聽誰的好，史卡玆不覺笑道：

「快給我閉上嘴巴吧，你們這些傻子！你們自己都不知道在談些什麼呢！全世界、全海洋邊的窪址❶——更別提佛羅倫斯了——要推巴隆奇這一族最古老、最高貴了，這是所有的哲學家都公認的，像我這樣知道這一族的人也都同意的。爲了避免誤會，我鄭重聲明，我說的是你們的鄰居，住在聖瑪麗亞區的巴隆奇族。」

在場的青年還以爲他有什麼中肯的議論要發表，所以聽到這話，都紛紛取笑他道：

「你在說笑話呢，好像只有你才知道巴隆奇這一族，我們都不知道似的！」

「天地良心，我並不是在開玩笑，我說的是眞話！」史卡兹回答道，「你們有誰願意出來做個東道，那我一定奉陪；誰輸誰就請吃一頓晚飯，還要讓對方請六個朋友一起來吃；而且不論你們推誰做公正人，我都可以從命。」

其中有一個青年名叫納利·馬尼尼，他說道：「讓我來贏這頓晚飯吧！」

雙方同意請彼得·第·佛奧倫第諾做公正人，因爲他們正在他家裏，於是就跑去找他，大家也都跟了去，都想看史卡兹輸東道，好拿他來取笑一番。等找到彼得，他們就把情形跟他說了，彼得原是個有見識的青年，先聽完納利的話後，回頭就問史卡兹：

「你倒說說你的道理看。」

「說說我的道理？」史卡兹回答道，「我要拿出證據來，不但叫你，還要叫我的對手承認我說得一點也不錯。你們都知道，一個家族，歷史愈悠久，門第就愈高貴，這是所有的貴族一致公認的。而巴隆奇家就比任何一個貴族的家世都來得悠久，所以他們算得上是最高貴的貴族了。只要我能够證明他們的家世最古老，那我就贏了東道。

❶「海洋邊的窪地」這句話在這裏沒有多大意思，史卡兹的話顯然帶着說笑話的口氣。

「你們要知道，當初天主造人，第一個就造了巴隆奇；那時天主他老人家的藝術還很幼稚呢，其他的人類却都是他功夫到家之後才造的。你們如果不相信，那麼請把巴隆奇家的人和別人比較一下就明白了。別人都長得五官端正，有個格局，只有巴隆奇家裏的人，他們的臉孔不是長得要命，就是闊得出奇，面孔中央的鼻子非長卽短，有的人長着翹下巴，活像驢子般的大顎骨；有的人一隻眼睛大、一隻眼睛小，有的人又是右眼高、左眼低，看到他們你就會想起小孩子剛學繪畫亂塗一通時所畫出的面孔。所以正像我所說的，天主創造巴隆奇這一族時，他的藝術還很幼稚呢，由此可以證明他們是全人類最古老的一族，因此也就是最高貴的一族。」

公正人彼得、賭了一頓晚餐的納利，以及在場的人聽了他這番高論，又想起巴隆奇家那種醜形怪狀，都不覺笑了起來，都認爲史卡玆說得有理，應該贏一頓晚飯，因爲巴隆奇這一族果然不但在佛羅倫斯，就是在全世界、全海洋邊的窪地，也算得上是最古老、最高貴的家族。所以潘費羅爲了要形容福萊賽的一張醜臉，就說只怕巴隆奇家裏出來的人也不能比他更醜陋了，這話是很有道理的。

故事第七篇　清官可斷牀闈事

菲莉芭和情人歡會，被丈夫發現，她丈夫向法庭控訴。她在庭上巧言善辯，推翻原來的法律，逃過刑罰。

菲亞美達把故事講完，大家聽到史卡兹以那別開生面的辯論，證明了巴隆奇這一族是獨一無二、最高貴的家族，都笑個不停，這時女王回頭吩咐費洛斯特拉多講一個故事，於是他說道：

各位尊貴的小姐，善於說話固然是好事，但是能够在緊要關頭隨機應對，那就更難能可貴了。我現在要講到的一個女人正具有這樣的才能，她用幾句話，不但使聽者樂得哈哈大笑，而且救了自己，逃出那可恥的死刑。我現在就把這故事講給大家聽。

從前在浦拉多地方有這麼一條法律，說來眞是殘酷到不近人情，凡是婦女與情人通姦而被丈夫發現的，其罪與有夫之婦爲貪圖金錢而賣身者同，一律活活焚死，不加區別。

就在實行這條法律的時候，有一位美貌多情的菲莉芭夫人，一天夜裏，正在房裏和情人緊緊摟抱着的時候，她丈夫林納多·德·布利埃西闖進來發現了。那情人名叫拉薩利諾·德·克薩里奧特利，是城裏大戶人家的子弟，一個翩翩美少年，菲利芭愛他勝過愛自己的生命。那丈夫闖進房中，看見這光景，怒火中燒，要不是害怕法律追究，他早已衝過去，把這一對情人殺死了。

他只得極力抑制自己，可是他卽使不能親手殺死自己的妻子，也想利用浦拉多的法律，置她於死地。他打定主意，第二天天一亮，就向法庭提出充分的證據，控告自己的妻子不貞，要求把她傳喚到庭。

大凡一往情深的女人總是心地純潔、意志堅貞，這位夫人也是這樣，所以不顧許多親友的相勸，仍然決意出庭，寧可坦然認罪，被處死刑，也不願逃奔他鄉，含垢忍辱偸生；因爲這麼一來，就無異表明自己不配承受她情人的擁抱和溫存。許多親友又勸她無論怎樣也不要認罪。她就由他們陪着，來到法官面前；她神色從容、語調堅定地詢問傳她到庭的原因。

法官看她容貌秀麗、舉止文雅，又聽她的談吐，知道她是個情眞意切的女人，對她先有了好感，有意要開脫她，只怕她自行招認，那時爲了維持自己的尊嚴，就不得不判她死刑了。不過法庭之上，免不了要照例把她審訊一番，所以當下問道：

「夫人，現在妳丈夫林納多在這裏控告妳，說妳和別的男子通姦，要求我依法把妳處死，但是除非妳自己供認了，否則我是不能判妳死罪的，所以妳答話的時候要小心一點才好。現在妳告訴我，妳丈夫控告妳的可是事實？」

菲莉芭沒有一絲畏縮的神情，爽爽朗朗地回答道：「法官，林納多是我的丈夫，昨天晚上他看到我睡在拉薩利諾的懷中也是眞情；我十分愛他，所以在他懷中睡過好幾次；我不願意否認這事實，想必你也知道，法律對於男女，應該一視同仁，而法律的制訂，也必須得到奉行法律的人同意。不過拿這一條法律來說，可就不是那麼一回事，因爲這條法律完全是用來對付我們這些可憐的女人的；其實女人的本事比男人大，一個女人可以滿足好幾個男人呢！再說，當時定下這條法律，女人並沒有同意而且也沒有徵求過我們女人的同意。所以這條法律可以說是一點兒也不公平。

「假使你一定要昧着良心，根據這條不公平的法律來加害我，那你儘可以這樣做。但在你判決之前，請給我一個小小的恩典吧——你問問我丈夫，他每一次對我肉體有要求，我是不是都依了他？」

林納多不等法官的訊問，就回答說，她的確從未拒絕過對他求歡的要求。

「那麼，」菲莉芭緊接着說道，「法官大人，假使他的胃口已經在我身上得到滿足了，而我的供應却還綽綽有餘，那叫我怎麼辦呢？難道把它扔給狗吃嗎？與其眼看它白白糟蹋，那麼拿來送給這位愛我如命的紳士，救救他的飢餓不是實惠得多嗎？」

這件風流案子，牽涉到這樣一位出名的漂亮夫人，簡直轟動了全浦拉多，大家幾乎全都擠到法庭上來旁聽了。大家聽到她提出這樣一個新鮮有趣的問題，都發出由衷的笑聲，並且異口同聲地叫嚷起來，說菲莉芭講得有理，講得好。大家得到了法官的同意，當庭修改了這條不近人情的法律，規定只對貪圖金錢而不忠於丈夫的女人，才加以懲罰。

林納多自覺沒趣，便離開了法庭；菲莉芭逃出了火刑，勝訴回家，好不欣喜高興。

故事第八篇　照鏡子

契絲卡說，她最討厭那些面目可憎的人，她的叔父就勸她自己別照鏡子。

費洛斯特拉多的故事打動了小姐的心弦，使她們感到羞慚，這從她們臉蛋上泛起的一層紅暈就可以看出來；但當她們面面相覷的時候，却忍不住笑了出來，她們一面聽故事，一面抿着嘴笑。等費洛斯特拉多講完，女王回頭看着愛蜜莉亞，叫她接下去講一個故事。她如夢初醒，歎了一口氣，才說道：

好姐姐，我想心事想出了神，現在遵從女王的吩咐，只好勉强講一個比平常短得多的故事。我要講的是一個叔父怎樣用說笑的口吻來糾正姪女的錯誤，她如果是個有頭腦的女人，就應該懂得那句笑話的含意。

法雷斯哥・達・奇拉第哥有一個姪女，小名叫做契絲卡，雖然說不上國色天香，倒也身段苗條，稍有姿色。可惜她缺少自知之明，妄自尊大，還以爲自己有閉月羞花之貌，因此竟然目空一切，男男女女都給她譏嘲得一文不值。她整天心煩意亂，覺得再沒有一件事能使她看得順眼了，哪怕是請她到法國的皇宮去跟國王攀親眷，只怕也還是委屈了她。她走在街道上的時候，就裝出那種厭惡的神情，掩鼻而過，好像她遇到的人身上都發出一股臭氣似的。

她的裝腔作勢，眞是一言難盡；有一天，她回到家，坐在法雷斯哥身旁，長吁短歎，好像有一肚子氣似的，那叔父看不過了，問道：

「契絲卡，今天是佳節呀，妳爲什麼這樣早就回來呢？」

她沒精打采地回答道：「不錯，我今天早回來了些，這是因爲我覺得城裏使人討厭的男男女女，再沒有像今天那樣多得不可勝數了。我在街上碰來碰去的全是那些面目可憎的人——也算是我倒了八輩子的楣！我想世界上還有哪一個女人比我更討厭這班醜八怪呢？我爲了要避開他們，所以急忙回家來了。」

「我的孩子，」法雷斯哥實在受不了她那種狂妄的樣子，就說道，「既然妳看到面目可憎的人就受不了，那麼如果妳要活得快樂，就千萬別對着鏡子照妳自己的尊容吧！」

她自以爲擁有跟所羅門❶相匹敵的智慧，其實却像是一根蘆葦，肚子裏空無一物，所以對法雷斯哥話裏的眞意何在，竟茫然無知；還說她要像別的女人一樣，經常照照鏡子呢！因此，她始終狂妄自大，直到現在還是依然故我。

❶ 所羅門：古代著名的聰明皇帝，他的故事載在『聖經舊約』裏。又請參閱第九天故事第九篇。

故事第九篇　墳地上的哲學家

紀德受到挖苦，他用尖刻的話回敬了那些不懷好意的人。

蜜莉亞講完故事，就只差女王和狄奧紐兩個還沒有講，而狄奧紐又是享有特權的，必須留在最後一個講，所以女王就開始說道：

愛各位美麗的小姐，我準備要講的故事，至少有兩個都給妳們搶去了，幸虧我還留有一個，這故事結束時的一句俏皮話說不定比妳們講過的還要潑辣些呢！

大家都知道，我們佛羅倫斯城從前本來有許多良善可喜的風俗，現在却都蕩然無存；這都是由於我們的城市愈來愈富有，而人也變得愈來愈貪婪，所以再也不要那些古老的風俗了。我們單說其中的一個風俗：從前佛羅倫斯的紳士常常結社聚會，不過只允許出得起錢的人加入，由各人輪流排定日子請客，請客的地點並不一定，有時還要邀請一些外國的賓客和本城的人士。每年至少有一次在遇到重大的紀念日時，尤其是遇到喜氣洋洋的節日，或者是傳來捷報的日子時，他們就穿着一色的衣服，騎着馬繞城遊行，有時還舉行武技競賽。

在這些集團中，有一個是由貝多・布納內雷斯基主辦的，他和他的朋友極力想羅致紀德・卡維康第加入，這不是沒有原因的。且不說他是當代最偉大的論理學家，又是個高明的哲學家（他們對於哲學可一點都不感到興趣），而是他談鋒很健，富於風趣，凡是紳士所應該具有的才藝，他可以說無一不精，無一不勝過別人。再說他又有錢，招待起他的朋友來眞是十分闊綽。可是貝多卻始終無法使他加入到他們的集團裏來，貝多和幾個朋友推論的結果，認爲這是由於他時常沉入冥思，對於世事不聞不問的緣故。而且他還多少傾心於伊比鳩魯的學說，大家都傳說他一心一意想證明天主是不存在的。

有一天，紀德從奧爾多・聖米歇爾起程，取道科索・阿第馬利，到聖約翰禮拜堂去，這是他常走的一條路。那時候，聖約翰禮拜堂附近一帶是由大理石或是其他的石塊築成的陵墓，就像現在的聖萊巴拉達禮拜堂的墳地那樣，紀德正在閉緊着的禮拜堂門前，墳地的雲斑石柱中間徘徊，恰巧貝多和幾位朋友騎着馬從聖萊巴拉達廣場一路來到這裏，他們望見紀德正在墳地裏，就說道：「我們去挖苦他一下吧！」

於是他們踢了一下馬腹，催着馬直向他那兒奔去，等紀德抬起頭來時，他們早已來到他面前了。他們說道：「紀德，你怎麼不肯加入我們這個集團裏來，不過請問你，卽使你眞的發現了天主是不存在的，那又有什麼好處呢？」

紀德看到被他們包圍了，立卽回答道：「你們在自己的老家裏，愛怎麼說我就怎麼說吧！」

他這樣說着，就一手按在墳墓上，施展出他那矯捷的身手，一跳跳了過去，擺脫了他們的包圍。

那些紳士看到這情景，不覺怔了一下，於是你一句我一語的都說這個人神經有些不正常，所以語無倫次，他們站立的地方，跟他們——尤其是跟紀德有什麼相干呢？他們還不是跟別人一樣，只是過路人嗎？但是貝多卻回頭對他們說道：

「要是你們不明白他話裏的意思，那麼倒是你們神經失常了。他只講了一兩句話，就把我們罵得狗血噴頭。你們怎麼不明白，這許多墳墓就是死人的老家，因爲死人永遠躺在裏邊，他說墳墓是我們的老家，因爲像我們這些不學無術的蠢貨，跟他，以及像他那樣的學者比起來，比死人還不如呢，所以他說我們是在自己的老家裏呀！」

大家這才恍然大悟，深深感到慚愧，從此不敢再挖苦他，同時認爲貝多是一個才思敏捷、知情達理的學者。

故事第十篇　變色的聖物

契波拉修士答應鄉下人，要讓他們見識天使的羽毛，等到打開盒子，羽毛卻變成木炭，他只得臨機應變，胡扯一通，這才騙過了那些鄉下人，沒有當場出醜。

每個人都已經講了一個故事，狄奧紐看到這次輪到他，不待女王吩咐，只等大家把紀德反唇相譏的天才讚美妥當之後，就開始說道：

各位可愛的小姐，雖然我有特權任意選擇題目，可是今天的題目大家都講得十分動聽，所以我也不打算離題了。我跟隨在你們後面，講一位名叫契波拉的聖安東尼派修士如何急中生智，巧妙地逃脫了兩個年輕人設下的圈套。爲了把故事講得完整一些，可能要多花各位一些時間，這是要請諸位原諒的。你們看，太陽還掛在高空，時間還早呢！

想必各位大概也聽說過，瓦第爾沙的塞爾塔多是一座小城市，不過它雖然小，以前卻也住過一些富貴人家。有個聖安東尼派的修士，因爲看到那裏油水豐厚，所以每年總要到那裏光顧一次，自有那些笨人給他和他的師兄師弟一些施捨。他所以會受到那裏人的歡迎，也許就因爲他的名字取得好，原來「契波拉」就是洋葱的意思，而那個地方正是以出產洋葱而聞名杜斯卡納全境的。

契波拉修士長得很矮小、一頭紅髮，嘻皮笑臉，是個最有趣的壞蛋。他雖然沒有受過什麼教育，可是非常健談，腦子也轉得快，你要是不知道他的底細，那你不只會把他當作一個雄辯大家，還會把他當作西塞羅❶或是克第里阿諾❷再世呢！那地方幾乎每一個人都成了他的好朋友、老相識。

有一年八月，他照例到那個地方。禮拜天上午，附近一帶村莊的善男信女，都聚集到這個教區的教堂裏來望彌撒。他看準了一個適當的時機，就走上前來對他們說：

「各位太太先生，你們爲了希望聖安東尼保護你們的牛羊牲畜平安，每年都要送些玉蜀黍和燕麥給聖安東尼老爺的可憐子民，有的送得多，有的送得少，這完全是根據你們自己的收入和誠意來決定的。除此以外，你們，尤其是那些入了這教團的人，總是少不了要付出那一年一度應該要付的一筆小錢。現在我的上司，也就是我的院長，特地派我來收取。天主祝福你們，今天下午你們一聽到鐘聲，都要聚集在教堂門外，我會照常來給你們講道，讓你們來吻一吻十字架，你們誰都不要落後。我知道你們都是我主聖安東尼的虔誠信徒，所以我特地從海外的聖地帶來一件高貴的聖物讓你們見識見識，作爲特殊的恩典。這件聖物正是當初卡布里哀洛天使降臨到拿撒勒向聖母瑪利亞報喜時❸從他身上落下來，掉在她臥室裏的那根羽毛。」

他說完了這些話，就繼續做彌撒。

當他說這些話時，教堂裏的羣衆中間有兩個專門愛搗蛋的青年，一個叫做喬凡尼·第·布拉可尼

❶ 西塞羅（Marcus Tullius Cicero，公元前 106～43）：羅馬著名的演講家及政治家。
❷ 克第里阿諾（Marcus Falius Quintilianus, 35～95）：羅馬著名的修辭學家。
❸ 關於卡布里哀洛天使向聖母瑪利亞報告耶穌將降生的喜訊，詳見『新約路加福音』第一章。

艾拉，另一個叫做比亞喬•皮玆尼，他們都是這位修士的好朋友，聽他說到什麼聖物不聖物，覺得好笑，就彼此商量了一下，要在他這根羽毛上作弄他一下。他們打聽到他那天上午要和一個朋友在這城裏吃飯，便決定一等他在餐桌上坐定了，就到他住的旅館裏去，由比亞喬纏住他的僕人談話，喬凡尼則趁機去搜查他的行李，把他所說的那根羽毛拿走，不管它是聖物也好，俗物也好，看他怎樣向聽衆交代。

說起這位修士的傭人，綽號很多，有人管他叫「鯨魚古丘」，也有人管他叫「泥水匠古丘」，還有人管他叫「猪玀古丘」。他正是一個大渾蟲，恐怕連大畫家李波•托波❹的筆下也沒有畫過這樣的人物。契波拉修士常常在朋友們面前拿他開玩笑說：

「我這僕人有九大缺陷，這些缺陷只要有一個生在所羅門、亞里斯多德、塞納卡❺身上，就會毀掉他們所有的德性、智慧和神聖。你們想想看，他身上具有九大缺陷，而德性、智慧、神聖等品質，他却一樣也沒有，那該成了個什麼樣的人啦！」

別人問他究竟是哪九大缺陷，他就編了首打油詩同答道：

「我來說給你聽：懶惰又撒謊、粗心又骯髒、說壞話、眞倔强、鄙野酗酒加莽撞。此外，小缺點還多着呢，那就更不用提了。這人有一點尤其可笑：他無論到什麼地方，都想娶個老婆、安個家，因爲他長了一大綹烏溜溜的鬍子，就自以爲很漂亮，認爲哪一個女人見了他都會動心。你如果把他丢在那裏不管，他就會去找女人，非等到碰了壁，絕不甘休。說實在的，他倒是我一個得力的助手，不管

❹李波•托波：係薄伽邱時代一畫匠，生平事蹟無可考。——潘譯本原注

❺塞納卡（Seneca）：羅馬哲學家。其權威代表作爲『論心地平靜』（De Tranquillitate），其中有「人不瘋狂就作不出好詩」、「一切天才都帶有幾分瘋狂」等語。

什麼人要和我談談知心話，總是會給他偷聽一些去，別人問我什麼問題，他唯恐我答不上來，老是以他自己的意思幫我回答。」

這次契波拉神父把他這個僕人留在旅館裏，臨走時曾關照他不要讓任何人碰他的行李，尤其是那個旅行包，裏面放着聖物，更是碰不得。可是這個僕人却喜歡一天到晚待在廚房裏，好像夜鶯喜歡待在樹林裏一樣，尤其如果讓他聞出廚房裏有女僕人的氣息，那可就不得了。他早就看到這家旅館裏有個又胖又矮、像一段樹樁似的醜廚娘，她的一對乳房大得像兩籃牛糞，一張母夜叉臉孔，滿臉都是汗水、油脂和烟灰。古丘走出他主人的房間，把行李丟在那裏不管，一溜烟跑到廚房裏去，好像一隻老鷹撲向一堆腐肉一樣；雖然那是八月天氣，但他還是坐在爐灶旁邊，跟那個廚娘努塔聊起天來。他對她說照理他應該是個紳士，除了大量施捨給人的錢財以外，還有九百多萬金幣。他說的話，做的事，都是最了不起的，只有天主才能領略。他不知道自己的頭巾上滿是油漬，用來塗抹阿爾多帕西奧❻的大鍋還綽綽有餘，也不曉得他那件緊身上衣已經破爛，領子上和胳肢窩下全是斑斑點點的油垢、窟窿和補釘，簡直比土耳其或印度人的衣服還鮮艷奪目，鞋子也裂口了，襪子也綻線了。他同她談起話來的那種語氣，儼然是個卡第倫公爵❼。他說他要做新衣服給她穿，還要帶她走，讓她脫離這仰人鼻息的生活，卽使不能使她發財，生活也會舒服得多。他這些花言巧語儘管說得天花亂墜，結果還是徒勞無功，就像他從前跟別的女人打交道時所遭遇的情形一樣。

❻盧卡（Lucca）地方的修道院，每星期供應遊人兩次酪湯。——據潘譯本原注

❼卡第倫家族世代出富貴紳士。自從高歇・德・卡第倫追隨腓力・奧古斯塔參加第三次十字軍起，以至於德・考李尼海軍大將爲止，都是如此。此處不知作者所指該家族之何代何人也。——潘譯本原注

那兩個青年到達那裏，發覺古丘正在和那個廚娘妞塔糾纏不清，眞是高興極了，因爲這一來，可以使他們省力得多。他們看見修士契波拉的房門敞開着，就直接走了進去，第一件事就是搜查他那個放着羽毛的行李袋。打開行李袋，他們找到一個小盒子，外面用一大塊綢子裹着。他們打開小盒子，看到裏面放着一根鸚鵡尾巴上的羽毛，斷定這就是他答應給塞爾塔多人看的聖物。

在那個時代，他的確很容易騙過那些當地人，因爲當時埃及的奢侈品還只達到杜斯卡納境內的少數地方，沒有像現在這樣大量供應，以致影響到義大利的開化。境內別的地方對這類奢侈品固然見聞淺陋，而這個地方的人却簡直一無所知。他們還遵守祖先樸質的遺風，不僅從沒有看過一隻鸚鵡，甚至連聽也沒有聽過這種鳥類。

那兩個年輕人找到這根羽毛，高興極了，馬上把它拿走。爲了不讓那個盒子空放在那裏，他們又順手從屋角拿了一些木炭放在裏面，把盒子關好，然後把一切都恢復成原狀，才高高興興地走了，誰也沒有看到他們。現在他們只等契波拉修士發現那根羽毛變成木炭時將怎麼說。

教堂裏那些頭腦簡單的善男信女，聽說下午將要看到卡布里哀洛天使的羽毛，望好彌撒就回家去了。一傳十，十傳百，等到吃過了飯，大家都慌忙地湧到鎭上去看那根羽毛，擠得那地方水洩不通。

再說契波拉修士吃過中飯，打了一會兒盹就起來了。他聽說有好多鄉下人都趕來看那根羽毛，立卽命令古丘帶了鈴和旅行包到那兒去，古丘無可奈何，只得別了妞塔，走出廚房，帶着他主人要他帶的東西到指定的地點去了。他因爲喝飽了水，跑到那裏，氣也喘不上來了。他主人立卽吩咐他到教堂門口去用力搖鈴。

等到人聚來了以後，契波拉修士開始講道，却沒有注意到他已經被人家破了法。他把自己的功德大肆宣揚了一番，然後他覺得可以把卡布里哀洛天使的羽毛拿出來給大家見識見識了，首先他很虔誠地做了一遍懺悔祈禱，然後點了兩支蠟燭，掀開頭巾，再小心翼翼地解開那塊大綢子，拿出那個小木盒。

他先說了幾句話讚美卡布里哀洛天使和他的聖物，就動手打開那個木盒，一看全是些木炭。他一點也不懷疑古丘同他搗鬼，因爲他知道古丘是想不到這上面去的；他也沒有責備古丘防範不嚴，因此讓別人做出這種惡作劇來，他只是暗地裏責備自己：既然明知古丘粗心大意、不聽話、健忘，爲什麼還讓他來保管行李？可是他面不改色，却舉起雙手，仰望天空，大聲說道：

「啊，主呀，願你的力量永遠受到讚美！」

接着，他就關上盒子，轉身去對大家說道：

「各位女士，各位先生，你們應該知道，早在我年輕時代，我的上司就派我去到那日出的東方，他特地關照過我一定要探聽出製造瓷器的秘密。東方人把這些秘密告訴我們，對於他們並沒有什麼損失，而對我們却有很大的好處。

「我負了這個使命從威尼斯出發，經過了希臘街，騎馬走過卡波王國和巴塔加，我來到了帕里歐納，忍饑耐渴，才來到薩丁尼亞⑧。可是我何必要把我經過的這些地方全都說出來呢？我經過了聖喬治海峽⑨，來到『糊塗國』和『詭計國』，這兩個地方都是人烟稠密。我再從那裏去到『虛僞國』，碰到許多我們的兄弟和其他敎派的修士，他們說是爲了天主的緣故而好逸惡勞，不重視別人的勞動，一心追求自己的利益，到處都在使用沒有鑄成的錢幣⑩。後來我又來到阿布魯兹國，那裏的男男女女

⑧在佛羅倫斯郊外。

⑨在威尼斯附近。——潘譯本注

都穿着木底鞋在山上跑來跑去，把猪肉貯藏在猪腸子裏面⓫。我繼續向前走，又碰到一些用棍子捎麵包、用袋子裝酒的人⓬。後來我又到了『懶惰鄉』，那裏的水都往山下流。

「簡單地說，我走了很遠，一直來到印度巴斯第那卡⓭，我可以憑着聖袍向你們發誓：我看到了會飛的長柄鐮刀，不是親眼看到的人是絕不會相信的。不過這件事當時却有個名叫馬佐·第爾·沙喬的大商人可以做證，他那時正在剝胡桃，把胡桃殼零賣出去。

「可是我要找的東西並沒有找到，因而再往前去就要涉水了，我便回過頭來往聖地去，在那裏，夏天一塊冷麵包値四個銅子，而熱麵包却不値錢。我在那裏找到了白萊姆米諾特·安以特潑里斯尤⓮神父，他是耶路撒冷最受人尊敬的一位大主教。承蒙他看得起我主聖安東尼賜給我穿在身上的這件聖袍，就把他那裏所有的聖物都指給我看。那眞是多得數不清，要是一樣樣講出來，只怕要擺滿好幾哩路呢⓯。可是爲了不讓你們失望，我找幾樣講給你們聽聽。

「他首先指給我看了一隻聖靈的手指，依舊完整如新，他又指給我看了那個曾在聖方濟面前出現的六翼天使的一綹頭髮，九天使中第二位天使的一個手指甲，還有『快到窗畔的維本·卡羅』⓰的一

⓾ 意即輕諾寡信，典出但丁『神曲』天堂篇，第二九節第一二六行。——里格譯本原注

⓫ 意謂製臘腸。

⓬ 意謂麵包做成空心環狀，酒瓶係用皮革做成。

⓭ 「巴斯第那卡」意謂「荷蘭防風草」。

⓮ 原文是 Blamemenot Anitpleaseyou，意謂：「如不滿意，請勿見怪。」

⓯ 原文如此，「一樣樣講」和「好幾哩路」扯不到一處，此處應是修士說話出了格。

⓰ 「維本·卡羅」的義大利原文爲 Verbum Caro，意謂「道成肉身」，所謂「快到窗畔」，只是信口胡扯。

根肋骨，還有幾件神聖天主教信仰派的衣服，還有『三大賢人』，親眼看見出現在東方的那顆明星的幾縷光芒，還有一瓶聖米迦勒和魔鬼搏鬥時淌下的汗水，還有聖拉札魯的顎骨，以及其他許許多多的東西。

「我慷慨地捐獻給他幾大卷用土語寫的蒙特·莫列羅的神學著作和幾卷卡帕勒佐的著作，那正是他搜羅了好久沒有弄到手的，他自然歡喜不已，承蒙他的好意，就給了我一些聖物：一個聖十字架的齒輪、一個小瓶子——瓶子裏裝的是所羅門廟堂裏的鐘聲，以及我剛剛跟你們講過的卡布里哀洛天使的羽毛，還有聖吉拉爾多·達·維拉·馬格那的一集木底鞋，這件東西我在不久以前到佛羅倫斯去，已經給了吉拉爾多·狄·朋西，因為他對那位聖徒特別崇拜；此外他還給了我當年那最有福分的殉教者聖勞倫斯被酷刑烤死時用的幾塊木炭；我把這些聖物都虔誠地帶同來，至今還珍藏着。

「我的上司一定要等到他鑑別了這些聖物的眞僞以後，才可以讓我拿出來給大家瞻仰，現在一方面因為這些聖物已經造成了許多奇蹟，另一方面，大主教又來了好多封信，他才相信這些聖物都是眞的，允許我拿給大家看。我因為不放心把這些東西交給別人保管，所以常常帶在身邊。

「我把卡布里哀洛天使的羽毛藏在一個小盒子裏，唯恐把它弄壞了；烤聖勞倫斯用的木炭則放在另一只盒子裏。這兩個盒子形狀差不多，害得我常常弄錯——今天又弄錯了。我本來打算把那個裝羽毛的盒子拿來，不料却錯拿了這個裝木炭的盒子。我認為這算不得什麼錯誤，而是出於天主的意旨，是天主親自把這個裝木炭的盒子放到我手裏來，我現在才想起了聖勞倫斯的節日剛剛過了兩天。

「這樣看來，原是天主的意思要我拿那烤死聖勞倫斯的木炭給你們看，好喚起你們對他應有的虔誠，所以我本來想拿羽毛沒有拿成，却拿來了這一盒被聖體的汗浸滅的神聖木炭。我有福的孩子，你們摘下帽子，走上前來瞻仰瞻仰吧！

「我還要先告訴你們，你們不管哪一個，只要用這木炭在身上畫一個十字，一年之內都不會遇到火災，卽使睡在火上也不覺得燒痛。」

說完了這許多話，他就打開盒子，拿出木炭，向大家展覽，一面高唱讚美歌來讚美聖勞倫斯；那些愚蠢的人懷着虔敬的心情看了一會兒之後，就一湧而上，圍住契波拉教士，獻給他比平常更多的孝敬，都要求他用木炭替他們畫十字。

於是契波拉修士就拿起木炭在男人潔白的襯衫上、緊身上衣和女人的面紗上大畫十字，還說，這些木炭雖然因爲畫十字消耗了不少，可是一放進盒子就會增長起來，他已經有了好多次的實驗證明。

就這樣，他替塞爾塔多所有的人都畫上十字，撈到了好大一筆錢。那兩個青年本來偸他的羽毛想要窘他一下，却幸虧他能够臨機應變，使他們的計謀沒有得逞。那兩個人這時也跟大家在一起聽他講道，見他居然狡詐多端，想出了新的詭計，配上花言巧語，說得天花亂墜，繞了一個大圈子，把這事情收了場，使他們笑得下巴險些掉下來。等衆人散了，他們就走到他面前，鬧嚷嚷地把一切經過都告訴他，還把那根羽毛還給他，讓他留到明年再拿出來，又可以像木炭一樣替信徒們祝福。

這個故事誰都聽得拍手叫絕，大家都爲契波拉修道士笑了好久，特別是笑他講到朝拜聖地看到和帶回那麼多聖物時。

這個故事講完之後，女王的任期滿了，她站了起來，取下頭上的王冠，笑嘻嘻地把它戴在狄奥紐頭上，說道：

「狄奥紐，現在該你嘗嘗管理和領導女人的麻煩滋味。你現在來當國王吧，應該好好執掌國政，等你任期滿了以後，大家都會稱頌你的賢政。」

狄奥紐戴着王冠，笑嘻嘻地回答道：

「比我賢明的國王，你們也見多了，我的意思是指我們這些自封的國王；當然嘍，如果妳眞的把我當作國王來服從我，包管叫你領略到一種樂趣——沒有這種快慰，任何娛樂都顯得美中不足。這些話暫且不談，我一定盡心盡意地做一個好國王就是了。」

於是他照例把總管叫來，吩咐總管在他的任期之內應該如何安排各項事情。然後他就說道：

「各位高貴的小姐，妳們已經從多方面探討了人的天性，以及人生的各種機遇，要不是莉西絲卡剛才到這兒來跟我談了一下，使我想起我們明天的故事範圍，那我卽使想半天，也不一定想得出一個新鮮題目來呢！你們剛才也聽到她說了嗎——她所認識的女人當中，沒有哪一個結婚時還是個處女；她又說，凡是妻子用來欺矇丈夫的種種詭計，她沒有一樣不曉得的。她前面那一段話我們姑且撇開，那都是些孩子氣的話，不過我看她後面的一段話倒可以作爲我們講故事的一個很風趣的題目。旣是莉西絲卡給了我們這樣一個機會，我們明天的故事範圍不妨就定爲**妻子爲了偸情，或是爲了救急，而對丈夫使用種種詭計，有的被丈夫發覺了，有的把丈夫瞞過了。**」

有幾位小姐覺得這種題目對她們不大相宜，要另換題目。國王說道：

「小姐們，我命令妳們講這類故事，未嘗沒有想到妳們這層顧慮。但是我可不能因爲妳們提出的意見就收回成命，因爲在目前這樣的時候，什麼話都可以談，只要男女之間能夠節制，不要做出有傷大體的事情來就得了。要知道，由於大難當前，法庭上都已經沒有了法官，無論是凡人的法律、宗敎的法律，都已蕩然無存，任何人爲了保全性命，都可以隨心所欲。你們的談話不妨隨意一點，只要不去效法這些有失體統的行爲，那就絲毫也不會損害妳們的貞潔。妳們只是在講故事，讓自己和大家藉此解悶取樂，我倒看不出將來會有誰能夠找出什麼冠冕堂皇的理由來指責妳們。

「況且，從第一天到現在，我們聚在一起，妳們一直都是十分貞潔的。不管我們在這裏說了些什麼，我們的行動始終非常規矩，沒有一點汚垢。誰不知道妳們的貞潔呢？在我看來，不要說是講幾個俏皮的故事，就是拿死來威脅妳們，我相信妳們也不會失去貞潔的。

「說老實話，如果讓人家知道妳們不願講這些故事，那人家恐怕反而會懷疑妳們是否心裏有病，故意避而不談。再說，我向來事事都依從妳們，如今承蒙妳們推我做妳們的國王，却又違背我制訂的法律，不願意講我所規定的故事，這未免也使我面子上過不去。我看妳們還是消除顧慮，各人準備一個好故事吧！這些顧慮只應該存在庸俗的腦子裏，妳們怎麼可以有這樣的想法呢？」

小姐們聽了他這番話，都很贊同。於是國王叫大家隨意去遊樂，等到吃晚飯時再聚集在一起。這一天講的故事都很短，所以講完了故事，太陽仍舊高照；狄奧紐和其他兩位青年打牌去了，愛莉莎就把小姐們叫到一邊，跟她們說道：

「附近有個地方，名叫女兒谷，我相信妳們都沒有去過。自從來到這裏，我就一直想帶妳們去看看，無奈時間總是來不及。今天時間還早，如果大家願意去看看，我相信妳們到了那裏，一定會很滿意的。」

小姐們都說要去。於是她們沒有向那三位青年透露一點風聲，就帶着一個女僕出發了。走了一哩路，就到了女兒谷。這裏有一條小徑，小徑的一邊是一條清澈的小澗。她們由小徑走入谷中，看見這裏眞是個幽靜美麗的地方，尤其是在熱天，眞有說不出的快樂。後來我聽到她們中間有一位說，谷中的那片平原雖然看上去完全是天然情趣，不落一點人工的痕跡，但却滴溜滾圓，好像經過人工規畫似的。周圍大約有半哩多長，圍着六座不很高的小山，每座山頂上都有一座別墅，看上去很像一座美麗的城堡。山坡逐漸向平原傾斜，就像露天戲院一排高出一排的座位，從山頂望下來，這一圈圈的石級依次縮小。朝南的斜坡上長滿了葡萄、橄欖、巴旦杏、櫻桃、無花果和其他的果樹，找不出一絲的荒地。朝北的斜坡上長滿筆挺的、綠油油的小橡樹和梣樹等等。山脚下的那片平原，除了小姐們剛剛走進來的那個入口以外，就沒有別的入口了——那裏長滿杉、柏、松、桂等樹，整整齊齊，彷彿是哪一個園藝家在這裏精心栽種的。烈日當空的時候，樹葉叢中透不進陽光，縱然透進來，也不過是一絲半縷，下面的地上則是綠草如茵，繁花如錦。

最使她們高興的是那條小溪。它從兩山之間的小谷中流出來，落在一塊天然岩石的峭壁上，發出清脆悅耳的聲音，當它濺落在石塊上時，遠遠望去，彷彿是一大灘水銀，受了一種奇妙的壓力，變成細細的水花。溪水流到小平原上，就敏捷地穿過一條小溝，流入平原中央，聚成一個小湖，就像城市居民在自己花園裏所開掘的魚池一樣。

湖水不深，僅及胸口。水面平靜無波、清澈見底，可以數得清下面卵石的數目。同時還可以看到游魚成羣，逍遙自在。看到這裏的山光水色眞叫人心曠神怡，更叫人覺得驚異。湖畔全是草土，由於湖水的滋潤，益發顯得鮮艷。溢出湖面的水流入另一條小溝，再由那裏流出小谷，注入低窪的地方。

小姐們來到湖畔，把周圍的風光景物都一一欣賞讚美之後，就決定在湖裏洗個澡，因爲天氣那麼熱，湖就在她們眼前，而又不用擔心會被別人看見。她們吩咐女僕守望在她們剛剛進來的地方，看到有人來，就趕快告訴她們一聲。接着，七位小姐便寬衣褪裙，下了水。雪白的肌膚映在水裏，宛如一朵艷紅的玫瑰給罩在薄薄的玻璃罩裏。她們動作輕捷，所以並沒有把水攪渾，隨後就動手追捕游魚，嚇得魚兒慌慌忙忙地東逃西游，眞不容易藏身。她們在水裏游樂了一會兒，捉了幾條魚，便上岸穿好衣服。她們對這地方已經讚美得無以復加，而且，眼看也應該是回去的時候了，她們就步履輕盈地走回去，一路上談論着這幽美的山谷。回到寓所裏，時間還早，只見那三位青年仍舊在玩牌。潘比妮亞笑盈盈地對他們說道：

「唔，今天我們總算騙了你們一次啦！」

「什麼？」狄奧紐問道。「妳們故事還沒講，就先在行動上表示出來了嗎⑰？」

「是呀，陛下。」潘比妮亞說。然後她就告訴這三位青年，她們從哪裏玩回來，那地方的風光又是如何，離這裏有多遠，她們在那裏做了些什麼。國王聽到有這麼一個好地方，眞想去看看，就命令立卽開晚飯。大家心滿意足地吃過晚飯之後，三位青年就帶着僕人，辭別了這些小姐到女兒谷去。他們都沒有到過那裏，到那裏打量了一番，都認爲那是天下最美麗的地方。洗過了澡，穿好衣服，看看天色已經不早，便動身回家。到達家裏，看到小姐們正在跳着圓舞，由菲亞美達伴唱。跳完了舞，三位青年又和她們談論女兒谷，對那地方的美景讚嘆不絕。

國王又把總管叫來，吩咐他明天早上在那兒開飯，並且搬幾張床去，以備下午有人到那裏休息和睡眠。他又吩咐掌燈，把酒和糖果拿來，等大家稍微吃了一點，他又命令每個人都來參加跳舞。潘費羅遵命跳了一場舞之後，國王就轉身欣喜地對愛莉莎說：

「美麗的小姐，今天蒙妳見愛，讓我戴上了王冠，我今晚少不得也要回敬一下，請妳唱一首歌。妳就隨意唱一首吧！」

愛莉莎笑盈盈地說，她非常樂意。於是就用優美的聲調唱道：

要不是愛情的神鈎

⑰ 這是說，她們還沒講女人欺騙丈夫的故事，倒先做出了欺瞞他們男人的事。

把我鈎得這樣牢，
我就可以無牽無掛，一身逍遙。

啊，愛神，我正當荳蔻年華，
就曾和你在情場上交鋒，
原以爲你只有百般溫存，不會擺出威風。
我解除了武器，以爲千穩萬當，
誰知就此成了你的俘虜、你的僕從，
想不到你這個暴君竟百般威猛，
用你的神鈎抓住了我不肯放鬆。

從此你就把我捆綁得緊緊的，
去送給我那個前世的冤家對頭，
我心兒憂，淚兒流，
日漸衣寬人瘦。
怎奈他還是一副鐵打的心腸，
不管我怎樣涕泣長歎，

也贏不到他半點兒愛憐，
啊，這叫我何等凄愴！

凄厲的風在狂呼長嘯，
我在風聲中連連禱告，
他哪裏聽得到？
也許他是有意裝聾作啞，我又哪裏知道？
啊，我受不住這日夜噬心的煎熬，
我活也活不成、死也死不了。
你救苦救難、恩澤無邊的愛神啊，
快把他綁來跪在我面前討饒。

如果你不能如我願，
就請你把我這一片癡情打消，
千萬別再叫我相思徒勞；
如果蒙你成全了這樁美事，
我的臉上就再也不會有愁雲籠罩，

我又會出落得青春美貌。
我還要戴滿紅色和白色的玫瑰花兒，
那該會有多艷多嬌！

愛莉莎唱完了歌，發出一聲幽怨的歎息，雖然人人聽了她的歌詞都深爲奇怪，可是誰都猜不出她爲什麼唱出這些怨詞來的。國王倒是興致很高，把坦達羅叫來，吩咐他拿風笛來吹奏伴舞。一直歌舞到深夜，他才吩咐大家去安寢。

第六日終

第七日

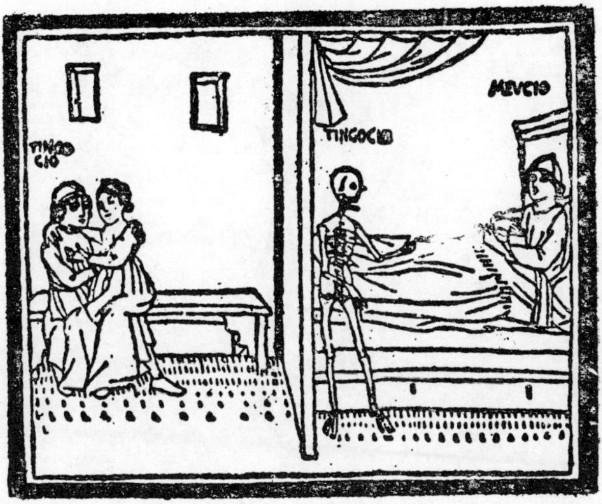

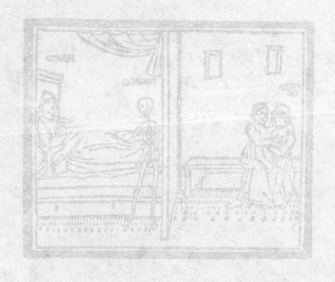

『十日譚』第七日由此開始，狄奥紐擔任國王。這天的故事內容是妻子爲了偷情，或是爲了救急，而對丈夫使用種種詭計，有的被丈夫發覺了，有的把丈夫瞞過了。

東邊天空的星星都已隱沒，只有金星還在魚肚白的曉光中閃耀。總管起來了，推了行李來到女兒谷，照着國王的吩咐，把一切安排妥當。這一陣打點行李和駕馬上車的聲音吵醒了國王，他立刻起身，把小姐、先生都一一叫醒。他們出發的時候，太陽剛剛昇起。一路上只聽見夜鶯和各種鳥兒唱着悅耳的歌聲，再也沒有像今天早晨那樣清脆婉轉的了，他們來到了女兒谷，又有更多的鳥兒發出一片清音，好像歡迎他們的光臨似的。

這地方的景物風光，他們又仔細欣賞了一遍，只覺得在晨光裏看來，比昨天更引人入勝，他們用了些美酒佳肴，不願意獨讓鳥兒賣弄牠的歌喉，就唱起歌來，飄盪的歌聲在山谷中引起一陣陣迴響，而那些鳥兒好像也不甘示弱，便又唱出了許多美妙的新曲。

轉眼到了午飯時分，國王吩咐把桌子擺在湖邊上的桂樹和其他一些葱蘢樹木的濃蔭下。他們坐在那裏，邊吃邊看着湖裏成羣的游魚，不僅賞心悅目，也增加了不少談興。吃過中飯，撤去席面，又重新唱起歌來，甚至唱得比剛才更起勁。然後能幹的管家就在山谷的四處擺下床鋪，撑起法國嗶嘰布做的帳子，國王吩咐想睡覺的都可以去睡，不想睡覺的可以任意消遣遊樂，過了一會兒，大家睡醒了，也是到了應該去集合講故事的時候，國王便吩咐拿幾條毯子來，鋪在離他們剛剛吃飯的地方不遠的一片草地上。大家在小湖邊坐定以後，國王吩咐愛蜜莉亞帶頭講個故事，愛蜜莉亞就笑盈盈地這樣開始講道：

故事第一篇 祈禱文

姜尼夜聞敲門聲，把妻子叫醒，妻子騙他說有鬼，其實是她的情人。後來她又胡謅了一些祛邪驅鬼的祈禱文，敲門聲就此停止了。

陛下，今天這樣出色的題目，如果陛下叫別人先帶頭講，那我該有多高興啊；不過，既然陛下命令我先講故事給其他幾位小姐做榜樣，我當然樂意從命。各位親愛的小姐，我要講的這個故事，也許將來對各位都有所裨益。如果各位都像我一樣膽小，尤其是怕鬼，就不妨用心聽聽我這個故事，學會一篇受用不盡的祈禱文，那麼，一旦眞的碰到了鬼，就可以用來驅鬼。說起來天知道，我根本不曉得鬼究竟是什麼東西，到現在也還沒有看到過哪一個女人知道鬼究竟是什麼東西，可是我們大家都一樣地怕鬼。

從前在佛羅倫斯的聖布蘭卡丘地區，有個梳羊毛的人，名叫姜尼·洛第林奇。這人手藝高明，但世故人情却一竅不通。他有幾分傻氣，常常被選爲聖瑪利亞·諸凡拉唱詩班的領唱人，而且還負責管理這個團體。他擔任過好多次這一類的小差使，並以此自鳴得意。他所以會弄到這些小差使，那是因爲他有錢，常常拿些小禮物去孝敬敎士。他送給這個敎士一雙襪子，那個敎士一件長袍，又送給第三個教士一件法衣——他們領受了他的禮物，就教給他一些當地話的祈禱文作爲回報，諸如『聖阿勒克西斯之歌』、『聖白爾那多的輓歌』、『馬蒂達夫人頌歌』等等無聊的文詞，他把這些東西都奉爲至寶，牢記在心，認爲可以用來拯救自己的靈魂。

他娶了個千嬌百媚的妻子，名叫娣莎，是柯柯利亞地方馬納丘的女兒，爲人伶俐乖巧。她看到丈夫有些蠢笨，就看中了一個名叫費得里歌·第·納里·培歌洛第的風流俊俏的青年，那男的也深深愛她。於是她和她的女僕商量，設法叫費得里歌到堪麥拉塔鄉下她丈夫的別墅裏去和她幽會。整個夏天她都住在那個別墅裏，丈夫難得到那邊去吃頓晚飯、睡一夜，去的話第二天一大早就回去幹他自己的營生，或是上教堂唱歌去了。

費得里歌本來就苦於沒有機會接近她，於是在約定的那天晚上，趁着姜尼不在家，就闖到他鄉下別墅裏，和他老婆一同進餐，一同上床，好不快活。那位太太睡在他的懷抱裏，還教了他六篇她丈夫所熟悉的祈禱文。他們倆只希望以後還有歡敍的機會，又不便每一次都派僕人去找他，於是兩人商量好一個辦法：費得里歌的家離此不遠，今後他每天無論外出或回家，路過此地時，先要看一看屋子附近的那座葡萄園。原來她在園裏一根攀藤的桿子上放了個驢子頭顱，如果那頭顱面朝着佛羅倫斯，他晚上就可以萬無一失地到她這裏來，門關了，他可以輕輕地敲三下，她就會開門放他進來，如果他看見驢子頭顱朝着費索雷，那就表示姜尼在家，他千萬不要進來。他們就這樣來往了不知有多少次。

有一次，姜尼說晚上不回來，娣莎便煮了兩隻肥嫩的閹鷄，約了費得里歌來吃飯，不料姜尼晚上却趕回來了。她大爲氣惱，只得拿出一些另外燒的鹹猪肉，陪丈夫吃飯，一面關照女僕把兩隻熟鷄，連同幾隻新鮮鷄蛋，一瓶好酒，用白餐巾包好，送到花園裏去，放在草地旁的一棵桃樹下面——那本是她常常和費得里歌一塊兒吃飯的地方，而且到那裏去可以不必經過住宅。但她因爲心慌意亂，忘了吩咐女僕在那兒等候費得里歌時要把姜尼回家的消息告訴他，叫他把放在花園裏的食物拿去吃。

夫妻上床不久，女僕也已經睡了，費得里歌果然來到門口，輕輕敲着門兒，這扇門離臥房很近，姜尼立刻就聽到了，她當然也聽到了，却只是裝做睡着了，免得引起她丈夫懷疑。過了一會兒，費得里歌又敲了一次門，姜尼奇怪起來，就推推他妻子說：

「妳聽到什麼聲音沒有？娣莎，好像有人在敲門呢。」

他太太其實聽得比他清楚，却故意裝作剛剛醒來的樣子說道：「呃？你說什麼？」

姜尼說：「我好像聽到有人在敲門呢！」

「敲門？」他妻子大聲嚷道：「啊呀，我的姜尼，你不知道這是什麼嗎？這是鬼呀，這幾天，夜夜都把我嚇死了。我一聽到這聲音，就連忙把頭蒙在被裏，一直要等到天亮才敢伸出頭來。」

姜尼說：「來，我的太太，就是鬧鬼也不要怕；我上床之前，已念了『台・盧契』、『盎台梅拉達』，以及其他虔誠的祈禱詞，並且以聖父、聖子、聖靈的名義，把床舖的每一邊都畫過十字，所以不管什麼凶神惡煞，也不怕它來傷害我們了。」

他妻子唯恐費得里歌在門外等久了，會對她有所猜疑❶，生起氣來，便決心冒險，起了床，設法使他知道姜尼回家來了，於是她就對她丈夫說道：

「好極了，你念過祈禱文，你是安全了，可是我却非等到把鬼趕走，否則是永遠也不會感到安全的，趁你在這裏，就給我把鬼趕一趕吧！」

「但是鬼怎麼能趕得走呢？」她丈夫問。

❶ 在里格的譯本裏，這一句是「會疑心她另有情人」。

她說：「我自有辦法。有一天我到費索聖教堂裏去做免罪祈禱，有個修女——啊，姜尼，她眞是個道行最深的修女，只有天主才知道她的道行有多深——她知道我最怕鬼，就教我一篇虔誠而靈驗的祈禱文。她告訴我說，在她沒有出家以前，曾把這篇祈禱文試用過好多次，總是非常靈驗。天曉得，我從來不敢獨自一人去試驗，今天正好你在家裏，我們就一塊兒來唸吧！」

姜尼說，他非常樂意：於是兩人一齊起床，輕輕來到門口。這時費得里歌在門外已經有些疑惑，正在注意聽有什麼動靜。姜尼的妻子立卽對姜尼說：

「待會兒我叫你吐口水，你就要吐呀！」

姜尼答應道：「好的。」

於是他妻子開始念一篇祛邪驅魔的祈禱文來：

小鬼小鬼，夜出夜行，
尾巴翹翹，大駕光臨，
翹翹尾巴，快離開我的家門！
快到花園裏的桃樹下去顯靈，
樹下有香膏烹煮的野餐一盆②，
還有我的母鷄撒的一堆糞③，

② 暗示烤得很好的閹鷄。——潘譯本注
③ 暗示鷄蛋。——潘譯本注

你拿起酒瓶，一飲而盡，
你酒醉飯飽，快快逃遁，
莫再打擾我和我的良人。

然後她就對她丈夫說：「快吐口水，姜尼！」姜尼吐了口水。費得里歌在外面聽到了這一切，滿懷的妒嫉立卽煙消霧散；他雖然失望，却又覺得好笑，差點兒失聲笑出來。當他聽到姜尼大吐口水的時候，他暗中說：「留心你的牙齒，別一起吐出來了！」

姜尼的妻子把這篇趕鬼的祈禱文念了三遍，才和丈夫一同上床。

費得里歌本來要來和她一起吃晚飯的，一聽這篇祈禱文，自然明白了其中的意思，便馬上到那花園裏，在一棵大桃樹下找到了兩隻肥鷄、鷄蛋和酒，拿回家自由自在地享用，以後他和他情婦見面，常常拿這篇祈禱文來取笑作樂。

也有人說，那天她本來已經把驢子頭顱轉向費索雷，可是有個莊稼人走過葡萄架前，隨手用棍子把它一敲，敲得它打了個轉，朝向佛羅倫斯，費得里歌看了，以爲情婦邀他，就去了；而他的情婦那次念的祈禱文是這樣的：

鬼怪，鬼怪，看天主的面上趕快走；
把驢子頭顱轉過來的是別人不是我；
誰做出這壞事，天主要叫他吃苦頭！
我現在和我的姜尼在家同床安臥。

他們說，費得里歌聽了這篇祈禱文後就連忙走了，沒有吃到晚飯，也沒有過夜，但是我的一個鄰居老太太告訴我說，據她小時候所聽到的傳說，這兩種說法都是眞的，不過後者不是說的姜尼・洛第林奇，而是說一個住在寶達・聖彼羅的姜尼・第・尼羅，他是個和姜尼・洛第林奇沒有兩樣的傻瓜。

各位親愛的小姐，妳們可以任意挑選，中意哪一篇祈禱文，或者是兩篇都中意，均無不可。妳們聽完了故事，自會懂得，在這種場合，這類祈禱文是很有用處的，所以奉勸妳們把它記住，將來有一天也許會有用處的。

故事第二篇　酒桶

蓓洛妮拉把情人藏在酒桶裏，她丈夫要賣酒桶，她就說，她早已把它賣出去了，現在買主正在桶裏查看。那情人聽了，連忙跳出桶來，要她丈夫把桶刮乾淨，然後買了拿回家去。

大家聽了愛蜜莉亞的故事，沒有人不放聲大笑的，都說那兩篇祈禱文眞是妙極了。她講完以後，國王就命令費洛斯特拉多接下去講了這麼一個故事：

各位親愛的小姐！男人（尤其是做了丈夫的男人）若欺騙起女人來，眞是詭計多端；因此，要是有哪個女人對她的丈夫施了詭計，妳們聽了一定都會感到高興，慶幸天下竟然也有這種事；不但如此，妳們還會到處去講給人家聽，讓天下的男人也曉得：會用詭計的不只是男人，女人在這方面並不比他們差！這樣做對妳們很有用處，因爲一個人只要知道他的對手也和他一樣精明，他就不敢輕易捉弄別人了。這樣看來，誰也不會懷疑今天我們所講的這一類故事，要是讓男人聽到，讓他們知道女人在這方面也和他們一樣會耍手腕，那他們就不敢肆無忌憚地欺騙女人了。所以我就來講一個出身低微的少婦，怎樣急中生智，騙過了她丈夫，保全了自己。

不久以前，那不勒斯地方有個窮人，他娶了個美麗可愛的少女，名叫蓓洛妮拉。男的是做泥水匠的，女的在家紡織，雖然收入微薄，可是省吃儉用，日子倒也過得很舒適。有一天，附近有個英俊的青年，名叫賈納羅．史特里涅里奧，他見到了蓓洛妮拉，對她非常愛慕，便想盡辦法去親近她，終於獲得她的歡心。於是他們想出了一個幽會的辦法：每天早上那男的在附近守着，一看到她丈夫出去幹活了，就溜到她家裏來，因爲她所住的那條阿沃利奧街，非常偏僻，不怕閑人窺見。他們就這樣來往了不知有多少次。

她丈夫平日總是早出晚歸，不料有一天，賈納羅正在她家裏和她作樂時，她丈夫突然回來了，他看到大門關得緊緊的，就一邊敲門，一邊心想：「我的老天爺呀，我永遠讚美你！你雖然給了我一條窮命，可是你却賞給我一個規矩賢慧的老婆。你看，我一出去，她就鎖上了門，免得閑人闖進來找她麻煩。」

蓓洛妮拉聽見那一陣敲門的聲響，就知道是丈夫回來了，就對她的情人說道：

「哎喲，我的賈納羅呀，我要沒命啦！眞要命，我那個丈夫回來啦！他從來不在這時候回來的，不知道今天是什麼原因。說不定你進來的時候，給他看見了。不過，無論如何，看在天主面上，你暫且躱到那個大酒桶裏去，讓我去看看他今天這麼早趕回來究竟有什麼事情。」

賈納羅連忙藏身到酒桶裏去，蓓洛妮拉走去開門，讓丈夫進來，和他一見面就沒好氣地說：

「你今天怎麼這麼早就回來呀？我看你把工具也帶回來，大概今天不想幹活了吧？照這樣下去，我們怎麼過活呢？我們靠什麼吃飯呢？你難道想把我的那件袍子連同幾件舊衣裳都拿去典當不成？我日日紡紗，紡得五個手指皮包骨頭，也不過只賺到幾文燈油錢！我的好丈夫、親丈夫，街坊的女人看我這樣辛苦，都奇怪透了，人家都在譏笑我呢！你這時候正該在外面幹活，誰知道你不幹活，却甩着兩隻手回家來了。」

說着，她就放聲大哭，一邊哭一邊繼續說下去：

「老天爺呀，我眞是一個苦命的女人呀，我出生的時辰眞不吉利呀，又這樣晦氣，嫁到這戶人家來！有身份的年輕小伙子不嫁，偏偏瞎了眼嫁給這樣一個男人，絲毫不把自己的老婆放在心上！哪家女人不是有兩個情夫三個姘頭，吃喝玩樂，把丈夫哄得團團轉，叫他們把月亮當做太陽。只有我活該受苦受罪！我只因爲心地好，不願意要這些花巧，就活該倒楣。我怎麼這樣笨，不學學別的女人那樣去偸個漢子呢？我的丈夫呀，你要知道，要是我存心不規矩，難道還怕找不到人不成？看中我的漂亮小伙子多的是，他們每個人都巴結我，願意送錢給我，送我衣服、首飾，只要我肯要，哪一樣沒有？只是我昧不過自己的良心——我不是那種賤種養的——想不到你應該幹活的時候不去幹活，倒溜回家來了。」

他丈夫說：「我的好妻子，看在天主面上，快別生氣了。請妳放心，我一向知道妳是個怎麼樣的女人。今天我更證實了。我的確是打算出去找活兒幹的，可是妳我都忘了今天是聖加利文節，外面找不到活兒幹，所以我就早些回來了。不過我却想出了一個辦法，可以供我們吃上一個多月。你瞧我帶來的這個人，他願意出五塊錢買我的酒桶，我想那隻酒桶放在家裏也是礙事。」

蓓洛妮拉說：「那就更叫我生氣了。虧你是個男子漢，天天在外面跑的，熟悉市面，居然一個酒桶只賣五塊錢，而我這麼個不出門不懂事的女人，看見這個酒桶放在家裏礙事，却把它賣給一個老實人，賣了七塊錢。你回來的時候，他剛剛跳到桶裏去，看看它是不是有什麼毛病。」

他丈夫聽了這話，歡喜得什麼似的，就對那個跟他一塊兒來買桶的人說：

「老兄，對不起你啦。你只出我五塊！你聽我老婆說，她已把它先賣給了別人，賣了七塊錢。」

「沒有關係，」那人說着就走了。這時蓓洛妮拉又對她丈夫說：

「你來，既然你在家裏，你自己來和他談判吧！」

賈納羅躲在桶裏，側着耳朵聽着，是否發生了什麼災殃，需要見機行事什麼的。等他聽清楚蓓洛妮拉的話，就連忙一骨碌地爬出桶來，裝做不知道她丈夫回來了，只顧大聲喊道：

「大嫂，妳在哪裏？」

那丈夫馬上走上前去，說：「我在這裏，你究竟怎麼樣？」

賈納羅問道：「你是哪一位？我要和那位大嫂談談這隻酒桶的生意。」

他說：「那麼，你就同我談吧。我就是她丈夫。」

賈納羅說：「酒桶沒有毛病。不過我覺得那裏面的酒渣你一直沒有倒掉，在桶壁上結了一層又硬又乾的殼，我用指甲刮也刮不掉。除非你把它刮乾淨，否則我是不要的。」

蓓洛妮拉插進來說：「好歹一筆交易，不能因爲這麼一點小事就弄吹了。我丈夫會把它刮乾淨的。」

她丈夫連忙說：「當然，我一定刮。」

說着，他就放下手裏的工具，脫下外衣，拿了一盞燈和一把刮刀，跳進桶裏去刮。蓓洛妮拉故意裝得要看看他如何刮法，便把自己的頭、一條胳膊和一邊肩膀都塞進桶裏去。桶口原不很大，正好給她堵住，只聽得她不斷地指揮他道：

「這裏刮一刮，那裏也刮一刮。瞧，那裏還有一點沒刮乾淨。」

再說賈納羅，那天早上因爲她丈夫趕回來，還沒有玩盡興，現在看到這女人在指點她丈夫刮桶，心想，大可趁機補償一下；所以趁她把桶口塞得緊緊的時候就撲到她身上去，那情景眞好比草原上春情勃發的雄馬，向一匹派西亞的雌馬進攻一樣。等他滿足了青春的慾火，他丈夫正好刮完了桶。於是他下了馬，蓓洛妮拉把頭縮回來，讓她丈夫走出桶來。然後她又對賈納羅說：

「先生，你拿着這盞燈進去照照看有沒有刮乾淨。」

賈納羅朝裏面望了一望，表示滿意，立卽給了她丈夫七塊錢，叫人把酒桶搬回家去。

故事第三篇　教父

里納多教士正和他教子的母親尋歡，她的丈夫突然回來了，她便推說教士此來是爲孩子袪邪治病，就將丈夫騙過了。

費洛斯特拉多講到派西亞的雌馬，措辭並不隱晦，那幾位小姐又是絕頂聰明，所以聽了哪有不笑的道理，只是她們裝做爲別的事情而發笑罷了。國王聽他講完故事，就吩咐愛莉莎立卽遵命講道：

各位可愛的小姐，愛蜜莉亞所講的那個驅邪趕鬼的故事，使我也想起了一個類似的故事。雖然我這個故事不及她那個動聽，可是我一時也想不起別的故事，只好拿這一個來應命吧！

從前在西安納地方，有一個青年名叫里納多，出身高貴，儀表堂堂，他愛上了鄰近一位有錢人家的漂亮夫人，心想，只要能找個機會和她搭訕，又不落痕跡，就不難如願以償，可是想來想去，總想不出一條計策來。後來看到那位太太懷孕了，他就想借這機會去和她攀個親家。他先和那丈夫交上朋友，又找一個適當的機會，表示願意做他孩子的教父，那丈夫不知是計，就答應了他。

既然做了親家，從此他就可以名正言順地去看那位安妮莎夫人，而且壯起膽子，把自己的心意向她和盤托出——其實不用他說，她也早就從他的眼神看出來了。雖說那位夫人聽了他的自白，並不顯得有什麼不樂意，可是他還是達不到目的。

過了不久，里納多不知怎麼當上了修士；不管他滿不滿意這職業，却是一直幹了下去。他一當上了修士，也曾一度拋却凡心俗念，把那位夫人忘懷，但是沒有多久，他雖然依舊身披袈裟，可是這些凡心俗念却又油然而生了。從此他又衣飾華麗，完全一副翩翩公子氣派，又動手編寫歌曲、寫十四行詩、寫歌謠，成天忙着唱歌之類的事。

我爲什麼要一個勁兒地爲這位里納多修士嘮叨呢？天下的修士不都是同樣的貨色嗎？世風日下，出家人竟也同流合污，眞是無恥透頂。他們吃得腦滿腸肥、紅光滿面，衣服穿得花花綠綠，一切用具都那麼華麗，可是一點也不知道羞恥。他們走起路來大搖大擺，不像柔順的鴿子，倒像豎冠突肚的火鷄。他們的地窖裏堆滿一罐罐的膏丹藥物、美味糕點、大罇小瓶的蒸溜香精和香油，還有馬姆錫和塞浦路斯等地出產的名酒，簡直不是修士的地窖，而是藥劑師或香料商的店鋪。更糟的是，人家看到他們肥頭胖耳，他們並不引以爲恥，他們認爲人家不知道粗茶淡飯和清心寡慾以及齋戒的生活只會使人清瘦，使人健康，縱使生病，也不會患痛風症，因爲正派修士那種清心寡慾的生活，正是治痛風症的良藥。他們還自欺欺人，以爲人家不知道一個修士徹夜祈禱，嚴守戒律，自然會變得蒼白憔悴，那裏會腦滿腸肥？要知道，聖多明尼加和聖方濟都沒有華麗的粗羊毛衣，衣服只是爲了禦寒，而不是爲了要好看。但願天主注意到這些事，叫那些供給他們豐衣足食的單純老百姓，不要再上他們的當了！

現在再說里納多修士重新起了凡心俗念，三日兩天去看那位夫人。他越來越膽大，因此越發纒得她緊，要和她行歡。那位夫人經不起他再三的懇求，又覺得他比以前長得更英俊了，有一天再也擋不住他的苦苦哀求和挑逗，只得像一般女人在被逼得無可奈何、半推半就時那樣說道：

「什麼！里納多神父，你們修士也做這種事情嗎？」

他回答道：「夫人，我只要把這件法衣脫掉——這當然是輕而易舉的事——我就成爲一個普通的男人，而不是什麼修士了。」

那位夫人裝出一本正經的臉孔說道：

「天啊，那還了得！你是我孩子的教父，我怎麼能跟你做出這種事？這事情萬萬做不得。我常常聽人家說，這是一件很大的罪過，否則我就是答應你也無所謂。」

里納多說：「如果妳顧忌這一點，那妳眞是個傻瓜；我並不是說，這不算罪過，不過，一個人無論犯下多大的罪，只要能够懺悔，就會得到天主的寬恕。我倒要問問妳看：我不過替妳的孩子洗禮命名，而生這個孩子的却是妳丈夫，那麼，誰是和這孩子最親的呢？」

「當然是我丈夫。」那夫人回答道。

修士接着說：「妳說得眞對，那麼，妳丈夫不是跟妳睡在一起嗎？」

「那當然嘍，」她回答道。

里納多又說：「那麼，旣然我和這孩子的關係比不上妳丈夫，當然更可以和妳睡覺啦！」

她本是不能辨別事理的，經不起里納多的慫恿，就把他的話信以爲眞，也許是故意裝出信以爲眞的樣子，說道：「你這些高深的話，叫我怎麼回答呢？」

於是她再也顧不得什麼宗教上的關係，只好讓他取樂。他們做這事情並不是只此一次，反而利用了這層宗教上的關係遮掩了別人的耳目，明來暗去，不知有過多少次的陳倉暗渡。有一次，里納多帶了一個同伴來到她家裏，一看沒有外人，只有一個討人喜愛的小丫頭在跟前，於是他就叫他的同伴帶那個丫頭到鴿房裏去敎她念禱告文，自己馬上和那位手裏抱着孩子的夫人來到房裏，把門鎖上，在一張榻上取樂。正玩得高興，不料那女人的丈夫忽然回來了。誰都沒有聽到，直等他走到臥室門口敲着房門，叫他妻子的名字，她這才慌了，對那個修士說：

「這一下我可沒有命了。我丈夫回來了，這一次可讓他看出你我爲什麼一直這樣親近啦！」

里納多這時長袍法衣都已脫去，只穿着一套便服，聽了她的話，慌忙說道：

「妳說的是，如果我衣冠齊全，也還可以推托一下；如今這副樣子，妳打開門來讓他撞見，可就賴也賴不掉了。」

那夫人忽然急中生智說道：

「你聽好。你趕快穿好衣服。一穿好衣服，就把這孩子抱在手裏。我出去同我丈夫講話，你在裏面仔細聽着，然後你再去同他談話，就能够和我的話符合了。其他的事全讓我來對付好了。」

這時她丈夫還在敲門，她馬上回答道：「我來啦！」說着，她就站起來開了房門，和顏悅色地對她丈夫說：

「我的丈夫，孩子的敎父里納多敎士在這裏呢！眞要謝謝天主正巧派他來，要不是他來，我們的孩子準沒有命啦！」

那好心的傻丈夫聽了這話，簡直嚇暈了，說道：

「怎麼回事呀？」

「我的丈夫，」安妮莎說，「這孩子突然昏了過去，我以爲他死了，正在驚惶失措之際，他的敎父里納多敎士湊巧來了，連忙抱起孩子，說道：『夫人，這孩子肚子裏有蟲，這蟲已爬到他的心臟附近，眼看是沒救了，可是妳別怕，我可以念念咒把那些蟲咒死。我保證把他治好；我一定要等他恢復了健康，像平常一樣，我才走。』他還要你和我一塊做幾個禱告，可是丫頭找不到你，於是他就叫他的同伴到我們的屋頂上做禱告去了。我和他兩人來到臥房裏，把門鎖上，免得別人來打擾，因為除了孩子的親生母親以外，任何人都不能參與這件神功。現在孩子還抱在他手裏，大概是等他同件把禱告念完吧！我看他的禱告文也快要念完了，因為孩子已經蘇醒過來了。」

這個老實人果然信以為眞，只是為他的孩子着急，所以被他老婆騙過了，他長歎了一聲說：

「我要去看看他。」

他妻子說：「你且慢去，只怕衝撞了法術，前功盡棄。你等一等，先讓我進去看看，如果可以讓你進去，我再來叫你。」

里納多教士在房內聽得清清楚楚，便從容不迫地把衣服穿好，對策也想好了，隨手抱起孩子，大聲叫道：

「夫人，我不是聽見妳丈夫回來了嗎？」

那個傻丈夫應聲回答道：「回來了，神父。」

「那麼請進來吧，」里納多教士說。

傻丈夫走進去，里納多教士對他說：

「快把你兒子抱去，剛才我還以為不到日落時分，你就看不到他了，總算托天主的福，現在已經平安無恙。你應該做一個蠟像❶，和孩子身體一樣大，放在聖安伯魯斯的神像前，感謝天主的功德，因為你能够得到天主的恩賜，也多虧聖安伯魯斯的功勞呢！」

那孩子也和一般小孩子一樣，看到自己的父親來了，馬上親親熱熱地跑到他跟前。他抱起孩子，

❶ 據里格譯本注，這個蠟像無疑是黑袍僧團的聖安伯魯斯的像。

一面哭，一面連連吻他，又多謝敎父的救命之恩，看那情景，彷彿這孩子眞的是剛從墳墓裏搶出來似的。

再說里納多那個同伴，他已經敎會那個小丫頭四篇祈禱文，又把一個修女給他的白線袋給了她，收她作爲徒弟。他聽到那個傻丈夫在妻子的房門口叫門，連忙悄悄地走過去，躲在一個地方，人家看不到他，他却把一切都看在眼裏，聽在耳裏。這會兒他看見一場風波已經平息，就走進房去說道：

「里納多敎士，你要我念的四篇祈禱文，我都念過了。」

里納多敎士說：「兄弟，你一口氣念完，眞是好極了，我剛念了兩篇，孩子的爸爸就回來了。不過，多虧天主的保佑，你我沒有白費氣力，到底把孩子治好了。」

傻丈夫立刻拿了美酒糖果來款待修士和他的同伴，這正是他們求之不得的，隨後他把他們送到門口，和他們道別，立刻出去做了蠟像，掛在聖安伯魯斯的神龕面前，而不是掛在米蘭的神龕面前❷。

❷此句顯然有諷刺意味，可惜不知典出何處。——潘譯本注

故事第四篇 「落井下石」

杜凡諾把妻子關在門外，不讓她進房。她再三懇求無效，就丢了塊大石頭到井裏去，那丈夫以爲她投井自盡，便趕去救她，妻子趁機溜進屋內，把門鎖上，反過來把他罵得狗血淋頭。

莉莎的故事一講完，國王立即轉過身去，對拉蕾達說，要她接下去講，她毫不遲疑地說道：

愛神啊，你的力量多麼偉大，多麼變幻莫測！你胸中蘊藏着多少妙計、多少機智！凡是追隨你的人，你就會憑着興之所至，教他們隨機應變，善辯巧飾；古往今來無論哪個大哲學家、藝術家，也不能把這種本領教給別人！從已經講過的這些情人的妙計看來，隨便誰的教誨如果和你的教誨相比，都是微不足道的。各位可愛的小姐，這裏容我再補充一個故事，講一個老實的女人如何受到愛神的教導，使了一條巧計。

從前阿雷佐地方有個富翁，名叫杜凡諾。他娶了個妻子名叫琪塔。因爲琪塔長得非常美貌，他就無緣無故起了嫉妒心。他妻子看出這個情形，很是氣惱，就再三追問他爲什麼要妒嫉，他理屈詞窮，說不出個所以然來，因此他妻子就想：既然他庸人自擾，就要叫他妒火中燒，自焚其身。

她看到一個年輕人爲她害了相思，她對他也有好感，就小心地設法和他互通聲氣。事情進展得很順利，只要把情意付諸行動就行了。因此她就要想一個辦法來了却那椿心願。偏偏她丈夫惡習很多，其中最顯著的就是嗜酒，她非但不加勸阻，還有意慫恿他喝。多虧她手段高明，隨時都可以叫她丈夫喝得爛醉。等他一醉，她就扶他上床睡覺，然後自己就去和情人尋歡作樂。這條妙計她也不知使用過多少次，都沒有出岔子。只要丈夫一醉，她就放心大膽，毫無掛慮，不但把情人引到屋子裏來，而且因爲情人住得不遠，她還常常到他家裏去睡上大半夜才回來。

這位有了外遇的夫人，一直這樣做下去，終於她的丈夫注意到她每次勸他喝酒時，自己却一滴不喝，不禁暗暗起了疑心。他想：這女人莫不是把我灌醉了，讓我睡着，然後自己就去爲所欲爲吧？爲了要解開這個疑團，有一晚，他一滴酒也沒喝，却故意裝作酩酊大醉的樣子，胡言亂語，跌跌撞撞。他妻子果然被他騙過了，以爲他已經喝醉，立即扶他上床睡覺。等他一睡好，她就照着老辦法，趕到她情人家裏去了，一直睡到半夜才回來。

再說杜凡諾看到妻子一走，就馬上起床把門鎖上，坐在窗口，只等妻子回來，好叫她知道他已看破了她的行爲。最後那妻子回來了，發現門給鎖上了，不能進屋，眞是急得要命，就用力撞門。杜凡諾讓她撞了一陣以後，才對她說：

「妳這個女人，妳這是白費力氣，今天妳休想再進得了屋。妳從哪裏來，就回到哪裏去吧！妳幹出了這種好事，我會輕易就讓妳回家嗎？等我把娘家的人和鄰居都請來，讓妳在他們面前光彩光彩再說吧！」

他妻子向他再三苦苦哀求，請他看在天主的面上，趕快開門讓她進屋，說她並不是到他所想像的那地方去，只是因爲長夜漫漫，睡不着覺，獨自坐在家裏，又覺無聊，所以到鄰居一個女人那裏坐了一會兒而回來罷了。可是不管她怎樣懇求，他哪裏肯答應她？這個不講理的丈夫，彷彿唯恐人家不知道他的家醜，一定要讓阿雷佐所有的人都知道了才稱心似的。他妻子眼見懇求無效，就威脅他說：

「如果你不開門，我就要叫你後悔莫及啦！」

「妳能拿我怎麼樣？」杜凡諾問道。

也是愛神使她急中生智，她立即回答道：「你存心要冤枉我，叫我丟臉，我可受不了。附近有口井，我寧願馬上就去投井自盡，等到人家撈到了我的屍體，一定會認爲你喝醉酒了，把我推下井去淹死的。到那個時候，你只得拋棄家產，流亡在外，說不定還要判你一個謀殺妻子的罪名，砍掉你的腦袋瓜呢！」

杜凡諾拿定了糊塗主意，什麼話也說不動他的心。因此他妻子又說道：

「好啊，我再也受不了你這般侮辱。看天主能不能饒你！我把紡線桿放在這兒，讓你來收管吧！」

那夜天色漆黑，伸手不見五指。她走到井邊，搬起旁邊一塊大石頭，投下井去，一面大叫一聲：「天主饒恕我吧！」石頭落進井裏，轟隆一聲，杜凡諾聽到了，以爲他妻子眞的投井自殺了，馬上拿了吊桶和繩子，衝出門，奔到井邊去救她。不料他妻子這時已經躲在門口，見他一衝出來，馬上趁機溜進房去，把門鎖上，來到窗口對他嚷道：

「以後你喝酒，可得摻些水進去，把酒沖淡一些才好，再不要喝酒喝到深更半夜了。」

杜凡諾聽了這番譏誚，知道自己上了她的當，就馬上奔回門口，可是門早給鎖上了，只得反過來求他妻子開門。這一次，他妻子可不是低聲下氣，而是扯開嗓子對着他直嚷了。

「天不容你這醉鬼，你今晚休想進來！我再也不能忍受你這種惡習了。我一定要叫大家都知道，你是個怎麼樣的人，這麼深更半夜才回來！」

杜凡諾氣瘋了，也破口大罵。鄰居聽到吵鬧聲，男男女女都趕到窗口來，問到底是怎麼回事。他妻子哭着說：

「這個混蛋，他老是晚上在外面喝得大醉才回來，有時甚至在酒館裏睡上一陣，到三更半夜才回來，我忍也忍够了，現在忍無可忍了，所以把他關在門外，叫他出出醜，看他是不是知道改過。」

關在門外的杜凡諾，儘管是個笨蛋，也不甘示弱，立即把事實的眞相講給大家聽，並且兇狠狠地對他妻子提出威脅。她妻子連忙對鄰居說：

「你們瞧他是個什麼樣的人！如果今天我在門外，他在房裏，你們將怎樣說呢？天啊，那我只怕你們聽了他的話會信以爲眞吧？憑這一點你們可以評評理，他這個人還有沒有腦子。他做錯了事，反而反過來咬我一口，也不知道他摔了個什麼東西到井裏去，想來嚇唬我！老天爺呀，他怎麼不跳下井去，喝兩口水，把肚子裏的酒冲淡一些呢！」

鄰居不論男女，都一致責備杜凡諾，怪他不好，不該那樣寃枉他的妻子。不一會兒，風波一個傳一個，一下子就傳到那女人的娘家去了。娘家的人聽說有這回事，立即趕來，把杜凡諾痛打了一頓，差一點把他身上的每一根骨頭都打斷了。然後他們又走進屋子，把女的衣飾財物收拾好，帶她回娘家去，臨走時又威脅杜凡諾說，他們還要叫他吃更大的苦頭。杜凡諾一看苗頭不對，覺得事情弄成這樣糟的下場，都怪他自己醋心太重，然而他依舊愛他妻子的，所以就請了些朋友出面調停，要她回來，答應她今後再也不敢妒嫉了。不但如此，他還答應她以後可以隨心所欲，只要她謹愼些，不讓他知道就是了。這個蠢丈夫吃了苦頭，反而和他妻子相安無事。愛情萬歲！消除夫婦不睦這一類的壞事！

故事第五篇　神父

一個嫉妒成性的丈夫喬裝成神父，聽他妻子懺悔。他妻子說，她愛上了一個神父，於是丈夫守在大門口，妻子趁這個機會把情人從屋頂上接下來共度良宵。

拉蕾達講完了故事，大家都讚美那位夫人，說她對丈夫一點也不過分，只怪那丈夫自作自受。國王不願浪費時間，立卽轉過身去，朝着菲亞美達，客客氣氣地請她接下去講一個故事，於是她說道：

各位高貴的小姐，聽了這個故事，我也想講一個善妒丈夫的故事，因爲我覺得，做妻子的無論怎樣對待這類丈夫——尤其是當他們吃醋吃得毫無道理的時候——總是那丈夫罪有應得。我想，如果立法者對這些事能够多加考慮，那麼他們就不會處罰這些婦女了，因爲她們只是爲了自衞，並沒有犯上什麼罪，眞正的罪人倒是那些嫉妒的丈夫，他們摧殘年輕妻子的青春，無異處心積慮地要致她們於死命。

我們知道，天下無論什麼人，不管是在鄉下做莊稼的，在城市裏做工人的，或是在衙門裏當官員的，辛苦了一個星期，總盼望在假期節日可以休息娛樂一下，女人整個星期關在家裏操作家務，自然也像旁人一樣希望在假期和節日得到休息和娛樂。這原是學天主的榜樣，他老人家辛苦了六天，也得有一天休息；因此，爲了尊重天主，體念生民，無論世俗的法律或是神聖的教規，都有工作日和休息日之分。可是嫉妒的丈夫偏偏不同意這一點。他們在休息日把妻子關在家裏，管得更緊。於是本來使女人快活的休息日，對他們的妻子來說，反而變得更加淒慘痛苦了。可憐的女人啊，她們要受多大的罪！只有受過這種罪的人才知道個中滋味。所以，我的結論是：丈夫如果不講道理，一味吃醋，那麼妻子有什麼對不起丈夫的地方，不但不應該怪她，反而應該讚揚她。

從前亞美尼地方有個商人，家資豪富，廣置地產，他娶了一個美貌絕倫的妻子。從此他就非常嫉妒，這並沒有什麼別的原因，只因爲他非常愛他妻子，認爲她長得這樣美，又這樣善於討他的歡心，所以他就擔心別的男人也會覺得她很美，愛上她，而她也會同樣去討他們的歡喜。這個可憐而沒有頭腦的丈夫，醋心就起在這裏。他既然這樣嫉妒，便看管得她十分緊，叫她動也不能動一下，恐怕獄卒看守死囚也沒有這樣厲害。

他不許他妻子參加婚禮，不許她出席宴會，也不許她上教堂，總而言之，不許她走出家門一步。她甚至站在窗口朝外面看一眼也不敢。她那種日子眞不是人過的，她越想越氣，因爲她越想越覺得自己清白無辜。後來她打定了主意，既然丈夫這樣寃屈她，不妨就弄假成眞，盡可能結交一個人，散散心，這樣，受到男人的虐待也不算寃枉了。可是，她連在窗口站一站都不許可，哪裏還有機會讓路過的人注意到她，看上她，向她求愛呢？又哪裏有機會向人點頭招手，表示自己的情意？恰巧毗鄰住着一個英俊的青年，她想：他們倆只有一牆之隔，只要在牆壁上找到一條裂縫，她就可以經常朝那條裂縫裏瞅上幾眼，總有一天會看到那個青年，總有一天會找到機會向他吐露情意。如果他接受她這份情意，她就要和那個青年私通，也好替她那愁苦的生涯平添幾分樂趣。等到有一天把她丈夫的妒病醫好了再說。於是，她丈夫一出去，她就在牆壁上四處尋找，終於在一個隱秘的地方發現了一條裂縫。她朝裏面一張望，雖然不很清楚，却看到牆那邊竟是一個房間。她想：「如果那就是隔壁那個青年費里坡的房間，我的心願就算達到一半了。」她把自己的心腹女僕叫來，托她暗中打聽，結果眞的是那個青年單獨一人睡在那邊房間裏。

從此她就常常去張望那條裂縫。一聽到那個青年在房裏，她就把一些鵝卵石或是什麼細小的東西塞過去。他那邊聽到聲響，走近前來，她就輕輕地喚他，他聽出是她的聲音，立刻答應，她趁機把自己的心意簡單地告訴他，他聽了大喜，設法把他那邊的裂縫弄大了些，做得不落半點痕跡。從此這一對男女常常在一起談天拉手，可是由於那個妒嫉的丈夫看管得太緊，所以無法再進一步的來往。

不久，聖誕節就要到了，她就跟她丈夫說，她想像別的基督徒一樣，到教堂裏去懺悔，領聖體，不知他答不答應。那嫉妒的丈夫說：

「妳犯了什麼罪過，要去懺悔？」

「什麼？」他妻子說，「難道你認爲，只要把我看管得這麼緊，我就成了聖徒不成？你要知道，凡人都會犯罪，我也不能例外，不過我不能把我的罪說給你聽，只能說給神父聽。」

妒嫉的丈夫聽了這幾句話，馬上起了疑心，打定主意非要弄明白她的罪不可，而且立刻就想出了一條計策。他就答應她去上教堂，不過只能上本堂，不能上別的教堂，她明天一大早就可以去，可是到那裏，只許向那個本堂神父懺悔，或者由本堂神父指定一個修士聽她懺悔，不得向任何其他的人懺悔，懺悔以後馬上就得回家。他的用意他妻子已猜中了一半，便將計就計，答應照着他的意思去做。

到了聖誕節那天，天一亮她就起床，梳洗完畢，到她丈夫所指定的那個教堂。那個妒嫉的丈夫也去到那裏，而且比她先到。他已經事先把自己的意思和那個神父說明了，匆匆忙忙穿上一套修士的衣服，戴上一頂修士戴的飄飄盪盪的大風帽，罩住了臉，坐在唱詩班的席位上，他妻子來到教堂裏就找本堂神父，神父推托說，他無暇聽她懺悔，但可以給她另找一個兄弟。說着，他就走了，打發那個妒嫉的丈夫到她跟前。那丈夫眼看就要倒楣了，却裝出一本正經的樣子來。雖然天色不十分明朗，他又把風帽罩到眼睛上，可惜他喬裝得還不够高明，他妻子一眼就把他認出來了。那妻子看到這情形，心裏就想：「感謝天主，這個嫉妒的傢伙竟搖身一變，變成一個神父；我暫且不要去理他，叫他自作自受。」

她假裝不認得他的樣子，坐在他面前。我們這位妒嫉的丈夫已經在嘴裏放了幾塊小石子，說起話來聲音也變了，好叫她妻子辨別不出他的口音；因此自以爲從頭到脚裝扮得沒有一點兒破綻，他妻子絕不會認出他來了。懺悔開始，她第一件事就說她已經嫁了人，可是却和一個神父私通，天天晚上和他睡在一起。那妒嫉的丈夫聽到這話，眞好比尖刀戳心，恨不得馬上結束懺悔，站起來就走；可是一方面他又急於知道詳情，所以只得忍耐繼續坐在那裏問道：

「什麼？妳丈夫晚上不跟妳睡在一起嗎？」

「他跟我睡在一起的，神父。」他妻子回答道。

「那麼，」那嫉妒的丈夫說，「神父又怎麼能够和妳睡在一起呢？」

她說：「神父，我也弄不懂那神父施了什麼法術，不管我們的門鎖得怎麼緊，他只要用手一碰，門就開了。他還告訴我說，他一走到我的房門口，還沒推門，只要先念幾句咒語，我丈夫就會呼呼入睡；等我丈夫睡熟了，他就打開房門進來和我睡覺，沒有哪一次出過岔子。」

那喬裝的神父說：「夫人這事情做得不應該，萬萬不能再做下去了。」

那妻子說：「神父，這怎麼成呢？我太愛他了。」

那嫉妒的丈夫說：「如果這樣，我就不能赦免妳的罪了。」

她說：「這實在太叫我傷心了，我到這裏來不敢向你說謊，如果我辦得到的事，我一定會向你說辦得到。」

「說眞話，夫人，」那丈夫說，「我爲妳惋惜，因爲妳做這種事，就等於毀滅了妳自己的靈魂。不過，爲了幫助妳贖罪，我可以代替妳向天主念幾篇特別的祈禱文，那也許會對妳有些益處。我還可以經常派一個徒弟到妳那裏去，問問這些祈禱對妳有沒有用，如果有用，就可以繼續做下去。」

「神父，」那妻子回答，「你怎麼做都可以，可是千萬不要派什麼人到我家裏去，因爲我丈夫的妒嫉病太可怕了，要是讓他知道了，不管是什麼人到我家裏去，他都認爲有什麼壞心眼，那他可要跟我吵上一年半載也不得太平啦！」

他說：「夫人，妳不用害怕；我保證把事情安排妥善，叫妳聽不到他半句惡言。」

她說：「旣然這麼說，我贊成你不妨試試看。」

她的懺悔就這樣做完了，於是站了起來，去望彌撒。那妒嫉的丈夫給這件倒楣的事情氣炸了。他脫掉神父的外衣，趕回家中，一心要想個辦法當場抓住他妻子和那個神父，給他們一點厲害看看。

不一會兒，妻子回來了，看到丈夫那副臉色，知道今年這個聖誕節可掃了他的興了——儘管他竭力掩飾，不讓她看出他做了什麼事，或者已經發現了什麼隱私。他決心那天晚上要在大門口守候那個神父進來，他對妻子說道：

「今天晚上我要到外面去吃晚飯，晚上也不回來睡了。妳睡覺時，可以把大門、樓梯口的門和臥室的門全都鎖起來，安心上床睡覺。」

「好吧，」他的妻子回答道。

等丈夫一走，她就來到牆壁的裂縫那兒，照常打了個暗號，費里坡聽到了，急忙走來，她就把早上的情形及她丈夫吃過中飯以後跟她說的那些話，全告訴了他，最後又說：

「我想他不會離開這個房子，而是站在大門口守候；今天晚上你可以設法從屋頂爬過來，那麼我們就可以在一起了。」

那青年聽了大喜，說道：「夫人，我一定設法過來。」

到了晚上，善妒的丈夫帶了武器，躲在樓下的一個房間裏，他妻子到時候就把各處的門都一一鎖上，尤其是樓梯口的那扇門，讓她丈夫不能上樓來。然後去叫那個青年小心地爬到她房裏，兩人上了床，玩了一夜，好不快樂，直到天亮時，那個青年才回家去。

再說那個妒嫉的丈夫，整夜手執武器，只等那神父上門來，他連晚飯也沒有吃，又餓又冷，心裏又十分難受。到了快天亮的時候，他已精疲力盡，支持不下去，便回到底層那間房裏呼呼大睡一場。等到晨禱鐘敲過，大門開了，他才假裝成剛從外面回到家裏的樣子，吃了一頓早飯。過了不久，他又打發一個小斯，扮做教堂裏那個聽她懺悔的神父的小徒弟，去問他妻子，她那個情人是否依舊和她來往。

他妻子一下子就識破這個小徒弟，立即回答他說，那人昨天晚上果然沒有來，她雖然非常愛他，但是他如果再不來，她就會把他完全忘了。

我還有什麼要告訴你們的呢？那個嫉妒的丈夫接連幾夜把守着大門，等候那個神父；而他的妻子正好趁機和她的情人尋歡作樂。最後，那個戴綠頭巾的丈夫再也受不了那種罪，就怒氣沖天地責問他妻子那天早上究竟跟那個神父懺悔了些什麼。他妻子說，不能告訴他，因爲告訴他不但有所不便，於理也不應當。

於是他忍不住破口大罵：「妳這個下流女人！妳不招供出來，我也知道妳跟他說了些什麼。跟妳相好的那個神父，天天晚上施展邪術跟妳睡覺的那個神父究竟是誰？如果妳不老實說出來，看我宰了妳！」

那妻子回答道，什麼愛上神父不神父的，這完全是憑空揑造、含血噴人。

丈夫大聲怒喝道：「什麼？妳向那個神父懺悔的時候，不是這樣長、那樣短地說得明明白白嗎？」

他妻子說：「別說是他告訴你的，就是你當時親自在場聽到的，也不過如此；我承認我確實是說過那些話。」

「那麼，妳還不快告訴我，那個神父是誰？」善妒的丈夫說。

他妻子笑着說：「說起來我眞高興：一個聰明的男人會乖乖地讓一個平凡的女人牽着鼻子走，就好像一頭羊被人牽着角上屠宰場去似的。不過你不能算是聰明人，自從嫉妒的惡魔無緣無故地附上了你的身子之後，你就不再是一個聰明人了。你越蠢、越笨，我臉上就越發沒有光彩。

「我的丈夫，你笨得迷了心竅，難道你以爲我也笨得瞎了眼睛不成？沒有。那天我一走進教堂，就看出那個聽我懺悔的神父是你喬裝的，因此我就打定主意，順着你的意思做，而且眞的這樣做了。你當初如果聰明一點的話，就不會想到用那種辦法來刺探你善良妻子的秘密了；更用不着胡亂猜疑，而是應該立刻聽出她在你面前的懺悔句句都是眞話，而她那樣做是絲毫無罪的。

「那時我跟你說，我愛上了一個神父，請你想想，我眞是錯愛了你啊——你當時是不是化裝成神父嗎？我又說，當他要和我睡在一起的時候，隨便哪一扇門鎖也鎖不住；請你想想，每次你要到我這兒來的時候，我鎖上了哪一扇門不讓你進來呢？我還說，那個神父天天晚上跟我一起睡；請你想想，你哪一天夜裏不是跟我睡在一起？當你打發小廝來探問我，我就想，你既然沒有跟我睡在一起，我當然回答他說，那個神父沒有來。

「除了像你這種給妒嫉病堵塞了心竅的人以外，還會有誰笨到這般地步，聽不出話裏的意思呢？你還要來騙我，說什麼要到外面去吃飯過夜，却待在大門口守夜？我勸你頭腦清醒些，像以前一樣好好做人吧，別讓那些知道你底細的人，像我一樣拿你當做笑柄；你這樣把我管頭管脚也可以到此為止了。我可以對天起誓：如果我存心叫你戴綠帽；不要說你只生了兩隻眼睛，你就是生了一百雙眼睛來看管我，我也想得出辦法來隨心所欲，不讓你知道。」

這個妒嫉的丈夫本來以爲自己神通廣大，揭穿了妻子的秘密，如今聽了這一番話，才知道自己受了愚弄，便不再追問，相信他的妻子是個貞潔賢慧的女人。他在不必要妒嫉的時候，偏偏吃醋吃得厲害；等到應該妒嫉的時候，他反而不嫉妒了。從此，他精明的妻子算是得到了丈夫的批准，可以自由行動了，因此不必再叫她的情人像雄貓似的從屋頂上跳下來，而是可以大模大樣地從門口進出了。一對有情人就這樣小心地明來暗往，快活了一輩子。

故事第六篇　兩個情人

伊莎貝拉先後在房裏藏了兩個情夫，忽然她丈夫回來了，她打發一個情人拔劍衝出屋去，又施用巧計叫丈夫把另一個護送回家。

大家聽到菲亞美達的故事，都高興得要命，異口同聲地說，那位夫人做得好極了，那種不講理的男人，活該那樣對付他。故事講完之後，國王吩咐潘比妮亞接下去講，潘比妮亞開始說道：

天下有多少人儘說些荒誕無知的話，認為愛情會閉塞人的心竅，任何人一旦墜入了情網，就要變成一個傻瓜。我覺得這全是無稽之談。從我們已經聽到的這些故事中，就可以證明我這話沒有錯，現在我再舉一個例子來說明。

大家都知道，我們那座充滿美好事物的城市裏，從前出過一個門第高貴的美人，她嫁給一個身份高貴的著名紳士。那位夫人不久就厭棄了她丈夫，另外愛上了一位名叫雷昂納多的青年。這大概也是人之常情，好比天天吃同一種菜，吃久了會覺得膩，需要換換口味一樣。雷昂納多的儀表和藹可親，風度翩翩，只是門第並不怎麼高貴，他也愛上了這位夫人。大凡這種事情只要男女同心合意，就很少有落空的，所以過了不久，這一對男女果然如願以償。

也是這位夫人生得太嫵媚動人了，本城又有一位蘭貝特奇先生也看上了她，只是她覺得那人面貌可憎、語言無味，怎麼也不能爲他動心。那騎士好幾次捎信向她求愛，都是枉費心機，後來竟不惜倚仗自己的權勢，命人威脅她說，如果她再不答應他，就要破壞她的名譽了。她知道這個人說得出做得到，不禁有些害怕，只得順從他的心意。

那夫人名叫伊莎貝拉，有一天，她依照我們當地的避暑風俗，住到鄉下一個美麗的莊園，而她的丈夫却騎着馬到別的地方去，預計有好幾天的躭擱，於是她就把雷昂納多請到她這裏來。雷昂納多立卽欣然赴約。

不料蘭貝特奇先生聽說她丈夫走了，也騎馬趕到她家來敲門。這時她正和雷昂納多兩個人關在房裏，她的貼身女僕聽到了，立刻到臥室裏去跟她說：

「夫人，蘭貝特奇先生單人匹馬趕了來，現在正在樓下。」

夫人聽到這話，好不懊惱，但是又害怕得罪這個人，只得央求雷昂納多不要計較，暫且在床幃後面躲一躲，等蘭貝特奇走了再說。雷昂納多害怕那位騎士也不下於他的情人，只得藏起來。夫人這才吩咐女僕下去開門讓蘭貝特奇先生進來。他在院子裏下了馬，把馬繫在一棵樹樁上，然後走進屋來。夫人帶着笑臉在樓梯口迎接他，盡量裝出高興的樣子來招呼他，又問他此來有何貴幹。他把她一把抱住，吻了一下，說道：

「我的寶貝兒，我聽說妳丈夫出門去了，所以特地趕到這兒來和妳親熱一陣。」

說過這話，兩人就走進臥室，鎖上房門，蘭貝特奇開始拿她取樂。這時，她萬萬料想不到她丈夫竟然回來了。女僕一見主人直望邸宅趕來，立卽奔到臥室去報信：

「夫人，老爺回來了，我看他已經進了院子！」

那女人聽了這話，急得要命，心想：房裏關了兩個男人，如何是好？尤其是蘭貝特奇的馬繫在院子裏，更加無法掩飾。幸好她能當機立斷，馬上跳下床來，對蘭貝特奇說道：

「先生，如果你對我尚有半點愛憐之心，要保全我的性命，請你聽我一句話。快拔出你的劍來拿在手裏，擺出滿臉兇相，衝下樓去，一面放聲大喊：『我對天發誓，他無論逃到哪裏去，我也要抓到他！』要是我丈夫攔住你，問你什麼，你一句話也不要講，你可千萬不要理他，只管騎了馬就走。」

蘭貝特奇一口答應，當場就拔出劍來。他剛才辛苦了一陣，現在又聽到她丈夫回來，心裏好不氣憤，因此果然滿臉通紅，一副兇相。這時那丈夫已經在院子裏下了馬，看到了蘭貝特奇那匹馬，頗爲驚訝，剛要進門，只見蘭貝特奇從屋裏衝出來，滿面怒容，語言奇突，便問道：

「怎麼回事，先生？」

蘭貝特奇一言不答，跳上馬背，嘴裏不停地罵道：「他媽的，隨便他逃到哪裏去，我也要把他找到。」說着就飛奔而去。

那丈夫走進屋去，只見妻子正站在樓梯口，驚惶失措，便問她：

「這究竟是怎麼一回事？蘭貝特奇先生那樣氣勢洶洶，跟誰鬧事了？」

他妻子把他帶進臥室，對他說道（躲在房裏的雷昂納多聽得清清楚楚）：

「我的丈夫，今天可真把我嚇死了，剛才有一個陌生的青年逃到這裏來，蘭貝特奇先生拿着一把劍在後面追他。那個青年看到我的房門開着，就渾身發抖，求我說：『夫人，看在天主面上，救救我吧，不要讓我死在妳面前！』我嚇得跳了起來，正要問他是什麼人，是怎麼一回事。嘿，蘭貝特奇先生已經趕來了，口口聲聲嚷道：『你這個王八羔子，看你逃到哪兒去！』我走到門口，攔住了他，不讓他進來，他再三要求，見我不肯，總還算客氣，就像你剛才親眼看到的，氣沖沖地走了。」

她丈夫說：「太太，妳這事做得很好。如果有什麼人死在我們家裏，可不要叫人說長道短，講我們的壞話——蘭貝特奇也太不像話了，人家躲到這裏來，他居然還會追進來。」

接着他又問那個青年在哪裏，他妻子回答道：

「啊！我也不知道他藏在哪裏。」

他就喊道：「你在哪裏？快出來吧，現在平安無事啦！」雷昂納多把這些話都聽在耳裏，就從藏身的地方走了出來，看他樣子，渾身發抖，眞是嚇得要命（他心裏也確實害怕）。

騎士問他：「你什麼地方得罪了蘭貝特奇先生？」

他回答道：「我跟他無怨無仇，素不相識，這人一定是神經失常，要不然就是把我錯當別人了。他在離開府上不遠的一條大街上瞧見了我，就拔出劍來嚷道：『王八羔子，我要你的命！』我哪裏還敢問他什麼道理，只顧拔腿飛跑，來到這裏。謝謝天主和這位夫人，我算是逃了命！」

那丈夫說：「你再也不用害怕！我把你平平安安地送回去，一直送到你家裏，然後你再去查問明白究竟是怎麼一回事。」

吃過晚飯，他就借給那個青年一匹馬，把他送回佛羅倫斯的家裏。這青年遵照夫人的指示，當夜私下去訪問蘭貝特奇，把事情跟他說明了，雖然這事情後來曾引起許多流言蜚語，可是那丈夫始終沒有發覺這是他妻子要的把戲。

故事第七篇　金蟬記

貝特麗琪騙她丈夫穿了她自己的衣服到花園裏；趁機和情人取樂，然後又叫那情人到花園裏去把丈夫痛打一頓。

大家聽了潘比妮亞講的故事，都稱讚伊莎貝拉的急智；正當他們讚賞不已的時候，非羅美娜已遵照國王的吩咐，接下去講另一個故事了：

各位可愛的小姐，現在我來講一個相同性質的故事，如果我沒有弄錯，我想這個故事的妙處不比剛才那個遜色。妳們知道從前巴黎有一個佛羅倫斯的商人。他本來是貴族門第，因爲貧窮才改行經商，由於經商得法，竟發了大財，他只有一個獨生兒子，名叫羅多維可。這孩子倒是喜歡他父親原來的貴族門第，而無意於經商，因此他父親就不讓他插手商業上的事務，而叫他去結交法王手下那些達官顯要，跟着一班紳士在法王的宮廷中侍候，因此他學會了許多禮貌、風度以及其他種種文雅的事情。

羅多維可在朝廷裏的時候，有一天正和其他幾個年輕公子在一起品評英法各國的美女，這時有幾個騎士正從東方朝拜聖地回來，碰上他們在談論，有一個騎士就說，他走過的地方也不少了，天下的美女也見得多了，可是還沒見過哪個女子比得上波隆那地方的艾卡諾・德・卡魯兹的妻子貝特麗琪。和他一同到過波隆那的同伴，也都認爲他說得不錯。

羅多維可直到如今還沒有愛過什麼女人，聽了這番話，心裏燃起了一股熱情，只想要去見見那位夫人，把什麼事情都丢到腦後去了。他打定主意要到波隆那去一趟，看看那個美人是不是合他的意，如果合意的話，就在那兒住上一陣。於是就在他父親面前佯稱要去朝拜聖地，好容易才得到了父親的允諾。

他化名安尼第諾，來到波隆那。也眞是天賜良緣，到了那裏的第二天，就在一次宴會上遇到那位夫人，他覺得她的嬌容比自己所想像的還要美艷。他不禁一見傾心，下定決心，非等到博得她的愛，絕不離開波隆那。他左思右想，想出了許多辦法，却不知哪一個最好，最後他覺得一切辦法都不好，唯有去給她那個管得嚴、看得緊的丈夫做侍從，才可能趁機親近他的心上人，因此他就把馬匹賣了；又把隨身的僕從一一安置好了，叫他們裝做不認識他。又同旅店主人商量，說要找個富貴人家去做侍從，不知是不是找得到。旅店主人說：

「這城裏倒有個紳士，名叫艾卡諾，養了很多侍從，都是他細心挑選的，個個品貌端正，像你這樣的相貌，一定會使他中意。我可以替你去向他說說看。」

旅店主人果然說到做到，替他向艾卡諾推薦，一說就成；安尼第諾在艾卡諾跟前做僕人，十分欣喜，因爲從此可以經常有機會看到他的夫人；他又用心服侍艾卡諾，很能博得他的歡心，得到他的重視，到後來艾卡諾非但把自己的事情交給他管，就連一切家務都交給他經營了。

有一天，艾卡諾出外放鷹去了，安尼第諾在家裏陪他太太下棋。這位夫人這時雖然還沒有覺察到他的衷情，不過見他長得一表人材，心裏早就很看重他，很喜歡他。安尼第諾爲了討她歡喜，下棋的時候，故意輸給她，她果然高興極了。不久，旁邊觀棋的女僕都走了，只剩下他們兩人對弈；安尼第諾就長歎了一聲。夫人望了望他，說道：

「怎麼啦，安尼第諾？你輸我棋，覺得難過嗎？」

安尼第諾回答道：「夫人，我歎氣不是爲了這個，我還有更大的心事呢！」

夫人說：「如果你對我有一點好感，就請把你的心思說出來吧！」

安尼第諾聽到自己最最心愛的夫人，居然對他說什麼「如果你對我有一點好感，」便又歎了一聲氣，比剛才那一聲還要沉重。夫人又請他說出歎氣的原因來。

「夫人，」安尼第諾說：「我只怕說出來，妳會不愉快，又恐怕妳會說給別人聽。」

夫人回答道：「我絕不會不愉快；而且請你放心，不管你跟我說什麼，我都不會說給別人聽，除非你願意讓我說出去。」

安尼第諾說：「旣然承蒙夫人這樣答應我，我就對妳實說了。」

於是他兩眼含淚，向夫人道出自己的眞實姓名，又說他當初如何聽到夫人的艷名，如何愛上她，又爲什麼來做她丈夫的侍從；最後又低聲下氣地請求夫人可憐可憐他；安慰他的癡情；如果她不能答應，那麼千萬不要把他的身份揭穿，讓他繼續單戀下去。

啊，波隆那女人的血液裏蘊藏着怎樣奇妙的柔情啊！妳們在這些場合，應該值得如何讚揚！妳們從來硬不起心腸看人家流淚歎息，經不起寃家再三苦苦哀求，就甘願償還他們的風流孽債！可惜我想不出什麼適當的話來讚揚妳們，否則我就是讚上一千遍、一萬遍，也不會厭倦！

當安尼第諾吐露這番衷情的時候，夫人的眼睛一直盯住在他臉上，相信他說的句句都是眞話。她哪裏經得起他那一聲聲的哀訴苦求，心腸早已被絲絲柔情軟化，也不由得連聲歎息着說：

「親愛的安尼第諾，你心放寬些吧！我曾經碰到過多少達官貴人向我求愛，到現在仍然有人在追求我。無論他們送什麼禮物給我，答應我怎樣怎樣，怎樣向我苦苦哀求，都打動不了我的心，我一個也看不上他們；可是如今聽了你這短短幾句話，轉眼之間使得我的心不再屬於我自己，而是屬於你的了。我想，你已經完全贏得了我的愛情，我一定不會辜負你，讓你今晚就可以享受到愛情的幸福。「你不妨今天半夜到我的房裏來踐約。我把門打開。你知道我睡在床的哪一邊；假使我睡熟了，你進了房間，就把我叫醒，我一定會醫治你由來已久的相思病。為了使你相信我這一片眞心，我現在就先給你一個吻。」

說着，她就張開手臂抱住他，熱情地吻他，他也同樣以熱情回報她，吻過之後，安尼第諾離開夫人，幹他自己的活兒去了。他滿懷喜悅地等待黑夜的來臨。

不久，艾卡諾放鷹歸來，已經很疲倦了，吃過晚飯就上床睡覺。他妻子也跟着他上了床，果然依照諾言，讓房門開着。到時候，安尼第諾輕手輕脚地走進房來，隨手把門帶上。他走到夫人睡的那一邊，伸手摸到她的胸口，發覺她並沒有睡着。夫人隨即伸出雙手，把安尼第諾的這隻手緊緊地握住不放，接着又在床上用力翻了個身，把她丈夫吵醒，對他說道：

「今天傍晚我本來有件事要跟你說，可是看你累了，就沒有說。眞的，艾卡諾，我倒要問問你，你看你這些侍從當中，哪一個最好、最可靠，對你最忠心？」

「夫人，」艾卡諾說，「妳問我這個幹什麼？難道妳還不曉得嗎？我最喜歡、最信賴的人就是安尼第諾，從來沒有誰抵得上他。可是妳怎麼想起要問這件事來？」

安尼第諾聽到艾卡諾醒來了，又聽到他們夫婦正在談論他，很是害怕，唯恐夫人有意捉弄他，好幾次想要縮回手逃走，偏偏夫人緊握住不放，叫他怎麼也不能掙脫。

只聽到夫人又對艾卡諾說：「我來告訴你爲什麼吧。我本來也和你一樣，認爲這個人比誰都忠實你。誰知他今天趁你出外放鷹去了，竟留在家裏，不知羞恥地來調戲我，這才叫我看穿了他的爲人。我爲了要使你親眼見到眞相，免得單聽一面之辭，當時就答應了他，約定他今天半夜在花園裏一棵松樹下面等他。我當然絕不去赴約；不過，如果你想要看看你的侍從究竟對你忠實到什麼地步，那就不妨穿上我的外衣，蒙上一塊面紗，到那裏去看看他有沒有來，我保證他一定在那裏等呢！」

艾卡諾聽了這話，立卽回答道：「我當然非去跟他見見面不可！」說着他就起身在黑暗裏摸索，穿上妻子的外衣，戴上面紗，急忙趕到花園裏的大松樹底下等着安尼第諾來到。

那妻子一見他走出臥房，立卽起身鎖上房門。那安尼第諾早已嚇得連命都沒有了，幾次竭力要想掙脫，心裏連聲咒駡她和她那一份假情假意，又咒駡自己不該這樣輕易相信她的花言巧語——這會兒看清楚她這樣做原來是另有用意，這時世上還有什麼人比他更快活的？夫人一上了床，就吩咐他寬衣解帶，和她一塊躺下，兩人盡情地玩了一陣；最後，她覺得不能讓他再留戀了，就吩咐他起來穿好衣服，對他說：

「我的心肝，你拿一根結實的棍子到花園裏，裝作你今天白天調戲我，只是爲了試探我的心，你只管把艾卡諾當做我，駡他一個狗血噴頭，然後用棍子在他背上狠狠地打上一頓，讓我們開心開心，那才妙呢！」

安尼第諾果然拿了一根楊木棍到花園裏，艾卡諾見他走到松樹前，正要裝出高興的樣子上前去迎接他，不料安尼第諾破口大駡：

「妳這個下賤的女人，想不到妳眞的來了！妳以爲我眞的會做出這種對不起我老爺的事情來嗎？妳這個罪該萬死的賤人！」他一面駡，一面就舉起棍子朝他身上打去。

艾卡諾聽了這話，又見他舉起棍子，只得不出一聲，抱頭鼠竄。可是安尼第諾還是在後面追，而且邊追邊罵：

「妳這個不要臉的臭女人，天主一定不饒妳！明天早上我一定要告訴艾卡諾！」

艾卡諾挨了一頓痛打，慌慌張張逃回臥室，他妻子問他安尼第諾究竟有沒有到花園裏去，他說：「他要是沒有去倒好了！他把我當做妳，舉起棍子就打，差點兒把我打成肉餅，又把所有罵壞女人的話統統都罵了出來。我本來覺得奇怪，他怎麼會來調戲妳，存心要丟我的臉呢？現在我明白了，他大概是看到妳成天嘻嘻哈哈、隨隨便便，才故意要試探妳的心看看吧！」

於是他的妻子說道：「多謝天主，他只用言語來試探我，却拿行動來對付你！我想，他一定認為你接受他的行動沒有我接受他的言語那樣有能耐。他既然對你這樣忠心，你一定要器重他，多多抬舉他。」

艾卡諾說：「那當然嘍，妳這話說得對極了。」

自從經過這次試驗，艾卡諾便自以為有了天下紳士所沒有的最忠誠的妻子和最可靠的侍從。後來他們夫婦和安尼第諾也不知拿這件事取笑過多少次，從此情夫情婦尋歡作樂益發方便——也多虧他們想出了這條妙計，否則恐怕就很難能這般稱心如意了。安尼第諾就這樣一直給艾卡諾當侍從，再也不想離開波隆那了。

故事第八篇 李代桃僵

善妒的丈夫把妻子看管得十分嚴厲，那妻子只得用一根線繫在自己的脚趾上，一頭放在窗外，情人來時，一拉便醒。這條妙計被丈夫發覺了，她就買通女僕行苦肉計，反咬了她丈夫一口。

聽完了這個故事，大家都誇說貝特麗琪作弄她丈夫的手段巧妙極了；又說，安尼第諾被她緊緊抓住手，聽她在丈夫面前說他怎樣向她求愛，那時候他一定嚇得魂不附體。國王見非羅美娜已經住口，就轉過身去對妮非爾說：「妳接下去講吧！」妮非爾笑盈盈地說：

各位美麗的小姐，妳們聽完了這麼多精彩的故事，要叫我再講得同樣動聽，實在很使我為難，但願天主幫助我，使我的故事也能差強人意。

大家一定都知道從前我們城裏有個富商，名叫阿里古奇·貝林吉瑞。他一時興起萌生了一個糊塗的念頭，想要娶一個高貴的妻子，好抬高自己的身價——我們到現在還是每天都可以看到許多商人在做這種事情。於是他娶了一個和他不大相稱的年輕貴族小姐，名叫席絲夢達。生意人大都是經常在外面奔波，難得在家裏陪伴妻子的；席絲夢達見她丈夫也是如此，便愛上了一個追求她許久的青年，名叫魯貝多，和他暗通款曲。

她和魯貝多極其親密，因而膽子越來越大，行動不够謹愼，也不知是給她丈夫察覺了一些痕跡，還是怎樣，總之他嫉妒得要命。從此她丈夫不出家門一步，把什麼事情都擱在一邊，拿出全副精神來看守她；每天不等她上床睡覺，他絕不睡覺，弄得她苦惱到極點，因爲這麼一來，她再也不能和她的魯貝多在一起了。

魯貝多再三要求她想個辦法來幽會，她左思右想，終於想出了一個好主意。原來她觀察了好久，發覺她丈夫每天夜裏雖然很遲才會睡覺，可是一睡着之後就不會醒，所以決定叫魯貝多等到半夜她丈夫睡着了，就到她家門口來，她可以開門讓他進來親熱一會兒。一方面爲了要使魯貝多每次來的時候她都知道，另一方面又不讓人家發覺，她就用一根線，一頭從臥室的窗口放到外面的大街上，另一頭由臥室地板上繞到床上，藏在被褥下面，等到睡覺時就繫在她自己的大脚趾上，魯貝多夜裏來到窗口就拉線，如果她丈夫睡着了，她就讓他把這根線拉走，然後開門接納他，如果她丈夫沒有睡着，她就抓緊線頭，把線收回來，那他也就用不着久等了。魯貝多很喜歡這條計策，就這樣常常去找她，有時候和她見了面，有時候却沒有見到。

他們就這樣一直來往着，一切非常順利，誰知有一天晚上，這位太太睡着了，她丈夫伸了伸腿，無意中觸到了一根線，伸手一摸，發覺那根線繫在脚趾上，不由得自忖：這裏面一定有蹊蹺；再看看這條線一直通到窗外，他心裏就有數了。於是他輕輕把這根線拉斷，繫在自己的脚趾上，要看看究竟是怎麼一回事。他等了不久，魯貝多就來到窗口，照常拉線。他跳了起來，但是他沒有把線繫牢，而魯貝多又拉得太用力，一下子就把它拉走了，因此魯貝多以爲今夜又沒有落空，就在那兒等着。再說阿里古奇，一骨碌起了床，拿了武器，跑到門口去，看看究竟是誰，要給他一點顏色看看，他雖然是個商人，却是身强力壯。他開了門，可是動作很粗笨，不像他妻子平常開門時那樣輕悄，魯貝多在門外一看苗頭不對，知道這一回來開門的準是阿里古奇，當下拔腿就跑，阿里古奇跟在後面追趕。魯貝多拚命逃了一陣，看見那丈夫依舊緊追不捨，想起自己身邊也帶着武器，就拔出劍來，轉身回頭去準備應戰，於是兩人大打出手，阿里古奇是進攻，魯貝多則是出於自衞。

再說他的妻子這邊，她被她丈夫開門的聲音驚醒了，看看脚趾上的線給扯斷了，知道事已敗露，又看到她的丈夫跑出去追她的情人，馬上起身，料定此番情形不妙，就把一個洞悉這段私情的女僕叫來，再三央求她睡到她床上去，代她挨她丈夫一頓打罵，無論她丈夫怎樣打她，她絕不會虧待她。安排好了以後，她就熄了臥室裏的燈，躱在屋子裏的另一個地方，靜待變化。

街坊四鄰聽到阿里古奇和魯貝多兩人毆鬬，都下了床，去責備他們。阿里古奇深怕被人家辨認出來，只得放走那個青年，旣沒有認淸楚他是誰，也沒有傷他毫髮。他帶着一肚子火回到家裏，走進臥室，怒氣冲冲地吆喝道：

「妳這個賤女人上哪兒去啦？妳以爲熄了燈，我就找不到妳嗎？妳算錯了！」

他一邊罵，一邊走到床前，把那女僕當作自己的妻子，一把抓住，拳打脚踢，打得她滿臉靑腫。打到他力氣使盡爲止。最後他把罵賤女人最惡毒的話都罵完了，又揪住她的頭髮就剪。那女僕哭得好不傷心，一聲一聲地叫着：「哎喲，老爺呀，饒饒我吧！不要再打啦！」她已經泣不成聲，而阿里古奇又氣昏了頭，所以始終沒有聽出這是另一個女人，以爲是自己的妻子。他把她打够了，又剪掉了她的頭髮，於是說道：

「妳這個賤女人，我不打妳了，我馬上就去找妳的兄弟，把妳幹的好事說給他們聽聽。看他們還要不要面子，看他們怎樣來處置妳。總之我要叫他們把妳接回去，妳再也休想待在這兒了。」

說着，他就反鎖了門，一個人走了出去。席絲夢達把他的一言一語都聽在耳裏，等他一走，就打開門來到房裏，點亮了燈，只見那個可憐的女僕遍體鱗傷，哭得好不傷心。她好言好語竭力安慰了那女僕一番，把她送回她的房裏，悄悄地叫人侍候她，照料她、又把阿里古奇的錢拿了許多給她，使她非常滿意。席絲夢達把女僕安頓好了以後，連忙回到自己房間，鋪好床，把一切收拾得整整齊齊，彷彿那晚還沒有人上床睡過似的。然後她又穿戴齊全，儼然一副還沒有就寢的模樣，又在樓梯口點上一盞燈，坐在那裏做針線，靜待動靜。

再說阿里古奇，他走出門，匆匆趕到他妻子的娘家去，敲了好一陣門，人家才聽到他的聲音，出來開門讓他進去。他的岳母和三個舅舅見他來了，都起來點了燈，問他為什麼深夜獨自趕到這裏。他就把這事情源源本本說給他們聽，從他發現席絲夢達腳趾上繫着的線說起，一直說到最後為止。為了證明他沒有說假話，他又把他認為是從妻子頭上剪下來的那一綹頭髮拿出來給他們看，最後還說，請他們隨他一起到他家裏去，看看應該怎樣處置她才不失他們的面子，因為他再也不能認她做妻子了。

他的舅舅們自然信以為眞，對這個不爭氣的妹子都氣極了，馬上點起火把，跟着阿里古奇一塊兒到他家去，要把她狠狠地教訓一頓。他們的母親哭哭啼啼地跟在他們後面，一會兒求這個兒子，一會兒求那個兒子，叫他們千萬別這樣輕易相信這些話，千萬要查問明白，因為她丈夫也許是為了別的事生她的氣，虐待了她，却又故意反咬她一口，企圖脫卸自己的關係。那老太太最後還表示非常詫異，說女兒從小就是由她帶大的，她非常了解女兒品德高尙，料她絕不會做出這種事情來，此外又說了許許多多類似的話。

兄弟三人進了阿里古奇的家門，正要走上樓去。席絲夢達已經在屋裏聽見他們的聲音，就問道：

「誰呀？」

她的一個兄弟回答道：「妳這個賤女人，妳馬上就知道是誰上門來看妳啦！」

「天呀！」席絲夢達說：「你這是什麼意思？」說了這話，她立即站起來，說道：「各位兄長，歡迎你們；可是你們深更半夜趕來幹什麼呀？」

這些兄弟見她好端端地坐在那裏做針線，臉上並沒有一絲半點兒傷痕——照阿里古奇說，是他把她打得體無完膚了——不禁奇怪起來，這樣一來，他們暫且把一肚子火氣壓了壓，問她阿里古奇所說的是否眞有其事，又厲聲威脅她說，如果她不一五一十地照實說出來，一定要對她不客氣。她只是說道：

「我不知道這話是打哪裏說起，也不知道阿里古奇在你們面前編派我什麼不是。」

阿里古奇見她這般情景，一雙眼睛直直地看着她，竟看出了神。他記得清清楚楚：剛才在她臉上何止打了千百下，又擰她抓她，什麼苦頭都叫她吃盡了，而現在她臉上竟沒有半點兒傷痕，好像根本沒有這一件事！過了一會兒，她的兄弟把阿里古奇說給他們聽的事情簡單地向她說了一遍，從一根線說起，說到她丈夫打她的種種情形。她聽了，轉過身去對阿里古奇說：

「我的丈夫，你說的是什麼話呀？我明明不是一個賤女人，你却要誣賴我，也不怕丢你自己的臉嗎？你明明也不是狠心的壞丈夫，爲什麼却要把自己說成這樣一個人？今天晚上你什麼時候在家裏待過？更不要說和我待在一起。你什麼時候打過我？我是連一點影子也記不起了。」

「什麼！妳這個賤女人！」阿里古奇大聲喝道。「我們剛剛不是在一起睡覺的嗎？我出去追了妳的姘頭以後，不是還回到家裏來過嗎？我不是重重地打了妳一頓，還剪掉妳的頭髮嗎？」

席絲夢達回答道：「你今天晚上根本沒有上床睡過覺。這且不說，因爲光憑我一個人講，即使說的句句都是眞話，也不能算數。讓我們來談談你所說的幾件事吧——你說你打了我，剪了我的頭髮。我說你根本沒有打過我，這裏在場的每一個人，包括你自己在內，都可以看看我身上有沒有傷痕。憑着老天爺發誓，你要是有膽量打我，我不還手抓破你的臉才怪呢！我的頭髮你也沒有剪過，這都是你自己在活見鬼。但如果是你趁我不知道的時候剪的，那就難說了。讓我來看看我的頭髮有沒有給剪掉。」

於是她揭開面紗，只見一頭頭髮完好無恙。

她的母親和兄弟聽了這些話，看了這些情形，都轉身去對她丈夫說：

「你這是什麼意思，阿里古奇？這跟剛才你上我們家裏來所說的話完全不對頭啊！不知道你有沒有辦法證明你其他的話？」

阿里古奇站在那裏好像做夢一般，想要分辯，可是一看自己的算法落了空，連一句話也不敢說。

這時他妻子轉身去對她的兄弟說道：

「各位兄長，我本來不打算出他的醜，在你們面前揭露他的下流卑鄙，但他非要我這麼做不可，那我就顧不得了。我深信他跟你們說的事的確有過，因爲他的確做過他自己所說的那些事。讓我來跟你們說明原因吧！

「我也是晦氣，讓你們把我許配給他這樣一個人。他自稱是個商人，大家都把他看作是一個有信譽的人。這樣的人，理應比修士還要節制，比處女還要貞潔，可是他簡直沒有哪一晚不上酒館裏去喝酒，一會兒姘上這個壞女人，一會兒又搭上那一個。我哪一夜不是坐到深更半夜等他？這是你們剛才親眼看到的，有時候還要等他等到天亮。他這一次又是喝醉了酒，跟哪個臭女人睡覺去了，醒來時發覺那個臭女人的脚趾上繫着一根線，於是和人家動刀動槍，然後再回來打那個臭女人，剪她的頭髮；他那時候腦子迷迷糊糊的，還以爲那個遭到他毒手的女人就是我呢——我看他現在還是這樣想吧。你們瞧瞧他的臉色還是有些半醉不醒的樣子。可是，不管他說我什麼壞話，我希望你們只當作他喝醉了酒說瘋話。我能原諒他，希望你們也別和他計較吧！」

她母親聽了這話，大聲叫嚷道：

「我的女兒，這種事千萬不能容忍！這種無情無義、狼心狗肺的人應該殺了他才好！他不配娶你這樣的人做妻子。天啊，這像什麼話呀！妳即使是個從陰溝裏拾起來的臭丫頭，他也不應該這樣虐待妳！讓妳受這麼一個狗屎不如的小商人的編派，那還了得！他們從破爛村的猪欄裏出身，穿一身粗呢的短衣馬褲，屁股上還有羽毛。有了三個大錢，就要娶大戶人家的小姐做老婆。還佩上一塊徽章，自吹自擂，說什麼『我是大富大貴人家的子弟，我祖上怎樣怎樣了不起。』當初我兒子要是聽我的話就好了！妳儘管嫁奩微薄，却大可體體面面地嫁給蓋地伯爵的家族，想不到他們偏偏要把妳嫁給這個活寶！妳本來是佛羅倫斯最美麗、最貞潔的少女，他却不怕丟臉，半夜三更來敲我們的門，跟我們說，妳是一個賤貨，好像我們不知道妳的本性似的。要是他們肯聽我的話，早就打得他皮開肉綻了！」

接着，她又轉身去對她的兒子說：

「兒子，我早就告訴過你們，這門婚事攀不得。你們有沒有聽到，你們這位好妹夫是怎樣對待你們的妹妹的？他是個一文不值的生意人！哼！我要是你們，他那樣罵你們的妹妹，做出這種事情來，那我非要他的命不可！我要是個男人的話，我一定要親自來處理這件事！這個該死的醉鬼！他眞不要臉呀！」

三兄弟聽了這話，看了這些情形，都轉身面對阿里古奇，把他狠狠地罵了一頓，好像罵一個犯人似的，最後又說：

「這一次我們看你喝醉了酒，姑且饒了你！你如果看重你自己的一條狗命，那就小心些，以後別跟我們說這些渾話；如果再有風聲傳到我們耳朵裏來，兩次賬可要併做一次算啦！」

他們說過以後就走了。阿里古奇慌得目瞪口呆，好像失魂落魄一般。他也弄不清這場風波究竟是眞有其事，還是自己作了一場夢。他再也不敢多說話，只得和他妻子相安無事。就這樣，他妻子的靈機一動不但救了自己的急，還給將來的尋歡作樂開了一扇方便之門，從此她對丈夫就毫無顧忌了。

故事第九篇　愛的試煉

彼羅爲了試驗他情婦是否真心，向她提出三個難題，她都一一辦到。她又設下妙計，當着丈夫的面，和情夫尋歡作樂，却騙得那丈夫相信他親眼看到的事實都是錯覺。

妮菲爾的故事大家聽了都很高興，小姐們笑得前俯後仰，讚不絕口。國王三番兩次叫她們安靜下來，讓潘費羅接下去講。最後她們好容易才安靜下來，潘費羅這才開始說：可敬的小姐，我想，人一旦墜入了情網，那麼無論什麼事，不管怎樣困難驚險，他都敢做。雖然我們所聽的這些故事已經可以讓我們看出這一點，可是我不妨再舉一個明顯的例子來作爲補充。在這篇故事裏，妳們將會聽到一位太太，她不是由於智謀高，而是由於運氣好，獲得了美滿的結果；所以我並不是有意勸妳們擔着風險去學她的榜樣，因爲人不可能老是走好運，而天下男人也不是個個都容易蒙混過去的。

在阿凱亞地方有一個很古老的城市，名叫阿爾哥，其所以聞名，並不是由於城市本身怎樣壯麗，而是它歷代出了許多帝王。那城裏從前有個貴人名叫尼柯斯特拉多。他晚年時交上好運，娶了個名門閨秀，美麗又熱情，名字叫做麗廸雅。尼柯斯特拉多既然是貴族，又很富有，自然僕從如雲，鷹犬衆多，沉溺於遊獵之樂。他的僕役之中有個漂亮的青年名叫彼羅，人品端正，舉止大方，不論做什麼事情都做得頭頭是道，因此他最得尼柯斯特拉多的寵愛和信任。

後來麗廸雅愛上了這位青年，朝思暮想，把什麼事情都丟到腦後去了。可是彼羅呢，不知道是他沒有看出夫人的情意，還是看不上那位夫人，完全不把她放在心上。夫人苦惱極了，下定決心非要使他明白她的心事不可，就把心腹的貼身女僕露絲卡叫來，對她說道：

「露絲卡，我一向待妳不薄，想必妳也能對我忠心耿耿。我現在要告訴妳一件事，妳千萬不能講給任何人聽——除非是我叫你去傳達的那個人。

「露絲卡，妳也很清楚，我是個精力旺盛的年輕女人，凡是女人所想要的東西，我件件都有——說得簡單些，我萬事如意，無可抱怨，只是有一件事却不能稱我的心，那就是我丈夫比我大了許多歲數，因此年輕婦女最喜歡的那件事，我不能滿足；可是，我這方面的慾望並不比別的婦女弱，因此這一陣子以來，我已打好主意：旣是命運之神跟我過不去，給了我這麼一個老頭子做丈夫，我可不能和自己作對，而不去另想補救和取樂的辦法。我看來看去，覺得只有彼羅最叫人滿意，若能投入他的懷抱，一定能彌補我的缺憾。我太愛他了，只要沒有看到他，不想到他，心裏就不好受。我想，如果不能馬上把他弄到手，我這條命一定活不長了。因此，如果妳可憐我這條命，那就請妳想一個最妥善的辦法，讓他知道我對他的癡情，而且請妳代我求求他：以後我打發妳去請他時，他千萬不能推辭。」

那個貼身女僕立刻回答說她樂於從命。後來她找了一個適當的時間地點，把彼羅拉到一旁，用婉轉的言辭把夫人的心事告訴了他。彼羅聽了這話，大吃一驚，因為他平常根本沒有看出一點形跡來，唯恐夫人捎來這個口信，只是爲了要試探他是否忠心，所以他立卽粗暴地回答道：

「露絲卡，妳說話應該留神些，我不相信這些話是夫人說的。卽使是她派妳來說的，我也不相信這是她的眞心話，卽使她說的是眞心話，老爺待我恩情這樣重，就是要我的命，我也不能做出這樣對不起他的事！所以，我勸妳當心一點，以後別再跟我說這種事。」

露絲卡並沒有被他這一番義正詞嚴的話嚇住，她說道：

「彼羅，以後只要夫人差遣我來找你，無論是說這種事也好，別的事也好，我一定還是要來找你的；她要我來多少次，我就來多少次，也不管你愛聽不愛聽。只可惜你是個傻瓜。」

女僕聽了彼羅的話，非常生氣，回去在夫人面前照實說了出來，夫人連聲叫苦，簡直不想活了。過了幾天，她又對這個貼身女僕說道：

「露絲卡，妳知道，要砍一棵橡樹，一下子是砍不倒的。想不到那個人竟這樣盡忠於他的主人，而不惜使我傷心，我看妳不妨再找個適當的時機，把我的心意說給他聽，妳要盡心盡意成全這件事。如果再不成功，我可眞要死了。我看他一定以爲我們是在作弄他，因此，我向他求愛，結果反而惹他憎恨。」

那女僕安慰了她一番，又去找彼羅，彼羅這天心情很好，她就對他說道：

「彼羅，前幾天我跟你說，夫人多麼愛你，她爲了你，心裏像火在燒；現在我再跟你說一遍，如果你還是像上次一樣硬着心腸，她一定活不久了。我看你還是去安慰安慰她吧。我一向把你看成聰明人，要是你依舊頑固不化，我可要把你看做大傻瓜啦。能够博得像她這樣一位美麗高貴的夫人的愛，天下還有什麼事情更值得你得意的呢？你眞要好好地感激一下命運之神才對呀：她成全了你這樣一件美事，使你不致虛度青春，而且還可以有物質上的補償。你得放聰明些，仔細想一想看：你的哪一個伙伴能比得上你的運氣？你只要給她愛情，那麼，不論是武器、馬匹也好，金銀、衣飾也好，他們之中，還有哪一個能比得上你？

「所以我希望你用心聽我的話，聽了之後再去好好地想一想。你要記住，命運之神露着笑臉、張開手臂去對待一個人，大都是可一而不可再。如果這個人竟錯過大好機會，因而流落爲窮苦的乞丐，那就只有責怪他自己，怨不得命運之神了。再說，遇到這種事情，主僕之間實在不必像親友之間那樣講什麼忠誠不忠誠。主人怎樣對待僕人，僕人也可以怎樣對付主人。假使你有一個妻子，或是母親，或是女兒，或是姐妹，長得很漂亮，給尼柯斯特拉多看中了，他也會顧念到主僕之情，像你對他這般忠誠，不去沾染嗎？如果你認爲他也會像你一樣，那你就更傻了。不管你怎麼想，他一定會去向她們討好獻媚，博得她們歡心的，如果不能如願，他一定會不惜採取强暴的手段。他們既然這樣對我們無情，我們又何必對他們有義呢？命運之神給你這樣一個大好機會，千萬不要把她推到門外去，而是應該張開手臂去迎接她。老實告訴你，你要是不這樣做，夫人要死自然不用說，就是你自己也要後悔無窮，活不下去呢！」

彼羅早已把露絲卡第一次所說的那些話想了又想，最後打定了主意：如果她下次再來，他一定要用一些話回答她，試探夫人的心，要是確定了夫人並不是試探他，那他決定讓夫人稱心如願。於是他就說道：

「露絲卡，我知道妳說的句句都是眞話。可是我也知道老爺是個小心精明的人，我只怕老爺把一切家務都托給了我，放不下心，因此才授意夫人來試探我是不是忠心。不過，她如果能夠做到三樣事情，使我放心，那她無論要我做什麼事情，我都件件依她。我要她做的三件事情就是：第一是當着尼柯斯特拉多的面把他最心愛的那隻鷹宰掉；第二是她要送給我一綹尼柯斯特拉多的鬍子；第三是她要送給我一顆尼柯斯特拉多最好的牙齒。」

露絲卡覺得這三件事太難了，夫人尤其覺得難以辦到。可是愛情最能鼓舞人心，它又善於叫人想出各式各樣的妙計，因此夫人決心要試一試看，馬上又打發那女僕去告訴彼羅說，他所要求的三件事可以及時辦到。她還說，儘管他認爲尼柯斯拉多是個精明的人，她保證可以當着他的面和彼羅取樂，而且能把他騙過。

於是彼羅等着看這位夫人怎麼做。

過了幾天，尼柯斯特拉多照着他一貫的作風，大擺筵席，請了幾位要好的朋友來豪飲。宴罷，收拾餐桌，麗廸雅穿一件綠色的織錦緞袍子，戴了華麗的首飾，從房裏走出，來到客廳裏，當着彼羅和衆賓客的面，走到尼柯斯特拉多最心愛的那隻鷹所棲息的木架面前，解開鷹脚上的鎖鏈，好像要讓它棲息在她自己手上似的，然後提着牠的脚帶，猛力向牆上一摔，就把牠摔死了。

尼柯斯特拉多大聲嚷道：「我的妻子，妳怎麼做出這種事情來？」

她沒有回答，只是轉身去對衆賓客說道：「各位，如果一隻鷹欺負了我，我都不敢報仇，那麼一個國王欺負了我，我又怎麼能報復呢？各位知道，這隻鷹也不知道剝奪了我們夫婦多少歡樂的時間。天一亮，尼柯斯特拉多就起來了，手裏拿着這隻鷹，騎上馬，到廣闊的平原上去放牠飛翔，留下我一個人冷冷清清地睡在床上。我早就想把牠殺死，所以一遲再遲，只是爲了要當着男賓的面來殺牠，讓他們也能爲我說句公道話。我相信各位一定會這樣吧！」

貴賓聽了這話，都相信她對尼柯斯特拉多非常恩愛，哪裏知道另有用意，因此都笑着對那個發怒的丈夫說：

「尊夫人受了委曲，摔死了這隻老鷹，出口氣，這事做得很對呀！」

等他夫人回到臥室之後，賓客又借題發揮，說了許多打趣的話，使尼柯斯特拉多不由得不轉怒爲笑。彼羅把這一切情形看在眼裏，心裏想道：「夫人這對我表示愛情的第一步做得眞是好極了，但願她一步步做下去！」

麗廸雅摔死這隻鷹不久，有一天，在臥房裏和尼柯斯特拉多嬉笑打趣。尼柯斯特拉多一把拖住她的頭髮玩，她趁機會完成了彼羅要求她做的第二件事——她一邊笑，一邊抓住她丈夫的一小撮鬍子，使勁一拉，就把它從下巴上拉了下來。尼柯斯特拉多叫痛，她就說：

「你怎麼痛得做出這副苦臉啦？是不是因爲我扯了你幾根鬍子？你知道痛，那麼，你剛才扯我的頭髮，難道我就不痛嗎？」他們兩人就這樣你一言我一語地打情駡俏；他妻子暗地裏把那一綹鬍鬚小心地保存着，當天就送給了她的情人。

彼羅要求的三件事已經完成了兩件，現在只剩下第三件頗費周折。幸虧她機智過人，如今愛神又使她的腦子更加靈敏，她當然不難一下子就想出一個巧計，把這件事情做成功。原來尼柯斯特拉多身邊有兩個小僮，是大戶人家的子弟，他們的父親特地把他們送到尼柯斯特拉多家來見習紳士的禮節。尼柯斯特拉多每次吃飯的時候，他們兩人，一個替他切吃的，另一個替他斟酒。麗廸雅把這兩個人找來，對他們說，他們的嘴裏有一股臭味，因此侍候老爺吃飯時，應該把頭盡量朝後仰，另外又囑咐他們不要把這事告訴任何人。兩個小僮果然信以爲眞，從此就照着她的吩咐去做。過了不久，她又對她丈夫說：

「你有沒有注意到，近來那兩個小廝侍候你吃飯時，是否有什麼兩樣？」

尼柯斯特拉多回答道：「注意到了；我正打算問問他們爲什麼要這樣。」

他的妻子說：「你用不着問他們，我可以說給你聽。以前我爲了怕你難過，所以一直沒有說給你聽。可是現在既然人家都看出來了，所以也不必再隱瞞了。告訴你吧，他們所以把頭掉過去，是因爲怕你的口臭。我也不知道這是什麼原因，你以前並沒有口臭的毛病呀！不過這毛病很討厭，因爲你常常和一些貴人來往，必須想辦法醫一醫。」

尼柯斯特拉多說：「這會是什麼原因呢？莫不是我嘴裏有顆牙齒爛了不成？」「也許是吧，」麗廸雅說着，就把他拉到窗前，叫他張開嘴來，這裏張一下，那裏看一下，然後大聲說道：

「哎喲！尼柯斯特拉多。你怎麼能忍受這麼久呢？我看你這邊一顆牙齒不只壞了，而且已經腐爛了；如果你讓它繼續留在那兒，兩旁的牙齒也要受到影響。我勸你趁早把它拔掉，免得愈弄愈糟。」

「既然妳這樣想，」他回答道：「我也同意，那麼馬上就去請個牙醫來替我拔掉吧！」

他妻子說：「我以天主的名義，勸你千萬不要請牙醫來。我可以替你拔，用不着請牙醫。再說，牙醫拔起牙齒來非常狠心，我怎麼也不忍把你交給他們去擺布。還是讓我親自替你拔要好些，如果你痛得厲害，我就可以住手，這是牙醫辦不到的。」

於是她命令僕從把一切必要的手術用具都拿來，又把房裏所有的人都打發出去，只留下露絲卡一個人。然後她們上了房門，叫尼柯斯特拉多躺在一張桌子上，把鉗子放進他的嘴裏，由那個女僕把他用力按住，她親自動手使勁地拔出了一顆牙齒，他痛得叫破了嗓子，她也不管。接着，她就把這顆拔下來的好牙齒小心收藏着，又把事先拿在手裏的一顆爛得一塌糊塗的牙齒，拿出來給她那個痛得半死的丈夫看，還說道：

「瞧你嘴裏這顆牙齒爛了有多久啦！」

尼柯斯特拉多雖然痛得要命，大爲埋怨，却果然相信了她的話，認爲牙病已經醫好了。兩個婦人東拉西扯地安慰他。後來他覺得好過一點，才走出房間。

他妻子立刻把這顆牙齒拿去送給情人，他這才相信她的愛情，答應如她的願。這位太太簡直度日如年，恨不得一下子就把他弄到手，但却打算還要實踐自己對他的諾言，進一步博取他的信心，所以有一天就假裝生病。吃過中飯以後，尼柯斯特拉多來看她，只帶彼羅一個人當隨從。夫人只說困在床上，悶得發慌，要求她丈夫攙扶她到花園裏去散散心。他就和彼羅兩人左攙右扶，把她攙進花園，讓她坐在一棵大梨樹下的草地上。坐了片刻，她照着事先和彼羅講定的辦法，說道：

「彼羅，我眞想吃梨子，你快爬上樹去摘幾個下來吧！」

彼羅趕快爬上樹去採了幾個梨子摔下來，却忽然說道：

「老爺，你在做什麼？夫人妳在我面前做出這種事，一點也不覺得難爲情嗎？難道你當我眼睛瞎了不成？妳剛剛還在生病，怎麼一下子好得這樣快，好得能够做這件事情呢？卽使你們要做這件事，臥房多的是。到臥房裏去做，總比在我面前做有體統一些。」

夫人轉過臉去對她丈夫問道：「彼羅說些什麼？難道他發瘋了嗎？」

只聽得彼羅說：「我並沒有瘋，夫人；難道妳以爲我看不到嗎？」

尼柯斯特拉多極爲詫異，說道：

「喂，彼羅，我看你是在做夢吧？」

「老爺，」彼羅說，「我並不是在做夢，你們也不在做夢。你們動得這樣厲害，要是這棵梨樹也動得這樣厲害，恐怕樹上的梨子全都要給搖下來了。」

他妻子說：「這到底是怎麼回事呀？莫不是他眼睛出了毛病，果然看到這情形嗎？老天爺呀，如果我的身體好好的，我一定要爬上樹去，看看他說的這種奇事。」

這時彼羅依然在梨樹上裝模做樣地胡言亂語。尼柯斯特拉多叫他下來。他下來了。尼柯斯特拉多問他：

「你說你看到什麼呀?」

「你一定把我當作傻瓜笨蛋吧?」彼羅說，「我剛才親眼看到你壓在你太太身上，所以不得不說給你聽。等我爬下樹來，我才看到你們起來了，規規矩矩地坐在這兒。」

「一定是你神經錯亂了，」尼柯斯特拉多說。「你爬上樹去，我們一直是坐在原來的地方沒有動過呀!」

彼羅說：「你何必爭辯呢?我親眼看到的，如果是眞的，那麼剛才我確實看到你壓在你太太身上呀!」

尼柯斯特拉多愈聽愈詫異，終於說道：

「我倒要看看是不是這棵梨樹附上了妖魔，是不是隨便什麼人一爬上這棵樹，就會看到這種出奇的事情。」

於是他就爬上樹去。他一爬上去，他妻子就和彼羅幹起那件好事來；尼柯斯特拉多看到這情景，大聲喝道：

「妳這個賤女人，妳在幹什麼呀?彼羅，我這樣信任你，你竟敢做出這種對不起我的事嗎?」

說着，他就爬下樹來。他妻子和彼羅同聲說道：

「我們不是好端端地坐在這裏嗎?」

一對情人見他眞的下來了，便馬上坐到本來坐的地方去。他落地以後，只見他們正坐在原來的地方，不由得把他們臭罵一通。彼羅說：

「尼柯斯特拉多，我承認你剛才說的話不錯：我在樹上看到的情景都是錯覺。我所以這樣說，是因爲我知道你在樹上所看到的情景也是錯覺。我說的完全是老實話，你只要想一想，你太太是個最貞潔、最懂事的人，萬一她存心要丟你的臉，她一定不會當着你的面做。至於我自己更是不用提了，不要說我當着你的面做出這種沒有廉恥的事，卽使有一絲半點兒的邪念，你也可以把我粉身碎骨。這樣看來，毛病一定出在這棵梨樹上，所以才引起我們的幻覺，因爲別說我絕對沒有做過這種事，就連邪念也沒有存過，而你偏偏說是看到這般那樣；我要不是聽到你說我，那我死也不會相信你剛才沒有同你太太做那件事呢！」

這時候他妻子也裝出生氣的樣子，站起身來說道：

「你這個該死的，竟把我看成這麼笨，會在你面前幹出這種醜事來；虧你還好意思說得那樣活龍活現，說你親眼看見的呢。老實對你說，我要做這種事，也不會到這兒來做呀；我自有辦法找個臥房去做，諒你一點也不會知道呢！」

尼柯斯特拉多聽了他們的話，覺得完全有理——的確，他們卽使要做這種事情，也不敢當着他的面做；於是他不再責駡他們，而是談這件事怎麼這樣稀奇，怎麼一個人爬上了那棵梨樹，就會有這樣奇怪的錯覺，把事物看得走了樣。可是他妻子依舊裝出很氣惱的樣子，怪她丈夫不該對她疑神疑鬼，說道：

「我可再不容許這棵梨樹來丟我的臉，或是丟其他姐妹的臉啦。彼羅，你快去拿把斧子來把它砍掉，給你我兩人出口氣——最好是用斧頭砍掉尼柯斯特拉多的腦袋，因爲他這顆腦袋太糊塗了，竟然那麼容易受蒙蔽。縱然你眞的看見你所說的那種事情，可是你只要用腦子想一想，也就不會相信有這種事情發生了。」

彼羅立刻拿來了斧頭，砍倒了那棵梨樹。那位太太看到梨樹倒下了，就對尼柯斯特拉多說：

「現在，這個破壞我名譽的敵人倒了，我的氣也消了。」

尼柯斯特拉多又再三地討饒，她這才寬恕了他，叫他以後再也不許這樣胡說亂道，因爲她愛他甚於愛她自己。這個可憐的、受了欺騙的丈夫，便跟着她和她的情夫回房去了；從此情夫情婦便隨心所欲，尋歡取樂。願天主也賜給我們同樣的福分！

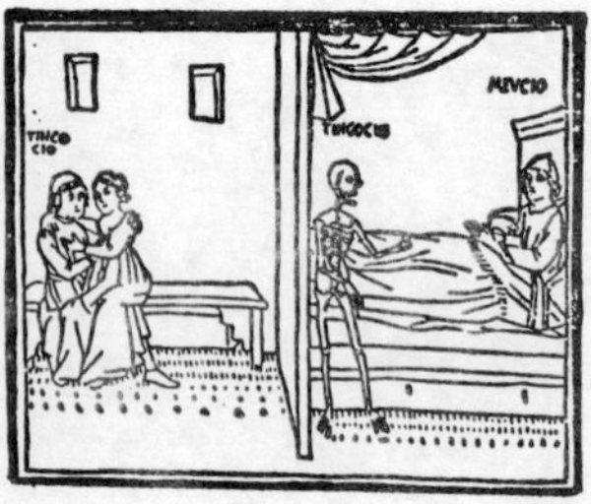

故事第十篇　還魂記

兩個好朋友愛上了同一位夫人，其中一個是那位夫人的孩子的教父。後來那教父先死，依照生前諾言，還魂陽間，把陰間的事說給他那個朋友聽。

小姐們聽完故事，都為那棵無緣無故給砍掉的梨樹惋惜，國王等她們歎息過後，看看只剩下他自己一個人沒有講故事，就開始說道：

凡是賢明的國王所立下的法律，都必須以身作則去遵守，這是顯而易見的道理；如果他不能以身作則，他就不配做國王，而應該淪為奴隸受到處罰。我身為你們的國王，難免要犯下這個罪過，受到責備了。今天的故事內容本是我昨天親自規定的，當時我並不打算行使特權，而是想遵照規定，講一個和你們所講的同一類型的故事。可是現在，不但我原來打算講的那個故事已經給你們先講了，而且你們另外還說了許多更動聽的故事，我縱使搜索枯腸，也想不出一個同一類型，而又能夠和你們媲美的故事來。這樣看來，我非違反我自己訂下的法律不可了，我在這裏預先請罪，願意承受你們加給我的任何處罰，只要讓我行使我一向所有的特權就可以了。

各位親愛的小姐，愛莉莎所講的那個教父和教子的母親私通，還有那個西安納人愚不可及的故事都非常動聽，這使我想起另外一個西安納人的故事，只不過我們今天的故事範圍原是『嬌妻玩弄傻丈夫』，我這個故事少不得要離題了。雖然這故事所說的許多事情，你們最好不要相信它確有其事，不過有些地方聽來還是很有趣味呢！

話說西安納市從前有兩個青年人，一個名叫第歌奇・明尼，另一個名叫梅奇・第・都拉。他們都住在薩拉伊亞，彼此過從甚密，却不大與他人來往，看來交情極好。他們也和一般人一樣，常常同上教堂去聽講道，聽了許多因果報應的故事——生前行善，死後享福；生前作惡，死後受苦。他們很想弄清楚這種因果之說是否確實無誤，可惜又想不出什麼好辦法，只得彼此約定，並鄭重發誓：兩人之間不論哪一個先死，都得回到陽間來，把陰間的情形說給另一個聽。

兩人約定之後，依舊親密相處。後來第歌奇當了波雷鳩地方安布魯鳩・安塞爾明尼兒子的敎父。那孩子的母親名叫蜜達，是一個美麗而可愛的夫人。第歌奇常常帶着梅奇一塊兒去看她，走動久了，不由得愛上她，也顧不得什麼宗敎上的關係。不料梅奇見了那夫人也很喜歡，又聽他朋友口口聲聲讚美她，也不由得愛上她了。雙方都把自己愛那位夫人的心思隱瞞着，不過隱瞞的理由並不一樣。第歌奇所以要隱瞞梅奇，只是因爲覺得愛上了敎子的母親是件有失體統的事，要是讓人家知道了，那該有多可恥；而梅奇所以保密，却是因爲看出第歌奇也愛上了那位太太。他心裏想：「如果我把心事說給他聽，他一定要妒嫉我，況且他又是那位夫人孩子的敎父，他會在她面前說我的壞話，叫她厭惡我，那我就永遠不能博得她的歡心了。」

事情弄到了這樣一個局面，後來第歌奇究竟因爲和那位夫人親近的機會較多，不惜用盡手段，說盡了甜言蜜語，終於把她搭上了。梅奇不久就看出這個情形，雖然十分懊喪，可是他到現在還沒有死心，希望有一天能够如願以償，所以表面上裝做不知道，免得第歌奇從中作梗，對他不利。這兩個青年就這樣一個得意，一個失意；第歌奇既然找到了這一小塊土，當然不斷深耕細作，終於勞累成病，不到幾天工夫，病勢益見沉重，就此與世長辭了。

他死後的第三天夜裏，就照着生前和梅奇約好的諾言，來到他的臥房裏（也許他的亡魂不能早些來）。這時梅奇已睡着了，他喊了他一聲。梅奇醒來問道：

「你是誰？」

他回答道：「我是第歌奇，按照我生前的諾言，回來給你報告陰間的消息。」

梅奇見到他，不免有些害怕，但畢竟還是壯起膽子來說道：

「歡迎你，老兄！」接着又問他有沒有失掉了靈魂。

第歌奇說：「東西失掉就再也找不到了。如果我已經失掉了靈魂，怎麼還會在這兒呢？」

「嗳，」梅奇大聲說道，「我不是說這個，我是問你有沒有和那些有罪的靈魂一起在地獄裏承受熬煉火燒。」

第歌奇回答道：「那倒沒有；不過我生前犯了許多罪孽，所以現在正在吃很大的苦頭。」

梅奇又把人常犯的罪孽一一提出來問第歌奇，生前犯了什麼樣的罪，死後究竟會受到什麼樣的處罰。第歌奇一一說給他聽。梅奇又問他在這人世，有沒有什麼可以幫他忙的。第歌奇回答說有的，於是就要求梅奇爲他捐獻彌撒、做禱告、以他的名義賑濟窮人，因爲這樣做對死者有莫大的利益。梅奇說非常樂意替他做。第歌奇告辭的時候，梅奇想起他和他那個敎子的母親的私情，就抬起頭來說道：

「第歌奇，我想起一件事情。你生前和親家相好，死後得到怎樣的報應？」

第歌奇說：「老兄，我一到了陰間，就碰到一個男人，他好像對我生前所犯的罪孽知道得一清二楚，他把我帶到一個地方，讓我在重刑之下痛哭流涕，懺悔自己的罪孽，那裏還有許多人也和我一起受苦。我跟他們站在一起，想起了生前和我敎子的母親那段曖昧的關係，直嚇得發抖；雖然當時我已處身在一片火焰之中，給燒得皮肉開裂，我却以爲更大的懲罰還在後頭呢！我身邊有個人看到我這般光景，對我說：『你在火裏還這樣發抖，究竟是什麼原因使你比其他的人更苦惱？』我說：『朋友，我生前犯了一件大罪過，唯恐逃不過嚴厲的判決。』他問我犯了什麼罪，我說：『我和我敎子的母親私通，縱慾過度，所以虛弱致死。』於是他就譏嘲我說：『得了吧，你這個傻瓜。用不着害怕。這裏並不過問敎父敎母的事。』我聽了他這話，才完全放了心。」

後來天快亮了，他說：

「梅奇，天主保佑你，我不能再耽擱了。」

說着，他一下子就不見了。

梅奇聽到陰間並不過問敎父敎母之事，不禁笑自己爲什麼那麼傻，居然放過了好幾個本來可以搭上手的女親家。從此他才打消了自己從前那種對來世的無知想法，變得聰明起來了。要是里納多敎士明白了這一點，那麼，當他向他敎子的母親求歡的時候，就用不着搬出那套三段論法來了。

這時太陽已快下山，西風刮起，國王已經講完故事，再也沒有人接下去講了，他就取下王冠，把它戴在拉蕾達頭上，說道：

「小姐，現在我把花冠戴在妳頭上，這正和妳的名字相稱❶。妳認爲怎樣可以使大家消遣作樂，就儘管以女王的名義下令吧！」說罷，他坐下來，讓拉蕾達繼任女王。

❶拉蕾達（Lauretta）原文卽花冠之意。

拉蕾達做了女王，就把總管叫來，吩咐他提早在美麗的山谷裏把飯桌擺好，讓大家早些吃了飯，可以回去得從容一點。接着她又吩咐總管在她的任期內應該做些什麼。然後她轉身對大家說：

「昨天狄奧紐吩咐我們今天講妻子作弄丈夫的故事，我要不是不願做一個急於報復的小人的話，那我一定要提出明天講男人作弄女人的故事。這且不談，我現在命令每個人都想出一個故事，或是說男人作弄女人，或是女人作弄男人，或是男人之間互相作弄。我想，這個題目談起來一定會像今天一樣有趣。」

說過之後，她就吩咐大家隨意活動，等到吃晚飯時再見面。於是小姐先生們都站起身來，有的光着脚走到清泉中去玩耍，有的在草地上高大美麗的樹林中悠然自得地散步。狄奧紐和菲亞美達在一塊唱了一首很長的『亞奇達和芭蕾蒙娜』。大家就這樣各找各的樂趣，盡興歡暢，直玩到晚飯開始，於是大家在湖畔的桌子邊坐下來愉快地吃晚飯，聽着百鳥歌唱。這裏沒有蚊蟲來打擾，微風從四面小山上吹下來，涼爽無比。

吃罷晚飯，撤走餐桌，這時太陽還沒有下山，大家在美麗的山谷附近散了一會兒步，然後照着女王的意思緩步走回住宅。一路上談笑不盡，或是拿白天所講的那些故事來取笑，或是任意漫談，抵達寓所時天還沒有黑。他們又吃了些冷酒和糖果，消除剛剛那一趟步行的疲勞，隨後就在那清泉旁邊跳起舞來，由坦達羅吹風笛，其他的人演奏別的樂器件奏。過了一會兒，女王吩咐菲羅美娜唱一首歌，她於是開始唱起來：

啊，我日子過得多麼凄清！

此生是否還有這個幸運，

贖回命運奪去的往日溫存？
這份幸運我如何能肯定？
我心裏燃燒着火一般的激情，
只盼舊地重遊、舊情重溫，
啊，我的愛人，我唯一的歸宿，
你操縱了我整個心靈，請告訴我，
我可有這份幸運？我不願去問別人。
啊，我心靈的主宰，給我幾分希望，
聊慰我枯槁的心靈。

我日夜心神不安，
遍體燃燒着渴念的火焰，
這火焰我聽得清、摸得着、看得見，
它愈燃燒愈烈，沒有片刻的停息，
從此我形容枯槁，
再也承受不住這般的煎熬。
唯有你才能救苦救難，

成全我如許的心願。

告訴我是否還能和你見面？
見面又在哪天、哪月、哪年？
我要把你那雙銷魂蕩魄的眼睛吻上千萬遍，
啊，親愛的，你快些歸來慰我哀怨！
我願把年變成月，月縮短成天，
等你歸來，又把一天拉長成一年，
緊緊地廝守在一起，永遠，永遠，
我鏤心刻骨的相思，哪裏管得着別人的蜚語流言！

悔當初一時懵懂，
放走了籠中飛鳥，
你要是再落進我的懷抱，
我要緊緊地把你抱牢，抱牢，
不管它海枯石爛，天荒地老。
我還要把你嘴唇上的甘露蜜汁吮吸個飽。

啊，你趕快歸來吧，愛人喲，
只因爲想念你，我已經歌唱了一大早，
別的話我在這裏暫且不嘮叨。

大家聽了這首歌兒，都認爲非羅美娜已經有了美滿的新歡；從她的歌詞聽來，她也已經嘗到愛情眞正的滋味，很少有小姐不羡慕她，認爲她今後將會更加幸福。等她唱完了歌，女王想到明天就是禮拜五，便親切地說：

「各位尊貴的小姐，還有你們各位先生，你們知道，明天是我主受難日。我記得上禮拜妮非爾任內，曾經爲了紀念這個日子，禮拜五禮拜六兩天都沒有講故事。我也打算效法妮非爾的好榜樣，明天和後天最好也像上禮拜一樣，不要講故事，趁這兩天想一想如何來拯救我們自己的靈魂。」

女王這一席虔誠的話，大家一致贊同；女王看看時候已經不早，就吩咐各人自便，於是大家都去歇息。

第七日終

第八日

『十日譚』的第八日由此開始，拉蕾達擔任女王，故事內容敘述男人作弄女人，或女人作弄男人，或男人之間相互作弄。

禮拜日早晨，晨曦已從東邊最高峯透射出來，黑暗消逝，萬物又清晰可辨。這時候，女王和同伴都已起床，一同出門，在露珠晶瑩的草地上散步。在曉鐘已敲、晨禱未響的時候❶，他們來到附近的一座小禮拜堂，在那裏望彌撒。回家之後，大家就進午餐，十分歡樂。餐罷，唱歌跳舞，直到女王打發大家去午睡歇息才罷休。等到太陽西斜，大家依着女王的指示，都來到美麗的噴泉邊，團團坐下，少不得又要依次講起故事來。妮菲爾得到女王的吩咐，首先開始說道：

❶指早晨七時半。——潘譯本注

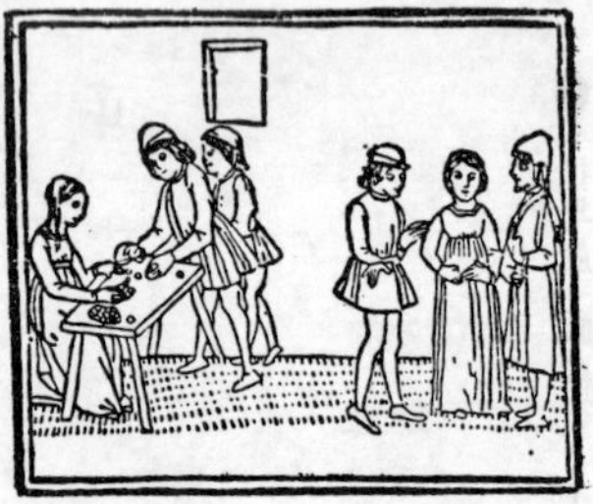

故事第一篇 夜渡資

古法多向商人借了兩百個金幣，卻去和商人的妻子私通，後來丈夫回來，只說已把錢還給他的妻子，那貪財的女人只得承認。

今天由我來第一個講故事，天主這樣安排，我也很滿意。各位好姐姐，關於女人使巧計欺騙男人的故事，我們也說過不少了，現在我打算講一個男人使巧計欺騙女人的故事；但我的用意並不是想藉此譴責那個男人，而爲女人叫屈；恰巧相反，我是要表揚這個用計的男人，責備那個粗俗的女人。也好讓大家知道，女人能欺騙那信任她的男人，男人也同樣能欺騙那信任他的女人。說得道地些，這不能叫欺騙，而是公平地一報還一報。理由是這樣的：

女人能夠守身如玉，保持自己的清白，就像保衞自己的生命一樣，這是一件好事。可是話雖然這麼說，我們做女人的，心腸最軟，眞要做到這點，談何容易；所以我主張，女人因爲貪圖金錢而和人通姦應該受到火刑的處罰。但如果她是因爲抵抗不了愛情的偉大力量，而失身相處，那麼假使讓一個不太嚴厲的法官來判決，她是應該得到赦免的，就像兩三天前費洛斯特拉多給我們講的浦拉多地方官審問菲莉芭夫人的案件一樣❶。

從前米蘭地方有一個德國的雇傭軍人，叫做古法多，他身材魁梧，對於雇主十分忠心，這在德國人中是十分少見的。他向人借錢，一定如期償還，從不失約，因此信用很好，他缺錢的時候，不論多少，總是很容易借到，而且利息很低。這位軍爺住在米蘭的時候，愛上了本地的一個富商太太。這個有錢的大商人名叫古斯巴盧洛・卡克斯特拉，是那位軍人的好朋友，他的妻子名叫安波露茜，的確長得很漂亮。他的一舉一動，非常謹愼，所以她丈夫或是別人都毫不知情。有一天，他情不自禁，悄悄地遞給她一封情書，求她成全好事，爲了報答她的恩情，不論她有什麼吩咐，他都樂於從命。

那女人三推四讓之後，終於給了一個回話，說是她可以滿足古法多的願望，但古法多也得答應兩件事：第一、要嚴守秘密，不准對任何人提起這件事。第二、她現在急需兩百金幣，他是個有錢人，這方面要請他幫個忙。假使他肯答應，她就可以讓他如願以償。

古法多一向把她看作無比高貴的女人，現在看到她竟然這樣貪財，把本來的滿腔熱愛都變做厭惡了，他就想用個巧計作弄她一下；於是回話給她，說她的兩點要求，他都可以遵命，還說，只要能博得她的歡心，任何事他都可以盡力去做；請她約一個方便的時候，他好親自把錢送來；至於這件事，除了他身邊一個出入相隨的心腹朋友知道外，是絕對保守秘密的。

那位夫人——我們或者不如說，那個不知羞恥的女人，聽到這個回話，好不高興，就答覆他，說她丈夫過幾天就要到熱那亞去了，等他走後，她就會通知他。古法多利用這時機跑去找古斯巴盧洛，說道：「我因爲有一件小事，手頭短少兩百個金幣，想跟你商量一下，不知這一次你是不是能照平常的利息借給我？」

❶ 指第六天故事第七篇。

古斯巴盧洛一口答應了，立刻如數借給古法多。過了幾天，他果然動身到熱那亞去；他的妻子馬上通知古法多，請他帶着那兩百個金幣，到她家去歡會。古法多就帶着朋友來到她家。那個女人早已在那兒等候了。他看到了她，第一件事就是當着朋友的面，把兩百個金幣交到她手裏，對她說道：

「夫人，請妳把這些錢收了，等妳丈夫回來時交給他。」

那個女人把錢收下，絕沒有想到這話裏有什麼用意，還以為他是因為在朋友面前，所以才這樣說的，以免讓那朋友知道這是給她的夜渡資。她就回答道：

「再好沒有了；不過我要先數一數這裏有多少錢。」

於是她把錢倒在桌子上，數了一數，果然是整整兩百金幣。她眉開眼笑，把錢收起來，回頭就請古法多到她的臥房去，讓他滿足了慾望。不但那一夜她款待了他，在丈夫沒有從熱那亞回來之前，她還款待了他好幾個晚上呢！

那丈夫從熱那亞回來，古法多算準他正和他妻子在一起的時候，就帶着自己的朋友去見他，而且當着那位太太的面說道：

「古斯巴盧洛，我先前向你借的兩百個金幣，後來因為事情沒有辦妥，那筆錢沒有用，我立卽原封不動還給你太太了，請你把這筆賬註銷吧！」

古斯巴盧洛就回頭問妻子這筆錢她收了沒有。她看到證人都在場，怎好否認？只得說：「不錯，這筆錢我已經收下了，却忘記告訴你了。」

她丈夫就說：「古法多，這就沒事了。再會吧，我會給你銷賬的。」

古法多告辭之後，那個上了當的女人只得把那筆可恥的錢交給她丈夫。就這樣，那個善用巧計的情人，不花一文，玩了那個貪錢的女人。

故事第二篇　石臼

教士誘姦一個鄉下女人，留下斗篷作質；却故意向她借一個石臼；當他送還石臼時，就向她討回抵押品，那女人只得氣呼呼地把斗篷還給他。

大家聽了妮菲爾的故事，都說古法多把那個貪財的米蘭女人作弄得好；於是女王回過頭來，微微一笑，吩咐潘費羅接下去講一個。於是他說道：

各位好小姐，在這世界上有一種人總是欺侮我們，而我們却苦於無法報復——我說的這種人就是教士。他們永遠像發動十字軍東征一樣，向我們的愛妻進攻，萬一眞的給他們攻破閨房，爬上別人的合歡床，那在他們看來，這種豐功偉業，俘虜了一個蘇丹，把他從亞歷山大利亞押到了亞維農❶，那時侯，這位大英雄不管有天大的罪孽也微不足道，可以一筆勾銷了。可憐我們世俗之輩却無法以其人之道還治其人，只好在這些教士的母親、姊妹、情婦、女兒等身上出氣洩憤。我現在就打算講一個鄉下教士和鄉下女人的戀愛故事，故事並不長，不過趣味完全在故事的結局，你們聽完之後，

❶ 亞維農是當時教王駐蹕之地。

就可以知道，那些教士的話是千萬不能句句都相信的。

離這裏不遠，有個名叫維倫谷的村子——各位小姐卽使沒有到過，也該聽說過——村子裏有個十分了不起的教士，精力旺盛，專門替太太小姐效勞。雖然他識字不多，但是每逢禮拜日，他總在一株榆樹下娓娓的向教民宣講一套勸人爲善的大道理，每當村裏有什麼人出門的時候，他就趕緊去訪問他的妻子（從來也沒有看過這樣巴結的教士），帶了聖水和蠟燭頭去替他們祝福，同時少不了還要帶一些從市場買來的小玩意當做禮物。

在那許多女教民中，有一個女人特別使他中意，那是農民賓第維涅·第爾·麥索的老婆，名叫白歌洛萊。她是一個輕快壯健的農村姑娘，皮膚帶點褐色，結結實實，推磨子的本領，比任何女人都高强。她又是個玩小手鼓的能手，善於唱「流水峽谷」這首歌曲。當她回旋起舞時，手裏拿着一方艷麗的絲巾，隨風飄動，再也沒有哪個女人能比得上她了。這一切把我們那個教士迷得神魂顚倒，使他整天都在那村子裏巡行，一心只想有幸能看到她一眼。禮拜天早晨，如果看到她也到教堂裏來做禮拜，那他一定要扯開嗓子，馬嘶驢鳴似的唱着「主啊憐憫我們！」以及「聖克都斯之歌」的讚美詩，好讓她知道，他有多美妙的歌喉；如果那天她不到禮拜堂來，他唱起讚美詩來，就像沒有吃飽的樣子。不過她丈夫和她的鄰人對他這種種行動始終沒有起疑過。

他爲了要討好白歌洛萊，不時送長送短，有一天送了她一把新鮮的大蒜，這是他在自己的園子裏親手栽種的，據說是全村中最好的大蒜，又有一次，送了她一籃豌豆，後來又送了她新鮮的青葱。逢到沒有旁人在場的時候，就向她用眉目傳情，半眞半假地跟她說笑調情，誰知她忽然正經起來，裝作不懂得這一套，對他無動於衷，因此我們的教士始終沒有能達到目的。

一天中午，教士在村裏閒蕩，遇到賓第維涅趕着一匹載重的驢子迎面而來，就問他到哪兒去。他回答：

「神父，講實話，我有事到城裏去，這些東西就是帶去送給波納科利·達·紀內斯特萊多的，請他幫我應付一件訟案，天知道爲了什麼理由，法院裏的起訴人發了一張傳票，要我到法庭去回話。」

神父聽了這話，十分高興，就對他說：「我的孩子，你做得很對，我祝福你，但願你早點回來。如果你遇到拉普丘或者奈第諾，別忘了叫他們把我連枷上用的皮帶給我送來。」

賓第維涅答應了，就趕着驢子向佛羅倫斯去了。神父暗想這眞是難得的機會，大可以去找白歌洛萊試一試自己的運氣。於是他邁開大步，直向她家奔去；一走進她的屋子，就嚷道：

「願天主保佑！屋裏有人嗎？」

白歌洛萊正在堆乾草的閣樓上，聽到他的聲音，就探出頭來答應道：「啊，神父，歡迎！這樣的大熱天你也不在家裏歇歇嗎？你來有什麼貴幹呀？」

「天主對我的恩典眞是太重了，」他回答道，「我是特地趕來陪妳的，因爲我遇見妳的丈夫正要進城去。」

白歌洛萊走下來，端過一張椅子悠閒地篩簸她丈夫在連枷上打下來的黃芽菜種子。敎士等了一會兒說道：

「唉，白歌洛萊，妳老是這個樣子，不是分明要叫我活不成嗎？」

她格格的笑了起來，回答道：「我幹了什麼，竟害得你到這樣一個地步？」

「妳什麼都沒有幹，可是連天主都答應我幹的好事，妳却偏偏不答應。」

「去你的！」白歌洛萊嚷道，「難道神父也幹這種事嗎？」

「說得對，」敎士回答，「我們跟別的男人一樣，也幹這種事的，爲什麼不呢？我還要告訴妳，這個活兒我們教士幹得比誰都好，因爲我們養精蓄銳。總之，只要妳肯依我」，保證妳有說不盡的好處。」

「說不盡的好處！」她叫嚷道，「你們神父沒有一個不是吝嗇鬼！」

「叫我怎麼說好呢？」神父道，「妳要什麼，請妳自己說吧！妳要不要一雙鞋子、一些絲帶，或是一條精美的羊毛腰帶？妳要什麼呢？」

「呸！」白歌洛萊叫嚷道，「這些東西我多得沒處擺，如果你眞的對我好，那麼請幫我一個忙，我也可以讓你如願以償。」

「說吧，妳要什麼，」神父說道，「我一定辦到。」

白歌洛萊這才說道：「禮拜六我要去佛羅倫斯城一趟，把我紡好的羊毛交給他們，還要把我的紡車修理一下。假使你能借給我五個金幣——我知道你是借得出的，那我就可以從當舖裏贖出一件青灰色的袍子和我賠嫁過來的一條過節穿的裙子；沒有這兩樣，我就沒法上禮拜堂，什麼地方也不能去。假使你答應了，那麼以後你要我怎樣就怎樣好了。」

「天主保佑我流年吉利吧！」那教士回答道，「我身邊沒有帶這許多錢。不過請妳相信我，在禮拜六以前，我一定可以如期把錢帶給妳，妳的要求我怎麼好不答應？」

「好的，好的，」白歌洛萊說，「你們這些人都是嘴上只管胡亂答應，事後就賴得一乾二淨。你以爲我也像碧莉莎那樣容易上手，過後就給你白白一脚踢開嗎？我的天哪，這樣看來，她比一個妓女都不如。要是你沒有把錢帶來，那麼回去拿來再說吧！」

「哎呀，」神父嚷道，「別把我趕回去吧。你看，這會兒恰巧只有妳一個人在家。如果等我回去以後再來，說不定會有人來打斷我們的好事。那我不知道幾時才能碰到這樣的好機會。」

可是她却回答道：「那麼好吧，你要是願意去，就去；否則就請便吧！」

那敎士看到這樣的光景，知道她已經打定主意，絕不會遷就他，他想玉成好事，就非要付出代價不可，於是就改變口氣，說道：「唉，你不會相信我會把錢帶來，那麼這樣吧，爲了免得妳不放心，我把這件天藍色的綢斗篷留在你這兒作抵押。」

白歌洛萊抬起頭來，向神父望了一眼，說道：「眞的嗎？一件外套？這件外套值多少錢？」

「值多少錢？」敎士說，「妳要明白，這是『杜愛』❷織造的綢哪——不是『特里愛』織造的，『有人還說是加特愛』的名產呢。這件衣服，兩星期前，我足足花了七個金幣向舊衣舖裏的洛多買來的，據布利多——你知道他對這一道是最內行不過了——據他的估計，少說也給我便宜了五六個銀幣。」

「有這回事嗎！」白歌洛萊嚷道，「我的天哪，我想都沒有想到過。那麼先把這件斗篷給我再說吧！」

敎士先生這時迫不及待，就馬上脫下斗篷交給了她；她把那斗篷藏好以後，才說道：

「神父，跟我來吧，我們到那乾草棚去，那兒是沒有人會闖進來的。」

到了那兒，敎士抱住她就親吻，那股熱情，眞是天下少見，接着就叫她成了天主的眷屬❸，玩了好久才和她分手。他回到禮拜堂的時候，只穿着法衣，好像是給人家主持婚禮回來似的。

他回到禮拜堂，細細一想，一年收下來的蠟燭頭，也不到五個金幣的半數，因此對這筆錢竟心痛

❷ 杜愛（Douay）：法國北部的一個城市。聲音與義大利語的「二」（Twoay）近似，敎士以訛傳訛，接着說 Treagio（三），Quattragio（四），胡講一通，藉此欺騙鄉下女人。

❸ 薄伽邱故意把敎士認做天主的一家人，所以有這種說法。——潘譯本注

起來，後悔自己不該把斗篷留下作質，必須想個什麼補救的辦法，不費一文把那件斗篷討回來才好。他本是個有些小聰明的人，所以不一會兒，果然給他想出一條妙計。第二天恰巧是一個節日，他打發鄰居的一個孩子到白歌洛萊家去，向她借一個石臼，說賓格奇和布利多要到他家來吃早飯，他想做些調味品。白歌洛萊果然把臼子交給了孩子。到了中午，敎士算準該是賓第維涅和他的女人在一桌吃飯了，就把禮拜堂裏的一個司事叫來，對他說道：

「把這臼子送還給白歌洛萊，對她說：『神父很感謝妳，請妳把孩子來借臼子時作質的斗篷還給他吧！』」

那司事聽了敎士的話，就來到她家，看到她正和丈夫在一起吃飯。他放下臼子，把敎士的話說了一遍。白歌洛萊聽見他要討回斗篷，正想反駁，她丈夫却怒氣沖天地說道：

「妳竟敢收下神父的東西做抵押嗎？基督在上，我恨不得在妳的頭上狠狠地揍一下！趕快把斗篷還給他，妳這個瘟女人！以後他問我們要什麼東西，哪怕是要驢子也好，不准對他說個『不』字。」

白歌洛萊憤憤不平地站了起來，從箱子裏拿出那件斗篷，交給司事說：「請你代我向神父轉達，白歌洛萊說：她已經向天主起誓，這一次她已經領敎過了，以後你永遠也別想再拿她的臼子做調味品了！」

司事拿了斗篷回去，把她的話對敎士說了；敎士哈哈大笑起來，說道：

「你看見她的時候對她說，如果她不肯借給我臼子，我也不把我的杵子借給她了，這叫做一報還一報。」

再說賓第維涅聽到他的老婆說那種話，還以爲她是受了責備，心裏有氣，所以也不以爲意。可是白歌洛萊把敎士恨得什麼似的，直到那年釀葡萄酒的時候，始終沒有理睬他，後來敎士發狠說要把她的靈魂送到盧西孚大魔鬼的血盆大口裏去，她這才慌了，加上這時教士又送來新酒和炒熟的栗子，因此終於跟他言歸於好，一有機會就說笑玩耍起來，神父始終沒有給她五個金幣，只是替她的小鼓綳了一張新羊皮，掛上了一個鈴，她也只好滿意了。

故事第三篇　隱身寶石

三個朋友到繆納河邊去找寶石，卡拉特林諾揀拾了許許多多的石子，以爲寶石已經找到了，就趕回家中。不料妻子見怪，他怒火直冒，把她痛打了一頓，還向其他兩個朋友訴苦，不知道他們正在暗笑他。

潘費羅的故事引得這些小姐笑個不停，他講完之後，女王吩咐愛莉莎接下去講一個。她才收住笑聲，這樣說道：

各位可愛的姐姐，我要講的只是一個有趣的小故事，是眞人眞事，不知道是否能講得像潘費羅那樣逗你們發笑，總之我用心講給你們聽就是了。

我們城裏，向來就有着許多特別的人物，做出許多稀奇古怪的事來。不久以前，城裏住着一個畫匠，名叫卡拉特林諾，是個頭腦簡單、性情乖僻的人物。時常和他在一起的，還有兩個畫匠，一個叫布倫諾，另一個叫布法馬可，他們兩位都是愛尋快樂的朋友，而且都十分精明機警，他們和卡拉特林諾往來，就是看中他的愚騃無知，可以拿他來取樂。

在佛羅倫斯還有一個聰明有趣的青年，叫馬佐·第爾·沙喬，生性詼諧，專愛挖空心思，想出各種胡鬧的辦法來，他聽到卡拉特林諾天生頭腦簡單，就打算作弄他一下，叫他把天花亂墜的話信以爲眞，上個大當。

有一天，這個青年在聖約翰教堂碰到了他，看到他正獨自對着祭壇發呆，原來壇上新近供奉了一個聖體匣❶，他這時正全神貫注地看着匣上的浮雕和色彩。那青年覺得要實行他的計畫，在這時候、這場合是再好沒有了；於是就把計畫告訴自己的一個朋友，兩人就來到卡拉特林諾的座位附近，旁若無人地談起各種各樣的珠寶來，只聽見馬佐在說這種珍珠有什麼什麼好處，那種寶石又有怎樣怎樣的優點，儼然是內行的口氣。

卡拉特林諾在旁邊聽到他們的談話，見他們也不避外人，就索性站起來和他們湊在一塊兒了。馬佐見了，心理暗暗高興，談得更加眉飛色舞了。卡拉特林諾忍不住插嘴問他，他所說的那許多具有魔力的寶石在哪兒可以找到。馬佐就說這種寶石大都出產在「本哥地」國，「巴斯克」省的「貝林松」城裏，那兒可眞是了不起，葡萄藤是用臘腸捆住的，花一個銅子就可以買一隻大鵝，外加奉送一隻小鵝。那兒有一座完全用帕瑪❷乳酪砌成的高山，居民整天沒有事做，只是用通心麵、炸肉捲放在閹鷄湯裏，煮成鮮羹，抛在地上，隨便什麼人都可以拾來吃。附近還流着一條小河，河裏全是最美好的白酒，一滴清水都沒有。

「哎呀，」卡拉特林諾嚷道，「這眞是一個好地方！不過請告訴我，他們把閹鷄做成羹之後，又拿閹鷄怎麼辦？」

「巴斯克地方的人把閹鷄全都吃了。」

❶ 聖體匣（pyx）：天主教中用來盛聖餐麵包的匣子——在崇拜的儀式中，麵包象徵耶穌的肉體，故名。

❷ 帕瑪（Parma），義大利北部的一個地區。

「你到過那裏沒有?」卡拉特林諾問。

「你問我到過那裏沒有?」馬佐回答他說,「嘿,我別說是到過一次兩次,一千次兩千次都有啦!」

「那地方離這兒有多少哩路呢?」卡拉特林諾問。

「多少哩路?」馬佐說,「一百萬哩都不止,哪怕你花一個晚上也算不出一個數字來。」

「這樣說來,那地方比阿勃勒西③還要遠啦?」卡拉特林諾又問。

「當然嘍,」馬佐回答,「還要遠一點呢!」

卡拉特林諾本是個笨蛋,看到馬佐講得一本正經,全無半點說笑的神氣,以爲句句都是眞話,深信不疑,就這樣說道:「可惜路程太遠了一點,我拿不出那麼大的一筆盤纏來;要是近一點的話,老實說吧,我一定要跟你去一次,即使只是爲了看他們把通心麵往地上扔,讓我吃個飽也是好的。不過天主保佑你吧,請告訴我,那兒有沒有那種具有魔力的寶石呢?」

「噢,多着呢,」馬佐回答他說,「那兒有兩種十分稀奇的寶石;第一種是『賽在涅諾』和『蒙地西』磨石,把這種寶石做成磨子,麥子倒進去,就磨出麵粉來。所以那地方流行着一句諺語,說是天主賜我們恩典,『蒙地西』給我們磨石。誰知我們這裏這種磨石特別多,根本不當它一回事,就像那邊的人不把翡翠當作一回事一樣,說起那兒的翡翠玉石,堆得比莫萊羅山還要高,一到夜裏,我的天哪,它發出燦爛的光輝,眞是好看極了!對你說吧,如果有誰能把磨石琢磨成一對滑溜溜的寶石,鑲成戒指,拿去獻給那兒的蘇丹,那你要什麼,蘇丹就會給什麼。」

③ 阿勃勒西 (Abruzzi),義大利中部的地區。

「還有一種寶石，我們珠寶商叫做『鷄血石』，提起這種寶石的魔力可眞了不起，你只要身邊帶着這種寶石，那麼只有你看得見別人，別人就看不見你。」

「這眞是無價之寶啊，」卡拉特林諾說，「不過請敎你這第二種寶石要到什麼地方去找呢？」

馬佐告訴他，這種寶石只有繆納河才能找得到。

「這寶石有多大？是什麼顏色？」卡拉特林諾又問。

「這種寶石大小不一，」馬佐回答道，「有的大，有的小，不過顏色幾乎都是黑的。」

卡拉特林諾把這些話都記住了，便推說有事，告別了馬佐，打定主意要去尋求這種寶石；不過他覺得布倫諾和布法馬可是他最好的朋友，應該也讓他們知道，有福共享。這天上午，他就到處去找他們，要他們立刻跟他一起去尋求寶石，免得別人捷足先登。他這樣找了半天，直到中午過後，才突然想起這兩個人在替法恩妶女修道院工作；他也顧不得天氣酷熱，自已有沒有別的事情，就心急慌忙，三步併作兩步，直奔到那裏，一看到他們就嚷道：

「朋友，只要你們肯聽我的話，我們就要成爲佛羅倫斯最大的富豪了。我方才聽到一位誠實可靠的先生說起，在繆納河那兒出產一種寶石，你只要把這種寶石佩在身邊，別人就看不見你了；所以我想我們應該趕快到那兒去把這種寶石找來，免得讓別人先拿去了。我們一定能夠找到寶石，因爲我知道得很詳細；找到之後，我們只要把寶石藏在口袋裏，跑到金銀兌換商那裏，把他們櫃枱上的金錢往袋子裏放，誰也不會看到我們；那我們豈不是可以立刻致富，也不必再像蝸牛一般，整天在牆壁上塗抹了。」

布倫諾和布法馬可聽到這話，心中暗暗好笑，兩人相互丟了個會意的眼色，都裝出十分驚歎的樣子，稱讚卡拉特林諾竟想出這樣一個好主意來。布倫諾又問他那寶石叫什麼名堂，可是卡拉特林諾這個呆子早已經把那個名字忘了，只得說道：

「我們只要知道它的功用，名字記不記得有什麼關係呢？我想我們還是趕緊出發吧！」

「好吧，」布倫諾說，「那麼它的形狀又是怎樣呢？」

「各種形狀都有，」卡拉特林諾說，「不過幾乎全都是黑色的；所以我想我們只要看到一塊黑石子就拾一塊，這樣總會把寶石拾來的。我們別就擱了，就此動身吧！」

「等一等，」布倫諾說；接着又回頭對布法馬可說，「卡拉特林諾的話說得不錯，不過在我看，現在就去並不適合，因爲太陽正在半空中，直照着繆納河，把那兒的石子都晒乾了，就算那兒有黑石子，也給晒成白石子了；所以你必須在早晨趁太陽還沒升起的時候去，那你才能找到黑石子。再說，今天是工作日，在繆納河一定有許多人在工作着，我們這時候就去，給他們識破了。他們會搶着撿拾黑石子，寶石可能就此落在別人手裏，我們豈不是白忙一場嗎？如果你以爲我說的話還有道理，那麼照我看這件事應該早晨去做，那才能把黑石子和白石子分辨出來；而且還得在安息日去做，這樣人家才不會看到我們。」

布法馬可在旁邊極力贊同布倫諾的說法，卡拉特林諾終於同意在那個禮拜的早晨三人一同前去找尋寶石。他又再三叮囑他們這事千萬不能走漏風聲，因爲這件事別人也只是私下告訴他的。然後他又把關於本哥地的種種稀奇古怪的傳聞告訴他們，還發誓說這些傳聞完全是眞情。

卡拉特林諾告別之後，兩人就商量好到那天應該怎麼辦。卡拉特林諾巴不得禮拜天快快到來；到了那天，他一清早就已經起來，會齊他的朋友，一同出了聖卡羅城門，來到繆納河，走入河床，順流而下，開始找尋寶石。卡拉特林諾求寶心切，所以總是一路搶先，連跳帶蹦，忽而向東、忽而往西，看見一塊黑石頭，就撲過去拾了起來，藏在懷裏。

他的朋友跟在後面，偶然也拾起一兩塊石子。卡拉特林諾走不多遠，胸懷裏已經塞滿石子，只得兜起下襬（他的衣裳不是照荷蘭式裁製的，所以很寬大），用腰帶繫好，做成一個大袋子；可是沒有一會兒，這袋子又塞滿了，只得又把披肩當做袋子，這袋子不久也裝滿了。

布法馬可和布倫諾看到卡拉特林諾已經裝够了石子，而且又快到吃中飯的時候了，他們就依照預定的計畫實行起來。布倫諾首先問道：

「卡拉特林諾到哪兒去了？」

布法馬可明明看到他就在面前，却故意東張西望，回答道：「我不知道呀，不過剛才他還離我們不遠呢。」

「剛才，說得好！」布倫諾嚷道，「我可以向你保證，他此刻正在家裏吃中飯啦，却把我們丢在繆納河裏像呆子一般尋找黑石頭！」

「唉，」布法馬可接口說道，「他不哄騙我們又去哄騙誰？天下還有誰像我們這樣傻的，竟會把他的話信以爲眞，特地趕到這繆納河邊來尋找什麼寶石！」

卡拉特林諾聽着他們的談話，只以爲自己運氣好，已經找到一顆寶石，所以他雖然在他們身邊，他們却看不見他，心裏好不得意，於是就不作一聲，決定回家去了。布法馬可看到他轉過身來，又向布倫諾說：

「我們該怎麼辦呢？還是回去吧？」

「我們回去吧，」布倫諾回答說，「不過我要向天主發誓，從此以後卡拉特林諾永遠別想再作弄我們啦。如果他現在像整個早上一樣，就在我們眼前，那我非要用這塊石子對準他的脚跟扔去不可，叫他在這一個月內，永遠忘不了他給我們吃的苦頭！」

他話剛出口，就已經擧起手臂來，猛然把石頭擲去，正好打中卡拉特林諾的脚後跟；痛得他一雙脚提了起來，嘴裏直喘着氣；可是他還是忍着不發一言，繼續向前趕去。接着，布法馬可也拿着他方才拾好的一塊石頭，對布倫諾說道：

「你瞧，這塊石塊倒還不錯，我但願它能够打中卡拉特林諾的腰！」

他話才說完，一塊石頭已經應聲落到卡拉特林諾的背心上。總而言之，兩人一路上你說一句，我說一句，一邊說一邊不停地拿石子朝他身上扔去，直到他們離開繆納河，來到聖卡羅城門，才把撿拾的石子丟掉，在關前站停了一會兒，衞兵事前已得到他們的通知，假裝沒有看見卡拉特林諾，就讓他走進城去。這件事眞叫他們笑壞了。

卡拉特林諾的家在馬契那街的轉角，他一走進城，就直往家裏奔去。也是事有湊巧，注定他要鬧個大笑話，他剛才沿着河流回來，現在穿過大街小巷，竟沒有遇到什麼熟人，也沒有誰向他打一個招呼——可能這時候大家都回家去吃中飯了。他的妻子名叫蒂莎，是個秀麗規矩的女人，當他帶着那許多石子奔回家中的時候，正好站在樓梯頭，她正因爲久等他不歸，心裏很不自在，所以一看到他，就罵道：

「你眞是活見鬼！直到這時候人家飯都吃過了，才回家來吃飯！」

卡拉特林諾一聽到這話，知道自己給妻子看到了，又氣又恨，嚷道：

「嗨，妳這個賤人，妳在這裏嗎？妳毀了我的法術啦，老天在上，我要叫妳知道我的厲害！」

他說完這話，先跑進小會客室，把兜裏袋裏的石子都卸了下來，然後就氣勢洶洶的奔到他妻子跟前，一把揪住她的頭髮，按在地下，不管她雙手握緊，哀聲求饒，他仍使盡吃奶的氣力，拳脚交加，把她打得遍體鱗傷，沒有一塊好肉。

再說布倫諾和布法馬可在城門邊和衞兵說說笑笑，過了一會兒，就遠遠跟在卡拉特林諾後面；來到他的門口，只聽得他正在毒打自己的妻子。於是他們便裝作才從城外回來，高聲叫着卡拉特林諾。他面孔漲得通紅，喘着氣兒，滿頭大汗，從窗口探出頭來，請他們上樓來。這兩個朋友裝着上了當，很不高興的樣子，走進屋來，看見屋裏堆滿了石子，他的妻子頭髮蓬亂，衣裳給撕破，臉上青一塊紫一塊，縮在牆角裏哭泣，十分可憐。卡拉特林諾自己却解開了衣裳，氣急敗壞地倒在另一個牆角裏。兩個朋友把這一對夫妻打量了之後，說道：

「卡拉特林諾，這是怎麼一回事？屋子裏堆滿了石頭，你是打算造房子嗎？」他們看到卡拉特林諾並不回答，就接着問道：「這又從何說起？蒂莎夫人有什麼不是？你把她打了一頓。這一切究竟爲的是什麼啊？」

卡拉特林諾帶着石子趕了這麼些路，又不顧死活地打了他妻子一頓，大好的希望成了泡影，心裏又氣又急，所以弄得上氣不接下氣，一時竟說不出一句話來。布法馬可看他不回答，就板着臉說道：

「卡拉特林諾，你聽着：不管你爲什麼生這麼大的氣，你總不該這樣作弄我們呀！你說帶我們去找什麼寶石，却把我們像兩個傻瓜似的丢在繆納河裏，自己竟悄悄溜走，連『再會』或『去你的』都不說一聲。我們覺得老兄你眞是太缺德了，以後你也別想再來尋我們的開心啦！」

卡拉特林諾氣喘吁吁地說道：「朋友，別生氣吧，你們誤會啦！我——唉，眞是倒霉哪！——已經把寶石找到了，你們只要聽下去，就知道我說的是眞話了。剛才你們在路上互相問我到哪兒去的時候，我離你們十碼也不到呀！後來我看見你們轉回來，依舊看不到我，我就走在你們前頭，彼此只隔着幾步路，先趕回家了。」

於是他從頭講起，把他們當時所說所做的全都搬了出來，又讓他們看見留在自己背上和小腿上的傷痕；然後他接着說：「我還可以告訴你一件事，當我帶着這許多石頭進城的時候，那守城的衞兵一句話都沒跟我說；你們知道，這班衞兵平常是多麼麻煩，他們要把東西一樣一樣都檢查過了，才肯放你進去。來到街上，我碰到好幾個朋友和熟人，他們本來一定會招呼我、請我去喝酒的；可是現在他們別說跟我講一句話，就連半個字都沒有，因爲他們看不見我呀。誰知到了家裏，偏偏叫這個該死的瘟女人衝撞了一下，你知道，不管怎麼樣的寶貝，一碰到女人可就毀啦。本來，全佛羅倫斯要算我最幸運了，現在我就成了最倒霉的人啦。你想，我怎能不狠狠地揍她一頓？這種女人！就是殺了她也不足惜呀。唉，當初我第一眼看到她——當初我把她娶到家裏來的時候，眞是晦氣呀！」

他愈說愈冒火，竟又要奔過去打她了。

布倫諾和布法馬可聽了他這許多話，也眞虧得他們能夠忍着不笑出來，還要裝出很驚奇的樣子，一面還不停地點頭證明他說的不錯；後來看到他又怒火直冒，要動手打他的女人了，這才站起來把他擋住了，勸他不必這樣，因爲這不是她的錯，要怪只能怪他自己，他既然知道一切寶貝碰到女人就會不靈，那麼早就該叫她先躲起來，不要在他的面前出現。可惜天主沒有使他有先見之明，這或許是因爲他命裏不該得寶吧——或是因爲他拾到了寶石沒有立刻告訴他的朋友，却存心欺騙他們，因此才會得到這個報應！

他們就這樣橫勸豎說，費了多少唇舌，才讓他和他那位哭哭啼啼的妻子和解了；於是他們告辭而去，讓他對着一屋子的石頭，去自怨自歎。

故事第四篇　醜女良宵

費埃索雷的教士想勾引一個寡婦，她暗中叫女僕做替身，陪教士睡覺；一面派兄弟去請主教來，讓他親眼看到教士所做的勾當。

愛莉莎的故事大家聽了都覺得很好笑；女王看到她已經講完，就回頭吩咐愛蜜莉亞接下去講一個，於是她立刻開始說道：

各位尊貴的小姐，我們已經講了好幾個故事，都是說明那些修士、神父以及各式各樣的教士怎樣百般勾引調戲我們女人；不過教會裏的這種敗行實在太多了，一時也說不盡，所以我打算再講一個教士的故事。這位教士看上了一個有身份的女人，他不管這件事能不能做，也不問人家願不願意，竟然一味癡心妄想，可是那個女人很聰明，略施小技就叫他碰了個大釘子。

大家都知道，費埃索雷從前是一個很繁榮的城市——我們從這裏可以望得見它的一座小山。現在這古城雖然已經沒落了，但始終是一個駐有主教的教區。在大教堂附近住着一個有身份的寡婦，叫做碧卡爾達夫人，她有一個田莊，一座不太大的宅子。因爲手邊並不怎樣寬裕，所以大半都住在那兒。她的兩個兄弟和她住在一起，都是溫雅有禮的青年。

這位寡婦年紀還輕，依然嬌艷動人，她常到教堂去做禱告，誰知堂裏的一個教士垂涎她的美色，為她神魂顛倒，後來竟開口向她求歡，說了許多令人肉麻的話。

這位教士年事已高，可是智能却很低；他秉性傲慢、態度驕橫，自以為高人一等，目空一切，言語行為十分可憎，眞是沒有一個人不討厭他的。如果說，世上眞的有人敢對他不敬，那就要數那位寡婦了，她不但對他沒有好感，簡直是看到他就頭痛。不過她究竟是一個聰明的女人，給他廝纏不過，就故意說道：

「神父，能够得到你的愛情，那是多麼可貴啊；我應該愛你，而且深深地愛你。可是我們的愛情不能超越純潔的範圍。你是個教士，是我性靈上的父親，而且你又上了年紀，這一切都可以使你不致於有什麼非禮的舉動；再說我已是一個寡婦，不能像少女那樣談情說愛了。你知道，寡婦應該是潔身自好，所以我希望你原諒，我不能像你要求我的那樣愛你，也不願接受你那種愛。」

那教士給她這一番話說得無可奈何，但是他並不因為碰了一次釘子，就死心塌地、畏縮不前了；他還是厚顏無恥，寫了一封又一封的情書，一次又一次的托人帶口訊給她，甚至每當她來到教堂的時候，又用語言百般挑逗她。那寡婦看到教士死死纏住她不放，再也忍受不了，決定要叫他好好的受一個教訓，因為除此以外，就再也沒法擺脫他了。

她先把教士怎樣追求她，和她自己所定下的計策告訴兩個兄弟，獲得了他們的贊同。過了幾天，她又到教堂去。那教士看到她來了，立刻迎上前去，依然嘻皮笑臉地跟她攀談。這一次，寡婦對他特別親熱，一見面就溫柔地瞟了他一眼，隨後跟他走到一個僻靜的場所，聽他嘮叨着老調，最後深深地歎了一口氣，說道：

「神父，我聽人說，一個城堡不管怎麼堅固，也經不起日夜攻打，終於是要失陷的；我現在的情形明明就是這樣，你不停地用甜言蜜語和各種溫柔的行動向我進攻，你已經把我的決心攻破了；承蒙你這樣愛我，我只有答應你的要求了。」

「夫人，妳眞是太好啦！」那敎士喜出望外地叫嚷道，「老實對妳說吧，我時常在奇怪妳怎麼能支持這樣久呢？別的女人我一向只要兩下子就搞上了，所以我對自己說：『就算女人是銀子做的，也不值一文錢，因爲她們都是經不起鐵鎚一敲的。』不過眼前別提這些話吧——我們幾時可以約一個地方歡會呢？」

「我的爺，說到幾時，那麼只要你什麼時候方便就行，因爲我已經沒有了丈夫，盡可以支配自己的晚上；至於約一個地方，我心裏可沒有譜了。」

「怎麼沒有譜呢？」敎士嚷道，「你知道我家裏有兩個年輕的兄弟，他們和一班朋友日夜進進出出，我家的房子又不大；如果眞的要來，必須緊閉着嘴，一言不發，也不能有一點聲響，而且還必須像瞎子般在黑夜摸索，才好行事。如果你肯答應這樣做，那麼在我家裏也可以；因爲我的臥房他們是不來的；不過他們的房間就緊貼着我的臥房，只要你輕輕說一句話，隔壁馬上就聽到了。」

「夫人，」敎士回答說，「就這樣將就一兩個晚上也不要緊，以後我再想法安排一個比較方便的地方好了。」

「神父，」寡婦說，「這一切都由你作主好了；不過我求你必須保守秘密，千萬不能讓別人知道。」

「夫人，」敎士說，「妳儘管放心好了；不過我想我們最好今夜就成了好事吧？」

「再好沒有了，」那寡婦回答道；於是她告訴他應該怎樣前來，又和他約定了時間，然後告別回家。

寡婦家裏有個女僕，年紀已不小了，長得可眞難看，世界上再也找不到第二個像這樣醜陋的女人來，她長得鼻塌、嘴歪，嘴唇皮兒厚，門牙露在外面，一雙斜白眼，眼皮又紅又爛，再配上一身青銅色的皮膚，你簡直會以爲她不是在費埃索雷過的夏天，而是在西尼加利亞❶過的夏天。這還不算，她的臀部一邊低一邊高，走起路來，右脚有點兒帶跛。她的名字本來叫西烏達，但是因爲她長得像一隻癩皮狗，所以大家管她叫「西烏達札」❷。她生得這樣奇形怪狀，倒也罷了，誰知她平常還不肯安份呢！當天寡婦就把她叫了來，對她說道：

「西烏達札，如果妳今天晚上替我做一件事，我就賞妳一件新襯衫。」

西烏達札聽到襯衫，馬上回答道：「太太，只要妳肯賞一件襯衫，哪怕是叫我投到火裏去我也願意，別的更不必說了。」

「那就好了，」她的女主人說，「今天晚上，我要妳在我的床上跟一個男人睡覺，還要對他千恩百愛；不過妳千萬不可以說一句話，免得給我的兄弟聽到，妳知道他們就睡在隔壁房裏；過後我就給妳一件襯衫。」

「跟一個男人睡覺！」西烏達札嚷道，「如果有必要，對付六個男人我也不怕！」

到了晚上，我們這位聖徒如約而來；兩個兄弟依着寡婦的決定，一直在自己房內高談闊論，讓隔壁一聲聲都可以聽到。他只得悄悄溜進寡婦的臥房，在黑暗中摸索到床邊，就爬了上去；床上正睡着她的替身西烏達札。一切不出寡婦所料，我們的聖徒以爲自己是把情人摟在懷裏，就不作一聲，連連

❶西尼加利亞（Sinigalia）：義大利沿亞德里亞海的一個城市，當時是瘧疾流行的區域。
❷「西烏達扎」（Ciutazza）的發音使人想起「狗一般的」（Cagnazza）。——里格譯本注解

親吻她，她也回吻他；於是敎士和她尋歡作樂起來，償了這許多日子來的相思債。

寡婦一手布置了這場喜劇，現在就關照她的兄弟可以進行接下去的計畫了。他們就輕手輕脚地離開家，直奔大廣場，去見主敎。也許老天有意幫忙，那天天氣很熱，主敎本來就在找那兩個年輕人，想到他們家去喝酒消暑；現在看到他們來得正好，就說了自己的打算，和那兩個青年一起來到他們家中，涼爽的小庭院中，火炬點得通明，兄弟兩個就在那兒擺出美酒款待賓客，等主敎暢飲過後，他們就說道：

「今晚承蒙主敎賞光，駕臨小舍，不勝榮幸，我們有一樣小小的東西，想請主敎過目一下。」主敎不知就裏，滿口應承，於是兄弟中的一人高舉火把在前領路，主敎和其他的人跟在後面，來到敎士和西烏達札同睡的房間。這時，那敎士已經匆忙騎馬奔馳了三哩路，終於筋疲力盡，不管天氣熱不熱，就把西烏達札摟在懷裏睡着了。

青年高持火炬，把主敎和衆人引進房裏，讓大家把這情景看個一清二楚。也許因爲人聲嘈雜，那敎士猛然驚醒，看見火光通明，房裏站滿了人，他又急又怕，慌忙用被蒙住了自己的頭。主敎厲聲斥責他，叫他伸出頭來，看看究竟是跟誰睡在一起。

那個敎士這才睜開眼睛，看清自己中了寡婦的圈套。他又上當、又出醜，世界上還有誰像他這樣狼狽不堪的？他只得聽從主敎的命令，穿好衣服，被趕出寡婦的家，押同自己的房裏，隨卽給監禁起來，聽候處分。

事後，主敎查問爲什麼敎士會跑去和西烏達札睡在一起。兩個青年把這回事源源本本地都說了出來；主敎聽罷，很誇奬寡婦和那兩個兄弟的技巧，因爲他們沒有用流血的方法來報復，而是叫他自取其辱。

至於那個違反戒律的教士，主教下令叫他苦苦懺悔四十天。可是他爲了想吃天鵝肉，何止受了四十九天的罪❸。最叫他受不了，氣得發瘋的是以後不管什麼時候，只要他一走到街上，小孩子就要指着他說：

「看，這就是跟西烏達札睡覺的那個男人！」

這樣，那位聰明的寡婦擺脫了厚顏無恥的教士；最快樂的是西烏達札，她得到了一件襯衫，還享受了一夜良宵。

❸「四十九」在俗話中表示多得不得了的意思。——潘譯本注

故事第五篇　脫褲計劃

法官正在法庭上聽審，三個青年却把他的褲子扯了下來。

愛蜜莉亞把故事講完，大家都讚美那位寡婦的聰明，女王望着費洛斯特拉多說：「現在該輪到你來講啦！」他立卽回答說他已經預備好了，於是說道：

各位可愛的小姐，剛才愛莉莎提到馬佐這個青年人，使我放棄原來想講的一篇故事，改說一段他和他同伴的趣事，雖說其間不免有幾個字眼不太文雅，妳們會覺得不好意思出口。可是這故事太有趣了，何況也不傷大雅，所以我決定爲大家講這個故事。

我們城裏的長官有好多次都是由馬爾克地方的人擔任，也許你們大家都聽說過，這地方的人，品德都是很卑鄙的，他們都非常猥瑣無聊，簡直就是些蠢貨，而且見錢眼開，赴任的時候，常常帶着一批法官和公證人同行，這些人並不是法律學校出身，倒像是從農田和皮匠攤上拉來的。

有一個馬爾克人到我們這裏來當民政長官，隨身帶了許多法官，其中有一個自稱爲尼古拉・達・聖萊比第奧先生，論他的模樣，倒是跟鎖匠最爲相像，常和別的法官一起出庭，審理刑事案件。

有一些市民儘管沒有什麼訴訟，却也喜歡到法庭去跑跑。有一天早晨，馬佐爲尋找他的一個朋友而來到法庭上，偶然看見這位尼古拉先生，覺得十分觸眼，就把他從頭到脚打量一遍，只見他頭戴一頂油膩烏亮的法帽，腰帶上繫着一個小小的墨水壺，身穿一件法袍，却比斗篷還長，總之他的種種打扮都是不倫不類、不登大雅之堂的。可是最惹馬佐注目的，是他下身的一條褲子，因爲他的斗篷又窄又短，坐下來時，遮不到前面，所以可以看到他的褲子只齊脛部。馬佐這樣把他打量了一會兒，就丟下原來要找的那個朋友，另外去找了兩個跟自己一樣愛惡作劇的朋友來，一個叫里比，另一個叫馬第烏兹，對他們說道：

「你們如果肯聽我的話，那麼跟我到法庭去吧，也好見識見識天下少有的一頭怪物。」

於是他把他們帶到法庭，讓他們看到了那個法官和他那條褲子；兩人老遠望見就不覺失笑，後來他們走近法官的座位，覺得那長椅底下很可以藏上一個人，那法官的踏脚板又已經破爛得不像樣，躲在底下的人很可以從這裏把手伸進伸出。馬佐就對他的朋友說道：

「我們要把他的褲子扯下來，眞是不費吹灰之力。」

其他兩個朋友都覺得這事不難辦到。於是在大家商量好之後，第二天早晨又跑到那裏，等到法庭上已經擠滿人，馬第烏兹趁着大家不注意的時候，爬到那法官的椅子底下，就蹲在他脚邊。於是馬佐和里比走到我們這位法官老爺的兩邊，各人拉着他衣服的下襬。馬佐先說：

「老爺，老爺，我求你看在天主的面上，把在你身邊的賊骨頭拿住，叫他賠償我一雙長筒靴吧，他偷了我的長筒靴，死不承認，可是還不到一個月前，我還看到他拿出那雙鞋來補鞋底呢！」

里比却在另一邊大聲抗辯道：「老爺，別聽他的鬼話！他是個喪盡天良的大壞蛋，他知道我來控告他偷了我的馬鞍袋，所以竟顚倒黑白，反咬我偷了他的長筒靴，其實那雙長筒靴放在我家裏也不知有多少年了。如果你不相信的話，我可以給你帶許多證人來，譬如隔壁的特萊卡、賣牛肚的女人格拉莎，還有一個在聖瑪利亞掃垃圾的男人，當他從鄉間回來的時候，他親眼看到他的❶。」

馬佐幾乎不等他說完，就高聲反駁，對方也不甘示弱，拚命叫喊起來，那法官只得站了起來，把身子湊向他們，好聽清楚他們究竟鬧些什麼。馬第烏玆看到機會來了，就連忙從破板的窟窿裏，伸出兩手，抓住法官的兩隻褲管，用力一拉，那法官本是個瘦皮猴，屁股上又沒有什麼肉，所以那條褲子經不起這一拉，竟當場落了下來。

那位法官老爺發現自己的褲子給人拉下來了，心慌意亂，想把衣服的下襬拉到前面掩遮，然後坐下；偏偏馬佐和里比兩人，一邊一個，緊拉住他，口口聲聲嚷道：

「老爺，你不替我主持公道，不肯好好聽我的話，反而準備退庭了，這可眞不應該呀！像這一類鷄毛蒜皮的事，在這城裏是用不着翻查什麼法律條文的呀！」

他們這麼說時，故意扯起他衣服的下襬，使得法庭上的人都看到他沒有穿褲子。至於馬第烏玆，他把褲子扯下來之後，早把它丟在一邊，悄悄爬了出來，溜出法庭，誰也沒有看到他。里比覺得玩笑已經開够了，就說道：

「老天在上，我發誓要告到長官那兒去。」

馬佐放下法官的斗篷，也說道：「不，我不能就此罷休，這次就算來得不巧，下次還是要再來，直到你不像今天早晨這樣手忙脚亂爲止。」

他們說完，就在你往那邊，我向這邊，一溜烟似的跑了。到這時候，那位在大庭廣衆之間，被人

❶ 里比故意說些不相干的話，這兩句中的三個「他」字，究竟指誰，並不很明確。

家脫了褲子的法官才如夢初醒，知道被他們捉弄了。他就查問那兩個爲了長筒靴、馬鞍袋吵個不清的人到哪兒去了；可是他們連影子也找不到了。於是他以老天的奶奶起誓，佛羅倫斯地方究竟有沒有在法庭上替法官脫褲子的風氣，這一點他非要弄清楚不可。

市長聽到法庭上鬧出這樣的笑話，大發雷霆。後來他的朋友告訴他，他爲了省錢，請了一班蠢貨來混充法官，佛羅倫斯人才會有這種舉動，以表示抗議。他聽了之後，覺得還是不聲張爲妙，這事才沒有再鬧下去。

故事第六篇　薑丸妙計

卡拉特林諾的猪給他的兩個朋友偷了，偷猪的人却叫他用薑丸去查究竊賊，結果反而證明猪是他自己偷的，他怕妻子知道，只得又讓朋友勒索了兩對閹鷄。

費洛斯特拉多的故事逗得大家笑個不停，他講完之後女王就命令非羅美娜接下去講，於是她說道：

各位親愛的姐姐，費洛斯特拉多因爲聽到馬佐的名字，而講了剛才的一個故事；我也因爲聽到了卡拉特林諾的名字，想到一個有關他的故事，我想你們聽了一定會滿意。

卡拉特林諾、布倫諾和布法馬可是怎樣的人物，你們想必都已知道，我也不必再介紹了；我現在要告訴大家，卡拉特林諾在佛羅倫斯附近有一個小田莊，那是他妻子的陪嫁。除了莊稼收穫外，他每年還可以從田莊上得到一頭猪。每年十二月，他總和妻子到田莊上去把猪宰了，把猪肉醃起來。

有一年，他的妻子不舒服，他獨自到田莊上去宰猪，布倫諾和布法馬可聽到他的妻子沒有和他一起去，就跟踪前去，好在他們有個做神父的好朋友，跟卡拉特林諾毗鄰而居，可以在他家裏住幾天。

那天早晨，卡拉特林諾剛宰了猪，看見他們來到神父家裏，就說：

「歡迎兩位光臨。我要讓你們看看，我也是個頂刮刮的莊稼漢呢！」

於是他把他們請到自己家裏來，讓他們欣賞他的猪。他們覺得那頭猪果然肥美，又聽卡拉特林諾說，要把牠醃了，可以作平日的葷菜食用。布倫諾說道：

「哎呀，你眞是個傻瓜！把它賣了，弄些錢來，大家樂一下，豈不更好嗎？等你老婆問時，只說被人家偷去就完啦！」

「使不得，」卡拉特林諾嚷道，「她不會相信我的，她會把我趕出屋去。別胡思亂想了，我怎麼也不會這樣做的。」

他們又替他拍胸撑腰，說了好些話，可是都不中用。卡拉特林諾也會假客氣，留他們吃飯，兩人都謝了，告辭出來，布倫諾對布法馬可說：

「我們今晚上把那頭猪偷來好嗎？」

「怎樣下手呢？」布法馬可問。

「只要卡拉特林諾的猪放在那兒不動，」布倫諾說，「那我自有辦法。」

「那很好，」布法馬可說，「我們就去偷吧，何必客氣呢？偷來之後，我們還可以和神父樂一下子呢！」

他們告訴神父，神父也贊成他們的主意，於是布倫諾說：

「我們要偷就得略施小計。布法馬可，你知道卡拉特林諾是多麼貪小便宜，如果別人付賬，他喝起酒來，就一杯接一杯，喝個不停。我們可以把他帶到酒店裏去，只說神父請我們，略盡地主之誼，請他做陪客，怎麼也不能要他破鈔；這樣他一定會喝個爛醉。他屋裏又沒有旁人，他一醉倒，偷猪就容易了。」

他們就照着他的話去做，卡拉特林諾看到神父非要由他請客不可，果然沒命的把酒往肚子裏灌，他的酒量又小，所以一下子就醉倒了。等他們離開酒店，時間已經不早，卡拉特林諾不吃晚飯，就回家去睡了。他進了家門就倒在床上，以爲大門已經關好了，其實門却敞開着。

布法馬可和布倫諾跟着神父同家去吃晚飯；吃飽之後，兩人就按照預定計畫，帶着幾件撬門的傢伙，悄悄來到卡拉特林諾的住宅前，看到大門開着，就逕自闖了進去，從鈎上取下那頭猪，抬回神父家裏，再把猪藏好，就上床去睡覺。

第二天早晨，卡拉特林諾酒醒了，起床下樓，看見猪已不在，門戶大開，他就東尋西找，逢人便問，是誰拿了他的那頭猪。可是哪裏問得出半點下落？最後他急得直叫道：「唉，眞倒楣哪，我的猪給人偷走啦！」

布倫諾和布法馬可一跳下床，就趕到卡拉特林諾的家裏去，要打聽他猪不見了怎樣說。他一看到他們到來，就連聲呼喚着，一副幾乎要哭出來的樣子，嚷道：

「倒楣啊，我的朋友，我的猪給人偷去了。」

布倫諾故意走近他身邊，鬼鬼祟祟地說：「眞了不起，想不到這一次你倒聰明起來啦！」

「唉，」卡拉特林諾分辯道，「我說的是眞話呀！」

「這樣就對了，」布倫諾說，「只要這樣吵吵鬧鬧，人家就會相信你說的是眞話了。」

這句話急得卡拉特林諾直叫起來：「老天的奶奶，我的猪確確實實是給人家偷去啦！」

「妙啊，妙啊，」布倫諾說，「就要這麼講，就要這樣大鬧大喊，讓四面八方的人都聽得到，那麼人家就愈發相信你了。」

「你眞要把我急得去跳河啦！」卡拉特林諾嚷道。「我這樣對你說了，你還是不肯相信我。要是我的猪沒有被人偷去，我情願去上吊！」

「哎呀！」布倫諾嚷道，「怎麼會有這樣的事呢？昨天我還看到牠好好地在那兒呢，難道牠長了翅膀飛了嗎？」

「我並沒有跟你開玩笑，」卡拉特林諾說。

「哎呀，」布倫諾又說道，「難道眞有這麼回事嗎？」

「眞的給人偷了，」卡拉特林諾回答道，「這下子我可完啦，我怎麼回家去交賬呢？我的老婆絕不會相信我；就算她相信了我，明年可別再指望過太平日子啦！」

「救苦救難的老天爺，」布倫諾說，「如果眞的出了事，那可太糟了。不過，卡拉特林諾，你總該記得這個辦法是我昨天教你的，所以我絕不讓你像騙自己的老婆那樣把我們騙了！」

這句話使得卡拉特林諾直叫起來：「唉，你們爲什麼要逼得我走投無路，恨不得咒天罵地呀？我告訴你們：我的猪昨夜給人偷去啦！」

「如果眞有這回事，」布法馬可說，「我們倒要想個法子把牠找回來。」

「有什麼法子好想呢？」卡拉特林諾忙問。

「你聽着，」布法馬可說，「我們可以肯定地說一句，那個偷猪的賊絕不會是從印度來的，想必不出我們左鄰右舍，只要你能想法子把這許多鄰舍請來，我就可以憑着麵包和乳酪，捉出那個偷猪的人。」

「慢着，」布倫諾插嘴說，「你拿麵包和乳酪去試驗這班鄉紳，眞是白費心機，我可以斷定說，偷猪的賊就在他們中間，可是他一旦料到我們的用意，就怎麼也不肯來的。」

「那麼我們該怎麼辦呢？」布法馬可問道。

布倫諾回答說：「我們可以準備好薑丸和上好的白酒，只說是請他們來喝酒。這樣他們就不會疑心。薑丸就跟麵包和乳酪一樣，是可以通神的。」

「你這話說得對，」布法馬可說，「卡拉特林諾，你以為怎樣？我們要不要這樣做？」

「看在天主面上，」那隻傻鳥說，「我求你們這樣做吧，我只要知道偷猪人心裏的氣就平了一半。」

「好吧，」布倫諾說，「我就替你當個差，到佛羅倫斯去採購這兩樣東西，不過你得把錢給我。」

卡拉特林諾身邊約有四十個銀幣，他就拿出來全數交給布倫諾。他拿到錢立刻趕往佛羅倫斯，在他一個開藥鋪的朋友那兒買了一磅上好的薑丸，另外配製了兩粒濃烈的沉香丸，外塗糖衣，做得和薑丸一模一樣，但是另外加上暗號，可以一望而知，不致混淆。他又去買了一瓶上好的白酒，於是回到田莊，找到卡拉特林諾，說道：

「你明天早晨去把你認為可疑的人都請來喝酒，明天恰巧是個節日，他們都一定會來的。今天晚上，布法馬可和我要在薑丸上念些咒語，明天早上好拿來應用。為了我們平日的交情，那時我一定親自出馬，替你安排一切，照計而行。」

第二天早晨，卡拉特林諾照着他的話，把許多莊稼漢都請來，其中還有不少是暫時住到鄉下來的佛羅倫斯青年，大家都聚集在禮拜堂門前的大榆樹下。布倫諾和布法馬可也來了，他們倆一個拿着一匣薑丸，一個提着一瓶白酒，站定之後，叫大家團團排成一圈；於是布倫諾說道：

「各位先生，我首先要說明這次請大家來的原因，那麼，諸位如果不高興，也怪不得我。前天晚上，卡拉特林諾家裏丢了一頭肥美的猪，到現在他還沒查出是給誰偷去的，不過偷猪的賊總不出我們眼前這許多人當中的一個，他為了要弄個水落石出，所以請你們大家每人吃一粒薑丸、喝一口白酒。

大家聽好，誰偷了那頭豬，一吃到那粒薑丸，只覺得苦得不得了，比毒藥還要苦，他只好把薑丸吐出來。所以，爲了免得當場出醜，我看那個偷豬的人還是趕快去向神父認罪的好，免得我們麻煩了。」

在場的人都說儘管拿薑丸給他們吃好了。於是，布倫諾把他們排成一行，叫卡拉特林諾也站在中間，從第一個起，把薑丸一人一粒，分給大家，分到卡拉特林諾的時候，他故意拿配製的藥丸給他。卡拉特林諾接到藥丸，立即塞進嘴裏，咀嚼起來。他的舌頭一嘗到沉香，就覺得苦不堪言，連忙把藥丸吐了出來。這時大家都在彼此注意着，看誰把薑丸吐出來；而布倫諾只管挨次把薑丸分下去，假裝沒有注意到他，只聽得背後有人嚷道：

「哈，卡拉特林諾，這件事可好玩啦！」

布倫諾立刻回過頭來，看見卡拉特林諾已經把藥丸吐出來，又故意說：「慢着，也許是不湊巧，他不知怎麼把薑丸吐出來。另外來一粒吧。」

他又把一粒藥丸放進卡拉特林諾的嘴裏，自己就趕着又去繼續分派薑丸。先前那一粒丸子已經够苦了，卡拉特林諾覺得這第二粒的薑丸味道更苦，可是又千萬不能再吐出來，他爲了顧全面子，只得把它嚼碎了含在嘴裏，只見一顆顆像榛果般大的淚珠從他眼裏直淌下來，最後，他實在忍不住了，只得仍舊像第一次那樣把丸子吐了出來。

這時候，布法馬可和布倫諾正忙着給大家斟酒；大家看到了卡拉特林諾這個樣子，都鬧了起來，說這猪一定是他自己偷的，有幾個人還狠狠地把他罵了一頓。衆人散去以後，只剩下那兩個無賴陪着卡拉特林諾，布法馬可對他說道：

「我一直斷定這隻猪是老兄自己偷的，你口口聲聲騙我們說：猪給人偷去了，原來老兄是捨不得把賣猪的錢拿出來請我們喝一杯酒呀！」

卡拉特林諾這時還是滿口沉香的苦味，他賭咒否認猪是他自己偸的。布法馬可又說道：

「得啦，老兄，說句良心話，你到底把牠賣了多少錢，六個金幣吧？」

卡拉特林諾聽到他這樣說，眞是哭笑不得，偏偏布倫諾又在旁邊說道：

「卡拉特林諾，老實對你說吧，我們有一個喝酒的朋友，他告訴我說，你在這裏跟一個少女有來往，你所有的錢全都花在她身上了，照他看來，你一定是把那頭猪送給她了。你近來眞會玩把戲兒耍手段啊！上一次你叫我們跟你到繆納河邊去揀拾黑石子，你一到那裏就把我們丢下，叫我們上了個大當，還要騙我們說，你找到了什麼隱身寶石。現在你又來哄騙我們，起誓賭咒，說什麼猪給人家偸去啦，其實你不是把猪送了，就是把猪賣了。可是我們早已領敎過你的詭計，你不必再來這一套了。現在我跟你講個清楚，我們在薑丸上念了好大一陣咒語，理該有些什麼酬謝，現在請你把兩對閹鷄送給我們吧；否則，我們只好把這件事去報告尊夫人了。」

卡拉特林諾吃足了苦頭，却怎麼也無法跟他們說個明白，心想要是再叫他們到自己的老婆跟前去火上加油，那就更糟了，只得把兩對閹鷄送給他們。他們兩人醃了猪，帶着閹鷄回佛羅倫斯去了，讓卡拉特林諾在那裏丢了猪又受盡人家的笑罵。

故事第七篇　以眼還眼

一位學者愛上一位寡婦，那寡婦叫他在雪地裏等了她一夜。後來學者用計，在炎熱的七月天把她誘到高塔上，叫她裸着身子，在烈日中讓蒼蠅叮、牛虻咬，晒了一天。

這些小姐聽着卡拉特林諾上當的故事，忍不住笑個不停；要不是想到他給人偷了猪，還要賠上兩對閹鷄，着實可憐，那她們還要笑得更起勁呢！故事講完，女王吩咐潘比妮亞繼續講下去，她立即這樣說道：

親愛的姐姐們，有人存心作弄別人，結果往往反而上了別人的當，所以刁鑽促狹的事不見得眞是聰明人所幹的。我們聽了好幾個使人發笑的故事，其中的人物都受了人家的愚弄，可是還沒有人講過受到愚弄的人替自己報復的故事。現在我就打算講我們城中的一個女人——說來眞是可歎，她不該存心愚弄別人，而後自食其果，險些兒送了自己的性命。我們聽了這故事，不是沒有益處的，因爲它可以使我們今後做人多懂些事，而不至於作弄別人了。

幾年前，佛羅倫斯有個少婦，名叫愛倫娜，她容貌姣好，出身高貴，家產又豐厚，所以十分愛擺架子。她丈夫去世之後，就不願再嫁，在家守寡；其實她情有所鍾，愛上了一個翩翩美少年。她本來沒有什麼值得操心的事，就托一個心腹女僕做牽線，時常跟他歡會。

當時我們城中有一個青年紳士，名叫林尼艾里，在巴黎留學多年，回到佛羅倫斯來，他才夠稱得上一聲紳士，因爲他求學的態度完全是爲了探究因果、明白事理，不像一般人那樣，讀書只爲了日後把知識零碎出賣。佛羅倫斯人因爲他門第高貴、學問淵博，所以都很尊敬他。

大凡最有學問的人最容易陷入情網，林尼艾里就是這樣。有一天，他參加一個宴會，在那裏遇到愛倫娜，見她穿着一身黑衣裳（在我們這裏，寡婦都是穿黑色的衣服），在他看來，再沒有哪個女人比她更美的了，而在他心目中，不管哪個男子，只要蒙天主的恩典，把她那雪白的胴體摟在懷裏，就是進入了天堂。他一再偸偸地望她；他知道寶貴的東西不是輕而易舉，唾手可得的，所以一心一意想奉承她，以博得她的歡心，好稱自己的心願。

那個少婦也沒有把眼睛盯在地上，她洋洋自得，左右顧盼，一心要看看可有誰在艷羡她的美貌，所以她很快便覺察了林尼艾里對她的愛慕，她就笑着向自己說：「今天總算不虛此行，如果我沒有弄錯，我已經捉住一隻呆鳥了。」於是她不時對他眼角傳情，故意讓他以爲她也有了情意。她認爲拜倒在她跟前的男子愈多，就愈增高自己的艷名，尤其是那個佔有她的愛情、享受着艷福的男子，更會把她看成爲一個寶貝。

我們那位學者如今把他的哲學全都丟在腦後，而一心思念她。又打聽出她的家在哪兒，便想出種種的藉口，天天在她家門前走來走去，只想博得她的歡心。那女人胸有成竹，因此越發得意，每次看到他，只裝出十分高興的樣子。這位學者後來走過她貼身女僕的門路，說自己怎樣愛慕着她家的女主人，求女僕在她面前多幫襯幾句，成全成全他。那女僕滿口答應，把他的話全都告訴了女主人，她聽了竟放聲大笑起來，說道：

「這個人把他從巴黎學來的一肚子學問都丟到哪兒去了，妳可說得出來嗎?也罷，我們就成全他吧，等他下次再來找妳，就跟他說，我愛他比他愛我還厲害呢！只是我得保住自己的清白名聲，才能在別的女人面前抬起頭來，如果他眞像別人所誇讚的那樣聰明，那他一定會因此而更加愛我了。」

唉，愚蠢可憐的女人，竟然不知好歹，跟學者鬥起智來！

女僕就這樣去向學者回報了，他歡天喜地，忙着給她寫情書、送禮物，追求得更熱烈了。那女人統統接受了，但除了口頭上的道謝外，却不讓他得到什麼實惠。她就這樣叫他可望不可及，空空巴望了好一陣子。

後來那女人把這件事全都告訴她的情人。那情人不免妒嫉起來，還有些氣惱她呢！她爲了表明心跡，讓他知道他猜忌得毫無來由，趁着學者追求她追求得正熱烈，就打發女僕去向學者傳話，說承蒙他見愛，却始終沒有機會報答他，但願到了聖誕節那天，就是他們相會的佳期，不知那天晚上，他是否能够到她家院子裏來等她，那麼她只要方便，就可以出來會他。

學者得到這個口信，竟成了全世界最快樂的人了。好不容易挨到那一天，那一個時辰，他就滿懷希望，前去赴約。女僕把他領進院子，隨手把門鎖了，讓他在那裏乾等。

在屋子裏，那女人早把情人約來，伴着他吃晚飯，十分歡樂；飯罷，她才告訴情人她已經把那個學者關在院子裏，準備怎樣發落他，還說：「現在你再也不用吃醋啦，你可以親眼看到我是怎樣愛他的。」

那情人聽到她這麼說，這份高興可不用談了，巴不得她馬上說到做到。那天剛巧下過一場大雪，到處都是積雪，只苦了那學者還沒有在院子裏站了多少時候，就覺得冷起來了，他眞沒想到天氣那麼冷，但仍然耐心等着，以爲再過一會兒就够他受用了。

這時候，那女人在屋子裏跟她的情人說道：「我們到窗口去，從那邊小窗子張望一下，看你的情敵在幹什麼，再聽聽他講些什麼；我已經打發女僕去招呼他了。」

他們就走到格子窗前向院裏張望（院裏的人却望不見他們），只聽得女僕從另一個格子窗子向學者說道：

「先生，事情眞不湊巧，我家舅老爺恰巧今晚來探望少奶奶，跟她談個沒了，只得留他吃晚飯，誰知他老人家到現在還不想走呢！不過我看他快走了，少奶奶暫時還脫不出身來，但是馬上就要來會你的，她請你千萬別生氣，她在裏邊同樣受罪，眞把她急都急死了。」

林尼艾里，以爲這是眞話，就說：「請回報妳家少奶奶，在她不能分身的時候，不必着急，不過希望她能够快點就快點來。」女僕就丢下他，回房睡覺去了。

那女人在窗邊向情夫說道：「怎麼樣，還有話說嗎？如果我眞像你所猜疑的那樣，對這個人有情意，我還捨得眼看他在露天凍僵嗎？」說完之後，她挽着情夫，兩個人上床去睡了，他現在已經放心不少，跟她在床上尋歡作樂，還把那個倒楣的學者當做笑柄。

可憐那學者，他冷得沒法子可想，只好在院子裏來回走個不停，想借此取暖。其實他就是想坐，也沒有地方可以坐一坐，躲一躲寒風。他只是咒駡那個舅老爺，不該賴着不走，聽到屋子裏有什麼聲響，就以爲是她來開門迎接了，誰知每次都叫他失望。

那女人同情夫在房子裏盡情歡暢，到了半夜，她就跟情夫說道：「寶貝兒，你對我們的學者有什麼意見？你把他的智慧和我對他的愛情，放在天平上比一比，看看到底哪個更有份量？前幾天我跟你鬧着玩，你心裏一直打着疙瘩，那麼我今晚叫他凍了半夜，總該叫你消氣了吧？」

「心肝兒！」她的情夫回答道，「我現在才知道妳就是我的幸福、我的安慰、我的歡樂、我一切的希望，而我也同樣是妳的一切。」

「那麼，」她說，「你快親我一千次嘴，好讓我看看你說的是不是眞心話。」

那情夫果眞把她緊緊摟在懷裏，連連親吻起來，何止是親了她一千次，而是整整親了她十萬次。他們又這樣調笑了一陣，那女人才說：「我倆暫且起來一下，我那個新歡在寫給我的情書中總是說，他整天都燃燒着一股愛情的火焰，現在我們去看看這火焰是不是低了些。」

他們就披衣下床，來到格子窗邊，向院子裏張望。只見那學者正在雪地裏一股勁地亂蹦亂跳，冷得牙齒格格打顫，好像在打拍子似的。這種樣子的跳舞，眞是天下少見的奇觀。

那女人說道：「你怎樣說，寶貝兒？你看，我豈不是不用喇叭、不用風笛，也能叫別人大跳快步舞嗎？」

「妳眞有本領，我的心肝兒，」他笑着回答說。

「我們下樓到門邊去吧，你站着別響，我跟他說話，也許聽他說話，跟看他跳舞一樣有趣呢！」

他們就輕輕走下樓來，到了門邊，那女人並不打開門，只是從門的鎖孔裏低聲叫他。學者聽到她的叫喚聲，不由得謝天謝地，以爲那是來開門放他進去了，就趕到門邊，嚷道：

「夫人，我在這裏，看在天主面上，快開門吧，我要凍死啦！」

「噢，不錯，」那女人在裏邊應聲道，「下了一場小雪，天氣可眞冷，我眞怕把你凍壞了。不過我聽說，在巴黎，晚上冷得更厲害呢！現在我還無法放你進來，因爲我那該死的哥哥今晚到我這裏來吃飯，現在還沒走！不過他快要走了，等他一走，我立刻下樓來給你開門。我好不容易才能溜出來通知你，好叫你不要着急，再安心等待片刻。」

「唉，夫人，」學者發急了，「求妳看在老天的面上，開門放我到屋裏來躲一躲雪吧！天又下大雪啦——好大的雪哪，現在還下個不停呢！只要讓我得到一些遮蔽，我就儘量等候着妳好了。」

「哎呀，我的心肝兒，」那女人在裏面回答，「這不行，門一開，就會咿咿呀呀的發出聲響來，我哥哥一定會聽到的。我立刻去打發他走，那我就好回來放你進來了。」

「那麼請你快點吧，」那學者央求道，「請妳再把爐火生旺了，讓我進來烤一烤火，我已經凍僵了。」

「哪會有這樣的事？」那女人說，「你不是常在寫給我的情書上說什麼你熱烈地愛着我，燃燒着愛情的火焰嗎？現在我明白了，你一向只是在跟我開着玩笑罷了❶。我走了，請你安心等着我吧！」

她的情夫正在她旁邊，聽到這番話，好不得意。那女人說完這話，就和情夫上樓去睡了。不過他們上了床却沒有安安穩穩地睡覺，只是尋歡作樂，取笑那個倒楣的學者，這就樣把半夜的工夫消磨掉了。

可憐那學者給關在院子裏，渾身顫抖，兩排牙齒不停打顫，活像一隻鸛鳥。他這時才明白，他是受人愚弄了。他幾次想把院門打開，可是哪裏推得動！此外又想不出其他逃脫的方法，他像關在籠子裏的一頭獅子，只是在院子裏橫衝直撞。他詛咒天氣這麼冷、那個女人心腸這樣惡毒、那一夜這麼漫長；他還詛咒自己爲什麼這樣愚蠢，後來他愈想愈氣，把原來一片狂熱的愛情變爲最强烈的憎恨了。他反覆思考各種報復的辦法，從前他多麼渴望和她親近，現在想報復的心，竟然更加迫切了。

這一晚，眞是虧他挨過去了。直到東方透出曙光，那女僕一覺睡醒，才依着女主人的吩咐，下樓來給他開門，還假情假義地說道：

❶「現在我明白了」兩句，從里格及阿爾亭頓譯本補入。

「眞該死，這個傢伙昨天竟纏了她一個晚上！他叫我們好像坐在針氈上，害你凍了一夜。可是事實是這樣，請你別見怪，好在錯過了昨夜，將來還有補報的機會。我知道我家少奶奶爲了這件事，再沒有這樣難過了。」

那學者正一肚子怒火，如果他修養差些，這時一定要發作了；不過他知道如果要報此仇，不能打草驚蛇，所以隱忍了怒火，低聲說道：「唉，昨夜眞不好受，我一輩子都沒有吃過這麼大的苦頭，不過我知道這是怪不得妳家少奶奶的，承蒙她憐惜我，還親自下樓來向我解釋，給我安慰，但願正像妳所說的，昨夜不能如願以償，往後還有機會。請妳多多問候妳家少奶奶，再會吧。」

說完之後，他不再停留，拖着一個凍僵的身子，踉蹌回家，一到家裏，就鑽進被窩，昏過去了。等他蘇醒過來，手足已軟得沒有一絲氣力。他連忙叫人請了幾位醫生來調理，醫生問明了病源，對症下藥，加上他還年富力强，天氣又在回暖，所以過了一段時期，病情逐漸好轉，筋也不抽，手足也能活動自如了，復原之後，他把自己所吃的大虧，牢記在心，外表上却裝得比往常更愛慕那寡婦了。

事有湊巧，隔不了多久，學者就找到了報復的機會。原來寡婦所愛的那個靑年，拋棄她，另外結交了一個新歡，把從前的柔情蜜意都獻給了另一個女人，拋下她冷冷淸淸，再也不管了。倒是她跟前的女僕還忠心，眼看女主人終日淚珠漣漣、茶飯無心，替她十分着急，却又不知該用什麼話來安慰她這失戀的痛苦。她正在思量，忽然看見那個學者像往常一樣，在她家門口走過，居然靈機一動，有了個好主意，她的少奶奶失去了情人，何不用法術把他召回來，聽說學者的法術很大，她就把這意思向女主人說了，這位太太也是個沒有見識的女人，也不想想如果那位學者果眞懂得法術，那他早已先替自己謀算了。她居然聽信了女僕的話，立刻打發她去向學者探問，肯不肯幫這一個忙，如果承蒙他答應，那麼凡是他的要求她無不樂於從命。

女僕就把女主人的話一字不漏地向學者傳達了，那個學者不禁喜得暗暗叫道：「謝天謝地！報仇的機會來了，我這樣一心愛她，她却害得我好苦。現在我要叫這個惡毒的女人吃點兒苦頭，也好消我這一口氣！」於是他向女僕這麼說道：

「請回報妳家少奶奶，別爲這小事煩心，就算他的情人遠在印度，憑我這本領，也能叫他立即趕回來投在她脚下，向她討饒認錯。不過到底應該怎麼辦，必須當面奉告，請她什麼時候有空，約好地點，我一定去見她，煩妳把這話轉告她，請她儘管放心好了。」

女僕回到家，報告了女主人，她就約了學者在普拉多❷的聖露西亞教堂會面。她已把從前叫他險些送命這件事忘了；兩人見面後，她就把情夫怎樣待她，以及她自己的願望和盤托出，請求他幫助。

學者說：「夫人，雖然我在巴黎留學的時候，兼修了魔法，而且自認很有心得，但是凡人作法，就會深遭天主痛惡，所以我立誓無論爲人、還是爲己，絕不妄用邪術；可是我愛妳愛得這麼深，妳有什麼要求，我怎樣也無法拒絕。卽使我爲了這一次破戒，該墜入地獄，只要妳吩咐，我就心甘情願去做。不過我得先向妳聲明，做法並不是像妳想像的那般容易，尤其是女人想挽回男人的愛情，或是男人想跟女人重溫舊夢，那就益發困難了。妳也許沒有想到，因爲這事全要當事人親自去做，旁人幫不了忙，而且她必須意志堅定，因爲這一切都要在深更半夜、荒僻無人的地方進行。我不知道妳聽了這話是否就嚇退了？」

那女人有的是熱情，欠缺的只是智慧，她就這樣回答道：「我受到愛情的驅使，只要能奪回我那個負心人，什麼事都能辦到，請快告訴我應該怎樣做吧！」

❷ 普拉多（Prato）在佛羅倫斯西北十一哩，築有城堡，有十二世紀所建的宏大教堂。

「夫人，」那個懷恨在心的學者說道，「我得替妳做一個白蠟人像，代表妳想追回來的人，等我送給妳之後，妳必須在殘月如鉤的深夜，睡醒頭覺時分，獨自手持蠟像，裸身跳入河流，沐浴七次，浴罷之後，妳還是一絲不掛，爬上高樹的樹梢，或是荒屋的頂上，手持蠟像，面朝正北，接連念咒七次——咒語我會另外抄給妳。念完七次，就有兩個絕頂漂亮、世所未見的女童，來到妳面前，向妳敬禮請安，恭候妳的吩咐；那時妳只要依實直說，把自己的心願告訴她們——妳要小心，可別把妳心上人的名字說錯了——妳把話說完，她們受命而去，就德功圓滿了。於是妳可以下來，回到原處，穿好衣服回家去。不要等到第二夜半夜過去，妳的情人就一定會趕來，痛哭流涕，向妳求恩討情，寬恕他的過失，從此他就再也不會見異思遷、拋棄妳了。」

那女人聽了這話，深信不疑，痛苦頓時減輕了一半，彷彿已經把情夫摟在懷裏了，就說道：「不要擔心，這些我都能夠做到，而且我也想到一個最合適不過的地方。在阿諾納河上流的山谷，我有一個農莊靠緊河岸，現在又是七月，到河裏洗個澡是非常愜意的。我還記得離河不遠有一座荒塔，塔下擱着栗木梯子，除了偶然有牧羊人走失牲口，爬上頂去眺望之外，很少有人到塔上去。我就準備在那兒遵照你的指示去做，希望一切做得很妥善。」

那河流、農莊和荒塔，學者本來就很熟悉，所以聽到那女人的打算，心中高興極了，口中卻說：「夫人，那地方我從來沒有去過，所以農莊荒塔的形勢都不知道，但如果眞的像妳所說的那樣，那的確是再理想也沒有了。到時候我就會把蠟像和咒語送來。不過等妳如願以償，知道我的確是替妳盡心盡力，那妳可不能把妳的諾言忘記了呀！」

那女人答應他絕不食言，就告別他回家去了。那學者看到他計劃的第一步已經成功，就高高興興地趕回家去，製了一個蠟像，謅了一套咒語，到時候就把這兩樣東西送去了，又附了字條，叫她必須在當夜依他的話去做，萬勿延誤。他恰巧有一個朋友住在荒塔附近，所以就悄悄帶了僕人，躲到朋友家去，好實行他的計劃。

那個女人呢，也帶了女僕來到農莊上，一到晚上，她推說要早些安息，就把女僕打發去睡覺。但是等睡醒頭覺後她就悄悄溜出屋子，來到阿諾納河邊靠近荒塔的地方。她先向周圍張望了一下，看見四野無人，也沒有聽到什麼聲響，就脫下衣裳藏在矮樹叢裏，手持蠟像，在河裏浸了七次，於是又赤身露體，手持蠟像，登上了荒塔。

在天色將晚的時候，那學者已帶着僕人，預先躲在古塔附近的柳樹下，一切都看得清清楚楚。等她赤裸走過他面前時，他看見她潔白的玉體在黑夜裏發亮，又看到她的乳房和其他部分都長得那麼豐腴美好，再想起等會兒，她那細皮白肉就要遭受怎樣的折磨，不覺有些捨不得。此外更有一陣肉慾襲來，使他難忍難熬，本來向下倒的東西豎了起來，使他恨不得從躲着的地方衝出來，抱住她求歡。在愛憐和肉慾的夾攻下，他幾乎不能自持了。可是他猛然想起自己是何等樣人，從前吃了多大的苦頭，是吃誰的苦頭，他又頓時怒火衝天，把愛憐和肉慾全都趕跑，因此咬緊牙關任由她走過去。

那女人登上了荒塔，面朝正北，把學者所寫給她的咒語，喃喃背誦起來。他躡手躡脚溜入塔中，把擱在塔頂的梯子悄悄搬走，隨後靜靜等候着，看她在上面有什麼動靜。

那女人念完了七次咒語，就等那兩個嬌麗的女童降臨，可是從寒冷的夜裏，直巴望到東方發白，也不見半點兒踪影。到這時，她才失望了。學者所說的話一點也不靈驗。她又想：

「我怕他是叫我像他那樣空等一夜，好出一口氣，如果他懷着這種打算，那他就錯了，今夜還沒有他那夜三分之一長呢，天氣冷熱也差得多啦！」

於是她想趁天未大亮之前就走下塔來，不料梯子已不在那裏。她這一急，好像脚下的地塌了下去似的，竟一口氣透不過來，暈倒在塔頂上了。等她甦醒過來，就放聲大哭，心裏明白這一定是學者作弄她了，於是她就恨自己不該得罪學者，以後又把寃家當作親信，自投羅網。她就這樣愈想愈恨，再向四周觀望，想不出可以走下塔去的辦法，不禁又哭泣起來，向自己說道：

「唉，你這苦命的女人啊，等到別人發覺你赤身裸體的在這兒，那時候妳的兄弟、妳的親戚、妳的鄰居——不，還有整個佛羅倫斯人他們會怎麼說呢？人家向來把妳當作一個正經的女人，這一下妳的名譽可就掃地了；即使妳能想得出什麼理由來替自己辯白，却瞞不過那個該死的學者，他一定會出來揭發妳的。唉，妳這苦命的女人哪，妳這一下失去了心肝般的愛人，又失去了名譽！」她這時候傷心極了，幾乎想從塔上跳下，一死了之。

太陽出來了，她倚牆眺望，看有沒有牧童趕着牛羊經過，好託他去叫她的女僕。那學者已在樹下睡了一覺，這時醒過來了，看見了她，而她也望見了他。學者先開口道：

「夫人，早安，仙女來過沒有？」

聽到這話，那女人又放聲痛哭起來，求他到塔內，她有幾句話要同他說。他倒很有禮貌，依她的話走了過來，她伏在平壇上，頭探樓梯口，哭着說道：

「林尼艾里，說眞的，從前我叫你受了一夜的委屈，那麼現在你已經報復了。現在雖然是七月，昨晚我一絲不掛，站在這裏，也是够冷了。再說，我哭得好苦，只恨自己不該作弄你，又不該這樣愚蠢，竟信任了你——我眞是有眼無珠！

「我求求你饒了我吧，你是絕不會愛我的了，但你是一個正人君子，就算你不愛我，也爲了看重你自己的緣故，請息怒吧，你既然已經報復，出了氣，那麼請你饒了我，把我的衣服拿來，讓我下來吧！請你千萬讓我保留我的名譽吧，你一旦剝奪了我的名譽，以後就是有意歸還給我也辦不到了。我叫你虛度了一夜，可是只要你答應，我可以補報你幾夜的歡樂。我已經這樣向你低頭認罪了，你真的是一個君子，我求你就算大仇已報，放過我吧！千萬不要向我們女人逞顯威風。一頭猛鷹攫住一頭鴿子有什麼光彩可言呢？看在老天面上，看在你自己的榮譽面上，可憐可憐我吧！」

那學者本來只記得自己所受的侮辱，現在看到她又是哭、又是求，眞是又得意、又心痛。得意的是他念念不忘的大仇已報，心痛的是看她這樣出醜受苦，也有些於心不忍；可是他的惻隱之心終於動搖不了報仇的意志，所以說道：

「愛倫娜夫人，從前在大雪紛飛的半夜，我在妳的院子裏凍得半死，向妳苦苦哀求，求妳放我進來躲一躲風雪，雖然我不能像妳這樣聲淚俱下、婉轉動聽，可是要是那時妳也可憐可憐我，那麼現在要我答應妳的要求，還不容易？如果妳現在忽然比過去要愛惜自己的名譽，覺得這樣赤身露體有些不雅觀，那麼妳別來求我，去求另一個男人吧！那天夜裏我在院子裏冷得牙齒打顫、雙脚直跳的時候，妳正赤身露體睡在那個男人的懷抱裏——讓他來搭救妳吧，讓他替妳送衣服來，替妳拿梯子來、請妳下來吧，讓他來小心保衞妳的名譽吧——因爲妳爲了他，不止一千次像現在這樣，拿自己的名譽去冒險呢！

「爲什麼不叫他來救妳呀？只有他來救妳才是最合適的，妳是他的情婦呀，他不來保護妳，不來救妳，還去保護誰、救誰呢？那天晚上，妳跟他兩人尋歡作樂的時候，妳曾經問過他：拿我的愚蠢跟妳對他的愛情比起來，照他看，究竟哪個强③。妳這個傻女人，叫他來吧，妳對他的愛，再加上你們

③ 這節話與前文有出入，請參閱第六三一頁。英譯者約翰・潘認爲這該是當初『十日譚』出版時未經作者最後修潤一遍的一個例子。

倆的智慧，應該對付得了我的癡愚，而把妳救出來啊！現在妳不必把我不再需要的東西獻給我了，假使我眞的向妳提出要求，妳難道還能不答應？假使這一次妳能活着回去，那麼妳去跟妳的情人共度良宵吧，從此夜夜跟他享受良宵吧！我消受了一個良宵已經够了，不願再上第二次當了。

「還有，妳奉承的手段實在高明，妳以爲叫了我一聲正人君子，就能使我寬宏大量，再不計較妳的罪惡行爲，輕易饒過妳了。可是我不像從前那樣容易輕信了，不會因爲妳說了一句話，就此昏頭昏腦了。我有自知之明，這也得感謝妳，我在巴黎留學了這些年，還不及在妳那裏的一夜受益得多。

「就算我寬宏大量，對妳這種人也不應該表示寬大。對一頭沒有人性的野獸還用講慈悲嗎？要消滅牠還來不及呢；只有對人類才能寬宏大量。我不是什麼猛鷹，妳也不像鴿子；妳是毒蛇，所以我把妳看成死對頭，滿懷憤恨，以全身的力量來對付妳。說實話，我今天只是在懲罰妳，算不得報復，所謂報復，那是要變本加厲，以重拳還輕拳；而我現在對待妳，還算是客氣的呢。如果我一想起妳的狠毒，眞的要向妳報復的話，卽使殺死妳，也只是殺死一個下賤無耻的女人罷了。

「芸芸衆生都免不了生老病死，妳難道眞是什麼天生尤物，能比她們强？我又何必特別愛惜妳的花容月貌？只要再過幾年，妳的額上就要刻滿皺紋，妳這幾分姿色就給摧毀無遺了。承妳的情，叫我一聲『正人君子』，可是我這個正人君子沒有給妳活活弄死，並不是由於妳心不够狠毒，我用不着感謝妳。我只要在世上活一天，就比十萬個像妳這樣的女人活上一千年更有用處呢。

「我今天叫妳吃些苦頭，也就是要妳知道欺騙一個有頭腦的人，尤其是欺騙一個學者會得到怎麼樣的報應；如果妳僥倖保全了生命，恐怕妳從此以後，就再也不敢做這種愚蠢的事吧？

「妳如果急着要下得塔來，那爲什麼不跳下來呀？或許天主會可憐妳，叫妳跌斷了脖子，那麼妳的痛苦就解除了，而我也成爲天下最快樂的人了。我要跟妳說的話都說完了。我運用計謀把妳騙上了塔頂；妳既然能够愚弄我，爲什麼不設法自救呢？」

在學者這麼奚落她的時候，那個倒楣的女人哭個不停，後來太陽愈升愈高，她聽到學者把話說完了，就說道：

「唉，狠心的男人呀，縱然那一晚千不該萬不該得地罪了你，叫你生了這麼大的氣；縱然在你的眼裏，我是這樣罪大惡極，不管我年輕美貌，不管我聲淚俱下，怎樣苦苦求饒，都不能打動你的心，博得你一絲兒憐憫，但你至少也應該朝這方面想一想：我是因爲完全信任你，把我的秘密全都告訴了你，才讓你如願以償，使我在這裏知過認罪，這樣，你也應該平息一些火氣，多少有些於心不忍吧？如果我不信任你，你雖然報仇心切，也拿我無可奈何呀！

「看在老天面上，請你開個恩，饒了我吧。只要你肯饒恕我這一次，放我下去，從今以後，我就情願捨棄那個忘恩負義的男人，只認你做我的情人、我的夫君。雖然你剛才把我的美貌奚落得一文不値、不過曇花一現，可是跟別的女人比起來，我可以肯定地說，我的美貌卽使沒有什麼了不起，至少是男人追求、歡樂的對象，而你現在並不老呀。儘管你對我這樣狠心，我相信你總不見得是眞的忍心眼看我走投無路，從高塔上跳下去，死於非命吧；因爲只要你當初不像現在那樣虛僞，那麼我在你的眼裏該顯得多麼可愛！

「唉，看在老天的面上，發發慈悲、可憐可憐我吧！太陽漸漸熱起來了，我受了一夜寒冷，現在眞的受不住這樣的炎熱了。」

那學者跟她談話，原爲的是逗趣，就說道：

「夫人，妳信任我是爲了想奪回失去的男人，並不是因爲愛我，所以應該受到加倍的重罰。假使妳以爲我多虧妳自投羅網，才報得了仇，那妳眞是愚不可及了。我還有一千種報仇的方法呢。我表面上假裝愛妳，其實早在妳腳下挖好了千百個陷阱，卽使沒有今天的事，妳不久也勢必要跌入其他的陷阱，那時候妳所受到的痛苦和羞辱，就要比現在厲害得多了。我現在採用這個報仇的方法，並不是爲了使妳容易忍受些，而是爲了可以早日出這一口氣。

「哪怕我條條計策都失敗了，我還有一支筆，我要用這支筆淋漓盡致地寫出妳的醜史，傳到妳的耳裏，叫妳千悔萬恨，一天有一千次愧不欲生。那筆桿的偉大，只有曾經身受的人才能想像得到。我向天主起誓（他幫助我這一次報仇雪恥，但願他一直幫助我到底！），我眞想把妳的種種穢事都寫出來，別說讓別人讀到了，就是讓妳自己讀到了，也一定會叫妳羞得要挖去自己的眼珠，再也不要在鏡子裏看到自己的人影，所以大海叫小河泛濫，還有什麼好埋怨小河的呢？

「我已經講過了，我再不稀罕妳的愛情，也絕對不要妳做我的情人。如果妳有本事，妳還是去做他的情人吧。從前有過一段時期我很恨他，現在我却反而感謝他了，因爲他叫你受了罪。

「妳們女人只愛那些小伙子，愛他們皮膚白嫩、鬍鬚黑亮、身子筆挺，又會跳舞，又會比武；其實一個中年男人哪一樣不及他們？而且他們還懂得許多小伙子所不知道的事情。你們總以爲小伙子騎起馬來勁頭大，一天可以比中年的男人多趕幾哩路。我也承認，小伙子在綉榻上跳起舞來横衝直撞，確實有勁，可是中年的男人經驗豐富，能够搔到癢處。好比那香甜精緻的食品，哪怕少些，也比那一大堆不入味的食品實惠些。再說横衝直撞會把妳（卽使妳怎樣年輕）弄得精疲力盡；穩紮穩打雖然行動緩慢些，但是會把妳舒舒服服地送到目的地。

「妳們這些沒有頭腦，好像家畜般的女人呀，妳們只注重外表漂亮，那美貌底下的汚點妳們就看不到了。一個小伙子是不肯佔有一個女人就滿足的，總是見一個愛一個，還自以爲有這樣的權利。所以他們的愛情是不能持久的，妳切身的經驗，就是現成的證人。那些小伙子自以爲應該受到女人的寵愛和崇拜；他們揚揚得意，在別人面前誇耀自己有多少多少情婦。難怪有許多女人寧可和教士私通，正因爲他們守口如瓶。也許要說，妳的私情只有我和妳的貼身女僕兩個人知道，如果妳這樣想，那麼妳錯了。不管在他的周圍還是妳的周圍，大家都在議論紛紛，談着你們倆的事，只是妳自己聽不到罷了，因爲當事人往往是最後一個聽到的。再說，那些小白臉無非是看中妳的錢；而中年人却情願送錢給妳們用。

「所以我對妳說，妳看錯人了，妳既然情願跟他相好，那麼和他相好到底吧；從前妳嘲笑我，現在也別來找我吧！我已經找到一個情婦了，她勝過妳幾倍，她比妳聰明，能了解我。如果妳躲在高台上，還不明白我說話的用意，那麼妳縱身跳下來吧，等妳跌進地獄之後，妳就可以知道，我眼看妳跌得粉身碎骨，是傷心還是開心。不過我只怕妳不肯犧牲自己來讓我開心開心。我敎妳一個辦法：如果太陽晒焦了妳，那麼只要想想妳叫我在大風大雪的夜晚受凍的情景，那麼冷熱一調和，妳就不會覺得陽光太熱了。」

可憐那女人聽學者的口氣分明是絕不肯饒她了，就放聲痛哭起來，邊哭邊說道：

「唉，既然任憑我怎樣向你求饒也不能打動你的心，那麼你爲了對另外一個女人的愛情而憫憐我吧！聽你說，她比我聰明，而你已獲得了她的芳心；爲了愛她的緣故，請你饒恕了我，把我的衣服拿來，讓我穿了下來吧！」

學者聽她這麼說，笑了出來，又看見太陽已近中午，就說道：

「噯，妳既然拿我情人的名義來求我，那我倒不知道該怎樣拒絕妳了。告訴我衣服在哪兒，我去給妳拿，好讓妳穿了下來。」

那女人信以爲眞，稍覺心寬，就告訴他衣服藏在哪兒。誰知學者走出塔外，吩咐僕人監視着，不要讓別人走進塔去，等他回來再說；這麼吩咐之後，他就回到朋友家裏，安閑自在地吃了午飯，然後午睡去了。

那女人留在塔頂上，雖然因爲存着幻想，精神稍微振作了些，但是陽光愈來愈熱，她只得坐了起來，爬到靠牆的一小塊陰影裏，這樣等着，心裏有說不出的難過。她一會兒盼望學者替她拿衣服來，一會兒又完全絕望了。她這樣胡思亂想，加上一晚沒閉過眼，又憂傷過度，後來竟昏昏入睡了。

現在已是烈日當空，萬道火光直射在她那嬌嫩的肉體上和沒戴帽子的頭上。可憐她的嫩皮膚經不起毒日的無情燒炙，竟裂開來了，直燒得她從夢鄉中痛醒過來。她忍不住把身子動一下，那晒焦了的皮膚竟就像燒焦的羊皮一樣，稍稍一扯，就一塊一塊裂開來了，同時她又感到劇烈的頭痛，似乎刀劈一樣——這還用得着奇怪嗎？那平台變得像沸燙火熱，使她踏不下脚，坐不穩身子，哭哭啼啼的，躲到東也不是，躲到西也不是。加上這時候一絲風兒都沒有，蒼蠅、牛虻成羣飛來，棲集在她身上，狠狠地叮着她那裂開的皮肉，叮一口就像有一把利劍直刺進她肉裏，因此她雙手不斷亂揮，忙着驅除蟲子，一邊咒罵自己，咒罵自己的命運，咒罵她的情人和那個學者。

烈日在頭上燒炙，蒼蠅牛虻又在周身叮咬，肚子餓，更難堪的是：口渴、皮開肉綻、痛如刀割、心亂如麻，她勉强站起身來，四處瞭望，打算一看到人影，一聽到人聲就高聲呼救，再也顧不了什麼羞恥了。可是合該她倒霉，附近的農夫因爲那天酷熱，都不到田裏來工作，只在自己的屋邊打穀子，所以除了斷續的蟬聲和滾滾的阿諾納河流聲之外，她竟什麼聲音也聽不到；阿諾納河就在她眼前，可望而不可卽，害得她口更渴了；同樣的，她望見一叢樹、一塊蔭涼的地方、一所屋子，眞是羨慕得要死。

這個女人所遭受的痛苦眞是一言難盡。頭上是火一般的太陽，脚下是灼熱的平台，蒼蠅、牛虻只顯在她周身叮咬，她一身細皮白肉，昨晚在黑暗裏晶瑩發亮，現在渾身紅腫，鮮血淋漓，竟變成紅土般的顏色了。不論誰看到她現在這副形狀，都要以爲她是天下最醜陋的東西了。

她就這樣沒有指望，也無計可想，恨不得一死了之，直熬到太陽快要西斜。再說學者一覺醒來，想起了那個風流之女人，就回到塔邊，看看她究竟怎樣了，同時吩咐僕人回去吃飯。那女人聽到他的聲音，拼着最後一點力氣，痛苦萬分地挨到樓梯口，哭着說道：

「林尼艾里，你仇報得太過分啦。我固然害你在我的院子裏凍了一夜，但是你使我在這塔上給毒日頭晒了一天——不，在烈火裏燒了一天，饑餓口渴得要死！我以天主的名義，求求你上來把我殺死吧，因爲我自己沒有勇氣下這毒手，因爲我受盡痛苦，只求死不想活了。如果你不肯給我這個恩惠，那麼最低限度，也得給我一杯水，讓我潤一潤唇皮，我的身體裏好像火一樣在燒，光靠我的淚水是不够的呀！」

學者聽到她嘶啞的聲音，知道她是怎樣的疲弱了，又約略望見她那被晒焦的軀體，她說的一番話也着實可憐，因此不免多少生了一點憐憫之心，可是他仍然這樣回答道：

「惡毒的女人，如果妳要死，就得自己動手，可不能死在我的手裏！妳要我給妳一杯水解渴，可是想一想，我在大風大雪裏受凍的時候，妳可曾送一盆炭火讓我取暖？還有一點我是不甘心的！我凍壞之後，用燒熱的臭糞來治療是多麼難聞；而妳熱壞了，却用沁人肺腑、芬芳撲鼻的玫瑰花露洒遍全身，這有多麼適意。再說我凍了一夜，幾乎變成殘疾，甚至性命都不保了。而你不過皮膚略爲有些炙傷和剝落罷了，蛇脫了一層殼，自會變得更加美麗。」

「唉，我眞是倒楣啊，」那女人嚷道，「但願天主把這樣得來的美麗送給我的寃家吧！你比野獸殘忍，怎麼能拿這樣毒辣的手段來折磨我呢？卽使我慘無人道，殺了你全家，也不過落得這樣的報應罷了。眞的，卽使是個賣國賊，讓敵人屠殺了一城的男女老少，他應得的刑罰也不會比我現在受到的更殘酷了，你把我放在火熱的陽光下燒灼，讓牛虻叮、蒼蠅咬；連一杯水都不給我！你要知道，就是那明正典刑的殺人犯，在他就刑的時候，要求喝口酒，也照例要答應他的。你既然鐵石心腸，眼看我死去活來，也不能動你絲毫憐憫，那我只有耐着性子等死，讓天主來拯救我的靈魂吧。但願你這種行爲不會逃過天主的眼睛！」

她說完之後，就萬分痛苦地把身子挨到平台中間，再也不存逃生的希望了。在萬般痛苦中，最難熬的就是口渴得要命，一次又一次地使她昏了過去，她蘇醒過來，就痛哭自己的命苦。

到了晚禱時分，學者覺得這口氣已經出够了，就吩咐僕人把她的衣服用自己的斗篷裹起來，一起來到她的田莊，只見那女僕正坐在大門口，神色焦灼不安，不知如何是好；他對她說：

「大姐，妳家少奶奶怎麼樣了？」

「先生，」她回答道，「我不知道，昨天晚上，我看她上床安睡，可是今天早晨走進她的臥房，人已經不在了，我四處找尋，都不見踪影，我眞不知道出了什麼事，心中急得要命。不知道先生能不能告訴我一些她的消息？」

他回答道：「要是我叫妳跟她一起去，那就好啦，那我不但懲罰了她，也可以懲罰妳的罪惡了！不過請放心吧，妳也逃不出我的掌心，我一定要叫妳吃些苦頭，看妳下次還敢不敢再欺侮人！」於是他回頭對自己的僕人說：「把衣服給她吧，告訴她到哪兒去找她的少奶奶。」

僕人把衣服拿出來；女僕接過衣服，認出是女主人的，又聽到林尼艾里那番話，只怕女主人已經給他們殺害了，差點兒叫喊起來；等學者一走，她就帶着衣服，流着淚，急急忙忙向荒塔趕去。

那一天，那女人的田莊裏，恰巧有一個莊稼漢走失了兩頭猪，到處找尋。學者剛走之後，這莊稼漢就來到荒塔邊，東張西望，尋找失猪，忽然聽到有女人的哀哭聲，就走進塔內，大聲喊：

「誰在上頭哭呀？」

那女人聽出是傭工的聲音，就叫他的名字，說道：「看在老天面上，快去把我的女僕找來，幫她想法子上來救我吧！」

這莊稼漢也聽出是女主人的聲音，答道：「唉，夫人，誰把妳放到塔上去的呀？妳的女僕已找了妳一天啦；但是誰想得到妳却在這裏呢！」

於是他把移去的梯子放在原處，用柳條紮好梯上的橫檔。這時候，那女僕趕來了，她迫不及待地拍手叫嚷道：

「我的少奶奶，妳在哪兒呀？」

那女人聽到她來了，大聲叫道：「哎呀，我的親妹妹，我在塔上呀，別哭啦，趕快把我的衣服拿來吧！」

女僕聽到女主人的聲音，這才略微定了心。莊稼漢把梯子紮好放好，就幫着她爬了上去；她上了平台，只見她的女主人赤身裸體，奄奄一息，躺在平台上，不像一個人，倒像是一塊剛從火裏箝出來的木頭。她一見這種慘狀，不禁抓着自己的臉，嚎啕大哭，好像她那親愛的女主人已經死了一般。那女人拿天主的名義求她別鬧出聲來，快幫助她穿上衣服。她從女僕口裏，得知除了那送衣服來的人和這兒的傭工之外，沒有別人知道她在哪裏，因此又稍微寬慰些，求他們千萬別把這事張揚出去。

他們這樣講了幾句後，那女人因爲不能行動了，就由莊稼漢把她抱下塔來，女僕跟在後面，一不小心，從梯上摔了下來，跌斷了一條大腿，痛得她大聲吼叫，好比一頭獅子。那莊稼漢急忙把女主人放在一片草地上，回頭來照顧女僕，看到她已跌斷了大腿，又把她抱起來，放在草地上和她的女主人躺在一起。那女人巴望女僕照顧她，誰知她也跌壞了，眞是禍不單行，她愈想愈苦，竟又放聲大哭起來，好不悲慘，害得那莊稼漢不但無法安慰她，反而陪她一起淌淚了。

這時候太陽已經快要下山，眼看就要夜色蒼茫了，那莊稼漢依着女主人的意思，趕回自己家中，叫他的妻子、兩個兄弟帶着一塊木板，一起回到荒塔邊，把女僕放在木板上，抬回家去。那莊稼漢還帶來一瓶冷水，讓女主人喝了，又說了幾句安慰的話，就抱着她走回家去，把她送進房中。

莊稼漢的妻子伺候她吃了稀飯，又幫她解開衣服，扶她上床睡覺。他們當夜設法把主僕兩人送回佛羅倫斯。那女人本來十分狡猾，揑造了一篇謊話，說什麼她們遭到凶神惡煞的作祟，因此兩人都得了這種怪病；居然騙得她的兄弟姐妹和其他的人個個相信。大家立刻請醫生來替她調理，她忍受劇烈的痛楚，發了一場高燒，脫了幾次皮，還併發了其他的病症後，總算逐漸痊癒了。那女僕跌斷的一條腿也醫好了。那女人吃了這個大虧後，從此死心塌地，忘了她情人，再不敢賣弄風騷、愚弄男人了。那學者聽說女僕從塔上摔下來，跌斷了腿，覺得這仇報得好不痛快，也就不去揭穿她們的隱私了。

這就是一個愚蠢的少婦存心作弄別人而得到的報應。她以爲學者也像一般人一樣，是好欺侮的，却不知道學者多半比魔鬼還精明呢。所以，各位姐姐，千萬別愚弄人，尤其是學者，更是愚弄不得的呀！

故事第八篇　皆大歡喜

賽巴發覺自己的妻子和自己的好友私通，立卽威脅妻子，把那好友騙進木櫃，又再把他好友的妻子騙來，在那木櫃上作愛，一報還一報。

這些小姐聽說愛倫娜遭到那樣狠心的報復，都爲她難受；她們又認爲那個學者未免做得太凶狠、太不近人情，甚至太殘酷，可是愛倫娜也是罪有應得。這樣一想，這些小姐就不怎麼同情她了。潘比妮亞講完了故事，女王吩咐菲亞美達接下去講，她順從地說道：

各位可愛的小姐，我想，妳們剛剛聽到那個學者那麼狠心，多少會有些難受，所以讓我來講個歡樂的故事來平息一下妳們的惱怒。這故事很短，說的是一個青年受了人家的侮辱，却能够心平氣和，至於他所採取的報復手段，那更是一點也不粗暴和激烈。從這個故事可以看出，一個人受了別人的傷害，只要適可而止地報復一下就是了，實在不必做得太過火。

想必你們都知道從前在西埃納地方有兩個青年，一個叫做斯匹納羅奇·達維納，一個叫做賽巴·第·明諾。兩人都是門第高貴，家道殷實。他們都住在卡莫利亞街，而且還是毗鄰，交情之厚，宛如親兄弟一樣，甚至比親兄弟還要親密，經常在一起。他們都各有一位如花似玉的妻子。

且說那斯匹納羅奇到賽巴家裏去走動得太勤了，賽巴在家他也去，賽巴不在家他也去，因此和賽巴的妻子處得很熟絡，最後竟發生了關係。兩人就這樣明來暗往，過了好久都沒有人發覺。有一天，賽巴明明在家裏，他妻子却以爲他出去了，斯匹納羅奇來找他，他妻子說，賽巴不在家，於是斯匹納羅奇立卽走上樓去，看她獨自一個人待在客廳裏，並無旁人，馬上就抱住她，親吻起來。賽巴在一旁把這些情形都看在眼裏，不做一聲，只是躱在原處靜看下文如何；不一會兒，果然看到他妻子和斯匹納羅奇兩人挽着臂膀，走進臥房，鎖上房門。他自然大爲惱火；但是馬上轉了個念頭，心想，如果把這事情張揚出去，不但對自己沒有好處，反而只有更丟面子；不如想出一個辦法來，旣使自己能够報仇洩憤，又使家醜不致外揚。他左思右想，終於想出了一條妙計，於是一直躱藏在原來的地方，讓斯匹納羅奇和他妻子歡樂，假裝不知道。

斯匹納羅奇一走，賽巴就走進臥房，只見他妻子還沒來得及把頭巾戴好，原來斯匹納羅奇和她玩樂時把她的頭巾拉下來了。她丈夫問道：「妳在幹什麼？」

她說：「難道你沒有看到嗎？」

賽巴說：「不見得吧，我看到了一些我不願意看到的事情呢！」

接着，他就把他親眼看到的那一幕說了出來，他妻子嚇得不知如何是好，支吾了半天，只得向他一一招供，因爲她和斯匹納羅奇的來往怎麼也抵賴不了。招供以後，她又哭哭啼啼地求他原諒，賽巴說：

「女人，妳聽着，妳犯下這樣的過錯，要想我寬恕妳，除非依我一件事。我要妳去關照斯匹納羅奇一聲，叫他明天和我在一起的時候，到快打第二道午禱鐘的時候就藉故把我拋開，來找妳取樂。等他一到這裏，我就回家，那時妳一聽到我的聲音，就趕緊叫他躱到那個櫃子裏去，把櫃子鎖上。這些事都做好以後，下一步我到時候再吩咐妳。妳用不着擔驚受怕，我絕不會傷害他的。」

他妻子只得順着他的意思，答應照辦不誤，而且果眞照辦了。第二天兩個朋友碰了頭，到時候，斯匹納羅奇因爲和那位太太有約，就對賽巴說道：

「今天早晨，我要到一個朋友家裏去吃飯，現在就要去了，免得他久等，再見吧！」

「吃飯還早呢。」賽巴說。

斯匹納羅奇回答說：「我還有件事情要去找他談談，必須早一點去才好。」

於是他辭別了賽巴，繞了點路，兜了個圈子到賽巴家裏去了。賽巴的妻子剛剛把他帶進臥房，賽巴就回來了。他妻子一聽到他的脚步聲，就故意裝出十分驚嚇的樣子，照着她丈夫事前的吩咐，叫斯匹納羅奇趕快躲到那個櫃子裏去，把他鎖在裏面。於是她走出房門，來迎接賽巴，他問道：「女人，到了吃中飯的時候了嗎？」

「是的，」他妻子說：「馬上就可以吃了。」

賽巴說：「斯匹納羅奇到朋友家裏吃飯去了，剩下他妻子一個人在家裏。你到窗口去叫她一聲，請她到我們家裏來吃飯吧！」

他妻子因爲給嚇怕了，不敢違命，只得照他的吩咐行事。斯匹納羅奇的妻子見她執意邀請，又聽說自己的丈夫不回來吃飯，果然到賽巴家裏來了。賽巴一見她走進門，就殷勤地招待她，輕聲吩咐自己的妻子退到廚房裏去，於是牽着她的手走進臥房，隨即轉過身來，鎖上房門。斯匹納羅奇的妻子見他這樣，就說道：

「哎呀，賽巴，你這是什麼意思？你把我騙到這裏來。原來是爲了這個嗎？難道這就是你和斯匹納羅奇的交情嗎？難道這就是你對老朋友的忠誠嗎？」

賽巴把她帶到她丈夫藏身的那個櫃子旁邊，緊緊地摟住她說：

「夫人，妳且慢抱怨，聽我把事情說明白。我一向把斯匹納羅奇看作自己的親兄弟，不料昨天我才發覺我這樣信任他，只落得這樣一個結果，他竟然把我的妻子當作妳，和她睡起覺來了。他到現在還以爲我不知道呢。我因爲跟他是好朋友，也不打算怎樣報復，只不過以他自己的辦法來回敬他一下就是了。既然他受用了我的妻子，我也要跟妳樂一下，妳答應了吧？如果妳不願意，我自有辦法向他報復。爲了叫他自食其果，我一定要好好地作弄他一下，使得你們夫婦一輩子也休想平安快活！」

那夫人聽了這話，加上賽巴再三再四地說了又說，不由得相信了，便回答道：

「我的賽巴，既然這個報應要落到我頭上，我就承受下來；不過，儘管我們做這種事情，而你太太又首先對我不起，我還是願意同她和好相處，所以我希望你也能依舊與她和好相處。」

賽巴回答說：「這我一定能够辦到，而且事後我還要送妳一顆名貴的寶石，只怕妳再也找不出第二顆了。」

說着，他就抱住她、吻她，讓她橫躺在那個藏着她丈夫的櫃子上，稱心快意地和她玩了一陣。

再說斯匹納羅奇躲在櫃子裏，把賽巴的話和他自己妻子的回答，一句句都聽在耳裏，後來又只覺得頭上一陣陣的震動，簡直氣得命也沒有了。他要不是怕賽巴，就眞要在櫃子裏把他妻子駡個狗血噴頭呢。但是他又想到這都是他自己闖出來的禍，不能怪賽巴，賽巴實在算得上有人情、够朋友的了。這樣一想，他就打定了主意：今後只要賽巴還願意和他做朋友，他一定要和他更友愛。一會兒，賽巴玩够了，就爬下櫃子，那位太太向他要寶石，他就開了門，把自己的妻子叫來，只見她走進來笑了一笑說：

「夫人，妳這是對我一報還一報啦！」

賽巴立即對她說：「把這個櫃子打開吧！」

櫃子開了，賽巴就叫那位夫人來看她自己的丈夫斯匹納羅奇。夫妻相見，實在是說不出哪一個比哪一個更難為情：斯匹納羅奇一看到賽巴，知道自己的隱私已經給賽巴揭穿了，固然羞愧，而他的妻子面對着自己的丈夫，知道自己剛才說的話，以及在她丈夫頭上所做的那件事情，她丈夫都聽到、知道了。

「這就是我給妳的寶石。」賽巴指着斯匹納羅奇對她說。

斯匹納羅奇爬出櫃子，立即說道：

「賽巴，我們這一來算是兩相抵銷啦。我剛才聽到你對我妻子說，我們應該依舊是朋友，這話說得很對。你我原是除了自己的妻子以外，什麼都不分你我的，現在依我看，索性連我們的妻子也不要分什麼你的我的吧！」

賽巴答應了，於是四個人在一塊兒吃飯，說不盡的和好。從此，這兩個女人，每一個都有了兩個丈夫，而每一個男人也都有了兩個妻子，從來也沒有過吵嘴罵架的事。

故事第九篇 傻子

兩個畫匠作弄一個傻醫生，說是介紹他去參加盛會；晚上他如約赴會，來到郊外，他們把他摔進糞溝，使他狼狽不堪。

小姐們把那兩個西埃納男人交換妻子的故事談論了一陣以後，女王看看除了有特權的狄奧紐以外，就剩下她自己沒有講故事了，於是開始說道：

各位可愛的小姐，賽巴在斯匹納羅奇身上所耍的那詭計，都只怪斯匹納羅奇咎由自取；因此我也同意潘比妮亞剛才的意見，認爲對那些自討苦吃，或是自作自受的人，去作弄他們一下，非但無可非議，而且值得讚揚，因此現在我也來說一個自討苦吃的人的故事。

我要說的這個受愚弄的人是個醫生。他本是個傻瓜，到波隆那去學醫回來，竟然換上了大學者的裝束。我們天天都可以看到，多少人只要到波隆那躭上一陣，回來不是成了法官、就是醫師或是公證人等，穿着那鑲有白毛皮和其他飾物的猩紅色長袍，十分氣派，而他們肚子裏到底有多少學問，那是可想而知的。我說的這個醫生名叫西蒙納·達·維拉，他雖然不學無術，祖傳遺產倒是很多。他是不久以前才穿着大紅袍、戴着碩大的白毛皮頭巾回來的，自命爲醫學博士，就在我們現在叫做維亞·第爾・柯克麥羅街的那個地方租了一座房子行醫。

這位新回來的醫學博士有許多引人注目的習慣，其中之一就是，當他正在替人治病的時候，如果看到街上有什麼路人走過，他都要向病人打聽那人是誰。人們的舉止行動，他一點一滴都牢記在心，彷彿這跟治病下藥也有莫大的關係似的。他最注目的是兩個畫匠，一個叫做布倫諾，另一個叫做布法馬可，這兩位我們今天已經提到過兩次了。他們倆形影不離，都是這位醫學博士的鄰居。他覺得這兩個人並不像一般人那樣忙於生計，却比一般人過得快活，就到處打聽他們，大家都說，他們不過是兩個窮苦的畫匠。他心裏想：他們既是這般貧窮，怎麼還能夠過得這樣快活呢？他聽到大家說過，這兩個人都很精明，因此又想道：他們一定另有財路，只是別人不知道罷了。從此他一心想要結識這兩個人——卽使只能結識一個也是好的。於是他就設法和布倫諾交上了朋友。布倫諾和他交往沒有多久，發覺他原來是個傻瓜，便胡扯了許多荒誕無稽的故事拿他打趣，而那個醫生偏偏非常愛聽。他請了布倫諾吃過幾頓飯以後，自以爲交情已經很深，可以談談知心話了，有一天就對他說，像他和布法馬可這兩個人，既然沒有錢，日子倒過得挺愉快，實在叫人詫異，務必請他講出其中的緣故來。布倫諾聽了，心裏好笑，想道，這醫生問出這種話來，眞是又愚蠢又粗魯，應該趁機來作弄他一下，就說：

「醫生，我們的事原不肯隨便對別人講，不過，你既然是我們的朋友，而且我相信你一定不會去講給外人聽，所以我也就不必瞞你了。你說得不錯，我和我那個朋友，日子過得很愉快——甚至比你所想像的還要稱心些。我們既沒有恒產，如果光憑我們的手藝賺來的錢，喝水還不够呢。可是你千萬不要因此認爲我們在做偷竊的勾當；我們所以會過得這樣稱心如意，要什麼就有什麼，而又不侵犯別人，完全是因爲我們在漂泊；你看到我們日子過得這般愉快，道理就在這裏。」

醫生聽了這話，果然信以爲眞，他雖然一點也弄不明白究竟是怎麼回事，却是萬分納悶，一心只想知道這種遊歷的詳細情形，便苦苦懇求布倫諾把其中的眞相都講出來，一面發誓絕不講給別人聽。

「噯呀，」布倫諾大聲嚷道：「醫生，你不知道你要求我的這件事，關係是多麼重大啊？這是極秘密的事，要是讓外人知道，我這一生就算毀了，沒命了，一定非掉到聖卡羅的魔鬼❶嘴裏去不可。不過話說回來，我一向尊敬你這位勒那亞的潘普金海❷，對你又十分信得過，自然不便掃你的興；只要你當眞能够憑着蒙第頌納的十字架發誓，不講給外人聽，我就可以告訴你。」

那醫生就照着他的吩咐發誓，布倫諾這才說道：

「親愛的醫生，我就說給你聽吧：不久以前，這城裏住過一個大魔術師。因爲他是蘇格蘭人，所以人家就管他叫米蓋爾·蘇格蘭。他受到許多紳士的殷勤款待，這些人現在已沒有幾個活在世上了。他臨走的時候，因爲這些紳士的再三懇求他，就留下了兩個得力的門徒，吩咐他們說，凡是這些尊崇過他的紳士，不論有什麼願望，都要使得他們如願以償。

「這兩個門徒果然很妥善地滿足了這些紳士在私情方面，以及其他一些小事情方面的要求。後來他們兩人在這城裏待久了，很喜歡這裏的風土人情，就決定在此長留不走。他們在這裏結識了許多朋友，不論貧富貴賤，只要是和他們合得來的就行。爲了博得朋友的歡喜，他們就組織了一個二十五人左右的團體，每個月至少見面兩次，地點由他們臨時決定。每次見面，各人都可以隨心所欲，說出自己的要求，那兩個魔術家沒有不立刻設法使他們在當夜就如願以償。

「布法馬可和我兩人跟那兩個魔術師交情極好，因此得以加入那個團體，到目前依舊是會員。我

❶ 潘譯本有注說，這是指聖卡羅教堂門口所畫的一副可怕的魔鬼像——長了許多張嘴的魔鬼。
❷ 潘普金海（Pumpkin head）係笨人之意。

不妨告訴你，我們每次聚會的時候，眞是豪華奢靡，洋洋大觀。我們吃飯的那間大廳眞是錦帷繡窗，琳瑯滿面，桌上的饌肴賽似帝王家一般。婢僕如雲，一個個都是氣度非凡，天生麗質，你要誰侍候，就是誰侍候你。吃喝用的鍋匙碗盞，甚至一切器皿雜物，不是金的也是銀的。至於各色各樣的珍饈異味，只要你想得到，沒有哪一樣不是馬上擺到你眼前來的。

「我們所聽到的悅耳的音樂和歌曲的音調之美，樂器種類之多，我實在說都說不出來；還有宴席上的華貴蠟燭，所吃的可口糖果，飲用的名貴醇酒，更是說也說不盡。還有我好心的潘普金海先生，說出來你也不相信，我們穿的衣服，可就不能拿我們平日穿的衣服相比啦。一個個都是衣錦着緞，富貴雍容，要是讓你看到了，卽使是穿得最襤褸的人，你也會把他當作帝王呢！

「這些還在其次，我們最最痛快的事，就是我們能够把天下任何地方的美女都招來供我們取樂。在那裏你可以看到拉斯卡．洛女王、巴斯克的王后、蘇丹的嬌妻、烏玆別克韃靼的女王、諾洛威的翠格爾玆格爾台爾、福拉普都得蘭的莫拉格琳和武爾格則爾格林的馬得凱特……可是我何必這樣一個個跟你說呢。普天下的皇后都來奉陪我們，我甚至可以說，連那個屁股中央長角的普列斯特．約翰的萱瑞芃妮絲也光臨了，喏，你看到沒有？她們吃些糖果、喝些美酒之後，便輕移慢步，跟着邀請她來的男人，進入洞房去了。

「你要知道，這些洞房布置得眞像天堂樂園一般。那一股香味兒，就像藥舖裏的礮茴香一樣。我們睡的床恐怕比威尼斯總督的床還要漂亮得不知有多少倍。至於那些女人擺弄梭子的功夫，我只好讓你自己去想像了。照我看來，我們這伙人最幸運的要算是布法馬可和我兩個人。布法馬可經常召法國王后來陪他，我就常常請英國王后來陪我。這兩位王后都是天下最美的女人。也是我們功夫到家，她們什麼人都看不中，只看中我們兩人。這一下你可明白爲什麼我們的日子過得比別人快樂了吧，就因爲我們享有了這兩位天仙般的王后的愛情。尤其是因爲如果我們要錢用，開口問她們要個一千兩千金元，哪一次不是馬上就有！我們管這一切叫做漂泊，因爲我們取得這些東西，正像漂泊的海盜一樣從各地打劫來的，只是有一點不同：東西到了他們手裏就不還人家，而我們却是用過就奉還原主。

「可敬的醫生，這一下你該明白了我所說的遊歷是怎麼回事了吧；這件事該怎樣嚴守秘密，想必你也知道，用不着我再多囉嗦，再叮囑你了。」

這位醫生的本領，大概最多只能醫醫小孩子的癩痢頭，所以居然把布倫諾所揑造的這篇故事信以爲眞，一心只想參加他們那個團體，那股熱切的勁兒就好像要獲得天下至寶似的。他對布倫諾說，難怪你們過得這樣快活，原來還有這一段奧妙在裏面。他好容易才抑制住自己，沒有要求把他也帶去見識見識，他認爲還要對布倫諾多多盡點情誼後開口才有把握。

從此他就和布倫諾加倍親密，早上請他吃飯，晚上邀他用餐，討好巴結，無微不至，朝朝相聚，彷彿他沒有了布倫諾就活不下去似的。

布倫諾受到那個醫生的殷勤款待，爲了表示酬謝，也替醫生的飯廳漆了一幅四旬節圖，在房門口畫了一幅「神的小羊圖」，又在大門口畫了個便壺，以便登門看病的人一望而知，不致弄錯家。那油漆匠又在醫生的小穿廊上畫上一幅「貓鼠搏鬥圖」，醫生認爲畫得好極了。每逢沒有到醫生這裏來吃飯的日子，布倫諾第二天就說：

「昨天晚上我和他們聚會去了；近來英國王后我已經有些玩膩了，所以我吩咐把韃靼大可汗的桃拉桃克西給我弄來。」

「桃拉桃克西？這是什麼玩意兒？」醫生問道，「這些古怪的名字實在叫我弄不明白。」

「哎呀，我的醫生，」布倫諾嚷道：「這我倒不奇怪，因爲我聽說波考格拉索或華那森那③都沒有提起過這些人。」

那醫生說：「你的意思是指喜波克拉底斯和阿維森那吧？」

布倫諾說：「可能就是，我也說不準。你聽不懂我說的這些名字，你說的這些名字我也聽不懂。可是在韃靼話裏，『桃拉桃克西』就是我們所說的王后娘娘。天啊，她眞是個嬌小玲瓏的妞兒！我敢說，你要是見了她，一定會把你的灌腸劑啦、石膏紗布啦，什麼都忘得精光。」

布倫諾老是拿這些話來挑逗他。有一天晚上，他替布倫諾執着燈畫『貓鼠搏鬥圖』，心想，如今布倫諾欠他的情已經够多了，可以把心裏的話說出來了，他看看旁邊並無別人，於是向他說道：

「布倫諾，老天爺可以作證，我對待什麼人也不能像對待你這樣好。說老實話，卽使你要我從這裏走到波里托拉❹去，我也會高高興興去的。我們既然這般要好，因此，我要求你一件事，你一定不會覺得冒昧吧？你知道，自從你上次把你們那個愉快團體的種種事情講給我聽了之後，我的心一直是又癢又熱，恨不得馬上能參加到那裏面，你日後自會明白，我這樣想入會，自有我的道理。去年我在卡卡文奇里，遇到一個姿色出衆的小丫頭，我把她當作心肝寶貝兒一樣疼愛，那次答應給她十個波隆那錢，叫她跟我相好，誰知她怎麼也不肯。等我一旦入了會，如果不把她帶到那兒去，你就取笑我一輩子。所以我求求你告訴我，要怎樣才能加入這個團體，你也得幫幫我的忙才好。我保證我會成爲一個忠誠老實的成員，絕不會丟你的面子。不說別的，你看我長得多麼漂亮，多麼壯健，臉蛋兒像一朵玫瑰花，而還是個堂堂醫學博士，你們中間再也找不出第二個人能比得上我，我還懂得許許多多高尚

❸這兩個名字卽是下面所說的希臘和阿刺伯名醫的訛音。
❹波里托拉（Peretola）：距離佛羅倫斯約四哩。

的事情，會唱許多歌曲。不信我就唱一首給你聽。」

說着，他立刻就開始唱起來。他這樣說不打緊，布倫諾可眞要笑死了，費了好大的勁才沒有笑出聲來。醫生唱完了歌，就說道：

「喂，你覺得我唱得怎麼樣？」

布倫諾說：「你唱得太好了，不論什麼樂器的聲音都要被你壓倒的。」

那醫生說：「如果你沒有聽我唱，一定不會相信我能唱得這樣好吧？」

布倫諾回答道：「你說得一點也不錯。」

那醫生又繼續說：「我還會唱許許多多的歌曲呢。不過暫且不去管這一套。你知道，我父親也是個紳士，不過是住在鄉村罷了；我母親的娘家是伐萊丘家族。你也已經看到，我的藏書和我的長袍，佛羅倫斯哪一個醫生都比不上。不瞞你說，我有件袍子，是十年前做的，細算起來，大約要值一百多鎊呢。所以我要求你無論如何也要幫助我加入；我以天主起誓，如果你能幫我這個忙，我可以永遠替你免費治病。」

布倫諾聽了這話，益發覺得這醫生是個大傻瓜，就說道：「醫生，請你把燈光照到這邊來一點，耐心地等我把這些老鼠尾巴畫好，再來回答你的話。」

他把老鼠尾巴畫好了以後，就故意裝出很爲難的樣子說道：

「我的醫生，我知道我如果能代你做成這件事情，你一定會大大地酬謝我，不過，你要求我的事情，雖然在你這樣有學問的人看來只是一件小事，但對我來說却是一件非常重大的事。不過，既然是你的事，我當然會盡力效勞，世界上再也沒有第二個人能够叫我這樣做；我替你效勞，一則是因爲我和你交情深厚，二則是因爲你的話說得太好聽了，把死的也說成活的，即使我不願意，也給你說動了心。我和你在一起的時候愈久，就愈覺得你聰明。就算不提這些，至少你剛才提起你愛上的那個美麗的少女，光憑這一點，我也應該可憐你。但是有一點我必須和你說明白：在這件事上，我並不像你所想像的那樣有權力，所以我實在無法應命。不過，你如果能夠莊重起誓保守秘密，我可以指點你該怎麼辦。你剛才跟我說，你有許多珍貴的藏書和其他各種財物，既然這樣，我相信這事一定能夠美滿解決的。」

那醫生說：「你放心地把你的辦法說出來吧。我看你還沒有眞正地了解我，完全不知道我是個守得住秘密的人呢。你要知道，古斯帕魯羅・達・沙里塞托先生在福林波波里當民政長官的時候，簡直沒有哪一件事情不跟我說的，因爲他知道我最能保守秘密。你相信不相信？他要跟貝卡蜜娜結婚的時候，第一個就告訴我。現在你可明白了吧？」

「那好極了，」布倫諾回答說：「既然這樣一位人物都信得過你，我當然也信得過你；那麼我就把辦法說給你聽。我們每次集會，都有一個首領，兩個顧問，任期是每六個月換一次。到了下個月，就要輪到布法馬可做首領，我當顧問，這已經內定了。只要首領說一句話就可以把任何人介紹進去，自然也能夠幫你的忙，所以我看你最好還是去同布法馬可攀攀交情，好好款待他一下。他這個人呀，只要一看到你是這樣聰明，馬上就會看中你；然後你再在他面前略抒高見，述說述說你這許多珍貴的財物，奉承他一下，再把你的要求提出來，他就沒有辦法推辭了。我已經在他面前提過你，他對你很有好感。你把我所說的這些辦法都做到以後，別的事情都由我來承擔好啦！」

那醫生說：「你這些話眞叫我高興極了；只要他是個愛才的人，那只要他和我談上三句兩句，我就自有辦法叫他再也拋不開我；不瞞你說，我滿腹才華，卽使分給全城的人也綽綽有餘呢！」

談妥之後，布倫諾就把這事的原由，詳細地告訴了布法馬可，布法馬可聽到這個傻瓜竟這樣異想天開，眞恨不得馬上就去作弄他一番。再說那醫生，爲了想要嘗到那種漂泊的滋味，簡直寢食難安，直到眞的結交上了布法馬可，心神才算稍定。於是他準備了豐盛的酒席來款待他們兩人。這兩位畫匠眞是爽快人，一旦嘗到這些美酒佳肴，下一次再也用不着請，就經常光臨，大吃大喝，可是嘴上還要說，別的人想請他們也請不到呢。過了些時候，醫生認爲時機已經成熟，就向布法馬可提出要求，正如上次向布倫諾所提出的要求一樣。布法馬可裝出一副生氣的樣子，跟布倫諾吵了起來，嚷道：

「天主在上，他媽的，你這個內奸，我恨不得在你頭上狠狠地敲一拳，打得你的鼻子落到脚跟前去！除了你之外，還有第二個人會把這些秘密講給醫生聽嗎？」

那醫生盡力替布倫諾辯白，起誓賭咒，只說這件事絕對不是布倫諾告訴他的，而是從別人那裏聽來的；他說了多少聰明話後，布法馬可才算平靜下來，轉過臉去對他說道：

「醫生，雖然你是到波隆那去深造過的，所以學會了守口如瓶；我還可以說，你不像一般傻瓜一樣，只拾到幾塊香瓜皮，而是從木瓜❺那兒學來了一肚子學問，我看你一定是在禮拜天受的洗禮❻。雖然布倫諾告訴我說，你是到波隆那去學醫的，我倒覺得你在那兒學會了籠絡人；你憑着你那聰明的頭腦和驚人的口才，籠絡起人來誰也比不上你！」

他本來還要說下去，可是這時醫生却岔斷了他的話，轉向布倫諾說道：

「和聰明人結交攀談，眞是太好了！誰能像這位了不起的先生一樣，一下子就把我的心事完全弄

❺「木瓜」原文是「西瓜」，據潘譯本注，義大利人把傻瓜叫做西瓜。

❻禮拜天受洗禮即傻瓜之意，因爲義大利古典作家都以鹽表示智慧之意，而禮拜天是買不到鹽的。——潘譯本注

明白了？連你也不能像他這樣一眼就看出了我的長處。以前你跟我說，布法馬可是個愛才的人，當時我跟你怎麼說的？你看我現在有沒有做到？」

「做到啦，做到啦！」布倫諾回答道，「你這一手比我預料的還要高明！」

醫生又對布法馬可說：「假使你在波隆那看到我，那你還要加倍稱讚我呢！不瞞你說，那裏不管是什麼人，大人物也好，小人物也好，醫生也好，學者也好，我都可以憑着這三寸不爛之舌、八面玲瓏之心，說得他們個個心花怒放，因此沒有哪個不佩服我的。不但如此，我隨便說一句什麼話，沒有誰不聽得高興發笑的。我臨走時，他們都非常難過，挽留我待在那兒。甚至還要我留在那兒，獨當一面，給所有的醫科學生做講師呢。可是我不願意，因爲我要趕回來繼承族裏的一筆龐大的遺產，所以我就回來了。」

布倫諾對布法馬可說道：

「你看怎麼樣？我以前說給你聽，你還不相信呢。天曉得，這一帶再也找不出第二個對於驢尿有這麼深刻研究的醫生來。你就是從這兒找到巴黎，恐怕也找不出第二個來。他一定要你幫他一個忙，看你如何能推托得了！」

醫生說：「布倫諾說的很對，只可惜我在這地方並沒有受到人家的賞識。你們佛羅倫斯人在智力方面是比較差的。要是讓你們兩位看到了我跟那些醫生在一起——嘿！」

「那當然嘍，」布法馬可說道。「醫生！我再也想不到你的學問竟然好到這樣的地步！在你這樣一位大學者面前！恕我套一句口頭話：一定要『竭盡棉薄』，介紹你加入。」

醫生聽到他答應了，益發殷勤地款待他們兩人。他們爲了報答他，就想盡種種怪念頭來作弄他，答應把席芙拉麗公爵夫人❼弄來做他的情人，又說那位夫人是人間後街最美麗的女人。那醫生又問，席芙拉麗公爵夫人究竟是怎麼樣的一位夫人，布法馬可回答道：

「我的木瓜先生，她是一位了不起的貴婦人，這一帶簡直沒有什麼人不在她的管轄之下。別人且不說，連那些聖方濟派的修士，也要拿一些劈劈啪啪的禮物孝敬她。我可以告訴你，她到一個地方，用不着開口，人家聞到她身上的香氣，就知道她駕到了。她平常總是閉戶不出，不過不久以前，她還曾從你門口經過，到阿諾河去洗脚，吸口新鮮空氣。她經常住在德洛特霍斯蘭❽。她手下的許多侍從官員，都拿着長笏和鉛錘到那裏去朝拜她，以示尊敬。她的許多大臣，到處都可以看到，例如塔馬寧諾・第拉・包塔、唐・麥塔、曼尼柯・第・斯考巴、斯柯契拉❾等等。我想這些人都是你的老朋友，只不過你一時記不起他們罷了。如果我們這件事能够辦到，我看你還是忘了那位卡卡文奇里的少女，讓我們把你送進這位貴婦人的溫柔懷抱裏吧！」

那位醫生原是在波隆那生長的，又在那裏受過教育，完全聽不懂他們這些隱語，因此表示非常羨慕那位貴婦人。這場談話之後不久，那兩個畫匠就給他帶來了消息，說是他已經被接受加入該團體。就在該團體聚會的那天下午，醫生又請他們兩位來吃晚飯。飯罷，他就請敎他們今夜應如何入會。布法馬可說：

「醫生，首先你應該有充分的信心；如果你猶豫不決，難免要遭到挫折，而且對我們也會有很大的不利。我們現在就跟你講明，你應該怎樣拿出膽量來。今天天一黑，你就到聖瑪麗亞・諾凡拉敎堂

❼ 席芙拉麗公爵夫人（La Contessa di Civillari）係佛羅倫斯的一個堆積糞便的地方。——潘譯本注

❽ 德洛特霍斯蘭：意即廁所。

❾ 這幾個名字都有含意，指「汚穢」、「糞堆」、「掃帚柄」等等。

外面的一座新墳那兒去。你必須揀一件最華麗的袍子穿在身上，因爲你第一次參加聚會，應該打扮得體面一點，而且，據說（因爲我們不在場）公爵夫人念你是個紳士，打算出錢替你買個巴斯⑩爵士的頭銜。你到了那裏就安心稍等一會，我們自會派人來接你的。

「我不妨索性跟你說明白，那就是說，我們將會派一頭有角的黑色野獸去那兒接你。牠的身材不大，會在你附近的那塊空地上一面吼叫，一面跳來蹦去，目的就是要嚇你。可是，牠只要看到你並不害怕，牠就會溫和對你，等牠走近你身邊，你應當從那墳上走下來，千萬不要害怕，也千萬不要提起天主或是聖徒，只管騎在牠身上。等你跨到牠背上，你應該雙手交叉，放在胸前，表示馴服，不要去碰牠。這樣，牠自會穩穩當當地把你馱到我們那兒去。不過，我得事先和你講明，要是你喊起天主或是聖徒，或是流露出害怕的樣子後，牠就會把你摔下去，或是叫你跌翻在一個什麼骯髒的地方，弄得你不得開交。因此，你如果沒有膽量，沒有決心，就不必去，免得害了你自己，又對我們沒有任何好處。」

醫生連忙說道：「我看你還沒有了解我呢。你不會看到我穿了長袍、戴了手套，就把我看作一個膽小鬼吧？你若是知道我從前在波隆那和朋友在夜間追逐女人的那些事情，那你一定要覺得驚奇呢。說老實話，有那麼一天晚上，有個面黃飢瘦的小妞，還沒有三呎高，她不肯跟我們一塊兒走，我先是接連打了她好多耳光，然後就一手把她提了起來，一下子把她摔得不知幾十丈遠，叫她不得不乖乖地跟着我們一塊兒走。我記得還有一次，大約在天快黑的時候，我只帶着一個傭人，從聖方濟派修士的墓地旁邊經過，那天剛埋葬了一個女人，我却一點也不覺得害怕。所以，請你們儘管放心，我的膽量

⑩ 巴斯（Bath）意指盥洗室。

是够大的，而且非常堅强。爲了不失你們倆的體面，我一定穿上我獲得醫學博士學位時所穿的那件大紅袍，讓你們瞧瞧，你們的伙伴們見了我是不是皆大歡喜，是不是馬上就要擁戴我爲首領。那位貴夫人和我還沒有一面之緣，就那樣愛上了我，要替我捐巴斯爵士的頭銜，等我到了那兒，那還了得嗎？我究竟配不配做爵士，能不能做得處處得體，你們就等着瞧吧！」

布法馬可回答道：「你說得好極了。可是你千萬不能作弄我們，不能讓我們派了人去接你，你却不到那邊去，或是去了又讓我們找不到。我所以要說這句話，那是因爲現在天氣很冷，你們大醫師對自己的身體又是那麼保重。」

西蒙納醫生大聲嚷道：「天啊！我可不像你們這種怕涼的人。我一點也不怕冷。有時我晚上起來解手，總是只在緊身外衣上面披上一件皮袍。所以我一定會到那邊去的。」

於是他們兩人告別離開。到了晚上，醫生找個藉口騙過自己的妻子，悄悄地找出最華麗的袍子穿上，走到聖瑪麗亞·諾凡拉敎堂，走上一座大理石的墳頭，冒着嚴寒等待那頭巨獸。再說布法馬可，他原是個身材高大、身强力壯的人，他設法找到一個從前遊戲時曾經用過的面具戴上，又反穿了一件黑色的皮外套，把自己打扮成一頭熊，只是面罩是個鬼臉，而且長了角。裝扮好了，他就去到聖瑪麗亞·諾凡拉，布倫諾也跟着他一塊去看熱鬧。他看到那醫生已在那裏等着，就跳來跳去、大聲怒吼、咆哮、悲鳴，彷彿着了魔一樣。

那醫生比女人膽小，看到這副光景，聽到這種怪聲，直嚇得頭髮直豎，遍身發抖。這時候他才懊惱爲什麼不好好地守在家裏，偏偏要上這兒來。但是，旣然來了，又一心想看看那兩個畫匠說給他聽的種種奇蹟，只得勉强壯起膽子來。那布法馬可這樣嚷了一會兒以後，便裝出平靜下來的樣子，走到醫生等着的那座墳墓跟前，站在那兒不動。

醫生正嚇得遍身發抖，不知該怎樣才好：是待在原處不動呢，還是跨上獸背；最後，他唯恐不走下來就要受到傷害，只得讓這恐懼驅散了前一種恐懼，走下墳墓，輕聲地說道：「天主保佑我吧！」於是便騎上那頭野獸的身上，嚇得遍身發抖，又依照他們原來的吩咐交叉着雙手。布法馬可慢慢地向聖瑪麗亞・第拉・斯卡拉爬去，把他馱到里波尼修道院附近。

那時候這一帶地方多的是溝渠，農民都把糞倒在這裏，作爲肥田之用。布法馬可來到這裏，走近一條溝邊，便抓着醫生的一隻脚，把他從背上摔下來，讓他倒栽進溝裏去。接着布法馬可就亂嚷亂跳一陣，發了一陣脾氣，隨後沿着聖瑪麗亞・第拉・斯卡拉路直奔奧霍羅曠野，在那裏碰到了布倫諾，原來布倫諾當時看到那種情景，忍不住發笑，所以就躲到這裏來了。兩人拿那個傻瓜西蒙納嘲笑了一陣，就站在那裏遠遠地望着那個滿身泥汚的醫生，看他到底怎麼辦。那個傻醫生，一看自己落到這樣糟糕透頂的境地，只得竭力掙扎，想要站起身，爬出那條臭溝。他跌倒了又爬起來，爬起來又跌倒，吃了好幾口髒東西，最後好不容易才爬出溝來，從頭到脚全泡滿了糞汚，連頭巾也丢了，眞是狼狽不堪。他除了以雙手用力在身上抹來抹去，此外一無辦法。他囘到家裏敲門，敲了好半天總算把門敲開了。他剛剛帶着滿身臭氣走進屋子，門還沒有關上，布倫諾和布法馬可兩人就來了。原來他們是特地趕來看看他妻子怎樣接待他。他們躲在門口偷聽，只聽到他妻子把這個可憐蟲罵得狗血噴頭：

「天啊，瞧你還像個人樣嗎？你一定是找什麼臭女人去了，穿着這件大紅袍，死要漂亮！我還不够滿足你嗎？好小子！以我這個女人，滿足天下所有的男人也不算難事，不要說你了！眞是老天爺有眼睛，他們把你抛到這種臭地方去，這叫做活該！怎麼不把你淹死？虧你還是個頂呱呱的醫生，自己有了老婆，晚上却要跑出去找別人家的老婆胡鬧！」

那女人一面用惡毒的話罵個不停，一面看着他洗身體，一直罵到半夜才罷休。

第二天早上，布倫諾和布法馬可先把身上塗上許多青斑，看上去好像是打傷的傷痕。然後來到醫生家裏，一走進門就聞到滿屋子都是臭氣，他們看到醫生已經起床，就走上前去，醫生連忙走過來祝他們早安。這兩個壞蛋就照着事先約好的辦法，裝出惱怒的樣子，回答他道：

「我們可不祝你早安了！但願天主叫你吃盡苦頭，不得好死！你簡直是天下最不講信義的叛徒！我們好心好意抬舉你，叫你快活，不想你却讓我們險些像狗一般給打死了。你說話不作數，我們昨天晚上就挨了打，人家把一匹驢子從這兒趕到羅馬，也不過只打這麼多鞭。這還不算，爲了要介紹你加入，我們自己險些兒被開除了。你如果不相信，請看看我們身上的傷痕。」

他們說着，就立刻解開衣服，露出胸膛，在那暗淡的光線下，塗在身上的油漆果然像一塊塊的青色腫斑；稍微讓他瞥了一眼後，他們立即扣好衣服。醫生竭力爲自己分辯，把自己昨夜各種不幸的遭遇以及怎樣被摔下糞溝等種種事情，一一講給他們聽，布法馬可馬上岔斷他的話，說道：

「我眞巴不得牠把你從橋上摔到阿諾河去呢！你爲什麼要喊天主和聖徒呢？我們不是事先關照你的嗎？」「老天爺呀，我實在沒有這樣喊過。」醫生說。

「什麼！」布法馬可大聲喝道，「你當眞沒有這樣喊過嗎？你喊了又喊！據我們的使者說，你遍身瑟瑟發抖，就像一根蘆葦一樣，根本不知道把身子放在什麼地方。好呀，你欺騙得我們好苦呀！告訴你，以後再也休想這樣欺騙我們了！你既然這樣對我們厚道，我們一定也這樣回報你！」

醫生連聲請他們原諒，並請他們看在天主面上，不要再叫他丟臉，低聲下氣，說了多少好話，請他們平息怒火。以前他對他們可以算是周全了，從此他對他們更是尊重備至，常常宴請他們，爲的是怕他們把這次丟臉的事情傳出去。你們這時候可聽明白了，那些到波隆那學無所成的人，就是這樣學到了一點智慧。

故事第十篇　以牙還牙

一個西西里女人騙了一個商人的全部財貨，那商人第二次來到那地方，佯稱運來更多的財貨，向那蕩婦借去一大筆錢，留下苧麻和海水給她抵債。

女王講的這個故事，也不知叫小姐們笑了多少次，你只要看，她們沒有誰不是開心得眼睛裏湧出十來次淚水，就知道她們笑到了什麼地步了。女王講完以後，狄奧紐知道已經輪到自己，立刻接下去說道：

各位優雅的小姐，大凡施用詭計，對方愈是精明，就愈要用精彩的計謀才能使他上當。各位所講過的許多奇謀詭計，固然都很精彩，我現在再來講一個，一定比那已經講過的故事還要動聽，因爲故事裏所說的女人，本是一個作弄人的能手，比你們所講過的任何一個受人作弄的男女都要高明，可是她畢竟還是中了一次人家的圈套。

從前有一個規矩（這規矩也許到現在還存在），凡是港口地方，每逢有客商來到，卸下的貨物都要寄存在堆棧裏，那種堆棧多數叫做海關，或是民辦，或是當地官辦，客商把貨物的種類數量以及貨價等開列清單，交給海關人員，再由管理人員指定倉庫給他們堆存貨物，封鎖妥當，並將一切貨物登入帳册，以後客商將貨物提出一部分或全部時，均按章納稅。凡是做掮客的，都到關上來根據帳册，探悉某某客商存貨多少，質量如何，然後伺機與各商人談判買賣。

這種辦法在各地普遍施行，西西里島上的帕勒摩地方也同樣設立了海關。那個地方有很多容貌姣好、德性敗壞的女人，你要是不知道她們的底細，就眞要把她們看成非常正派、非常高貴的小姐太太呢。她們對付男人的手段不是揩你的油，而是剝你的皮；一看到有外地客商來到，就到海關帳册上去查明這人帶有多少貨物，值多少錢，然後就以色相和甜言蜜語來勾引人家上圈套。多少富商巨賈都中了這條美人計，有的損失了一部分財貨，有的傾家蕩產，有的連貨帶船、連自己的性命都落在她們手裏。這些可愛的女理髮師，她們運用起手裏的剃刀眞是銳利極了。

且說不久以前，有個年輕的佛羅倫斯人，奉了東家的命令到那地方去。他名叫尼柯羅·達·奇淖諾，不過一般人都管他叫薩拉巴托。他在薩萊諾購買了一批價值五百金幣的毛織品，運到那裏去賣。他把貨物清單交給海關以後，因爲不急於出賣那批貨物，就把它存進倉庫，自己進城遊樂去了。

他本是個小白臉，金黃色的頭髮，朝氣勃勃，十分俊俏；湊巧有個幹這行勾當的女人，自稱爲楊可費奧利夫人，打聽到他的底細，就向他頻送秋波。他看到這情形，果然把她當作一位了不起的貴婦人，認爲那婦人看上了他的美貌，因此一心想要悄悄地進行這件美事。他沒有在任何人面前透露過半點兒口風，只是獨自在她家門前走來走去。那婦人對他獻了幾天媚眼，煽起了他的熱情以後，就裝出一副爲他害上相思的樣子，暗中派了個擅長牽線的女僕人到他那裏。那女僕人和他攀談了許久，就含着眼淚對他說，他長得這樣風采翩翩，早已把她的主婦迷上了，使她日夜神魂難安，如果承他不棄的話，盼望他千萬到一個澡堂裏去和她幽會。說過以後，她又從衣袋裏取出一個金戒指，代表她的主人送給他留紀念。

薩拉巴托聽了這話，簡直欣喜若狂。隨手接過戒指，看了又看，吻了又吻，然後戴上手指，又對那個女僕人說，既然多蒙夫人垂愛，那他一定要加倍報答她這一片好心，因爲他愛夫人甚於愛自己的生命，只要夫人有便，他隨時隨地都可以奉陪。

那個牽線的人回報了她的主人以後，立卽又來告訴薩拉巴托明天晚上在某某澡堂等候夫人。他在別人面前絕口不提這件事，到時候就如約前往，發覺那座澡堂已經由夫人包下了。到了那裏不久，只見來了兩個丫頭；一個頭上頂着一床華麗寬大的棉墊，另一個頂着一個大桶，桶裏裝着各色各樣的東西。她們把墊子鋪在房間裏的一張床上，再在墊子上鋪上兩條繡得很精緻的被子，再鋪上一塊雪白的細麻布床罩，擺了一對很精巧的繡花枕頭。接着她們就脫了衣服，走下浴池，把浴池擦得乾乾淨淨。

沒有多久，夫人也來到浴室，隨身帶了兩個丫頭。她一看到薩拉巴托，就歡天喜地和他打招呼，抱他、吻他，又長吁短歎了一陣，然後說道：

「除了你以外，再也沒有第二個人能够把我弄到這個地步！你這條佛羅倫斯小狗，給我心裏燃起這麼一團烈火！」

接着，他依了這位夫人的話，和她兩個脫光衣裳，赤裸裸地走下浴池，由兩個丫頭服侍。夫人不允許丫頭碰一碰薩拉巴托，親自用麝香和丁香肥皂替他從頭到脚擦了一遍。擦過以後，再叫兩個丫頭替她自己洗澡。洗好以後，丫頭拿來兩條用玫瑰花熏過的上等雪白被單，一塊裹在薩拉巴托身上，一塊裹在夫人身上，把他們兩人抬到床上去。等到他們身上的汗水乾了以後，丫頭就把他們身上的被單揭掉，讓他們光着身子一起躺在那兒。然後丫頭又從籃子裏拿出許多精雕細鏤的銀瓶，瓶子裏裝着各種各樣的香水，有玫瑰氣味的，有橘子味的，有素馨氣味的，有檸檬氣味的，丫頭把這些香水洒在他們兩人身上。然後又端上來許多美酒嘉點，請他們享用。

薩拉巴托覺得簡直進了天堂樂園，一雙眼睛在那個女人身上豈止看了百遍千遍，那個女人實在長得太美了。他恨不得那兩個丫頭快快走開，好早早投入她的懷抱，這可眞把他等急了，彷彿是等了幾百年幾千年一樣。最後，夫人終於把兩個丫頭打發走了，她們臨走時，在房裏留下一盞燈。於是兩人緊緊地摟在一起，快活了好大一會兒工夫；薩拉巴托心醉神迷，只覺得這位貴夫人已經愛他愛得人都溶化了。

又過了些時候，夫人覺得應該是起床的時候了，就把那兩個丫頭叫進來，替他們兩人穿好衣服。接着又吃了些美酒嘉點，用香水洗了手和臉。夫人臨走的時候，對薩拉巴托說：

「如果蒙你看得起，今夜請到我家裏來吃晚飯，共度良宵，那麼我眞是萬分榮幸。」

薩拉巴托這時已經給那個女人的美貌和她那一套千嬌百媚的功夫迷住了，以爲她眞的把他當作心肝一樣地疼愛，馬上回答道：

「夫人，只要妳喜歡的事情，我無不樂於從命。無論是今晚也好，以後也好，我隨時隨地都聽妳吩咐。」

於是夫人回到自己家裏，吩咐僕人把臥房布置一番，凡是最講究的衣服，最華美的窗帘，都一一陳列出來，又預備了一頓最豪華的晚餐，等着薩拉巴托來。天一黑，薩拉巴托果然來了，夫人張臂歡迎他，晚飯既豐盛，侍候又周到。飯後雙雙走進臥室，他聞到一股沉香的濃郁香味，又看到床上按照塞浦路斯的風習，裝飾着各色各樣的鳥兒❶，牆上掛滿華麗的衣服。這些家具裝璜，沒有一件不叫薩拉巴托覺得她一定是位大富大貴的夫人。雖然有人告訴過他這個女人並不是什麼好東西，可是他根本

❶ 當時義大利人床柱上都掛有各種小小玩具，狀如鳥形，發音一如鳥類的天然歌唱。——潘譯本注

不相信；卽使他相信了人家的話，曾經有多少男人吃過她的虧，他也無論如何不會相信這種事情會落到他自己的頭上來。這一晚他過得好不快樂，對她的愛情又深了一層。

第二天早晨告辭時，夫人送他一條精緻的銀褲帶，又親自替他繫在腰上，這褲帶上還結着一個美麗的錢袋。她說：

「親愛的薩拉巴托，請你不要忘了我。從今以後，不論是我的人，還是我所有的東西，都完全聽你支配。」

薩拉巴托眞是喜出望外，又擁她吻她，這才走出她家，到那客商聚集的地方。以後他一直這樣和她來往，不用花費分文，因此越加愛她。不久，他那批毛織品以高價脫手，得了不少現款，那位夫人立卽從別處打聽到這消息。

一天晚上，薩拉巴托又到她那裏去，她和他擁抱親吻，戲謔玩樂，說不盡的溫柔放浪，彷彿恨不得死在他懷抱裏，才能了却這一片癡情。她又拿了兩個精緻的銀杯，要送給薩拉巴托，薩拉巴托無論如何不肯接受，因爲他已經先受了她價值三十塊金幣的禮物，却不要他破費分文。那位夫人顯得多情而慷慨，使他益發癡心，這時，忽然有一個丫頭照着事先的計劃，走進來把她叫出去。過不了多久，只見她泣不成聲地回到房裏，往床上一倒，放聲慟哭，好不淒慘。薩拉巴托看到這情形，吃了一驚，把她抱過來，不由得也陪她哭了起來，說道：

「唉，我的寶貝兒，怎麼好端端的哭起來了呢？究竟是爲了什麼？我的心肝，看在天主面上，趕快告訴我吧！」

那位夫人起初還不肯說，經他幾次三番的懇求之後，才回答道：

「親愛的，我眞傷心！叫我從哪裏說起呢？叫我怎麽辦呢？我剛剛接到我弟弟從梅西納寄來的一封信，叫我把我們所有的東西都賣掉當掉，在八天之內湊足一千塊金幣寄給他，否則他的頭就保不住了。叫我一下子到哪裏去張羅這麼一大筆錢呢？要是給我十五天的期限，我還可以分頭去設法，再多些也不難，再不然，還可以賣掉一個農場。現在眼看已經來不及了。唉，我還不如死了乾淨，也免得聽到這種壞消息把人急死！」

她一面裝出十分傷心的樣子說着這些話，一面依舊哭個不停。薩拉巴托早已給她迷住了心竅，見她這樣痛哭流涕，言詞哀傷，居然信以爲眞，說道：

「夫人，我雖然不能給你湊足一千金幣，但可以借給妳五百，只要你在十五天內還給我就是了。總算妳運氣好，我昨天剛剛把貨賣了，否則恐怕一文錢也借不出來呢！」

夫人大聲嚷道：「天啊，你缺錢用嗎？怎麼不早跟我說呢？我雖然拿不出一千來，一百兩百可還拿得出呀。你既然這樣見外，我自然也不好意思接受你的好意了。」

薩拉巴托聽了這些話，愈加着迷，說道：

「夫人，妳千萬不要因此而推辭，我要是像妳這樣地迫切需要錢，我早就向妳開口了。」

「噢，我的薩拉巴托，」她大聲說道，「現在我知道你對我一片眞心眞意，所以當我要這麼一大筆錢急用的時候，你不用我開口，就慷慨答應幫我的忙。當然，即使沒有你這一次的深情厚意，我整個的人也是屬於你的了；可是，這一次你救了我兄弟的命，我一生一世也忘不了你的大恩大德！天知道我實在不願意拿你這筆錢，因爲我知道你是個商人，商人做起生意來是少不了錢的。只是我被逼得無可奈何，而且一定有辦法很快歸還你，所以我就暫且借用一下吧。至於短少的部分，如果一下子借不到手，那就只好把東西拿出來抵押了。」

說着，她就偎倚在薩拉巴托的頸子上哭。薩拉巴托竭力安慰她，和她度過這個夜晚，第二天不等她再提起，他就把那五百塊金幣拿來交給她，表示他是一個多麼慷慨的情人。她拿了這筆錢，表面上在哭，心裏却好不歡喜。薩拉巴托完全把她的諾言信以爲眞，毫不在意。

等這筆錢落到她手裏，局面就變了。以前，薩拉巴托隨便什麼時候都可以去找她，現在她却是多方推托，十次就有九次見不到面，好不容易見到了，她也不像從前那樣對他溫柔多情，那樣歡天喜地了。借的那筆錢，非但到期不還，過期了一兩個月，也不見歸還，有時候他問起，她只是百般托辭搪塞。薩拉巴托這才識穿了她的詭計，後悔自己上了圈套，可是他畢竟拿她沒有辦法，因爲這筆借款既沒有訂立字據，又沒有人做見證。他也不好意思在別人面前訴苦，一則因爲人家事先已經提醒過他不要上當，二則怕別人譏笑，因爲他受人愚弄，都只怪他自己糊塗，完全是自作自受。因此他只有背着人傷心流淚。這時他已經接連收到他東家好幾封信，催促他快些把貨物賣出的錢滙給他們；他只得趕快設法脫逃，免得事情敗露。於是他登上一艘小船，並不回到比薩去，而是向那不勒斯駛去。

當時那不勒斯城裏住着我們一位鄉親，名叫彼埃特羅·第爾·卡尼姜諾，是君士坦丁堡女王的司庫，爲人通情達理，十分聰明，和薩拉巴托一家有很深的交情。薩拉巴托非常信任他，到那裏不久，就把自己不幸的遭遇，源源本本地講給這個精明人聽，請他爲他作主，幫他設法就地謀個生計，說是這一輩子也不打算回到佛羅倫斯去了。

卡尼姜諾聽了這話，替他着急，說道：

「你這件事做得很不好，你不該違背東家的命令，又把這麼一大筆錢一下子花在女人身上，不過已經上當了，也不去說它了，且來想想補救的辦法吧！」

他本是個精明人，馬上就想出一條妙計，說給薩拉巴托聽，薩拉巴托一聽大喜，決定照計行事。他身上本來還剩下一些點錢，卡尼姜諾又借了些給他，於是他就買來好多捆緊縛牢捆的苧麻，又買了二十來隻油桶，桶裏盛滿水，用船運往帕勒摩。到了那裏，將貨物的種類價格，塡具清單交給海關，以他自己的名義登入帳册，存進倉庫，說是暫時不準備出售，要等另外一批貨物來了再一同出售。

楊可費奧利夫人不久就聽到這項消息，又聽說他這次帶來的貨物，價值在兩千塊金幣以上，還有一批將到的貨物則要値三千。於是她想，上次從他手裏弄到的錢實在太少了，決定把那五百金幣還給他，然後設法把他現有的五千撈進一大半來。主意打定了，她就派人去請薩拉巴托，薩拉巴托將計就計，欣然前往。那女人只裝做完全不知道他這次帶來什麼貨物，只是親親熱熱的說道：

「上次到期應該歸還你的錢，沒有還你，如果你生氣的話……」

薩拉巴托連忙岔斷她的話，笑着說道：

「夫人，我的確有些不高興；爲了討妳歡喜，我把心挖給你都情願；現在請你聽我講，我是多麼氣惱妳：爲了愛妳，我變賣了大部分產業，買了兩千多塊金幣的貨物運到這裏來，還有三千多塊的貨物馬上就會從西方運到。我打算在這裏開一家商號，再也不回去了。我和妳朝夕相處，比跟任何情人在一起都要幸福得多。」

那女人說：「瞧你，薩拉巴托，我愛你甚於愛我自己的生命，凡是對你有利的事情，我莫不滿心歡喜。你回到這裏來，而且打算再也不離開這裏，眞叫我高興極了，因爲我也想和你多處幾年呢。可是我得先向你道歉一下，因爲在你要離開這兒的時候，有幾次你要到這兒來都沒有來成，有時候你來了，我又沒有好好地招待你。最抱歉的是，我失了信，沒有及時還你的錢。

「你要知道，我當時正是悲痛欲絕呢。不論是誰，處在那樣的境地，也沒有心情去侍候她心愛的人，不管她愛那個人愛到什麼地步，也不管她心裏依舊是怎樣想討他的歡喜。你也應該知道，一個女人要去張羅一千塊金幣，是有多麼困難。欠我錢的人，都不講信用，到時候不歸還我，因此我迫不得已，只好在別人面前失了信。所以我沒有能及時還你的錢，也就是受了別人的牽累，並不是我存心賴債。誰想到你走了不久，我的債就收齊了，正要還你，又不知道寄到什麼地方去是好，因此只得把這筆錢保存在這裏。」

說着，她就拿出一個錢袋，裏面裝着他當初給她的那五百塊金幣，放在他手裏，說道：

「請你數一數看，是不是五百金幣。」

薩拉巴托喜出望外，接過錢來一數，不多不少正是五百。

「夫人，」他說，「我知道妳說的句句都是眞話，妳這種做法更證明妳對我的一片眞心。憑着妳這一份信用，憑着我對妳的愛情，妳今後不論需要多少錢用，都不妨隨時向我說，我沒有不遵命的道理。反正我以後一直待在這裏，妳大可以試試我是不是說到做到。」

薩拉巴托就這樣和她言歸於好，重新和她來往，她自然又像從前一樣，對他殷勤備至，裝出對他有說不盡的恩愛。可是薩拉巴托這一次早已胸有成竹，一定要一報還一報，非得作弄她一下不可。有一天，那女人邀他去吃飯過夜，他顯得滿面憂愁，彷彿性命難保的樣子。那女人擁住他，吻他，問他爲什麼這樣愁眉不展。沉吟了半晌，他才吞吞吐吐地說：

「我這一下可眞是傾家蕩產了，因爲我日夜指望着那批貨物趕快運到這裏來，誰想到給我帶貨的那艘船，中途被摩納哥的海盜劫走了，他們索取一萬金幣當作贖金，我名下得出一千，可是我眼前一文錢的現款也拿不出來。你還給我的那五百，我早已滙到那不勒斯去買布運到這兒來賣。現在市面上的行情又不好，這裏的一批貨物如果急於脫手，那還不是三文不值兩文地賣掉。我在這裏人地生疏，借貸無門，眞叫我毫無辦法。如果繳不出贖金，那批貨物馬上就會給運到摩納哥去，那就一輩子也運不回來了。」

那女人聽了這話，很是焦急，唯恐前功盡棄，一點油水也撈不到。她便竭力盤算，如何才能使這些貨物不致於給刼運到摩納哥去。想了半晌，她就說道：

「天知道我這樣愛你，如今聽到你遭到這樣的不幸，心裏是多麼難受！可是，光悲傷又有什麼用呢？如果我有錢，我馬上就借給你，只可惜我沒有。我倒想到這裏有個放高利貸的人，上次我短少四百塊金幣，就是向他借的。只是他要的利息太高，非三角利息不借。而且，你要是向他借錢，他還要你拿出東西來做抵押。我願意拿我的人，我的東西，給他當作一部分抵押，可是其他的部分你拿什麼作抵押呢？」

薩拉巴托立卽看破了她這樣慷慨替他想辦法的動機，而且明白了借這筆錢給他的，並不是別人，正是她自己，這正合了他的心意，馬上連聲稱謝；又說，旣然出於不得已，再高的利息也得借。接着他又說，他可以把海關裏的存貨作爲抵押，把它過戶換名，不過堆棧的鑰匙仍由他保管，債權人要看貨時，可由他帶領着去看，這樣又可以免得別人掉換偸竊。

夫人說，他這話說得好，抵押品也很好。第二天早上，她就請了個心腹掮客來，把這件事的原委都告訴了他，交給了他一千金幣。掮客把這筆款子交給薩拉巴托，一面又把薩拉巴托存放在海關裏的貨物過了戶，然後雙方交換了收據和借據，一切手續辦妥以後才分手。

薩拉巴托弄到了一千五百塊金幣，立卽駕了一艘小船，回到那不勒斯的彼埃特羅．第爾．卡尼姜諾那裏去了。到了那裏，他就把應該滙給東家的布款全都滙了去，又還清了欠彼特羅和其他所有人的債務，然後和彼特羅兩人拿這個西西里女騙子受騙的事接連取笑了好幾天；從此他再也不打算做生意了，就到弗拉拉去過日子。

再說楊可費奧利夫人那邊，聽到薩拉巴托已經離開帕勒摩，先是吃驚，繼而開始懷疑。等了他兩個月，還不見他回來，知道他是一去不回了，就叫那個掮客去打開倉庫。他們先打開那些油桶，以爲裏面裝的都是油，誰知裏面却裝滿了海水，只是水面上浮着一層油。再解開那一捆捆的貨物，只見裏面全是些苧蔴，只有一兩捆布料。總而言之，全部貨物不過值兩百金幣。

她這才知道自己受騙了，非但把那到了手的五百金幣還了他，而且還另外賠了一千，不禁傷心痛哭了好久，以後逢人就說：「佛羅倫斯人眞不是好惹的，你同他們打交道，千萬不能有一點馬虎！」這一次她費盡心機，只落得受人愚弄，蝕了大本，從此她總算知道强中還有强中手哩！

狄奧紐講完了故事，女王知道自己任期已滿，便讚美了一番卡尼姜諾手腕的高明，又讚美薩拉巴托爲人精明，能够照計行事，然後就摘下王冠，把它戴在愛蜜莉亞頭上，溫柔地說：

「小姐，妳做了我們的女王，風趣如何，我還不敢斷言，不過，妳至少是一位美麗的女王。但願妳的德政能和妳的容貌比美。」

說完以後，她就回到座位上。愛蜜莉亞覺得有些羞怯，這倒不是因爲當選了女王，而是因爲人家當衆稱讚她的美貌——說到美貌，這本是女人最醉心的一件事；她的臉蛋兒紅得簡直像朝陽中剛剛開放的玫瑰。她先低垂了一下眼睛，等臉上的紅暈消褪了，才和總管商量了一下有關明天飲食起居方面的事情。接着，她又說道：

「各位可愛的小姐，大家都知道，一頭牛勞動了大半天，也要給牠解下頸箍，讓它自由自在地休息一會兒，隨意在樹林裏撿一塊最喜歡的草地吃草。這裏多的是綠葉成蔭的花園，比起那單調的橡樹林子來，自然要美麗得多。幾天以來，我們講的故事，都受到題目的限制，所以我看不妨輕鬆一下，休息休息，這對我們，就像對一個用勞力換飯吃的工人一樣，不只是有好處，而且是必要的，我們養精蓄銳一番，然後重新套上頸箍，就不會覺得疲勞不堪了。

「所以，明天諸位講故事，不必拘泥於某一個範圍，希望每個人隨意講一個自己喜愛的故事，因爲我覺得，可以使人耳目一新，比限定一個題目會更加有趣。假定這一點能夠辦得到，那麼以後比我賢能的人繼承了我的王位，執行起以往的國法來，一定就會更加順利了。」

說過後，她就叫大家隨意遊樂，等到吃晚飯時再見面。大家都讚美女王這一番話說得有道理，一起站起身來，各自遊樂去了。小姐們都去編花圈或是做別的遊戲，年輕的先生打牌的打牌，唱歌的唱歌。玩到吃晚飯的時候，大家聚集在美麗的噴水池旁邊，愉快地吃了一頓晚飯，然後按照慣例唱歌跳舞。最後，大家隨意唱了好幾首歌，女王爲了遵守歷來君王的制度，吩咐潘費羅唱一首歌，潘費羅立即開始唱道：

啊，偉大的愛神，
你賜給我的歡樂說也說不盡，
在你的火焰中燃燒真是幸運。
我心裏充滿了無比的喜悅，
充滿了無比的幸福，
這都是因爲沐浴了你的恩澤。
這無邊的喜悅，無涯的幸福，

衝破了我靈魂的疆界，
向四面奔流泛濫，
使我臉上閃耀着歡樂。
陶醉在崇高的愛情中，
我再也不怕你的火焰燒得我粉身碎骨。

啊，愛神，我怎樣歌唱，
也唱不出我的心花怒放，
縱使那生花妙筆，
也不能把我的喜悅表達萬一；
卽使歌能抒情，畫能寫意，
我也要把它在心頭藏起，
一旦讓別人知道了，
我便喜歡不成，反要痛哭流涕，
何況我這千絲萬縷的情懷，
如果要以筆墨形容，也全是枉費心機！

誰也猜想不到我這兩條臂膀，
曾經把她的胴體摟抱，
我的臉兒曾和她的臉兒貼牢，
這才叫做福從天降，
任誰也想像不到！
啊，我要永遠把這份幸福藏在心頭，
讓愛情的火焰把我通身燃燒，
燒到海枯石爛，天荒地老！

潘費羅在大家的合唱聲中唱完了這首歌，沒有誰不聚精會神地聽着他的歌詞，並且紛紛揣測，他歌詞中所謂要保守秘密，而不能唱出來的，究竟是怎麼一回事。儘管大家東猜西想，却沒有猜中。女王看見潘費羅已經唱完，小姐先生也都要休息了，便吩咐大家各自就寢。

第八日終

第九日

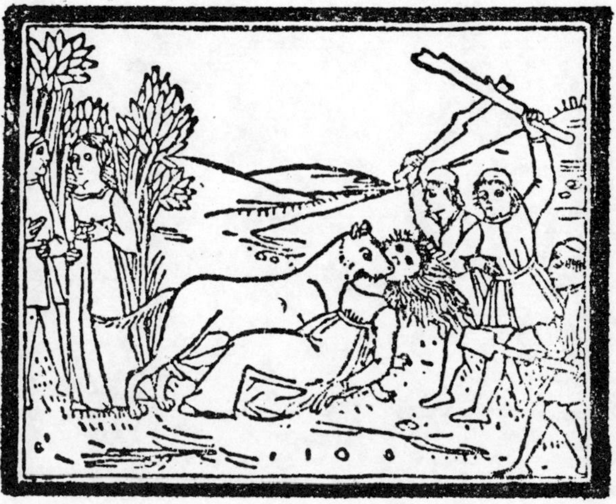

『十日譚』的第九日由此開始，愛蜜莉亞擔任女王，大家各自隨意講一個故事。

晨光燦爛，黑夜早已消逝得無影無踪，黑黝黝的八重天❶已變成一片淡藍，田野上的小花漸漸抬起頭來；這時候，愛蜜莉亞已經起床，把同伴都叫醒。女王帶領大家走出別墅，向附近一座森林緩步走去；森林裏有許多小羊、麋鹿和其他野獸，看到人來也不逃走，好像馴服了的樣子，這也許是因爲人類遭了瘟疫，牠們再也不必害怕獵人來射擊牠們了吧。這些男女一會兒走近這隻羊，一會兒去摸摸那隻鹿，趕得牠們東奔西跳，煞是有趣。

一會兒，太陽已經升得很高，大家覺得該回去了。他們一路行來，頭上戴着橡樹葉編成的花冠，手裏拿着一束束鮮花和香草，如果當時有誰看到他們這種情景，一定會說：「這些人一定是長生不老的，至少到死還是快快樂樂的！」

他們沿路唱歌、戲謔、歡笑，慢慢走回別墅，這時候僕從已經把一切都布置好，面帶笑容的迎接他們。他們沒有立刻入席，先休息了一會兒，幾個青年和小姐又唱了六首歌曲，都是喜氣洋溢，一曲勝過一曲。唱罷，大家洗手，由總管依照女王的意旨，引導入座。席上談笑風生，十分歡樂。餐畢離席，也們又跳舞唱歌，直到女王下令停止，大家才回房休息。

到時候大家都集合到一向講故事的地方。女王回頭看着菲羅美娜，叫她第一個講；她微微一笑，便開始講下面的故事。

❶ 依據古代天文學家托勒密學說，恒星在第八層。——里格譯本注

故事第一篇　盜屍

法蘭絲卡夫人同時受到兩個男人的追求，她一個也不中意，故意叫一個躺在墳裏裝死，另一個到墳裏去盜屍；兩個人都不能完成任務，她藉口再也不理睬他們了。

女王，承蒙妳的吩咐，叫我在今天帶頭講一個故事，使我感到十分榮幸，要是我能够把故事講好，那麼無疑的，繼我而來的一定會講得更好。各位好姐姐，我們已經講了許多故事，都是表明愛情的力量有多麼偉大。可是我不相信在這方面我們已經講得很透徹，我看即使我們不講別的，專講愛情，整整講它一年，也沒法講個窮盡的。現在我打算爲大家講一個故事，讓大家知道愛情的力量有多偉大，它不但能叫情人心甘情願地交出自己的生命，而且能叫情人走進墓窟，把死屍拖出來；你們還可以看到，一個聰明的女人怎樣略施妙計，就擺脫了兩個討厭的追求者。

從前在皮斯多亞城，有一位漂亮的寡婦；有兩個被放逐的佛羅倫斯人，一個叫做里奴奇·帕萊米尼，另一個叫做亞萊山特羅·奇阿蒙第濟，都愛上了這位寡婦，不過彼此之間並不知道；兩人都用盡辦法想要得到寡婦的愛情。

那寡婦名叫法蘭絲卡·德·拉莎莉，經常接到他們的情書，被他們糾纏不休。起初她也未免隨和了些，到後來要想輕易擺脫他們的糾纏已經辦不到了。她決定把他們打發掉，終於想出了一個主意，要求他們做一件說起來容易，要做到却很難的事，要是他們做不到，她就可以名正言順地跟他們斷絕來往了。

在她這麼想的那一天，皮斯多亞地方死了一個人，論他的出身，倒也是大戶人家的子弟，却是無惡不作，別說在皮斯多亞，就是走遍天下，也很難找出像這樣的一個無賴，他長得尤其醜陋，不認識他的人，第一次看到他，總免不了要給他嚇一大跳；他的屍體已經被埋葬在聖方濟派教堂的墳地上。那女人覺得這正是實行她計劃的一個大好機會，就對女僕說：

「妳知道，我每天給那兩個佛羅倫斯人——里奴奇和亞萊山特羅糾纏得好苦。這兩人我一個也看不上，愈早和他們斷絕來往愈好。我想到他們口口聲聲說為了我赴湯蹈火都情願，現在我就要難他們一難，叫他們做一件絕對做不到的事，把他們難倒之後，他們就不敢再來糾纏了，妳聽好我是怎樣計劃的：

「妳知道，今天早晨，史卡那第奧（這就是我們剛才提到的那個惡漢的名字）葬在聖方濟派教堂的墳地裏。他活着的時候，就連膽子最大的人，看見他那副尊容也不免要嚇一跳，死後更不必說了。妳先悄悄地去對亞萊山特羅說：『我家的少奶奶叫我來對你說，你這樣千方百計的想她，現在機會來了，保證叫你如願以償，得到她的愛情，還可以和她過夜，只要你肯替她做一件事。她有一個親戚，要把今天下葬的史卡那第奧的屍體，當晚抬到她家來——為的是什麼，你以後自會知道，她害怕得不得了，怎麼也不願看到這個人的屍體；所以她想仰仗大力，幫她一個忙，到了晚上睡醒頭覺的時分，請你鑽進墓穴，剝下屍體身上的衣服，穿在你自己身上，就這樣躺在墓裏，假裝是一具死屍，等到有人來把你扛走的時候，你絕對不能動一動、吭一聲氣，任由他把你扛到少奶奶的家裏來，她自會來收留你，你愛和她待在一起多久就多久，至於別的一切，她自會安排。』要是他一口答應下來，那麼沒得話說；要是他不肯答應，那麼就說我叫他從此別來見我——既然他把性命看得那麼寶貴，那又何必再拿什麼情書、派什麼人來跟我糾纏呢！

「妳在那邊傳過話之後，再到里奴奇這邊去對他說：『我家少奶奶叫我來向你致意，她說她願陪你尋歡作樂，只是也希望你大力幫她一個忙。是這麼一回事：今天早晨，史卡那第奧的屍體落葬了，她要你在今晚半夜，鑽進他的墓穴，不管聽到什麼、碰到什麼，你都不准作聲，只是悄悄地把屍體抬起來，扛到她家裏，那時候你自會知道她爲什麼求你做這一件事，而且她一定會好好地慰勞你。如果這件事你不肯給她出力，那麼她說從此以後你也不必再寫信給她，或是派人找她了。』」

女僕分別找到了他們，一字不漏地把女主人的話對他們說了，兩人都一口答應下來，都說只要能博得她的歡心，別說是墳墓，就是地獄也去。那女人得了女僕的回報，暗自好笑，倒要看看這兩個傻子是不是眞會做出這種事來。

天黑以後，等到睡頭一覺的時分，亞萊山特羅只穿一身緊身衣，走出門來，要到墓穴裏去冒充史卡那第奧的屍體。他一路走的時候，心裏湧起了恐怖的念頭，忍不住對自己說道：「天哪，我眞是個傻瓜，我要往哪兒跑？說不定她的親戚已經知道我在追求她，還以爲我們倆已經有了什麼關係了，逼她做下這樣一個圈套，好等我鑽進墓穴，就把我殺死。如果是這麼一回事，那我眞是送死去了。而且誰也不會知道，他們當然逍遙法外了。也許她還有別的情人，他故意想出這個詭計害死我，好把她獨佔了——怎麼能斷言不會有這種事呢？」他接着又想道：

「就算這些都是胡思亂想，她的親戚如果眞的把我扛到她家裏，他們也不會摟着史卡那第奧的屍體，更不會把屍體放在她的懷裏。很可能他們曾經吃過史卡那第奥的虧，現在就要在他的屍體上出口氣。她關照過我無論如何也不能開口；可是如果他們挖我的眼睛、拔我的牙齒、砍斷我的手臂，做出諸如此類的把戲，那我該怎麼辦？難道還是不做聲嗎？要是我一開口，給他們認出了，也許反而要加害我。就說他們放過我吧，也絕不會讓我佔絲毫便宜的。」

他這樣愈想愈寒心，就準備轉身回家了；可是他實在愛她愛得近乎瘋狂，不由得又想出另外一套話來鼓舞自己；這樣他堅持着一直向前走，來到了墓穴，他打開墓門，鑽了進去，把史卡那第奥的屍衣剝了下來，穿在自己身上，把墓門依舊關好，在原來放着死屍的地方躺下來。這時他不由得想起了死者生前的種種胡作非爲，又想到從前他聽人說過半夜三更，屋子裏（別說是墳墓裏了）鬼怪出現的恐怖情景，嚇得他毛髮直豎，幾乎以爲史卡那第奥馬上就要站起來殺死他了。幸而他死心塌地愛着那女人，就克服了種種恐懼和疑慮，像死屍一般躺在那裏，靜待有什麼事情發生。

再說里奴奇，他看看已到半夜，就離開家，準備遵照情人的吩咐去做。他走在路上，不停地胡思亂想，他把史卡那第奥的屍體扛在肩上，會不會撞到巡丁，而給當作男巫捉去活活燒死？將來這事萬一傳開去，會不會遭到史卡那第奥家人的報復？他愈想愈氣餒，竟站住不走、想往回跑了。可是他轉過來一想，又這樣說道：「唉，我愛她愛得如癡如狂，她第一次求我做一件事我就拒絕她嗎？尤其只要我做了這件事，就可以得到她的愛情；即使要了我的命，我也不能食言呀！」

就這樣，他還是繼續前進，終於來到墳墓前。他一下子就把墓門弄開了，爬了進去，摸到了亞萊山特羅，以爲就是屍體，竟提起了他的雙足，放在肩頭，拖着就走。亞萊山特羅聽到他進來，嚇得不得了，却一動也不動，聽憑里奴奇拖着他一步一步往前走。

里奴奇心急慌忙，直向情人家裏趕去，眞所謂死人不管，一路上把亞萊山特羅在牆角上撞個七死八活；加上那個夜晚天色昏黑，他簡直連路都認不出來了。

誰知等他快要來到那女人的門口時（她和女僕正站在窗後，守望着里奴奇會不會去把亞萊山特羅拖來，同時已經準備好一套打發他們走的話），街上正有巡丁站崗，在黑暗裏守候一名盜賊。他們聽到里奴奇的脚步聲，立即點亮火把，觀看究竟，一個個擧槍持盾，大聲喝道：「站住！」

里奴奇猛然地看到巡丁就在面前，嚇得想都來不及想，把亞萊山特羅往地下一摔，再也不顧惜自己的一雙腿，拔脚就逃。亞萊山特羅雖然穿着一身長大的屍衣，動作也不慢，他立即從地上跳起來，跟着沒命地逃去。

那女人借着巡丁的火光，清清楚楚的望見了里奴奇把穿着屍衣的亞萊山特羅扛在肩上，他們果眞有這膽量做出這種事來，眞叫她吃驚不小；可是不管她怎樣吃驚，當她看到一個把另一個摔在地上不管，一個跳起來跟着一個就逃，就不由得把她笑壞了。這幕喜劇就這樣結束，使她輕鬆不少，她不由得感謝天主替她把這一對寶貝兒打發掉了。她離開窗口，走回房中，對她的女僕說，他們兩個一定愛她很深。因爲他們分明已經做了她出給他們的難題。

里奴奇垂頭喪氣，只是詛咒自己的命運，不過還是不肯就此回家，等街上的巡丁走遠之後，又回到他摔下亞萊山特羅的地方，暗中摸索屍體，好去向那女人邀功。可是他找來找去，也找不到什麼屍體，還以爲是給巡丁抬去了，只得長吁短歎的回家去了。亞萊山特羅也是這樣，沒有別的法子好想，又不知道扛他來的是誰，只得悲傷地走回家去。

第二天早晨，有人發現史卡那第奧的墓門給人打開，屍體不知去向——原來亞萊山特羅把屍體推到墓道深處去了，全皮斯多亞的人都對這件事議論紛紛，各有各的說法，有一班愚婦竟以爲史卡那第奧給魔鬼拖去了。

那兩個情人並未從此死心，依然登門去找那女人，說明並不是他們沒有照她的吩咐做去，而是不幸遭到了意外，因此沒有完成使命，實在是萬不得已，請她原諒，而且還要向她求愛。可是她裝作不相信有這麼一回事，疾言厲色地對他們說：她的吩咐他們既然沒有做到，那麼別怪她從此永遠也不理睬他們了。

故事第二篇 院長的頭巾

女修道院長捉到一個犯了姦情的修女，正要把她嚴辦，沒有想到那修女指出她頭上戴的是一條男人的短褲，不是頭巾；女院長只得饒恕她，從此大開方便之門，不再和她為難了。

菲羅美娜講完故事，大家都讚美那女人居然想得出這樣一條妙計，擺脫了她所不喜歡的男人的糾纏；並且認為那兩個情人聽了女人的話，竟敢去做這種事，這算不得愛情，應該算是愚癡。女王和悅地向愛莉莎說：「愛莉莎，妳接下去講一個故事吧！」於是她立即開始說道：

各位好姐姐，妳們剛才聽到法蘭絲卡夫人怎樣以她的聰明擺脫了她的煩惱；現在另外有一個年輕的修女，靈機一動，說了一句話，就此逃過了難關。想必妳們都知道，世上自有一些愚不可及的人，好為人師，一味指責別人的過失，可是老天爺有時候却偏偏要叫這種人出醜。妳們且聽我的故事吧：有一位女修道院院長就這樣出了自己的醜，我所說的修女就是由她管教的。

從前隆巴地地方有一所女修道院，一向以虔誠聖潔出名，在院裏的修女當中，有一個出身高貴，長得十分標緻的少女，名叫伊莎貝達。有一天，她的親人來訪，她隔着窗子和親人談話，竟然愛上了一個同來漂亮的青年。那青年看她脈脈含情，又覺得她眞美，也愛上了她。只是儘管一個有情，一個有意，却始終不能玉成好事，把兩人折磨得坐立不安。不過天下無難事，只怕有心人，後來，那青年終於發現了可以溜進院裏的一條通路，她也覺得這樣進出很是妥善，從此他不但進來了一夜，而且三日兩天就來和她幽會，這兩人眞是如魚得水，那份歡樂也就不必說了。

誰知有一晚，當他離開伊莎貝達，走出修道院的時候，給另一個修女撞見了，兩人全不知情。那修女把她親眼看見的事悄悄告訴另外幾個修女，起初她們想到院長那兒去告發——這位院長名叫烏森巴達，全院的修女，以及凡是認得她的人，都把她看作是一位聖潔善良的女人。不過她們再一想，覺得還是等候機會，請院長把她和那男子當場捉住，才可以使她無從抵賴。因此她們都不做聲，只是暗中輪流監視着她，準備捉姦。

伊莎貝達也沒有覺察出其中的情形，有一個晚上她照舊把情人接進自己房中，這件事立即被那些監視的人知道了。等到夜深人靜，她們認爲時機成熟，就分做兩批，一批守住伊莎貝達的房門口，一批趕去敲院長的房門，等到房內有了回答，她們就嚷道：

「起來吧，院長，快快起來吧！我們看到伊莎貝達關了一個小伙子在房裏啦！」

恰巧這一晚，院長正陪着一個敎士在睡覺；原來那敎士常常躱在大箱子裏，別人就把他抬進院長的房中。她唯恐這些少女敲門敲得這樣急，亂嚷亂叫，會打開房門衝了進來；所以她立刻從床上跳起來，在黑暗中慌忙地穿好衣服，拿起敎士的短褲，還以爲是自己的頭巾（她們叫做『索爾德』），就往頭上一戴，匆忙走出房外，反鎖了房門，根本不知道自己鬧了個笑話，却厲聲問道：

「那個天主的罪人在哪裏？」

這許多修女正亂哄哄地要搶着去捉姦，哪裏還會注意到女院長的頭上戴的是怎樣的頭巾。她帶頭領路，直奔伊莎貝達的臥房，大家一齊用力，立刻把房門打開了，衝進房裏，只見一對情人還互相摟着——原來他們沒有提防這一着，竟給這件突如其來的事嚇得動彈不得。

伊莎貝達給別的修女當場拖起。女院長喝令把她送到大廳上聽候發落。只剩下那個青年還在房裏穿衣服，要看看這件事究竟怎樣收場，如果她們要對他的情人有什麼不利的舉動，那就怪不得他要對這些修女不客氣了，他非要把他的情人劫走不可。

女院長來到大廳上坐下來；大家的眼光全都集中在那違反清規的罪徒身上，院長當着全體修女，聲色俱厲地把伊莎貝達痛罵了一頓，罵她是個最下賤的女人，竟敢做出這種淫亂無恥的事來，要是傳揚出去，難免敗壞了修道院裏向來的聲譽；痛罵之後，還說非把她嚴辦不可。

那少女站在廳堂上，又羞慚又害怕，不知道該怎麼回答，只是低頭不語，旁邊的修女不由得可憐起她來；可是却反而叫那女院長在上面抬手頓足，越罵越起勁。伊莎貝達偶然抬眼一望，只見女院長的頭上有兩條吊襪帶，不停地在左右擺動，心裏立刻明白這是怎麼一回事，膽子頓時大了起來，便開口說道：

「院長，天主保佑妳，請妳先把頭巾紮好再跟我說話吧！」

院長不懂她話裏有因，却怒喝道：「什麼頭巾不頭巾，好一個不要臉的淫婦，居然在這時候還敢和我說笑話！妳以為妳是做了一件什麼好笑的事嗎？」

「院長，」伊莎貝達回答道，「請妳先把頭巾紮好了再跟我說話吧！」

那許多修女不由得都把眼光射到女院長的頭上，她自己也伸手到頭上一摸，於是她和大家立刻都明白伊莎貝達講這句話是什麼意思了。女院長知道自己已經出了醜，而且是在衆目睽睽之下，再也無法掩飾，就索性改變態度，轉換聲調，用溫和的口氣接下去說：「不過硬要人抑制肉慾的衝動，却是比登天還難的事，所以只要大家注意保守秘密，不妨各自去尋歡作樂。」

伊莎貝達現在沒事了；女院長回房去和教士繼續睡覺，她也回到她情人的懷裏去，而且以後還經常把情人接進院來。那些沒有情人的修女看得眼紅，也都因此暗中千方百計地追求她們的幸福。

故事第三篇　公雞下蛋

布倫諾和他的兩個朋友串通醫生，使卡拉特林諾相信他懷了孕，卡拉特林諾急壞了，連忙拿錢出來請他們買閹鷄和藥料，總算藥到病除，沒有生下孩子。

愛莉莎講完故事，小姐們聽到那個年輕的修女落在嫉妒的同伴手中，終於又逃了出來，不由得都深深感謝天主。女王吩咐費洛斯特拉多接下去講。他不待女王多言，就說道：各位漂亮的小姐，昨天我講了一個馬爾克地方來的、被脫去褲子的法官，又連帶想起了卡拉特林諾和他兩個朋友的故事來，儘管他的故事我們已經講過好幾個了，不過我們是絕不會聽厭的，所以我打算把昨天想到的故事講出來。

這篇故事的主角卡拉特林諾和他的兩個朋友是怎樣的人物，大家都已經知道了，用不着再說；我現在要告訴各位，有一次，他的姑母死了，遺留給他一筆錢，零零碎碎地湊起來，也有兩百個銀幣，他因此到處揚言，說是要買田買屋，而且和全佛羅倫斯的房地產經紀人都打過交道，彷彿他手上有一萬個金幣似的；可是等到人家一開了價，這筆生意就告吹了。布倫諾和布法馬可當然知道這件事，屢次勸他還是把錢拿出來，大家痛痛快快的樂一陣子好些，何必去買田買地，難道要做什麼泥丸子去彈鳥不成。可是這話還是白說，他們連一頓飯都沒有吃到。這一下，他們心裏可就有氣了；有一天，他們的一個朋友來了，也是畫匠，叫做奈洛，大家一起商量，認爲總要叫卡拉特林諾請一頓飯才好，他們立刻就想好了辦法，於是大家就分頭進行。第二天早晨，奈洛守在卡拉特林諾的門口，等他出來才幾步，奈洛就趕上去招呼道：

「早安，卡拉特林諾！」

卡拉特林諾同樣招呼了他，說是但願他出門見喜，流年吉利；誰知奈洛忽然後退一步，只管盯着他的臉，卡拉特林諾不禁問道：「你看什麼呀？」

「昨晚你覺得舒服嗎？」奈洛問道，「我覺得你今天的臉色有些不對。」

卡拉特林諾一聽這話，臉色立刻變了，慌忙問道：「哎呀！怎麼說？你看我得了什麼病？」

「唉，」奈洛回答道，「這我倒說不出來，不過我只覺得你好像換了一個人似的——但可能只是我瞎疑心罷了。」

這麼說過之後，他就逕自走了，卡拉特林諾繼續往前走；其實他有什麼不舒服？但是他却因此滿臉愁容，心事重重；走不多遠，就遇到布法馬可。布法馬可看見奈洛已經走了，就上前來招呼他，問他可感到什麼地方不舒服。

「我說不出，」卡拉特林諾回答道，「不過剛才奈洛對我說，他覺得我好像換了一個人似的，難道我眞有什麼地方不對勁嗎？」

「不對勁！」布法馬可嚷道，「你一定不是胃就是肚子有了毛病，我看你簡直成了半死人啦！」

卡拉特林諾聽到這話，只覺得渾身發燒。誰知這時布倫諾又走來了，他劈頭第一句就問：

「嘿，卡拉特林諾，瞧你那張臉！你簡直像一個死人啦。你覺得舒服嗎❶？」

卡拉特林諾聽到大家這麼說，就自以爲眞的得了病，就惴惴不安地問道：「我怎麼辦呢？」

「我看，」布倫諾回答他說，「你最好立刻回家去，躺在床上，把被窩蓋好，再把你的小便送到西蒙納大夫那兒去檢驗——你知道，他是我們最好的朋友，他會馬上告訴你該怎麼辦。我們現在送你回去，如果有什麼可以效勞的地方，我們一定樂意去做。」

這時奈洛又來了，三個人把他送到家裏；卡拉特林諾愁眉苦臉，走進臥房，對妻子說道：

「快來替我把被蓋好吧，我覺得很難過。」

他躺下來之後，就打發一個小女僕把他的小便送到西蒙納大夫那兒去——醫生的診所設在舊街，招牌上以南瓜爲標記。布倫諾對他的朋友說道：

「你們留在這裏陪着他，我到大夫那兒去聽他怎麼說，如果必要，就把大夫請來。」

「啊，我的朋友，」卡拉特林諾嚷道，「快到大夫那兒去吧，回來好好告訴我究竟我得的是什麼病，我只覺得肚裏有說不出的難受！」

布倫諾一口氣趕到西蒙納大夫那兒，那送尿的女僕反而後到，他把他們的一套把戲告訴了大夫，所以等女僕來到，大夫看了看小便，就對她說道：

「你先回去告訴卡拉特林諾被蓋得暖一點，我立刻就來，告訴他得的是什麼病，應該怎麼辦。」

女僕回家稟報了主人。沒有多久，大夫和布倫諾都來了；大夫在卡拉特林諾床邊坐下來，開始診他的脈，過了一會兒，病人的妻子來了，大夫就對卡拉特林諾說：

「你聽着，卡拉特林諾，我看在朋友的面上對你說，你什麼病也沒有，你只是懷孕罷了。」

❶「你簡直像一個死人」，及以下一句從里格譯本及阿爾亭頓譯本補入。

卡拉特林諾聽說他懷了孕，急得直叫起來，嚷道：「哎呀！蒂莎，這都是妳不好！妳總是喜歡睡在上面；我早就告訴過妳這是犯忌的。」

他的妻子本來十分臉嫩，聽到丈夫說出這種話來，羞得滿臉通紅，垂着頭，一聲不響，溜出了臥室。卡拉特林諾繼續埋怨道：

「唉，倒楣！倒楣！叫我怎麼辦呢？叫我怎麼生得出孩子呢？這孩子要從哪裏生出來呢？我看我這一次是非送命不可了，這都是害在我那個淫婦的手裏！但願天主重重責罰她我才高興！我要不是病倒了，就一定要跳下床來打得她體無完膚。不過這也是我自作自受，要是我不讓她睡在上面，哪兒會發生這種事情呢。如果我逃得過這場大難，以後我就是看她死也不讓她爬到我身上來了。」

布倫諾、布法馬可和奈洛聽到他這番妙論，好容易才忍住了笑，可是那個江湖郎中却笑得牙齒都要落下來了。後來卡拉特林諾苦苦哀求他替他想個辦法，他就說道：

「卡拉特林諾，你別急，謝天謝地，幸虧你這病發現得早，還有個救方，不要幾天，也不要你受多大痛苦，我就可以替你把病醫好，不過你多少總得破費一些。」

「唉，我的好大夫，」卡拉特林諾嚷道，「請你看在大慈大悲的天主面上，幫我這個忙吧！我這兒有兩百個銀幣，本來是打算買田地的，如果需要這麼多錢，那麼你都拿去吧，只要不要讓我生小孩就是了。我不知道小孩子該怎麼生。我聽到女人在生產的時候，都是拚命叫喊，她們天生有寬大的產道，尚且這樣；假如我生產起來，一定在孩子還沒落地以前，就已經把我痛死了。」

「別害怕，」大夫說，「我會替你提煉一劑藥水，喝起來味道非常好，你只要連喝三個早晨，就可以把胎打掉了，保證你又生龍活虎一般神氣起來。不過以後你可要當心些，別再幹出這種糊塗事來啦。提煉這種藥水須要三對肥大的閹鷄才行，此外還有別的一些藥料，總得要五個銀幣才能辦齊，這三個朋友中，你可以把錢隨便交給哪一個，讓他把藥料買來之後，送到我診所去。明天早晨，我一定把藥水配好送來，絕不延誤，你每次喝一大杯就對了。」

「我的好大夫，」卡拉特林諾說，「我一切都依你。」他給了布倫諾五個銀幣，另外又拿出足夠買三對閹鷄的錢，請他看在朋友面上代辦一下。大夫走了之後，配製好一些不會吃壞人的藥水，送到卡拉特林諾那兒。布倫諾去買了閹鷄，辦了一席酒菜，請兩個朋友和大夫一同來享受。

每天早晨，卡拉特林諾喝一杯藥水，連喝三天；到了第三天，大夫和三個朋友一起來看他，大夫診過脈之後，對他說道：

「卡拉特林諾，果然不錯，你已經完全好了。你現在再也不必待在家裏，盡可以到外面隨意去走動走動了。」

卡拉特林諾聽到病已好了，這份高興可不用說了，馬上從床上跳起來，到外面去幹他的正經事，從此逢人就誇說西蒙納大夫醫術高明，在三天之內，毫無痛苦，就把他的胎打掉了。布倫諾、布法馬可和奈洛三人因為想出這個妙計，不管卡拉特林諾怎樣吝嗇，還是叫他心甘情願地拿出錢來，很是得意。只有蒂莎夫人，看出苗頭，知道這是個騙局，以後老是跟她丈夫嘀咕這件事。

故事第四篇　做賊罵賊

福達列哥和人賭博，輸得只剩下一件襯衫，又把主人的錢也輸了。主人騎馬趕路，他在後面追，大聲嚷着捉賊。路旁的農民幫着他把主人的衣裳和馬都奪了過來，主人反而只有穿着襯衫走路。

拉特林諾責備他妻子的話，使大家笑得樂不可支；費洛斯特拉多講完故事，女王吩咐妮非爾接下去講。只聽她說：

卡

各位尊貴的小姐，人要不是常常會說出愚蠢和缺德的話來，而很難在談吐之間流露出見識和德性，那麼大家也不必說話處處留神了。那傻里傻氣的卡拉特林諾就是一個明顯的例子。經不起人家三言兩語，輕輕一哄，他就眞以爲自己得了什麼怪病，就算他急於求治，也不必把閨房裏的事說出來呀。我因此想起一個與這情形恰巧相反的故事：一個狡猾的人怎樣壓倒一個有智慧的人，使他吃了很大的虧，還蒙受了恥辱，我現在就把這故事講給大家聽。

幾年前，西埃納地方有兩個年紀相仿的男子，名字都叫做奇哥。一個是安喬里哀列的兒子，另一個是福達列哥的兒子，這兩人儘管作風彼此格格不入，但是在痛恨自己的父親這一點上，却是步調一致，因此竟成了好朋友，常在一起玩樂。

安喬里哀列是個相貌端正、舉止大方的青年，他覺得父親每月給的零用錢這樣微薄，長住在西埃納沒有什麼意思；這一次他聽說一個很寵愛他的紅衣主教，代表教皇到馬爾克來辦公事，就決定去請他提拔，也好改善自己的境況。他把自己的打算向父親稟明了，請父親把六個月的零用錢一次給他，讓他置備衣服馬匹，以便體體面面地去見人；那父親就答應了他的要求。

他還想隨身帶一個僕人。福達列哥聽到了這個消息，立即趕了來，死皮賴臉地要求安喬里哀列收留他，說自己情願做他的跟班、做他的馬夫——做什麼都行，沒有工錢也不要緊，只要管他的食宿就行了。安喬里哀列却不肯答應，倒不是因爲嫌他不會做事，而是因爲知道他是個賭鬼，有時候還要喝酒；可是經不起福達列哥賭咒發誓，說他從此決心戒賭戒飲，又這樣哀求苦告，安喬里哀列終於答應收留他。

這樣，一天早晨，兩人動身趕路，來到朋康文多，已是晌午，就在那裏用午餐，餐後，因爲暑氣逼人，安喬里哀列關照旅店設了一張鋪位，讓福達列哥替他脫下衣裳，午睡去了，臨睡前，他叮囑福達列哥等敲了午後鐘，就叫他起來。

他的主人剛剛入睡，福達列哥就已經溜進酒店，喝了幾杯酒，看到有人在那裏賭錢，他也加了進去，不到片刻，就把身邊的錢都輸光了，他剝下衣裳再賭，連衣裳也輸了；他一心要翻本，只穿着襯衫，走回客店，進了客房，看到安喬里哀列正自好睡，就把他錢袋裏所有的錢都拿出來，再去賭博，這一筆錢，像先前的錢一樣，馬上從他手裏溜走了。

安喬里哀列一覺睡醒，下了床，穿好衣服，却怎麼也找不到福達列哥，還以爲他像往常一樣，喝得爛醉，不知道倒在哪裏了，決定不管他，叫人把鞍轡和旅行袋放上馬背準備獨自趕路，計畫到了科西涅諾，再另雇一個僕從，臨走時，要去跟店主人會賬，他才發現袋裏的錢已經不翼而飛了。整個客店頓時鬧得天翻地覆，安喬里哀列說錢是在旅店裏失竊的，因此口口聲聲要把旅店裏這一班人送到西埃納查辦。

正當鬧得不可開交的時候，福達列哥穿着一件襯衫來了，原來他偸了主人的錢不算，還想把他的衣裳拿去再賭，現在看到他已經整裝待發，就慌忙說道：

「怎麼啦，安喬里哀列，我們這麼早就要動身了嗎？天哪，等一等吧，我把一件緊身衣押給了一個人，拿了他三十八個銀幣，現在他快要來了；我敢說，我只要還給他三十五個銀幣，他就會把我的緊身衣還我的。」

正當他這麼胡扯的時候，又來了一個人，向安喬里哀列作證，錢就是他那個僕人偸的，他可以說出福達列哥跟人賭博輸了多少錢。安喬里哀列聽這麼說，句句是眞，因此怒火直冒，痛罵天主，一定會鬧出人命案子來；現在他威脅福達列哥說，他一定要叫他判絞刑、充軍才能罷休。於是他跳上了馬背。

誰知道福達列哥竟若無其事，好像人家不是在駡他，而是在駡另外一個人。他說道：「得啦，得啦，安喬里哀列，廢話少說，還是談談正經事吧：要是我們現在就把錢還給他，那麼只要三十五個銀幣就可以把衣裳贖回來了，如果挨到明天，那就非三十八個不可了。這完全是因爲我照着他的意思下的賭注，他才對我特別通融。噯，這三個銀幣我們樂得省下來呀！」

安喬里哀列聽他居然說出這種話來，簡直氣昏了，尤其是當着這許多旁觀者給他這樣一說，人家果然猜疑地打量起他來了，彷彿福達列哥並沒輸去了他的錢，倒像是安喬里哀列扣了他的錢一般。於是他說：

「你的緊身衣跟我有什麼關係？你這個應該吊在絞刑架上的惡徒！你把我的錢偸去輸光了，現在又敢跟我開玩笑，纏着我不讓我動身！」

誰知福達列哥依然假裝癡呆，好像人家駡的並不是他，說道：「哎呀，你爲什麼不讓我省下這三個銀幣呢？難道你以爲我日後沒有補報你的機會嗎？看在老朋友面上，請你幫我這一次忙吧！幹嘛這樣心急慌忙呢？時間還早得很，還怕來不及趕到多倫尼厄列過夜嗎？來吧，掏出你的錢袋來，要知道踏遍全西埃納，我也再找不到這樣稱心合身的緊身衣了。難道我能讓那個人只出三十八個銀幣，就把這樣一件好衣裳呑沒了嗎？這件衣裳不止值四十個銀幣呢。如果你不肯，豈不是使我受到雙倍的損失嗎？」

安喬里哀列看他偸了錢，還要這樣無理取鬧，差點兒把肚子都氣炸了，就不再理他，掉轉馬頭，朝着往多倫尼厄列的大路馳去。福達列哥立刻想出一條詭計，只見他身上穿着一件襯衫，跟在馬後，快步追去。這樣奔馳了兩哩，他還是一聲聲問他討緊身衣。安喬里哀列只顧催馬加鞭，一路奔去，只想拋下這個討厭的傢伙，圖個耳根清靜。福達列哥向前一望，只見大路旁、田野中，正有幾個農夫在種田，就大聲嚷道：

「捉賊哪！捉賊哪！」

那些農夫聽到叫喊，果然扛着鋤頭，拿着鏟子，衝到大路上，攔住了安喬里哀列的去路，以爲他是個强盜，搶刼了那個在後面沒命追趕、大聲呼號、只穿一件襯衫的人，因此把他捉住了，儘管安喬里哀列竭力分辯，再三解釋，可是他們哪裏肯相信？不一會兒福達列哥已經趕到，只見他怒容滿面，喝道：

「好一個沒良心的賊，竟偸了我的東西逃了，我恨不得把你一刀殺死！」說着，他又回過頭來對農夫說：

「各位瞧，他把我害得好苦！他輸光了錢，竟把我丟在旅店裏！幸虧上天有眼，靠着各位幫忙，終於追回了失物，我將永遠感謝你們。」

安喬里哀列把眞情告訴他們，可是他的話偏偏沒有人聽。這些農夫，聽了福達列哥的話，一擁而上，把他拖下馬來，福達列哥剝了他的衣裳，穿在自己身上，騎上了他的馬，揚長而去。可憐安喬里哀列只有赤脚、穿一件襯衫，不知如何是好。福達列哥回到西埃納逢人就說，他和安喬里哀列對賭，贏得了那匹馬和衣裳。安喬里哀列原想穿着得體體面面的去見紅衣主教，現在身上只剩一件襯衫，身邊一文不名，回到了朋康文多；他覺得無顏回到西埃納，就借了些衣服，騎了福達列哥留下的一匹駕馬❶，到科西涅諾一個親戚家裏住下，等待父親再一次的資助。

福達列哥就這樣憑着他的狡猾，破壞了安喬里哀列美好的計畫；當然，有朝一日，福達列哥也還是逃不過懲罰的。

❶ 這兩句在里格譯本作：「把福達列哥的駕馬抵押了，弄來一套衣裳。」似較合理。

故事第五篇　美人計

卡拉特林諾愛上一個女子，布倫諾給他一道符咒，說只要拿去碰她一下，她就會跟他走，讓他如願以償。誰知才剛要行樂，忽然自己的老婆趕了來，把他當場捉住，叫他吃足了苦頭。

妮非爾短短的故事講完了，大家沒有什麼表示，既沒有笑，也沒有批評。女王回過頭來，吩咐菲亞美達接着講一個，她欣然答應，這樣說道：

各位好姐姐，想必你們都知道，講故事不怕重複，只要講的人把時間和地點都安排得適當，那麼，一個題目卽使講了又講，還是能够使人聽得津津有味的。我想，我們聚集在這裏並不是爲了什麼，原是爲了尋找歡樂，那麼在這樣的場合，借着這樣的機會，講一些有趣的故事，讓大家高興高興，是再適當不過的了。這樣的故事卽使講一千遍也不會使人討厭。卡拉特林諾的妙人妙事，大家已經講得很多，費洛斯特拉多剛才就講了一個有關他的故事，非常有趣，我現在不厭其煩，再來講一個。本來我很可以不顧事實，把故事裏的人名隨便改一改，不過聽故事的人總歡喜聽眞人眞事，所以我就據實直說了。

尼可洛·科那契尼是我們城裏的一個富豪，在美拉達地方有一塊很好的地皮，他在那裏蓋了一座華屋，請布倫諾和布法馬可把屋子內部全都漆繪一下；這倒是一件相當浩大的工程，所以他們又把奈洛和卡拉特林諾叫來幫忙。宅子裏有幾個房間已經購置了床鋪和家具，其他的都還空着，只有一個年老的女僕在那裏看管。尼可洛有一個兒子，名叫菲力浦，年紀還輕，尚未結婚，經常把女人帶到這裏來玩樂，住了一兩天，就把她們打發走。有一次，他帶了一個女人來，名叫妮可羅莎，她原是康馬度利地方、馬尼昂納所開設的妓院的一個妓女，誰看中她誰就可以把她包下，帶出院外。

這女人長得很漂亮，衣飾華麗，以她的身份來說，舉止談吐還算大方。有一天中午，她穿着白裙子，頭上編着髮髻，從房裏出來，到院子的井邊洗臉洗手。恰巧卡拉特林諾也來取水，和她親密地打了個招呼。她回應他，還對他瞟了幾眼，倒不是因為她看上了卡拉特林諾，而是覺得這個人有些兒古怪。卡拉特林諾因此也把她上下打量一番，愈看愈覺得她可愛，竟忘了正事，只是一個勁兒地待在井邊不走，不過因為不知道她究竟是誰，所以不敢和她交談。她知道他在看她，存心要戲弄他，也不時朝他看看，還輕輕地歎了一兩口氣。卡拉特林諾果然立刻墜入情網，兩隻脚好像生了根似的，直到那女人被菲力浦叫進房裏，這才離開井邊。

卡拉特林諾回到工作的地方，却什麼事都不做，只是在那兒長吁短歎。布倫諾一向把卡拉特林諾看作一個妙人，總是注意着他的一舉一動，如今看到這番光景，不免問道：

「朋友，你碰到了什麼晦氣星，只管這樣長吁短歎呀？」

「朋友，」卡拉特林諾回答道，「只要有誰肯幫我一下忙，那就太好了。」

「是怎麼一回事呢？」布倫諾問。

「你千萬別跟人說哪，」卡拉特林諾回答，「說起來，這事要叫你大吃一驚，就在樓下，有一位嬌滴滴的女人，眞好比天仙玉女一般，剛才我去打水的時候遇到了她，誰知道她竟對我一見鍾情！」

「哎呀，」布倫諾嚷道，「可別就是非力浦的老婆吧！」

「我想她是的，」卡拉特林諾說，「因爲我聽見他在房裏叫她，她一聽到他叫，就走進去了。不過這有什麼關係？遇到這種事，哪怕是耶穌基督，我也要對他不客氣呢，還管他什麼非力浦。朋友，老實對你說吧，我實在愛她，沒有言詞可以形容我對她的愛！」

「朋友，」布倫諾回答道，「我去替你打聽她是什麼人，只要她眞是非力浦的老婆，那不消我三言兩語，保證替你把事情辦得妥妥當當的——因爲我跟她是老交情哪。不過我們要怎樣才能不讓布法馬可知道這件事？他總是在我身邊，我找不到和她單獨講話的機會呀！」

「我才不在乎布法馬可，」卡拉特林諾說，「不過，奈洛我們倒要提防他一點兒，他是蒂莎的親戚，要是讓他知道了，那我們的事就不好辦了。」

「對，對，」布倫諾說道。

其實樓下那個女人是誰，布倫諾怎麼會不知道；她來的時候布倫諾就已經看到了，後來非力浦也對他說起過，不多一會兒，卡拉特林諾丟下工作，又跑去望她，布倫諾趁機把他的一片癡心告訴了奈洛和布法馬可，三個人就悄悄地商量該怎樣哄他一哄。等他回來之後，布倫諾就輕輕地問他：

「看到她沒有？」

「唉，看到了，」卡拉特林諾回答道，「我這條命要送在她手裏了。」

布倫諾說：「我去看看，她究竟是不是非力浦的老婆，如果是她，這件事交給我辦好啦！」

布倫諾走到院子裏去，找到了非力浦和妮可羅莎，把卡拉特林諾是怎樣一個人物，他現在存了什麼樣的癡心，說了些什麼話，都一一告訴了他們；又跟他們商量了一陣，大家應該怎樣說話行事，好設下美人計，讓這隻傻鳥自投羅網，豈不有趣？於是他回到樓上，對卡拉特林諾說：

「果然是她！不過你得小心行事，萬一讓菲力浦知道了，那麼卽使跳到阿諾河，只怕我們也洗刷不了關係。要是我見到了她，可以說句話的時候，你要我怎麼跟她說？」

「對，」卡拉特林諾囘答道，「開頭第一句話，你就說我但願在她田裏播下一萬斤種子；接下去就說，我是她的奴僕，問她是否願意……你可懂我的意思？」

「當然懂，」布倫諾說，「把這事交給我辦好了。」

不一會兒，已到傍晚時分，這幾個畫匠歇了手，來到院子裏，遇到了菲力浦和妮可羅莎，就故意多逗留一會兒，好讓卡拉特林諾顯一下身手。只見他一個勁兒地瞅着妮可羅莎，擠眉弄眼，做手勢，醜態百出，只怕就是瞎子也會覺察到的。偏偏那個女人又極力跟他敷衍，更弄得他心癢難熬，那女人看到他這般光景，愈發得意了。這時候菲力浦依着布倫諾的計畫，忙着跟布法馬可他們談話，只裝作沒有注意到卡拉特林諾的舉動。這樣談了一會兒，他們就向菲力浦告辭，把卡拉特林諾一起拖走，卡拉特林諾眞是萬分不願意。在囘佛羅倫斯的路上，布倫諾對他說道：

「我對你說吧，你的熱情已經把她軟化，就像一塊冰在陽光下融化一樣。媽的，你要是帶了三弦琴，在她窗下唱幾首情歌，只怕她要從窗口跳下來跟你幽會呢！」

卡拉特林諾說：「你以爲——老兄，你以爲我最好到她窗下去彈琴唱歌兒嗎？」

「當然，當然，」布倫諾囘答說。

「我今天早晨告訴你的時候，」卡拉特林諾說，「你有些不相信。可是老兄，老實對你說吧，世界上再也沒有誰比我的手段更高明了。除了我，還有誰能叫這樣一位美人兒一見傾心呢？你別看那班油頭粉臉的光棍一天到晚在街上東逛西蕩，他們如果逛了一千年，能够拾到三、四粒硬果，就算他們本領大了。我眞巴不得我在她窗下彈琴唱歌的時候，你也能來瞧瞧我這一手，這才叫妙哪！必須向你鄭重聲明的是，我不是什麼老頭子，你別錯看人哪。她一眼看出我年紀還輕得很呢——反正只要讓我把她弄到手，那時候，管叫她知道我的厲害。媽的，我要弄得她神魂顛倒，就像吃奶的孩子離不開媽媽那樣，吊住我不放！」

「啊，」布倫諾附和着說，「我保證她早晚會落到你手裏。我彷佛已經看到你那像弦柱般的兩排牙齒咬着她那一顆櫻桃小嘴和玫瑰花般的雙頰，不要片刻工夫，已經把她連皮帶肉整個吞下去了。」

卡拉特林諾給他這幾句話一說，以爲自己眞的已如願以償，喜得他一路上手舞足蹈，哼着小調，身子輕得好像要飄了起來，靈魂差點兒出了竅。

第二天早晨，他果然帶來了一把三弦琴，在她窗前一遍又一遍地唱起情歌來，聽得大家都樂不可支。這一切也不一一細表，總之，他恨不得她時時刻刻都在他眼前，連做事也沒有心思了，一天到晚只是忙着奔上跑下，一會兒到她窗前，一會兒等在門口，一會兒又溜進院子，巴望能够見她一面。那女人何等伶俐，依着布倫諾的囑咐，故意給他許多見面的機會。布倫諾做了兩人之間的牽線，替他傳話、又給他帶來回音，有時候還替他帶來她的口信；逢到她不在宅子裏的時候（這也是常有的事），就說她回娘家去了，還拿出她的信來作證，信裏說了許多甜言蜜語，只是叫他安心等待，暫時別到她娘家去看她。

布倫諾和布法馬可搭檔，一起來玩這齣把戲，看到卡拉特林諾整天癡癡呆呆，眞是有趣。他們假借那女人的名義，問他要長要短，什麼象牙梳子、錢袋、刀子，都要到了；偶然也拿些不值錢的銅戒子回報他，說是那女人送的，他就歡天喜地的收藏起來。他只希望他們在這件事上多出點力，盡力討好他們，三天兩天就請他們。

誰知兩月個過去了，那女人依然可望而不可卽，沒有得到她一點好處。卡拉特林諾眼看壁畫的工作就要結束，心裏可急起來了，他想：如果這時候再不把她弄到手，以後還有什麼指望，因此他纏住布倫諾，苦苦求他要幫這一個忙。布倫諾等那女人又住到別墅裏來了，就去跟她和菲力浦商量妥當，於是回來對卡拉特林諾說：

「聽着，老兄，那位少奶奶口口聲聲在我面前說，一定讓你如願以償，可是却一直毫無動靜，我看她是故意吊你的胃口。旣然她每次都失信，那麼我們也顧不得她願意不願意，只要你同意，我們就要叫她履行諾言。」

「好極了！」卡拉特林諾嚷道，「請你做做好事，馬上進行吧！」布倫諾說：「我給你一道符，你有膽量拿着這符在她身上去碰一下嗎？」

「這還有什麼好怕的？」卡拉特林諾回答說。

「那麼，」布倫諾說，「你想法子弄一塊還沒生下來的羔羊皮來，一隻活蝙蝠、三柱香，和祭壇上供奉過的一支蠟燭，其他的一切，我自會安排。」

當天晚上，卡拉特林諾費了九牛二虎之力，總算捉了一隻蝙蝠，和其他幾樣東西，一起送給了布倫諾。他把這些東西帶進房裏，在羊皮上亂塗亂寫一陣，拿給卡拉特林諾道：

「聽着，卡拉特林諾，你只要用這道符咒在她身上碰一下，她就會立刻跟你走，任憑你擺布。如果菲力浦今天出去，你就找個藉口，跑去跟她搭訕，趁機拿這個碰她一下；然後回頭就往那邊穀倉裏跑，她自會跟着你來到穀倉，那兒眞是讓你行事的好地方，誰也不會去的，那時候你就可以爲所欲爲了。」

卡拉特林諾一聽到這話，喜得眉飛色舞，接過了符咒，說道：「老兄放心，我自會去辦。」

卡拉特林諾最不放心的就是奈洛，却不知道他正跟着這一夥人一起作弄他，跟大家一樣的感到有趣。他照着布倫諾的話，來到佛羅倫斯，去找卡拉特林諾的妻子，對她說道：

「蒂莎，妳總不會忘記有一天卡拉特林諾在繆納河撿了一大堆石子回來，沒來由的把你狠狠打了一頓吧？我認為此仇非報不可，如果你甘心受他欺侮，那麼，你以後也不必認我做你的親戚或是朋友了。人家請他去作壁畫，他却看上了別人的女人，偏偏那女人也不是個好東西，時常和他關在一間屋子內，不知道幹些什麼，才沒有多久，他們倆又約好在今天幽會，我特地趕來向妳報訊，妳好前去捉姦，給他吃些苦頭！」

那位太太一聽到卡拉特林諾在外邊偷女人，這還了得，氣得她跳起身來，嚷道：

「嘿，你這個千人指萬人罵的惡徒哪，你可以這樣對待我嗎？我對天起誓，這一次絕不放過你，非要叫你得到報應不可！」

她這麼說着，就披了一件斗篷，帶着小女僕，立刻動身，跟着奈洛，三步併作兩步向別墅趕去。

布倫諾遠遠望見他們，回頭對菲力浦說：「咱們的朋友來啦！」

菲力浦馬上來到卡拉特林諾他們一起工作的地方，故意對大家說道：

「各位師父辛苦了，我有事要到城裏去走一遭，請大家繼續用心工作吧！」

他說完就走，找到一個妥善的地方躲藏起來，暗中窺視卡拉特林諾的行動。卡拉特林諾以為菲力浦已經去遠了，就丢下工作，來到院子裏；一看，只有妮可羅莎一個人在那裏，就和她搭訕起來。她心裏早已有數，就故意貼在他身上，比平時加倍親熱。卡拉特林諾趁機拿出符咒，往她身上一碰，連話都不說一句，就直往穀倉走去，她緊跟在後。兩人一到那裏，她隨即把門關上，摟住卡拉特林諾，趁勢把他推倒在一堆乾草上，自己跨坐在他身上，雙手按住他的肩膀，使他的臉無法湊近她，隨後她只管看着卡拉特林諾，好像胸中有無限熱情似的，說道：

「我甜蜜的卡拉特林諾，我的心肝兒、我的靈魂、我的寶貝兒、我的幸福！我日夜都在夢想佔有你、擁住你！你那風流瀟灑的樣子，迷得我神魂顛倒。你的三弦琴彈得我心癢難熬！難道這時候我是眞的跟你在一起嗎？」

卡拉特林諾給她壓得幾乎動彈不得，說道：「我的好心肝，讓我吻吻妳吧！」

「哎呀，」她回答道，「你太性急啦！讓我先把你瞧個仔細，看飽之後再說吧！」

再說布倫諾和布法馬可和菲力浦躱在一起，三個人把這一切都看得明白、聽得清楚。正當卡拉特林諾竭力想要去吻妮可羅莎時，那邊奈洛和蒂莎已經趕到了。奈洛說：

「老天在上，我敢說這一對男女一定就在裏面！」

蒂莎這時怒火衝天，急急忙忙奔到倉門口，狠命一推，把那扇門推得飛了起來，便直衝進去，只見妮可羅莎正騎在卡拉特林諾身上，妮可羅莎看到卡拉特林諾的老婆來了，就跳起來，溜到菲力浦那邊去了。可憐卡拉特林諾也想逃，可是哪來得及？還沒有爬起來，他的老婆已經撲了過來，又是抓，又是咬；這還不肯罷休，又一把抓住他的頭髮，把他拖得滿地滾，高聲罵道：

「你這隻該死的惡狗，你竟敢這樣對待我？你這個老不死，我還這樣愛你，眞是瞎了眼了！難道在家裏不够你受用，所以你才要到外面去找野食嗎？看不出來你居然還是個風流情人呢！惡狗，你照照鏡子看看自己是什麼東西！下流胚，你爲什麼不照照鏡子看看自己是什麼東西？天知道，就是榨你也榨不出幾滴水來！現在我明白了，讓你懷孕的不是我蒂莎❶，原來另有別人。不管這女人是誰，但願天主來收拾她吧。她一定是個賤貨，才會搭上你這樣一個寶貝！」

❶ 見第九天故事第三篇。

卡拉特林諾看到妻子突然出現，覺得活也不是死也不是，任她擺布，不敢抗拒。他的臉給抓得沒有一處好皮肉，頭髮給扯落，衣服給撕碎，最後才跟蹌站了起來，拾起自己的帽子，低聲下氣，求他的妻子不要高聲叫喊，因爲那個女人是屋主人的老婆，如果給他知道，自己就要給千刀萬剮了。

「但願天主叫這女人倒楣吧！」她叫嚷道。

布倫諾、布法馬可、非力浦和妮可羅莎躲在一起，把肚子都笑痛了。後來兩人裝作聽到吵鬧聲，趕來勸架，說了許多好話，才把蒂莎勸住，又勸卡拉特林諾快回到佛羅倫斯去，以後不要再來了，只怕非力浦知道了，他的性命難保。可憐卡拉特林諾給扯髮撕臉，只得垂頭喪氣回到佛羅倫斯，聽憑老婆日吵夜罵，從此再也不敢到那個地方去找那女人了。他那狂熱的戀愛，讓他的朋友、妮可羅莎和非力浦取笑了一番之後，就這樣結束了。

故事第六篇　蓬門巧婦

兩個青年人在小旅店裏過夜，半夜裏，一個青年去和主人的女兒睡覺，主婦又錯把另一個青年當做自己的丈夫，後來那第一個青年又睡到主人的床上去，險些鬧出事來，幸虧主婦聰明，輕輕一句話，就把母女倆的羞辱遮蓋過去。

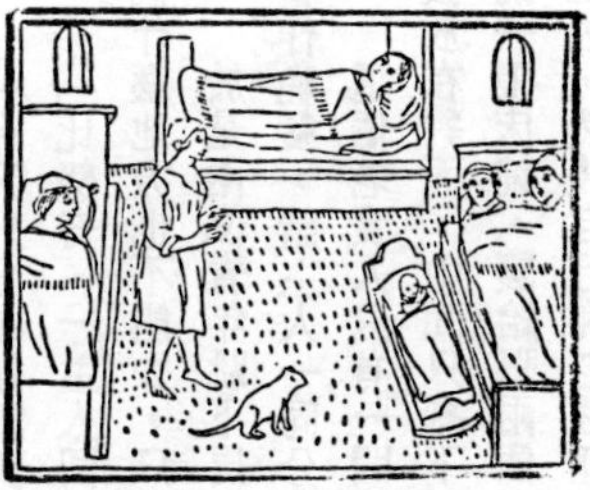

卡拉特林諾的故事已經使大家笑了好幾次，現在又一次逗得衆人大笑起來。這些小姐少不了要對這個妙人發表一番意見，隨後女王吩咐潘費羅接着講一個；只聽他說道：

各位尊貴的小姐，卡拉特林諾看中了一個女人，名叫妮可羅莎，這使我想起另外一個妮可羅莎來，現在我就把她的故事講給各位聽，讓大家知道，一位好妻子怎樣急中生智，把一樁醜事輕輕遮蓋過去。

不久以前，繆諾納平原上有一個老實人，家境很不好，只有一間小小的房子；全靠煮些茶水，備些飯菜，供應來往旅客充飢解渴，勉強度日。偶爾遇到熟人，天色已晚，來不及趕路，也留他歇宿一夜——如果上門的是個生客，就不肯行這個方便了。他的老婆長得倒是十分漂亮；有兩個孩子，大的約十五、六歲了，名叫妮可羅莎，是個標緻的大姑娘，還沒嫁人；小的未滿周歲，還在吃奶。

我們城裏有一位風度翩翩的青年，名叫比努奇，常常從這一帶經過，看到了那個姑娘，不禁愛上了她；那姑娘得到這樣一位體面的紳士的愛慕，也覺得十分得意，所以不時在他面前搔首弄姿，有意去籠絡他。後來，弄假成眞，不由得也愛上他了。這一對男女兩廂情願，要不是那靑年唯恐連累了他的情人，自己的名譽也要遭受損害，只怕他們早已作成好事了。

可是他朝思暮想，熱情愈來愈高漲，再也壓不住要和妮可羅莎偷情的慾望，一心要找個藉口在她家裏過夜，因爲他知道她家只有一間屋子，等家人都睡熟之後，不難暗中找到她，和她睡在一起。他打定主意，就馬上進行。

他帶了一個知道他正在戀愛的心腹友人，名叫阿德連諾，租了兩匹馬，馬背上各放兩個袋子，裏面盡塞些稻草；兩人一起從佛羅倫斯騎馬出發，繞了一個大圈子，等到達繆諾納平原時，天色已晚，於是掉轉馬頭，算是從羅馬那囘來，奔向那老實人的小房子，去敲他的門。那老實人認識他們，立刻打開門。比努奇對他說道：

「今天只好在你家裏打擾一晚了。我們本想趕囘佛羅倫斯，哪裏知道來到這裏天就黑了。」

「比努奇，」主人囘答道，「你知道我要留宿你們這樣的貴人是多麼爲難啊，可是天色已晚，你們什麼地方也不能去，只能讓我想個法子請兩位將就一晚了。」

於是兩位靑年跳下馬來，繫好馬匹，走進這家小小的旅店；他們隨身帶着乾糧，這時就拿出來，當作晚餐，請主人一同分享。

這個老實人只有一間小小的臥房，他費盡心機，在房裏安排好三張床鋪。兩張靠着一堵牆，另一張放在對面，中間只剩下一條狹窄的通路，此外再沒有轉身的餘地了。主人把單獨靠牆，算是最像樣的一張床鋪，讓給那兩個靑年睡。過了一會兒，他們假裝呼呼入睡，於是主人又叫女兒睡到對面的床上去，然後自己和老婆睡在第三張床上，床邊放着嬰兒的搖籃。

比努奇暗中看好那姑娘和主人的鋪位，又睡了好久，料想這家人已經睡熟了，就輕輕爬下床來，摸到他情人的床上，躺在她身邊。她心裏又高興又怕，聽憑他擺布，兩個人多時的心願，都在這一夜裏了結了。

比努奇正和情人在那裏溫存，不料有一隻貓絆翻了什麼東西，啪的一聲驚醒了主婦，她怕出了什麼事，爬下床來，暗中摸索着，走到那發出聲響的地方查看了一下。

阿德連諾並沒有聽到這聲音，却恰巧在這時候覺得肚子裏有些緊張，要出去找個地方方便一下，不想跨了幾步，就給主婦放在那兒的搖籃擋住去路，他只得抬起搖籃，移到自己的床邊來；等事畢回來，哪兒還想得到把搖籃放回原處，只管爬上自己的床，繼續睡了。

主婦查看了一會兒，發覺原來是跌落了什麼東西，也懶得點火瞧瞧，嘴裏駡着瘟貓，仍舊回房去睡。她一直走到丈夫睡着的那張床鋪，一摸，床邊並沒有搖籃，暗暗對自己說道：「我的天哪！我險些兒鬧出笑話來！說也不相信，我竟差點爬上客人的床去呢！」

她再走幾步，摸到了搖籃，就爬上床去，睡在阿德連諾身邊，把他當作自己的丈夫。阿德連諾這時還沒有睡熟，心裏好不歡喜，將她一把摟住，和她百般親熱，那女人十分快樂。

這時候，比努奇已經跟他的姑娘玩够了，只怕貪睡誤事，就離開了她，回到自己的床上去睡。他摸到搖籃，以爲旁邊就是主人的床，就再向前摸索幾步，竟爬上了主人的床鋪。主人被他弄醒了，他也不管，還以爲是跟阿德連諾睡在一起，對他說道：

「對你說吧，世上再沒有哪個小妞兒比妮可羅莎更可愛了。媽的，從來也沒有哪個男人享受過我這樣的艷福——我離開你之後，已經在城裏六進六出呢！」

主人聽了這話，未免有些不樂意，暗想：「這個王八蛋在搗什麼鬼？」終於氣糊塗了，不加思索地叫嚷道：

「比努奇，你這不識抬舉的東西，竟幹出這種不要臉的事，媽的，我非叫你吃些苦頭不可！」

誰知比努奇也不是一個最識相的青年，明知自己已經鑄成大錯了，却不想補救，還要嘴硬：

「你要叫我吃什麼苦頭？你敢拿我怎樣？」

主婦以爲自己正和丈夫睡在一床，對阿德連諾說：「哎呀，聽哪，我們的兩個客人在爭吵呢！」

阿德連諾笑着說道：「隨他們去，合該他們倒楣，誰叫他們昨晚喝那麼些酒！」

主婦再仔細一聽，已經覺得好像是她丈夫在叫罵，又聽出阿德連諾的口音，立刻明白她是睡在誰的床上，靠在誰的身邊。她果然不愧是一個聰明懂事的女人，什麼話也不說，立刻起床，拿着搖籃，在漆黑之中，摸到女兒床邊，就爬了上去，和女兒睡在一起。於是裝作被丈夫吵醒，叫着他，問他跟比努奇鬧些什麼。

「妳沒聽到他說，他今夜跟妮可羅莎幹的好事嗎？」那丈夫反問道。

「哎呀，」她叫嚷道，「這簡直是在說夢話！他幾時睡到妮可羅莎的床上來過？我整夜都陪着她睡覺，何況我又沒闔過眼。你竟然會相信他，眞是一頭蠢驢。你們男人晚上喝起酒來沒有個完，等睡到床上，就整夜胡亂作夢，在床上翻來滾去，還以爲自己在幹着驚天動地的事。你們沒有跌斷脖子，已經是上上大吉了。不過比努奇睡到你床上幹什麼？他爲什麼不睡在自己的床上。」

阿德連諾在旁邊聽得分明，覺得這主婦眞是聰明，一句話就遮蓋了她自己和她女兒的醜事；於是趁勢附和道：

「比努奇，我不止對你說過一百次，叫你不要在外面過夜；你睡得好好的會爬起來走路，還要把夢中的情景一本正經的當作眞事來談。你這種怪病早晚會給你惹麻煩的。還不給我回來，活該你受這一夜的罪！」

給老婆和阿德連諾這樣一說，主人眞的以爲比努奇在做夢，就握住他的雙肩，只管搖他，還大聲嚷道：

「比努奇醒來，回到你自己床上去睡吧！」

比努奇聽到他們的話，心中有數，果然像在夢囈般胡言亂語了一通。主人不覺哈哈大笑起來，又把他搖了幾搖，他這才裝作醒過來了，叫着阿德連諾道：

「天亮了嗎？是不是你在叫我？」

「是啊，」阿德連諾回答他道，「到這邊來吧！」

比努奇裝得睡眼惺忪，從主人的床上掙扎起來，走回阿德連諾那邊。天亮了，大家起來，主人拿他的夢話跟他取笑。這樣你說一句笑話，我說一句笑話，直到兩個青年備好馬鞍、裝好袋子才罷休。他們和主人乾杯之後，跳上馬背，直向佛羅倫斯馳去。兩人都有一番收穫，又是那樣順利，因此愈想愈得意。

從此之後，比努奇另找機會和妮可羅莎幽會，那姑娘對母親發誓說，比努奇是在說夢話；那母親記起和阿德連諾一番親熱的情景，心中還想，當時只有她一個人是清醒的呢！

故事第七篇　夢兆

塔拉諾夢見一隻惡狼咬爛了他妻子的喉頭和臉孔，因此叮囑妻子不要到森林裏去，她偏不肯聽，果然遭了殃。

潘費羅講完故事之後，大家都稱讚主婦足智多謀；於是女王吩咐潘比妮亞接下去講一個。

她這樣說道：

各位漂亮的姐姐，我們以前曾經談過夢兆應驗的事實，但是有許多女人却只管對這個加以取笑；因此，雖然這類故事我們已經講過，但我現在還是樂於給大家再講一個短短的故事——這件事剛發生不久，我的一個女鄰居因爲不肯相信她丈夫的惡夢，才會鬧出這種事來。

我不知道你們是否認識一位很有地位的紳士，名叫塔拉諾·第·摩萊賽，他的太太瑪格麗達，美貌出衆，却是剛愎成性、頑固不化，別人做的事，她永遠看不順眼，也從來不肯接受別人的意見。塔拉諾娶了這樣一位太太，眞有說不出的苦，但也沒有辦法，只能容忍、任由她一意孤行。

有一天晚上，他和瑪格麗達在鄉下的別墅裏過夜，他在夢中看到她走進距離別墅不遠的一座美麗的森林裏，她正在散步的時候，忽然從叢林裏跳出一頭又大又凶惡的狼，直撲向她的喉頭，把她撲倒在地，而且彷彿要把她拖走似的。她大聲喊叫，後來總算從猛獸的爪牙底下逃出來，可是她的喉頭和臉都已受傷了。

第二天早晨起來，他對太太說道：「自從我娶了像妳這樣任性的女人，連一個快樂的日子都沒有享受過；可是我也絕不忍心看妳遭遇到什麼不幸；所以如果妳肯聽我的話，今天就守在家裏，不要出去。」

她問他爲什麼不要出去，他就把自己的惡夢講給她聽。可是那位太太却搖着頭說道：

「只有不懷好意的人才會做這種惡夢。你裝作關心的樣子，其實你巴不得我給惡狼拖去，所以才會做這樣的惡夢！請你放心吧，不論今天還是將來，我自會留神，不會遭遇什麼不幸，讓你拍手稱快。」

「我知道妳會說這樣的話，」塔拉諾說，「這叫做替癩子梳頭，自討沒趣。信不信由妳，總之我這樣對妳說，完全是出於一番好意，我現在再一次勸妳，今天妳最好留在家裏，至少不能跑到森林裏去。」

「好吧，我不出去就是了，」她口裏這樣回答，可是心裏却在想：「你看這個人多麼狡猾，故意嚇唬我，不讓我今天到森林裏去。不用說，他一定是跟什麼不要臉的女人約好在那裏幽會，唯恐給我撞見；嘿，他這種謊話只能去騙瞎子，我如果看不出他是什麼居心，居然相信他的話，那我眞是一個大傻瓜呢！我看他別做夢吧，我哪怕今天在森林裏守一天，也要看看他玩的究竟是什麼花招。」

隨後她丈夫從正門離開家，她就從邊門溜出去，不讓一個人知道，急忙趕到森林裏，藏在樹木最茂密的地方，只是東張西望，看看有沒有人來。她正這樣一心守候丈夫的時候，全沒想到大禍已經臨頭，突然間，樹林深處，跳出一隻猙獰凶惡的大狼，她只喊了一聲「哎呀，救命哪！」那惡狼已經撲到她喉頭，咬住了她，像拖一只小羊似的要把她拖走。她的咽喉給惡狼緊緊咬住，既不能叫喊，又沒法掙扎，要不是這時恰巧有幾個牧人走過，那她一定透不過氣來，悶也給悶死了。那幾個牧人一起向著狼大聲喊打，把狼嚇跑，這才救下了人來。他們認識她，看她已經奄奄一息，趕緊把她抬回家。家人替她請了醫師，悉心治療，過了很長一段時期，才總算把她醫好了，只是她喉頭和臉部從此留下許多傷疤；本來是個標緻的女人，現在已經破了相，見不得人，只好躲在家裏，暗自飲泣，悔不該當初一味任性，不信丈夫的夢兆，本來很容易做到的事偏不肯做，却招來了大禍，抱恨終身。

故事第八篇　鰻魚和美酒

彼昂代洛作弄奇歌，誆騙說誰家請客，叫他上當。奇歌用計報復，叫他挨了一頓毒打。

大家聽了潘比妮亞的故事，都說塔拉諾睡覺時看到的不是夢幻，而是一個啓示，因爲以後發生的事竟和夢境一般無二。等大家靜寂以後，女王就吩咐拉蕾達接下去講一個故事。只聽她說道：

各位知情達理的姐姐，今天大家講的幾個故事，幾乎多少都是受了以前講過的故事的啓發。昨天潘比妮亞講了一個學者報仇的故事，我現在也要給大家講一個報仇的故事，雖然手段沒有那樣狠毒，不過也夠叫人難堪的了。

從前佛羅倫斯城裏有一個專門講究吃喝的男人，名叫奇歌，只是苦於收入有限，難以滿足口腹之慾，幸喜他舉止不俗，善於詼諧，因此他雖然不是宮廷裏的小丑，卻也練就了一張說長道短的利口，出入於富貴人家，用不着人家請他，哪裏有美酒佳肴，他就到那裏去白吃白喝。

城裏另外有一個短小精悍、衣冠楚楚的男子，名叫彼昂代洛，此人戴了頂小帽，露出兩綹一絲不亂的金色鬈髮，眞是比蒼蠅還要伶俐，跟奇歌幹的是同一個勾當。有一個四旬齋節的早晨，他到魚市場去代人買了兩條大鰻，要送到維厄利·德·奇治先生家裏去，剛巧遇見奇歌，對方立卽招呼他道：

「這是怎麼囘事？」

彼昻代洛囘答道：「高索·杜納第先生昨天買了三條鰻魚，比這兩條好得多，還買了一條鱣魚，不過他請了好多客人，這些魚還不够用，所以又託我去買兩條。你也打算去嗎？」

「我一定去，」奇歌囘答說。

他算準了時間，果然趕到高索家，只見他正和幾個鄰居在那兒閑談，還沒有開飯。主人問他有什麼貴幹，他囘答道：

「先生，我來陪你和你的朋友吃飯。」

「歡迎，歡迎，」高索囘答道，「現在已經是開飯的時候，大家入席吧！」

衆人就座後，只見拿出來的都是些什麼豌豆、鹹鮪魚，最後來了一道油煎的阿諾河魚，此外別無所有了。奇歌知道上了彼昻代洛的當，氣得要命，決定想辦法報復。

彼昻代洛十分得意，把這件事當作笑柄，逢人便說。沒有幾天，這兩個人又碰面了，彼昻代洛急忙向他問候，還笑着問他，高索先生家的鰻魚滋味如何。

「滋味究竟如何，」奇歌囘答道，「用不着我說，再過八天你自己就可以嚐到了。」

於是他不再多說什麼，就離開彼昻代洛，去找一個精明的小販來幫忙，答應給他一筆錢，只要替他辦好一件事。講妥之後，奇歌就把一隻很大的玻璃瓶交給他，把他帶到卡維齊利巷，指着一位騎士給小販看。這位爵士名叫菲力浦·阿尙第，身材魁梧，性情乖戾，稍一不如意，就暴跳如雷；奇歌就對小販說道：

「你拿這個瓶子去對他說：『先生，我是彼昂代洛差來的，他想款待幾個朋友，知道你家裏藏有美酒，特地前來討酒，請你把這白瓶子變成紅瓶子吧！』不過，你跟他打交道的時候，千萬別讓他抓住，否則你就要大吃苦頭，我的計劃也要失敗了。」

「另外我還要說什麼話嗎？」小販問道。

「不用了，」奇歌回答道，「你把這幾句話對他說完後，就拿着瓶子回來，我就把錢給你。」

小販果然跑去找菲力浦，把那一番話對他說了，菲力浦本來是個不好惹的人，聽到這話，以爲彼昂代洛故意取笑他，氣得臉都紅了，嚷道：

「什麼『款待』不『款待』，什麼『白瓶子』、『紅瓶子』，你和他兩人今年都要倒楣啦！」話沒說完，他就跳走身來，伸手要抓小販；幸虧小販早有戒心，一看苗頭不對，拔腿就逃。這一切奇歌都在遠處望得清清楚楚；小販回來之後，又把菲力浦的話對他說了，奇歌十分歡喜，把錢給了他，接着又忙去找彼昂代洛，問他道：

「你剛才去過卡維喬利巷沒有？」

「沒有呀，」對方回答道，「你問我幹嗎？」

奇歌就說：「我告訴你吧，菲力浦先生正在找你呢，但不知道他找你是爲了什麼。」

「好吧，」彼昂代洛說，「我本來就是要往那邊走，就去跟他聊會兒天吧。」

於是他就往那邊走去，奇歌暗中尾隨他，看看究竟會鬧出什麼事來。再說菲力浦，沒有把小販抓住，一肚子氣惱正無處發洩，又把小販的話橫想豎想，還是弄不懂是什麼意思，反正一定是彼昂代洛唆使人來取笑他的，因此竟越想越恨；恰巧彼昂代洛在這時候撞來，他一眼看見他，立刻跑去賞他一個耳光。

「哎呀，」彼昂代洛嚷道，「這是從哪兒說起？」

非力浦不由他分辯，揪住他的頭髮，扯破他的帽子，扔在地上，一面打一面罵道：

「壞蛋，我非要叫你知道我的厲害不可，你叫人來對我說『款待』、『紅瓶子』是什麼用意？你把我當作一個小孩子，可以隨便欺侮的嗎？」

他一面說，一面用拳頭像雨點般似的朝他臉上亂打，又扯住他的頭髮，把他拖到泥沼裏去；彼昂代洛只是挨着拳打脚踢，衣裳全給扯得粉碎。哪兒容他問一聲究竟什麼地方得罪了非力浦，只聽非力浦口口聲聲說什麼『款待』啊，『紅瓶子』啊，可是又一點也摸不着頭腦。

非力浦使性痛打了他一頓，後來看熱鬧的人越來越多，大家好不容易才把他救了出來，這時他已經被打得渾身青腫了。衆人聽了非力浦的話，都怪他自作自受，不該拿這些話去取笑非力浦，要知道他豈是輕易惹得的人。彼昂代洛哭喪着臉，極力申辯。說自己並沒有向非力浦先生討酒，他定了一會神，硬撐起來，唉聲歎氣的回到自己家裏，猜想一定是奇歌搗的鬼。過了幾天，他臉上的傷好了，又出門閑蕩，恰巧遇到了奇歌。奇歌笑着問他道

「怎麼樣，彼昂代洛，非力浦先生的美酒味道好嗎？」

「但願你在高索先生家裏吃的鰻魚，也嘗到這種滋味！」

奇歌說：「這可要看你的了。如果你以後再請我吃上回的鰻魚，那麼我就拿前幾天的美酒來回敬你。」

彼昂代洛自知不是奇歌的對手，從此以後只想跟他相安無事，再也不敢玩什麼花招了。

故事第九篇　所羅門王的智慧

兩個青年特地去請教所羅門王；一個問他怎樣可以得到人家的愛；另一個問他怎樣可以制服悍妻。所羅門王對第一個說：「愛。」對第二個說：「到鵝橋去。」

狄奧紐亨有特權，所以現在只剩女王一人沒講了，等這些小姐爲大吃苦頭的彼昂代洛笑了一陣之後，她就欣然說道：

各位可愛的小姐，要是我們用心觀察一下天地萬物的道理，那麼就不難發覺，世上的女人無論從天理、從人情、從法律上來說，都是從屬於男人的，專門聽候男人的支配和統治。一個女人如果希望享受安樂寧靜的生活，就應該對主宰她的男人俯首聽命、事事順從，而且還要保守貞操——對於知情達理的女人，這貞操更是萬萬不能失去的寶貝。

這種情形，不是那保障公共利益的法律所規定的，也不是因襲那深入人心的習俗而來的，而是造物主的意旨。造物主創造我們女人，特地叫我們的身體嬌小玲瓏、性情懦怯、柔弱無力、聲調悅耳、舉止優雅，這一切都證明我們應該接受別人的統治。要接受別人的統治，得到別人的保護，那麼對於統治者就應該必恭必敬，不能稍有違背。除了男人，還有誰來統治我們、保護我們？所以對於男人，我們必須十分尊敬，絕對服從他們。如果有哪個女人不守這個本份，那她不但討駡，簡直還該打呢！這個主張，我不止講過一遍兩遍，不過方才聽了潘比妮亞所講的一個潑婦的故事，她的丈夫塔拉諾對她無可奈何，可是天主叫她受到應得的報應，所以我不免又把這番話搬出來。依我的判斷，一個女人如果不是溫柔貞靜、和婉可愛，那麼她就是違反天理、人情和法律，就得受嚴厲的懲罰。現在我想爲大家講一個所羅門王的故事，他的忠告對我們女人眞是對症下藥，至於那些本來就謹守本份、用不着多加管教的女人，那只要認爲這句話不是對她們說的就行了；雖然男人的嘴邊經常掛着這麼兩句話：

好馬、壞馬，總少不了一對踢馬刺；
好女人、壞女人，同樣需要一根木棍子。

這兩句話，如果當作笑話聽，那麼沒有一個女人不會不承認它說得有理。其實把這兩句話當作正經的敎訓來看待，也還是含有顚撲不破的眞理。因爲女人天生意志薄弱、容易動搖，對付那些不守婦道的女人，當然少不了要借重無情的棍子，就是對那班守規矩的女人，也需要一根備用的棍子，好叫她們有所警惕，時時刻刻不敢懈怠。現在我不必儘講一些大道理，還是講我本來要講的故事吧！

大家都知道，所羅門王的智慧蓋世無雙，天下聞名，何況他還熱心幫助人家解決種種疑難問題，從不厭煩，所以當時有許多人，逢到疑難不決的事，不論遠近，都趕來向他請敎。

在這些人中間，有一個青年名叫梅利索，是一位有身份的富家子弟，特地從家鄉拉耶索趕去求見所羅門王。當他離開安提奧，向耶路撒冷出發的時候，遇到一個同路的青年，名叫喬塞福。旣然是一同趕路，兩人就在馬上談了起來，梅利索問明他的身份住址之後，又問他要到哪兒去，幹什麼事。喬塞福回說要去求見所羅門王，原來他的老婆凶悍潑辣，舉世罕見，任他怎樣求她、哄她，或是跟她解釋，她半句也不聽，只是一味使性子，因此他只得去向所羅門王請教對付妻子的方法。接着他問梅利索到哪裏去，幹什麼事，梅利索答道：

「我是拉耶索地方的人，跟你一樣，也有說不出的苦處。我正當青春，又有些家產，爲了廣交鄉鄰，大開門庭，確實花了不少錢，可是說也奇怪，我從來也沒有得到別人的愛戴。因此我也想到你要去的地方，請教所羅門王，我怎樣才能得到人家的愛戴。」

兩人於是就做了旅伴，一同來到耶路撒冷，由所羅門王的武士引領他們進宮覲見。梅利索把自己的來意簡單說明了，所羅門王回答道：「愛。」國王說了這句話，他就被送出宮來。於是輪到喬塞福說明來意，所羅門王也不過回答了他一句話：「到鵝橋去。」於是喬塞福也被送出宮來，看見梅利索在宮外等他，就把自己得到的回答告訴他，兩人一起推敲話裏的意思，却總是弄不明白，何以到鵝橋去就能使家裏的悍婦回心轉意，何以一個「愛」字就能博取別人的好感；他們以爲自己受了所羅門王的嘲弄，只得動身回家。

他們趕了幾天路，來到一條河邊，河上架着一座很壯麗的橋，恰巧這時候有一隊馱着貨物的騾子和馬打從這裏經過，他們只好站在橋邊，等候那隊牲口過去。不一會兒，所有的牲口差不多都已過了橋，獨有一匹騾子却發起脾氣來，站定在橋邊，怎麼也不肯再往前走一步。那趕騾的只得用鞭子打牠幾下，也不怎麼用勁，只要牠上橋就是了；可是牠却左閃右跳，甚至索性轉過身來，死也不肯上橋。這時候騾夫生氣了，舉起鞭子，不管牠的頭部、腹部和屁股，只是狠狠地用鞭子抽下去，誰知還是不中用。

梅利索和喬塞福在旁邊看到這情景，連忙干涉道：「哎呀，你這個人太狠心了，幹嗎要這樣毒打騾子，你要打死牠嗎？為什麼不好好地想個辦法把牠牽過去呢，那豈不比你毒打一陣更容易叫牠上橋嗎？」

騾夫回答道：「你瞭解你的馬，我瞭解我的騾子，讓我來對付牠吧！」

說完他舉鞭就打，一下打在右邊、一下打在左邊，那騾子終於被他打服了，乖乖地過橋，這證明騾夫的話的確有道理。兩人過橋時，喬塞福問一個坐在橋頭的窮人，這橋叫什麼名字，那人回答道：

「先生，這座橋叫鵝橋。」

喬塞福聽說是鵝橋，立即想起了所羅門王的指示，回頭對梅利索說：

「喂，朋友，我對你說，所羅門王到底給我出了一個再好也沒有的主意，我現在才看明白了，我還缺少一套打老婆的本領，幸虧那個趕騾子的已經教了我啦！」

過了幾天，兩人來到安提奧，喬塞福請梅利索到他家去休息一兩天。誰知他的妻子看到他和一個客人回來，竟十分無禮。喬塞福也不去管她，只是吩咐她預備晚飯，請客人點菜，梅利索因為盛情難却，隨便說了一兩樣菜。那老婆一向驕橫慣了，不管客人怎樣關照，做出來的飯菜，偏偏完全不同。

喬塞福看了十分生氣，說道：

「難道妳沒有聽到晚餐要預備什麼菜嗎？」

「你這是什麼話？」那老婆肆無忌憚地對他說，「你要吃晚飯，這不是晚飯嗎？你管你吩咐，我管我做菜，這做出來的菜，你中意也罷，不中意也罷，那我可管不了。」

梅利索聽到這位主婦說出這種豈有此理的話來，心裏很起反感❶，喬塞福看她這樣逞强，就說：

❶ 這一句從里格譯本，潘譯本作「着實把她責備了幾句」。

「女人，我看妳還是這套老脾氣；可是妳放心吧，我非要叫妳改變一下作風不可！」

於是他回頭對梅利索說：「朋友，我們馬上可以看到所羅門王的指示到底靈不靈了。不過我動手的時候，請你千萬不要過意不去，也不要認爲這是我一時興之所致，想想前幾天我們替騾子討情的時候，那騾夫是怎樣回答我們的，那麼你也不必來勸我了。」

「我是到你家來作客的，」梅利索回答道，「當然要聽你的話。」

那老婆哪裏服這口氣，這時候已從桌子邊站起來，嘴裏嘰哩咕嚕，回房去了。喬塞福找到一根結實的橡木棍子，趕了進去，一把揪住她的頭髮，把她摔在自己的脚下，舉起棍子向她身上狠狠打去。那女人起初沒命地吼叫，接着高聲怒罵，可是喬塞福只當沒有聽到，打個不停，打得她渾身青腫，她這時才哀聲求饒，請他不要打死她，答應以後再也不敢違背他的意旨了。誰知那棍子還是毫不留情地打下來，一下落在她的肋骨上，一下落在她的屁股上，一下落在她的肩膀上，直到他打得筋疲力盡，這才住手，這時候這位好女人已經遍體鱗傷了。打過之後，他回到朋友那兒，對他說道：

「到了明天，我們就可以看看到鵝橋去的指點靈不靈了。」

他休息了一會兒，和梅利索一起洗過手，同進晚餐，然後就寢。

可憐那女人遭了一頓毒打，疼痛難忍，勉強從地上爬了起來，把身子往床上一撲，再也動彈不得了；就這樣將就了一夜。第二天她很早就起身，叫人去請問喬塞福，午餐要備些什麼菜。喬塞福和梅利索不由得都感到好笑，就吩咐了一番。等到中午，他們回家吃飯，看見飯菜已經擺得整整齊齊，完全遵照喬塞福的意旨。當初他們怎麼也不懂所羅門王的指示是什麼意思，現在才明白果然都是金玉良言。

梅利索在喬塞福家裏住了幾天，就告辭回鄉。他把所羅門王給他的指示向本地一位有學問的人請教，那有學問的人說：

「他給你的指示眞是再確切、再好也沒有了。你知道你從來沒愛過什麼人，你款待別人，幫助別人，並不是對人有所愛，只是爲了擺闊和誇耀自己的財富罷了。所以遵照所羅門王的指點，你去愛別人吧，那麼別人自然也會愛你的。」

多虧所羅門王的一番話，那潑婦從此變成賢妻，那青年也因爲施愛於人而得到別人的愛。

故事第十篇　變形記

彼得請求奇阿尼神父把自己的老婆變做一匹母馬，正當神父念念有詞，替母馬裝上尾巴時，彼得在旁邊喊道：「我不要裝尾巴！」法術就此不靈了。

女王的故事引得小伙子們笑個不停，却多少引起了小姐們的不滿，等她們的聲浪平靜下來之後，狄奧紐就這樣開始說道：

各位可愛的小姐，在一羣白鴿中，來了一隻雪白的天鵝，也不過如此；如果來了一隻烏鴉，這羣白鴿就給襯托得格外出色。同樣的，在許多有學問的人中間，混雜了一個不學無術之徒，那麼不但顯出他們的學問有多淵博高深，而且給大家憑添不少樂趣和笑料。妳們都是再端莊穩重不過的小姐，我呢，簡直是個草包，可是正因爲這樣，也就越發顯出妳們的美德來，格外能討妳們的歡喜。如果我太好了，反而使妳們有所遜色，那麼妳們或許不會怎麼喜歡我。那麼我想我不妨說話稍微放肆些，用不着顧忌什麼，妳們也得看我不學無術，對於不中聽的地方，要多多原諒才好。我現在要講的故事並不長，可是妳們聽了之後就可以知道：我們是應該怎樣小心遵守那些念符咒的術士的告誡，如果稍有疏忽，或有不周到的地方，就會前功盡棄！

一兩年前，在巴勒達地方有一個神父，名叫奇阿尼•第•巴洛羅；因爲他收入太少，所以經常騎着一頭母馬，到阿布里市場去作些買賣來貼補。在他來囘的途中結識了一個叫彼得•達•特萊山第的鄉下人，兩人談得十分投機。他也是幹這一個行當的，騎的是一頭驢子。爲了表示兩人的交情，那神父奇阿尼照着當地的風氣，叫他作『彼得親家』。每逢他到巴勒達來，那神父總是把他留在家裏，盡力款待他。彼得親家雖然窮，只有一間簡陋的小屋子，幾乎容不下他和他那年輕壯健的老婆，以及那頭驢子，可是奇阿尼每次到特萊山第去時，他還是一樣留他住宿，竭誠款待他，報答自己在巴勒達所領受的盛情。可是晚上睡覺的時候，彼得就沒有辦法了，他只有一張小得可憐的床，他和他那年輕美麗的老婆就睡在這張床上；所以他實在不能稱心如意地去做一個像樣的主人，只好委屈客人睡到馬棚的草堆裏去，讓驢子和母馬來跟他作伴。

那老婆知道她丈夫在巴勒達時總是承蒙神父熱心款待，所以每逢他來的時候，總是想自己到鄰婦那兒去借宿一晚，好把鋪位讓給他和她丈夫兩個人睡。可是總給神父擋住了，有一次他說：「珍瑪達大嫂，千萬不要爲我操心，我在外面睡得很安逸呢，因爲只要我高興，我就可以立刻叫我那母馬變做一個漂亮的女人陪我睡覺，等我要起身的時候，我就又把她變做母馬，所以我是怎麼也捨不得跟她分離的。」

那個年輕的女人聽得很是驚異，以爲眞有這麼一囘事，就去告訴她丈夫，還說：「假使你們兩個的交情眞像你所說的那麼深厚，那爲什麼不求他把法術敎給你呢，你也就可以把我變做一匹母馬，等你出門去做生意的時候，你就騎一匹驢子、帶一匹母馬，好賺雙倍的錢了。等囘家之後，你仍然可以把我變做一個女人。」

彼得原沒有多大知識，覺得此事果然好極了，就聽信她的話，去向奇阿尼求敎。奇阿尼極力跟他解釋，想叫他打消了這片癡心妄想，可是一點也沒用，於是神父說道：

「好吧，既然你一定要學，那麼我們明天照舊在天沒大亮的時候起身，我來做給你看吧。可是最難的一着是裝尾巴，你看到就明白了。」

這一晚，彼得和他的老婆兩個，急着想學這套法術，幾乎整晚沒有入睡；等到天快亮的時候，就起床去叫神父。他穿了一件襯衫，走進他們的小屋子，說道：

「除了你之外，我再也不把這法術教給世上第二個人，既然你一心想學，我總得做一遍給你看。只是你要想法術靈驗，凡事都要依我的指點去做。」

那夫婦兩人都說願意聽他的指教，於是神父拿起一支蠟燭，放在彼得手裏，說道：「你要用心看我怎麼做、留神聽我怎麼說，你特別要記住的是——假使你不打算把事情弄成一團糟——無論你看見什麼、聽見什麼，都不可以發出半點聲響；但願天主保佑，這尾巴可以好好地裝上去。」

彼得接過了蠟燭，答應一切都聽他指點。神父就叫珍瑪達把衣服剝下來，光着身子，就像從娘胎裏出來時那樣；再叫她雙手撐在地上，就像四脚落地的母馬一樣；也同樣叮囑她不管怎樣都不可以開口說話。於是他開始作法。他用手撫摩她的臉蛋和她的頭，說道：「快快變做美麗馬頭吧！」又撫摩着她的頭髮，說道：「快快變做母馬鬃吧！」接着就摸她的一對乳房，只覺得又豐滿又結實，他心裏一動，不相干的東西竟直豎了起來，他照樣說了一句：「快變做母馬美麗的胸膛吧！」

於是他順着摸下去，把她的背脊、肚子、臀部、大腿、小腿都摸到了。最後，大功將成，只差尾巴沒裝，那神父就撩起襯衫，拿那根他時常用來鑽男人屁股的錐子，對準一條縫就刺了進去。嘴裏還喊道：「快快變做美麗的馬尾巴吧！」

彼得一直在旁邊聚精會神地看着，看到這最後一着，覺得老大不對勁，叫嚷了起來：「哎呀，奇阿尼，我不要裝尾巴，我不要裝尾巴！」

這時候，那化育萬物的甘露早已射出來了，奇阿尼不得不把工具抽了出來，喊道：「哎呀，彼得親家，你幹的是什麼？我不是關照你不管看到什麼都不要作聲嗎？這母馬都快變成功了，偏偏你在旁邊開了口，就此前功盡棄！現在想再來一遍可不行啦！」

「好吧，」彼得說道，「我可不要這種樣子的尾巴。你爲什麼不叫我來裝呢？再說，你這條尾巴也裝得太低了！」

「因爲這還是第一次呀，」奇阿尼回答道，「你還不知道應該怎樣裝法，我是在做給你看呀！」

在他們兩個人這樣爭論的時候，那個年輕女人站了起來，她把這回事看得十分認眞，所以居然罵她的男人說：「你這個笨蟲，你幹嗎把咱們倆的事情毀了？你什麼時候看過一頭沒有尾巴的母馬？老天爺幫忙吧，你這個窮漢眞是活得活該，將來不窮得沒褲子穿，就來問我！」

可恨那彼得在旁邊說了一句話，壞你法術，那年輕的女人再也沒法變做一頭母馬了，她只得垂頭喪氣，穿上衣服。彼得仍幹他的老行業，仍舊只有一頭驢子騎來騎去做買賣，仍舊跟奇阿尼作伴，只是從此再不向他求敎什麼法術了。

這故事可把大家笑壞了，尤其是這些小姐們，她們了解的程度出乎狄奧紐的意料之外。大家講完故事，夕陽西下，女王知道自己的任期已滿，就站了起來，脫下花冠，加在潘費羅的頭上，在他們這個團體中，只有他還沒有接受過這個光榮。女王微笑說道：

「陛下，你是最後一位統治者了，你就負着一個重大的責任，我的過失和以前各位統治者的過失都要由你來彌補呢。但願天主降福給你，因爲他恩准我立你爲王的。」

潘費羅欣然接受了王冠的榮譽，回答道：「妳和其餘各位的美德，一定能使我像前任的統治者一樣，受到大家的稱讚。」

他依照向來的習慣，和總管把膳食等事務作了適當的安排，就回過頭來，向期待發言的小姐說：

「可愛的小姐，我們今天的女王愛蜜莉亞非常賢明，讓我們隨意講一個故事，不拘題目，好使我們調劑一下精神；現在我們既然休養够了，我想就該恢復我們的老辦法，所以我要妳們明天各自準備一個故事，題目是：聽到這種事蹟，無疑會使我們的心靈得到鼓舞，因而也會表現出高貴的行動來。這樣，我們短促的生命就不致於隨着我們的肉體而消滅，却會依附着我們的名聲而流芳百世，人與禽獸不同，光把肚子塞飽，並不等於解決一切的問題，凡是明白這種道理的男女，沒有人不是企求這種光榮，而且竭盡心力追求這種光榮的。」

那一羣快樂的青年男女都贊同這個題目，於是他們得到新王的許可，都站了起來，在這段照例是隨意活動的時間裏，各人尋找各人的樂趣。到吃晚飯時，大家又快樂地聚集在一起，酒席已經擺好，在進餐的時候又受到很殷勤的服侍。飯後照例跳舞，又唱了千百來首歌曲，與其說是樂曲動聽，不如說是歌詞美妙。最後國王吩咐妮菲爾唱一首她自己編的歌曲，她立卽快樂地用清脆甜潤的嗓音唱着底下的歌曲：

我是一個快樂的姑娘，
在陽春三月裏盡情歡唱，
感謝愛情和我甜蜜的夢想。

我在碧綠的草地上漫步，
那兒開滿鮮紅嫩黃的花朵；
玫瑰有刺，百合如雪；
把朵朵花兒和他的臉兒相比——
啊，我是他愛情的俘虜，
我的夢魂和神思都在他身上依附。
我果然找到中意的花朵，
花色和情人的玉顏相差無幾。
我把它輕輕摘下，溫柔地吻它，
對它傾訴我是怎樣情絲牽掛；
然後我又採摘了許多花朵，
編成衣冠，戴在我金黃的頭髮上。
每一朵好花兒都叫我快樂，就像
我一看到他的倩影就心花怒放；
那愛情的芬芳叫我魂銷魄蕩，

我沒有辦法表白這千情萬意，
只好輕輕歎一口氣。

我的歎息溫柔又熱情，不像
別的姑娘充滿哀怨和失望，
却好比一陣和風吹到了我愛人身旁；
他聽到這陣歎息就趕來安慰我，
他來得正好！正當我說：
「來吧，我已經心癢難熬！」

妮菲爾的歌博得國王和這些小姐們的讚美。她唱完之後，時間已經不早，於是國王吩咐大家各自回房安睡。

第九日終

第十日

『十日譚』第十日，也就是最後一天，由此開始。潘費羅擔任國王。故事內容係敍說戀愛方面或是其他方面所表現的可歌可泣、慷慨豪爽的行爲。

西邊天空幾朵小小的雲彩依然那樣鮮艷；東邊天空的雲朵，邊緣上却已發亮，好像就要化成金塊一般。潘費羅就在這時候起身，把先生小姐一一叫醒。等到人聚齊了之後，他便和大家商量，該到什麼地方去遊樂。他和非羅美娜、非亞美達一塊兒緩步走去，其他的人都跟在後面。他們就這樣一邊散步消遣，一邊仔細商討未來的生活應該怎樣度過。不知不覺已經走了好長一段路，陽光已經熾熱起來，他們就折回寓所。到了寓所，就把一些杯子在清澄的泉水裏洗乾淨，要喝水的可以隨意舀來喝。然後就在那舒適的林蔭中玩耍，一直玩到吃中飯的時候。

大家照常吃飽睡够之後，就在國王指定的地點集合。國王命令妮非爾第一個講故事，妮非爾高高興興地說道：

故事第一篇　兩口箱子

西班牙國王手下有一個騎士，屢立奇功，但從未蒙受賞賜，他甚感不滿；國王設法證明，這是他自己命運不好，而不能怪國王；然後再重賞他。

各位高貴的小姐，承蒙國王叫我帶頭講個慷慨豪爽的故事，我感到非常榮幸。要知道慷慨豪爽照亮了一切美德，正像太陽替天空增光一樣。因此，我來講一個短而有趣的故事，假使能把這故事記住，對我們是會有好處的。

想必大家都知道，自古以來，我們城裏出了不少勇敢的騎士，其中最勇敢的一個，名叫魯傑利．德．費喬凡尼，他家財萬貫，爲人慷慨。他眼看杜斯卡納城裏的風俗人情不合自己的興趣，心想在此久住，勢必會英雄無用武之地。那時西班牙國王亞爾豐梭是當代最賢明的君主，他的英名早已在這些騎士中傳開。魯傑利決定暫時投奔到他那裏去。於是帶了許多武器、馬匹和隨從等出發前往。那位國王殷勤地接待了他。

魯傑利在那裏住定以後，待人接物非常大方，又立下許多汗馬功勞，不久就威名遠揚。他在那裏待了一段時期，處處留心國王的舉止行爲，但見國王賞罰不明，時常將城堡、市鎮和爵位場地賜給一些無功的人。他自認功勞不小，却沒有得到什麼賞賜，未免有損聲譽。所以決定要離開那裏，遂將去意啓奏國王，國王答應了他，並且賜給他一匹很好的驢子。魯傑利既然要遠行，拿驢子賞他，倒也十分實用。

再說國王那邊，等他辭別以後，就命令一個親信的侍從跟着他一塊兒去，但必須不能讓他看出是國王派來的，要注意他一路上講些什麼，怎樣提到國王，好回來報告國王，並且在第二天早晨，把魯傑利帶回宮來。一切安排妥當之後，那個侍從就在半路上等魯傑利，魯傑利一出城，就立卽上前向他打招呼，佯稱自己也要到義大利，願意和他結伴同行。

魯傑利騎着國王給他的那匹驢子，一路上和那個侍從隨意聊天，到了將近打晨禱鐘的時候，他就說道：

「我看可以讓我們的牲口撒撒尿了吧！」

說着，他們就讓幾匹牲口在一個方便的地方停下來❶，除了國王賜給他的那匹驢子以外，全都撒了尿。隨後他們又往前走，侍從一直小心地聽他說些什麼話。他們來到一條小河邊，讓牲口喝水，沒有想到這匹驢子竟在河裏撒起尿來，魯傑利情不自禁地說道：

「他媽的，該死的畜牲，原來你跟你的國王是同一個貨色！」

侍從記住這幾句話；雖然那一整天他和魯傑利同行，還聽他說了許多別的話，可是除了這幾句話以外，都是對國王歌功頌德的。第二天早上，魯傑利剛剛騎上驢子，準備繼續往杜斯卡納走，不料這個侍從馬上宣讀聖旨，叫他立卽轉程回宮，他自然只有遵命。

❶「方便的地方」從里格譯本，潘譯本與阿爾亭頓譯本均作「馬廄」。

回到宮裏，侍從把魯傑利在路上指着驢子罵國王的話回報了國王，國王立即把魯傑利召來，和顏悅色地接待他，問他在路上把國王比做驢子，或者說，把驢子比作國王，究竟是什麼意思。魯傑利坦然回答道：

「陛下，我把你比做驢子，只因爲你讓那些不該受賞的人受賞，應該受賞的人反而得不到賞賜，正像那匹驢子一樣，在應該撒尿的地方不撒，不該撒的地方却撒起尿來了。」

國王說道：「魯傑利，我的確賞賜了許多禮物給別人，却沒有賞賜給你；若是論功行賞，那些人是萬萬不能和你相比的；我所以這樣，並不是因爲我不知道你是最勇敢的騎士，任何賞賜你都可以受之無愧，只可惜命運之神不讓我這麼做，因此你只能怪你的命運不好，而不能怪我。假使你不相信，我可以證明給你看。」

「陛下，」魯傑利回答道，「我並不是埋怨你不賞賜我，因爲我根本不想發財，我只氣你抹煞了我的功勞。儘管如此，我還是相信你的解釋都是眞話，因此，不論你給我看任何證明，我都願意；當然，你不給我看，我也信得過你。」

於是，國王就帶他來到大廳，只見那裏早已擺好兩個鎖着的箱子，國王就當衆對他說道：

「魯傑利，這裏的兩個箱子，一個裝的是我的王冠、王笏、寶珠，以及我的許多玉帶、珠飾、戒指和寶石，總而言之，裝着我的一切珍珠寶貝；另一個箱子裏裝的是泥土；請你隨意揀一個，揀到哪個，那裏面的東西就統統歸你，你從這裏可以看出，究竟是我對你不義，還是命運對你無情。」

魯傑利就順着國王的意思，揀了一個，國王命令手下的人把箱子打開，只見裏面裝滿了泥土，於是國王笑着說：

「魯傑利，這一下你可該明白，我說命運和你作對，這話並不錯吧？不過你的武功實在了不起，我應當爲你來冒犯一下命運之神。我知道你不打算做一個西班牙人，所以我也不賜給你城堡土地；可是這個箱子裏面的珠寶雜物，雖然命運之神不肯給你，我却偏偏要違拗她的意思，賞賜給你，現在你就把它帶回故鄉去，作爲我賞識你勇氣的憑證，在父老鄉親面前光彩一下吧！」

魯傑利受了那一箱子禮物，對國王衷心地表示了一番謝意，就高高興興地把箱子帶回杜斯卡納去了。

故事第二篇　以德報德

大盜金諾擄獲了克倫尼地方的修道院長，把他敬爲上賓，治好了他的胃病，然後釋放了他。院長回到羅馬，在教皇面前爲金諾說情，使教皇恢復了舊日對他的恩寵，封他爲救護團騎士。

西班牙國王亞爾豐梭對那位佛羅倫斯騎士的慷慨大度，大家聽了，都一致表示讚美。國王也很歡喜，他命令愛莉莎接下去講一個故事，愛莉莎立即說道：

各位優雅的小姐，一個國王對待對他自己有功的人慷慨大度，固然是值得讚揚的壯擧，可是，如果這慷慨大度的不是國王，而是敎士，他在一個人身上極盡慷慨，其實他即使把那人當做仇敵看待，也無可厚非，那麼，就這樣一位敎士，我們應該給以怎樣的評價呢？當然，我們只能說：國王的慷慨是美德，而那個敎士這樣慷慨却要算奇蹟——因爲天下的敎士大都慳吝成性，甚至比女人還要慳吝，你要他們慷慨大度，簡直休想。一般人受到人家欺凌，固然是力圖報復，而敎士呢，雖然口口聲聲宣揚容忍的功夫、寬恕的德性，其實他們報起仇來，比俗人是有過之而無不及。諸位不妨細聽我下面的故事，也好知道敎士究竟能够慷慨到何種程度。

從前有個人名叫金諾·第·塔柯，是個著名的殘暴强盜，因此被逐出西埃納，和聖費奧利的那些伯爵結下了不解之仇。他煽動拉地康凡尼人背叛羅馬教廷，並且在那裏落脚，糾集黨徒，攔路搶劫，凡是從附近經過的商旅，都會遭到他的打劫。

那時候羅馬教皇正是波尼法玆奧八世，克倫尼地方有一位修道院院長到教廷裏來拜見他，如果論財富，這位院長在宗教界也是數一數二的人物，因爲在羅馬患了胃病，醫生勸他到西埃納去洗洗溫泉浴，一定可以治瘉。他得到了教皇的許可，也不管金諾攔路行劫的名聲，便帶着大批人馬、行李和配備，浩浩蕩蕩地向西埃納出發了。金諾聽說這位院長過境，就佈下天羅地網，把他和他的一行隨從、行李雜物，圍困在一個狹窄的地方，一個人也休想逃脫。這樣安排以後，他又打發了一個最得力的黨羽，帶了許多隨從到院長那裏，以他金諾的名義，好言好語地請求院長在山寨下馬小住。那院長聽了這話，怒不可遏，說他和金諾毫不相干，萬難照辦；又說，他要繼續向前趕路，倒要看看有誰敢來阻擋。那個使者聽了這話，依舊低聲下氣地說道：

「院長，你應該知道你自己現在到了什麼地方。不瞞你說，我們這裏除了天主，什麼也不怕，你那套開除敎籍或是驅除出敎的辦法，在這裏都給一脚踢開了。所以我勸你還是依了金諾的意思吧！」

兩人正在商談，四面已經被一班綠林好漢團團圍住，院長眼看再無出路，縱使心裏不願，也不由得隨着使者來到山寨，僕從行李跟在後面。到了那裏，下了馬，手下人就照着金諾的吩咐，讓他一個人住在別墅裏一間又黑又小的簡陋屋子裏，但却很優待其他的隨從，按照他們的身份，分別住在山寨裏，他們的財物都妥爲保管，沒有絲毫侵犯。安排妥當之後，金諾就去見院長，對他說道：

「院長，你現在做了金諾的上賓，因此，金諾特地派我來請問你打算到什麼地方去，此去有何貴幹？」

院長也是個聰明人，這時早已按下了他的脾氣，說明自己爲了什麼事，打算到什麼地方去。金諾聽了這話，立卽走開，心想，他這點小毛病，不用溫泉浴，也一定可以治好。於是他就吩咐把院長住的這間屋子升上一盆火，又派了一個守衞好好看守他。一直到第二天早上，金諾才拿了兩片烤麵包，又把院長自己帶來的考尼格利亞葡萄酒，盛了一大杯，用一塊雪白的餐巾端到他房間裏來，說道：

「金諾年輕時代曾經學過醫，他說他深深懂得治胃病的良方，願意用來治療貴恙，我這裏就給你送藥來了，請你用吧！」

院長這時已經餓得飢腸轆轆，儘管氣惱，也沒有心情去分辯，只顧吃了麵包，飲了那酒，然後才說了許多傲慢無禮的話，提出許多責問和要求，特別是要求和金諾當面講話。金諾裝做沒有聽到他的話，只是客客氣氣地囘答道，金諾一有空就會來看他的。說過以後，立卽告辭，直到第二天，才又帶來了兩片麵包、一杯葡萄酒。接連幾天都是這樣對待他。後來他又故意拿了些乾豆子去，悄悄留在那裏，看到他果然吃了幾顆，他這才以金諾的名義，問他的胃病是否有好轉。院長囘答道：

「我覺得只要他放我出去，我就沒有病了；我出去以後，別的都是小事，首先要好好的吃一頓，因爲他那治胃病的藥實在太有效驗了。」

於是金諾就叫院長自己的傭人給院長收拾好一間上好的房間，床上鋪着他自己的被褥，又吩咐手下預備一桌豐盛的宴席，邀請院長的全體隨從出席，並請了他自己的許多人作陪。第二天，金諾去到院長那裏，說道：

「院長，貴體旣已痊癒，現在可以出療養院了。」

說着，就牽着他的手，帶他到那間準備妥當的屋子裏，讓他和他自己的侍從在一起，金諾本人親自下廚，督促照應，務求酒席格外豐盛。院長見了自己人，頓時感到安慰，就把自己這幾天來所受的苦楚，告訴了他的侍從，而這些侍從却對他說，他們這幾天來却是備受優待。等到用飯的時候，端上來的果然是美酒佳肴。金諾到這時尚未顯露自己的身份，一直讓他這樣住了好多天，金諾才吩咐把他的行李雜物堆放在大廳裏，把所有的馬都集中在一個院子裏，連最不管用的一匹劣馬也在那裏了。然後他問院長目前體力是否已經完全復原到能够騎馬了。院長回答說，他十分康健，胃病也完全好了，如果金諾能够放他走，那麽他就什麽毛病也沒有了。於是金諾把他領到那間堆滿行李、站滿侍從的大廳裏，又請他靠着窗口，看看下面的那些馬匹，說道：

「院長先生，在下就是金諾·第·塔柯。想必你也知道，我也是上等人出身，也懂得好壞，所以會淪爲江洋大盜，與羅馬敎廷爲敵，完全是因爲窮困潦倒，無家可歸，勁敵又是那麽多，爲了保全生命和名譽，才不得已幹了這個勾當。現在我已經把你的胃病治好了。我看你也是個高尙的貴人，所以對你另眼相看，要是換了別人，帶了這麽多財貨落到我手裏，那我可要好好地撈一筆了。我想，你念我替你效勞了這一番，一定會把你的財物留下適當的一部分給我。現在你的財物都在這裏了，再請你從窗口望出去，院子裏都是你的馬。你全部帶回去也好，留下一部分也好，完全看你自己的方便；而且，從現在起，你打算馬上就走，或是再在這裏逗留幾天，一切都悉聽尊便。」

院長聽到一個江洋大盜居然出言如此慷慨，眞是又驚又喜，不但滿腔的惱怒頓時消散，而且立刻對金諾有了好感，成了他的眞心朋友，連忙走過去擁抱着他說：

「我以天主發誓，能够結識一個像你這般高貴的朋友，卽使再多受一些委屈，像前些日子那樣，也是心甘情願！只怪那該死的命運叫你淪落，使你幹上了這種不幸的行業！」

說過以後，他只取了幾件必要的東西、幾匹馬，就回羅馬去了，把其他的馬匹財物都留給金諾。羅馬敎皇早已聽到他中途被劫的消息，心中很是焦慮；等到見了面，敎皇就問起溫泉浴是否對他的健康有益，他笑着回答道：

「神聖的教皇，溫泉浴雖然沒洗成，却就近找到了一位高明的醫生，把我的毛病完全治好了。」

接着，他就把遭遇從頭到尾講給教皇聽，教皇不由得笑了。他一邊往下說，越說就越爲金諾那種慷慨大度的精神所感動，竟要求教皇對他開恩。教皇根本想也不想一下他會提出什麼要求，便一口答應說，隨便什麼要求都可以辦到。於是院長說道：

「教皇，我只要求你恢復對我那位醫生——金諾·第·塔柯——舊日的恩典，我一生也見過不少了不起的好漢，而他眞算得是最名副其實的一個了。至於他現在幹了這種勾當，我認爲並不能怪他生性惡劣，而要怪他命運不好。只要你給他一些賞賜，使他能夠過着像樣的生活，不失他的身份，保證不要多少時候，你一定也會像我一樣，覺得他是個正派的人。」

那教皇本來心胸寬大，又喜歡有才德的人，聽了這話，立即回答道，如果金諾果眞像院長所說的是這樣一個人，那他願意照辦，於是就吩咐院長邀請金諾放心地到羅馬來。金諾受到院長的邀請，才放了心，立即來到教廷。他在教皇廷前侍候不久，教皇果然讚賞他是個了不起的人，很器重他，封他爲救護團騎士，管轄一個騎士團的修道院。他後半生一直擔任這個職位，成爲聖教的忠實奴僕和克倫尼修道院院長的忠實朋友。

故事第三篇　以德報怨

米特里丹納斯嫉妒納達樂善好施的聲名，想要殺他。納達却好心接待他，不使自己的姓名讓對方知曉，並教他如何去殺納達。正待抽刀，米特里丹納斯才明白真相，羞愧得無地自容，從此兩人成為契友。

大家聽完了這個故事，都覺得一個宗教界人士能够做出這樣慷慨大度的事來，實在是一個奇蹟。國王等這些小姐談論過後，就吩咐費洛斯特拉多接下去講一個，費洛斯特拉多毫不遲疑地說道：

各位高貴的小姐，西班牙國王氣量固然很大，克倫尼修道院院長的慷慨更是聞所未聞；可是我現在再來說一個人，他對一個要喝他的血，要謀害他性命的人，竟也顯示了他的慷慨——這種事情妳們聽起來一定會覺得很稀奇。不但如此，如果那個要謀害他性命的人眞的忍心下毒手，那麼他連自己的性命也可以交給對方的，諸位且請聽我慢慢道來。

凡是到過卡達奧的人，不論是熱那亞人也好，或是其他地方的人也好，都說那地方從前眞的出過一個門閥高貴、富可敵國的人，名叫納達。納達有一座莊園靠近一條交通要道，凡是往返於波南和萊汶兩地的人，都要從那裏經過。他爲人慷慨豪爽，很想做出一番事業，以便揚名天下。於是請來許許多多的建築工匠，在短短的時間內興建了一座富麗堂皇的大廈，廈內陳設配備都非常考究，足以款待天下賓客而無愧色。加上他家裏僕從如雲，所以隨便什麼人到了那裏，都是賓至如歸，招待得無微不至。他這種豪舉壯舉，持之有恒，後來不但令譽傳遍萊汶，甚至在波南也很少有人不知道他的。

他到了老年，好客之風仍舊不減當年，不料這事傳到附近一個名叫米特里丹納斯的青年耳裏，少不得引起一場是非。原來那青年也是家財萬貫，和他比起來，可以說是旗鼓相當，他聽到納德的聲名道德，眞是妒羨極了，一心想要做得更慷慨，以便蓋過納達，使納達相形見絀。於是他也建了一座大廈，和納達那座一模一樣。凡是來往的人，他沒有不一一禮貌周全，無比熱誠地加以款待，日久後，也頗建立了一些聲名。

有一天，這位青年獨自一人待在大廳裏，有個窮苦的女人從大廈的一扇門口走進來，向他要求施捨，他給了她；不一會兒，她又從另一扇門走進來要，他又給了她；這樣接連有十二次之多，他沒有一次不給，但是到了第十三次，他却忍不住說：

「大娘，妳未免要得太勤了吧！」不過還是給了她。

那位老婦人聽他這樣說，立即大聲嚷道：

「啊，只有慷慨的納達才是眞正了不起！他的大廈有三十二扇門，我走遍了每一扇門，求他給我施捨，他沒有一次不給我，沒有一次表示認出我的樣子。可是在這裏，我只不過進來了十三次，你就揭穿我，責備我了！」

說着，她就走開，再也沒有進來過。

米特里丹納斯聽了這位老婦人的話，知道納達的聲名遮蓋了自己的聲名，不禁怒火直冒，想道：

「天哪！眞是叫人傷心！我連這些小事情也比不上他，還能做出什麼大事來和他的慷慨大度相比呢？

更不用說是超過他！這麼說來，我如果不把這個人消滅掉，那我簡直是徒勞無功。他既然老而不死，我馬上就來動手幹掉他！」

他打定了主意，不向任何人透露一點兒消息，就帶着一小羣隨從出門去了。走了三天，到達納達所住的地方，這時已是日落西山，他立即吩咐隨從裝作不是和他在一起的，各自去尋找歇宿的地方，靜候他的命令。於是剩下他獨自一人趕路；傍晚時分，他在離納達大廈不遠的地方遇到一個老人正獨自在那兒散步，衣服非常樸素。原來這人就是納達。米特里丹納斯並不認識他，就向他打聽納達的住所。對方和顏悅色地說道：

「孩子，你問到我眞是再好也沒有了，這裏沒有第二個人比我更熟悉他的了，我馬上帶你到他那兒去。」

那青年說，這眞是好極了，不過，他最好不要和納達見面，也不要認識納達。

納達說道：「既然你希望這樣，我一定替你辦到。」

於是米特里丹納斯下了馬，跟着納達一塊兒走向那座大廈，納達一路上有說有笑。到了那裏，他命令一個傭人把這個年輕人的馬安頓好，又悄悄吩咐那個僕人去通知全體人員，不要向這個青年說起他就是納達，大家都遵命照辦。然後他又揀了一間最講究的房子讓那青年住下，又派了好些僕人殷勤服侍，他自己也在那裏給他作伴，此外就沒有別的人了。

米特里丹納斯就這樣和他相處了一陣，雖然把他當作一個長者來尊敬，却忍不住問他究竟是什麼人。

「我是納達手下一個無足輕重的僕人，從小就侍候他。我一生都是幹這份差使，沒有受到過他一次提拔；所以，雖然人人都非常愛戴他，我却覺得他並沒有什麼值得我感恩的地方。」

這幾句話，使得米特里丹納斯頓時湧起了希望，以爲自己那個卑劣的打算，又多了幾分實現的把握。納達也向他請教尊姓大名，問他到這一帶來有何貴幹，又說，如果有什麽地方需要他效勞，他一定盡力。米特里丹納斯起初還沉吟不語，但猶豫了一會兒，就決定把這個老人當作心腹看待，先是轉彎抹角地要求他保守秘密，並幫助他出個主意，怎樣下手才好；然後才把自己是什麽人，此次爲何而來和盤托出。納達聽了他這些話，得悉了他的毒計，心裏很是慌亂，但他並沒有多大的猶豫，就放心大膽，面不改色地說道：

「令尊大人是個了不起的人，而你能够擔當起這種廣布仁施的慷慨事業，也眞不愧爲無辱家聲的好子弟。你妒羨納達的仁風，我非常贊成；假使世上能多幾個人具有這樣的妒羨心，那麽這澆薄的世風也許會好轉。承你把你的心事告訴我，我一定保守秘密，至於你要完成這樁心願，可惜我只能幫你出個主意，却沒法幫你動手。事情是這樣的：距離這裏大約有半哩路的地方，有一座小叢林，納達每天早上都要到那林子裏去散步好大一會兒工夫，你很容易就可以找到他，把他殺了。如果你想一殺掉他就趕回去，不妨另從森林左邊的那條路回去，那條路雖然比較荒僻，可是離你家却近得很多，而且也比較安全些。」

米特里丹納斯打聽清楚了，等納達告辭以後，就告訴他的隨從（他們也住在這座大廈裏）明天在什麽地方等他。再說納達，他當天替米特里丹納斯出的主意實在是由衷之言，到了第二天，他沒有一點後悔之意，便獨自一人走到小森林裏去，準備赴死。就在同一個時候，米特里丹納斯也起身了，隨身帶着弓箭和寶劍（他並沒有帶來別的武器），騎上馬，直向森林奔去，果然遠遠地就望見納達正獨自在那兒散步。他決定先要看一看納達的面貌，聽聽納達的聲音，然後再結果他的性命；於是奔上前去，一把揪住納達的頭帶，說道：

「老頭子，你休想活命啦！」

只聽見納達回答道：「我的確該死。」

米特里丹納斯聽到他的聲音，再朝他臉上一望，立刻認出這老人就是那個殷勤款待他、親熱地陪伴他、誠懇地給他出主意的人，於是那一股無名火頓時消失，自感羞愧。他馬上把那抽出鞘要用來殺他的劍，拋在一邊，跳下馬來，跪在納達脚前，哭着說道：

「親愛的老爹，這下子我才眞正地看出你的慷慨。想不到我在你面前說出毫無理性的話來：我要你的命，而你居然悄悄地來到這兒，讓我取你的性命！幸虧天主照顧，使我不致成爲一個不仁不義的人，所以在此緊急關頭，叫我這一雙爲萬惡的妒嫉所蒙蔽的眼睛，重新張開來，看清事理。你愈是遷就我，我就愈覺罪孽深重，天理難容。現在就請你任意懲罰我的罪惡吧！」

納達把米特里丹納斯扶起來，親切地抱着他，吻着他，說道：「我的孩子，你對我的這番舉動，不管你把它叫做善也好，惡也好，我自然一定要滿足你，你用不着道歉，我也談不上什麼原諒你，因爲你的要求並不是出於仇恨，而是爲了要博得比我更好的名聲。你還是好好過下去吧，用不着怕我；而且請你放心，天下再也沒有第二個人會像我這樣愛你，因爲我看見你積有這一些錢，却不像守財奴似地守住一分一毫，而是從大家身上來，用到大家身上去，這種高貴的精神，我非常器重。你爲了要出名，而打算要殺死我，這件事你不必引爲羞愧，也不要以爲我會對這件事感到奇怪。古來多少偉大的帝王，殺人無數，豈止像你這樣只想殺害一個人。他們爲了擴充國土，留名青史，竟不惜毀滅多少國家，夷平多少城池——這樣看來，你爲了使自己出名，想要殺死區區一個人，你這件事做得並不離奇，也不過份，只不過是人家慣用的手法罷了。」

米特里丹納斯並沒有原諒自己卑劣的企圖，只是盛讚納達這一番原諒他的高貴話語；又說納達怎麼甘願來送死，甚至教他如何下手，眞叫他太費解了，於是納達又說道：

「米特里丹納斯，我心甘情願地送死，甚至教你如何來殺死我，你一點也不要奇怪，因爲我從成年以來，就立下志願要做你現在所想的這種慷慨事業，無論什麼人到我家來，我都要處處使他滿意，任何人對我有什麼要求，我沒有不依之理。現在你來要我的命，我馬上就決定把命給你，因爲我不願意獨獨虧待你一個人，讓你失望而去；爲了使你稱心如願，我自然要告訴你一個辦法，使你旣能取得我的性命，又不致於連累你自己的性命；我現在再向你說一遍，如果你眞的要我的命，就請你馬上拿去，以了却你這個心願。我一生這樣了結，眞是再好也沒有了。你要知道，我已經活了八十歲，福也享盡了，樂也樂够了；無論是人是物，都少不得要照着自然的規律，有其一定的壽命，我已經沒有多少日子好活了。因此，我認爲與其留着這條性命，最後還是無可奈何，免不了一死；倒不如像施捨錢財似的把它施捨給人要好得多。

「人縱使活上一百年，也不過是那麼一回事，何況我最多也只能再活六年八年，那我這份禮豈不是更加無足輕重嗎？我勸你還是把它拿去吧！我活到這麼大歲數，還沒有碰到過什麼人要我這條命，如果你這次要而不取，那麼今後怕再找不到第二個人願意要我這條老命了。縱使以後還找得到第二個人，可是我這條老命愈往下去就愈不値錢啦。所以我勸你還是趁早把它拿去吧！」

米特里丹納斯慚愧得無地自容，回答道：

「天理不容！我不但不能剝奪你寶貴的生命，就連存有這種念頭，也是千不該萬不該。我不但不願縮短你的壽命，而且還樂意把我自己的壽命給你。」

納達立刻說道：「如果眞的要把壽命給我，你是可以做到的，不過在你這樣做的同時，我還得爲你做一件我從來沒有爲別人做過的事——那就是說，我生平還沒有拿過別人的財物，現在却要把你的財物拿來，你願意嗎？」

米特里丹納斯立刻答應道：「當然願意。」

納達說道：「那麼，就請你照着我的話去做吧。我說，你正年輕，前程遠大，就留在我家裏，改名納達；我住到你家裏，改名米特里丹納斯。」

米特里丹納斯說：「蒙你對我這番好意，我如果為人處世能够及得上你，那麼一定毫不遲疑地遵命去做；可是我估計我這種行為只能敗壞納達的家聲，所以我絕不能從命，免得再貽害你，叫我罪上加罪。」

兩人這樣讓了許久，納達就邀請米特里丹納斯回到他的大廈去，接連款待了他好多天，眞是禮貌周全，無微不至，又想盡辦法鼓舞他把他崇高偉大的慷慨事業有始有終地做下去。後來米特里丹納斯想要帶隨從回家去了，納達不便强留。米特里丹納斯是得到了一個很大的教訓，那就是說，他樂善好施的事業無論如何也不能超過納達。

故事第四篇　復活之後

金廸先生的意中人得了重病，她的家人以為她死了，把她下葬。幸虧金廸把她救活，讓她生下孩子，然後母子回到了丈夫身邊。

這些先生小姐都覺得，天下竟然有人慷慨到不珍惜自己生命的地步，這眞稱得上是一件奇事，於是一致認爲納達的慷慨實在超過了西班牙王和克倫尼地方的修道院院長。國王等大家詳盡談論完畢之後，就朝拉蕾達望了一眼，示意她接下去講一個；拉蕾達立卽說：

各位年輕的小姐，剛才講過的幾件事實在偉大高貴極了，我覺得我們再也說不出什麼別的慷慨大度的故事來，可以和剛才幾個故事相比美的；除非是講些愛情方面的故事，因爲隨便什麼樣的題材，只要其中有愛情故事，就不愁無話可談了。爲了這些理由，也爲了談情說愛之類的故事對於像我們這樣年紀的人，正是特別合胃口，所以我就來講一個情人的慷慨行徑，這故事無論哪方面都不會比剛才講過的幾個遜色，因爲人爲了要獲得意中人，往往樂於仗義疏財、消仇解怨，甚至赴湯蹈火，犧牲生命和名譽也在所不惜。

從前在隆巴地那個名貴的波隆納城裏，有位年輕紳士，名叫金廸·卡利生第，他出身高貴，德行卓著。他愛上了尼柯羅丘．卡辛米柯的妻子卡塔琳娜，只可惜那位夫人對他無情，這時他正巧被任命爲莫頓納地方的長官，於是就帶着失望的心情赴任去了。

不久，尼柯羅丘離開了波隆納，他妻子這時已經懷孕，就住到離城約三哩地的鄉間別墅去，突然患了急病，簡直就像死了一般，連醫生也都說她已經斷了氣。她最親近的親屬說不久以前，曾經聽她本人說過懷孕的事，她肚子裏的孩子大概還沒有足月；他們悲痛了許久，把她埋入鄰近教堂裏的一個墓穴。金廸立刻從一個朋友那兒聽到了這件事；他雖然沒有得到過這位夫人的半點垂青，却是悲痛不已，最後還在心裏思忖道：

「卡塔琳娜夫人，妳現在竟然辭別人世了！在妳生前，我連蒙妳望我一眼的福份也沒有；現在妳既然死了，也就不由得妳肯不肯，我一定要吻妳幾下。」

說過以後，等到天黑，他就悄悄帶個親信的僕人，騎上馬，秉程而行，趕到夫人的墓旁，立即打開墓門，爬進去躺在夫人的屍體旁邊，臉貼着她的臉，哭哭啼啼地把她吻了又吻。我們要知道，人的慾望是沒有止境的，這個慾望滿足了，那個慾望又會萌生起來，尤其兒女之情更是如此。且說金廸正要走開時，忽然又生出一個念頭：

「哎喲！我既然這樣遠道趕來，爲什麼不摸摸她的奶再走呢？我從來沒有摸過，今後再也摸不到了。」

他受到這種慾望的支配驅使，就伸手去摸她的胸脯，握住她的乳房，過了一會兒，他覺得她的心臟彷彿還在微微跳動。這時，他就擺脫了一切的恐懼心理，仔細撫摸了一陣，斷定她並沒有死，還有一絲氣將斷未斷，於是就叫他的僕人幫忙把她輕輕地從墳墓中抬出來，放在馬上，他自己則坐在她後面抱着她，悄悄運到波隆納的家裏去。他家裏還有個母親，是一位仁慈賢慧的老太太，聽她兒子說了這些情節，不禁動了憐憫之心，立即給她洗了個熱水浴，又生了火爐讓她取暖，沒有多久，卡塔琳娜果然悠悠醒來，長歎一聲，問道：

「哎呀？我在什麼地方呢？」

老太太回答道：「請放心吧，是在一個安全的地方。」

卡塔琳娜打起精神來向四下一望，不知道自己身在何處，只見金廸先生站在她面前，不禁大爲驚異，就詢問他的老母親，她是怎麼會到這裏來的。金廸先生就將這事情的始末全都講給她聽了。她很是難過，向他再三道謝之後，就請求他顧念從前愛她的情份，並且本着他的君子仁厚之風，千萬不要讓她在他家裏，遭遇到任何有損她自己名譽和她丈夫名譽的事情，請他天一亮就趕快把她送回家去。

金廸先生說道：「夫人，不管我從前對妳起過什麼念頭，可是，從現在起以至於今後，不論在此處或是在別的地方，我只把妳當作親姐妹看待，這是因爲多蒙天主的垂愛，才看在我愛妳的份上，使我能讓妳起死回生。可是我昨夜爲妳效勞了一番，也應當得到妳一些酬報，所以我就要向妳求個情，希望妳不要拒絕。」

卡塔琳娜和悅地回答道，不論他有什麼要求，只要她辦得到，而且不損害她的名譽，那麼她一定願意使他如願。

金廸說：「夫人，妳所有的親友，甚至波隆納任何一個人，都斷定妳已經死了，妳家裏根本沒有人在等妳回去。所以我要求妳暫時和我母親一起住在這裏，不要讓外人知道，等我到莫頓納去一趟回來，這是要不了多少日子的。我所以向妳提出這個要求，是因爲我要把本城所有的知名人士都請來，當着他們的面，隆重地把妳這件無價之寶獻還給妳丈夫。」

她自知欠了金廸先生的情，又認爲他所提出的這個要求也很正派，因此，雖然巴不得早些讓親友聽到她還在人間的消息，叫他們歡喜歡喜，也只有答應了他。不料她這話還沒有說完，忽然覺得肚子痛起來，想必是要分娩了；虧得金廸的母親悉心侍候，生下一個美麗的男孩，金廸和她自己都歡喜不盡。金廸又吩咐家裏的人，凡是產婦所需要的一切東西，都得照辦，又囑咐小心侍候她，把她當作家裏的主婦一般看待；吩咐完畢，就悄悄回到莫頓納去了。

等他任期屆滿，快要回波隆納去時，他就吩咐家裏在他抵家的那天上午，辦幾桌體面的酒席，把城裏所有的貴人都請來，尼柯羅丘也包括在內。後來他到了家，下了馬，只見許多人都在那裏等他，卡塔琳娜當然也在內，她長得比從前更加壯健美麗了，嬰兒也活潑可愛。金廸眞是歡喜不盡，請客人各自就座，然後吩咐開宴，端上來的自然都是山珍海味，名貴非凡。在快要吃完的當兒，他就照着事先和卡塔琳娜商量好了的步驟，開始說道：

「各位先生，我聽說波斯有一個風習倒是別有風趣。據說，凡是有人想要對某一個朋友表示崇高的敬意，就把那個朋友請到家裏來，拿出自己最寶貴的東西給他看，不論是自己的妻子也好、情婦也好，女兒也好，或是其他心愛的東西也好，並且還要在拿出那樣心愛的東西的時候，對那位朋友說，如果他辦得到的話，眞願意把自己的心也挖出來。

「承蒙諸位不棄，光臨舍下，聊嘗非酌，我也打算在波隆納來效法一下這種波斯風習，把我所有的一件最寶貴的物品，也許是件稀世之寶，拿出來讓諸位觀賞一下。但在我沒有這樣做之前，有一個疑難問題先要向諸位請教一下——如果某人家裏有一個忠誠善良的僕人，突然患了重病，那主人不等病人斷氣，就把他丟到大路上不管。後來有個陌生人走過，很憐惜這個病人，就把他帶回自己家裏，費盡心機，花盡錢財，使他起死回生，健康如常，那麼，我要問，如果這個陌生人就此把那個僕人留下來，那原來的主人是否能夠怨怪他呢？如果那原來的主人要求陌生人把那個僕人還給他，陌生人却不肯，那原來的主人是否能够指責他的不是呢？」

這些賓客商議了一陣，最後獲得一致的見解，就委托尼柯羅丘來同答這個問題，因爲他是個口才很好的演說家。尼柯羅丘先讚揚了這種波斯的風習一番，然後說道，他和大家都一致認爲，那原來的主人沒有權利把那個僕人要回來，因爲在那僕人處於危急境況的時候，他不但把他棄置不顧，而且還把他丟到外面去，多虧那第二位主人好心救他，使他起死回生，所以應當名正言順地把他判給第二位主人，這樣並不寃屈第一個主人，也沒有侵犯他的權益。

在座多少有身份地位的人，都表示同意尼柯羅丘的意見；金廸聽了這同答，很是得意，立刻說自己也同意這見解，並且說道：

「那麼，我現在就要照剛才的諾言，向諸位表示敬意了。」

說着，他就打發兩個僕人到那位打扮得非常華麗的夫人那兒，請她趕快出來，讓嘉賓高興高興。她就抱了漂亮的嬰兒，由兩個男僕人陪着，來到宴會的大廳，照着金廸的指示，坐在一位地位崇高的紳士身旁。只聽見金廸說道：

「各位先生，這就是我最珍愛的寶貝。不知各位認爲我這話說得對不對？」

賓客都把這位夫人讚揚備至，說是金廸應該把她奉爲至寶，接着又仔細打量她。在座的人都認得出她是誰，但因爲都以爲她已經死了，所以不敢辨認。尼柯羅丘看得特別仔細，他心裏簡直像火燒一般，急於要弄明白她究竟是誰，趁金廸稍稍走開的時候，忍不住問她是波隆納人，還是外地人。夫人聽到丈夫詢問，幾乎忍不住要同答他，但因和金廸有約在先，所以沒有作聲。又有人問她，那嬰兒是不是她的孩子；還有人問她，她是不是金廸先生的夫人或是他的親戚；可是她都一概不答覆。過了一會兒，金廸先生來了，有一個客人對他說：

「先生，你這位夫人雖然很美，只可惜好像是個啞巴，對嗎？」

他說：「各位貴客，她一時沒有說話，正足以證明她的美德。」

那客人就說：「那麼，請你說明她究竟是誰吧！」

金廸說：「我非常樂意，只要你們答應，不管我說什麼，誰也不許離座，一直要我把這故事講完爲止。」

大家都答應做到，於是把餐桌撤去，金廸坐在這位夫人身邊，說道：

「諸位先生，這位夫人就是我剛才向你們問起的那位赤膽忠心的僕人。她的親屬並不重視她，把她當作廢物似的丟在大街上，我收留她，費盡心力把她從死神的手裏搶救回來。多謝天主顧念我一片誠心，使我沒有白費心血，居然把她從一具可怕的屍體變成一個活生生的美人。爲了使你們更明白我是怎樣交上這個好運，我現在打算把這件事的經過跟你們簡單地講一講。」

於是，他就從他愛上這位夫人講起，詳詳細細地說明了其中的經過，賓客聽了都大爲驚異。他又接着說道：

「這樣看來，如果各位——尤其是尼柯羅丘先生沒有改變剛才的主意，那麼這位夫人就是名正言順地歸屬於我，誰也沒有理由把她從我手裏要回去了。」

大家聽了這話，都無言以對，只是靜靜地等待着，看看他還有什麼話說。尼柯羅丘和他的夫人，以及在場的一些人，都感動得哭了起來。接着，金廸站了起來，一手抱住嬰孩，一手拉着那位夫人的手，走到尼柯羅丘面前，說道：

「請你站起來，我的親家；我現在並不是把你的妻子歸還給你，因爲你的家人已把她埋下黃土；我只是要把這位夫人——我的親家母送給你，還有她這位嬰孩也一起送給你，我相信他是你的骨肉，我已經抱着他受了洗禮，取名金廸；我希望你不要因爲夫人在我家裏待了將近三個月，就減少對她的恩愛；我可以憑着天主向你發誓，她和我母親住在一起，眞是再貞潔也沒有了，我相信她同她的父母或是同你住在一起，也不過如此；天主使我愛上她，大概是爲了要我救活她這條命吧！」

接着，他又轉過身去對那位夫人說道：

「夫人，從現在起，我取消妳對我的一切諾言，讓妳回到尼柯羅丘家去。」

說着，他就把她母子二人交給尼柯羅丘，自己回到座位上。尼柯羅丘連忙把她母子二人接過來；他根本沒有存過一線希望，如今福從天降，怎能不喜出望外？於是他對金廸謝了又謝，也不知說了多少感激的話。這些客人沒有誰不感動得哭了起來，盛讚金廸的美德——眞的，凡是聽了這故事的人，沒有一個不讚賞他的。那夫人家裏的人見她回來了，都歡喜不盡地接待她；波隆納的人見了她，都驚奇地把她看了又看，儼然把她當作一個再生的人。從此以後，金廸先生一直是尼柯羅丘的好朋友，和他家裏的人以及那位夫人家裏的人，也都成了好朋友。

各位溫柔的小姐，我還有什麼可說的呢？請妳們想想看，西班牙國王把王笏和王冠送給了騎士；修道院院長使一個爲非作歹的人和敎皇言歸於好，却並不要他犧牲什麼；那個老人慷慨地伸出自己的脖子來讓仇人砍——這幾件事情哪一件能和這件事相比呢？金廸又年輕又熱情；別人一時粗心大意，拋棄了一件寶貝，他憑着自己的運氣拾到了手，照理會貪戀難捨，而且可以名正言順地據爲己有，可是，他不但克制了自己的慾念，令人敬佩，還把自己渴望了好久，而且千方百計想要弄到手的一件寶貝兒，慷慨地奉還原主，所以我覺得，剛才講的那幾個慷慨大度的故事，都不能和這一個相提並論。

故事第五篇　讓妻

狄安諾娜夫人爲安薩多糾纏不已，推說他如果能在正月裏布置出一個萬紫千紅的花園，她就讓他如願。安薩多重金聘請魔術師作法，果然辦到了。她丈夫知道，便叫她一定要去履約，安薩多聽得她丈夫這樣慷慨，羞愧得無地自容，立卽讓夫人取消諾言。

這一羣愉快的青年男女，沒有誰不盛讚金廸先生，簡直把他捧上了天。國王命令愛蜜莉亞接下去講一個故事，愛蜜莉亞很有把握，彷彿迫不及待似的開始說道：

各位溫雅的小姐，金廸先生的慷慨大度，實在是誰也不能否認的，可是如果誰認爲他這種豪華是絕無僅有，那我倒很容易舉出反證。諸位聽了我這個短短的故事，就知道我說的不是假話。

弗里奧里這個國家，雖然氣候寒冷，却是山明水秀，景色絕佳。那裏有個城市，名叫烏地納，這城裏從前出過一個美麗的貴婦人，名叫狄安諾娜，她丈夫名叫吉爾白特，是當地的豪紳，爲人風流瀟洒。她因爲年輕貌美，給一位名叫安薩多．格拉登斯的男爵愛上了。那人地位很高，驍勇過人，爲人又很殷勤，所以遠近聞名。他因爲熱愛這位夫人，所以想盡辦法要博得她的歡心，情書也不知寫了多少，可是都是枉費心機。

那位夫人見他這樣糾纏不清，實在有些討厭，但儘管她一次次地拒絕，他還是不肯死心，依舊在愛她、求她；她就決定向他提出一個古怪的要求，叫他知難而退；因此有一天，她就對那個經常替他作說客的婦人說：

「好大娘，妳一再對我說，安薩多先生愛我甚於一切；他曾經送給我多少珍貴的禮物，我都叫他自己留着多用，因爲我絕不會見了他的財物就動心，而去愛他，滿足他的心願；不過，我如果能够相信他眞的像妳所說的那般愛我，那我一定會愛他，叫他稱心如願。我現在只求他一件事，他如果辦得到，我才能相信他是眞的愛我，那我自然也願意聽他吩咐。」

那女人說：「夫人對他有什麼要求呢？」

夫人說：「我的意思是這樣的，下個月就是正月，我要他在這城市附近開闢一座花園，園裏要像初夏的五月一樣，長滿了紅花綠草，還要有葱鬱的樹木；如果他辦不到這些，那麼就請他再也不要打發妳或是任何人到我這裏來了；如果他還是糾纏不清，我就不會再替他在我丈夫和我家人面前保守秘密，我一定要把這事情告訴他們，叫他們把他攆走。」

安薩多聽了那位夫人的要求和許諾，覺得這實在是個難題，幾乎不可能辦到，也明知那位夫人提出這個要求，無非是要叫他死了這條心，可是他依然要想盡辦法試一試。於是他到處去打聽，是否有人能替他出個主意，想個辦法。最後他果然找到了一個魔術師，魔術師答應用魔術替他辦到這件事，只要他肯重酬。安薩多豈有不願之理，所以立卽答應，然後高高興興地等待指定的日子來到。

到了那天，天氣嚴寒，遍地冰雪。在新年前夕，那位魔術師選擇了城郊的一塊草地施展魔術，據當時一些親眼看到的人說，第二天早上那裏居然出現了一個美麗無比的花園，園裏草木葱蘢，還結滿各色各樣的果子。安薩多先生看得高興極了，連忙採了幾樣最美麗的花朶、最好的水果，悄悄送去給那位夫人，還邀請她快來欣賞她所要求的花園，也好知道他究竟愛她愛到何種程度，又向她提起她自己對天發誓的諾言，她旣是個講信義的夫人，就得設法踐約了。

且說那夫人早已聽人家談起那個奇蹟似的花園，一會兒又看到送來鮮花水果，大有毀諾之意。她雖然悔恨，可還是抱着極大的好奇心，想要去看看那些奇蹟，便和城裏其他幾位夫人一同去觀賞那座花園。她見了之後，讚不絕口，又驚異不已，等同到家來，想起自己這一下非得踐約不可，眞有說不出的悲傷。她因爲心事重重，免不了流露出一些形跡，她丈夫看了，就再三問她是爲了什麼。起初她因爲怕難爲情，無論如何也不肯說出來，最後她迫不得已，只得把這件事的前因後果，向她丈夫和盤托出。吉爾白特聽了，先是非常氣憤，後來想到他妻子這種用心完全是純潔的便按捺了氣憤，說道：

「狄安諾娜，妳知道，一個謹愼而貞潔的女人，根本就不要去理睬那些牽線的人，更不應該拿自己的貞潔去跟人家談條件。對一個墜入情網的男人來說，一旦把這些話聽進耳裏，記在心裏，就會產生常人所想像不到的力量，天大的難事也能辦到。妳去聽那些牽線人的話，這就是一個大錯；以後又提出條件，那更是錯上加錯。不過我知道你的動機是純潔的，爲了解除妳自已的諾言所加在妳身上的束縛，我姑且允許妳做一次任何男人也斷難答應的事；這也是爲了怕安薩多因爲受到妳的欺騙，會叫那個魔術師來加害我們。我看妳勢必到他那裏去一次，如果能設法履行妳的諾言，而又不損害妳的貞操，這固然好；萬一不能保全貞操，那也只得失身一次，只要不把靈魂輸給他就行了。」

他妻子聽了他的話，痛哭流涕，怎樣也不肯領受他這份情。可是他非要她這樣做不可。於是第二天天一亮，她起來胡亂打扮了一下，就帶了兩個僕人、一個貼身女僕，來到安薩多先生家裏。安薩多聽到意中人來了，大爲驚異，馬上把那個魔術師請來，跟他說道：

「你瞧，你高明的本領給我帶來了多麼珍貴的寶貝。」

接着他就走出去迎接那位夫人，極盡恭敬得體之能事，沒有流露出一點輕薄。於是三人一同走進一間華麗的內室，室內燒着一大盆火。安薩多先生讓她坐定之後，就說：

「夫人，我愛妳愛了這麼久，如果我這一份愛情還值得妳給我一點報答的話，那麼，我請求妳告訴我一聲，妳這樣早趕到我這兒來，而且帶了這些人來，是爲了什麼事？想必我這個請求不會使妳討厭吧！」

那夫人滿面羞慚，眼淚汪汪地回答道：

「先生，我來到這裏，旣不是爲了愛你，也不是爲了誓約在先，迫不得已；而是我丈夫命令我到這兒來。你雖然用情不正，他却體念你爲我費盡心機，因此也顧不得我和他自己的名譽，打發我到這裏來了。我奉了他的命令而來，準備讓你稱心一次。」

安薩多剛才一見她進來，已是十分驚異，如今聽了她這番話，更是驚奇不已。吉爾白特這樣大的氣度使他大爲感動，他本來滿腹的慾念而今都化作了同情，說道：

「夫人，聽了你的話，我覺得旣然妳丈夫這樣顧念我對妳的愛情，如果我再玷汚他的名譽，那實在是天理不容。我現在要把妳當作親姐妹一般，留妳在這裏坐一會兒，妳愛什麼時候回去就什麼時候回去，只希望妳代我好好謝謝妳丈夫，還請妳代我要求他收我做個兄弟，做個僕人。」

夫人聽了這話，喜不自勝，立即說道：

「我憑你以前的行爲看來，料定今天來訪不會有什麼意外，一定會得到你的寬恕；果然如此，我一輩子都會感激你的！」

說完，她就告辭回家，安薩多還派了許多人一路護送。回到家裏，她把這一切情形都告訴她的丈夫吉爾白特，他從此果然和安薩多結成極爲親密的朋友。

再說那位魔術師，安薩多把酬金如數給了他，他因爲看到吉爾白特居然有那種雅量，並不計較別人家看上了他的妻子；而安薩多對自己的意中人居然也那樣大度，他便說道：

「我看到吉爾白特先生竟然慷慨到連自己的名譽也在所不惜，你連自己的愛情也可以捨棄，如果我連幾個酬金還捨不得放棄，那眞是天理難容了！我知道這筆錢對你是大有用處的，所以我希望還是由你自己留着吧！」

安薩多先生覺得不好意思，再三請他把錢拿去，至少拿一部分也是好的，可是他哪裏肯收？三天以後，魔術師把那座花園解掉，就告辭而去。安薩多祝天主降福給他。從此安薩多完全打消了對那位夫人的淫念，只對她懷着正當的敬愛。

各位可愛的小姐，你們覺得這個故事怎麼樣？金廸固然讓他的情人歸還給她原來的丈夫，但是當初他的情人可說已經死了，那時候，他本已絕望，感情也冷淡了；而安薩多則是好不容易才把自己追求許久的意中人弄到手，他的熱情只有比以前更熾熱，重新燃起新的希望，可是他竟然慷慨大度，抑制了淫慾；這兩件事比起來，哪一件更值得我們讚美呢？在我看來，如果有人認爲這兩件慷慨行爲能够相提並論，那未免太愚蠢了。

故事第六篇　慧劍斷情

國王查理年老癡情，愛上了一位少女，後來自慚不該如此，遂作主把那少女姐妹倆體面地許配出去。

這些小姐聽了這個有關狄安諾娜的愛情故事，紛紛爭論不已，一時無法斷定吉爾白特、安薩多和那個魔術師三個人，究竟誰最慷慨。這些爭論，我們也不必在這裏一一細說了，免得多費筆墨。國王讓大家爭論了一陣以後，就望着菲亞美達，吩咐她講一個故事，以便結束這場爭論。菲亞美達毫不遲疑地說道：

各位高貴的小姐，我始終覺得，我們這些人聚集在一起講故事，應該闡述周全，免得讓人抓住細枝末節，引起爭論。爭論原是追求學問的學者之事，至於我們這些連紡紗織布都不會的女人，怎麼談得上爭論呢？我本來也有一個題意不明的故事，可是看到各位對剛才所說的那些事情爭論不下，所以暫且不說這個故事，而來另說一個故事，這故事說的不是等閒之輩，而是說一個英明的國王怎樣做了一件俠義的事，保全了自己的榮譽。

想必大家都聽過查理一世這位國王，由於他雄才大略，尤其是後來戰勝了國王曼夫萊的英勇戰績

❶，終於把保皇黨人趕出佛羅倫斯，使教皇黨人同到該城。有一個名叫納瑞·德里·尤伯第的騎士，攜家帶眷、收拾細軟雜物，離開了這座城，打算在查理王的領域中找個容身之地，於是來到卡斯台拉邁·第·斯塔比亞❷。他在這裏買下一塊地，離開當地居民住宅有一箭之地，四面全是橄欖樹、胡桃樹和柳樹。他在這塊地上建築了一所富麗堂皇的住宅，住宅前面還設計了一座賞心悅目的花園，園內流水潺潺，他就在花園當中開闢了一個佛羅倫斯式的美麗魚池，水清見底，池裏養着許多魚。他沒有別的事可做，一心一意在園藝上，想把這個花園佈置得一天比一天美麗；後來，查理國王來到卡斯台拉邁避暑，聽到納瑞的花園這樣美麗，很想觀賞一下。但是一聽到這花園主人的名字，原是自己的敵黨，覺得應該先和他攀攀交情，便派人去跟納瑞說，他和他的四個大臣打算在那天晚上到他花園裏去吃晚飯。納瑞感到非常榮幸，便刻意準備了一番，又和家人安排了隆重的儀式，歡天喜地地在花園裏接駕。

國王把納瑞的花園、住宅一一參觀讚賞之後，就洗手用飯。酒席設在魚池旁邊，他吩咐納瑞和那個跟他同來的葛·德·蒙福特伯爵坐在他兩旁，又吩咐同來的其他三個大臣照着主人的安排，在旁侍候。一會兒美酒佳肴端上桌來，不但氣派豪華，而且質地精美，同時侍候得十分周到，毫無忙亂喧囂之聲，這一切使國王讚賞不已。

他一面愉快地宴飲，一面欣賞這幽靜的環境，忽然有兩位十五歲模樣的少女走進花園，鬈曲的髮絲好像黃金一般，鬆鬆地披散着，頭上都戴着長春花編織的花圈。長得嬌麗非凡，簡直像天仙一般；

❶請參閱第二天故事第六篇注❶。
❷那不勒斯海灣一城市，靠近龐貝廢墟。

穿着雪白的細質夏布衣服，上半身緊貼着肌膚，腰部以下就像裙子一般散開着，直拖到地上。先進來的，左邊肩膀上搭着兩副漁網，右手拿着一根長竿；跟在後面的那一個，左肩扛着一隻煎鍋，腋下夾着一捆木柴，左手拿着一個三脚架，右手拿着一瓶油、一根點亮的火炬。國王看到這兩個少女，非常驚異，就耐心等着，看她們要做些什麼。

兩位小姐羞怯地來到國王面前，臉上帶着紅暈，對他行了一個禮。接着，拿煎鍋的少女就將煎鍋和其他雜物放在池畔，又從另一個手裏把那根長竿接過來，然後兩人都進入池中，水深及胸。過了一會兒，納瑞的一個僕人輕手輕脚地把煎鍋放在三脚架上，在架下燒起火來，又在鍋裏倒了些油，等着兩位少女把魚摔過來。她們兩人在池塘搗來搗去，另一個拿着魚網站在那裏等着。國王在一旁定睛凝神地看着，看她們沒有多久就捉了許多魚，滿心歡喜。她們都照着事先的吩咐，把那些新鮮活跳的魚摔給那個僕人，僕人一一投入煎鍋。後來她們又揀了幾條最好的，摔到國王和他的臣僚等宴飲的那張桌子上。魚兒在桌子上亂蹦亂跳，國王見了好不高興，順手拿起幾條，打趣地摔回給她們。他們這樣玩樂了一陣，僕人已經把魚烹好，端到國王面前，這與其說是美味珍饈，還不如說是納瑞安排好的一項雅興。

那兩位少女看看魚捉够了，也烹調好了，就走上岸來。水淋淋的細白夏布衣裳緊貼在身上，使她們秀麗的胴體好像全都露出來似的。她們羞答答地走過國王面前，回到屋子裏去。國王、公爵以及在場侍候的那些人，都把眼睛盯住在她們身上，沒有誰不在心裏盛讚她們長得美麗窈窕、儀態萬千。尤其是國王，等她們一走出池塘，一雙眼睛就不停地在她們身上打轉，直看得心醉神迷，這時卽使有人拿一根針戳他一下，他也絕不會喊痛的。他不知道她們究竟是誰家千金，只是愈想愈出神，恨不得去巴結巴結她們才好，直到他覺得快要墜入情網了，這才稍加檢束。再說，這兩位少女簡直長得一模一樣，他自己也說不清楚究竟喜歡哪一位。他思量了一會兒，就轉過身去問納瑞，這一對少女是誰家女兒，納瑞回答道：

「皇上，這是我的兩個雙生女，一個叫做美人兒金妮芙拉，一個叫金髮伊姿塔。」

國王連聲讚賞，又說她們應該出嫁了，納瑞只是推托說他無能爲力。轉眼晚餐吃罷，就剩下一道水果。只見那兩位少女穿了華麗的綢袍，手裏捧着兩大銀盆的應時鮮果端上桌來，放在國王面前。然後，她們走到一旁，唱着小曲，開頭兩句是——

啊，愛神，千言萬語也說不清，
我來到了——

歌聲清脆美妙，國王聽得出神，不禁懷疑是否仙女下凡了。唱完以後，她們就跪了下來，恭恭敬敬地向國王告退，國王雖然戀戀不捨，也只得裝出一副欣喜的樣子，允許她們走開。

吃完晚飯，國王與侍從上了馬，辭別了納瑞，回到王宮，一路上談東說西。他壓抑滿懷的激情，不使流露出來，可是他儘管國政繁冗，日理萬機，却忘不了美人兒金妮芙拉，而且心裏還同時在愛那位和她面貌相似的姐妹；他爲這些兒女私情弄得神魂顚倒，簡直想不到別的事情上去。他揑造了各色各樣的藉口和納瑞保持親密的過從，常常去參觀他的花園，目的是要看看金妮芙拉。

最後他再也受不了這相思的熬煎，又沒有別的辦法可以滿足自己的慾望，而且覺得一位還不够，要把那兩位少女同時娶來，於是就向葛伯爵說明了自己的相思和打算。伯爵原是個正派人，聽了這話就說道：

「陛下，我聽了你這番話，覺得非常驚異；尤其因爲我是從小跟你在一起長大的，比誰都了解你的爲人。在你年輕的時候，愛情本來應該更容易纏住你，但你却從來沒有爲兒女之情煩過神；如今你老也老了，倒反而爲這種事神魂顚倒，我覺得這是一個奇蹟。我實在有責任向你進一句逆耳的忠言：你現在處在一個剛剛征服的國度中，干戈甫定，不熟悉民情，陰謀叛變隨時都可能發生，國家大事處處要你煩心，連安安穩穩坐下來透口氣的時間也沒有，哪裏抽得出閑工夫去談情說愛呢？

「這不是一位英明的君王應做的事，而是糊塗青年的輕薄行徑。那位老先生在他自己家裏想盡辦法款待你，還叫那對雙生女兒幾乎赤裸身子地在你面前出現，向你表示尊敬，這足以說明他的一片忠心，把你看作一個仁君，而不是把你看作一隻貪心的狼，不料你却要把那兩姐妹雙雙娶來，這成什麼體統？再說，難道你忘了，不正是因爲曼夫萊荒淫無度，才使你有機會趁虛而入，攻破這個國家嗎？納瑞先生盡心侍候你，你却反過來奪去他的榮譽、希望和安慰，那眞可算是忘恩負義到極點了。你如果對他忘恩負義，豈不是永生永世都要受到世人的指責嗎？你如果眞做出這種事，人家會把你看成怎樣的一個君王？也許你還會振振有辭地爲自己辯護道：『我所以這樣做，只因爲他是個保皇黨人。』我試問你：不管他是哪一個黨派的人，既然逃到你的領域裏來求你保護，你却這樣欺凌他，這還能算是帝王之道嗎？陛下，請聽我再進一言：你征服了曼夫萊，固然是無上光榮的偉業，可是，你如果能征服你自己，那才是更大的光榮；你身爲人君，若是自身不正，哪能正人？所以你首先必須克制這種邪念，不要使光榮的事業上留下這樣一個汚點。」

這一席話使國王聽得良心上很是過意不去，覺得句句都是良言，因此益發難受；他長歎了幾聲，說道：

「伯爵，你說得對極了：一個經過鍛鍊的戰士制敵取勝，實在不是什麼難事，最難的是在克制自己的邪念；不過，縱使這種克制功夫需要百折不撓的毅力，艱難萬分，但是多虧你一席話點化了我，保證不出數日，我就能像征服敵人似的征服我自己，空口無憑，你等着看我的行動好了。」

國王說過這話沒有幾天，就回到那不勒斯去。他這次離去，一方面是爲了不讓自己有機會做出卑劣之事，另一方面也是爲了報答納瑞的厚誼，把他的兩個女兒當作自己的女兒一般許配出去，儘管他熱戀着這兩位小姐，實在捨不得讓人佔去。他先徵得納瑞的同意，給了他兩個女兒豪華的嫁妝，把美人兒金妮芙拉許配給曼斐奧．達．帕利濟，把金髮伊姿塔許配給葛勒摩．台拉．馬拿，兩位都是高貴的騎士，而且都是男爵。國王辦完這件事，就無限傷心地動身前往阿玻利亞，痛下功夫克制自己的情慾，斬斷萬縷情絲，清心寡慾地過了一輩子。

也許有人會說，一個堂堂的君王把兩位少女嫁出去，原算不上是什麼了不得的事，我也贊成這種說法。可是我覺得，一位墜入情網的國王，能够把自己心愛的姑娘許配給人，連她的花兒葉兒碰都不碰一下，這實在是值得大書特書的事。這麼看來，這位慷慨大度的國王不但堂皇恢宏地報答了納瑞，又正大光明地對他自己心愛的少女表示了敬意，最難能可貴的是他能毅然決然地克服了自己的情慾。

故事第七篇　流水落花兩相歡

國王彼得聽說一個平民少女熱愛他，連忙去安慰那位害相思的少女，把她許配給一個高貴的青年，自己只在她額上吻了一下，終生做她的騎士。

菲亞美達的故事講完了，大家都連聲讚美國王查理的自制和慷慨，只有一位小姐，因為是保皇黨，所以沒有讚揚他。接下去是潘比妮亞遵照國王的吩咐，講述故事：

各位可敬的小姐，你們對國王查理的讚揚，凡是明白事理的人都不會提出異議，除非有人為了別的原因而對他懷有惡感，那又另當別論。我現在想起了一個故事，說的是國王查理的一個敵人對待我們佛羅倫斯一位小姐的恩德；這故事也和剛才那個一樣值得讚揚，所以我很樂意講給大家聽聽。

當法國人被逐出西西里島的時候，帕勒摩地方有一個佛羅倫斯籍的藥劑師名叫伯納多·普契尼，家道富裕。他有一個獨生女兒，長得很美，已經到了出嫁的年齡。那時西拉貢的彼得是那個島上的君主，和他的臣僚在帕勒摩舉行歡宴，並且依照加達魯尼亞的風習競技比武，湊巧伯納多的女兒麗莎這天正和幾位姐妹在窗口閑眺，猛然看到國王在賽馬場上馳騁，不由得對他十分傾心，一雙眼睛便捨不得離開他。君臣宴罷人散，麗莎待在家裏，一心思念這位偉大崇高的愛人。最使她煩惱的是：自己出身微賤，絕不可能有圓滿的結局。儘管如此，她心裏依然偷偷愛着那位國王，只是爲了怕惹來更大的煩惱，所以把滿懷的柔情悶在心裏不講出來。

國王對這件事一點也不知情，心裏根本沒有她這個人，所以她愈發痛苦不堪。這位美麗的少女，相思一日深似一日，痛苦也有增無減，終於支撐不住，臥病不起，一天比一天消瘦，好像積雪在陽光下溶化一般。她父母見了她的病情，焦急萬分，待她格外溫柔，讓她振作起精神，一面又想盡辦法，替她延醫診治，但都不見效，她爲了自己的一片癡情無法如願，失望到極點，所以只想一死了之。

有一天，她父親答應她，不論她要什麼，儘管說出來，他一定讓她如願，因此她轉念：何不在辭別人世之前，想個辦法，讓國王知道她這片癡心；於是就請求她父親把明納丘・達雷佐請來。明納丘是當時的一位大音樂家和歌手，很受國王器重。伯納多以爲女兒麗莎想要聽他唱歌奏樂，立即派人去請他。明納丘是個很隨和的人，聽到有請，立刻去了。他先用一些好言好語讓那位少女開心，就拿起那隨身帶來的「維珴爾」❶，拉了一兩支小曲給她聽，又爲她唱了幾首歌。他唱這些歌的用意，本是爲了安慰她，誰知不唱則已，一唱反而把這少女的愛情火焰煽動得愈加熾熱。少女立即跟他說，她想單獨和他說幾句話；於是大家都走出去了，她就說道：

「明納丘，我把你當作最可靠的人，打算告訴你一件心事，希望你千萬不要告訴別人，只告訴我要對你談起的一個人，我還希望你盡力幫我的忙。親愛的明納丘，不瞞你說，在我們的國王彼得舉行即位典禮的那天，競技比武時，讓我瞥見了，我對他一見生情，因此病到這般地步，這是你親眼看到

❶中世紀的弦樂器，小提琴的前身。

的。我知道自己高攀不上，這實在是癡心妄想，可是我這一片愛情別想壓得下去，更不要說是一刀割斷了；我悲傷得再也無法忍受，只想一死了之，總比活着受罪强些。

「當然，如果就這樣死去，我這一片癡情不讓他知道，那我死也不會瞑目的。但要把我這番光景轉告他，除了拜託你以外，再也找不出第二個適當的人。我特地拜託你，請你無論如何不要推辭；你去轉告他之後，再來給我一個回音，那麼，我也就死而無怨了。」說到這裏，她已泣不成聲。

明納丘對這位少女偉大的心靈和她的狠主意很是驚訝，也非常關心她；接着，他突然想到可以用正當的辦法幫她一下忙，就說道：

「麗莎，我向妳擔保，絕不會拿妳的事當兒戲；妳愛上這樣一位偉大的國王，實在是心比天高，值得讚揚；我一定幫忙妳。只要妳能安心等待，我保證在三天之內給妳帶來最滿意的消息。好吧，不要浪費時間，我馬上就去替妳設法。」

麗莎聽了這話，再三拜託，同時答應他一定安心等待，於是和他說了再會。明納丘辭別了她，到當代一位名詩人米可·達·西埃那那裏，說了不少好話，求他編寫了下面一首歌謠：

愛神，你快快飛去見我的君王，
告訴他，我為他相思苦難當；
相思苦難當，不敢與君言，
不如一死了却心中無限念。

愛神，請接受我深深一拜，
請你發發慈悲，到那君王的宮殿，
告訴他，我對他多麼愛慕，多麼想念。
我的心爲他燃起愛情的烈焰。
啊，這一片火焰燃燒着我全身，
我怕它會把我這條命燒成灰燼，
使我一輩子受苦，抱恨終身。
想着他，我又羞慚，又害怕，
啊，請你看在天主的面上，
把我這滿腹的相思告訴他。

愛神，自從我對他一見鍾情，
你從沒有讓我鼓起半點勇氣，
去向我那君王吐露情意，
我只能爲他黯然神傷；
叫我就這樣死去，我怎能甘心？
風流的君王如果知道我這般相思，

未必對我毫不動情，爲什麼你總不肯
鼓舞我去向他把心意表明？
啊，愛神，都怪你不肯把我的心意
去向君王表明，我才得了這相思病，
你不肯爲我捎個信兒，也不讓我眉目傳情；
現在只求你可憐我，到他身邊，
提醒他說，只爲了他擧行盛典的那天，
我看到他在武士中間，帶盾持槍，英豪無雙，
從此日夜相思，病入膏肓，
憔悴得不成人形了！

明納丘立卽把這首詩配上哀婉幽怨的曲調，第三天就去到宮殿裏，這時國王彼得正在用膳，見他來了，就請他用他的「維珴爾」伴奏唱幾首歌曲聽聽。於是他就唱起那首歌，那歌詞眞是哀婉動人，皇宮裏沒有誰不聚精會神地聆聽，甚至聽得都發呆了，站在那裏動也不動一下，國王更是如癡如醉。明納丘唱完了，國王就問這首歌是哪裏來的，他從來也沒有聽過。

這位歌手回答道：「陛下，這首歌編成歌詞，譜成曲調，一共還不到三天呢！」

國王又問，這首歌是爲誰而作的；明納丘回答道：「這事除了皇上一人之外，我不敢對任何人洩露。」

國王很想知道事情的緣由，等到用完飯，就把明納丘召進內宮，明納丘把麗莎的話從頭到尾都講給他聽，國王有說不盡的歡喜，連聲讚揚那少女，說他非常同情這位高貴的少女，又吩咐明納丘趕快代他去安慰她一番，告訴她說，國王在當天晚禱時分一定親自去看她。

明納丘得了這個好消息，歡天喜地，連忙收拾了他的維珴爾等雜物，到麗莎那裏，把一切情形都悄悄跟她說了，然後又拉着維珴爾，把那首歌唱給她聽。麗莎喜出望外，病情立即有了起色，只盼晚禱時分，君王駕到；這事情她家裏一個人也不知情，甚至沒有看出一點形跡。

國王是個豪爽多情的君主，明納丘說了這件事，他也不知想了多少次；加上他早已聽說那位少女的美貌，不禁加倍憐惜她。到了晚禱時分，他騎上了馬，說要出去隨便蹓躂蹓躂，便直奔那藥劑師的住宅，要求參觀那藥劑師的美麗花園。他在花園裏下了馬，談了幾句話，就問起伯納多他女兒可好，是否已經出嫁。

伯納多回答道：「皇上，她還沒有出嫁；已經生了好久的病，到現在還沒有起床呢，不過說也奇怪，從今天中午起，就大大好轉了。」

國王一聽心裏明白，那位少女爲什麼會好得這樣快，就說道：

「天啊，這樣美麗的少女，如果有個三長兩短，那眞是太可惜了。我一定要去看看她。」

過了一會兒，他只帶了兩個侍從，跟着伯納多一塊兒到她房間裏，走近她的床前，只見她正提起精神，不耐煩地等待着，國王立刻拉住她的手說：

「小姐，妳這是何必呢？像妳這樣一位年紀輕輕的少女，應該去安慰安慰別的女人，怎麼妳自己倒先生起病來呢？我勸妳看在我的份上，把心情放開朗些，振作起精神，那妳的病馬上就會好了。」

少女給她最心愛的人握着手，雖然有些害羞，心裏却歡喜得好像進了樂園一樣，便竭力打起精神說：

「皇上，我怯弱的身子經不起過度的憂煩，所以才病倒了。謝謝你的好意，你不久就可以看到我好起來的。」

這少女的弦外之音，只有國王一個人心裏明白，於是國王更加敬重她，只是咒駡命運之神不該讓她生在這樣微賤的一個人家。他又安慰了她一番以後，就告辭了。

國王的仁愛心腸受到臣民的稱頌，都認爲這是那藥劑師父女無上的光榮。那女兒受了這番恩寵，心裏非常歡喜，對人生重新產生了希望，因此不到幾天病體就復原了，而且出落得比以前更加嬌艷。等到她完全恢復健康以後，國王和皇后商量了一下，應該如何回報這位少女的一片眞情。一天，他就騎了馬，帶了許多貴族，來到那藥劑師家裏，進了花園，把伯納多父女請來；過了一會兒，皇后也帶着許多宮女來了，接見了麗莎，她們都十分歡喜。一會兒，國王和皇后把麗莎叫到一旁，由國王對她說道：

「高貴的小姐，妳對我滿懷深摯的愛，我應該報答妳一下，希望妳能够滿意。我看妳已到了結婚的年齡，打算爲妳選個丈夫，以後我還是做妳的騎士。我只要吻妳一下，此外再也沒有別的要求。」

少女立刻羞得漲紅了臉，順着國王的心意，低聲回答道：

「皇上，我也知道，如果人家曉得我愛上了你，一定會認爲我發瘋了，忘了我和你身份的懸殊；只有天主才看得透人心，知道我自從愛上你的那一刹那起，我就曉得你是個國王，而我不過是藥劑師伯納多的女兒，不應該這樣高攀。但是我想你一定比我了解得更清楚，天下男女相愛，並沒有愼重考慮到雙方是否適合，而只是從慾望和喜愛出發。我曾經幾次地克制自己，不讓自己犯這種通病，無奈怎樣克制也沒有用處，所以我才愛上你，現在依然愛你，將來還是永遠永遠愛你。

「可是，自從我愛上你，我就打定主意，處處要以你的意志爲意志；所以，我不但樂意遵從你的命令，接受你賜給我的丈夫，好好地愛他，因爲這是我的本份、我的榮譽；而且，即使你叫我赴湯蹈火，只要能叫你得到快慰，我也在所不惜。你知道，有了你這樣一位國王做我的騎士，我會感到多大的榮幸，這是用不着我多說的。至於你只要求我給你一吻，作爲我對你的愛情的標誌，那只有得到皇后的允許，我才辦得到。你和皇后都待我這般仁慈，我一輩子也報答不完，但願天主替我感激你，報答你吧！」說完這話，她就住了口。

皇后很滿意她這番回答，覺得這少女眞的像國王所說的那麼賢慧。國王彼得立即把她父母請來，向他們說明了自己的用意，他們都非常高興。於是他就召來一位家境貧寒、出身高貴的青年培第康，當場給他幾個戒指，把麗莎許配給他。國王和皇后又給了那位少女許多珍寶首飾，另外又把塞法羅和卡拉塔白羅塔兩個富庶的采地賜給培第康，對他說道：

「這兩個采地賜給你，算是小姐的陪嫁。我們贈送你這件陪嫁的用意，日後你自會明白。」

接着，國王又轉過身去對少女說：

「現在我要向妳索取妳對我的愛情的果實了。」於是他雙手捧住少女的頭，在她的前額上吻了一下。

培第康、麗莎的父母以及麗莎本人，都高興異常；不久他們倆就備辦了豪華的喜筵，歡歡喜喜地結爲夫妻。

據許多人說，國王對那位少女一直信守諾言，終身以她的騎士自居。每次出去競技比武，總是佩戴着那位小姐送給他的紀念品。

他這種做法深得人心，給他的臣民立下了模範，也給自己贏來了永久的聲名。但是當今大多數的君王都變成殘酷的暴君，很少有人體會這些事的可貴了。

故事第八篇　兩個朋友

吉西波將未婚妻讓與好友第多，讓他們雙雙回到羅馬。後來吉西波窮了，到了羅馬，誤以爲第多瞧不起他，氣憤之下，但求一死，便將一件命案拉到自己頭上。第多爲了救他，和他爭相供認殺人罪，後來真凶自首，案情大白。第多將胞妹嫁給他，並與他分享家產。

潘比妮亞講完了，大家都盛讚國王彼得，尤其是那位保皇黨人讚揚得更是熱烈。過了一會兒，非羅美娜聽了國王的吩咐，接下去講故事：

各位高貴的小姐們：誰都知道，帝王只要高興，天大的事都可以辦到，尤其是當別人向他們祈求恩典的時候。這樣看來，隨便什麼人，做好他辦得到的事，只能算是盡了本分；我們不必把他捧上天；只有那種出人意料地完成他自己能力所做不到的事情的人，才值得我們讚揚不止。因此，如果諸位認爲古來帝王的豐功偉蹟值得讚揚，那麼我相信，和我們相同的一些凡人，他們的事蹟可以跟國王相比，甚至超過國王，那當然更值得讚揚了。所以我這裏講的故事，說的是兩個平民（他們彼此是朋友）值得讚揚的慷慨事蹟。

想必諸位都知道，在屋大維・凱撒還沒有稱帝，而以執政官身份統治羅馬的時候，羅馬有一位紳士，名叫布帕里奧・克因兹奧・費斯。他有個兒子名叫第多，天資非常穎慧，所以布帕里奧就把他送到雅典去攻讀哲學。他把這孩子托付給那裏的一個老朋友克瑞梅第，也是個貴族。從此第多就住在克瑞梅第家裏，和他的兒子吉西波住在一起，請了位哲學家阿里斯提波來給他們教授課業。

這兩位青年一見面就意氣相投，相處愈久交情愈好，簡直像親兄弟一般，成天形影不離，一日不見面就覺得難過、放心不下。他們這份交情看來只有死神才能拆散了。兩人整天在一起讀書，天資一樣高，進步是一樣快，成績都非常優異，在哲學方面達到了同樣深湛的造詣。就這樣相處了三年，克瑞梅第高興極了，把他們兩個都當作自己的兒子一般看待，無分彼此。不幸年老的克瑞梅第就在這最後一年去世了，這原是自然規律，兩位青年都悲傷不已，彷彿都是喪失了敬愛的親生父親一般。克瑞梅第的親友也說不出他們究竟誰比誰更悲傷，應該先安慰哪一個才好。

過了幾個月，吉西波家裏的人以及他的親友，包括第多在內，都勸他結婚，他答應了。於是他們給他找了一個出身高貴、美貌絕倫的雅典少女，名叫莎孚朗妮亞，今年才十五歲。將近舉行婚禮的時候，有一天，吉西波邀了第多一塊兒去看看那位少女，因爲第多還沒有見過她呢。於是兩人一起到少女家裏，少女坐在他們兩人當中陪他們。第多聚精會神地望着她，好像要仔細鑑賞一下朋友的未婚妻究竟長得美不美。他把她打量一遍，覺得她沒有一處長得不好；他心裏一面讚賞她的美貌，一面竟不由得對她熱愛狂戀起來，只是外表沒有流露出一點兒形跡罷了。

他們在她家裏坐了一會兒，就告別回家。第多一個人回到房裏，開始思念起那位美麗的少女來。他愈想愈愛，情不自禁地接連長歎了幾聲，對自己說道：

「啊，第多！你命好苦啊，你把你的心靈、愛情、希望寄託在什麼人身上呢？你知道克瑞梅第和他的家人都待你那樣好，你同吉西波的友情又是這樣親密，這少女就是吉西波的未婚妻，難道你不知道應該把她當做姐妹看待嗎？這樣看來，你現在究竟在愛誰呀？你這樣濫用感情，存着非分的幻想，豈不是自找絕路嗎?你應該放清醒些，看看自己是怎樣一個人，你這個下流胚！你應該理智一些，應該克制這肉慾，消除這些邪念，把心思用到正當的事上去。你的淫念應該趁開始的時候就予以克服，那還來得及。你心裏所想的這件事不但有失體統，還想對不起朋友，那麼，這件事卽使你有把握如願以償，也應該及早回頭，何況你沒有把握呢。第多，你到底打算怎麼辦?如果你還想做個像樣的人，那就快點打消這種不正當的感情吧！」

接着，他又想起莎孚朗妮亞，不禁完全改變主意，把剛才那一段自白全部推翻，在心裏說道：

「愛情的法律比任何法律的權力都要大；她連神的法律都不放在眼裏，何況只不過是些友誼呢?古往今來，父親愛上女兒、哥哥愛上妹妹、後母愛上繼子，例子豈不很多嗎?至於愛上朋友的妻子，這種事眞是不可勝數，何足爲奇?況且我是這樣年輕，天下有哪個青年不容易鍾情?愛神的意志也就是我的意志。道德原是老一輩的事，我只知道聽憑愛神的驅使。那位少女美得像天仙一般，誰見了不愛?以我這樣一個青年愛上她，誰有理由責備我呢?我愛她，並不是因爲她是吉西波的未婚妻；我愛她，就是因爲我沒有辦法不愛她，不管她是屬於什麼人。她所以不屬於別人而竟會屬於吉西波，那只是命運之神的錯誤。既然她的美貌使人家不得不愛她，她值得人家愛，那麼，卽使讓吉西波聽到了，他也一定會覺得，與其讓別人愛她，倒不如讓我愛她吧！」

他這樣想了一番，又回過頭來嘲弄了自己一番。他不但整天整夜都這樣反覆無常，左思右想，而且接連好幾天好幾夜都是心神不定，寢食難安，終於憂鬱成疾，最後竟至臥床不起。

吉西波早就看出他最近幾天以來煩惱不堪，現在又見到他病倒了，當然非常關心，於是千方百計地想安慰他，一直守在他身邊寸步不離，時時刻刻問他有什麼心事，難受得生了病。第多每次都是信口揑造一些事故敷衍過去，但都給吉西波看破了，最後第多被盤問得沒有法子可想，這才聲淚俱下地回答道：

「吉西波，要是天主願意讓我死，我實在寧可死，而不想再活下去。命運之神爲了要考驗我的品德，使我陷入了進退兩難的處境，不料我却經不起考驗，這使我慚愧得無地自容，因此我巴不得早點兒死，死了也是罪有應得，免得活在世上，老是想起自己的卑鄙無恥，那眞是活受罪。我什麼事情都不應該瞞你，這件事我也顧不得羞恥，還是應該說給你聽。」

於是他就從頭講起，一五一十地吐露自己心頭的痛苦、思想上的衝突，又告訴他最後是哪一種思想佔了上風，又坦然承認目前是怎樣爲莎孚朗妮亞害上致命的相思病，最後還說，他自知這種念頭是多麼可恥，因此寧願以一死來贖他的罪愆，他相信自己很快就要死了。

吉西波聽了這番話，又看見他痛哭流涕，一時竟沒了主意，他雖然不像第多那樣熱情，却也深深愛他的莎孚朗妮亞。可是他馬上就感到目前是挽救朋友的生命最要緊，愛莎孚朗妮亞是其次；所以看到他的朋友落淚，他自己也淚汪汪地說：

「第多，我要不是看你現在需要安慰的話，那我眞要埋怨你呢。你且想想，你把這樣痛苦的一樁心事對我隱瞞了這麼久，這還對得起朋友嗎？雖然你認爲這件事不很光彩，但不光彩的事尤其不應該隱瞞朋友；人固然願意爲朋友光彩的事高興，但更願意設法幫助朋友去除一些不光彩的欲念；這些道理我們暫且不談，只談一件更迫切的事情。你愛上了我的未婚妻莎孚朗妮亞，我一點也不奇怪；不但這樣——如果你不愛她，我反而要奇怪呢，因爲她長得那樣美，而你又是志趣高尙；自然，愈是叫人愛慕的東西愈會使你鍾情。你愈是覺得你愛上莎孚朗妮亞是理所當然，那你就愈發不應該埋怨命運之神把她讓給我（雖然你這一點說得很少），你大概以爲，要不是命運之神把她給我，那你對她的愛就是光明正大了吧？如果你現在也像平時一樣頭腦清楚的話，那我倒要請敎你一下：如果她屬於別人，不論是什麼人，難道還比屬於我對你更有利嗎？且不談你對她的愛情有多麼高尙，我只問你：不管是誰佔有了她，是留給他自己消受呢，還是會體念到你？但是她屬於我，這一點你不用擔心——如果你依舊把我看作朋友的話。自從你和我成爲朋友以來，我有哪一樣事物和你分過彼此？至於這個美人，即使到了木已成舟的地步，我也願像處理其他事物一樣，和你共享，何況現在還沒有到達那個地步，我一定把她讓給你，我一定能够辦到。如果這件事我能够光明正大地替你效力，而我却不肯依你的意思去辦，那你何必稀罕我這份友誼呢？不錯，莎孚朗妮亞是我的未婚妻，我很愛她，巴不得早些和她結婚；可是，你的才情勝過我，你比我懷着更大的熱情想要獲得這位寶貴的美人，那麼，請你放心，我娶她進入我的屋子裏，並不是來做我的妻子，而是給你做妻子。所以我勸你還是不必再憂愁、苦悶了，你大可以好好休養，讓你的心情輕鬆愉快起來，從今以後只要歡歡喜喜地等待你這份比我高貴的愛情得到圓滿的結果。」

第多聽了吉西波這番話，心裏快樂多了，心中重新湧起滿懷的希望，但是愈高興就愈覺得慚愧，因爲他的良心告訴他說，吉西波這樣慷慨，那麼，如果他竟然利用他的友情來達到自己的私願，那就越發顯出自己的卑劣。他這時依舊在哭泣，過了一會兒，好容易才回答道：

「吉西波，你慷慨眞誠的友誼，使我完全明白了我應該怎麼處理這件事。神把這樣一位小姐賜給你，那是因爲你比我更配接受她，我如果把她從你手裏搶奪過來，那簡直是天理難容。如果天主認爲這位美人應該歸屬於我，那麼無論是你或是其他任何人，都不會相信天主竟會把她送給你。所以我勸你，既然是天從人願，讓你選中了這位少女，你應該好好承受你的艷福，免得辜負了親友的好心、上天的善意；你讓我以淚洗臉，一天天憔悴下去吧，因爲神已斷定我不配佔有這樣一個寶貝，因此罰我憂傷落淚；所以不是我征服憂傷、再做你的好朋友，就是讓憂傷來征服我，我也就此解脫了煩惱！」

吉西波說：「第多，如果以我們的友誼，可以允許我强迫你依我一件事，可以允許我誘導你照着我的意思去做一件事，那麼在今天這件事我就要充分地行使這種特權。如果你不乖乖地聽我的勸告，那我就要盡朋友的本份，採取强迫的手段，使你非娶莎孚朗妮亞不可。我知道愛情的力量有多大，我也知道古往今來男女爲愛情而遭到慘死的事不知有多少。我看你已經快要走到這一步了：你既不能臨崖勒馬，也抑制不住悲傷，這樣下去，只有一天天憔悴，最後斷送了性命，那我無疑的馬上就要跟着你同去了。

「這樣看來，我即使不爲別的理由愛你，就是爲了顧全我自己的性命，也應該珍惜你的生命。所以莎孚朗妮亞非屬於你不可，因爲你不容易再找到這樣一個可人兒，而我的感情却很容易轉移到別人身上去，這樣，我們兩人就都可以心滿意足了。如果物色妻子也像交朋友一樣困難，那麼我也許就不會這麼慷慨啦。如今我既然是很容易另外再找到一個妻子，但不容易再找到一個知己，所以我寧願把她轉讓給你，而不願意失掉你這樣一個朋友。要知道，我把她讓給你，並不是失去她，而是讓她得到一個更好的歸宿。我的話也講盡了，如果你沒有當做耳邊風的話，我勸你趕快拋掉你的憂傷，使你和我兩個人都可以得到安慰。你振作起來吧，準備接受你熱戀的那位小姐啊！」

第多不好意思答應娶莎孚朗妮亞爲妻，因此默不作聲，可是，他一方面受着愛情的驅使，另一方面也拗不過吉西波再三的規勸，終於說道：

「吉西波，你再三勸我這樣做，又說這樣做能讓你高興，如果我眞的照着你的意思去做，我也不知道究竟是爲了使我自己稱心，還是爲了討你的歡喜。不過，你的慷慨征服了我的羞恥心，我照着你的意思去做吧！可是有一點我要告訴你——我這樣做絕不會忘了我不只是娶了你心愛的人，同時也保全了自己的性命。你對我的憐惜勝過我對自己的憐惜，我不是個忘恩負義的人，但願將來有一天我能體體面面地報答你。」

吉西波聽了這話，就說道：

「第多，如果我們要把這件事辦成功，就應採取這樣的步驟：你要知道，莎孚朗妮亞和我訂婚，是經過我們雙方家長很長的一番商量的；如果我對家人說，我不要娶她了，那一定會引起謠言紛紛，對方家長也會因此傷了和氣。當然，只要能夠讓你把她娶到手，我是不會計較這一點的。我只怕我一旦宣布不要她，她家裏馬上就會把她許配給別人（未必就肯許配給你），結果你我兩人都弄不到手。爲今之計，我看我只有一切照常，把她當作我的妻子娶回來，舉辦婚宴，然後設法讓你悄悄去和她同房，當作你的妻子。等到適當的機會和場合，我們再把眞相揭露出來。萬一不情願，木已成舟，他們也無可奈何了。不知你認爲怎樣？」

第多很贊成這條計策。不久，他身體復原了，心事也沒有了，吉西波便把新娘娶過來。少不得大擺喜宴，熱鬧一番。到了夜裏，女賓都告辭了，新娘睡在她丈夫的床上。第多的臥房就在新房隔壁，兩個房間是相通的；吉西波入了洞房，把所有的燈都熄滅了之後，就躡手躡脚地走到第多房裏，叫他到新房裏去和新娘圓房。這時第多忽然羞慚得無地自容，想臨時改變主意，不肯到那邊去，偏偏吉西波是說一不二的人，非要成全他朋友這件事不可，最後終於說服他，把他打發到那邊去了。

第多上了床就摟住新娘，開玩笑似地輕聲問她是否願做他的妻子，新娘以爲他是吉西波，便滿口回答「願意」，於是他就把一隻貴重的漂亮戒指套在她的手指上說：「那麼我也願意做妳的丈夫。」一段良緣就此結成，一夜有說不盡的恩愛歡樂。無論是她自己，或是旁人，都以爲跟她同睡一床的是吉西波。

不料正當第多和莎孚朗妮亞新婚之際，第多的父親布伯里奧一病長逝，家裏寫信來催他趕快回羅馬去料理喪事。因此他就和吉西波商量，準備帶着莎孚朗妮亞同去，可是如果不把其中的經過向她說清楚，事情是萬難辦到的。於是有一天，他們把新娘請到一間房裏，把眞情向她詳詳細細地說明白，第多又把他們兩人所說的許多私話說出來作證。莎孚朗妮亞用輕蔑的眼光，看看這個又看看那個，接着就號啕大哭起來，埋怨吉西波不該欺騙她。她也不對他們多說什麼，就回到娘家去，把吉西波對她和她家人所耍的欺騙手段說給她父母聽，她現在實際上是嫁給了第多，而不是像她父母所想像的那樣嫁給了吉西波。

她父親聽了這話，氣憤極了，趕到他的親屬和吉西波的親屬那兒去哭訴，這件事鬧大了。吉西波不但使自己家人憤怒，還受到莎孚朗妮亞家人的憎恨；大家都說，他不只是應該受到責備，還應該受到嚴厲的懲罰，可是他自己却認爲做了一件很體面的事，莎孚朗妮亞家裏的人應該謝謝他爲他們的女兒找到一個更好的夫婿呢！

再說第多這方面，他聽到這些情形，萬分苦惱。他知道希臘人的脾氣：你越是軟弱，他們就越是向你叫囂、擺威風，等到他們發覺對方也不是好惹的，那時他們不但會對你謙卑，而且還對你俯首貼耳，於是他決定不能聽任他們叫囂下去而不答覆。他具有羅馬人的氣魄、雅典人的智慧，便設下一條巧計，把吉西波和莎孚朗妮亞雙方的家屬，請到一座廟來。他自己和吉西波二人一塊兒走進去，對那些等待的人這樣說道：

「許多哲學家都認爲，凡人不論做什麼事，都要取決於永生神明的意志和預見；因此有人就說：不論是已然或未然的事莫不產生於必然，雖然也有些人認爲只有已然的事才產生於必然之中。我們只要把這些意見仔細研究一下，就會很顯明地看出，你如果想耍打消一件旣成的事實，那就無異於不自量力，去和神明較量高下。我們總不能不相信神是以顚撲不破的智慧、毫無差錯地擺布和主宰着我們凡人的俗事吧！

「這樣說來，你們總不難看出：如果我們拿神明的行徑來吹毛求疵，那是何等盲目和狂妄；如果有人當眞的癡心妄想，一定要這麼做，那就活該自討苦吃。我聽到你們一直都在說，莎孚朗妮亞原是許配給吉西波的，現在怎麼竟成了我的妻子，如果這些話我沒聽錯，那你們就全都是這一類的人。你們從沒想過，神自始至終注定了她應該歸屬於我，而不該歸屬於吉西波，現在事實證明果然是這樣。

「但是，說起神明的奧妙安排和意旨，多少人都認爲那是一樁難於理解的事，那麼我就姑且假定神明不干預俗人的事情，而依據世俗的見解來談一談——說到這裏，我不得不違背自己的習慣去做兩件事情：一件是讚美我自己，另一件就是適度地去批評和責備別人。可是，在這兩件事情上，我無論做哪一件都是因爲目前這件事要求我非這樣做不可，都是因爲我不願意脫離事實的緣故。

「你們憑着一時的氣憤，不顧理智，竟那樣責備謾罵吉西波，不只是低聲嘀咕，而且是在叫囂，你們這樣做，只不過是爲了你們好心許配了一個姑娘給他，而他心甘情願地把她讓給了我；可是我認爲他這種做法是值得讚美的。我這樣說有兩點理由：第一，他盡了朋友的情誼；第二，他處理這件事情比你們妥善。

「我現在不打算跟你們講什麼朋友之道有多麼神聖，該怎樣推心置腹，互相幫助；我只想提醒你們的，那就是朋友的情誼勝過骨肉的關係，因爲朋友是我們自己結交的，而父母兄弟是命中注定。這樣看來，如果吉西波把我的生命看得比你們的情誼還重，那你們也不必詫異，因爲他是我的朋友。現在再談第二個理由，這一點我更是非講給你們聽不可——這就是說，他比你們都聰明，因爲我覺得你們既不懂得神明的意旨，更不懂得友誼有多大的力量：——我說，你們經過了再三的斟酌和周詳的考慮，把莎孚朗妮亞許配給吉西波——一個年輕人，又是個哲學家。吉西波又自願把她讓給另一個青年哲學家。你們的意思是要把她許配給一個雅典人，而吉西波却把她讓給一個羅馬人。你們把她許配給一個身份高貴的青年，而他却把她讓給一個更高貴的人。你們爲她選的夫婿是個富家子弟，他爲她選的夫婿更富有。你們給她選的那個青年不但不愛她，幾乎還不了解她，他給她選的這個青年，却愛她甚於愛一切的幸福，愛她甚於愛自己的生命。

「爲了讓你們明白我所說的話句句都是眞話，吉西波的做法勝過你們的做法，且聽我來一一剖白給你們聽。我也像吉西波一樣，是個年青的哲學家，這也不用我多加表示，你們只要看看我的風采和學問就會明白。我和他是同樣年紀，在一起讀書，並肩齊進。不錯，他是雅典人，而我是羅馬人。如果我們要爭論這兩個城市誰比誰光榮，那麼我得說，我是自由城市裏的公民，而他則是附庸城市裏的公民；我的城市統轄天下，他的城市却屬於我那城市的管轄之下；我的城市無論是文才武略，都名聞天下，而他那個城只不過以文藝見稱。雖然在你們眼中看來，我不過是個微賤的書生，但我可不是什麼不三不四的羅馬人家的子弟。我自己家裏和羅馬的許多公共場所都供滿我家祖先的雕像，羅馬的史册上載滿第多家族對羅馬神殿的豐功偉績。我們的家聲並沒有隨着歲月的消逝而衰微，甚至如今還是蒸蒸日上呢。我實在不好意思提起我豪富的家財，因爲我始終牢記着：高貴的羅馬公民自古以來都認爲貧賤不能移乃是最大的財富。縱使凡夫俗子認爲我這話是胡說，只有財富才值得讚揚，那麼我不妨告訴你們，我非常富有，而且我的財富不是巧取豪奪來的，而是命運之神賜給我的。我知道你們一向樂意在雅典當地跟吉西波攀親，到現在也還屬意於他，可是你們無論如何不應該小看我這個羅馬人，因爲我在羅馬也是個身份高貴的人，無論在公事或私事方面，我的勤奮、能幹、魄力，都不見得比別人遜色。

「現在且請大家不要意氣用事，而要心平氣和地想一想：誰會認爲你們的意見比我朋友吉西波的意見高明呢？沒有人會這樣想。那麼，莎孚朗妮亞嫁給了一個富貴世家的羅馬子弟第多，同時又是吉西波的朋友，這眞是門當戶對呀。如果有人爲這件事抱怨或者感到遺憾，那實在太不應該，也足見他是不明事理的。也許有人會說，他們並不非難第多娶了莎孚朗妮亞，他們只怪他娶妻不擇手段，偷偷摸摸把女方的親屬蒙在鼓裏。這也不是什麼新奇的事，何足爲怪？

「天下女人多的是違背父母之命和人家私訂終身，或者與人私奔而後結爲夫婦的。還有些女人跟男人先通情，等孩子快生下來了，才和人家結婚，而不是人家循規蹈矩來求婚的，她們的家屬迫不得已只好承認，這些情形我也不必再談了，莎孚朗妮亞並沒有碰到過這一類的情形。吉西波把她讓給第多，是經過了愼重的考慮、正當的手續、體體面面的方式的。也許還有人會說，吉西波不應當把她讓給這樣一個人。這都是些娘兒腔的糊塗想法，完全由於他們缺乏見識。命運之神爲了要完成她早已安排好的事情，因而採用種種新穎的手段、奇妙的方法，這已經不是第一次了。譬如說，我有件事情要辦理，而來給我辦這件事的並不是個哲學家，而只是一個鞋匠，那麼只要他能够勝任，我就不管他公開辦理也好，秘密辦理也好，我又何必計較呢？如果這個鞋匠辦事不力，那麼，這一次我謝謝他，下一次我再也不請教他就是了。如果吉西波這一次處理莎孚朗妮亞的婚事處理得還不錯，那麼，你們責備他不擇手段，那就未免多此一擧，幾近愚蠢了。如果你們信不過他，那麼你們這一次謝謝他，以後再也不要讓他轉手嫁你們的女兒就是了。

「不過我應當跟你們說清楚，我並沒有在莎孚朗妮亞身上使用任何詭詐或欺騙的手段，辱沒你們的閥閱門第和顯赫的家聲；我雖然是悄悄地娶她爲妻，可是我並沒有以粗暴的手段來破壞她的貞操，也不曾像敵人那樣不擇手段地把她弄到手就算數；我確實是爲她的靑春美貌，爲她的高貴品質，燃起愛情的火焰；我知道你們非常愛她，如果我竟採用了你們認爲正當的那種辦法去向她求婚，那可就不能把她娶到手了，因爲你們唯恐我把她帶到羅馬去。

「因此我只有採用秘密的方法，現在也不妨跟你們說個明白。我說服了吉西波代我做一件他所不願意做的事。再說，我雖然那樣愛她，但並不是以情人的身份向她求歡，而是以丈夫的身份向她求歡的。我先用好言好語和婚禮戒指向她求婚。問她願意不願意做我的妻子，她回答說願意，我才把戒指戴在她的手上，然後和她發生關係的，這一點她自己也能證明。如果她認爲自己受了欺騙，那可不能怪我，只怪她自己當時沒有問一聲我是誰。這樣看來，無論是吉西波站在朋友的立場來說，或者我自己以情人的身份來說，我們最大的錯誤和罪過就是不應該私下叫莎孚朗妮亞變成了第多·克因玆奥的妻子。你們所以這樣誹謗他、威脅他、算計他，也就是爲了這一點。萬一他把這位姑娘讓給一個莊稼漢、流氓，或是奴隸，那時候你們又該怎麼辦？只怕就是撳出了鐐銬、打開了牢門、抽緊了絞索還出不了你們這一口氣吧？

「這一層我們姑且不再談下去；時間匆促，我因爲家父去世，急於要回到羅馬去。我想帶着莎孚朗妮亞一塊兒同去，所以我本來打算保守秘密的事，現在也跟你們講明白了。如果你們放聰明些，一定會高高興興地就此罷休；要知道，我如果是存心要欺騙你們，汚辱你們，那我大可以把莎孚朗妮亞丢在這兒不管，讓她去受人譏笑，可是神不允許一個羅馬人存有這種卑鄙的念頭！

「所以說，莎孚朗妮亞已經是我的人了，這不只歸功於我的朋友吉西波的妙計和我自己在情場上的機智伶俐，也憑着神的意旨，遵照人世法律的手續。如果你們竟自以爲比別人聰明，甚至比神明都聰明，你們可以有兩個辦法來反對這件事，和我爲難。第一個辦法：你們把莎孚朗妮亞留下來不讓我帶走，那你們可沒有權利這樣做，除非是經過我的同意；第二個辦法就是，把吉西波當作仇人看待，也不管他給你們出了多大的力。我現在也不打算進一步給你們指出這樣做有多愚蠢，我只是以一個朋友的身份．勸你們平下這口氣，打消怨恨，把莎孚朗妮亞還給我，讓我和你們結爲親戚，臨走時大家和和氣氣，將來和你們有來有往。老實說，現在木已成舟，不管你們怎樣阻攔，也要把莎孚朗妮亞奪回來，如果你們存心爲難，我就把吉西波帶走，等我回到羅馬，我不管你們怎樣阻攔，也要把莎孚朗妮亞奪回來，因爲她是名正言順屬於我的。等我跟你們鬧翻了臉，締結了寃仇，你們才會知道羅馬人有多厲害！」

第多說完了這番話，怒容滿面，站起身來，拉住吉西波的手走出廟宇，而且還對他們搖頭示威，表示他們雖然人多，他可毫不在乎。他們一方面被他那番聯姻結親的大道理說服了，也想和他言歸於好，另一方面也給他最後那幾句話嚇唬住了，便一致認爲既然吉西波不願意和他們攀親，那就最好和第多結親，免得既失去了吉西波，又和第多結下了寃仇。於是他們就去找第多，跟他說，他們願意把莎孚朗妮亞嫁給他，和他攀親，也願意把吉西波當作好朋友看待。接着，雙方盡了親友應有的禮節以後，便各自告辭回家，把莎孚朗妮亞送回到他那兒去。莎孚朗妮亞是個聰明的女人，眼看事情到了這般地步，便順水推舟，把從前對吉西波的情意，獻給了第多，跟他一塊兒回到羅馬，在那裏果然受到相當體面的接待。

再說吉西波，他留在雅典，幾乎沒有一個人瞧得起他；過了不久，有些人存心陷害他，找了個藉口，把他連同他的家人從雅典驅逐出境，判他終身流放。他貧苦無告，情形凄慘，簡直流落到行乞的地步，他一路上忍饑耐餓，來到羅馬找第多，看看是不是還認識他。到了那裏，他打聽到第多依然健在，備受羅馬人的尊敬，因此他就來到第多家門前，等候第多回來。他落到這般難堪的境地，眞不好意思開口叫他，只是設法讓第多看到他，認出他，先來招呼他。不料第多竟沒有注意到他，自顧地走了過去；他以爲第多看到了，却故意避開他。這時他想起自己從前對他那樣仁盡義至，如今他却忘恩負義，不禁恨恨地離開了，心裏非常沮喪。這時天色已黑，他肚子又餓，身邊又沒有一文錢，東走西逛，不知道上哪兒去才好，眞巴不得趕快死掉。過了一會兒，他無意中逛到這城裏的一個荒涼地區，看到一個大洞穴，便走進去過夜。他先哭了一陣，哭得筋疲力盡，就在那光禿禿的地面上睡着了，說來眞是可憐。

天快亮的時候，有兩個盜賊帶了贓物來到這個洞裏。兩人爲了分贓不均而大打出手，結果，那强的一個殺死了那弱的一個，逃掉了。吉西波聽到這片鬧嚷聲，又看看眼前這番情景，心想，他求死不得，如今可是個大好機會，用不着自殺也可以結束自己這條生命。因此他就一直待在那兒不走，後來巡丁聞訊趕來，氣勢洶洶地把他逮走了。在審訊時，他承認那個人是他謀害的，謀害之後就無法從那個洞中脫逃；執政官馬可·維羅納命令把他按照當時的習俗釘在十字架上處死。

這時湊巧第多來到執政官的法庭上，聽到人家在談這件案子，便把犯人打量了一下，立刻就認出了是吉西波，不禁大爲驚異：他的好友怎麼會遭到這般悲慘的命運，又是怎樣來到羅馬。他一心想要搭救他，但眼看除了自己代他認罪以外實在沒有別的辦法搭救他，於是急忙走上前去大聲說道：

「馬可·維羅納，快把這個死囚叫回來，他是無辜的。今天上午你的巡丁發現的那個死屍實在是我謀殺的，我這樁罪行已經够冒犯神的了，我再也不願意讓另一個無辜的人爲我寃枉而死，否則可眞是罪上加罪了。」

維羅納大吃一驚，可是全法庭的人都聽到他的話，他身爲官員，名譽攸關，不得不依法辦事，就叫巡丁把吉西波押回來，當着第多的面對他說道：

「這件事跟你生死有關，我們也沒對你用刑，你怎麼竟瘋到這般田地，不是你犯的罪也承認是你犯的？據你說，昨天晚上那條人命是你謀害的，現在這裏有一個人說，謀害人命的不是你，是他。」

吉西波向那人望去，原來是第多，明白第多這樣做是爲了搭救他，報答他從前的恩典，不禁傷心地哭了起來，說道：

「維羅納，那人實在是我殺害的；第多要搭救我的一片好心現在已經太晚了。只聽得第多說道：『執政官，你也看得出這人是個外地人，而且你們在那個死人身旁逮住他的時候，他手無寸鐵。你還可以看出，他所以這樣輕生求死，原是爲了境況艱難，所以你應當把他開釋，來判處我應得的罪名。』」

執政官見他們兩人爭着認罪，不禁起了疑心：莫非這兩個人都不是正凶？他正在盤算着如何開脫他們，這時忽然走進來一個青年，名叫帕白列斯·安北斯塔斯，他是個惡名昭彰的惡棍，全羅馬沒有一個人不知道他，那條命案就是他幹的。原來他眼見這兩人平白無故地代他受過，不禁天良發現，就對維羅納說道：

「執政官，這次我是命中注定要來排解這兩個人的爭端，我也不知道是哪一個神明在鞭策我的良心，要我非到你這裏來投案不可。你們聽着：他們兩個爭着認罪，其實誰都沒有罪。今天破曉時分被殺死的那個人是我殺的。當我和那個後來被我殺死的人分贓的時候，我看到這個苦命人正睡在那兒。至於第多，用不着我爲他洗雪，因爲他的聲名已經傳遍每一個地方，誰都知道他不是幹這種事的人。所以我請求你趕快釋放他們，按照法律來判定我的罪刑吧！」

這件事傳到渥大維耳裏，渥大維把他們三人都召去，問他們爲什麼爭着要赴死刑，他們把實情稟明，於是渥大維開釋了那兩個無辜的朋友，同時也赦免了那另外一個人，理由是，他能愛護那兩個好人。事後第多先責備吉西波不該不信任朋友和怕難爲情，然後就歡天喜地，把他帶回家去，莎孚朗妮亞見了，感動得流出淚來，把他當做親兄弟一般接待。等他休息了一陣，吃了些東西，精神恢復了，第多就拿出體面的服裝讓他穿上，和他共享自己所有的家財房產，又把自己的妹妹弗維亞嫁給他。各事辦妥之後，又對他說：

「吉西波，現在請你拿定主意：你是願意長遠住在我這兒呢，還是願意帶着我給你的一切回到阿凱亞去呢？」

吉西波一方面因爲受到故鄉的放逐，另一方面有感於第多的友情，便決定做一個羅馬人，長期住在這個城裏，從此他和弗維亞·第多和莎孚朗妮亞，兩對夫婦同住在一幢大屋子裏，非常融洽，彼此之間的友誼一天比一天密切。

這樣看來，友誼眞是最神聖的東西，不但是值得特別推崇，而且值得永遠讚揚，它是慷慨和榮譽的最賢慧母親，是感激和仁慈的姊妹，是憎恨和貪婪的死敵；它時時刻刻都準備捨己爲人，而且完全出於自願，不用他人懇求。可惜現在很難看到朋友之間能够這樣崇尚義氣了，這都是人類貪得無厭的心理所造成的過錯和恥辱，使得每個人都在斤斤計較自己的利益，哪裏還顧得到什麼友誼不友誼？早把它拋到九霄雲外去了。

你們想，如果不是爲了友誼，天下還有何種感情、何種財富、何種親屬關係能使吉西波那樣爲第多的戀情、眼淚和歎息所深深感動，因此把自己心愛的未婚妻也割愛給他呢？如果不是爲了友誼，還有什麼法律、什麼威脅、什麼恐懼能够制止吉西波不在隱蔽的地方、在黑暗裏、就在他自己的床上，伸出他那年輕的雙臂，去擁抱那位美麗的姑娘呢——說不定那位小姐正在等待他的撫愛呢？如果不是爲了友誼，有什麼榮譽、什麼酬報、什麼職位，能够引誘吉西波爲了滿足一個朋友的心意，竟不惜拋棄自己的親友和莎孚朗妮亞的親友，把那千萬人的無理取鬧和嘲笑誣蔑置於不顧呢？

再說第多，他當時可以裝做沒有看到他的朋友，那樣做絕不會有人責備他，可是當他的朋友招來殺身之禍的時候，他竟然毫不猶豫地捨身去救他，這是由於什麼力量的推動？友誼！第多眼見他的朋友走上窮途末路，竟不假思索地拿出自己廣大的家產來和他共享，他怎麼會那樣慷慨大方呢？爲了友誼！他明知他朋友已經窮愁潦倒，却大膽地把自己的親妹妹許配給他，這是爲了什麼原因呢？爲了友誼！

我們知道，天下人都希望自己親友衆多，兄弟成羣，兒女繞膝，財源茂盛，僕從如雲，可惜他們都只爲自己着想，連一片樹葉子落下來都怕打破自己的頭，至於父兄師長有了天大的急難，全不放在心上，而朋友之交却完全是兩樣的。

故事第九篇　杜雷勒先生

埃及蘇丹喬裝成商人，備受杜雷勒厚待。杜雷勒不久參加十字軍，與其妻子約定日期，如逾期無訊息，其妻即可改嫁。未幾，杜雷勒被伊斯蘭教徒所擄，因善於馴鷹，深受蘇丹器重，並且認出他就是杜雷勒，遂殷勤相待。後來杜雷勒思妻成疾，蘇丹託人施用法術，連夜送他回到故鄉，正好趕上妻子改嫁日期，在婚宴上爲妻子認出，夫婦重新團圓。

菲羅美娜的故事講完了，大家都稱道第多那樣的感恩報德，實在了不起。國王既讓狄奧紐講最後一個故事，自己便接下去說道：

各位可愛的小姐，非羅美娜剛剛談論友誼的那番話，眞是切中肯要；她在末尾又指責當今的人已完全不重視友誼，這指責也很有理由。假使我們現在的目的是在這裏痛斥世道人心，或是改正社會風氣，那我也可以接下去發表長篇大論。可是我們的目的不是這樣，所以我打算在這裏說一個故事。這故事說的是薩拉丁的慷慨大度，雖然比較長，但卻非常有趣。我說這個故事，目的就是要讓大家明白：雖然人類由於天性上的缺陷，彼此之間很難建立眞正的友誼，但我們至少可以樂於去幫助人家，那我們也許遲早有一天會得到報償的。

現在我就開始說故事了。根據多方面的考證，在國王腓特烈一世統治之下，基督教徒爲了收復聖地，曾發動了一次大規模的十字軍。當時埃及的蘇丹名叫薩拉丁，是個高貴勇武的君主，他早就風聞這件事，決定親自去觀察各個基督教國家的君主準備得如何，將來好拿出辦法來對付。他在埃及把一切事務料理妥當之後，就打扮成一個商人模樣，隨身帶了兩名足智多謀的大臣和三個侍從出發，說要去朝拜聖地。他們走遍許多信奉基督教的國家以後，行經隆巴地，準備越過阿爾卑斯山到法國去。有一天晚禱時分，他們正走在從米蘭到巴維亞的路上，碰到一位名叫杜雷勒的紳士，帶着鷹犬僕從，正要趕往台西諾河上他那美麗的別墅裏去小住。杜雷勒一看到薩拉丁一行人，就看出他們都是外地來的高貴紳士，湊巧蘇丹走上去向他的一個僕從打聽，這裏離巴維亞究竟還有多遠，當天是否趕得上進城投宿。杜雷勒不等那個僕從開口，搶着回答道：「各位先生，你們今天趕不上進巴維亞城了。」

「那麼，」薩拉丁說，「我們人地生疏，是否可以煩你指點我們一下哪裏有上好的旅店？」

杜雷勒回答道：「十分樂意。我正打算派個人到巴維亞去辦件事情：我叫他跟你們一塊兒走，把你們帶到一個地方去投宿，保證你們住得舒舒服服的。」

接着，他就轉身去悄悄地吩咐他的一個親信僕人如此這般，打發他跟他們一塊兒去；他自己則趕到別墅去，吩咐下人預備好豐盛的晚餐，設置在花園裏；各事準備停當，他就站在門口迎接嘉賓。

再說那個僕人，他陪着外地的紳士一路上談天說地，帶領他們兜過一條條狹路的小徑，不讓他們生疑，最後把他們帶到他主人的別墅裏。杜雷勒一見他們來到，就趕忙走上前來迎接，滿臉堆着笑容說：「各位紳士，竭誠歡迎你們光臨！」

薩拉丁是個腦筋靈活的人，猜出這位紳士開頭所以沒有說明邀請他們到他家裏來，爲的是生怕他們不肯，因此才想出這個辦法把他們帶回家來，叫他們再也無法推托，非在這裏過夜不可。於是他就答禮道：

「先生，假使殷勤多禮也要招來責怪的話，那我們可要怪你了。你就擱了我們的路程暫且不說，可是你我只有一面之緣，你就强迫我們接受你這般高貴殷勤的接待，實在叫我們慚愧。」

杜雷勒是個知情達理、善於言辭的人，他就回答說：「各位紳士，從你們的舉止風度看來，我這菲薄的招待，根本不能配合你們高貴的身份。不過巴維亞城外實在也找不出一個好地方可以讓你們住得舒坦，所以我只得累你們繞道來到這裏，將就住上一晚，請諸位多多原諒包涵。」

一會兒，那些僕人都來到這些旅客身邊，幫他們下了馬，再把馬牽進馬廄卸下鞍轡，飲水餵料。接着，杜雷勒先生就把那三位生客帶到事先給他們準備好的房間裏，讓僕人們替他們脫下鞋子，請他們先喝些冷酒提提精神，又陪着他們一直談笑到吃晚飯的時候。

薩拉丁和他的伙伴以及僕從，都懂得拉丁文，因此雙方的語言都聽得懂。他們都覺得，這位騎士無上的風趣和殷勤健談，眞是少見。再說杜雷勒，他也覺得這些人都是些大富大貴的人物，遠非他開頭所能想像得到，因此，眼看不能在當天晚上辦出豪華的筵席來款待他們，邀請些貴客來奉陪他們，心裏很是懊惱。於是他決定明天再作補償，就仔細吩咐一個僕人，打發他到巴維亞去把這件事告訴他那位賢慧過人、慷慨好客的夫人——原來巴維亞離這裏很近，夜裏根本不關城門。這樣安排好之後，他就把這幾位貴客領進花園，客客氣氣地請敎他們的姓名。薩拉丁回答道：「我們都是塞浦路斯來的商人，從塞浦路斯到巴黎去料理一些商務。」

「天哪，」杜雷勒回答道；「但願我們的國家能够出幾個紳士，抵得上塞浦路斯商人的風度就好了！」

賓主熱烈攀談，不覺到了晚飯時分，杜雷勒讓他們自動照着各人的身份地位順序坐定，招待得十分殷勤，他們吃了這一頓臨時準備起來的晚飯。飯罷不久，杜雷勒心想他們一路上辛苦疲憊，就請他們早些休息，床鋪被褥自然備極華麗；他自己不久也就寢安睡了。

同時，杜雷勒差遣到巴維亞的那個僕人，已把這事告訴夫人。那夫人非但沒有娘兒腔，而且氣派十分豪爽，立刻把杜雷勒所有的親友和僕從都找來，幫着分頭籌辦豪華的筵席，一面吩咐人連夜打着火把出去邀請全城的達官貴人，一面吩咐下人在家裏掛上綢緞的窗帷，鋪上華麗的枱布，掛上氈毯，一切都照她丈夫的意思去辦。第二天早上，薩拉丁和他的同伴一起床，杜雷勒就陪他們一塊兒上馬，同時放出幾隻鷹，把他們帶到附近一個淺灘裏，指給他們看那些鷹飛得多敏捷，薩拉丁請他派個人把他們帶到巴維亞的一個上等旅店，杜雷勒就說：

「讓我來做各位的嚮導吧，因爲我也正要進城去。」

他們信以爲眞，非常高興，就跟着他一塊兒出發。大約在晨禱鐘響的時候，他們就來到城裏，以爲是到一家上好的旅店去投宿，却被杜雷勒帶到他自己家裏去了。只見有五十來個當地的貴人早已等在門口，迎候這些陌生的嘉賓，並且馬上走過去要替他們卸鞍繫馬。薩拉丁和他的伙伴一見這情形，便知道了這是怎麼一回事，就說道：

「杜雷勒先生，我們請求你的並不是這個。昨天晚上已經把你打擾够了，實在叫我們受之有愧。今天你應該讓我們趕路了。」

「各位先生，」杜雷勒回答道，「昨天晚上我有幸能接待你們，只好算是機緣湊巧，因爲我是在路上偶然碰到你們的，而且時間已晚，只得讓你們在那座小屋裏委屈一個晚上。可是今天各位肯賞光駕臨舍下，我眞是感激之至了，就連我這許多親友也要深深感激；如果各位見外，不肯和我這些親友一塊兒吃頓便飯，那我也不便勉强。」

薩拉丁和他的伙伴給這番話說得無法推辭，只得下了馬，讓主人領着他們走進那些布置得富麗堂皇的房間，脫下旅行的服裝，休息了一會兒，就進入客廳，只見華麗的筵席已經擺好。他們洗了手，然後入席：山珍海味，一道道端上來，主人又殷勤地勸酒進菜；縱使帝王駕臨，也只能享受這樣的供奉。薩拉丁和他的隨從雖然都是王侯公卿，看慣了珍貴的物品，如今見了這場面，也不免暗中驚異；因爲他們知道這位主人只是個平民，並不是什麼公卿大臣。

宴畢撤席，大家歡敍了一陣，這時天氣漸漸熱起來，杜雷勒先生示意巴維亞當地那些紳士告辭回家。於是他獨自一人陪着三位貴賓，把他們帶進一個房間，又把他夫人請出來相見，表示他沒有隱藏一樣貴重的東西沒給他們看。夫人出來，只見她長得十分美麗，身材修長，衣飾豪華，雙手分別牽着一個天使模樣的孩子，向貴賓請安。貴賓都站起身來，必恭必敬地向她問好，爲她讓坐，又把那兩個孩子讚美了一番。她就愉快地和他們攀談起來，後來杜雷勒因事告退，她就客客氣氣地問他們從哪兒來，到哪兒去，他們就把以前回答她丈夫的話，重新又和她說了一遍，於是夫人和顏悅色地說道：

「這樣看來，我這個婦人的見解還算不錯；我要請求各位賞個光——我打算送你們一些小禮物，希望你們不要推却。不要忘了女人家器量小，只能送些小禮物，但願你們只看重送東西的人的情意，而不要計較物品的價值，收下來吧！」

說着，她就叫人把禮物拿來，原來是每人兩件袍子，一件是綢子滾邊的，一件是皮滾邊的，這種袍子不要說是平民、商人，就是王公大臣也穿得，她另外還給了他們三件線緞上衣和三條麻紗短褲，說道：

「請收下吧；我給我丈夫穿的也是同樣的衣服；至於其他幾樣東西，雖然不值什麼錢，也許對你們還合用，因爲你們和尊夫人離得那麼遠，還得趕遠路，我知道生意人都喜歡穿得整整齊齊的。」

三個伊斯蘭敎徒十分驚異，覺得杜雷勒先生眞是禮數周到，不願意有絲毫的疏忽。他所贈送的那些華麗的衣服，商人是不配穿的，難道說，杜雷勒先生已經看出他們的身份了嗎？他們當中有一個人回答道：

「夫人，這都是些貴重的禮物，我們不能輕易接受，不過妳情意深厚，再三要送給我們，使我們又不便推却。」

這件事辦好，杜雷勒先生回來了，夫人便告辭了他們，祈求天主爲他們祝福，又拿了一些東西按照等級分發給他們的僕從。杜雷勒先生又挽留他們再住一夜；他們小睡了一會兒，就穿上新衣，騎着馬，跟他一塊兒繞城遊覽去了。到了吃晚飯的時候，少不得又有多少高朋貴友陪着他們豪飲了一頓。飯後，談笑了一會兒，就上床睡覺。第二天早上醒來，他們又看到原來的三匹羸馬給換上了三匹肥碩壯健的駿馬，僕從的馬也換過了。薩拉丁見了這個情形，就轉過身去對他的伙伴說道：

「我憑着眞主發誓，天下再也找不出第二個人比這個騎士更有修養，更懂得禮貌，更通達人情世故的了。如果基督敎國家的國王都像這個騎士一樣，埃及的蘇丹，就連一個也抵擋不住，別說是他們許多人團結在一起，準備來侵犯蘇丹了。」

他們知道這次的禮物又是推却不得，於是就再三道謝，然後上了馬。杜雷勒領着一大羣人把他們送出城去，走了好長一段路。薩拉丁這時已對杜雷勒頗有好感，捨不得和他分手，可是他急於趕路，只得要求他們趕快回去。杜雷勒先生固然也捨不得他們，但也只得說道：

「各位先生，既然如此，我也只有從命了。可是有一件事我必須和你們說清楚：我不知道你們是誰，也不願意多打聽，只是不管你們怎麼說。不管你們是何等樣人，我絕不相信你們是商人。天主保佑你們！」

薩拉丁告別了杜雷勒的伙伴，就向杜雷勒回答道：「先生，也許將來有一天，我們能把我們的商品拿給你看，那時候你一定會相信我們是商人了。再見！」

於是薩拉丁帶着他的隨從策馬前進，心裏打定主意：只要能够活着不死，只要他預料中的戰爭不會給他招來殺身之禍，他一定要回敬杜雷勒，像他所受的款待一樣隆重。他又在他那些同伴面前把杜雷勒夫婦和他們處世爲人的各方面，着實讚揚了一番。等他遍訪了西方各國，實在已經筋疲力盡，就和他的伙伴搭船回到亞歷山大利亞去。他這次外出，獲悉了不少敵情，便着手準備防禦工作。

再說杜雷勒先生，他回到巴維亞城裏，想了好久，始終想不出這些人是誰，甚至連一個也想不出來。後來十字軍東征，到處都在招軍買馬，大事準備。杜雷勒先生顧不得他妻子再三的哀求和哭訴，毅然決然參加了十字軍。等他做好了一切準備，要上馬動身的時候，他對他心愛的妻子說道：

「夫人，想必妳也明白，我這次參加十字軍，一方面是爲了我自身的榮譽，另一方面也是爲了拯救我自己的靈魂。我把一切家務和我們的家聲都托付給妳。現在我走是走定了，可是後事變幻莫測，我哪裏料得準我一定能够回來？所以我請求妳答應我一件事，那就是說，不管我將來怎樣，如果是我生死不明，只要等我一年零一個月又一天，妳就可以改嫁，這期限就從我現在出發開始算起。」

夫人聽了失聲痛哭，回答道：「杜雷勒，你這一走，留給我的悲痛，眞叫我不知怎樣才受得了。可是，只要我能够忍痛活一天，而你萬一遭到什麼不幸，不管你是生是死，都請你放心：我活着是你的妻子，死了依舊是你的妻子！」

杜雷勒說：「夫人，妳的諾言我是信得過的。可是妳正當年輕美貌，又是出身名門，妳的賢慧誰不知曉？萬一將來謠傳我死了，我保證附近一定會有多少達官貴人要向妳的兄弟和親友去求婚，那時候儘管妳意志堅如鐵石，恐怕經他們三番五次的硬逼，也不由得妳不順從吧。我所以只要求妳等我這麼短短一段時期，就是爲了這個原因。」

夫人說：「我答應你的話一定會做到；萬一我非走別的路不可，我也會照你的意思去做。我但願天主不會叫你我走到這一步。」說過這話，她就抱住他，一邊哭，一邊從手上取下一隻戒指，遞給他說：「萬一我來不及見你一面就死了，那麼你看到這隻戒指，就會記起我了。」

杜雷勒接過戒指，上了馬，同親友一一辭別後就出發了，不久就和他的一行同伴來到熱那亞。他們在那裏乘上一艘大帆船，沒有多久就到了亞克，在那裏參加了基督教殘餘部隊，沒有幾天，那部隊立刻蔓延一種惡性疾病，死亡率很高。正當這種大疫流行的時候，薩拉丁那方面不知究竟是由於戰術高明，還是由於運氣好，不費一兵一卒就把所有沒有染疾而死的基督徒都俘擄了，關在各個城裏。杜雷勒先生也被擄了，跟一些俘虜在一起被送往亞歷山大利亞。那裏沒有人認識他，他也唯恐讓人家認出來，因此迫不得已，只好替人家養鷹。這本是他的拿手好戲，薩拉丁看到了，就把他從俘虜中挑出來，叫他替他養鷹。

從此薩拉丁就以「基督徒」稱呼杜雷勒，雙方都沒有認出誰是誰。杜雷勒一心記掛着巴維亞，幾次想要逃跑，都沒有逃成。後來有幾個熱那亞人，以大使身份來到薩拉丁這裏，和他商議關於贖回俘虜的事；臨走時，杜雷勒打算託他們帶封信給他妻子，告訴她說，他仍然活着，一有辦法就會趕回家去，希望她等他。他真的寫了一封這樣的信，找到了一個他認識的大使，託他把這封信帶給西耶爾•道羅地方的聖彼得修道院長，那院長是他的叔父。

過了不久，有一天，薩拉丁和他談到養鷹方面的事，他笑了一下，嘴唇一動，薩拉丁想起了以前在巴維亞家裏看到他的那種神情，因此想起了杜雷勒，接着又盯着他看了一陣，認出他果然就是那個人，於是他就轉換話題，問道：

「喂，基督徒，你是西方哪一個國家的人？」

「陛下，」杜雷勒回答道：「我是隆巴地人，住在巴維亞城，我是個出身微賤的可憐人。」

薩拉丁聽了，便斷定自己果然猜中了，心裏好不高興，想道：「多謝老天爺賜給我這個機會，讓我來報答他的厚意。」

於是，他一聲不響，命令侍從把他自己的衣飾全都拿到一間房裏，再把杜雷勒帶到那裏，問道：「瞧，基督徒，這些衣服裏，有沒有哪一件是你見過的。」

杜雷勒望了一下，看到了他妻子送給薩拉丁的那幾件衣服，可是又怕未必眞的就是，便回答道：「陛下，沒有一件是我見過的；可是不瞞你說，有兩件倒很像我那年贈送給三位在我家裏住宿過的商人的。」

這時候薩拉丁再也控制不住自己了，連忙親切地抱住他，說道：「你是杜雷勒·德·伊斯特里亞先生，尊夫人當年贈送衣服給三個商人，我就是其中的一個；當時我同你分手的時候，曾對你說過，總有一天我可以讓你看到我做的是什麼生意，現在就是讓你看的時候了。」

杜雷勒先生聽了，又是歡喜又是羞愧，歡喜的是，居然有幸接待過這麼一位上賓；羞愧的是，當初對待那三位貴賓實在太菲薄了。

過了一會兒，薩拉丁又說：「杜雷勒先生，既然眞主有意把你送到這兒來，那麼以後就把自己當作是這兒的主人吧！」

兩人歡敍了一陣，薩拉丁就讓他換上王室的衣服，把他帶到一些顯赫的公卿前面，先把他高貴的德性大大讚揚了一番，然後吩咐那些公卿說，凡是想要獲得國王恩寵的人，都得把杜雷勒先生當作國王本人一般尊重。大家都照着他的意旨去做，尤其是那兩位跟薩拉丁一塊兒在杜雷勒家裏作過上賓的人，更是對他百般殷勤。

杜雷勒先生突然受到這般的優寵，幾乎連思鄉之情也有些淡薄了，何況他還以爲他那封家信這時已經送到了他叔父手裏。

且說在那批被薩拉丁所俘擄的基督徒當中，有個普羅望斯地方無足輕重的人，名叫杜雷勒·德·戴尼斯，就在被俘擄的那天死了，下了葬，而杜雷勒·德·伊斯特里亞慷慨好客的聲譽在這些基督徒中是無人不知的，因此大家都把那個杜雷勒當作了這個杜雷勒，到處在傳說：「杜雷勒死了！」他們旣是做了俘虜，限於處境，自然無從弄清楚事情的眞相，所以許多義大利人回到本國時，都把這則消息以訛傳訛，有些人甚至不加思索地說，他們親眼看到他死的，並且下葬的時候他也在場。他的妻子和親屬聽到這個消息，眞有說不出地悲痛；不但如此，甚至連不認識他的人都爲他難受萬分。

至于他的夫人如何傷心悲痛，在這裏自然不必贅述，只說她接連悲悼了幾個月之後，哀痛逐漸減輕，隆巴地許多顯要人士都來向她求婚，她那些兄弟和親屬等也都竭力勸她改嫁。她痛哭流涕，無論如何也不肯答應，最後迫不得已，只得跟他們說，她和杜雷勒有約在先，必須等到約期過後，才能改嫁。

可憐他的夫人在巴維亞就處在這個困境中，轉眼之間只剩八天工夫就得改嫁了；誰知杜雷勒在亞歷山大利亞有一天碰到了那個陪送熱那亞大使到熱那亞去的人。他就招呼那個人，問他一路上航行的情形如何，是幾時到達熱那亞的。

那人說：「先生，我是在克里特上岸的，我在那兒聽說那次航程很不順利，船駛近西西里時，起了一陣狂暴的北風，把船刮到巴巴里沙洲上去了，沒有一個人活命，我兩個兄弟也葬身在魚腹中。」

他說的話千眞萬確，杜雷勒怎麼能不相信？他記起和妻子約定的期限再過幾天就要到期了，而巴維亞地方全然不知道他的下落，因此斷定他的妻子馬上就要改嫁了。這麼一想，眞是難受，竟因此輾轉難眠，茶不思，飯不想，臥床不起，只想一死了之。幸虧薩拉丁情誼深厚，聽到這個情況，就來看他、問他，詞意懇切，弄清楚他傷心和得病的原因，大大地責怪他爲什麼不早說；接着又安慰了他一番，叫他放心，說只要他振作起來，保證他可以趕上他妻子改嫁那天到達巴維亞；最後又跟他詳細說明這個辦法。杜雷勒本來就聽說過有這種奇事，並且有多少人試驗過，現在聽薩拉丁也這樣說，不覺放了心，只是催促薩拉丁快快實行。於是，蘇丹就把他從前求教過的一個高明術士召來，叫他施展法力，讓杜雷勒睡在床上當夜趕到巴維亞。術士說可以辦到，但是必須先讓杜雷勒睡熟了才能作法。

薩拉丁和術士約定之後，就立刻回到杜雷勒那兒去，發覺他已下定決心，不管天大困難，也要如期趕到巴維亞，若是辦不到，唯有一死。薩拉丁就說：

「杜雷勒先生，你這樣地寵愛你的妻子，唯恐她落到別人手裏，我實在不願意怪你，也不能夠怪你，因爲我覺得我所看到的女人當中，無論風度、舉止、儀態，都沒有哪一個比得上她，這實在難能可貴——且不說她的容貌怎樣嬌艷，因爲那不過是轉眼間就要凋殘的鮮花而已。本來，命運之神把你送到這兒，我就非常樂意和你平起同坐，共同掌握國家大權，但是你現在已打定主意，如果不能如期趕到巴維亞，寧願一死；早知這樣，我原可以依着我的心願辦事，把你堂堂皇皇、前呼後擁地護送回家，這才適合你的身份。然而眞主偏偏不讓我如願以償，而你又歸心似箭，因此我只有照我剛才所說的那個辦法送你回去了。」

「陛下，」杜雷勒先生回答道。「你對我仁至義盡，我實在愧不敢當；你這些話即使不說出來，我也會一輩子相信你對我的恩情；可是我現在既已打定主意，那麼就請求你把剛才答應我的那件事趕快辦到，因爲明天就是她等我的最後一天了。」

薩拉丁回答說，這件事一定替他辦到，保證萬無一失。第二天，他打算當夜把他送回到家裏，就命令手下的人在大廳裏預備好一張富麗堂皇有墊子的床，根據當地的風習，墊子是全用天鵝絨和金線做成的，床上鋪着一條被，被上用貴重的珍珠寶石裝點出各種奇妙的花樣，這在義大利要算是無價之寶，另外還配上一對和床鋪相稱的枕頭。安排好了，他就打發人去把杜雷勒請來。杜雷勒這時已經精神振作起來，身上穿着一件從來沒見過的伊斯蘭敎徒穿的富麗袍子，頭上裏着一條長長的頭巾。

等到天晚了，蘇丹就帶了許多公卿來到杜雷勒住的那間屋子裏，在他身邊坐下，幾乎是淚汪汪地說：

「杜雷勒先生，時間迫近，你我就要分手了。由於你這次不同尋常的旅行，我不能送你，也不能派人一路上護送你，只有在這個房間和你話別了，所以我特地趕到你這兒來。在我和你分手之前，我憑着我們的交情和友誼，求你不要忘了我——如果可能的話，等你回到隆巴地把事情料理完了，至少也要來看我一次，一方面使我見了你高興高興，另一方面也可以彌補這一次由於你匆匆而去所留給我的遺憾；而且我希望你不要怕麻煩，常常寫信給我，不管你對我有什麼要求，你都可以提出；請你放心，我樂意爲你效勞，世界上再沒有第二個人能够像你這樣使我願意效勞的了。」

杜雷勒先生也忍不住潸然落淚，喉頭已經哽住了，只能勉强回答幾句話，說他一輩子也忘不了薩拉丁的好處和他高貴的氣度；只要這條命能够活下去，一定照着蘇丹的吩咐去做。接着，薩拉丁就熱情地擁抱他、吻他，流着淚和他告別，走出房間。其他的公卿也都一一告辭了杜雷勒，跟着蘇丹來到那預備好床鋪的大廳裏。

現在時間已經不早，術士正在那兒等候，急於送他啓程。一個醫生送來一些藥水，告訴他說，喝了可以壯壯膽子。杜雷勒先生一飲而盡，沒有一會兒工夫就睡着了。術士依了薩拉丁的指使，等杜雷勒甫一睡定，就把他抬到客廳那張漂亮的床上，在他身邊放了一頂價值連城的美麗大王冠，王冠上刻丁字，說明是薩拉丁贈送給杜雷勒夫人的。隨後他又把一隻嵌着紅寶石的戒指套在杜雷勒的手指上，那就像一把火炬，眞是一件無價之寶。又在他腰間掛上一把寶劍，劍上那些裝飾品的價值簡直無從估計。然後又在他胸前掛上一串垂飾，鑲滿罕見的珍珠和其他各種名貴的寶石。他兩旁都擺着一個大金盆，盆裏裝滿了金幣、一串串的珠子、戒指和玉帶等貴重的物品，很難在這兒一一細說。各事齊備以後，他又吻了他一次，吩咐術士趕快送他啓程。於是那張床就帶着杜雷勒在他面前越飛越遠了，只剩下薩拉丁和公卿在那裏談論着他。

杜雷勒先生帶了這些珠寶裝飾品，不多時，果眞到了巴維亞的西耶爾．道羅的聖彼得教堂；這時他還沒有醒來。夜禱鐘響了，教堂的看門人拿着一盞燈走進來，突然看到這張富麗堂皇的床，不但感到詫異，而且嚇得透不過氣來，轉身就逃。修道院長和衆修士看到他逃跑，都感到詫異，問他出了什麼事；他就把這件事跟他們說明白了。院長說：「天啦，你既不是個小孩，又不是新到教堂裏來的。幹嘛爲了這麼點事情就逃呢？讓我們進去看看到底是誰扮了妖怪把你嚇成這副樣子。」

於是院長和衆修士點了火炬，走進教堂，果然看到了那張富麗堂皇的床，床上躺着一個熟睡的紳士。他們帶着猶豫和恐懼的心情，望着那些珍珠寶石，不敢太靠近床，這時杜雷勒所服用的痲藥已經失去效力，醒了過來，長長的歎了一口氣，院長和衆修士看到和聽到這情形，都嚇得拔腿就跑，邊逃邊叫：「天主保佑！」

杜雷勒先生張開眼睛，向四下望了一望，看到現在果然來到他要求薩拉丁把他送到的那個地方，心中感到非常快慰。於是他坐起身來，仔細地察看身邊周遭的一切，儘管他早已知道薩拉丁的慷慨豪華，可是照眼前的情形看，還是遠非他始料所及，從此他對薩拉丁的慷慨性格有了更進一步的認識。不過，他看到衆修士慌忙逃走，猜到了原因，便沒有動彈，只是喊着院長的名字，叫院長不要害怕，因爲他就是杜雷勒，是他的姪子。院長聽了這話，想起他早在好幾個月以前就死了，因此益發恐懼起來；過了一會兒，他才想通了，信以爲眞，又聽到有人在叫他的名字，這才消除心中的恐懼，放下了心，畫了個十字，走到那人面前。杜雷勒說：

「叔父，你幹嘛這樣害怕？多謝天主的恩德，我還活着，而且從海外回來了。」

他雖然蓄着長長的鬚髯，穿着伊斯蘭教徒的衣服，他叔父還是一下子就把他認出來了，這才完全放了心，拉住他的手說：「孩子，歡迎你回來。」接着又說：「你實在不能怪我們害怕，因爲這一帶沒有誰不以爲你已經死了。我還得告訴你：你的妻子愛苔麗達，經不過她娘家的軟哄硬逼，迫不得已，只好答應改嫁，明天一大早就要嫁到她的新丈夫家裏去，婚宴和一切有關的事情都早已準備好了。」

杜雷勒從那張華麗的床上爬下來，滿心歡喜地招呼院長和衆修士，請求他們不要跟外人說起他回來的消息，他自有主意。接着，他先收藏好珍珠寶貝，再把他出門以後到目前爲止的一切遭遇都講給他叔父聽，院長聽到他幸運的遭遇，很是高興，而且和他一塊兒感謝天主。隨後杜雷勒又問起他妻子要改嫁給誰。院長告訴了他，杜雷勒就說道：

「我打算趁人家還不知道我回來以前，看看我妻子在這一次的婚禮上表示什麼態度。我知道神父通常是不出席這類宴會的，可是我還是請求你，爲了我的緣故，跟我一塊兒去吧！」

院長回答說非常樂意；於是天一亮，他就派人去告訴新郎，他想帶一位朋友一同前來觀禮喝酒，新郎回答說竭誠歡迎大駕光臨。

到了開席時間，杜雷勒依舊穿着原來的服裝，和院長來到新郎家裏。賓客見了他，一個個都驚訝不已，可是沒有哪一個人認得出他。院長逢人就說，他是個伊斯蘭教徒，是蘇丹派他到法國去做大使的。因此主人家就請他坐在新娘對面的一張桌子上。他見新娘面帶憂色，分明是不情願改嫁，這眞叫他有說不出的高興。新娘也對他望了幾眼，但沒有認出他來，一來因爲他的鬍子長了，又穿着外國衣服，二來因爲她認定他早已經死了。

過了一會兒，他覺得這應該是試一試她記不記得他的時候了，就從手指上取下當年夫婦分手時她給他的那隻戒指，又把新娘頭前的那個小廝叫來，說道：「請你對新娘說，我們伊斯蘭教國家有個風俗：凡是有陌生客人出席喜筵，新娘爲了表示她歡迎貴賓，必須用自己所喝的酒杯斟滿了酒，來敬這位貴賓，等到貴賓隨意喝過以後，他就把杯子蓋好，讓新娘把剩下來的酒喝完。」

小廝把這番話告訴了新娘，新娘原是個富有敎養的聰明女子，料想這位貴賓必然是一個了不起的人；爲了表示歡迎，就吩咐他把她頭前那隻鑲金的杯子洗乾淨，裝滿酒，送到那位貴賓面前去，那小廝照辦了。

杜雷勒先生早已把那隻戒指銜在嘴裏，等到酒來了，就趁沒人看見的當兒，把那隻戒指吐在酒杯裏，於是把酒喝得只剩一點兒，再把杯子蓋好，交給小廝送還給夫人。夫人遵守貴賓的習俗，接過酒杯，掀開蓋子，送到口邊，看到那隻戒指，沉吟了一會兒，也沒有作聲。她看出那就是她在杜雷勒臨走時給他的那隻戒指，就把它拿起來，一面仔細注視那個陌生的客人，終於認出他是自己的丈夫，立即推倒面前的桌子，好像瘋了似地尖聲叫道：「那是我的丈夫，那是杜雷勒先生！」

她立刻向他的座位奔去，也顧不得自己的衣服或是桌上的東西，一下子撲過去緊緊地抱着他，在場的人無論用口勸，或用手拉，都無法叫她鬆手，最後還是杜雷勒叫她稍稍自制，將來擁抱的機會多的是，她這才站起身來。這時婚筵已經陷於非常尷尬的局面，不過很多賓客看到這位紳士回來了，却愈加高興。大家都依着杜雷勒的要求，安靜下來，聽他講述從離家那天起直到現在的一切經過；他最後還說，這位新郎原是聽說他死了才要娶他妻子的，如今他回來了，把妻子接回去總不致於見怪吧。

新郎雖然失望却坦白而友善地囘答道，這事情完全聽憑杜雷勒處理。於是杜雷勒立刻卸下新郎給她的戒指和冠冕，戴上了剛剛從酒杯裏拿起來的那隻戒指以及蘇丹送給她的那頂王冠。接着，他們夫婦倆走出了這個屋子，由婚宴上那些賓客伴送他們囘家。家裏的人和親友四鄰見了他全都轉悲爲喜，認爲他這次的安然返囘，簡直是個奇蹟，都設筵相慶，熱閙了好久。

杜雷勒分了些珍寶給那個新郎，算是賠償他舉辦婚宴的損失，又分了些給那位院長和許多人。後來他寫了許多封信給薩拉丁，報告他平安到家的消息，而且在信上，是以薩拉丁的僕人朋友自居。以後他就一直和那位賢淑的妻子和諧終老，待人接物更是慷慨殷勤。

杜雷勒夫婦飽經折磨，以及他們慷慨好客而獲得報償的故事，大概就是這樣。許多人都光想從別人那裏得到更大的好處，因此，如果他們後來得不到什麼好處，那麼，無論是他們自己，還是別人，都是不必大驚小怪的。

故事第十篇　愚蠢的試煉

薩路茲侯爵的下屬再三懇求他安置家室。他根據自己的心意，娶了一個農家姑娘，生下一子一女。為了試驗妻子的賢德，他在她面前佯稱已把這一對兒女處死，後來又佯稱要遺棄她，另娶新人，把她攆回微賤的娘家；一面又把寄養在他鄉的成了年的女兒接回家來，對外只說，這就是他要娶的新人。他妻子沒有哪一件不是百依百順，侯爵這才把她接回來，讓她和她長大成人的親生兒女見面。此後侯爵對她恩情彌篤，愛寵有加，尊她為侯爵夫人。

國王講完了這樣一篇長長的故事，看到大家都聽得津津有味。狄奧紐笑嘻嘻地說道：「那個好人兒，他那天晚上降服小鬼，不許它尾巴翹翹❶，並沒有因為你那樣讚美杜雷勒，而給了兩文錢的稱許。」說完這話，他知道只剩下他自己一個人沒有說故事了，便接下去說：

各位賢淑的小姐，今天各位所講的故事，說的都是有關帝王和蘇丹的事，所以，為了不要離開這

❶ 請參閱第七天故事第一篇、

個範圍太遠，我也來講一個有關侯爵的故事。我講的不是他的豐功偉績，而是他的一件極端愚蠢的行爲。他做出這種愚行，雖然最後還是獲得美滿的結局，可是其中的情節實在太悲慘了，所以我絕不勸任何人去學他的榜樣。

好久以前，薩路玆地方有個年輕的侯爵古阿特里，還沒有妻兒子女，所以成天無所事事，只愛打獵放鷹，把那安置家室和生男育女的事情都丟在腦後。他在這方面實在算得上通達的人。可是他的下屬都不滿意他這一點，幾次請求他娶親，免得他身後無嗣，也免得臣民日後無主。他們都要爲他物色一位出身高貴的賢慧小姐，使他稱心滿意，和諧終老。他立即回答道：

「各位，你們勸我做的這件事，我本來是無論如何也不肯做的。天下最難的事情，莫過於物色一位情投意合的妻子，而脾氣性格和你恰恰相反的女人，又到處都是，一旦和一個不合心意的女人做了夫妻，只有一輩子活受罪。你們說，根據父母的舉止作風與處世爲人，就可以看出他們的女兒是否賢慧，你們竟主張這樣爲我物色妻子，眞要笑壞人了。我眞不懂得，你們有什麼辦法弄清楚這些女子的父親的底細，且不談怎樣去了解她們母親的隱私，縱使能把這方面都調查得一清二楚，又哪裏能夠斷定做女兒的必定像父母？可是話說回來，旣然你們喜歡給我加上這個束縛，我也樂意如你們所願。可是我的妻子得由我自己去選擇，將來萬一事情不妙了，我怪來怪去也怪不到旁人身上，只有怨怪我自己選錯了人。有一件事我必須事先和你們說清楚：不論我選了個什麼樣的女人做我的妻子，你們都得尊她爲夫人，敬她爲女主人，否則你們到那時候就應該拿出一點良心來想想，我經不起你們的勸告，違背了我自己的意志，娶了一個妻子，那是多麼苦惱的事！」

善良忠誠的下屬都回答道，他們很滿意他這一席話，只要他肯娶妻子就是了。

且說附近村子裏有個窮人家的姑娘，她的神態風韻早就給古阿特里侯爵看中了。侯爵認爲她非常美麗，覺得和她結爲夫妻，一定會終身幸福美滿。他不再另外去物色，決心要娶她爲妻。他立即把她的父親請來，向他表明心意。那個窮父親答應把女兒許配給他。辦妥了這件事之後，他又召集所有的朋友，對他們說道：

「朋友，你們一直都巴不得我成親，我現在已經聽了你們的話，準備這樣做，這多半是爲了讓你們歡喜，而不是我自己存心要結婚。你們總該記得你們自己的諾言，那就是說，無論我娶什麼樣的女人做我的妻子，你們都得尊她爲夫人，敬她爲女主人。現在時候到了，我要對你們履行我的諾言，你們也要守信。我已經找到一個稱心如意的少女，打算在最近幾天，就把她接過來成親，所以你們計劃一下：怎樣預備豐盛的喜筵，以何種隆重的儀式去接待她，好使我相信你們能夠說到做到，使我稱心滿意；你們以後也會看到，我對你們是保守信用的。」

這些善良的下屬都歡喜不盡，說他們眞是高興極了。又說，不管新娘是個怎麼樣的人，他們都要尊爲夫人，敬她爲女主人，對她的尊崇，務必處處和她的身份相稱。隨後，他們立刻着手籌辦體面豪華的婚禮，古阿特里也親自參與其事。他要舉辦隆重熱鬧的喜筵，把所有的高朋貴戚和附近一帶的顯要人等，統統請到。他又另外找了一位少女，和他要娶來的那位少女身材大致相仿，照着她的身材剪裁了許多高貴鮮豔的衣服，又預備了無數戒指、手環和一頂富麗堂皇的冠冕，凡是新娘的佩戴裝飾，他沒有一件不辦到。

轉眼佳期已經到了，那天晨禱鐘還沒敲，古阿特里以及前來向他道喜的人們都上了馬。各事安排妥當之後，他就說：「各位，現在應該去迎接新娘了。」

說着，他就和大家一同向那個村莊出發。他來到那位少女的家門前，看到她從外面提着一桶水，正急急忙忙趕回家，因爲她聽說古阿特里侯爵的新娘要從這兒經過，所以她要趕快把事情料理妥當，好跟別的女伴一塊兒去看看。侯爵一看到她立刻喊了她的名字格麗雪達，問她父親在哪裏。她頓時羞紅了臉，說道：「侯爵，他在家裏。」

於是古阿特里下了馬，叫大家在門外等他，他一個人走進那窮人家裏，找到了那少女的父親賈紐柯羅。他跟他說：「我到這兒來，為了要娶格麗雪達。可是我要當着您的面，問她幾樣事情。」

於是，他就問她：如果他娶她為妻，她是否願意盡心盡意地討他歡喜；無論他說什麼、做什麼，她是否都能毫不介意，她是否樣樣事情都可以順從他的心意；此外又問了許許多多諸如此類的事。他每問一件，她都答應一聲「是」。古阿特里立即拉住她的手，把她帶到他的賓客和衆人面前，叫她脫下衣服，然後吩咐僕人把他預備好了的新裝拿來，叫她穿戴齊全，又把冠冕戴到她亂蓬蓬的頭上。大家看到這番情景，都非常納悶。他當着衆人說道：

「各位，我要娶的就是這位少女，只要她肯嫁給我，我就要和她成親。」

說着，他便轉身對着那個少女，她站在那裏羞人答答，意亂心慌，他問她：

「格麗雪達，妳願意我做妳的丈夫嗎？」

她回答道：「大人，願意。」

他說：「那麼我也願意妳做我的妻子。」

他就這樣當衆和她行了婚禮，把她扶上一匹小馬，迎回府邸。那種前呼後擁的場面，眞是榮耀極了。回到府邸，又大擺喜筵，場面眞是豪華熱鬧，卽使娶了一位法國公主，也不過如此。

這位嬌妻一換了新裝，立刻顯得氣度不凡。我們前面早就說過，她的身段和面貌都長得很美，現在打扮之後，益發出落得嬌媚可人，雍容大方，看來不像是賈紐柯羅的女兒，不像是牧羊姑娘，而儼然是一位出身高貴的千金小姐。凡是以前認識她的人，見了都覺得驚奇。婚後她對丈夫十分順從，無限殷勤，使他自認爲是天下最幸運、最有艷福的男子。至於她對待她丈夫的下屬，也是敦厚仁慈，使得人人都心悅誠服地愛戴她、尊重她，祝她福澤無邊，榮顯一世。以前大家總是說，古阿特里娶了這樣一個女人，眞是失策，現在這些人却都異口同聲地稱他是個非常賢達精明的人，因爲除了他以外，天下再也沒有第二個人能够透過她的破爛衣服，看得出這個農家女子身上隱藏着這樣崇高的美德。總而言之，沒有多少時候，她的美名就傳遍了四方。不但是她丈夫領地裏的人民，就是外方人士，也都稱讚她的賢慧。凡是在當初他丈夫娶她時非難過他的人，都一反本來的說法，說他娶這個妻子眞是娶得太好了。

她嫁給古阿特里不久，就懷了孕，後來生下一個女兒，古阿特里歡喜不已。可是他忽發奇想，要叫她多受些折磨，經歷一些忍無可忍的事情，以便試試她有沒有耐心。他先是裝出一臉煩惱的神氣，用語言激她，說是他的下屬都因爲她出身微賤，對她十二分的不滿，尤其是看到她生養孩子，更加不滿。他說，自從她生下了這個小女兒，他們都口出怨言，竊竊私議。他的妻子聽了他這番話，面不改色，也沒有流露出一絲一毫憤激的神氣，只是說道：

「大人，您要怎樣做就怎樣做吧！只要能顧全您的尊榮，能叫您快慰，我就心滿意足。請您顧到您的臣僚要緊，我比起他們來，實在無足輕重。再說，多蒙大人抬擧，使我備受尊榮，論身份門第，我也實在不配。」

古阿特里聽了她的回答，非常高興，因爲他從這番話裏知道她妻子雖然備受他和他下屬的尊崇，却並沒有因此而滋長驕傲之心。

又過了些時候，他先含糊地跟他的妻子說，他的下屬容不了她生下的這個小女兒；接着就派了一個侍從，如此這般地吩咐他一番，叫他到侯爵夫人那兒去照吩咐行事。那人到夫人那裏，滿面憂傷地說道：

「夫人，侯爵命令我來，我若不遵命辦事，勢必性命難保。他命令我把您的親生女兒帶去……」那人話說到這裏就停住了。

夫人聽了這話，再看看這人的臉色，不由得想起她丈夫前些時候跟她說的話，便料定侯爵派這個人來，是要他把女兒取去處死。她心裏雖然悲痛萬分，可是仍然面不改色，馬上把那女孩從搖籃裏抱起來，吻了吻她，又爲她祝福了一番，將她交給這個侍從抱着，說道：

「你把她抱去；主人吩咐你怎麼辦，你就得照辦，不要有絲毫差錯。只是不要讓這孩子的屍骨被鳥獸吃掉，除非是主人吩咐你這樣，那當然不能違背。」

那個侍從抱走了女孩，又把夫人所說的話回覆侯爵。侯爵看見妻子這般堅貞不渝，不由得納悶。他隨即打發這個侍從，把這女兒送到波隆那一個女親戚那裏去，央求她悉心地把這女孩撫育成人，無論如何也不要洩漏她是誰家的女兒。

後來侯爵夫人又懷了孕，到時候生下一個男孩，她丈夫自然欣喜異常。但是，他覺得給妻子的考驗還嫌不够，決定再更狠心地試探一下她的心思。有一天，他又裝出滿臉的憂愁，對她說道：

「賢妻，自從妳生下這個男孩，我的臣民簡直吵得我六神不安。他們怨聲載道，說我死後，就要由賈紐柯羅的外孫繼承爵位，做他們的主人了；照這樣看來，我如果不想被他們攆下來，就不得不像上次那樣再來一次；而且到最後，我甚至非把妳休了，另娶個妻子不可。」

他妻子耐心地聽完他的話，只是回答道：

「大人，您覺得怎麼樣稱您的心意，您就怎麼做吧！不必顧念我。凡是能使您高興的事情，我絕不會不樂意的。」

過不了幾天，古阿特里果然照着當年對待女兒的辦法，派人把自己的親生兒子從妻子那裏抱來，又故意揚言要把他處死，暗地裏却把他送到波隆那去養育。夫人一如當初捨棄女孩時那樣面不改色，毫無怨言。古阿特里不禁暗暗稱奇，心想，天下再也沒有第二個女人會做到這般依從了；要不是他親眼看到她百般疼愛兒女，他一定要以爲她不把兒女放在心上呢；其實她所以能做到這般地步，完全是爲了順從他的心意，經過很周到的考慮的。

他的下屬都以爲他眞的把他自己的親生兒女處死了，都嚴厲地譴責他，說他是個沒有人性的人，又很同情他的妻子。他的妻子每逢女眷因爲她的兒女遭到殺害，而來慰問她時，她只是說，既然兒女的親生之父樂意這樣做，她當然也樂意。

自從那女孩出生後，匆匆已過了好多年，古阿特里認爲應該是給他妻子的耐心以最大考驗的時候了。他立即對他的臣民宣佈，他現在再也不能容忍格麗雪達做他的妻子，當初娶她實在是年輕無知，一時糊塗，所以他現在很想去請求羅馬敎皇施恩給他，讓他休了這個妻子，另娶新人。許多正人君子都責備他不該這樣，他却推說，這實在是迫不得已，非如此不可。

他妻子聽到這麼說，心裏盤算着，這一次她勢必要回到娘家去，像當年那樣牧羊，同時眼看新人就要把她衷心喜愛的丈夫佔去了，想到這裏不禁心痛如割。可是，旣然命運一再叫她飽受折磨，她也只得認命，像前兩次一樣，面不改色，逆來順受。

不久，古阿特里就假造了一些羅馬敎皇寄來的信，拿給他的下屬看，叫他們相信敎皇眞的批准了他休掉格麗雪達，另娶新人。接着，他就派人把格麗雪達召來，當着衆人的面跟她說：

「妻子，我獲得了羅馬敎皇的允許，可以另娶夫人，把妳休了。我的祖先都是公侯權貴，而妳的祖先都是些莊稼人，所以我再也不能讓妳做我的妻子。妳可以回到妳的父親賈紐柯羅家裏，把妳帶來的粧奩都帶回去。我要另娶妻子，而且已經找到了另外一位配得上我的小姐。」

他妻子聽到他這樣說，好不容易才克制住了女人柔弱的天性，沒有哭出來，她回答道：

「大人，我早就知道我自己出身微賤，高攀不上。我有幸侍候了您這麼些年，這都是您和天主賜給我的恩典。我從來不敢以侯爵夫人自居，更不敢認爲自己有這個福份，只覺得欠下了您的深情。既然您想把您賜給我的這份恩情要回去，我也樂意奉還。這就是您當初娶我時給我的戒指，現在請您收回吧。您吩咐我把我帶來的粧奩拿回去，說到這點，您既用不着爲我花錢搬運，我也不用馬馱箱裝，因爲我並沒有忘記我是赤條條的嫁給您的。如果您認爲她這個曾爲您生育過一男一女的肉體袒露在衆人面前不會有傷大雅，我一定願意赤條條地走回去，可是我只懇求您一件事：我是帶着處女的貞潔到這裏來的，如今再也帶不回去，就請您看在這一點的情份上，允許我走的時候能超出我本份的粧奩，穿一套貼身的內衣。」

古阿特里聽了這話，萬分難受，幾乎掉下眼淚來，可是他竭力裝得一本正經，說道：

「好吧，妳可以穿貼身的內衣走。」

在場的人都懇求他讓她再多穿一件外衣，因爲她和他做了十三年多的夫妻，不能叫她這樣丟臉出醜，只穿一身貼身內衣走出他的家門。但是不管大家怎樣苦苦懇求，都是白費。於是她告辭了衆人，穿着一身內衣，光頭赤脚，走出侯爵的家，回到她父親那兒。凡是在場的人看到她這種光景，沒有不爲她長吁短歎，痛哭流涕。

她的父親賈紐柯羅，自從女兒出嫁以後，始終不相信古阿特里眞心誠意地娶他女兒爲妻，每天都料到會有這種不幸的事情發生，所以一直把她出嫁那天早上脫下來的衣服妥爲保存，如今看到女兒果然回家了，便拿出來讓她穿上。從此她依舊像往常一樣，幫着父親操作家務。儘管無情的命運和她作對，給了她那麼殘忍的打擊，她都是不屈不撓地承受着。

這事情過去之後，古阿特里就向他的臣民揚言，說他已經看中了龐納歌的一位伯爵小姐，吩咐他們爲他籌辦婚禮，同時又派人去把格麗雪達接來，對她說道：

「我選中的那位小姐，馬上就要接來成親，我打算讓新娘大大地光彩一下。妳也知道，舉行這一次盛大的典禮，得收拾多少間屋子，有多少事情要安排，我身邊却找不出一個適當的女人來擔任這些事，而妳對於府內的事比誰都熟悉，所以請妳來主持一切，把那應該辦的都替我辦好；並且把附近一帶妳認爲配得上出席這次婚禮的太太小姐都請來，妳不妨以女主人的身份接待她們。等到喜事辦完，妳就可以回家去。」

格麗雪達聽了這些話，眞好比萬箭穿心，她雖然肯放棄當年做夫人的榮華，可是她依然捨不得把她丈夫割愛給人。不過，她還是這樣回答道：

「大人，我願意爲您效勞。」

於是，她就穿着一身粗陋的土布衣服，走進了她不久以前穿着貼身內衣走出來的那座屋子，把各個房間一一打掃收拾，在客廳裏掛着窗帷，鋪上地毯，另外還要準備宴席。一應大小事件，都是親自動手。她簡直成了一個料理雜務的女僕，辛勤勞苦，夜以繼日，直到把事情都料理好了，才算有點時間喘口氣。

接着，她又以古阿特里的名義，派人去把附近所有的太太小姐都邀請來，只等佳期來臨，大擺喜筵。到了那天，她雖然依舊穿着一身寒傖的衣服接待許多赴宴的女賓，可是和顏悅色，雍容大方，儼然是貴夫人的風範。

再說古阿特里，他把兩個兒女交給波隆那的女親戚（她是龐納歌的伯爵夫人）盡心撫育，那女兒今年已經十二歲，出落得美貌絕倫；那男孩子今年也已六歲；他寫信給波隆那的伯爵，請他把他的兒女送回薩路兹，又請他派有身份的仕女一路護送，逢人就說，這位年輕的小姐是送去跟古阿特里成親的，千萬不要讓人家知道這位少女的底細。伯爵依着他的意思，打點啓程，並且派有身份的仕女一路護送；走了幾天，一日將近中午時分，到了薩路兹，只見遠近四鄉的人都等在那兒等着要看古阿特里的新娘。

女賓立卽把新娘迎入客廳，這時裏面筵席已經擺好。衣衫破舊的格麗雪達走上前來，高高興興地對她說：

「歡迎新夫人，萬分地歡迎！」

女賓客早就央求古阿特里讓格麗雪達待在房裏，不要出來應酬，否則也讓她穿上一件本來在府裏穿的衣服，免得她在生人面前丢臉，可是，古阿特里怎麼也不肯答應。她們這時已各各就座，只等開席。大家都眼睁睁望着那位姑娘，一致都說古阿特里這個新娘娶得比頭一個更美，格麗雪達也對新人十分讚美。她不只讚美新人，還讚美新人的小兄弟。

古阿特里見了這般情景，很是感動。他想，不管事情來得怎樣突然，格麗雪達却依舊始終如一，不變初衷，何況她是個聰明人，絕不是因爲痲木不仁，無動於衷，才這般順從。他覺得自己已經給了她足够的考驗，她的確具有莫大的耐心，完全合乎他的心意；他又覺得格麗雪達表面上雖然從來没有流露出一絲幽怨，內心却一定隱藏着極大的苦痛，現在應該是解除她痛苦的時候了。於是他把她叫到面前來，當着大家的面，笑嘻嘻地說：

「妳看我的新娘怎麼樣？」

格麗雪達回答道：「大人，我覺得再好也没有了，而且我相信她的賢德也一定不比她的美貌差，您和她結婚，實在是天下最幸福的人。不過我要誠心誠意地請求您，您千萬不能像對您前妻那樣地對待她，叫她受那麼多罪。我看她是受不起那麼多折磨的，一來她太年輕，二年她從小嬌生慣養，比不得您的前妻從小就一直勞累慣了的。」

古阿特里看她眞的認爲他要娶那個年輕的姑娘，而依然毫無怨言，只希望新娘好，便叫她在他身邊坐下，對她說道：

「格麗雪達，妳有這樣好的耐心，忍耐了這麼久，現在應該得到酬報了。不知有多少人說我無情無義，殘忍狠心，現在也應該明白，我所以要這樣做，原是有我的意圖：我爲的是教妳怎樣做一個賢德的妻子，使得我和妳能够和睦偕老，同時也給天下人做一個榜樣，好知道怎樣去物色妻子，對待妻子。我剛娶妳的時候，唯恐這件事不能讓我稱心。所以我就來試探妳的心，叫妳吃了這麼多苦頭。結果發現，妳無論語言或行動，沒有哪一件不順從我的心意，可見我已經得到我所希望的幸福。因此我立刻打定主意，要把我一次一次從妳身上剝奪掉的幸福，一下子都歸還給妳。我叫妳吃盡了苦頭，現在一定要讓妳大大地歡喜一下。妳本以爲這位小姐是我的新娘，現在妳不妨高高興興地把她領進屋裏去，還有她的弟弟，妳也一塊兒領走。告訴妳，這姐弟二人就是妳我的親生兒女。當年妳和多少人以爲我狠心謀殺了那兩個孩子，現在可都在面前。我是妳的丈夫，愛妳甚於一切。我敢說，世界上每一個做丈夫的，也不能像我這樣滿意自己的妻子了。」

他這樣說完，立刻把格麗雪達抱過來吻了又吻，親了又親，接着，他站起身來，跟格麗雪達一起走去；格麗雪達高興得哭了起來。這時她的女兒聽了這番話，簡直驚奇得發呆。古阿特里連忙帶着她走到女兒跟前，抱住他們姐弟二人，眞有說不盡的骨肉之情。他這才把事情的眞相，從頭到尾，跟她和到場的賓客說明白。

女賓聽了這個動人的故事，都歡天喜地，一個個從座位上站起身來，陪着格麗雪達走入內室。她們一面說了多少吉利的話祝賀她，一面替她脫下襤褸的衣服，換上她本來的華服，重新以貴婦人的姿態（她穿着舊衣，也不失為一個貴婦人）回到客廳裏。她端詳着那一對親生兒女，歡喜得如醉如癡。衆賓客見了這般快樂的情景，也非常高興，於是加倍地歡宴作樂，一連熱鬧了好幾天。大家都認為古阿特里是個了不起的聰明人，只不過他給妻子的多次考驗未免太狠心了些，也只有他那一位賢德蓋世的妻子才承受得了，所以從此就對她益發敬重。

過了幾天，龐納歌伯爵就回到波隆那去了。後來古阿特里又叫賈紐柯羅不要再終年勞苦，以對待岳父的禮節奉養他，使他安樂尊榮，快慰終老。古阿特里又把女兒嫁給一個高貴的人家，自己和格麗雪達幸福地過了一輩子，對格麗雪達尊崇到極點。

故事到這裏完了，只有幾句話要再說一說：窮人家往往也出不少賢慧的人，帝王家的子弟往往只配放猪牧羊，哪裏配管理百姓。除了格麗雪達以外，世界上哪里還找得出第二個人，遇到古阿特里那種慘無人性，聞所未聞的考驗，不但不掩面涕泣，而且能够歡歡喜喜地承受下來？如果古阿特里碰上的是另外一個婦人，只穿着一身貼身內衣，被攆回娘家，她大可以再去勾搭另一個男人，替自己弄一件漂亮的新袍子來，那也不見得有什麼地方對他不起。

狄奧紐的故事講完了，這些小姐紛紛談論了一番，有的讚美丈夫，有的同情那個妻子；有的責備某件事做得不好，有的却偏偏讚美那件事，意見頗不一致。國王抬起頭來看看天上，只見太陽已經西沉，黃昏已快降臨，於是說道：

「可愛的小姐，想必妳們也知道，人的本領不僅在於記得過去的事，認識現在的事，還在於觸類旁通，鑑往知來。多少大智大慧的人都是以這種本領而聞名於世的。自從佛羅倫斯發生瘟疫以來，滿城都是凄慘悲傷；我們爲了不忍目睹這種慘狀，爲了保持自己的生命和健康，出來消遣作樂；到了明天，我們離開佛羅倫斯已經有十五天了。照我看來，我們已經很完滿地達到本來的目的，而且沒有發生傷風敗俗的行爲。我現在來說說我自己的看法，不知道對不對：雖然我們所說的許多有趣的故事多半都容易撩撥人心；雖然我們一直都在吃喝作樂，唱歌跳舞，這對那些意志不堅的人，很容易受到誘惑，因而做出敗壞德行的事，可是照我看來，無論是妳們或是我們這些紳士，每個人的一言一語、一舉一動，都沒有半點兒不得體的地方。我只覺得我們一直都十分正派，相處得十分和諧，就像兄弟姐妹一般眞誠親熱。這是大家的榮譽，也是我的榮譽，我當然十二萬分高興。不過我覺得，這樣的生活過得太久，也會顯得膩煩；我們在外面待得時間太長，恐怕會引起人家的閑言蜚語，何況我們每一個人都已經輪流當了一天國王，因此我建議我們立卽啓程回到原地。再說，想必妳們也知道，附近一帶的人都已知道我們這一個小團體，如果讓他們都來參加我們的活動，那必然會變得極其乏味。如果妳們贊成我的意見，我這個王座還可以坐到明天早上啓程爲止；如果你們另有打算，我心目中也已經想好了一個人，讓他明天繼承王位。」

大家辯論了好久，最後一致認爲國王的意見很是妥當，決定照他的意思去辦。於是國王把那總管叫來，跟他商量一下明天早上啓程的事，然後叫大家散開，他自己也起身走開，到吃晚飯時才重新聚首。

大家依本來的習慣，各自去遊戲消遣。到了吃晚飯的時候，大家無比快樂地坐上座位，餐畢，開始唱歌跳舞，奏樂助興。頃刻之間，拉蕾達帶頭跳了一會兒舞，接着，國王吩咐菲亞美達唱一首歌，於是她就唱起來，唱得十分悅耳動聽：

假使愛神來時不伴着妒嫉，
還有什麽女人能够比我更加歡喜？

哪個少女不願她的情人
年輕活潑，膽大心細，
德性崇高，知情達理，
談吐優雅，一片柔情蜜意？
他還得機智無比，
所有的德性集中在他一身，
這樣的人兒自然合我的胃口，
我朝朝暮暮就懷戀着
這樣的一個愛人。

不料別的少女都不比我笨，
我不由得害怕，唯恐有一天，
真的會一場歡喜落了空，
也讓她們看上我的意中人，

使我滿懷的希望化作一縷雲煙，
整天寂寞淒涼，涕泣嗚咽。
一想到有朝一日真會碰上這惡運，
我怎能不膽戰心驚？

如果我的愛人不僅才貌雙全，
而且對我無限忠誠，
我絕不爲他存着妒嫉之心。
可是你看男人受到多少女人引誘，
我只怕天下的男人沒有一個是真心。
想到這兒，我就心痛，恨不得死了乾淨。
不管哪個女人對他望上一眼，
我的心就痛如刀割，
生怕她會搶走了我的情人。

我要以天主的名義，
請求所有的女人，

千萬不要傷天害理把我欺，
如果有人敢存着壞心思，
對他眉目傳情，搔首弄姿；
讓我知道了絕不罷休，
我一定要拚了我這花容月貌，
叫她後悔莫及，痛哭流涕。

菲亞美達一唱完這首歌，站在她身邊的狄奧紐就笑着說道：「小姐，既然這樣害怕妳的意中人給人家搶去，照理說，妳也應該向另外幾位小姐交代一下這人是誰，免得她們出於無心，眞的有一天會把他從妳手裏搶走。」他講過之後，大家又唱了好多首歌，這時已近午夜，國王命令大家就寢安息。第二天他們一早起身，總管押着行李先走，大家隨後由小心謹愼的國王率領，回到佛羅倫斯去。到了聖瑪莉亞・諾凡拉教堂，三位年輕的紳士告辭了七位小姐，他們出發時就是在這兒集合的。隨後男的到別處去遨遊消遣，女的各自打道回府。

第十日終

後記

各位最尊貴的太太小姐，為了給妳們消遣解悶，我承擔起這椿艱鉅的工作來，承蒙天主的幫助，我在這部書開頭所許下的諾言，現在總算全部完成了。我認為，天主賜給我幫助，並不是由於我自身有什麼功績，而是全靠妳們虔誠的禱告。所以我首先應該向天主謝恩，其次說感謝妳們；從此我可以放下我的筆，讓我疲乏的手休息一下了。不過我很清楚，這些故事並不是什麼不可侵犯的東西，免不了會受到別人的非難——我在第四日的開頭也曾提到過這點——因此，在擱筆以前，我想對哪一位太太小姐或是別人可能提出的責問，簡短地答覆一下。

也許有哪位太太小姐會說，這些故事裏涉及男女的事情太多，不是正經的女人所應該說或應該聽的。我否認這一點，因為只說措辭妥當，天下是沒有什麼事情講不得的，而我自信我在這方面做得很得體。

就算妳們指責得對吧（我不想跟妳們爭論，寧可讓妳們佔上風），那麼，我還有許多現成的理由可以作答辯。第一、書中有些敍述近乎猥褻，那麼這原是決定於故事的性質，凡是有見識的人，只要用平心靜氣的眼光看一下，就會承認，我要是不把故事改頭換面，那就沒有別的方法來敍述這些故事了。假使文章裏，偶然有一兩個名稱或字眼稍欠文雅，使妳們聽來覺得不堪入耳——因為妳們這些自命正經的女人，把語言看得比行為更加重要，表面上裝得循規蹈矩，骨子裏卻不是這麼一囘事——那麼我要這樣囘答：一般人整天都在說「洞眼」、「釘子」、「臼」、「杵」、「臘腸」、「波隆那臘腸」等等這一類話，別人可以這樣說，那麼為什麼偏偏不許這樣寫呢？再說，我這支筆照理該和畫家的筆享有同等的權利。畫家可以畫聖米開爾斬蛇、聖喬治殺龍，畫裏的人用槍也好，用刀也好，都隨他的便。不但這樣，他還可以把亞當畫成女的，夏娃畫成男的，畫那爲了使人類得救而被釘死在十字架上的耶穌，有時他讓耶穌脚上釘着一枚釘子，有時又讓他脚上釘着兩枚釘子，爲什麼偏要對我加上種種束縛呢？

何況大家也知道，這些故事不是在教堂內講的；教堂內，才用得着潔淨的字句，才應該懷着聖潔的思想——儘管在一部教會史裏，可以找到不少類似我那些故事裏的事蹟。這些故事也不是在哲學學院裏講的，哲學家跟別人一樣，凡事都說講究體統，更不是在什麼修士和哲學家聚會的地方講的；這些故事是在花園裏，在遊樂的地方講的，聽故事的人年紀雖輕，却都已成人懂事，不會因爲聽了這些故事就此誤入歧途；何況在當時，卽使是最有德行的人，爲了保全自己的生命，也可以把褲子套在頭上，光明正大地走到外面去。

再說，這些故事也跟天下任何事物一樣，能够使人受害，也能够使人得益，這完全要看聽故事的人是抱着怎樣的態度。誰不知道，根據辛契利翁尼和史科萊奧❶以及許多人的說法，酒對於健康的人是無上的妙品，可是對於發高燒的病人，酒却是有害無益的，我們難道因爲病人喝不得酒，就抹殺酒的價値嗎？誰都知道，火的功用無與倫比，人類不能一天沒有火；可是火有時也會燒毀房子、村子，甚至城市，難道我們因此就怪火不好嗎？講到武器，也是這樣，我們要想安居樂業地過日子，就必須用刀槍來保障；可是刀槍往往也能殺害人，這不是刀槍不好，而只能怪人借了刀槍來橫行不法。卑鄙的小人怎麼也不能領會一句話裏的好處，金玉良言對他們完全沒用；反過來說，有德行的人

❶ 當時兩個著名的酒鬼。——潘譯本原注

即使聽了一句並不很正經的話，也不會因此減損了人格，正像泥土不能玷污太陽的光輝，地上的骯髒不能玷污美麗的青空一樣。

天下還有什麼事、什麼話、什麼文字能比聖經更聖潔、更有價值、更受人崇敬呢？可是偏有許多人把聖經曲解了，因此害得自己和別人永墮地獄。每一樣東西總有它的好處，如果使用不當，就難免會發生許多弊病，我所講的故事何嘗不是這樣。如果有誰聽了這些故事，因而起了不良的念頭、做出令人厭惡的事來，這也是無從阻止的事，一經歪曲和牽強附會，也會變成大錯特錯了。假使有誰願意從故事裏吸取有益的成份，那麼這部作品是不會使他們失望的。這些故事是爲一定的讀者而寫的，假使在適當的時間讀給他們聽，那麼不但有益，而且還十分得體呢！

哪一位小姐喜歡朝晚禱告，哪一位姑奶奶喜歡做糕做餅去孝敬她的懺悔神父，就請她們自便吧，我並不希罕她們來讀我的故事；雖然這一些女聖徒有時自己也不免說些好話、做些好事。

有些太太小姐也許會說，要是把書裏的故事删去幾篇，那就更好了。說得對。不過我是無能爲力的，別人怎樣說，我就怎樣寫下來。妳們應該叫那些講故事的人把故事講得規矩些，那我寫下來的自然也規矩了。如果有人以爲這許多故事不但是我寫的，而且是我編造的（其實並不是這樣），那麼儘管這些故事並不是篇篇文雅，我也不以此爲羞恥。因爲除了天主之外，世上再也沒有哪個大匠能創造出件件都是完美無疵的作品來。就拿查理曼大帝❷爲例吧，他首先册封了「派拉亭騎士」，可是也只

❷ 查理曼大帝（Charlemagne，在位七六八—八一四）：西洋中古史上著名的英主，南征北討，親身參加三十次遠征。法蘭克王國在他的統治下，達到了鼎盛期。他册封十二個親信的將領爲「派拉亭騎士」(the Paladins)，斬殺巨人的羅蘭騎士就是其中最著名的一個。

封了十二個騎士而已，他畢竟沒有辦法召集那麼多騎士來編成一支軍隊。世上的事物形形色色都有，哪裏能够强求一律呢。一塊良田，不管怎樣勤於種植，稻麥裏也還是找得出荆棘和莠草來。

再說，我這些故事多半是對妳們這些心地單純的少女講的，如果我費盡心力，專門來闡述什麼淵博的事理，講一套文謅謅、死板板的話，那我眞是愚不可及了。翻開這本故事集，妳們儘可以揀喜歡的看，不喜歡的妳們儘可出跳過去。爲了免得讀者上當，每篇故事前面都有一段述說，以點明內容。

有些人一定覺得有幾篇故事太長了。那麼我再向他們答覆一次：如果誰不管手邊的正經事而來讀這本書，那麼卽使是讀很短的故事，也是一件愚蠢的事。從我開始着手寫這本書，到現在脫稿爲止，前後已經隔了好一段時光，不過我還記得當初我是把這本書獻給閑暇無事的太太小姐的，我並不是爲了別人而寫的。如果妳讀書是爲了消遣時光，那麼，只希望達到目的，絕不會嫌故事太長的。三言兩語把話說完，這對於大學生是適宜的，他們努力學業，要把時光用在有益的方面，不能隨便浪費。但是太太小姐，妳們却不是這樣，除了戀愛之外，就無所事事。妳們旣不必趕到雅典、波隆那或巴黎去留學，那麼不妨跟妳們說得瑣碎詳細些——不能把妳們拿來和那些高才博學之士一般看待。

我想一定又有些人會這麼說：這些故事裏戲謔詼諧的成份太多了，似乎不是莊嚴自重的人所應該寫的。他們這樣一片好意，關心我的名譽問題，我應該向他們致謝——而且我已經向他們致謝了。但是對於他們的指摘，我要這樣回答：我承認我是自重的，而且也時常爲人所看重；可是對於那些並不看重我的女性，我說，我並不莊重；不，我的骨頭是這樣輕，可以在水面上浮起來。妳想想看，近來神父講道、譴責世俗罪惡時，尙且盡說一些笑話和戲言，那麼我寫這些故事原是爲了給婦女們解悶，裏面帶有些笑話什麼的，就更不足爲奇了。如果擔心她們會因此笑壞了，那麼只消把耶利米的哀歌❸、救主的受難❹、曼麗・瑪達琳❺的哭訴等書打開來，就馬上可以把她們治好了。

此外，毫無疑問，又有一些人會因爲我在有些地方寫出了神父的眞面目，就說我含血噴人。對說這種話的人，我們應該原諒他，因爲要說他不是出於正義，而是別有用心，那可叫人難以相信。誰不知道那些神父是好人，他們因爲敬愛天主，所以不甘於清貧，他們熱心侍奉婦女，却從不在別人面前誇耀。要不是他們身上都帶着些羊騷味兒，那眞是可人的伴侶呢！

話雖這樣說，我承認，天下沒有一成不變的事物，我的舌頭說不定也是這樣。我不敢相信我自己的判斷（遇到我自己的事，我總是儘可能避免自己的主見）；可是幾天以前，我的一位芳鄰對我說，她覺得我有全世界最甜蜜的嘴巴、最美妙的舌頭。說眞的，她對我這麼說時，這部故事集已經快要寫完了。對於那些攻擊我的人，我的答覆到此爲止，不再多說了。

每一位太太小姐，讀了這些故事以後儘可以自由發表她的意見和感想；我呢，寫到這裏，要告一個終結了。我衷心感謝天主，承蒙天主的幫助和引領，我花了幾年心血，總算了結了一樁心願。

各位可愛的太太小姐，但願天主的仁愛和安寧與妳們同在；要是妳們讀了這些故事，覺得愉快，那麼請別忘了我吧！

『十日譚』的第十日，也就是最後一日，至此告終。

❸ 耶利米（Teremiah）是猶太的先知，舊約聖經有耶利米哀歌一卷，記錄他對耶路撒冷的冷落、猶太人民的遭難等的悲歎。

❹ 『新約聖經馬太福音』第二七章，記載耶穌被釘在十字架上所受的種種苦難的情況。

❺ 曼麗·瑪達琳是個痛悔前非的妓女，『新約聖經』第八章第三七節載：她「拿着盛香膏的玉瓶，站在耶穌背後，挨着他的脚哭，眼淚濕了耶穌的脚，就用自己的頭髮擦乾，又用嘴連連親他的脚，把香膏抹上。」

薄伽邱年譜

一三一三年　一歲　薄伽邱出生於巴黎，爲一私生子，父親薄伽邱・狄・基里諾（Boccaccio di Chellino）察塔都出身，是與巴爾狄銀行有密切關係的商人，住在佛羅倫斯。母親珍妮德・杜・拉・羅修（Jannette de la Roche）係法國人，有人說是貴族，也有人說是裁縫師的女兒。他出生不久，父親就帶他回佛羅倫斯，幾年之後，送他到喬凡妮・達・斯楚達（Giovanni da Strada）處學拉丁文。此後，父親再與瑪格麗達・德・珍・德娜得・馬德里結婚，又擧一子。

一三二一年　八歲　但丁逝世。

一三二三年　一〇歲　（或說一三二五年）奉父親之命前往那不勒斯學習生意。另一個理由是，他和父母不睦。他學了六年的生意，毫無成就，父親只好敎他學敎會法，但也半途而廢，之後專心致力於文學。他因父親生意上的關係，得出入於那不勒斯王羅勃特・丹喬的宮廷，燃起他對文學的熱情。這時期，他沉醉於魏吉爾・史達底斯・奧維德等拉丁詩人的作品，同時也接近但丁、佩脫拉克等人的文學，並從多位學者研究天文學、古典文學和希臘文。另一方面，他以卓越的才華和英俊的外貌，從事社交活動，並贏得宮廷中貴婦們的青睞。這時期的作品有『戴安娜的狩獵』及許多詩作。

一三三三年　二〇歲　（或說一三三一年）三月三十日星期六，在那不勒斯的聖勞倫玆敎堂看上永恒的女性菲亞美達（Fiammetta）。她是羅勃特王和法國女人所生的私生女，名叫瑪麗雅·達奎諾（Mavia d'Aquino），是一位貴族夫人。她和薄伽邱年紀相若，薄伽邱也寫了許多詩和小說獻給她，兩人的愛情繼續了三年之久，以後瑪麗雅就成爲別人的情人了。

一三三六年　二三歲　着手寫小說『愛的苦勞』（Filocolo 1336~1340）。

一三三八年　二五歲　寫長詩『費洛斯特拉多』。

一三四〇年　二七歲　寫長詩『特塞斯的一族』（Teseida）。巴爾狄銀行倒閉，父親受累。十月被父親召回佛羅倫斯。他已住慣那不勒斯，並還依戀着菲亞美達，就懷着懊喪的心情離開該地。這以後的一段時期，公私生活都不甚明瞭。他在情場上似乎很得意，也有了個名叫維奧蘭娣的女兒，不幸七歲就夭折。

一三四一年　二八歲　一心一意想回那不勒斯去。父親再度結婚。佩脫拉克受賜桂冠。

一三四二年　二九歲　此時期，寫散文與詩的作品『交德』（一三四一~四二），和長詩『愛的幻影』（Amorsa Visione）。

一三四三年　三〇歲　完成小說『菲亞美達』。

一三四五年　三二歲　完成長詩『菲索雷的妖精』。

一三四六年　三三歲　秋天，在拉維納，任奧斯達喬·達·波連達的秘書。

一三四七年　三四歲　寄身於弗里的法郎查士科·得利·奧得爾達菲家。認識拉丁學者哲克·達·米雷多。

一三四八年　三五歲　跟奧得爾達菲前往那不勒斯。菲亞美達已過世。此年，發生在『十日譚』中所描述的瘟疫，當時他並不在佛羅倫斯。着手寫『十日譚』。

一三四九年　三六歲　父親染瘟疫去世。做弟弟法郎查士科的保護人。寫『佩脫拉克傳』。

一三五〇年　三七歲　由帕瑪前往羅馬爲聖克里門蒂六世祝賀，路過佛羅倫斯，得與佩脫拉克晤面暢談，兩人的友誼至死不渝。在佛羅倫斯任公職，獲派前往羅馬尼亞當使節。

一三五一年　三八歲　他在佛羅倫斯的卡美林基家，二月間任該家代辦，爲購買拉布特城，前往那不勒斯，與女王商談。春，任佛羅倫斯政府使者，往巴托瓦重見佩脫拉克。此行目的，是前往告知佛羅倫斯政府已答應歸還佩脫拉克父親沒收的財產，和邀請佩脫拉克前往佛羅倫斯大學任教。佩脫拉克予以婉辭，但兩人得以促膝暢談。十二月間，派往魯德維可・第・巴維埃拉處，勸告以暴政聞名的維斯康堤家來和佛羅倫斯結盟。執筆寫拉丁文詩『牧歌』（於一三六六年完成）。

一三五三年　四〇歲　『十日譚』於此時期完成。因佩脫拉克接受維斯康堤家的款待，大感憤懣，寫信指責他尊爲師長的佩脫拉克。

一三五四年　四一歲　爲卡洛四世南下義大利事，奉派到阿比隆和教宗因諾千卓六世商議。

一三五五年　四二歲　在佛羅倫斯的傭兵事務局任職，職務是登記傭兵的缺勤情形。此時完成『可巴喬』，開始寫『名人傳』。

一三五八年　四五歲　着手寫『但丁讚美論』。

一三五九年　四六歲　春天，前往米蘭訪問佩脫拉克，以宗教爲主，和他談論各種問題。薄伽邱的宗教心已開始搖動。

一三六〇年　四七歲　完成『名人傳』及『異鄉人的諸神宗譜』初稿，並着手寫『山、林、泉、湖、河、沼澤及海的名稱』(約完成於一三七四年)。此年多天，在佛羅倫斯的家招待卡拉布里亞的希臘語學者雷恩妓奥・比拉圖，申請公費請他將荷馬的史詩譯成拉丁文。(或說，邀請比拉圖到佛羅倫斯大學教希臘文)。此時，着手寫『名女人傳』，直到逝世。

一三六二年　四八歲　春，修士喬雅基諾・察尼來訪，告訴他說西埃納的聖布爾諾涅派司祭彼得羅・佩德洛尼預言說，他如不放棄非信仰的研究，誠心懺悔，必遭天譴。薄伽邱的心理大為動搖，想燒毁自己的作品，走進宗教之路，而和佩脫拉克商量。佩脫拉克給他打氣，並勸他應該繼續研究，同時還邀他去同住。自此以後，死的不安一直纏住薄伽邱。此後，他繼續寫下不少拉丁文作品。十月間，應舊友尼哥洛・阿查威里及法郞西斯克・涅里之邀，前往那不勒斯。這青春時代的故鄉，也只有損傷他的自尊心而已。在那不勒斯滯留六個月之後離去。

一三六三年　五〇歲　在威尼斯佩脫拉克家作客三個月。後來，因嫌棄佛羅倫斯，同察塔都享受孤獨的生活。寫『致比諾・德・洛西先生的安慰信』，完成『但丁讚美論』。

一三六五年　五二歲　再度任佛羅倫斯使節，前往阿比隆晉謁教宗烏爾巴諾五世。他同佛羅倫斯，是為了收入。

一三六七年　五四歲　在羅馬晉謁教宗烏爾巴諾五世。春天，前往威尼斯訪問佩脫拉克，不遇。受佩脫拉克女兒和女壻慇懃款待。

一三七〇年　五七歲　此年秋天至翌年春天，再度滯留於那不勒斯。

一三七一年　五八歲　回托斯卡拿，住察塔都，一直到一三七三年十月。

一三七三年　六〇歲　八月，應邀在佛羅倫斯的聖史蒂法諾教堂講解『神曲』。因健康不佳，中止已講解幾個月的『神曲』課程，回察塔都。七月十八日，佩脫拉克逝世。十月，聞佩脫拉克死訊，悲慟欲絕。在八月間，他已寫好遺囑，將藏書委託給聖靈教會的馬丁諾・達・夏尼修道士。他的『神曲註解』是十四世紀最佳註解書之一。

一三七四年　六一歲

一三七五年　六二歲　爲『異鄉人的諸神宗譜』和『名女人傳』潤筆，以度餘生。十二月二十一日逝世，葬於察塔都聖雅各教堂。

⊙小說欣賞系列

5 卡拉馬助夫兄弟們 杜思妥也夫斯基著
12 馬克吐溫名作選（12個短篇） 馬克吐溫著
16 美麗與悲哀 川端康成著
20 蛻變（4個中篇） 卡夫卡著
21 沙特小說選（4個中篇） 沙特著
23 美麗新世界（烏托邦小說） 赫胥黎著
26 羅生門・河童（9個短篇） 芥川龍之介著
27 地獄變（15個短篇） 芥川龍之介著
29 審判 卡夫卡著
30 白牙（動物文學） 傑克・倫敦著
32 瘟疫（又名：黑死病） 卡繆著
34 黑暗的心（海洋文學） 康拉德著
35 徬徨少年時 赫塞著
42 悲愴的靈魂（集中營一日記） 索善尼津著
43 愛的饑渴 三島由紀夫著
44 金閣寺 三島由紀夫著
46 鄉愁（回憶式的自傳體裁） 赫塞著
52 心靈的歸宿 赫塞著
56 生命之歌（一個音樂家的故事） 赫塞著
58 誘惑者的日記（日記體裁） 齊克果著
60 聖潔的靈魂（7個中短篇） 杜思妥也夫斯基著
64 美麗的青春（5個短篇） 赫塞著
65 藝術家的命運（一個畫家的故事） 赫塞著
66 白夜（4個中篇） 杜思妥也夫斯基著
69 東方之旅（3個中短篇） 赫塞著
70 漂泊的靈魂 赫塞著
73 馬爾泰手記 里爾克著
74 魂斷威尼斯 托瑪斯曼著
75 諾貝爾獎短篇小說集 泰戈爾等16位著
82 小丑眼中的世界 磐爾著
88 菸草路 柯德威爾著
93 翻譯與創作（12個短篇） 顏元叔譯著
96 法國短篇小說選（44個短篇） 卡繆、左拉等著
99 屋頂間的哲學家（12個日記體裁） 梭維斯特著
101 冰島漁夫（海洋文學） 畢爾・羅遜著
102 侏儒 拉格維斯特著
106 少女與吉卜賽人 勞倫斯著
108 荒野之狼 赫塞著

新潮文庫

120 少年維特的煩惱（附2個短篇） 歌德著
121 可愛的女人（12個短篇） 契訶夫著
126 知識與愛情 赫塞著
127 莎士比亞故事集（20個故事） 蘭姆著
130 戇第德 伏爾泰著
131 兩兄弟 莫泊桑著
132 雙重誤會（4個中短篇） 梅里美著
133 十二個太太（4個中短篇） 毛姆著
134 傻子（16個短篇） 契訶夫著
142 心靈守護者 莎岡著
143 夕陽西下 莎岡著
144 卡爾曼的故事（卡門及4個短篇） 梅里美著
146 普希金小說選（5個中短篇） 普希金著
147 瞬息的燭火（4個中短篇） 赫胥黎著
155 狂人日記（5個中短篇） 果戈理著
156 永恆的戀人 普希金著
166 失落的愛 莎岡著
168 動物農莊（另附3個短篇） 歐威爾著
170 蘋果樹（另附7個短篇） 高爾斯華綏著
171 高原老屋 柯德威爾著

176 天才與女神 赫胥黎著
179 婚姻生活的幸福（5個中長篇） 托爾斯泰著
180 威賽克斯故事（6個中短篇） 哈代著
181 女人的一生 莫泊桑著
183 波法利夫人 福樓貝著
186 脂肪球（5個中短篇） 莫泊桑著
187 決鬥 契訶夫著
188 愛的精靈 喬治桑著
192 黑天使 莫理亞克著
195 高加索故事（4個中短篇） 托爾斯泰著
197 坎特伯利故事集（24個故事） 喬叟著
201 惡魔之軀 哈迪格著
204 賭徒 杜思妥也夫斯基著
205 塞瓦斯托堡故事（3個中篇） 托爾斯泰著
206 泰戈爾短篇小說集（16個短篇） 泰戈爾著
207 秘密情報員 毛姆著
217 卡夫卡的朋友（21個短篇） 伊撒・辛格著
221 事情的眞相 格林著
226 勝利者一無所獲（14個短篇） 海明威著
227 沒有女人的男人（14個短篇） 海明威著

228 老人與海 海明威著
237 魔 沼 喬治桑著
238 二重奏 葛蕾德著
239 颱 風(4個中長篇) 康拉德著
240 美國短篇小說欣賞(20個短篇) 霍桑等著
241 蝴蝶與坦克(14個短篇) 海明威著
242 尼克的故事(海明威由少年至壯年的故事) 海明威著
243 莫里哀故事集(9篇戲劇) 莫里哀著
252 三個故事及十一月(4個中長篇) 福樓貝著
253 馬克吐溫短篇精選(25個短篇) 馬克吐溫著
257 密西西比河上的生活 馬克吐溫著
264 枯葉的故事(17個短篇) 愛羅先珂著
265 異鄉人 卡 繆著
269 莫泊桑短篇全集之一(20個短篇) 莫泊桑著
272 餓 克努特・哈姆孫著
275 史坦貝克小說傑作選(14個短篇) 史坦貝克著
276 莫泊桑短篇全集之二(40個短篇) 莫泊桑著
282 索忍尼辛短篇傑作集 索忍尼辛著
283 荷馬史詩的故事(伊利亞特、奧德賽的故事) 荷 馬著
294 莫泊桑短篇全集之三(38個短篇) 莫泊桑著
297 百年孤寂 馬奎斯著
302 流浪者之歌(悉達求道記) 赫 塞著
309 三島由紀夫短篇傑作集 三島由紀夫著
310 伊豆的舞娘(15個短篇) 川端康成著
311 契訶夫短篇小說選(23個短篇) 契訶夫著
312 莫泊桑短篇全集之四(34個短篇) 莫泊桑著
315 最後理想國(烏托邦小說) 石川達三著
316 印度現代小說選(15個短篇) 泰戈爾等14位著
322 豪華大旅館 克羅德・西蒙著
323 五號街夕霧樓 水上勉著
326 安妮的日記 安妮・法蘭克著
328 雪 鄉 川端康成著
329 千羽鶴 川端康成著
330 古 都 川端康成著
338 歐亨利短篇傑作選(之一) 歐亨利著
342 茵夢湖・遲開的玫瑰(6個中短篇) 施托姆著
343 三色紫羅蘭・美的天使(6個中短篇) 施托姆著
344 蜜 月(21個短篇) 曼斯菲爾著

345 海市蜃樓·橘子（14個短篇） 芥川龍之介著
346 一九八四 歐威爾著
347 查泰萊夫人的情人 D·H·勞倫斯著
348 小王子 聖修伯理著
363 日本短篇小說傑作選 夏目漱石著
364 紅字 霍桑著
365 小婦人 奧科特著
366 人爲什麼而活（短篇傑作） 托爾斯泰著
367 傻子伊凡（短篇傑作） 托爾斯泰著
368 月亮與六便士 毛姆著
369 剃刀邊緣 毛姆著
370 莫泊桑短篇全集（之五） 莫泊桑著
371 茶花女 小仲馬著
372 歐亨利短篇傑作選（之二） 歐亨利著
373 卡夫卡短篇傑作選 卡夫卡著
374 黑貓·金甲蟲（短篇） 愛倫坡著
375 高老頭 巴爾札克著
376 愛的教育 亞米契斯著
377 基度山恩仇記 大仲馬著
378 西線無戰事 雷馬克著
379 海狼 傑克·倫敦著
385 海明威短篇傑作選 海明威著
387 反烏托邦與自由 薩米爾欽著
388 金色夜叉 尾崎紅葉著
390 伊凡·伊里奇之死 托爾斯泰著
391 克洛采奏鳴曲 托爾斯泰著
396 巨人的故事 拉伯雷著
397 嘔吐 沙特著
398 莫泊桑短篇全集（之六） 莫泊桑著

⊙名人、偉人傳記

1 羅素回憶集 羅素著
2 羅素傳 林衡哲著
4 沙特自傳 沙特著
18 佛洛伊德傳 佛洛伊德著
19 毛姆寫作回憶錄 毛姆著
24 瞧！這個人（尼采自傳） 尼采著
33 廿世紀代表性人物（36位代表人物） 林衡哲編譯
50 杜思妥也夫斯基 紀德著
83 蘇格拉底傳 泰勒著

110 傳記文學精選集（25位智慧人物） 史特拉屈等著
116 愛因斯坦傳 法蘭克著
117 居禮夫人傳 伊芙・居禮著
118 雨果傳 莫洛亞著
122 契訶夫傳 辛格雷著
129 歌德自傳（詩與眞實） 歌　德著
135 屠格涅夫傳 莫洛亞著
137 莫泊桑傳 高爾德著
150 約翰生傳 包斯威爾著
152 歷史人物的回聲（12位偉人傳記） 曹永洋著
157 芥川龍之介的世界（附7個短篇） 賴祥雲譯著
159 史懷哲傳 哈格頓等著
160 司馬遷的世界 鄭樑生編譯
161 諾貝爾傳 伯音格林著
163 史記的故事 司馬遷原著
164 卓別林自傳 卓別林著
175 巴爾札克傳 褚威格著
209 大仲馬傳 蓋安多著
216 文藝復興的奇葩（3位藝術家的傳記） 瓦沙利著
219 如果麥子不死（紀德自傳） 紀　德著
256 西蒙・波娃回憶錄 波　娃著
270 愛迪生傳 約瑟夫遜著
314 孤獨者之歌（赫塞自傳） 赫　塞著
352 西蒙・波娃傳 弗蘭西斯等著
355 史懷哲自傳（我的生活和思想） 史懷哲著

⊙心理學系列

25 愛的藝術 佛洛姆著
37 逃避自由 佛洛姆著
38 自我的追尋 佛洛姆著
39 日常生活的心理分析 佛洛伊德著
48 性學三論・愛情心理學 佛洛伊德著
53 精神分析入門 洛斯奈著
54 夢的精神分析 佛洛姆著
55 自卑與超越 阿德勒著
57 少女杜拉的故事 佛洛伊德著
63 尋求靈魂的現代人 楊　格著
79 夢的解析（改變歷史的書） 佛洛伊德著
86 生之掙扎 梅寧哲著
94 精神分析術 梅寧哲著

105 自卑與生活 阿德勒著
113 理性的掙扎（健全社會之路） 佛洛姆著
114 圖騰與禁忌 佛洛伊德著
125 焦慮的現代人 荷　妮著
138 自我的掙扎 荷　妮著
189 心靈的夢魘 蕾妮等著
395 人類面臨的挑戰 阿德勒著

⊙哲學、思想系列

6 廿世紀智慧人物的信念 愛因斯坦等著
14 上帝之死（反基督） 尼　采著
15 與當代智慧人物一夕談 林衡哲譯
17 智慧之路（存在哲學入門） 雅斯培著
28 叔本華論文集 叔本華著
31 非理性的人（存在主義入門） 白瑞德著
40 教育的藝術 柏拉圖等著
41 懷海德對話錄 懷海德著
45 悲劇的誕生 尼　采著
59 廿世紀命運與展望 羅素等著
67 叔本華選集 叔本華著
71 人生的智慧 叔本華著
72 泰戈爾論文集 泰戈爾著
76 我思故我在 笛卡兒著
97 愛與生的苦惱 叔本華著
107 薛西弗斯的神話 卡　繆著
112 意志與表象的世界 叔本華著
115 哲學與生活（什麼是哲學） 賈塞特著
151 愚神禮讚 伊拉思摩斯著
165 再訪美麗新世界 赫胥黎著
185 哲學與現代世界 李　維著
230 西洋哲學故事 威爾・杜蘭著
251 危機時代的哲學 羅素等著
266 人生論 武者小路實篤著
274 存在主義 松浪信三郎著
278 歡悅的智慧 尼　采著
293 羅素短論集 羅　素著
301 懷疑論集 羅　素著
304 人類的將來 羅　素著
335 休姆散文集 休　姆著
336 蒙田隨筆集 蒙　田著

337 眞與愛（羅素散文集） 羅　素著
386 烏托邦 托瑪斯・摩爾著
392 人生論 托爾斯泰著

⊙文學評論及介紹

90 小說面面觀（小說寫作的藝術） 佛斯特著
95 法國文學巡禮 黎烈文著
123 西洋文學欣賞 鍾肇政編著
124 德國文學入門 李映萩編譯
128 西洋近代文藝思潮 廚川白村著
136 法國文學與作家 孔繁雲編譯
167 文學評論精選 威爾森著
177 文學欣賞的樂趣 莫洛亞著
210 文學與鑑賞 洪順隆編譯
220 名著的故事（51篇世界名著簡介） 鍾肇政編著
232 沙特文學論 沙　特著
325 美的探索 葉　航著
380 世界名著導讀100本（上下） 約翰・坎尼著
西洋文學批評史 顏元叔著
文學論 王夢鷗等著

⊙雜文系列

8 出了象牙之塔 廚川白村著
84 生活之藝術 莫洛亞著
213 苦悶的象徵 廚川白村著
214 卡繆雜文集（抵抗、反抗與死亡） 卡　繆著
224 走向十字街頭 廚川白村著
231 沙特隨筆 沙　特著
271 論戰與譯述 徐復觀著

⊙戲劇系列

218 魔鬼奏鳴曲（九篇小說、三篇戲劇） 史特林堡著
229 夢幻劇（九篇小說、三篇戲劇） 史特林堡著
世界戲劇藝術的欣賞（世界戲劇史） 胡耀恆譯

⊙散文、詩、隨筆

22 鄭愁予詩選集 鄭愁予著
85 巴黎的憂鬱（散文詩） 波特萊爾著
103 先知的花園（散文詩） 紀伯倫著
145 勞倫斯散文選 勞倫斯著

178 海涅抒情詩選 海涅著
200 浮士德 歌德著
222 法國十九世紀詩選 莫渝編著
254 磨坊文札(散文詩) 都德著
255 地糧・新糧(散文詩) 紀德著
296 比利提斯之歌 彼埃・魯易著
340 四季隨筆 吉辛著
362 伊利亞隨筆 蘭姆著
393 家有貓狗趣事多 恰佩克著

⊙美術系列
216 文藝復興的奇葩(三位藝術家傳記) 瓦沙利著
262 50位偉大藝術家 梅爾著

⊙社會學系列
235 現代潮流與現代人 索羅金著
287 改變歷史的經濟學家 海爾布魯諾著
356 第二性：形成期(第一卷) 西蒙・波娃著
357 第二性：處境(第二卷) 西蒙・波娃著
358 第二性：正當的主張與邁向解放(第三卷) 西蒙・波娃著

⊙讀書系列
7 讀書的藝術 叔本華等著
11 讀書的情趣 培根等著
87 書與你(世界名著導讀) 毛姆著
109 一生的讀書計畫 費迪曼著
158 讀書隨感 赫塞著
172 讀書與人生 小林秀雄等著
177 文學欣賞的樂趣 莫洛亞著
223 我的讀書經驗 龜井勝一郎著

⊙禪學系列
61 禪與心理分析 佛洛姆、鈴木大拙著
62 禪與生活 鈴木大拙著
68 禪學隨筆 鈴木大拙著
236 禪的故事(禪肉禪骨) 李普士著
280 禪的世界 蘭絲・羅斯著
295 耶教與佛教的神秘教 鈴木大拙著
303 禪海之筏 陳榮波博士著

西蒙・波娃著

319 鈴木大拙禪論集：歷史發展 鈴木大拙著
327 鈴木大拙禪論集：開悟第一 鈴木大拙著

⊙史懷哲系列

89 文明的哲學 史懷哲著
119 原始森林的邊緣 史懷哲著
154 非洲故事 史懷哲著
159 史懷哲傳 哈格頓等著
169 非洲行醫記 史懷哲著
331 史懷哲的世界 陳五福等著
381 史懷哲愛的脚踪 陳五福等著

⊙音樂系列

98 名曲的故事 趙震編譯
140 西洋音樂故事 赫菲爾著
149 音樂家軼事 邵義強編譯
173 音樂與女性 邵義強編譯
191 音樂家的羅曼史 哈 登著
208 古典音樂欣賞入門 結城亨著
246 名曲與巨匠 林道生編譯
260 100個偉大音樂家 服部龍太郎著
277 世界名鋼琴家 小石忠男著
313 名曲鑑賞入門 野宮勳著
353 世界名曲100首（選擇CD最佳手冊） 藤井康男著

⊙神話、故事及其他

13 詩人朱湘懷念集 秦賢次等編著
100 文明的故事 威爾斯著
141 西洋神話故事 林崇漢編譯
153 希臘神話 金尼斯著
190 聖經的故事 山室靜著
203 寓言故事 史蒂文生著
245 西洋傳奇故事 本多顯彰等著
317 希臘羅馬神話故事 赫米爾敦著
334 伊索寓言 伊 索著
349 寬 容 房 龍著
350 漫談聖經 房 龍著
351 人類的故事 房 龍著
382 神曲的故事／地獄篇 但 丁著
383 神曲的故事／淨界篇 但 丁著

13 野性的呼喚（小說） 傑克・倫敦著
14 魯賓遜飄流記（小說） 狄福著
15 湖濱散記（散文） 梭羅著
16 雙城記（小說） 狄更斯著
17 懺悔錄（自傳） 盧騷著
18 失樂園（詩） 米爾頓著
19 人性枷鎖（小說） 毛姆著
20 白鯨記（小說） 梅爾維爾著
21 百年孤寂（小說） 馬奎斯著
22 女人的一生（小說） 莫泊桑著
23 巴斯噶冥想錄（宗教哲學） 巴斯噶著
24 奧古斯丁懺悔錄（宗教哲學） 奧古斯丁著
25 精神分析引論・新論（心理學） 佛洛伊德著
26 荒原・四首四重奏（詩） 艾略特著
27 惡之華（詩） 波特萊爾著
28 天使望鄉（小說） 湯瑪士・伍爾夫著
29 撒克遜英雄傳（小說） 司各特著
30 夢的解析（心理學） 佛洛伊德著
31 伊索寓言（寓言） 伊索著
32 黛絲姑娘（小說） 哈代著

33 塊肉餘生錄（大衛・高柏貴爾傳） 狄更斯著
34 罪與罰（小說） 杜思妥也夫斯基著
35 戰爭與和平（上下二冊）（小說） 托爾斯泰著
36 理智與情感（小說） 珍・奧斯汀著
37 都柏林人、青年藝術家的畫像（小說） 喬依思著
38 玻璃珠遊戲（小說） 赫塞著
39 復活（小說） 托爾斯泰著
40 一位女士的畫像（小說） 亨利・詹姆斯著
41 齊瓦哥醫生（小說） 巴斯特納克著
42 布頓柏魯克世家（小說） 湯瑪斯・曼著
43 三劍客（小說） 大仲馬著
44 希臘羅馬神話與傳說（神話） 舒維普著
45 安娜・卡列妮娜（上下二冊）（小說） 托爾斯泰著
46 愛瑪（小說） 珍・奧斯汀著
47 戴洛維夫人・航向燈塔（小說） 維琴妮亞・吳爾夫著
48 簡愛（小說） 夏綠蒂・勃朗特著
49 細雪（小說） 谷崎潤一郎著
50 雪鄉・千羽鶴・古都（小說） 川端康成著
51 浮士德（詩） 歌德著
52 約翰生傳（傳記） 包斯威爾著

新潮推理

53 曼斯菲爾莊園(小說) 珍・奧斯汀著
54 波法利夫人(小說) 福樓貝著

⊙新潮推理

1 湖畔奇案(原名：死神之網) 松本清張著
2 寶藏疑雲 松本清張著
3 少女復仇記 松本清張著
4 假瘋子兇殺案(11個短篇) 松本清張著
5 砂之器 松本清張著
6 日本的黑霧(9個短篇) 松本清張著
7 東京車站謀殺案 西村京太郎著
8 終點站謀殺案 西村京太郎著
9 妙賊丈夫與刑警太太(8個短篇) 赤川次郎著
10 三色貓探案 赤川次郎著
11 人性的證明 森村誠一著
12 魂斷天涯 森村誠一著
13 背德的手術刀 黑岩重吾著
14 失蹤 夏樹靜子著
15 毒海怒濤 水上勉著
16 三色貓幽靈俱樂部 赤川次郎著
17 三色貓恐怖館 赤川次郎著
18 血與玫瑰(5個短篇) 赤川次郎著
19 幽靈列車(5個短篇) 赤川次郎著
20 汚染海域 西村京太郎著
21 恐怖的星期五 西村京太郎著
22 新幹線謀殺案 森村誠一著
23 勇探魔穴 森村誠一著
24 香港旅行謀殺案 齋藤榮著
25 詐婚(10個短篇) 松本清張著
26 紅籤(9個短篇) 松本清張著
27 宦海沈冤 松本清張著
28 魔鬼女人(4個短篇) 赤川次郎著
29 東西南北謀殺案(4個短篇) 赤川次郎著
30 三色貓狂死曲 赤川次郎著
31 蜜月列車兇殺案(4個短篇) 西村京太郎著
32 臥舖特快謀殺案 西村京太郎著
33 天使的傷痕 西村京太郎著
34 東京機場謀殺案 森村誠一著
35 霧與影 水上勉著
36 迷幻四重奏 赤川次郎著

37 從過去來的女人 赤川次郎著
38 消遣兇殺案 赤川次郎著
39 殺人滅口（7個短篇） 西村京太郎著
40 人類生蛋時（11個短篇） 佐野洋著
41 美人計（7個短篇） 棒山季之著
42 忘了唱歌的金絲雀（11個短篇） 西村京太郎著
43 高原鐵路殺人事件（5個短篇） 西村京太郎著
44 殺人機器的控訴（5個短篇） 松本清張著
45 77班機事件幕後案（5個短篇） 夏樹靜子著
46 青春的徬徨（8個短篇） 松本清張著
47 賣馬的女人（2個中篇） 松本清張著
48 周末驚魂（3個中篇） 赤川次郎著
49 鬼女面具殺人事件 西村京太郎著
50 獄門島 橫溝正史著

⊙新潮短篇推理

1 日本短篇推理精選（之一） 松本清張等7位著
2 日本短篇推理精選（之二） 佐野洋等7位著
3 日本短篇推理精選（之三） 夏樹靜子等7位著
4 日本短篇推理精選（之四） 石澤英太郎等7位著
5 日本短篇推理精選（之五） 西村京太郎等7位著
6 日本短篇推理精選（之六） 草野唯雄等7位著
9 日本短篇推理精選（之七） 松本清張等6位著
10 日本短篇推理精選（之八） 星新一等9位著
11 日本短篇推理精選（之九） 仁本悅子等7位著

⊙新潮世界推理

1 莫爾格街兇殺案（及4個短篇） 愛倫・坡著
2 血字的研究／四個簽名 柯南・道爾著
3 巴斯克維爾的獵犬／恐怖谷 柯南・道爾著
4 冒險史（短篇） 柯南・道爾著
5 瀛海奇案（短篇） 柯南・道爾著
6 歸來記（短篇） 柯南・道爾著
7 魔鬼的脚（短篇） 柯南・道爾著
8 蒙面房客（短篇） 柯南・道爾著
9 赫拉克雷斯的冒險（短篇） 克里斯蒂著
10 雲中謀殺疑案 克里斯蒂著
11 怪盜亞森・羅蘋（短篇） 盧布朗著
12 羅蘋的告白（短篇） 盧布朗著

⊙新潮大學叢書

1 西洋文學批評史 顏元叔譯
2 世界戲劇藝術的欣賞（世界戲劇史） 胡耀恆譯
3 文學論（文學研究方法論） 王夢鷗等譯
5 現代德語文法 宣誠編著
6 映像藝術 翟德爾著

⊙新潮少年文庫（25開精裝本）

※榮獲新聞局推薦爲〈中小學生優良課外讀物〉

1 快樂的牧民一家人 （瑞典）湯蓓・楊松著
2 牧民谷的冬天 （瑞典）湯蓓・楊松著
3 長襪子皮皮冒險故事※ （瑞典）林格倫著
4 吹牛男爵歷險記 （德）畢爾格著
5 尼爾斯奇遇記※ （瑞典）拉革勒夫著
6 環遊世界八十天 （法）凡爾納著
7 海底兩萬里※ （法）凡爾納著
8 星座與傳說 （日）野尻抱影著
9 小王子※ （法）聖修伯理著
10 伊索寓言㈠ （希臘）伊　索著
11 伊索寓言㈡ （希臘）伊　索著
12 綠野仙踪※ （美）鮑　姆著
13 大偵探小卡萊 （瑞典）阿・林格倫著
14 大盜賊霍震波 （德）普羅伊斯拉著
15 癩蛤蟆歷險記 （英）格雷姆著
16 狼王羅勃※ （英）西　頓著
17 地板下的小矮人※ （英）瑪麗・諾頓著
18 巧克力工廠的秘密※ （英）羅爾德・達爾著
19 洋葱頭歷險記 （義）詹尼・羅大里著
20 杜立德醫生非洲歷險記 （英）休・羅夫登著
21 屋頂上的小飛人 （瑞典）阿・林格倫著
22 湯姆歷險記※ （美）馬克・吐溫著
23 小偵探愛彌兒 （德）凱斯特納著
24 聰明的小狐狸 （捷克）拉　達著
25 飛天小魔女 （德）普羅伊斯拉著
26 孤兒賴思慕流浪記 （瑞典）阿・林格倫著
27 瘋丫頭瑪迪琴的故事 （瑞典）阿・林格倫著
28 歡樂村的六個孩子 （瑞典）阿・林格倫著
29 双胞胎麗莎與羅蒂※ （德）凱斯特納著
30 麥子和國王※ （英）艾莉娜・法瓊著